CORINNA MELL

Marienfelde

ROMAN

DROEMER

Besuchen Sie uns im Internet:
www.droemer.de

© 2018 Droemer Verlag
Ein Imprint der Verlagsgruppe
Droemer Knaur GmbH & Co. KG, München
Alle Rechte vorbehalten. Das Werk darf – auch teilweise – nur mit
Genehmigung des Verlags wiedergegeben werden.
Redaktion: Dr. Clarissa Czöppan
Covergestaltung: Sabine Kwauka
Coverabbildung: ullstein bild / Günther Krüger
Satz: Adobe InDesign im Verlag
Druck und Bindung: GGP Media GmbH, Pößneck
ISBN 978-3-426-30641-3

2 4 5 3 1

Erster Teil

Biedermeier

Der Frühling hielt sich an den Kalender. Am 20. März 1952, einem Donnerstag, zog ein Hoch über die politisch umkämpfte Stadt. Die Sonne beschien den sozialistischen Teil wie den kapitalistischen, und im Nordwesten streiften ihre Strahlen die Zweite Mädchen-Mittelschule Berlin-Wedding. Die neunundvierzig Schülerinnen der Abschlussklasse standen am Fenster, ließen sich den lauen Wind um die Nase streichen und atmeten durch.

»Genießt es, Kinderchen«, meinte Karla zwischen zwei Kniebeugen. »Der Mann im Radio sagt, das Hoch hält nur bis heute Abend. Dann regnet's wieder.«

Den Mädchen rauchten die Köpfe. Gerade hatten sie eine Rechenstunde hinter sich. Großes Einmaleins, vierzehn mal neunzehn, siebzehn mal zwölf. *Das muss man üben, bis es sitzt, wie aus der Pistole geschossen soll das kommen, immer schön lernen, ohne Fleiß kein Preis.*

Sie wären gern nach Hause gegangen, doch eine Stunde sollte noch folgen: Deutsch bei Fräulein Meier-Sebeck. Vor zwei Wochen hatte sie ein Gedicht aufgegeben, ein Meisterstück deutscher Lyrik, bekannt und beliebt. Heute wollten sie es durchnehmen.

»Freut euch doch«, feixte Cilly. »Der Himmel passt wunderbar zum Gedicht. Das blaue Band des Frühlings!«

»Ach ja«, Sonja sog schwärmerisch die Luft ein. »Und erst die süßen, wohlbekannten Düfte.«

Alle lachten.

»Was denn für Düfte?«, fragte Gudrun. »Erklär mal, Sonja. Damit wir was Schönes drüber schreiben können.«

»Genau!« Ortrud ließ die Hüften kreisen. »Wenn wir Älteren unsere Frühlingsgefühle haben, können wir uns nicht mehr konzentrieren. Da kriegen wir kein Gedicht mehr auf die Reihe und erst recht keinen Aufsatz.«

Lore schloss die Augen und atmete heftig. »Wenn ich an Frühling und Düfte denke, fällt mir was ganz Bestimmtes ein: Speick zum Beispiel. Oder Pitralon.«

Die Mädchen waren nicht mehr zu bremsen.

»Oder Old Spice aus Amerika!«, schallte es ausgelassen.

»Oder Tabac Original.«

»Oder Russisch Leder!«

»Ja! Alles wohlbekannt. Besonders an unseren Süßen!«

»Welcher ist es denn bei dir, Marlies? Etwa der schöne Richard?«

»Genau. Der riecht ganz besonders süß. Aber nicht nur nach Rasierwasser. Er mag so gerne Katzenzungen.«

»Hmmm…!«

»Ahhh…!«

»Ohhh…!«

»Ist ja schade«, warf Doris ein. »Katzenzungen kommen im Gedicht doch gar nicht vor.«

Was?! Was hatte sie da gerade gesagt? Das Glucksen und Lachen schwang sich auf in ungeahnte Höhen.

»Ruhe!«, rief Monika. »Sonst hören wir die Klingel nicht.«

Lore kicherte weiter, wenn auch in Zimmerlautstärke. »Gönn uns den Spaß, Moni. Du kriegst gleich doch ein Riesenlob.«

»Ach so? Ihr glaubt also, ich muss nach vorne?«

»Na sicher, so toll, wie du vorträgst. Immer schön mit Betonung«, Sonja kniff Monika liebevoll in die Wange. »Und weil du sowieso drankommst, habe ich das Gedicht erst gar nicht gelernt.«

»Ich auch nicht!«, tönte es aus der Menge.

»Und ich noch weniger!«

Monika grinste. »Aber für den Aufsatz lasst ihr mich abschreiben?«

»Ja klar!«, schallte es aus allen Kehlen.

Es klingelte, sie eilten auf ihre Plätze. Sonja und Monika gehörten zu den Jüngsten der Klasse. Im Krieg war vieles durcheinandergeraten, einige Mädchen hatten lange keine Schule besucht und holten das Versäumte nun nach. Mit ihren achtzehn oder neunzehn Jahren standen sie in den Pausen tuschelnd zusammen und achteten darauf, dass die »Kleinen« nicht mithörten. Sonja wusste trotzdem, worum es ging. Junge Männer – oder wie man neuerdings sagte: *Boys*. Manches Mädchen trug schon einen Verlobungsring, Annemie wollte bald heiraten.

Gemeinsam mit anderen Mädchen traf Sonja am Wochenende in der Milchbar die Schüler aus der Knabenrealschule. Das fand sie unterhaltsam, mehr aber auch nicht, und noch nie hatte sie sich mit einem Jungen allein verabredet. Ihr war einfach noch nicht danach, doch sie hörte aufmerksam zu, wenn ihre Klassenkameradinnen sich mal wieder über die Männer und die Liebe austauschten. Das Gespräch eben über Frühlingsgefühle und Rasierwasser hatte sie sehr amüsiert, auch Sitznachbarin Monika kicherte noch vor sich hin und hörte erst auf, als die Meise den Raum betrat: Fräulein Hulda Meier-Sebeck – staatlich geprüfte Pädagogin für Deutsch, Geschichte, Musik- und Kunsterziehung sowie Nadelarbeit. Trotz ihrer siebzig Jahre ging sie nicht in Pension, denn zum einen waren nach dem Krieg Lehrkräfte knapp, und zum anderen: Ohne ihren Beruf hätte sich die Meise gelangweilt. Sie lebte allein mit zwei Wellensittichen.

Jetzt bezog sie Posten neben dem Kartenständer, reckte

sich und schickte einen Blick über die Köpfe. »Guten Tag, ihr Mädchen.«

»Guten Tag, Fräulein Meier-Sebeck«, kam der Gruß im Chor.

Üblicherweise hätte sie jetzt *Setzen!* angeordnet, doch sie schaute irritiert zum Fenster. »Zumachen, es zieht! Der Frühlingsanfang ist kein Grund, die Gesundheit zu gefährden.«

Drei Mädchen sprangen auf und schlossen die Fensterflügel.

Fräulein Meier-Sebeck nickte. »Alle setzen, außer Monika. Die bitte vorkommen.«

Achtundvierzig Schülerinnen nahmen geräuschlos Platz. Monika stellte sich neben das Lehrerpult.

»Frühling lässt sein blaues Band
Wieder flattern durch die Lüfte;
Süße, wohlbekannte Düfte …«

Ach ja, die Düfte. Manch ein Mädchen grinste, doch unter dem strengen Blick der Meise wurden die Mienen gleich wieder ernst. Der Spitzname leitete sich von Meier-Sebeck ab, in ihrem Wesen allerdings glich die Lehrerin eher einem Greifvogel. Bussard wäre passender, fand Sonja. Die Meise hörte sich gern reden. Wenn sie vortrug, streute sie oft Beispiele und Anekdoten ein. Das machte sie spannend und beschwingt, man hätte denken mögen: So eine begabte Pädagogin! Doch schon in der nächsten Sekunde konnte ihre Stimmung umschlagen, die Pupillen verengten sich, und die Augen rückten zusammen. Dann stürzte sie sich auf eine Schülerin, packte sie bei den Wissenslücken, hackte auf dem armen Ding herum und gab eine schlechte Note.

Im Moment jedoch schien alles in bester Ordnung. Fräulein Meier-Sebeck wippte auf ihren Fußballen im Takt des Gedichts. Der Saum ihres braunen Strickkleids begann zu schwingen.

Monika neben dem Lehrerpult breitete die Arme aus, als wollte sie den Lenz an ihr Herz drücken.

»Frühling, ja du bist's!
Dich hab ich vernommen!«

Geschafft!

Die Mädchen klatschten, selbst die Meise schlug ein paarmal die Handflächen zusammen. »Sehr gut. Das hätte auch dem Dichter gefallen.«

Monika ging zurück an ihren Platz.

»Toll!« Sonja richtete den Daumen nach oben. »Wir haben den Frühling vernommen. Das hat der jetzt kapiert.«

Sie hatte leise gesprochen, aber nicht leise genug. Fräulein Meier-Sebeck baute sich vor ihr auf, der Bussard witterte Beute. »Sonja! Bestimmt willst du gleich etwas zum Unterricht beitragen. Etwas Gehaltvolles.«

Sonja nickte einsichtig, die Meise wandte sich ab. Ein Waffenstillstand war erreicht – aber kein Frieden.

»Eduard Mörike hat das Gedicht 1829 geschrieben. Was wisst ihr über diese Zeit? Wie nennt man die Epoche?«

Die Klassenbeste zeigte auf.

»Bitte, Kathrin.«

»Das war die Romantik.«

Einige Mädchen kicherten.

»Seid nicht albern! Romantik im historischen Sinne bedeutet nicht, woran ihr jetzt denkt. Beides hat mit Schwärmerei zu tun, doch der geschichtliche Begriff meint etwas

Tieferes, etwas Allumfassendes in der menschlichen Seele. Die Epoche hat einen weiteren Namen, eher kunstgeschichtlich.« Wieder schweifte der Meisenblick über die Köpfe, wieder meldete sich nur ein Mädchen.

»Ja, Kathrin?«

»Man nennt diese Zeit auch Biedermeier.«

»Richtig. Weil nämlich das Biedere, also das Einfache, das im besten Sinne Schlichte in den Mittelpunkt rückte. Vorher gab es schlimme Kriege. Napoleon unterjochte halb Europa. Als endlich Frieden einkehrte, suchten die Menschen nach Innigkeit, nach einem beglückenden Sinn, vor allem in der Natur. Sie wanderten hinaus ins Freie und bewunderten all das Schöne: das Himmelsblau oder den Mond. Eine Zeit des Gemüthaften, der Empfindsamkeit. Wichtig wurde den Bürgern auch ihr Zuhause, sie legten Wert auf eine gediegene und behagliche Einrichtung. Insofern erinnert jene Zeit an die heutige. Nach dem Krieg besinnt man sich auf die Familie und die häusliche Geborgenheit«, die Meisenaugen kreisten. »Was ist noch zu sagen über das Biedermeier? Woher kennt ihr diesen Begriff?«

Ingrid meldete sich. »Von den Biedermeiersträußchen.«

»Richtig. Und was ist das Besondere daran?«

»Die Blumen sind dicht gebunden, mit weißer Spitze drumrum.«

»Genau. Heutzutage ist die Manschette ja bloß aus Pappe, doch früher war das echter Stoff, meist Damast mit gehäkelter oder geklöppelter Spitze und ringsum mit einem Band«, der Meisenblick glitt zum Fenster. »Oft in Azurblau …«

Die Lehrerin schaute in den Himmel und seufzte. Jedoch nicht vorwurfsvoll, wie man es von ihr gewohnt war, sondern jauchzend. Ein Seufzer voller Innigkeit, Frohsinn und Begeisterung. Was ging vor im Gemüt der Meise? Verlor sie ihre Haltung? Vernebelte ihr das Himmelsblau die Sinne?

Einige Mädchen kicherten, sie drehte sich um. »Ruhe! Euer Aufsatz bis Sonnabend! Mörikes Frühlingsgedicht und der Bezug zum Biedermeier.« Doch so selbstsicher wie vor ihrem Seufzer wirkte die Meise nicht mehr. Mitten im Unterricht war ein Gefühlsausbruch über sie gekommen, noch dazu ein höchst privater. Das hätte nicht sein dürfen. Dem musste sie etwas entgegensetzen. Wieder glitt der strenge Blick durch die Reihen, erst schweifend, dann zielend, dann bereit zum Angriff. Der Bussard hatte sein Opfer gefunden. Die Hände in die Hüften gestemmt, schaute sie auf Sonja hinab. »Eben hast du geschwatzt. Jetzt sind wir gespannt auf deinen Beitrag. Aber vielleicht ist dir unser Thema gar nicht wichtig. Wie man hört, hast du ja höchst eigenwillige Berufswünsche.«

Sonja wunderte sich. Üblicherweise interessierte die Meise sich kaum für die beruflichen Pläne ihrer Schülerinnen.

»Wie meinen Sie das bitte?«, fragte Sonja höflich. »Was haben Sie denn gehört?«

»Nun«, die Meisenstimme wurde scharf. »Du willst nach Ostern Kurse besuchen, nicht wahr? In der Kaufmännischen Schule?«

»Ja, in Maschineschreiben, Stenografie, Rechnungswesen und Buchhaltung. Damit möchte ich meinen Eltern im Betrieb helfen. Wir haben einen Fahrdienst.«

»Ist mir bekannt!«, schrillte die Meise. »Ein sehr kleiner Betrieb. Du wirst dort nicht viel zu tun haben mit der Schreibarbeit. Vermutlich kümmerst du dich ohnehin lieber um die Motoren. Soweit ich weiß, machst du sogar Ölwechsel. Äußerst unpassend für ein junges Mädchen. Offenbar bist du nicht häuslich veranlagt.«

»Aber es ist doch nichts dagegen einzuwenden ...«

»Sonja! Dies ist keine Werkstatt, sondern ein Lehrinstitut. Es geht hier um Bildung, nicht um Schmieröl!«

Sonja starrte auf die Tischplatte. Sie verstand nicht, warum die Meise sich so über einen Ölwechsel aufregte, aber sie wusste: Gleich kämen Fragen zum Gedicht, eine schwerer als die andere. Sie warf einen Blick zur Seite, Monika neben ihr war erstarrt.

»Also, Sonja?«, tönte die Meisenstimme. »Was weißt du über das Biedermeier?«

Wusste Sonja etwas über das Biedermeier? Wusste sie in diesem Moment überhaupt noch irgendetwas? Doch, sie wusste, dass sie sich wehren musste. Sie hob den Kopf. »Da gab es Biedermeiermöbel. Die sind heute noch ganz bekannt.«

»Sieh an, das weißt du also«, in der Meisenstimme lag ein enttäuschter Unterton. »Und kennst du solche Möbel?«

»Ja. Aus der Wohnung von meinen Großeltern mütterlicherseits. Eine Kommode aus Nussbaum, ein Erbstück meiner Ururgroßtante.«

»Aha. Und weiter? Beschreib uns die doch mal.«

Sonja hatte die Kommode zuletzt vor zehn Jahren gesehen – doch darum ging es jetzt nicht. Sondern darum, dass sie sich gegen die Meise wehren musste. »Drei breite Schubladen, die beiden unteren für Tischwäsche und die obere für Taschentücher mit Spitzenrand. Nur ...«, Sonjas Blick glitt an der Meise empor: der vorgestreckte Kugelbauch, der krumme Rücken, das gesenkte Kinn. Unterm Brillenrand wanderten die Brauen der Lehrerin nach oben. »Was denn, Sonja?!«

Sonja lächelte entschuldigend. »Leider weiß ich nicht alles über die Kommode. Zum Beispiel die Taschentücher darin.

Ich weiß nicht, wie da die Spitze gemacht wurde. Gehäkelt oder geklöppelt.«

Die Mädchen kicherten, Sonja verzog keine Miene.

Der Meisenkopf ging nach hinten: »Ruhe!«, und gleich wieder nach vorn: »Sonja! Du hast ja doch einen Sinn für das Häusliche. Das ist immerhin erfreulich. Wirst du denn die Kommode von deinen Großeltern erben? Und legst du deine Aussteuerwäsche hinein?«

»Leider nicht.«

»Ach so? Dann soll die Kommode wohl jemand anders bekommen?«

»Nein, niemand aus unserer Familie erbt die Kommode«, Sonja atmete ein. »Bei einem Bombenangriff mussten meine Großeltern in den Luftschutzkeller. Und danach war das halbe Haus weg und die Kommode auch. Meine Oma hat gesagt: ›Pfeif auf Biedermeier. Hauptsache, wir leben noch. Alles andere ist scheißegal.‹«

Sonja atmete aus und schloss die Augen. In der Klasse war es totenstill.

Die Meise rang um Fassung, dann kamen ihre Sätze wie Geschosse: »Das hat noch keiner in meinem Unterricht gesagt! In vierzig Jahren nicht. Etwas so Ungezogenes. Und Unverschämtes. Du entschuldigst dich, Sonja! Auf der Stelle! Oder ich verweise dich ...«

Den letzten Satz führte sie nicht zu Ende, denn Sonja erhob sich. Unbeirrt sah sie der Meise in die Augen. »Fräulein Meier-Sebeck, das waren die Worte meiner Großmutter. Genau so hat sie das gesagt. Und nach dem Bombenangriff hat sie zwei Nachbarinnen aus den Trümmern gezogen, die wären sonst wahrscheinlich gestorben, doch meine Oma hat sie gerettet. Meine Oma ist eben sehr praktisch veranlagt.«

Durch die Lehrerin ging ein Ruck, ihre Pupillen verengten

sich, und Sonja begriff: Sie hatte die Meise immer richtig eingeschätzt. Diese Frau trug etwas Böses in sich. Kalt und unbarmherzig.

Jetzt wich sie Sonjas Blick aus, sog Luft ein – scharf und mit bebenden Nasenflügeln –, drehte sich um, marschierte zum Lehrerpult und klatschte in die Hände. »Liederbücher! Seite achtundzwanzig!«

Den Rest der Stunde schwang sie den Taktstock. *Blüht ein Blümlein – Im Märzen der Bauer – Kuckuck, kuckuck, ruft's aus dem Wald*. Die Mädchen sangen eher laut als schön, ihre Augen brav ins Liederbuch gerichtet. Nach der zweiten Strophe von *Nun will der Lenz uns grüßen* tönte die Schulglocke.

Mit dem Befehl »Sonnabend Aufsatz!« stiefelte die Lehrerin hinaus und ließ die Tür offen stehen.

Die Mädchen warteten, bis die Schritte im Treppenhaus verhallten. Dann schlossen sie die Tür und brachen in Jubel aus. Endlich hatte es jemand gewagt! Die Meise, dieses Scheusal. Aber der hatte es Sonja ja richtig gezeigt!

»Warum?«, fragte Sonja trocken. »Ich habe bloß wiederholt, was meine Oma gesagt hat. Wenn die sich so ausdrückt, kann ich nichts dafür.«

*

Neunundvierzig Schülerinnen nahmen Jacken und Mäntel über den Arm und stürmten in die Frühlingssonne. In einer kleinen Gruppe gingen sie die Pankstraße hinunter zum S-Bahnhof Wedding.

»Vor der Meise müssen wir keine Angst haben. Die kann uns nichts mehr«, beruhigte Monika. »Übernächste Woche haben wir alle die Mittlere Reife.«

Sonja nickte. »Die Kaufmännische Schule nimmt mich in

jedem Fall. Sogar wenn ich im Zeugnis eine Vier in Deutsch hätte. Aber so weit kann die Meise mich mit der Zensur nicht runterstufen.«

An der Müllerstraße trennten sich die Wege: Monika und die anderen bogen nach links ab, Sonja nach rechts. Seit zwei Jahren lebte sie wieder in Berlin. Hier war sie bis 1942 aufgewachsen, dann hatte sie mit ihrer Mutter acht Jahre in Goslar gelebt, bei der Familie von Sonjas Vater. Während der Vater an der Westfront gekämpft hatte, waren Sonja und ihre Mutter im Harz von Bomben und Hunger verschont geblieben. Erst 1950, als die größte Not in der Stadt überwunden war, war Sonja nach Berlin zurückgekehrt und hatte die Stadt kaum wiedererkannt. Ihre Freundinnen aus frühen Kindertagen waren in alle Winde zerstreut, einige lebten nicht mehr.

Sonja ging die Müllerstraße entlang. Auch heute, sieben Jahre nach Kriegsende, lag noch vieles in Trümmern. Die Menschen bemühten sich um einen normalen Alltag, doch die Narben blieben, und es gab eine neue Wunde: Auf dem Gebiet des Deutschen Reichs waren zwei junge Staaten entstanden, getrennt durch neunhundert Kilometer Demarkationslinie. Die DDR schottete sich vom Westen ab, die Fronten des Kalten Krieges zerteilten das Land.

Vor einem Trümmergrundstück blieb Sonja stehen und dachte an Fräulein Meier-Sebeck. Spätestens seit dem Vorfall eben lag das Verhältnis zur Lehrerin in Schutt und Asche. Sonja freute sich über das Lob der Mädchen, doch wie eine Heldin fühlte sie sich nicht. Ihr Blick glitt über die Reste des zerbombten Hauses. In der Sonnenwärme gaben die Steine ihren Geruch an die Luft ab: Zementstaub, feuchte Erde und Moder. Im Sommer würden hier Wildblumen blühen. Sonja ging weiter. Rechts vom Haus lag die Einfahrt mit dem Reklameschild quer über dem Tor. *Fahrdienst Falcke – Ihr per-*

sönlicher Chauffeur. Neben dem Schriftzug prangte eine Malerei: ein uniformierter Chauffeur, der eine Autotür aufhielt. Die Marke des Wagens war nicht zu erkennen, doch der Form nach handelte es sich nicht um einen VW Käfer, sondern eine klassische Limousine. Irgendwann wollte Sonjas Vater einen Mercedes kaufen, mit großem Kofferraum im Heck und mit vier Türen, damit sich kein Fahrgast mehr hinter einem umgeklappten Vordersitz auf die Rückbank zwängen musste. Der Betrieb würde wachsen, deshalb schon die große Limousine auf dem Schild, obwohl zurzeit bloß zwei Käfer im Einsatz waren.

Vor drei Jahren hatte Sonjas Vater bei der Stadtverwaltung nach einem Gewerbegrundstück gefragt, möglichst mit Wohnraum für drei Erwachsene und ein Kind. Er hatte den Zuschlag für eine Erdgeschosswohnung samt Garagenhof bekommen, günstig in der Miete und dabei komfortabel: Wasserklosett, Wanne und Gasboiler. Einen Teil des Wohnraums hatten Sonjas Eltern mit Vorhängen abgeteilt und dort ihr Ehebett aufgestellt. Eugen hatte das eigentliche Schlafzimmer bezogen, und für Sonja war die Kammer zum persönlichen kleinen Reich geworden.

Im Hausflur roch es nach Linseneintopf. Sonja wunderte sich. Heute Morgen hatte ihre Mutter noch von Bratwurst und Blumenkohl gesprochen, doch der Linsengeruch kam eindeutig aus ihrer Wohnung. Sie schloss die Tür auf, ihre Mutter stand im Korridor – mit Lockenwicklern und geblümter Kittelschürze.

»Gewiss, gnädige Frau«, sagte sie soeben in die Sprechmuschel. »Selbstverständlich fährt mein Mann im schwarzen Wagen bei Ihnen vor. – Nein, auf keinen Fall mit dem blauen. – Ja, die Konditionen wie üblich.«

Als sie ihre Tochter sah, deutete sie an zu salutieren. Sonja grinste. Schon klar, mit wem die Mutter telefonierte: Frau von Unstruth, Offizierswitwe aus Wilmersdorf und Stammkundin bei den Falckes. Die gnädige Frau sprach immer im Befehlston, auch wenn sie bloß zum Friseur gefahren werden wollte.

Es folgten ein paar höfliche Floskeln, dann legte Sonjas Mutter auf. »Oller Besen. Aber wir haben den Auftrag.«

Sonja schlug die Hacken zusammen. »Jawoll, Frau General! Gut gemacht, Frau General!«

Lachend schloss die Mutter Sonja in die Arme. »Na, Süße? Wie war's bei dir?«

»Och. Erträglich«, Sonja überlegte, ob sie vom Vorfall in der Schule erzählen sollte, doch über Hulda Meier-Sebeck vertraten die Eltern eine klare Meinung: Sonja solle sich nicht anstellen. Die Meise sei doch bloß fies, sie schlage nicht. Da kenne man aus der eigenen Schulzeit ganz andere Geschichten. Von Lehrern, die öfter zum Rohrstock als zur Kreide gegriffen hätten. So sei das damals gewesen, und niemand habe sich darüber aufgeregt.

Sonja verschwieg den Streit und fragte: »Warum hast du die Haare eingedreht? Und warum gibt's Linsen?«

»Lässt sich besser warm halten. Und vielleicht gibt's gleich eine Überraschung.«

Sonja stutzte. »Noch zu meinem Geburtstag?«

»Eigentlich nicht. Aber könnte man natürlich so sehen: Dann ist es auch ein nachträgliches Geschenk für dich. Also, falls es klappt.«

»Falls was klappt?!«

»Wart's einfach ab, Kind. Und ich putze jetzt noch das Waschbecken«, die Mutter verschwand im Bad.

Sonja nahm sich einen Apfel und stellte sich kauend ans Küchenfenster. Im Garagenhof war Eugen dabei, den blauen

Käfer zu polieren, gründlich und bedächtig, wie alles, was er tat. Ein feiner Kerl, dieser Eugen Kurbjuweit. »Alles Technische braucht Geduld«, sagte er oft, und: »Eine gute Maschine hat eine Seele, so wie ein Mensch. Und wenn zwei Seelen aufeinandertreffen, dann müssen sie warm werden. Das geht schnell oder langsam oder gar nicht.«

Mit Eugen war Sonja längst warm geworden. Sie mochte es, wenn er sie *Marjellchen* nannte, das ostpreußische Wort für Mädchen. Er stammte aus Allenstein und hatte nie eine richtige Lehre gemacht, aber von klein auf Traktoren repariert. 1945 hatte Sonjas Vater den Kriegskameraden mit nach Berlin gebracht. Eugens Frau und die vier Kinder waren auf der Flucht ums Leben gekommen, ihm blieben nur sein Mut und seine Erfahrung. Als der zehn Jahre jüngere Freund Dieter den Fahrdienst aufbaute, stand Eugen mit Rat und Tat zur Seite. Geschäftspartner wollte er nicht werden. Angestellter mit Familienanschluss – damit war er zufrieden. Über seine eigene Familie schwieg er, und Sonja fragte nicht nach.

»Kümmer dich bitte um den Tisch, Süße«, die Mutter kam aus dem Badezimmer. »Und nimm die Damastservietten«, sie fuhr sich mit den Händen über den Kopf und tastete nach den Wicklern. »Ach je!«, sie hastete zurück.

Eine aufgescheuchte Mutter mit eingedrehtem Haar, zum Linseneintopf die besten Servietten und eine geheimnisvolle Ankündigung. Zeit zum Grübeln blieb Sonja nicht, der schwarze Käfer fuhr in den Hof.

»Vati ist da!«

Ihre Mutter kam aus dem Bad, diesmal tadellos frisiert und mit weißer Servierschürze über dem Nachmittagskleid.

»Schön, schön«, lobte Sonja. »Wehe, jetzt gibt's nichts zu feiern.«

Die beiden gingen zum Fenster. Unten im Hof stieg Sonjas Vater aus dem Wagen und lief mit ausgestreckten Armen auf Eugen zu.

»Jaaah!« Sonja drückte ihre Mutter an sich. »Es hat geklappt! Und du sagst mir jetzt, was los ist.«

»Das macht Vati«, die Mutter löste sich lachend aus der Umklammerung. »Ich muss zum Herd.«

Kurz darauf kamen die Männer in die Küche, doch statt zu erzählen, sagte der Vater: »Jetzt essen wir erst mal in Ruhe.«

Die Mutter servierte und legte die Schürze erst ab, als sie selbst Platz nahm. Der Hausherr wünschte gesegneten Appetit, die anderen dankten. Dann endlich, als die Teller beinahe leer waren, meinte Sonjas Vater: »So, Süße. Jetzt rate.«

»Unser Fahrdienst kriegt noch einen Käfer? Und Mutti wird Chauffeuse?«

Er griente. »Ja und nein. Rate mal weiter.«

»Doch schon ein Mercedes? So richtig mit vier Türen und großem Kofferraum?«

»Nein. Ich habe ja nicht mit Mercedes verhandelt, sondern mit VW. Und du hast recht: Wir bekommen noch einen Käfer. Und dann noch einen. Und noch einen und noch einen und noch einen. Und noch viel mehr«, seine Stimme wurde feierlich. »Ich will nämlich ein Autohaus eröffnen. Einen riesigen Verkaufsraum mit Werkstatt.«

Was?! Das war wirklich eine Überraschung. Bisher hatte der Vater doch immer behauptet, er bekäme bei der Bank nicht mal den Kredit, um den Fahrdienst mit einem dritten Käfer zu erweitern. Und jetzt ein ganzes Autohaus?

»Können wir uns das denn leisten, Vati?«

»Aber ja. Ist alles durchgerechnet. VW streckt uns das vor: die Miete für Verkaufsraum und Werkstatt, die Einrichtung und natürlich die Autos.«

»Wir müssen hart arbeiten«, erklärte die Mutter. »Damit wir schnell in die schwarzen Zahlen kommen. Herr Wenzel vertraut Vati, und das kann er ja auch.«

»Vor allem vertraut Herr Wenzel dem Aufschwung. Die Autobauer suchen überall nach tüchtigen Männern. Hier im Westen geht es aufwärts. Jetzt fahren die Leute noch Bus oder Moped, aber immer mehr kaufen sich ein eigenes Auto, und dann meist einen Käfer. Den kennt man eben noch aus der Zeit vorm Krieg. Die Wirtschaft wächst, und wir als Firma Falcke wachsen mit. Vom Fahrdienst zum Autohaus.«

Die Eltern strahlten. Eugen strahlte auch, allerdings nicht ganz so hell.

»Und du, Eugen?«, fragte Sonja. »Du arbeitest doch weiter bei uns? Du gehst doch nicht weg, wenn wir das Autohaus haben?«

»Ach was, Marjellchen. Ihr seid doch meine Familie.«

»Und du kannst was, Eugen«, meinte der Vater, »ob du nun einen Gesellenbrief hast oder nicht. Aber als Werkstattleiter bekommen wir einen Kfz-Schlossermeister. Vorschrift von der Handwerkskammer.«

Eugen nickte. »Danke noch mal. Auch für die neue Wohnung.«

Sonja gingen Herz und Ohren über. »Du bekommst eine eigene Wohnung, Eugen? Aber nicht so weit weg, oder?«

»Nein, nein. Ich bleibe in der Nähe. Und deine Eltern nehme ich mit.«

»Was?«

Die Erwachsenen lachten, und bei Sonja fiel der Groschen. »Dann ziehen wir alle zusammen um? Zum Autohaus?«

»Kluges Kind«, lobte der Vater. »Du kennst doch die große neue Baustelle? Hundert Meter von hier Richtung Leopoldplatz auf der anderen Seite. Unten kommt das Autohaus rein, und wir ziehen in den ersten Stock: Eugen in eine kleine Wohnung und wir drei in eine große. Und du kriegst ein richtig schönes Zimmer, sogar mit Balkon.«

Ach, wie wunderwunderbar! Sonja sprang auf, umarmte die Eltern und klopfte Eugen auf die Schulter. Er klopfte zurück.

Sie hörte kaum zu, als ihr Vater sagte: »Setz dich bitte. Wir haben noch eine Überraschung für dich.«

Noch eine? Gerade hatte Sonja wieder Platz genommen, da stand Eugen auf. »Ich mache den Wagen fertig. Um drei habe ich die nächste Fahrt.«

»Kein Nachschlag für dich?«

»Danke nein, Margit. Du hast wie immer gut gekocht.«

»Es gibt noch Kaffee. Echte Bohne, zur Feier des Tages.«

»Trinke ich bitte draußen. Und ich freue mich für uns alle.«

Sonja sah Eugen hinterher. Fröhlich wirkte er nicht, fand sie.

Der Vater dagegen strahlte weiter. »Und nun haben wir noch eine schöne Nachricht für dich, Süße«, er räusperte sich. »Die Firma VW bietet dir eine einmalige Gelegenheit für deine unmittelbare Zukunft.«

Normalerweise drückte er sich nicht so kompliziert aus. Und warum wurde er plötzlich so ernst?

Sie hakte nach. »Für meine unmittelbare Zukunft? Also die Kaufmännische Schule?«

»Dafür natürlich auch. Aber nicht direkt. Zunächst mal bekommst du eine ganz spezielle Ausbildung. Die allerbeste Grundlage für dein ganzes Leben.«

»Aber die Kurse sind doch meine Grundlage. Für die Arbeit hier im Büro brauche ich das doch alles: Steno und Schreibmaschine …«

Die Miene ihres Vaters verdüsterte sich, Sonja sprach nicht weiter.

Die Mutter schaltete sich ein. »Sicher gehst du zur Kaufmannsschule. Nur eben erst nächstes Jahr.«

»Aber ich bin doch schon angemeldet.«

Der Vater hob die Hand. »Unser Autohaus samt Werkstatt wird ein relativ großes Unternehmen mit jeder Menge Schreibkram, wir bekommen eine Sekretärin und eine Buchhalterin. Und selbstverständlich kannst du nach deinen Kursen im Büro mitarbeiten. Aber erst mal bezahlt dir VW ein privates Institut, erstklassig geführt. Die Tochter von Herrn Wenzel hat in ihrem Jahr dort sehr viel gelernt. Das Internat nimmt nur zwölf Schülerinnen pro Halbjahr, also wirklich exklusiv. Und im Sommer könnt ihr ins Strandbad, das magst du doch so gern«, er zog eine Broschüre hervor.

Sonja starrte auf das Foto von einer Villa, grau verputzt, mit breitem Säulenportal. Darüber der Schriftzug: *Schule in der Wannsee-Kolonie, Institut für Hauswirtschaft*. Nein!, schoss es ihr durch den Kopf. Nein und tausendmal nein! Auf keinen Fall! Nicht am Wannsee und nicht sonst wo! Sie wäre gern laut geworden, doch das hätte alles noch schlimmer gemacht. Vorsichtig wandte sie ein: »Auf der Realschule haben wir doch schon Unterricht in Hauswirtschaft ...«

»Kind!«, unterbrach die Mutter. »Ihr habt pro Woche bloß zwei Stunden Handarbeit und drei Stunden Kochen. Das reicht nicht. Dein Blumenkohl neulich war angekokelt. Und wenn du Betten beziehst, sind die Laken schief.«

Sonja würgte ihren Ärger hinunter. Deswegen sollte sie also aufs Internat? Wegen unordentlicher Betttücher und angebranntem Gemüse? Sie legte den Prospekt beiseite, ihre Hand zitterte. »Das ist eine Bräuteschule. Wie in Amerika. Wo alle mit siebzehn heiraten.«

Nun lachte der Vater. »Nein, Süße. Keine Angst, du musst da keine Braut werden. Das hat Zeit. Du sollst dich bloß gut vorbereiten. Auch wenn du ein paar Jahre bei uns im Büro mitarbeitest: Bald willst du heiraten und eine Familie gründen.«

»Genau!«, stimmte die Mutter ein. »Und einen tüchtigen Mann bekommst du nur, wenn du Ahnung vom Haushalt hast und anständig kochen kannst. Sonst nimmt dich keiner. Jedenfalls kein Guter.«

Sonja schluckte. So ruhig wie möglich sagte sie: »Ich soll also dahin, damit ich euch den richtigen Schwiegersohn anschleppe. Am besten einen, der später den Betrieb übernimmt. Ich muss gut für ihn kochen, damit er viele Autos verkauft. Ob ich ihn liebe, ist ja egal.«

»Nein, das ist nicht egal«, entgegnete der Vater unwirsch. »Wir würden dich nie in eine Ehe zwingen, und das weißt du genau. Aber bald bist du Unternehmertochter und hältst dich bitte an gesellschaftliche Regeln. Und du bereitest dich auf eine passende Partie vor. Mit der Internatsleitung habe ich schon telefoniert, Montag wirst du angemeldet.«

*

Auf dem kleinen Schreibtisch in der Kammer lagen noch die bunten Holzkränze mit den sechzehn Kerzen und dem Lebenslicht, daneben die Geschenke: hellbraune Halbschuhe mit Lochmuster, zwei Jungmädchenbücher, mehrere Paar Sommersöckchen, ein rosa Unterrock, eine Packung Damasttaschentücher. Gestern hatte sie mit ihren Freundinnen ihren Geburtstag gefeiert und noch nicht geahnt, wie schrecklich der nächste Tag werden sollte. Erst die Beleidigungen von Fräulein Meier-Sebeck, dann der Streit mit den

Eltern. Sonja lag auf dem Bett und grollte. Ein Bräuteinternat! Ausgerechnet! Sie war so wütend, dass sie nicht mal weinen konnte. Aber Tränen lösten sowieso keine Probleme. Sie stand auf und sah in den Spiegel über dem Nachtschrank. Die Wut ließ sie älter wirken, fand sie, fast schon erwachsen. Was machte eigentlich eine hübsche Frau aus? Hohe Wangenknochen? Volle Lippen? Eine ganz gerade Nase? Sonja hatte nichts von dem. In ihren Gesichtszügen schlug sie nach der Familie des Vaters: pausbäckig, große Augen, schmaler Mund. Die Nase länglich und eher schmal, ein kleiner Höcker, der kaum auffiel. Insgesamt konnte sie mit ihrem Äußeren wohl zufrieden sein. Ihr glattes dunkelblondes Haar trug sie schulterlang und seitlich gescheitelt. Links kämmte sie die Haare hinters Ohr, an der rechten Schläfe hielt eine Spange die Strähnen zurück. Originell war die Frisur nicht, doch sie passte zu ihrem Gesicht.

Sonja legte frischen Gesichtspuder auf. Der Schwefel darin war gut gegen Pickel, andere Schminke verbaten ihre Eltern. Sie bürstete die Haare, steckte die Spange fest und blickte zum Fenster. Sollte sie die Wollstrumpfhose ausziehen? Einfach bloße Beine und Söckchen? Nein, dafür war es zu kühl. Einige Mädchen aus der Klasse trugen Nylonstrümpfe, aber ihre Mutter meinte, das schicke sich frühestens ab achtzehn. Ihre weiße Bluse hatte Sonja morgens frisch angezogen, auch der braune Rock war noch sauber. Sie nahm ihre gelbe Strickjacke aus dem Schrank, wählte dazu einen eierschalfarbenen Schal aus Kunstseide und ging in die Küche.

Ihr Vater saß am Tisch und rauchte, ihre Mutter brühte Kaffee auf. Die Anspannung lag noch in der Luft.

»Ich fahre jetzt zu Oma Babs«, sagte Sonja sachlich.

»Tu das«, in der Stimme von Sonjas Mutter lag leiser Triumph. »Oma weiß das schon mit dem Internat, ich war vorhin da.« Zwischen den beiden lief es nicht immer rund, doch in wichtige Angelegenheiten weihte sie ihre eigene Mutter sofort ein.

»Was ist mit Hausaufgaben?«, fragte der Vater.

»Bloß ein Aufsatz für Sonnabend, den kann ich morgen noch schreiben. Nachher zum Abendbrot bin ich zurück.«

»Gut. Dann nimm Eugen den Kaffee mit raus.«

Mit dem Becher ging Sonja durchs Wohnzimmer und eine schmale Treppe hinunter in den Hof. Eugen war immer noch dabei, den blauen Käfer zu polieren. Das Radio in der Garage lief, der Lappen kreiste im Takt. *Rote Rosen, rote Lippen, roter Wein.* Er summte, und für einen Moment vergaß Sonja ihre Wut. Bestimmt dachte Eugen an seinen Schwarm. Zum ersten Mal seit Sonja ihn kannte, war er verliebt. Änne hieß seine Flamme, eine Witwe mit drei Kindern, viel mehr hatte er noch nicht von ihr erzählt. Aber wenn es gut weiterginge, wollte er sie den Falckes bald vorstellen. Sie freuten sich mit ihm. Der Krieg war seit sieben Jahren vorbei, und so ein feiner Kerl wie Eugen sollte nicht allein bleiben.

Sonja stellte den Kaffee hin. »Noch ganz heiß.«

»Danke«, er ließ den Lappen sinken. »Ach, Marjellchen. Das ist nicht einfach für dich, was?«

»Du weißt es also auch schon? Bist du deswegen vorhin rausgegangen?«

»Ja. Dein Vater hat mir den Prospekt gezeigt. Ich habe sofort gesagt: Das ist nichts für unsere Sonja.«

»Natürlich ist das nichts für mich. Absolut nicht! Ich soll aber trotzdem hin. Und jetzt rede ich erst mal mit meiner Oma.«

»Mach das. Babs ist eine gescheite Frau. Und ich mische mich nicht ein. Nur vergiss nicht: Du hast gute Eltern. Die reden mit dir, ruhig und ordentlich. Die schlagen dich nie. Da gibt es ganz andere Familien.«

»Weiß ich doch. Aber es geht um *mein* Leben und *meinen* Beruf. Außerdem: Oma Babs ist bestimmt gegen das Internat.«

»Denkst du, sie redet deinen Eltern das aus?«

»Hoffe ich wenigstens. Und überleg mal, wenn Helmut davon Wind kriegt: Seine Nichte auf einer Bräuteschule! Der geht an die Decke vor Wut.«

»Soll er. Dein Onkel ist ein Hitzkopf. All diese Sprüche von Marx und Engels.«

»Und von der sehr klugen Clara Zetkin«, hielt Sonja dagegen.

»Ja, von der auch, die hat ein paar Dinge richtig erkannt. Aber was sie über die sozialistische Gesellschaft schreibt, das klingt ja ganz nett, nur hat das mit den wahren Zuständen in Russland nichts zu tun. Und mit der DDR auch nicht. Du weißt doch: Marx ist die Theorie, und Murks ist die Praxis. Blöderweise begreift das dein Onkel nicht. Der verrennt sich da.«

»Möglich. Aber ich verrenne mich nicht. Ist doch in Ordnung, wenn ich nicht zur Bräuteschule will, sondern lieber sofort einen Beruf erlerne.«

»Und damit meinst du die Kurse an der Kaufmännischen Schule?« Eugen seufzte. »Marjell, du kannst schimpfen über das, was ich jetzt sage. Weil ich ja selbst keinen Gesellenbrief habe. Nur: Diese Kurse sind doch nichts Halbes und nichts Ganzes. Für unseren Schreibkram im Fahrdienst langt das, aber in einem großen Büro doch nicht. Dann lieber eine ordentliche Kaufmannslehre. Mit Stempel von der Handelskammer, also ein richtiger Beruf. Und geh vorher ein Jahr nach Wannsee. Das Internat ist tipptopp. So ein Angebot kommt nie wieder. Wenn ich ein Mädchen hätte, ich würde es hinjagen.«

Sonja antwortete nicht gleich. *Wenn ich ein Mädchen hätte.* Das sagte Eugen einfach. Dabei hatte er eine Tochter gehabt. Wie ihre drei Brüder war sie durch einen Fliegerangriff ums Leben gekommen. Auch jetzt sprach Sonja ihn nicht darauf an.

»Hausarbeit führt doch zu nichts«, wandte sie ein. »Das muss gemacht werden, damit nichts verlottert. Aber man räumt auf und wäscht und putzt und fängt immer wieder von vorne an.«

Er zeigte auf den Topf mit Polierwachs. »In jedem Beruf tut man was, das keinen Spaß macht. Gehört eben dazu. Und jetzt fahr zu deiner Oma.«

Sonja holte ihr Fahrrad aus der Garage. Im Radio sang Hans Albers *Nimm mich mit, Kapitän, auf die Reise.* Eugens rechter Fuß wippte im Takt.

Fehltritt

Die Müllerstraße weiter Richtung Leopoldplatz, hatte der Vater gesagt. Hier entstand das Autohaus mit den darüberliegenden Wohnungen. Sonja hatte die Baustelle bisher kaum beachtet. Sollte sie hinfahren und sich alles anschauen? Ihr war nicht danach, die Eltern hatten ihr die Vorfreude verleidet.

Es ging auf drei Uhr zu, viele Radfahrer waren unterwegs, in leichten Jacken und mit einem Lächeln auf den Lippen. Im Frühlingshoch lebte die Stadt auf. An der Putlitzbrücke hielt ein Wagen und überließ Sonja die Vorfahrt. Sie sah genauer hin: ein beiges Mercedes Cabriolet 170 S mit Weißwandreifen.

»Hallo, wertes Fräulein!«, rief der junge Fahrer ihr zu.

Offenbar hatte sie das Auto etwas zu lange angeschaut, und nun machte er sich Hoffnungen. Sie hätte schon Lust gehabt auf eine kleine Spritztour in so einem tollen Gefährt. Doch sie nickte nur und trat in die Pedale, der Schnösel sollte nichts Falsches von ihr denken. Insgeheim freute sie sich: Immerhin hatte der Fahrer sie beachtet.

Oma Babs wohnte in der Birkenstraße. Als Sonja und ihre Mutter während des Krieges zur Familie von Sonjas Vater in den Harz gezogen waren, hätten sie gern auch Oma Babs und Opa Heinz mitgenommen. Doch die hatten abgelehnt: Sie seien in Berlin geboren und hätten nie woanders gewohnt. Und Sonjas Onkel Helmut, damals sechzehn Jahre alt, war lieber bei seinen Eltern geblieben, als nach Goslar zu ziehen. Egal, was passierte. Leider war viel passiert. Im ersten Bombenhagel verloren sie nicht nur die Biedermeierkommode, sondern den größten Teil ihres Hausrats. Sie ließen sich nicht unterkriegen, zogen um und richteten sich notdürftig ein. Ein halbes Jahr später wurden sie erneut ausgebombt. Wir sind zäh, sagten sie. Wir wollen noch mitkriegen, wie dieses Hitlerschwein zugrunde geht. Sie hielten durch und erlebten die Befreiung. Doch Opa Heinz litt seit Jahren unter schwerer Bronchitis, sein Zustand verschlimmerte sich. »Frieden in Berlin und Frieden im Herzen«, meinte er auf dem Sterbebett. »Mehr kann ich mir nicht wünschen.«

Oma Babs und Helmut trauerten heftig, aber nicht lange – es gab viel zu tun. Helmut zog nach Pankow. Dort, im Osten der Stadt, begann er eine Lehre zum Zimmermann. Sonjas Oma blieb im Wedding, knotete ihr Kopftuch über der Stirn und packte an. Zehn, zwölf Stunden am Tag verbrachte sie im Schutt. Nichts konnte sie erschüttern. Wenn die Frauen unter den Steinen auf eine Leiche stießen, musste ihre Freundin Babs ran. Sie buddelte den toten Körper frei und gab den französischen Soldaten Bescheid, die das große Aufräumen überwachten.

Im Herbst 1945 stürzte in der Notwohnung eine Wand ein. Barbara Brevitz, so hieß Sonjas Oma mit vollem Namen, musste erneut umziehen. Herr Stern von der provisorischen Stadtverwaltung besorgte ihr in Moabit eine Einraumwohnung mit Wasserklosett und einem Gärtchen in Südlage. Sie wollte nicht wissen, wer hier vorher gelebt hatte und warum man ihr das Zimmer allein überließ – trotz des dramatischen Mangels an Wohnraum. Durch Tauschhandel erstand sie einige Setzlinge und ein paar Tüten Saatgut, seitdem grünte und blühte es im kleinen Garten. Oma Babs war unbeschadet durch die Hungerjahre gekommen und wollte nie wieder wegziehen. Geschweige denn in ein Krankenhaus gehen. Dann lieber direkt ins Doppelgrab zu ihrem Heinz.

An diesem Nachmittag schob Sonja ihr Fahrrad den Plattenweg entlang zur Rückseite des Hauses. Ihre Oma kam ihr entgegen, wie immer in einem der blauen Kittelkleider, die so gut zu ihrem silbergrauen Haar passten.

»Hab ich doch richtig gehört, Mädelchen. Ich wusste ja, du lässt nicht lange auf dich warten.«

Über Stunden hatte Sonja ihre Gefühle im Zaum gehalten. Nun, als die alte Frau sie an sich drückte, schluchzte sie auf.

Oma Babs wischte ihr über die Wangen. »Reden hilft, Kind. Reden und was ändern. Komm rein, es gibt Tee.«

In der Einraumwohnung gab es weder Estrich noch Mauerputz. Decken, Wände und Boden bestanden aus blanken Ziegeln. Als Wandbehang und Bodenbelag dienten Teppiche, die Babs dutzendweise aus dem Schutt gezogen hatte. Sie gab getrocknete Gartenminze auf ein Baumwolltuch und hängte es in die Kanne. Niemand machte besseren Kräutertee, fand Sonja, und niemand war so lebensklug und hatte ein so großes Herz.

Auf dem Küchentisch lag eine Broschüre vom Internat.

»Hat deine Mutter heute Morgen gebracht. Ach, Kind. Du kennst meine Meinung: In den Zwanzigerjahren war alles viel moderner. Da wussten die Frauen, was sie wollten. Heute ist es rückschrittlich, jedenfalls hier im Westen. Das Weib als Heimchen am Herd. So ein Unsinn. Aber Adenauer und die Kirchen können es ja machen. Zwei Millionen Frauen ohne Mann. Die tun alles dafür, sich einen zu angeln. Die kuschen und gehorchen«, sie legte ein paar Zwiebäcke auf einen Teller. »Die sind vorhin im Hotel übrig geblieben. Und ein Stückchen gute Butter auch.«

Ihre Witwenrente reichte bloß für die Miete. Das Gartengemüse entlastete zwar ihre Haushaltskasse, trotzdem wäre sie finanziell kaum hingekommen. Sonjas Vater wollte seine

Schwiegermutter unterstützen, doch sie bewies ihren eigenen Kopf. Als am Westhafen das Hotel Weyer eröffnet hatte, war sie hingegangen und hatte nach Arbeit gefragt. Seitdem half sie jeden Morgen drei Stunden beim Frühstück. Der Lohn war nicht üppig, immerhin durfte sie ein paar Lebensmittel mitnehmen – heute eben Zwieback und Butter.

Sie setzten sich auf die Bank an der Hauswand.

»Und was ist nun, Mädelchen? Du willst also nicht in dieses Internat?«

»Nein!« Sonja drückte ihren Rücken gegen die sonnenwarmen Ziegel. »Weil ich anschließend nämlich den richtigen Mann finden soll. Die passende Partie für das neue Autohaus und am besten gleich Vatis Nachfolger.«

»Alles Unsinn. Du brauchst vor allem einen richtigen Beruf, das habe ich deiner Mutter vorhin auch gesagt. Aber sie meinte, die Schule sei ja bloß für ein Jahr.«

»Eben! Ein Jahr ist doch lang. Vor allem, wenn ich viel lieber was anderes machen möchte.«

Oma Babs nickte. »Damit eine Frau ein unabhängiger Mensch sein kann, braucht sie ein eigenes Einkommen. Wobei es im Beruf ja nicht nur um Geld geht, sondern auch um Sinn und Erfüllung. Dafür reichen Kinder, Küche und Kirche nun mal nicht. Aber was diese Bräuteschule betrifft: Da gehst du bitte hin.«

»Was?!«

Die Großmutter lachte auf. »Ach, Kind. Das hättest du von mir wohl nicht erwartet. Trotzdem: Du musst auf das Internat. Dein Vater kann dieses Angebot nicht ablehnen. Beim besten Willen nicht.«

»Weil er sonst mit VW Ärger kriegt?«

»Bloß Ärger? Mädchen! Die würden ihn rausschmeißen. Im hohen Bogen! So eine tolle Möglichkeit, aber das Fräulein hat keine Lust«, Oma Babs nahm einen großen Schluck Tee. »Ein Mann, der sich von einem Backfisch Vorschriften machen lässt? So einer kann doch kein Autohaus führen.«

Sonja schluckte auch – obwohl sie nichts getrunken hatte. Sie hätte gern etwas dagegengehalten, doch was Oma Babs sagte, wog schwer.

»Freiheit beginnt im Kopf, Kind. Und wenn die da nicht ist, dann ist sie nirgends. Diese Schule geht über ein Jahr und schadet nicht. Hauswirtschaft sollte jeder können. Du lernst für dich und nicht für einen Kerl. Ob du irgendwann heiratest, hat erst mal gar nichts damit zu tun. Und morgen gucken wir uns das Internat an. Besichtigungen sind möglich mit einer Anmeldefrist von mindestens einem Tag, also auch von heute auf morgen. Das steht im Prospekt.«

»Das geht nicht!«, widersprach Sonja. »Ich habe Schule.«

»Das geht doch! Wir melden dich nämlich krank. Ich gehe rüber ins Hotel und rufe bei deinen Eltern an und im Internat natürlich auch. Du übernachtest heute hier.«

»Aber morgen regnet es, und ich habe keinen Mantel mit.«

»Ach, Kind. Ich bin durchtrieben, mir fällt schon was ein. Kommst du mit ins Hotel?« Grinsend gab Oma Babs selbst die Antwort: »Nein, das mache ich lieber allein, ich muss ja schließlich deine Eltern anschwindeln. Mach du lieber was Sinnvolles. Lies Zeitung, auch den politischen Teil. Ihr jungen Frauen sollt wissen, wie es in der Welt zugeht. Sonst verblödet ihr noch alle am Kochtopf. Bis gleich dann.«

Sonja nahm sich eine zwei Tage alte Zeitung, die Oma Babs aus dem Hotel mitgebracht hatte. Sie versuchte zu lesen, aber nicht mal auf die Modeanzeigen konnte sie sich konzentrieren. Sie stand auf und spülte die Tassen, dann holte sie einen modernen Gegenstand aus der Besenkammer. Bis letztes Jahr hatte es bei Babs im Frühling und Herbst großen Hausputz gegeben. Zwei Dutzend Teppiche auf die Stange hieven und durchklopfen, die ganze Familie hatte mit angepackt. Weihnachten dann hatten Sonjas Eltern der alten Dame einen Staubsauger geschenkt.

Sonja ließ die Düse über die Teppiche gleiten. Wie leicht das ging. Wie schön, dass elektrische Maschinen den Frauen immer mehr Mühen abnahmen. Sie schmunzelte: Heute Mittag hatte sie sich gegen die Haushaltsschule gewehrt, weil sie einen richtigen Beruf erlernen wollte. Und jetzt sollte sie eigentlich Zeitung lesen, besonders die politischen Artikel, und was machte sie stattdessen? Hausarbeit!

Oma Babs kam zurück.

»Meine Chefin leiht dir den«, sie holte einen seegrünen Wettermantel aus einer Papiertüte. »Und deinen Eltern habe ich erzählt, du hättest dich übergeben und leichtes Fieber. Margit entschuldigt dich morgen in der Realschule, aber Sonnabend sollst du möglichst wieder hingehen. Und wir beide haben um neun den Termin.«

Sonja zog den Mantel über: enge Taille, Glockenrock, ganz modern und schnieke. Vor dem Besuch morgen hatte sie Angst, da war der Mantel wenigstens ein kleiner Trost.

*

Um halb neun erreichten sie den Bahnhof Wannsee. Babs wies über den Vorplatz: »Unser Bus.« Nach sieben Stationen stiegen sie aus, zwischen den Häusern konnte man bis zum See blicken. »Wir müssen in die andere Richtung. So nah am Wasser liegt die Schule nicht.«

Wäre ja auch zu schön, dachte Sonja. Ein Internat mit Sandstrand oder Badesteg – das hätte sie sich gefallen lassen. Doch dieses Wohnviertel fand sie abschreckend. Lauter Villen, eine prachtvoller als die nächste, umgrenzt von alten Bäumen und hohen Hecken. Sonja kam eine Idee: »Und wenn die mich im Internat gar nicht wollen? Vielleicht bin ich denen viel zu popelig?«

»Keine Angst, die nehmen dich. Mit der deutschen Autoindustrie verderben die sich's nicht. Höchstens, du klaust silberne Löffel.«

»Wenn schon, dann goldene.«

Oma Babs lachte. »Na siehste. Lass dich nicht kirre machen von dem Prunk. Die Leute hier kochen alle bloß mit Wasser. Auch auf dem höchsten Thron sitzt man immer nur mit seinem eigenen Hintern.«

Sie erreichten ihr Ziel. Durch eisengeschmiedete Zierranken schaute Sonja in den herrschaftlichen Vorgarten.

»Ihr kriegt auch Unterricht in Gartenpflege«, meinte ihre Großmutter trocken.

Sonja grinste. »Brauche ich nicht. Demnächst stehen die reichen Heiratskandidaten bei mir Schlange. Irgendeiner bezahlt mir bestimmt drei Gärtner.«

»Ach so? Und gestern hast du noch gesagt, du willst keinen Mann«, die Oma drückte den Klingelknopf. »Und jetzt Haltung!«

Aus der Sprechanlage kam eine weibliche Stimme: »Ja bitte?«

»Frau Brevitz mit Enkelin Sonja Falcke. Ich hatte gestern angerufen.«

Der Summer ertönte. Sie schritten über knirschenden Kies und eine Freitreppe hoch zum Säulenportal.

»Herzlich willkommen«, eine junge Frau in grauem Kleid mit weißem Kragen empfing sie in der Vorhalle. Sie hatte helle Haut und im auffallenden Kontrast dazu kastanienrotes Haar. Vor Oma Babs machte sie einen Knicks.

»Ninette van Halem, die Schulsprecherin.« Sie wandte sich an Sonja. »Wir Mädchen untereinander sagen Du, ansonsten duzen wir hier niemanden. Frau Direktor Knuth ist noch in einer Unterredung, aber es dauert sicher nicht mehr lange.«

Sie traten in eine Halle. Sonjas Blick schweifte erst in die Weite, dann nach oben. Hundert Quadratmeter mindestens, bei einer Höhe von etwa acht Metern. Und alles aus Eiche. Nicht nur das Parkett, auch die Vertäfelung an sämtlichen Wänden. Es roch nach Bienenwachs und Terpentin. Mit Schrecken dachte Sonja an einen Satz im Prospekt: *Die Schülerinnen reinigen das Internatsgebäude selbstständig und erlangen gründliche Kenntnisse in den Techniken traditioneller und moderner Raumpflege.*

»Das Gebäude stammt aus der Gründerzeit«, erklärte die Schulsprecherin. »Der Vorbesitzer war Waldwirt in Thüringen. Aber so viel Holzverkleidung haben wir nur hier und im Festsaal. Unsere Arbeitsräume sind sehr praktisch eingerichtet«, sie führte die Besucherinnen in einen Warteraum. »Das Büro von Frau Direktor liegt gegenüber, ich bin gleich wieder da.«

Sie schloss die Tür hinter sich. Sonja und Babs sahen sich um: ein Glastisch in Nierenform, Stühle aus Chrom und schwarzem Leder, ein gepolstertes Türblatt.

»Wenigstens keine Eiche«, meinte Sonja. »Das lässt hoffen.«

Oma Babs schmunzelte. »Vielleicht sind dem Waldwirt die Bäume ausgegangen. Aber diese Ninette ist wirklich ein hübsches Mädchen. Und gar nicht eingebildet. Van Halem. Den Namen habe ich schon mal gehört. Fällt mir noch ein. Und die Einrichtung hier ist doch wunderbar. Pflegeleicht und schick.« Sie nahm sich eine Zeitschrift vom Nierentisch: *Die praktische Hausfrau.* »Da können wir gleich mal was lernen.«

Sonja trat ans Fenster. Eine Tüllgardine verhüllte den oberen Teil der Scheibe, auf der Fensterbank standen ein paar Topfpflanzen. Sie steckte den Kopf zwischen einer Sansevierie und einem Alpenveilchen hindurch und schaute längs über den Vorgarten. »Den Buchsbaum hier schneiden die bestimmt mit Lineal und Nagelschere.«

Oma Babs klopfte auf den Stuhl neben sich. »Du machst dich bloß verrückt. Setz dich!«

Gerade wollte Sonja sich vom Fenster abwenden, da traten drei Personen aus der Villa und gingen die Treppe hinunter. Offenbar eine Familie: ein Paar in mittleren Jahren und ein Mädchen in Sonjas Alter, alle gut gekleidet. Kamen die gerade von der Direktorin? Hatte sie wegen dieser Familie noch keine Zeit? Sonja schaute genauer hin. Der Vater schleppte zwei Koffer, Mutter und Tochter waren bepackt mit Reisetaschen. Jetzt blieb die Tochter stehen, zog ein Taschentuch aus dem Mantel und putzte sich die Nase. Dabei drehte sie den Kopf zur Seite, ihr Gesicht war rot und verquollen.

»Hier stimmt was nicht, Oma. Komm mal gucken.«

Die alte Frau eilte ans Fenster und bezog halbe Deckung neben ihrer Enkelin. Bisher hatte Sonja Sansevierien eher nervtötend gefunden, bloß lästige Staubfänger. Doch die hohe Pflanze mit den geschwungenen Blättern bot ein wunderbares Versteck für zwei Köpfe. Draußen gingen die Eltern den Kiesweg entlang, die Tochter folgte weinend.

»Die ist rausgeflogen«, folgerte Oma Babs. »Armes Ding!«

»Du meinst: ein Schulverweis?«

»Nach purer Freude sieht das jedenfalls nicht aus. Und nach rührseligem Abschied auch nicht. Und warum haben die für so viel Gepäck kein Personal? Aber vielleicht wollen die sich gar nicht helfen lassen. Das soll alles diskret ablaufen, weil sich die höhere Tochter danebenbenommen hat.«

Die Familie verschwand hinter der Hecke. Für die Damen am Fenster war die Vorstellung beendet.

»Und?«, fragte Sonja herausfordernd. »Was hat das Mädchen ausgefressen?«

»Wir fragen nach.«

»Oma! Dann weiß die Direktorin sofort, dass wir am Fenster waren.«

»Ja und? Wir haben einen Termin, trotzdem lässt sie uns warten. Dann dürfen wir wohl wenigsten rausgucken. Ist ja nicht unsere Schuld, wenn in dem Moment diese Familie da langläuft. Du sollst hier für teures Geld zur Schule gehen und siehst dieses weinende Mädchen. Also machst du dir Sorgen.«

Ihnen blieb gerade noch Zeit, sich ordentlich hinzusetzen und *Die praktische Hausfrau* aufzuschlagen, da betrat Ninette van Halem den Raum. »Frau Direktor lässt bitten.«

Einiges wusste Sonja schon aus dem Prospekt: Elvira Knuth war nicht nur Hauswirtschaftsmeisterin, sondern auch Pädagogin für Frauenbildung. Bevor sie ihr eigenes Institut gegründet hatte, hatte sie in einer Hotelfachschule am Genfer See gearbeitet.

Auf in die Höhle der Löwin!, dachte Sonja. Doch diesem Tier ähnelte Elvira Knuth nicht. Sie kleidete sich nicht beige, sondern grau, passend zur Wasserwelle. Dazwischen prangte etwas Dunkelrotes: ihr Mund. Vielleicht hatte sie ja nicht nur Rot auf den Lippen, sondern auch Haare auf den Zähnen? Im Moment jedoch zeigte sie sich handzahm.

»Guten Morgen, Frau Brevitz. Sehr angenehm. Sie begleiten also das Fräulein Enkelin. Herzlich willkommen.«

Sie setzten sich an den Schreibtisch, die Direktorin nahm Sonja fest in den Blick. »Es kommt ein großer Schritt auf Sie zu. Da haben Sie sicher noch Fragen.«

Sonja nickte. »Dies ist ja ein Internat, man wohnt hier also.

Aber warum eigentlich? Es ginge doch auch, dass man nur tagsüber in die Schule kommt und zu Hause schläft.«

»Natürlich«, der rote Mund zog sich kurz in die Breite. »Doch wir führen das Haus als Internat, um durch das dauerhafte Miteinander die gesellschaftlichen Fähigkeiten unserer Schülerinnen zu stärken. So lernen wir, stets verlässlich füreinander da zu sein. Dabei geben wir die Wochenenden frei, von Sonnabendmittag bis Sonntagabend, Ihr Kontakt zur Familie bleibt also gewahrt.«

Eine Antwort wie aus dem Gebetbuch. Sonja fragte nicht weiter.

Oma Babs übernahm: »Entschuldigen Sie, aber ich würde gern noch etwas wissen. Allerdings ist es heikel.«

»Auch schwierige Fragen sind erlaubt, Frau Brevitz. Soweit das Schamgefühl Ihrer Enkelin gewahrt bleibt.«

»Bestimmt. Sonja hat ja alles mit eigenen Augen gesehen.«

»Ach?« Das Lippenrot wurde schmal. Frau Direktor schien etwas zu ahnen.

»Zufällig haben wir eben aus dem Fenster geschaut«, fuhr Babs fort. »Ein Mädchen hat heftig geweint, und die Eltern haben Gepäck rausgetragen. Wohl kein freundlicher Abschied, und deswegen macht sich Sonja nun Sorgen.«

»Das brauchen Sie nicht, Fräulein Sonja. Aber verständlich bei dem, was Sie bedauerlicherweise mit angesehen haben. Unsere Schülerinnen tuscheln ohnehin über den Vorfall. Darum sage ich es Ihnen lieber selbst, mit der Bitte um Diskretion. Den Statuten unseres Instituts folgend, blieb mir leider keine Wahl, als die junge Dame zu entlassen. Es war so: Unser Festsaal im Obergeschoss brauchte eine Renovierung. Die beauftragte Firma gilt als seriös, und als der Inhaber seinen Lehrling mitbrachte, sah ich keine Gefahr. Darum bat ich eine Schülerin, die Anstreicher mit Getränken zu versorgen: Kaffee, Saft oder Malzbier. Am Spätnachmittag verließ der Meister kurz den Raum, und zwischen dem Lehrling und unserer Schülerin kam es zu Berührungen, mitten vor dem Fenster. Dank eines Nachbarn bekam ich Bescheid. Danach war die Schülerin für uns nicht mehr tragbar. Ein Fauxpas eben, ein Fehltritt.«

»Ach!« Oma Babs gab sich betroffen. »Aber was ist denn eigentlich passiert? Ich meine: welche Art von Berührung?«

Elvira Knuth räusperte sich. »Die jungen Leute haben Küsse ausgetauscht. Innige Wangenküsse.«

Die Direktorin verstummte. Sonja starrte auf den Tisch und biss sich auf die Lippen, um nicht loszuprusten.

Oma Babs dagegen erklärte todernst: »Wirklich ein schlimmer Vorfall. Aber keine Sorge, mit unserer Sonja wird Ihnen das nicht passieren. Die lässt sich von keinem Mann küssen. Das hat schließlich noch Zeit bis zur Verlobung.«

*

Um acht Uhr ertönte die Schulglocke. Als Fräulein Meier-Sebeck »Setzen!« befahl, blieb Klassensprecherin Gudrun stehen.

»Ein Anliegen bitte. Sonja Falcke möchte der Klasse etwas mitteilen.«

Sachlich trug Sonja die Neuigkeiten vor. Dass ihr Vater demnächst keinen Fahrdienst mehr habe, sondern einen Neu- und Gebrauchtwagenverkauf mit Werkstatt. Dass dort jede Menge Büroarbeit anfalle, mehr als Sonja allein bewältigen könne. Und dass sie nicht sofort die Kaufmännische Schule besuchen werde, sondern zunächst ein Privatinstitut für Frauenbildung am Wannsee. »Da stärke ich dann meinen Sinn für das Häusliche.«

Sonja setzte sich, alle Augen waren auf die Meise gerichtet. Sie schwieg, und die Mädchen begriffen: Sie wusste nicht weiter. Eine Zwickmühle. Gegen eine Hauswirtschaftsschule durfte sie nichts sagen – dann hätte sie sich selbst widersprochen. Andererseits konnte sie sich nicht mit Sonja freuen – dazu fehlte ihr die menschliche Größe.

Schließlich erhob sich Monika. »Das sind wunderbare Zukunftspläne, Sonja. Alles Gute für dich und deine Eltern.«

Die Mädchen applaudierten, und der Meise blieb nichts übrig, als mitzuklatschen. Nur kurz, aber immerhin.

Der Tag des Abschieds rückte näher, sämtliche Noten standen fest. In der Klasse kreisten die Poesiealben. *Rosen, Tulpen, Nelken, alle Blumen welken, nur das eine Blümlein nicht, das da heißt Vergissmeinnicht.*

Und bald schon war der Tag der Abschlussfeier gekommen. Sie begann mit einem Gottesdienst. Bei aller schulischen Bildung, sagte der Pastor, gehe es doch vor allem um Herzensbildung. Die meisten Mädchen wollten ihrer natürlichen Bestimmung folgen und an der Seite eines tüchtigen Mannes eine Familie gründen. Sie sollten stets danach streben, Gott zu achten. Denn dies sei das Größte und Wertvollste, was sie ihren Kindern mitgeben könnten.

Nach der Predigt sang der Schulchor, der Rektor hielt eine Rede. Alle Mädchen hatten die Mittlere Reife erworben. Das sei nicht selbstverständlich, hieß es, schon gar nicht nach so schweren Zeiten. Doch vielleicht hätten ja gerade das erlittene Kriegsleid und der hoffnungsvolle wirtschaftliche Aufschwung die jungen Damen so angespornt. Schließlich gab es die Zeugnisse. Sonja behielt in Deutsch ihre Zwei, der Abschied von Fräulein Meier-Sebeck fiel höflich aus.

*

Im Frühjahr 1950 waren Margit und Sonja nach acht Jahren aus dem Harz nach Berlin zurückgekehrt, ihren alten Friseur gab es nicht mehr. Doch am Leopoldplatz hatten sie einen neu eröffneten Damensalon gefunden und sich kaum losreißen können von den Auslagen: Flakons mit edelstem Parfüm, Bürsten, Schildpattkämme und Perlmuttspangen mit versilbertem Griff, drapiert auf dunkelrotem Samt, alles zu recht zivilen Preisen. Sie betraten den Salon und staunten weiter. Der Kassenraum glich einem Paradies. Übergardinen und Vorhänge mit Rosenblütenmuster, auf beleuchteten Glasregalen lange Reihen von Kosmetika aller Art. Aus einem Raum hinter dem Tresen trat eine Dame auf sie zu, die Chefin selbst. Friseurmeisterin Ilse Ebeling verkörperte alles, was Sonja mit Schönheit und Eleganz verband. Dabei war sie nicht mehr ganz jung, vermutlich schon über dreißig, aber äußerst gepflegt, mit sorgfältigem Make-up und gezupften Augenbrauen. Sie trug einen hüftlangen rosa Kasack mit weinrotem Revers und einen schmalen Rock im selben Ton. Lippenstift und Nagellack passten zum Rosa des Kittels, und das hellbraune Haar war mit perlenverzierten Kämmen hochgesteckt. In einer Konditorei hätte man gesagt: Diese Frau ist appetitlich wie eine Himbeersahneschnitte.

Sie begrüßte die neuen Kundinnen, fragte nach Sonjas Alter und freute sich. »Meine Nichte Monika ist auch vierzehn. Sie geht auf die Mädchenrealschule am Bahnhof Gesundbrunnen.«

So ein Zufall! Dort war Sonja doch schon angemeldet.

Am Montag darauf hatte das Schuljahr begonnen und Sonja den Platz neben Monika bekommen. Seitdem waren sie Freundinnen.

Als Sonja im April 1952 den Damensalon betrat, ertönte wie immer die Türklingel, und wie immer roch es wunderbar nach Parfüm. Doch diesmal kam nicht Monikas Tante Ilse in den Vorraum, auch keine ihrer Gesellinnen, sondern Monika selbst, im rosa Kasack mit weinrotem Rock.

»Schnieke, schnieke«, lobte Sonja. »Und? Wie viele Frauen hast du schon verhunzt?«

Monika lachte. »Als Lehrling mache ich erst mal nur Hilfsdienste und Kasse.«

Ilse Ebeling kam mit einer frisch ondulierten Kundin in den Vorraum. »Frau Urban hatte Wasserwelle mit Schnitt. Guten Tag, Sonja, du bist in zehn Minuten dran.«

Monika stellte sich an die Kasse. »Zwei Mark zwanzig bitte, Frau Urban.«

Die Kundin gab zehn Pfennig Trinkgeld. Monika dankte mit einem Knicks und hielt die Tür auf, dann führte sie Sonja in den Personalraum hinter dem Tresen.

»Limonade oder Himbeerwasser?«

»Rate mal. Was passt denn besser zu eurer Einrichtung?«

»Na dann«, Monika mischte Wasser mit Himbeersirup und senkte die Stimme »Übrigens: Es geht Tante Ilse in letzter Zeit gar nicht gut. Sie hat oft Kopfschmerzen und nimmt dann Tabletten. Ich darf dir das eigentlich nicht verraten, sie will sich das auf keinen Fall anmerken lassen. Aber neulich hätte sie fast eine Kundin unter der Trockenhaube vergessen, und gestern saß sie ganz versunken hier auf dem Sofa. Mit einer Zeitschrift. Und sie hat geweint.«

»Vielleicht hat sie was Trauriges gelesen.«

»In dem Artikel ging es bloß um Häkeldeckchen. Nein, ist schon klar, was los ist: Sie leidet unter Einsamkeit. Ihr Gerald ist seit 1944 tot, und sie hätte so gern eine eigene Familie, aber mit vierunddreißig klappt das ja kaum noch. Jetzt war sie im Eheanbahnungsinstitut. Die wollten wissen, ob sie auch einen älteren Mann nehmen würde oder einen mit Kriegsprothese. Sie hat gesagt: Alles kein Hindernis, wenn er sie ehrlich liebt.«

»Und solche Männer kriegt sie jetzt vorgestellt?«

»Ja. Und sie wird in jedem Fall freundlich sein. Vielleicht ist ja einer dabei, der kriegsbeschädigt ist, aber ein Herz aus Gold hat. Das ist ihr besonders wichtig.«

Sonja wollte etwas entgegnen, doch in dem Moment hörte sie Ilses Schritte.

*

Oma Babs nannte Helmut »unser Wunderkind« – nicht wegen besonderer Talente, sondern weil es ihn überhaupt gab. Mit fast fünfundvierzig hatte sie die Zeichen einer Schwangerschaft zuerst als Wechseljahresbeschwerden gedeutet. Doch Babs und Heinz hatten sich über den Nachzügler gefreut.

Die Weltgeschichte hatte ihre Schatten vorausgeworfen. Kurz nach Helmuts sechstem Geburtstag gelangte Hitler an die Macht, und der Junge verstand früh: Seine Eltern verabscheuten den neuen Reichskanzler aus tiefstem Herzen, aber das durfte nicht nach außen dringen. Helmut hielt sich daran und schwieg. 1936 kam er zum Deutschen Jungvolk, 1940 zur Hitlerjugend. Mit vorgetäuschter Inbrunst sprach er die Parolen mit, doch er durchschaute die Lügen und ließ sich nicht anstecken. Bei Kriegsausbruch begannen Babs und Heinz zu rechnen. Helmut war im Dezember 1926 geboren. Wenn die Kämpfe dauerten, würde er spätestens 1944 eingezogen.

»Melde dich freiwillig im Lazarett«, rieten sie ihm. »So bald wie möglich. Dann wirst du später kein Frontsoldat.«

Er protestierte. Sanitäter? Das konnte er sich so gar nicht

vorstellen, doch seine Eltern setzten sich durch – und retteten ihm vermutlich das Leben. Als im September 1944 alle Jungen ab sechzehn zum Volkssturm mussten, durfte Helmut seinen Dienst in einem Berliner Reserve-Lazarett fortsetzen.

Nach dem Krieg wollte er nur noch vergessen. Viele seiner Kollegen gingen als Pfleger in zivile Kliniken, doch Helmut entschied sich anders: »Wir müssen aufbauen! Für Frieden und ein neues Deutschland mit einer gerechten Gesellschaft in einem Arbeiter-und-Bauern-Staat.« Er zog in den sowjetisch besetzten Teil der Stadt, lernte Zimmermann und entbrannte für den Sozialismus. Zu seinen Verwandten im Westen hielt er immer weniger Kontakt.

»Wir haben kein schwarzes Schaf in der Familie, sondern ein rotes«, sagte Sonjas Mutter über den Bruder.

Sonja fand die politische Einstellung des nur zehn Jahre älteren Onkels unwichtig, er blieb für sie der Spielkamerad aus frühen Kindertagen. Inzwischen lebte er im Stadtteil Pankow in einem Hinterhofschuppen ohne Strom und fließend Wasser. Zum Brunnen mit Schwengelpumpe und zum Plumpsklo musste er hundert Meter weit laufen, trotzdem fühlte Helmut sich hier wohl. Als Zimmermann konnte er Abfallholz und Teerpappe von den Baustellen mitnehmen, damit dichtete er den Schuppen gegen Wind und Regen ab. Außerdem organisierte er Tapetenrollen, die er als Isolation gegen Kälte in vielen Schichten längs und quer auf die Wände klebte. Er wohnte allein, unterhielt jedoch zarte Bande zu Lisbeth – seiner Herzensgenossin. Sie war älter als er, schon zweiunddreißig, und hatte einen halbwüchsigen Sohn. Ihr Ehemann war angeblich im Krieg gefallen. Oma Babs, die überall Leute kannte, wusste es besser: Lisbeth Kramm war ledig und der Vater ihres Jungen längst über alle Berge. Seiner

Familie hatte Helmut weder Lisbeth noch den Sohn vorgestellt. Es gab auch kein Foto von den beiden – zumindest behauptete er das.

Vor dem Internatsjahr wollte Sonja ihren Onkel noch einmal besuchen. Sie telefonierte mit dem Büro seiner Brigade und bat um Rückruf. Er meldete sich am nächsten Tag.

»Ist ja schön, Sonja. Bloß: Am Wochenende habe ich kaum Zeit. Lauter wichtige Parteitermine. Wie wär's denn Montag um halb vier?«

Sonja sagte zu. Zwischen den Sektoren verkehrte ganz normal die S-Bahn, aber die Ost-Regierung hatte angekündigt, ihre Bürger bald nicht mehr so einfach in den Westteil zu lassen. Allerdings, wie sollte man das umsetzen, wo täglich Hunderttausende zwischen Ost und West pendelten? Wie wollte das SED-Regime so viele Menschen kontrollieren? Bloß heiße Luft, hieß es, leere Drohungen von Ulbricht, dieser Witzfigur.

Mit der Bahn von Wedding in den südlichen Teil von Pankow waren es nur ein paar Stationen, doch Sonja kam es vor wie die Reise in eine andere Welt. Im Ostteil lagen sieben Jahre nach Kriegsende noch ganze Straßenzüge in Schutt und Asche. An der Schönhauser Allee stieg sie aus, in ihrer Tasche eine Dose mit getrockneten Pfefferminzblättern aus Oma Babs' Garten. Sie hätte ihrem Onkel gern auch Zucker und Butter mitgebracht, beides war in der DDR immer noch rationiert. Doch Helmut weigerte sich, Lebensmittel aus dem Westen anzunehmen. Sein Staat sorge gut für ihn, meinte er. Dass es Grundnahrungsmittel nur gegen Bezugsmarken gebe, störe ihn nicht. Die DDR sei eben noch im Aufbau.

Sonja ging Richtung Norden und bog in die Thulestraße ein, weit hinten auf einem Trümmergrundstück hauste Helmut in seinem Schuppen. Sie klopfte, er öffnete in Zimmermannshosen und kariertem Hemd. Sein dunkelblondes Haar reichte bis über den Nacken und fiel ihm wirr in die Stirn. Vermutlich war die Mähne ein Zeichen kommunistischer Gesinnung, Marx hatte auf den Plakaten ja auch lange Haare.

Helmut schloss seine Nichte in die Arme und tat so, als wollte er sie durchkitzeln – wie früher. »Mensch, Mädchen. Von dir hört man ja Sachen. Da schicken deine Eltern dich auf ein Bonzeninternat. Na, komm erst mal rein.«

Sonja überreichte die Dose mit der Minze. »Viele Grüße von deiner Mutter. Von meinen Eltern natürlich auch«, sie schnupperte. »Riecht ja lecker. Hast du was in der Backröhre?«

»Ja, aber keinen Kuchen. Viel gesünder: Äpfel aus dem Havelland, volkseigener Obstanbau. In unserem Staat sind wir auf Güter aus Nordamerika nicht angewiesen, schon gar nicht auf Kaugummi oder Schokolade. Es gibt heute echten Tee aus Russland, eine besondere Zuwendung an meine Brigade für gute Arbeit. Weil wir eben nicht nur die Stalinallee bauen, sondern dahinter ein ganzes Stadtviertel. Dutzende von Gebäuden, an die fünftausend Wohnungen. Unsere Ost-Berliner Stalinstadt. Größtes und modernstes Projekt der ganzen DDR!« Er wies auf einen Sessel. »Setz dich doch.«

Sonja kannte die Geschichte des Möbelstücks. Er hatte den Sessel nach dem Krieg im Schutt gefunden und eigenhändig repariert. Sie nahm Platz und sah zu, wie er mit Kessel und Schürhaken am Holzofen hantierte.

»Wasser ist gleich heiß. Aber sag mal: Musst du wirklich auf diese Bräuteschule? Lassen deine Eltern da nicht mit sich reden?«

Sonja erzählte vom Autohaus und dem Vertrag mit VW. »Das Internat ist bloß für ein Jahr. Danach lerne ich Kauffrau.«

»Also typisch imperialistisch!« Er hob beschwichtigend die Hand. »Nicht falsch verstehen. Auch im Sozialismus brauchen wir tüchtige Kaufleute. Wir haben schließlich eine florierende Wirtschaft. Bloß: Bei uns geht es um die geplante Herstellung und gerechte Verteilung von Gütern. Anders als bei euch.«

»Aber es ist doch gut, wenn ich einen richtigen Beruf erlerne und später keinen Mann um Geld bitten muss.«

Helmut lachte auf. »Hast du mal überlegt, wie klein dein Stundenlohn sein wird im Vergleich zu dem Reibach, den andere Leute aus deiner Arbeitskraft ziehen?« Sie wollte etwas erwidern, doch er redete weiter. »Damit eine Frau ein wirklich freier Mensch sein kann, muss sie sich durch einen Beruf wirtschaftlich unabhängig machen. Das stimmt. Aber es ist nur die halbe Wahrheit. Was nützt es, wenn sie nicht mehr von ihrem Mann abhängig ist, dafür aber von einem ausbeuterischen Arbeitgeber? Wir müssen viel weiter denken. Clara Zetkin hat das schon vor fünfzig Jahren erkannt. Frauen brauchen einen Beruf, aber eben in einer gerechten Gesellschaft, also einer wahren Demokratie, wo keiner den anderen unterdrückt. Erst das macht die endgültige Abkehr vom Faschismus und dauerhaften Frieden möglich. Nur so endet der imperiale Herrschaftsanspruch und damit auch jeder Krieg.«

Sonja biss in einen getrockneten Apfelring und ließ ihren Onkel reden. Er hatte zu allem sowieso seine feste Meinung.

»Überleg dir das, Mädchen«, fuhr er fort. »Unser Staat hat sich die Rechte der Frau auf die Fahnen geschrieben. So wie in Russland, unserem großen Vorbild. Da werden Frauen zu nichts gezwungen. Sie müssen keinem Mann gehorchen und auch kein Kind auf die Welt bringen, das sie nicht möchten«, er stutzte und sah sie an. »Du weißt, was ich meine?«

Sonja nickte. Wenn eine schwangere Russin ihr Kind nicht

wollte, durfte sie eine Fehlgeburt vornehmen lassen. Und auch sonst hatten die Frauen dort viel mehr Rechte als in Westdeutschland oder Amerika.

Helmut dozierte etwa zwanzig Minuten, erst dann konnten sie über alltägliche Dinge reden – und sogar gemeinsam lachen. Nach zwei Stunden musste er zur nächsten Parteiversammlung. Sie mochte ihren Onkel trotzdem.

*

Ein paar Tage später im Garagenhof polierte Sonja den schwarzen Käfer auf Hochglanz. »Die anderen Mädchen von der Bräuteschule kommen bestimmt im Maybach. Oder einem schnieken BMW.«

»Wir können uns auch sehen lassen«, tröstete Eugen, »und wir sind rechtschaffen. Das ist nicht selbstverständlich heutzutage. So viele von diesen Neureichen haben ihr Geld mit Waffen oder anderen Schiebereien gemacht. Kriegsgewinnler eben. Aber dein Vater: immer aufrecht und ehrlich. Kannst stolz drauf sein, Marjellchen.«

Sie nickte. Mit den Töchtern von reichen Ganoven auf eine Schule zu gehen behagte ihr nicht, und sie dachte daran, was Helmut ihr neulich erklärt hatte: Im Westen liefen ungestraft jede Menge Verbrecher rum. Alte Nazis, die ihre schwere Schuld vertuschten, ihr Vermögen in Sicherheit brachten und jetzt fortsetzten, was sie unter Hitler schon getan hatten – Menschen unterdrücken, um selbst immer reicher und mächtiger zu werden. Vielleicht hatten einige Mädchen im Internat tatsächlich solche Väter, aber sie konnte ihre Mitschülerinnen doch nicht darauf ansprechen.

Im Übrigen behielt Sonja recht: Zur halbjährlichen Eröffnungsfeier säumten Luxuslimousinen die Straße vor dem Internat. Ihr Vater parkte den Käfer zwischen einem brandneuen BMW und einem wunderschön gepflegten alten Horch.

»Aber bei VW sind die Verkaufszahlen höher«, meinte er grinsend.

Einen Gottesdienst gab es nicht, das Institut legte Wert auf weltanschauliche Neutralität. Nach der Rede von Frau Direktor unterhielten die Schülerinnen, die schon ein halbes Jahr weiter waren und sich jetzt stolz »Obersemester« nannten, das Publikum mit klassischen Musikstücken. Es folgte der Sektempfang, und Sonja lernte: Als »Kanapee« bezeichnete man nicht nur ein Sofa, sondern auch ein Appetithäppchen.

Es folgte die Verteilung der Unterkünfte, Sonja teilte sich ihr Zimmer mit einer Christa, einer Christine und einer Christiane.

»Meinen Namen könnt ihr euch wenigstens gut merken«, meinte Sonja.

Die anderen lachten, der Anfang war gemacht.

Walter

»Wir lernen, indem wir arbeiten«, sagte Frau Direktor. »Als Ehefrau und Mutter sind Sechzehn-Stunden-Tage üblich. Dies gilt auch, wenn Sie Personal haben, denn dann obliegt es Ihnen, die Arbeit Ihrer guten Geister zu überwachen.«

Die Mädchen lernten viel. Sie lernten von acht Uhr morgens bis sieben Uhr abends. Sie lernten in Klassenzimmern, Küche, Vorratskeller, Nähstube und Garten. Sie lernten, wie man mit einem feuchten Tuch und einem Teppichklopfer den Staub aus Polstern aufnahm, wie man Leder mit Hirschhornsalz reinigte und wie sich Metallrost mit einer halben Zwiebel entfernen ließ. Wie man eine »Schweizer Ecke« faltete, eine spezielle Technik, damit ein Bettlaken nicht auf der Matratze verrutschte, lernten sie natürlich auch. Vieles kannte Sonja schon, einiges fand sie ungewöhnlich. Und oft dachte sie: Na gut. Wusste ich noch nicht, trotzdem wäre mein Haushalt nicht verlottert.

Dass Sonja sich trotz der Arbeit wohlfühlte, lag vor allem an der Gemeinschaft. Elvira Knuth leitete das Internat mit Umsicht und Augenmaß. Wenn es aber um den Kontakt zum anderen Geschlecht ging, kannte sie kein Pardon: »Bei den hauseigenen Tanzkursen im Frühjahr und Herbst werden Sie sich im Umgang mit wohlerzogenen jungen Männern üben. Ansonsten ist Herrenbesuch untersagt, abgesehen natürlich von nahen Verwandten.«

Sonja dachte an das Mädchen und den Malerlehrling, die Knutscherei am beleuchteten Fenster und den Schulverweis. Die Geschichte ließ ihr keine Ruhe.

Schon bald erfuhr sie, wer hinter dem Namen van Halem steckte: Die Familie betrieb in vierter Generation eine Fabrik für Körperpflegeprodukte. Mit Graciosa-Hautcreme hatten sie ein Vermögen gemacht. Die Erfindung stammte von Ninettes Ururgroßvater, einem einfachen Chemiearbeiter. Während einer Nachtschicht zwischen Fässern von Walfett und destilliertem Wasser war ihm der Einfall gekommen. Seine Versuche hatten schon bald zur idealen Rezeptur geführt, seitdem fehlte die hellblaue Cremedose in keinem deutschen Haushalt. Mit der Zeit war die Produktpalette größer geworden: Seifen, Sonnenschutz, Säuglingspflegemittel – später auch Schminke und Nagellack.

Ninette van Halem erfüllte ihre Aufgabe als Schulsprecherin so zuverlässig wie charmant. Anfang Mai hatte Sonja mit ihr einen Einsatz im hinteren Teil des Gartens: Unkraut jäten und Beete harken. Die beiden waren ungestört, Sonja lenkte das Gespräch auf die entlassene Schülerin.

»Eine tragische Geschichte«, meinte Ninette. »Das hätten wir ihr gar nicht zugetraut: Sonst immer schüchtern, und plötzlich knutscht sie einen Lehrjungen. Noch dazu am hellen Fenster. Die Gefühle sind wohl einfach mit ihr durchgegangen, und dann musste Frau Direktor sie entlassen, der Ruf des Internats geht eben vor.«

»Und was macht sie jetzt?«

»Das weiß ich nicht, sie hat nie wieder von sich hören lassen. Aber schlecht geht es ihr bestimmt nicht. Die Eltern sind eigentlich sehr nett. Vielleicht ist sie schon verlobt, mit einer passenden Partie«, Ninette schmunzelte. »Also knutsch nicht am beleuchteten Fenster rum.«

Sonja ging auf Ninettes Tonfall ein. »Keine Sorge. Der Malerlehrling wird kaum wiederkommen, und sonst laufen hier ja keine Traumprinzen rum.«

»Da irrst du dich aber«, Ninette hob den Zeigefinger. »Unser Traumprinz ist der Lebensmittellieferant, der Schöne Walter.«

»Aha. Und der heißt also Schöner Walter. Konnte Frau Direktor denn keinen hässlichen finden?«

»Wollte sie nicht. Walter Godewind hat beste Beziehungen zum Großmarkt und zu den Bauern am Stadtrand. Er liefert immer frische Qualität.«

»Und was ist an dem so schön?«

»Tja«, Ninette legte den Kopf schief. »Hohe Wangenknochen, markantes Kinn, Augen braun wie Haselnüsse. Angeblich hat er Ähnlichkeit mit dem amerikanischen Sänger. Nat King Cole. Kennst du den?«

»Der ist doch ein Neger.«

»Aber der Vergleich passt trotzdem. Der breite Mund mit den regelmäßigen Zähnen. Und wenn der Schöne Walter die Brauen hochzieht, mit diesem schelmischen Blick, und dabei sooo romantisch …« Ninette riss lachend einen Löwenzahn aus. »Bloß keine Angst: Er ist glücklich verheiratet. Zu uns Schülerinnen ist er freundlich, ansonsten interessieren wir ihn nicht.«

*

Kochen lernten sie bei Frau Häberle, einer Schwäbin. »Goine Sach« nannte sie alles, was leicht von der Hand ging. Für die routinierte Köchin waren auch ein Lammkarree und eine dreistöckige Buttercremetorte »goine Sach«. Ende Mai übernahm Sonja bei ihr den Frühdienst, schon morgens um acht half sie bei den Vorbereitungen. Zwei Stunden später kamen ein halbes Dutzend Mädchen zum Kochen, bis dahin musste die Planung stehen: Wer erledigte was? Welche Garzeiten waren zu beachten? Wie sah es bei den Vorräten aus? Wovon gab es noch genug? Was musste man beim Lieferanten nachbestellen? Ach ja, der Lieferant. Selbst im grauen Arbeitskittel bot der Schöne Walter den reinsten Augenschmaus. Doch in der Küche ging es sachlich zu. Wenn er die Kisten brachte, begutachtete Frau Häberle die Ware, nickte meistens zufrieden, unterschrieb den Lieferschein und verabschiedete den Händler zügig. So weit der übliche Ablauf.

Eines Morgens – auf dem Plan standen Spargelcremesuppe, Hackbraten und Schokoladenpudding – stürmte Ninette herein: »Frau Häberle! Die Schule Ihres Sohns ist am Telefon. Er ist unglücklich gefallen und blutet am Kopf.«

Die Köchin hastete zur Tür.

Ninette wandte sich an Sonja. »Wir verstärken heute den Kochdienst von sechs auf zehn Mädchen. Bis dahin sollst du bitte alles vorbereiten, sagt Frau Direktor. Sie hat eine wichtige Besprechung.«

»Aber gleich kommt eine Lieferung. Teure Sachen: frischer Spargel und Rindfleisch.«

»Genau. Kümmerst du dich bitte darum? Den Lieferschein unterschreibst du ausnahmsweise selbst. Und ich muss jetzt in den Unterricht.«

Sonja blieb allein in der Küche, ihr Blick schweifte über die wandhohen Einbauschränke, die polierten Arbeitstische, die Türen zum Geräteraum und zur Kühlkammer. Sie seufzte. Wo anfangen? Das Menü war unkompliziert zu kochen, aber aufwendig in der Vorbereitung. Allein das Rindfleisch: fünf Kilogramm, die sie in Gehacktes verwandeln musste. Aus dem Nebenraum schleppte sie den Fleischwolf heran, legte als Unterlage für die Schraubzwinge ein Holzbrett an die Tischkante und drehte, soweit es ging. Das Gerät stand stabil. Gerade hatte sie ein Pfund Blockschokolade, Eier, Zucker und Speisestärke aus der Kammer geholt, da hörte sie, wie der Hanomag vorfuhr. Sie zog Kamm und Spiegel aus der Kittelschürze. Nein, nicht nur wegen Herrn Godewind, auch für jeden anderen Besucher hätte sie die Frisur geordnet. Frau Direktor wollte, dass die Mädchen stets gepflegt aussahen.

Sonja öffnete die Tür zum Wirtschaftshof, Herr Godewind kam ihr freundlich grüßend mit dem Lieferschein entgegen. Er wirkte jünger als siebenunddreißig, fand sie, manchmal eher wie ein Teenager. Sie setzte eine ernste Miene auf.

Er sah sich um. »Was ist los? Wo ist denn Frau Häberle?«

Sonja erklärte die Umstände.

Godewind nickte. »Kann man ja verstehen, dass sie zu ihrem Jungen wollte. Wie alt ist der jetzt? Elf?«

»Fast zwölf.«

»Ach ja, und mein Frank ist gerade mal ein halbes Jahr. Aber Sorgen macht man sich immer, ganz egal, ob die Kinder klein oder groß sind.«

»Natürlich«, sagte Sonja so überzeugt, als hätte sie eigene Kinder. »Ich soll heute übrigens unterschreiben.«

Herr Godewind legte den Schein vor. »Drei Kilo Bruchspargel und fünf Kilo Rindfleisch aus dem Bug. Dann hole ich die Sachen jetzt rein?«

»Ja bitte«, Sonja blieb in der Tür stehen und sah zu, wie er die Kisten vom Lieferwagen hereintrug.

»Wenn Sie dann schauen, Fräulein Sonja: Bruchspargel wie gewünscht, aber mit vielen heilen Köpfen. Die machen sich ja immer gut in der Suppe. Und das Fleisch nicht zu mager.«

Sonja hatte keinen so geübten Blick wie die Lehrerin, doch die Ware machte einen guten Eindruck. Sie quittierte und ließ sich den Kohledurchschlag geben, dabei fiel ihr Blick auf

Godewinds Ehering. Bestimmt war er sehr glücklich mit seiner Frau und dem kleinen Sohn.

Er verabschiedete sich. Sonja schloss die Tür und eilte zum Fenster. Hier in der Küche gab es weder Gardinen noch Topfpflanzen. Damit er sie nicht sehen konnte, stellte sie sich nah an die Wand und lugte hinaus. Wie geschickt er die Kisten verstaute. Ein wirklich toller Mann, und dabei so nett.

Der restliche Morgen verlief problemlos. Um zehn Uhr kam die Verstärkung zum Kochdienst, um halb eins stand das dreigängige Menü auf dem Tisch. Sonja erhielt viel Lob, und von Frau Häberle kamen gute Nachrichten: Bei einer Schulhofrangelei war ihr Sohn unglücklich gestürzt, die Kopfplatzwunde hatte stark geblutet, doch inzwischen hatte er das Ärgste überstanden.

Nachmittags bat Frau Direktor zur Unterredung ins Büro.

»Sie haben alles gut gemeistert, Fräulein Sonja. Dafür unseren Dank. Mit Frau Häberle habe ich schon telefoniert und erzählt, wie fleißig und aufmerksam Sie sind. Daraufhin hat sie eine Bitte geäußert.«

»Aha?«

»Ja. Frau Häberle möchte, dass Sie ihr auch weiterhin zur Hand gehen. Fräulein Agnes sollte Sie ja übernächste Woche ablösen, doch weil Frau Häberle heute das schlimme Erlebnis mit ihrem Sohn hatte, habe ich dem Wunsch entsprochen. Und Sie bleiben also im Küchenfrühdienst.«

Sonja stimmte zu, sie hätte sowieso nichts ändern können.

*

Auch in der folgenden Woche brachte Walter Godewind montags, mittwochs und freitags Lebensmittel ins Internat.

Er grüßte Sonja höflich, sie grüßte zurück, um alles Weitere kümmerte sich Frau Häberle. So weit der übliche Ablauf.

Eines Mittags jedoch, Sonja trug den Abfalleimer zu den Tonnen im Wirtschaftshof, bog Agnes um die Ecke, in der Hand einen Gartenrechen. Sonja hatte mit der Schülerin aus dem Obersemester bisher wenig zu tun gehabt. Sie wusste nur: Agnes stammte aus Flensburg, hatte im Krieg beide Eltern verloren und einen Vetter zweiten Grades als Vormund bekommen.

Zu Sonjas Verwunderung baute Agnes sich wütend vor ihr auf und zischte: »Bisher habe ich geschwiegen, Sonja. Aber es ist gemein, wie du dich einschleimst, damit du den Küchendienst behalten kannst.«

»Ich habe mich nicht eingeschleimt«, versuchte Sonja eine Erklärung. »Frau Häberle hat darum gebeten, dass ...«

Agnes fuhr ihr über den Mund. »Ach ja. Liegt nur an Frau Häberle. Die ist ja so begeistert von dir. Und ich darf weiter hier draußen in der Hitze rumschuften!«

Was warf Agnes ihr da vor? Und in welchem Ton? Es war schließlich nicht Sonjas Entscheidung gewesen, in der Küche zu bleiben. Und das wusste Agnes doch auch.

Sonja setzte neu an. »Lass uns nicht streiten. Ich will den Küchendienst nicht unbedingt weitermachen, besprich das doch einfach mit Frau Direktor.«

»Das hat gar keinen Sinn, Sonja. Frau Häberle will dich behalten, also behält sie dich, so wie du dich lieb Kind bei ihr machst. Kameradschaftlich ist das jedenfalls nicht. Und ich lasse mir das nicht gefallen!«

So schnell wie Agnes gekommen war, verschwand sie wieder.

Sonja brachte die Abfalleimer zurück in die Küche. Agnes würde sich schon wieder einkriegen, und notfalls müsste man die Sache gemeinsam mit Frau Häberle und Frau Direktor klären.

Mittags vor dem Speisesaal erntete sie von Agnes einen wütenden Blick. Sonja zuckte die Schultern. Wenn Agnes das Problem nicht bei der Direktorin ansprach, würde Sonja es auch nicht tun. In den folgenden Tagen waren die beiden nie allein miteinander, Agnes verhielt sich normal. Wahrscheinlich alles bloß heiße Luft, dachte Sonja.

*

Mitte Juni brachte ein Saharawind fünfundzwanzig Grad. Das Wasser hatte zwar erst achtzehn, doch die Mädchen waren nicht mehr zu halten. Wenn sie schon so nah beim Wannsee wohnten, wollten sie ins Strandbad. Frau Direktor gab nach – unter strengen Auflagen: Wer zur Umkleide oder Toilette ging, meldete sich bitte bei der Aufsichtslehrerin Frau Klammroth ab, und Badeanzüge durften niemals am Körper trocknen. Überhaupt waren nur Einteiler erlaubt. Aus dunklem Woll- oder Baumwollstoff, an Brust und Rücken hochgeschlossen und mit gerade verlaufendem Beinsaum. Auf gar keinen Fall Bikinis! Diese schamlosen Fetzen kamen ja leider immer mehr in Mode.

Alle Ermahnungen konnten die gute Stimmung nicht trüben. Am frühen Nachmittag zogen sie trällernd zur Bushaltestelle: *Pack die Badehose ein, nimm dein kleines Schwesterlein, und dann nisch wie raus nach Wannsee.* Im letzten Jahr war die kleine Conny Froboess mit dem Schlager berühmt geworden.

Mit dem Bus fuhren sie auf die andere Seite des Sees. Noch war es angenehm leer, vor allem Mütter mit kleinen Kindern tummelten sich am künstlich angelegten Strand.

Frau Klammroth suchte nach einem geeigneten Platz:

nicht zu weit von den Umkleiden und nicht in der Nähe von Herren ohne weibliche Begleitung. »Hier ist es gut«, befand sie schließlich. »Die Handtücher bitte direkt nebeneinanderlegen. Man soll sehen, dass wir zusammengehören.« Ihr schwarzes Badetrikot reichte bis zu den Ellbogen und den Kniekehlen – ein Vorkriegsmodell. Als Dame über fünfzig kümmerte sie sich nicht mehr um Mode.

Die Mädchen gingen mit den Füßen ins Wasser, einige fanden es warm genug und schwammen los, andere entschieden sich für ein ausgiebiges Sonnenbad. Früher hätten Sonja siebzehn Grad nichts ausgemacht, heute fand sie auch achtzehn zu kalt. Irgendwie fühlte sie sich nicht wohl. Warum, wusste sie selbst nicht. Sie blieb auf dem Handtuch sitzen und schaute hinüber zu den Seglern. Viele Mitschülerinnen stammten aus reichen Familien, manche besaßen eigene Boote.

Von solchem Luxus war Sonja weit entfernt. Wenn sie tüchtig sparte, hätte sie in ein paar Jahren das Geld für einen Kurs zusammen und könnte in einem preiswerten Sportklub mitsegeln. Helmuts Worte kamen ihr in den Sinn: »Der Sozialismus kennt kein Arm und Reich, alles ist gerecht verteilt, alles gehört allen. Auch in der DDR gibt es Segelboote, doch die baut man nicht als Privatbesitz, sondern für die sozialistische Gemeinschaft. Neulich hatte sie mit ein paar Kameradinnen diskutiert. In der DDR wurden junge Menschen schon mit achtzehn volljährig – warum nicht auch im Westen? Weshalb musste man hier bis einundzwanzig warten, um endlich allein entscheiden zu können? Auch Sonja hätte das besser gefunden, aber trotzdem wollte sie nicht in die DDR übersiedeln.

Sie spürte einen Druck auf der Blase und meldete sich bei Frau Klammroth ab.

»In Ordnung, Fräulein Sonja. Nur habe ich gerade gehört:

An den Klosetts gibt es im Moment eine lange Schlange, da brauchen Sie Geduld. Aber ich weiß ja, wo Sie sind.«

Sonja stapfte durch den Sand zu den Flachbauten. Vor den Toiletten warteten mehr als dreißig Frauen, die Reihe reichte den Plattenweg entlang bis zur nächsten Gabelung.

Gerade wollte Sonja sich anstellen, da hörte sie hinter sich: »Ach, Fräulein Sonja.«

Die Stimme war ihr vertraut. Sie drehte sich um, vor ihr stand ein Badegast in kurzer Hose und offenem Hemd.

»Entschuldigung«, Walter Godewind nahm die Sonnenbrille ab. »Ich spreche Sie einfach so an. Ist eben ein netter Zufall. Und Sie sind nicht allein hier?«

»Nein, mit anderen Mädchen. Und mit einer Lehrerin.«

Er reagierte auf ihren fragenden Blick. »Ich bin allein hier, eine verlängerte Mittagspause sozusagen. Bei dem Wetter wollte ich einfach mal ein paar Stunden was anderes sehen als den Lkw. Meine Frau und unser Frank sind bei einem Kindergeburtstag, da haben Väter nichts zu suchen. Ich hole die beiden nachher ab, und anschließend muss ich noch bei einem Bauern vorbei.«

Sie nickte. Die Situation machte sie verlegen. Ausgerechnet der Schöne Walter, ausgerechnet halb nackt, ausgerechnet vor den Klosetts.

Unbefangen zeigte er auf die Warteschlange. »Das kann hier aber dauern.«

»Frau Klammroth weiß Bescheid.«

»Na dann«, er lächelte. »Ich wollte gerade einen Kaffee trinken, drüben am Kiosk. Kommen Sie doch mit. Nur zehn Minuten, danach ist die Schlange vielleicht nicht mehr so lang.«

Sie zögerte. Sollte sie wirklich? Ihr Blick fiel auf seinen Ehering. »Danke, Herr Godewind. Sehr nett. Aber nur kurz.«

»Natürlich. Dann bitte.«

Auf der Terrasse am Kiosk fanden sie einen Tisch im Halbschatten.

»Für Sie auch Kaffee, Fräulein Sonja? Echte Bohne?«

»Lieber eine kleine Limo bitte.«

Vor dem Krieg hatte Sonja die Terrasse oft besucht, Tische und Stühle waren noch dieselben. Auch damals hatte sie hier gesessen und Limonade getrunken – mit ihren Großeltern. Und heute? Sie sah dem Schönen Walter hinterher, wie er zum Kiosk ging und die Bestellung aufgab. Seine Beine waren stark behaart und muskulös, vermutlich trieb er Sport. Fußball vielleicht oder Turnen. Danach könnte sie ihn gleich fragen. *Sport ist ein unverfängliches Thema,* hatte sie im Internat gelernt. *Sport eignet sich gut für Tischgespräche. Im Gegensatz zu Politik, Religion oder Krankheiten.*

Er kam mit einem Tablett zurück und stellte die Limonade vor Sonja auf den Tisch, sein offenes Hemd gab den Blick auf Bauch und Brust frei.

»Dann auf Ihr Wohl«, er hob die Tasse, sie das Glas.

»Vielen Dank, Herr Godewind. Auf das Ihre.«

Sie tranken, er zog ein oranges Päckchen hervor: Ernte 23. Die gleiche Marke rauchten Eugen und Sonjas Vater während der Pausen im Garagenhof.

»Für Sie auch?«

»Danke, ich rauche nicht.«

»Richtig so. Sieht ja auch nie gut aus bei einer Dame. Aber ausprobiert haben Sie das doch bestimmt schon mal? Wie alle jungen Leute«, Godewind sagte das nicht anzüglich, eher wie ein Kumpel. Und es stimmte: Er hatte Ähnlichkeit mit Nat King Cole. Das breite, verschmitzte Lächeln, dazu der Blick, sanft und tiefgründig.

Sie blieb ernst. »Natürlich habe ich das schon probiert. Einige von uns rauchen sogar im Internat. Heimlich hinten im Garten, wenn keine Lehrerin dabei ist.«

»Dachte ich mir doch«, er zündete sich eine Zigarette an und inhalierte. »Besser, Sie gewöhnen sich das gar nicht an. Rauchen macht Falten. Als Mann mit siebenunddreißig kommt es zum Glück nicht mehr so drauf an. Vom Alter her könnte ich ja Ihr Vater sein«, als er den Rauch ausblies, wandte er sich zur Seite.

»Mein Vater ist einundvierzig«, sagte sie rasch. »Und Eugen, unser Angestellter, noch mal zehn Jahre älter.«

Erwartungsgemäß fragte Godewind: »Ein Angestellter? Also führt Ihre Familie einen Betrieb?«

Sonja erzählte vom Fahrdienst und vom geplanten Autohaus.

Godewind nickte. »Als ich Sie das erste Mal in der Küche gesehen habe, dachte ich gleich: Fräulein Sonja ist kein verwöhntes Töchterchen. Sondern eine fleißige junge Frau aus normalen Verhältnissen. Die hat einen praktischen Verstand und kann zupacken.«

»Ach, danke …«

»Seien Sie ruhig stolz drauf. Und jetzt lernen Sie also Hauswirtschaft.«

Sonja konnte sich vorstellen, wie der Satz weitergehen würde: *Und dann suchen Sie sich einen tüchtigen Mann, der bei Ihrem Vater ins Geschäft einsteigt.* Sie wagte sich vor. »Ich möchte noch was Kaufmännisches lernen. Handwerklich bin ich leider unbegabt.«

Er lächelte wieder. »Da sind Sie sich sicher?«

»Ja. Meine beste Freundin lernt Friseuse, ich wollte das auch mal probieren, natürlich an einer Perücke. Aber ich habe ziemlich rumgestümpert. Das Büro ist wohl das Beste für mich. Wobei ich da nicht allein sitzen möchte. Ich brauche Kollegen oder Kunden, mit denen ich mich austauschen kann.«

»Absolut. Sie sind eine aufgeschlossene junge Dame. Sie sollten immer Menschen um sich haben.«

»Nett, dass Sie das sagen.«

Er lachte auf. »Ich meine das auch so. Wobei ich finde: Im Krieg mussten die Frauen so hart arbeiten. Die sollten sich doch freuen, wenn sie zu Hause bleiben dürfen und der Mann das Geld mitbringt. Das Berufsleben ist meist kein Zuckerschlecken. Warum will eine Frau sich das zumuten, wenn sie es auch ruhiger haben kann? Wer weiß, ob nicht ein Atomkrieg kommt. Da sollten wir jetzt das Leben genießen.«

»Stimmt«, sagte Sonja und wollte mit *aber* fortfahren, doch Godewind sprach weiter.

»Hier im Westen geht es uns doch wunderbar. Das war doch toll mit den Amis und dem Marshallplan. Kein Vergleich mit den Zuständen im Osten. Was diese sogenannte Regierung an Blödsinn verzapft. Das sind alles Marionetten, die hängen an Stalins Rockzipfel. Und dann der Status von Berlin, diese saudumme Aufteilung, sogar jetzt noch, sieben Jahre nach dem Krieg«, er schnaubte. »Sie können doch was für sich behalten, Fräulein Sonja? Dann erzähle ich Ihnen was.«

Sie war verwirrt. »Ja sicher.«

Er nickte. »Ich habe einen Kunden, der hat an der Heidelberger Straße zwei Häuser, genau gegenüber, keine zwanzig Meter auseinander. Das eine gehört zu Neukölln, also zum amerikanischen Sektor, und das andere in Treptow zum russischen. Und das Beste: Die Häuser sind durch einen Tunnel verbunden, ein Schwarzbau nach dem Ersten Weltkrieg. Die Behörden haben davon keine Ahnung. Völlig verrückt, was?«

»Ja«, sagte sie, »und interessant.«

»Genau. Daran sieht man, wie schwachsinnig das ganze System ist. Und es gibt ja noch viel mehr von diesen Idiotien«, er nahm einen großen Schluck Kaffee. »Und Sie, Fräulein Sonja? Haben Sie Verwandte in Ost-Berlin?«

»Nur einen Onkel.«

»Dann kriegen Sie ja mit, was läuft. Die Zonengrenze soll so richtig aufgerüstet werden. Wahrscheinlich mit Tretminen und Wachsoldaten, so was hat Ulbricht ja schon angekündigt. Ich bin gespannt drauf, was der hier bei uns vorhat. Die armen Ost-Berliner sollen nun nicht mehr in den Westteil können. Oder nur nach Voranmeldung. Mit allergnädigster Erlaubnis von Stalins Vasallen.«

»Aber die Kontrollen funktionieren wohl nicht«, warf Sonja ein.

»Zum Glück! Wäre ja noch schöner, wenn die unsere herrliche Stadt aufteilen würden. Wobei ich sowieso nicht begreife, warum die Ostler nicht einfach in West-Berlin bleiben. Na klar, viele tun das wirklich, es gab allein letztes Jahr zigtausend Flüchtlinge«, er seufzte wieder. »Ach, Fräulein Sonja. Ich sitze hier mit einer netten Schülerin aus dem Internat und rege mich über Politik auf. Entschuldigung. Ich hoffe, Sie verstehen mich richtig. Wenn Sie einen Beruf lernen wollen, ist das schön. Das will ich Ihnen ganz bestimmt nicht madig machen.«

Tust du aber gerade!, dachte Sonja und überlegte, von Helmut zu erzählen. Der hatte sich ganz bewusst für den Osten entschieden. Für Frieden und gegen Unterdrückung.

Dort mussten die Frauen nicht um jedes Recht kämpfen, sie konnten ihren Traumberuf erlernen, sogar Ingenieurin oder Pilotin. Aber Sonja wollte mit dem Schönen Walter nicht über den Sozialismus diskutieren.

»Das können Sie mir gar nicht madig machen, Herr Godewind. Ich habe eine Großmutter, die mich sehr im Berufswunsch bestärkt.«

»Na großartig«, er klang ernst. »Jedenfalls alles Gute für Ihre Zukunft.«

»Danke«, versöhnlich lächelnd schaute sie zur Standuhr. »Ich sollte wieder los.«

»Ja klar. Bis übermorgen, Fräulein Sonja. Danke für die nette Unterhaltung.«

»Und Ihnen für die Limo«, beim Aufstehen wich sie seinem Blick aus.

Vor der Toilette war die Warteschlange kürzer geworden.

Als Sonja an den Strand zurückkam, erwähnte niemand ihr langes Fortbleiben, selbst Frau Klammroth schöpfte keinen Verdacht. Sonja schaute aufs Wasser. Schwamm irgendwo Godewind? Sie konnte ihn nicht entdecken. Ist auch besser so, sagte sie sich.

Zwei Tage später brachte er Kopfsalat und Schweinemett, Frau Häberle öffnete ihm die Tür.

»Schönen guten Morgen!«, rief er Sonja durch die Küche zu.

Sie war dabei, die Arbeitsfläche zu putzen. »Guten Morgen, Herr Godewind!«

Frau Häberle begutachtete die Lieferung und unterschrieb den Schein. Alles wie immer.

Der Aufsatz

Anfang August begann der Säuglingspflegekurs bei Frau Direktor. Sie übten an lebensgroßen Puppen. Es erwies sich als schwierig, die Windel richtig zu wickeln, nicht zu fest, aber auch nicht zu locker. Sicherheitsnadeln waren streng verboten, dann lieber eine Gummihose, die alles schön zusammenhielt.

»Unter dem Gummi bildet sich eine feuchte Kammer«, warnte Frau Direktor, »das führt leicht zu Hautreizungen. Und denken Sie an Ihre Aufsätze. Zehn Seiten DIN A4 mit je dreißig Zeilen. Ich weiß wohl, es gibt ein sehr gutes Buch: *Die deutsche Mutter und ihr erstes Kind* von Dr. Johanna Haarer. Ich kenne es auswendig. Wenn Sie daraus abschreiben, merke ich das sofort.«

Agnes hegte weiterhin Groll gegen Sonja. Wenn andere dabei waren, verhielt Agnes sich normal, doch in unbeobachteten Momenten warf sie Sonja zornige Blicke zu. Offenbar war sie immer noch unzufrieden darüber, dass sie nicht in den Küchendienst durfte. Sonja ließ sich nicht unter Druck setzen. Sie folgte den Anweisungen der Internatsleitung, und wenn Agnes etwas dagegen hatte, sollte sie gefälligst zur Direktorin gehen, statt auf Sonja böse zu sein.

Eines Morgens brachte Sonja wie gewohnt den Küchenmüll zu den Tonnen im Hof, da kam Agnes wieder um die Ecke. Sonja hatte schon damit gerechnet. Diesmal wollte sie Tacheles reden: Entweder Agnes wandte sich mit ihrem Problem an Frau Direktor, oder Sonja würde es tun. Ihr selbst war ja egal, ob man sie für den Dienst in der Küche oder im Garten einteilte. Doch das Gespräch verlief anders als erwartet.

»Sonja!« Agnes stemmte ihre Hände in die Hüften. »Mein Kleid kriegt noch Rosen-Applikationen!«

Sonja wunderte sich. Dass Agnes sich für den Abschlussball im Herbst ein aufwendiges Kleid schneiderte, wusste sie, aber warum wollte die Mitschülerin das jetzt hier im Hof mit ihr besprechen?

»Die kann ich nicht mit der Nähmaschine machen«, fuhr Agnes fort. »Das geht nur per Hand. Ich brauche mehr Zeit, sonst schaffe ich das nicht.«

»Ja sicher. Aber was habe ich jetzt damit zu tun?«

»Ganz einfach, Sonja. Ich kümmere mich um mein Kleid, und du schreibst mir den Aufsatz.«

»Was?!«

»Die Niederschrift über Säuglingspflege«, setzte Agnes nach. »Zehn Seiten. Das machst du für mich.«

Die Wut sprang auf Sonja über. »Und warum bitte schön sollte ich das tun? Bloß weil ich den Küchendienst weitermache? Obwohl du den unbedingt willst?«

»Ach, wenn es bloß das wäre!« Agnes schien siegessicher. »Aber es steckt viel mehr dahinter. Ich habe euch nämlich gesehen. Walter Godewind und dich in der Badeanstalt. Schön zusammen auf der Terrasse.«

Sonja erschrak.

»Und du hast es allen verheimlicht«, setzte Agnes nach. »Dann ist dir ja wohl klar, dass du was Verbotenes gemacht hast.«

Sonjas Zunge klebte am Gaumen. »Es war ganz harmlos. Und ja auch bloß zehn Minuten.«

»Ach so. Harmlos also? Ausgerechnet mit dem Schönen Walter? Obwohl alle Mädchen hier für den schwärmen? Und obwohl er angeblich so glücklich verheiratet ist? Aber wenn das so harmlos war mit euch beiden, dann kann ich es ja seiner

Frau erzählen. Und am besten gleich auch Frau Direktor. Willst du das etwa?«

»Besser nicht«, Sonja bekam Angst. Agnes war entschlossen, sie zu verraten – kein Zweifel. Und die Folgen ließen sich nicht absehen. Sonja ballte ihre Hand in der Tasche zur Faust. »Ich schreib das für dich.«

»Versprochen?«

»Ganz bestimmt«, beteuerte Sonja. Sie sah den Triumph in Agnes' Blick – und verstand die Zusammenhänge: »Agnes! Ich begreife das jetzt erst: Du bist eifersüchtig auf mich. Du bist verliebt. Darum willst du unbedingt den Küchendienst. Du hast dich in Herrn Godewind verguckt.«

Agnes' Miene erstarrte, doch ihr Mundwerk funktionierte: »Schreib mir die zehn Seiten und halt die Klappe!«

*

Der Küchendienst bei Frau Häberle, der Unterricht in Säuglingspflege und der Aufsatz für Agnes. Das reichte, um den Tag zu füllen. Doch Sonja half auch in der Nähstube mit und ging sogar Agnes beim rosa Tüllkleid zur Hand. Nach außen verhielten die beiden sich normal.

Als Vorbereitung auf den Abschlussball bekam das Obersemester Tanzunterricht. Um das Parkett im Festsaal zu schonen, fand der Kurs in der Gymnastikhalle statt. Sechs Wochen lang, jeweils dienstags und donnerstags, kam Paul Bienefeld ins Internat, ein Pädagoge für Gesellschaftstanz und Etikette mit eigener Schule am Kurfürstendamm. Herr Bienefeld habe untadelige Manieren, betonte Frau Direktor oft. Dabei stamme er aus einfachen Verhältnissen. Mit Disziplin habe er sich seine vollendeten Umgangsformen selbst angeeignet. Das sei eben alles eine Frage der inneren wie äußeren Haltung und damit ein wunderbares Beispiel für die Schülerinnen. Das äußere Erscheinungsbild von Herrn Bienefeld kommentierte Frau Direktor nicht – vielleicht weil es manches Klischee erfüllte: polierte Fingernägel, dunkles Menjou-Bärtchen und tubenweise Pomade im Haar. Hinter vorgehaltener Hand hieß es, Bienefeld sei ein Lackaffe, kinderlos verheiratet mit seiner Cousine – dann weiß man ja, was dahintersteckt. Doch die Schülerinnen kümmerten sich nicht um die Gerüchte, der Lehrer kam ja nicht allein, sondern brachte zwölf junge Männer mit: schlank und gerade gewachsen, offener Blick, akkurat geschnittenes Haar. Alle hatten in Bienefelds Schule bereits Kurse absolviert, und für den Ruf der zwölf Herren verbürgte er sich persönlich.

Der flotte Paul und seine Apostel, so nannten die Mädchen den Trupp. Sie standen kichernd am Fenster, als der geballte männliche Charme durchs Tor trat. Das Knüpfen zarter Bande war strengstens verboten. Jede Schülerin bekam einen Hauptpartner zugeteilt, tanzte im Laufe des Kurses aber auch mit den übrigen Herren. Und mit wem führte Herr Bienefeld die Schritte vor? Selbstverständlich mit Frau Direktor. Das Tanzen machte ihr Freude, dafür schminkte sie ihre Lippen in besonders strahlendem Rot. Mühelos glitt sie übers Linoleum und beobachtete gleichzeitig das Geschehen. Bei einer unziemlichen Geste oder einem tiefen Blick zwischen den jungen Leuten wäre sie sofort eingeschritten.

Die Schülerinnen des Untersemesters tanzten nicht mit, doch es blieb genug zu tun: Sie nahmen den Herren ihre Mäntel ab, bedienten die beiden Plattenspieler und versorgten die Tanzpaare mit Getränken. Wenn sie während des Unterrichts am Rand saßen, vollzogen ihre Füße kleine Bewegungen. Langsamer Walzer, Grundschritt Damen: eins links rück – zwei rechts seit – drei links ran – vier rechts vor – fünf links seit – sechs rechts ran.

Abends im Zimmer übten die Mädchen des Untersemesters dann sämtliche Tanzschritte. Dabei diskutierten sie leise und heftig. Welche Schülerin aus dem Obersemester bewies die meiste Anmut? Und welche tanzte, als würde ihr der sprichwörtliche Stock im Kreuz oder sonst wo stecken? Es gab eine Favoritin: Agnes bewegte sich sehr elegant, da waren Christa, Christine und Christiane sich einig. Sonja stimmte zu – auch wenn es ihr schwerfiel.

Und die Herren? Welcher junge Mann hielt am besten den Takt, wer versprühte den meisten Charme? Die Mädchen führten Listen: Alter, Größe, geschätztes Gewicht, Beruf, Anzugfarbe, Umgangsformen, Zigarettenmarke, besondere Eigenschaften oder Vorlieben.

Weit vorn in der Wertung lag Jürgen. Er kam seit zwei Jahren zu den Kursen ins Internat, in diesem Semester als Übungspartner von Schulsprecherin Ninette. Seine Mutter war bei einem Bombenangriff ums Leben gekommen, sein Vater im Krieg gefallen. Jürgen arbeitete als Bäckergeselle bei seinem Onkel und sollte später den Betrieb übernehmen.

»Ich finde ihn doll schnieke«, kicherte Christa. »Vor allem, wenn er mit Ninette tanzt: ihre kastanienroten Haare und seine rotblonden. Stellt euch vor, die heiraten und kriegen Kinder. Dabei käme ja wohl wieder was Rotes raus. Und bestimmt hätten alle Kinder Sommersprossen.«

Sonja hielt dagegen: »Die beiden doch nicht. Ninette ist Millionenerbin. Die heiratet doch keinen Bäcker. Auch wenn Jürgen den Meister macht und noch mehr Läden eröffnet. Mit einer Kosmetikfabrik kann der nicht mithalten.«

»Aber wenn sie sich lieben. Vielleicht sagen die Eltern:

Hauptsache, ihr seid glücklich. So was gibt es. Nicht nur im Märchen, auch im richtigen Leben.«

Gab es das wirklich? Oder las Christa zu viele Kitschromane? Wo der großartige Chefarzt die arme Hilfsschwester heiratet. Sonja wollte etwas erwidern, doch dann schwieg sie.

*

Sonja trug ein kleines Heft in der Kitteltasche. Immer wenn sie allein war, brachte sie ein paar Sätze aufs Papier. Nach einer Woche überreichte sie Agnes den Aufsatz. »Du musst nur noch abschreiben. Und ich halte mein Versprechen. Ich verrate nichts von deiner Nötigung.«

»Glaube ich dir gern. Übrigens: Von dir und dem Schönen Walter im Strandbad kann ich den anderen ja immer noch erzählen.«

Nur zu!, dachte Sonja.

Am folgenden Tag bestellte Frau Direktor die Mädchen in den Unterrichtsraum. »Bitte die Aufsätze vorlegen.«

Dreiundzwanzig Schülerinnen folgten – nur eine nicht.

»Fräulein Sonja! Wo ist Ihre Niederschrift?«

Sonja stand auf. »Ich habe keine, Frau Direktor.«

Die Direktorin schlug mit der flachen Hand auf den Tisch. »Fräulein Sonja Falcke!«

Sonja machte es ihr nach. »Frau Direktor Knuth!«

Die anderen Mädchen erstarrten. Als die Direktorin jedoch den Zeigefinger in die Luft streckte, »Sie Faulpelz!« rief und mit dem Fuß aufstampfte, verstanden es alle: Das war nur Spaß. Die Schülerinnen lachten, Elvira Knuth bat um Ruhe. »Fräulein Sonja hat tatsächlich keinen Aufsatz geschrieben, aber nicht, weil sie faul ist, sondern weil ich sie davon freigestellt habe. Zum Ausgleich hat sie sonnabends zu Hause viel Zeit am Telefon verbracht. Und nun haben wir eine Überraschung für Sie, meine Damen.«

Die Direktorin verließ den Raum, kam kurz darauf zurück und brachte jemanden mit: Walter, Greta und ein wonniges Baby – die komplette Familie Godewind. Die Mädchen applaudierten. Und Agnes? Die starrte fassungslos zum Lehrerpult. Hatte sie Sonjas Schachzug begriffen?

Greta Godewind, eine hübsche und sympathische Brünette, hielt ihr Söhnchen auf dem Arm. »Fräulein Sonja hat mir am Telefon erklärt, dass Sie Unterricht in Säuglingspflege haben, aber nur mit Puppen. Und sie hat uns eingeladen, damit Sie endlich ein richtiges Baby wickeln können. Unser kleiner Frank ist nicht schüchtern. Sein Papa hat ihm ja schon viel erzählt über die netten Schülerinnen hier. Frische Windeln haben wir mitgebracht.«

Sonja erntete für ihre Idee viel Lob – von allen Mädchen außer von Agnes. Sie wich Sonjas Blicken aus.

Am Abend in der Bibliothek bemerkte Sonja, wie Agnes verschwand, und ging energisch hinterher. »Übrigens, Agnes: Frau Godewind weiß jetzt, dass ihr Mann mich im Strandbad zu einer Limonade eingeladen hat. Das hat er ihr selbst erzählt, weil es nämlich völlig harmlos war.«

Aber Agnes triumphierte noch immer: »Sag mir besser mal, was mit Frau Direktor ist. Die weiß doch wohl immer noch nichts von diesem Treffen, oder?«

»Ach, Agnes. Wofür ist das denn jetzt noch wichtig? Frau Godewind weiß davon und sieht die Sache völlig richtig: Ich bin eine Schülerin, die in der Küche öfters mal dem Lieferanten begegnet. Ich habe ihn zufällig im Strandbad getroffen und zehn Minuten was mit ihm getrunken. Wenn seine Frau das in Ordnung findet, was soll Frau Direktor dann dagegen sagen? Freu dich lieber, dass ich dir den Aufsatz geschrieben habe. Und es ist doch wunderbar, dass wir Frau Godewind jetzt mal kennenlernen konnten. Eine nette Person, findest du nicht? Oder bist du immer noch in den Schönen Walter verschossen?«

Sonja hatte den wunden Punkt getroffen. Agnes schwieg. Mit starrer Miene verließ sie den Raum.

*

Der Oktober begann golden. Sonnabends saß Sonja an der warmen Ziegelwand im Gärtchen und erzählte vom Tanzunterricht.

Oma Babs seufzte. »Wiener Walzer und Tango sind gut und schön. Aber früher hatten wir viel wildere Sachen: Shimmy und Black Bottom und natürlich Charleston. Den konnte man in normalen Tanzschulen lernen. Dagegen ist heute wieder alles brav und züchtig.«

»Macht trotzdem Spaß.«

»Soll es ja auch. Und im Frühjahr bist du dann dran mit dem Abschlussball. Wer wird denn dein Begleiter? Irgendwo läuft doch bestimmt ein passender Jüngling rum.«

Sonja versuchte gar nicht erst, der Frage auszuweichen – Oma Babs würde sowieso weiterbohren. »Vielleicht frage ich Jürgen. Das ist einer von den Tanzschuljungs.«

»Aha, Jürgen also. Und weiter? Alter, Größe, Beruf?«

Sonja erzählte von der Backstube und den Läden in Charlottenburg, die sein Onkel besaß.

»Würde ja hinkommen. Dein Vater als Autohändler und Jürgens Onkel als Bäcker. Beide selbstständig.«

»Ich will Jürgen nicht heiraten, Oma.«

»Selbstverständlich nicht. Er soll dich bloß zum Ball begleiten. Dann wollen wir mal«, Babs stand auf und griff zu ihrem Spaten. »Kleinen Moment«, sie begann, im Beet neben der Bank zu graben.

Keine Minute später staunte Sonja über einen olivgrünen Gegenstand, den ihre Großmutter aus der Erde zog: Eine Gummiplane? Tatsächlich. Babs wickelte die Plane ab und hielt Sonja eine ramponierte Ledertasche mit Messingbügeln hin. »Keine Angst, die sollst du nicht zum Ball mitnehmen. Aber vielleicht das, was drin ist.«

Sonja klappte die Bügel auf und zog ein flaches Päckchen heraus. In Papier eingeschlagen lag dort ein Stück Stoff, glänzend und himmelblau.

»Feinste Seide«, erklärte Oma Babs. »Knapp drei Meter. Habe ich kurz vor der Währungsreform auf dem Schwarzmarkt getauscht, gegen eine Dose Leberwurst.«

»Aber Oma. Die hättest du doch essen sollen.«

»Ich habe keinen Hunger gelitten, und ihr auch nicht. Die Dose hatte ich völlig heile im Schutt gefunden, reines Glück also. Und ich möchte doch noch miterleben, wie meine Enkeltochter ihr erstes Ballkleid trägt.«

»Danke«, mit dem linken Arm drückte Sonja die Seide an sich und mit dem rechten die Oma. »Danke, danke, danke!«

Kichernd wie ein Backfisch eilte Babs voraus in ihre kleine Wohnung. Am Küchenspülstein wuschen sie sich die Hände.

»Du ahnst nicht, was wir im Internat alles beachten müssen«, erzählte Sonja. »Die Ballkleider sollen elegant sein, aber nicht zu eng. Und nicht so lang, dass sich die Füße darin verheddern. Und auf keinen Fall darf man die Brüste sehen. Das kontrolliert Frau Direktor persönlich. Letztes Jahr gab es ein Kleid, da hat vorn ein kleines bisschen Busen rausgeblitzt, gerade mal der Ansatz. Frau Klammroth musste noch eine Stunde vorm Ball eine Borte ans Dekolleté nähen.«

Die Großmutter lachte. »Solange ihr keinen Rollkragen unters Kleid ziehen müsst.«

Sonja stellte sich in Unterwäsche vor einen hohen Spiegel. »Am besten erst mal quer über die Brust. Ich möchte einen geraden Ausschnitt mit breiten Trägern.«

Babs drapierte den Stoff um ihre Enkelin, das glänzende Azur passte fabelhaft zum Hautton.

»Wunderwunderwunderschön!« Sonja kamen die Tränen.

Ihre Oma sah die Sache nüchtern. »Der Schnitt kommt hin, und vielleicht reicht's noch für eine Stola. Kann man ja brauchen Anfang April«, sie drückte Sonja einen Kuss auf die Wange. »Bloß keine Schmonzetten. Näh was Schickes draus.«

*

Die zweite Oktoberwoche brachte Sturm und Hagel, doch das störte die Mädchen nicht. Bei diesem Wetter durfte das Laub im Garten einfach liegen bleiben, umso mehr Zeit blieb ihnen zur Vorbereitung auf den Ball.

»Und weil Sie alle so fleißig sind«, erklärte Frau Direktor eines Mittags, »bekommen Sie heute gleich zwei Desserts: zuerst von unserer Kochgruppe einen wunderbaren Grießflammeri mit Kirschkompott und anschließend eine besondere Überraschung. Nichts zu essen und trotzdem köstlich. Bis dahin bitte ich um Ruhe bei Tisch.«

Die Mädchen warfen sich Blicke zu. Worum es sich wohl handelte bei dieser Überraschung? Doch alle übten sich in Geduld und bewiesen ihre tadellosen Tischmanieren. Elvira Knuth blickte zufrieden in die Runde.

Nach dem Essen stand sie auf. »Meine Damen, ich danke Ihnen für Ihre Disziplin. Und nun dürfen Sie sich freuen, dass Fräulein Ninette mich gebeten hat, Ihnen etwas mitzuteilen. Wie Sie wissen, produziert Familie van Halem hochwertige Kosmetik. Vor unserem Ball werden vier weibliche Angestellte der Firma Graciosa kommen und Sie alle schminken und frisieren. Die Damen des Obersemesters bekommen eine Abendfrisur mit aufwendigerem Make-up, abgestimmt auf die Farbe des Ballkleids. Die Damen des Untersemesters, die ja für das Wohl unserer Gäste sorgen, werden dezenter geschminkt. Und jetzt bedanken Sie sich bitte bei Fräulein Ninette und ihren Eltern.«

So eine Freude! Im anschwellenden Jubel der Mädchen dachte Sonja an Jürgen. Und an Godewind. Aber dann gleich wieder an Jürgen.

Bisher waren ihre Begegnungen nur kurz gewesen. Ein paarmal hatte sie seine Garderobe entgegengenommen und ihm in den Pausen Limonade serviert. War ihr da etwas aufgefallen? Hatte er irgendwie Interesse an ihr gezeigt? Nein, eher nicht.

Am Donnerstag vor dem Ball gab Herr Bienefeld seine letzte Stunde. Der Kurs fand im Gymnastiksaal statt, ein Tisch vor dem Umkleideraum diente als Tresen. Sonja rechnete. Drei Garderobieren auf dreizehn Gäste. Wie wahrscheinlich war es, dass Jürgen beim Abgeben seines Mantels an Sonja geraten würde? Bloß dreiunddreißig Prozent, also zu wenig! Sie vertraute sich den Kameradinnen an. Christa und Christiane versprachen zu helfen.

Der flotte Paul und seine Apostel, parfümiert und mit Pomade im Haar, steuerten auf die Garderobe zu. Jürgen stand im Pulk weit hinten, mit seinem Rotschopf leicht zu erkennen. Wenn die drei Mädchen etwa gleich schnell die Mäntel entgegennähmen, wären sie zur selben Zeit mit je vier Herren fertig. Jürgen bliebe übrig – allein für Sonja. Der Plan funktionierte, die beiden standen sich gegenüber. Als sie Jürgens Mantel nahm, fiel ihr etwas auf. »Ach, sehen Sie mal. Ihr Knopf hier ist locker.«

Über den Tisch gebeugt starrten sie auf einen Mantelknopf.

»Der hängt am letzten Faden. Da müssen Sie aufpassen, Jürgen. Dass Sie den nicht verlieren.«

»Dann machen wir den doch am besten ganz ab. Ist ja bloß der unterste. Meine Schwester kann den nachher wieder annähen.«

»Aber es wird kühl heute Abend. Da sollten Sie den Mantel ganz zumachen. Ich kümmere mich gern drum, ist doch schließlich eine Haushaltsschule hier.«

»Ja dann. Vielen Dank, Sonja«, offenbar hätte er gern noch mehr gesagt, doch die Zeit drängte. Er musste zum Tanzkurs.

Der begann heute mit dem Wiener Walzer. Sonja saß mit den übrigen Mädchen des Untersemesters am Rand und fand einmal mehr: Kein Übungspartner tanzte so gut wie Jürgen. Seine Haltung, seine energischen und gefühlvollen Schritte, seine Sicherheit bei jedem Rhythmus. Besonders elegant tanzte er mit Ninette, die beiden bildeten wirklich das schönste Paar im ganzen Kurs, doch Sonja empfand keine Eifersucht. Als Bäckergeselle würde er bei der Millionenerbin kaum landen können, und zum Ball würde er Ninette sowieso nicht begleiten. Auf dem Frühjahrsball könnte er dann Sonjas Tanzherr werden. Er und kein anderer.

In der Pause nähte sie den Knopf an und kam zum zweiten Teil der Tanzstunde zurück in den Saal. Herr Bienefeld nahm ein letztes Mal alle Schritte durch, dann erklärte er die Schülerinnen des Obersemesters für parkettreif. Die Mädchen spendeten Applaus, und Frau Direktor bedankte sich – bis zum nächsten Kurs im Februar.

Jetzt musste es schnell gehen, Sonja eilte voraus. Als Jürgen mit den anderen jungen Männern den Flur entlangkam, fing sie ihn ab. »Ich würde gern kontrollieren, ob alles gut sitzt. Der Mantel ist ja dick. Da musste ich den Knopf am Garnstiel annähen, damit der Stoff drumrum keine Beulen schlägt.«

»Ach, so kompliziert ist das? Dann schauen wir mal«, er zog den Mantel an. Der Knopf hielt, der Stoff saß glatt.

»Noch mal vielen Dank, Sonja.«

Sie lächelte stolz. »Bitte schön. Und ich würde Sie gern noch was fragen: Beim nächsten Kurs im Februar? Sind Sie dann auch wieder dabei?«

Er zögerte. »Hatte ich eigentlich nicht vor.«

»Ach so«, sie überspielte ihre Enttäuschung. »Ich dachte nur. Weil Sie so gut tanzen. Wir hätten Sie hier gern wieder als Übungspartner.«

»Och, danke. Aber ich habe ja viermal hintereinander mitgemacht. Und in der Backstube wächst uns die Arbeit über den Kopf. Mein Onkel will noch einen Laden eröffnen, den dritten dann. Aber Herr Bienefeld findet bestimmt Ersatz. Einen anderen Jungen, und der tanzt vielleicht noch besser als ich.«

Sonja nickte. Natürlich hätte sie fragen können, ob er nicht doch wiederkommen wollte – ihretwegen. Aber dann hätte er sie vielleicht für aufdringlich gehalten, außerdem brauchte er nicht zu wissen, wie sehr sie ihn mochte. »Ja sicher, der Beruf geht vor. Schön, wenn Ihr Onkel so gut zu tun hat.«

»Stimmt«, er schaute hinüber zur Garderobe. Die Herren waren bereit zum Aufbruch. »Ich muss los. Danke noch mal.«

Der flotte Paul und seine Apostel verabschiedeten sich, und Jürgen würde nicht wiederkommen.

Schlussball

Der Abschied von Jürgen ging ihr nah. Sonja ließ sich die Traurigkeit nicht anmerken, sondern stürzte sich in die Vorbereitungen für den Herbstball. Das Programm stand: Um achtzehn Uhr Eintreffen der Gäste und Sektempfang, um neunzehn Uhr Abendessen.

»Ein kaltes Buffet für achtzig Personen will durchdacht sein«, verkündete Frau Häberle. »Dann ist das goine Sach.«

Kartoffel-, Nudel- und Heringssalat bereiteten die Mädchen schon am Vortag, damit alles gut durchzog. Die Käsespieße und den aufgeschnittenen Braten mussten sie dagegen kurzfristig anrichten und die Mayonnaise-Kringel erst ganz zum Schluss aufmalen. Danach die Spritztüten sofort auswaschen!

Der Festtag begann mit Arbeit, erst um elf Uhr entließ Frau Häberle die Mädchen aus der Küche. Sie eilten zum Portal. Ein uniformierter Chauffeur war mit einem schwarzen Maybach vorgefahren, die vier Mitarbeiterinnen von Graciosa trugen elegante Kostüme im Hellblau der berühmten Cremedosen.

In der Gymnastikhalle hatte Frau Direktor mit Spiegeln und Trockenhauben einen Schönheitssalon einrichten lassen. Zunächst für jedes Mädchen ein Gespräch: Wie waren die Haare beschaffen? Welche Farbe hatte das Kleid? Wollte man eher die Augen oder die Lippen betonen? Für Sonja eine Föhnfrisur und ein leichtes Tages-Make-up. Als Schülerin des Untersemesters sollte sie ja nicht tanzen, sondern servieren.

Nach der Beratung musste Sonja zurück in die Küche, erst am Spätnachmittag blieb Zeit für die Schönheit. Eine Friseuse träufelte Festiger aufs Haar, föhnte Strähne für Strähne und zauberte ohne Lockenwickler oder Onduliereisen eine wunderbare Fülle. Anschließend ging es zur Visagistin, und Sonja erfuhr: Ihr rundliches Gesicht ließ sich durch zwei verschiedene Make-up-Töne besser konturieren – einen dunkleren fürs Kinn, einen helleren für die Wangen –, und auf die Wangenknochen ein wenig Rouge. Dazu einen schmalen Lidstrich und schwarze Wimperntusche. Sonja bewunderte sich im Spiegel.

Der Chauffeur in Uniform, jetzt aber ohne Melone, ließ sie auf einem Hocker Platz nehmen. »Bitte recht freundlich!« Klick von vorn, Klick von der Seite. »Die Abzüge schicken wir nächste Woche.«

Er verabschiedete sie mit einer Verbeugung, Sonja knickste.

Auf dem Weg zur Küche kam ihr Frau Direktor entgegen.

»Fräulein Sonja, wir zählen auf Sie. Die Räucherei meldet Schwierigkeiten mit dem nötigen Ofenholz, darum kann Herr Godewind erst später liefern, wahrscheinlich gegen halb sieben. Sie nehmen den Aal entgegen und richten alles schön an.«

Sonja nickte. Im Moment hatte sie keine Zeit, darüber nachzudenken. Die Schülerinnen des Obersemesters führten ihre Kleider vor, und Frau Direktor hielt eine kleine Lobrede auf die Schneiderkunst, dann nahmen sie Aufstellung in der Eingangshalle. Vorn bildete das Obersemester mit geflochtenen Bögen aus Stroh und Herbstlaub ein Spalier, dahinter standen die Mädchen des Untersemesters mit Serviertabletts. Unter großem »Ooh!« und »Aah!« strömten die Gäste in die Halle. Auch Agnes empfing Besuch: einen Herrn Mitte dreißig, groß gewachsen und mit Halbglatze, bestimmt ihr Cousin. Ob er eingeweiht war in Agnes' Schwärmerei für Godewind? Eher nicht, dachte Sonja. Höflich servierte sie zwei Gläser Sekt und ging weiter.

Um zehn nach sechs gab Frau Direktor ihr Bescheid: Herr Godewind habe angerufen, er sei mit dem Aal unterwegs. Sonja reichte ihr Serviertablett an Christine weiter und machte sich mit einer Taschenlampe auf ins Kräuterbeet – der letzte frische Dill in diesem Jahr. Zurück in der Küche, schnitt sie Zitronen in Scheiben. Punkt halb sieben fuhr der Hanomag in den Hof. Sonja öffnete.

»Schönen guten Abend«, Walter Godewind stellte die Kiste auf den Küchentisch, sah Sonja ins Gesicht und lächelte. »Sieh an, heute erlaubt Frau Direktor sogar ein bisschen Schminke. Bei Ihrer Schönheit müssten Sie ja gar nicht nachhelfen, Fräulein Sonja, aber es steht Ihnen ausgezeichnet.«

Sonja bedankte sich sachlich. Ob er merkte, wie schnell ihr Herz schlug? Sie warf einen Blick auf die Aale.

»Echte Prachtkerle«, meinte Godewind. »Fett und aromatisch, ganz frisch aus dem Rauch. Mit sozialistischem Gruß aus Warnemünde. Gegen harte D-Mark verkaufen die Genossen uns den Fisch ja gern.«

Sie räusperte sich. »Aber Sie kommen doch jetzt nicht von der Ostsee, oder?«

»Ach was. Da hätten die russischen Aufpasser mir schön was gehustet. Nein, das geht über einen Zwischenhändler in Tegel. Solche Kontakte sind Gold wert. Sonst müssten wir den Aal von der Lübecker Bucht holen oder sogar von der Nordsee. Wäre doch viel weiter als aus unserem schönen Mecklenburg.«

Sie begleitete Godewind zur Tür. »Vielen Dank. Ein schönes Wochenende. Und herzliche Grüße an Ihre liebe Frau und den Kleinen.«

»Richte ich gern aus, Fräulein Sonja. Ihnen ein wunderbares Fest.«

Sie wollte ihn verabschieden, da verbeugte er sich, führte

behutsam ihre Finger zu seinem Mund und hauchte über ihrem Handrücken einen Kuss in die Luft.

»Meine Verehrung. Bis Montag.«

Was war das? Sonja zog die Hand zurück. Er tat, als wäre nichts Ungewöhnliches geschehen. Mit dem unterschriebenen Lieferschein wandte er sich zur Hoftür. Merkte er, wie sehr er Sonja verwirrt hatte? Machte er sich einen Spaß daraus? Er drehte sich nicht mehr um. Sonja schloss die Tür. Ein Handkuss! Was hatte er sich bloß dabei gedacht? Sie dachte an die Worte von Tanzlehrer Bienefeld: *Bei einem Handkuss dürfen die Lippen niemals die Haut berühren, er ist kein Zeichen der Liebe, sondern der Ehrerbietung.*

Die Aale mussten aufs Buffet. Einen nach dem anderen nahm sie aus der Kiste, entfernte den Kopf und das untere Ende, enthäutete den Körper und schnitt das Fischfleisch in Stücke.

*

Im Festsaal beendete Frau Direktor ihre Rede. Mit der hauswirtschaftlichen Ausbildung sei für die Schülerinnen eine Grundlage geschaffen, ein fruchtbarer Boden für ein gedeihliches, glückliches Ehe- und Familienleben. Aus den Absolventinnen würden sicherlich tüchtige Ehefrauen und Mütter, die ihre Männer in allen Belangen des häuslichen Lebens tatkräftig unterstützten.

Danach bat Elvira Knuth in den Speiseraum, das Buffet glich einem Meisterwerk. Die Schülerinnen des Untersemesters schenkten ein. Weißwein von der Mosel, ein Roter aus Württemberg, Tafelwasser, Limonade, Apfelsaft und Coca-Cola. Auch auf Sonderwünsche war man vorbereitet: Pfefferminz- oder Hagebuttentee? Oder vielleicht ein Malzbier?

Als alle Gäste versorgt waren, gönnte Sonja sich eine Pause. Im Nebenraum ließ sie sich auf einen Stuhl sinken und schloss die Augen. Was für ein Tag! Die viele Arbeit. Das schöne Make-up. Der Aal und der Handkuss von Walter Godewind. Gleich wollte man den Tanz eröffnen – sie musste an Jürgen denken. Jürgen oder Walter?

Die Stimme der Direktorin riss sie aus ihren Gedanken.

»Fräulein Sonja, eben kam ein Anruf. Ihre Großmutter, Frau Brevitz, liegt bewusstlos im Krankenhaus, vermutlich ein Schlaganfall. Es tut mir sehr leid.«

Sonja hörte die Worte wie durch Nebel, vor ihr bewegte sich Frau Knuths rot geschminkter Mund. »Herr Kurbjuweit holt Sie ab und bringt Sie zu Ihrer Großmutter in die Klinik. Ihre Eltern sind schon dort. Wir gehen jetzt am besten in Ihr Zimmer, und Sie ziehen sich was über.«

Schweigend ging Sonja mit. Im Zimmer schminkte sie sich ab, dann nahm sie Schal und Mantel aus dem Schrank.

»Bitte, Frau Direktor, ich würde gern unten warten. Da kann ich sehen, wann Eugen kommt.«

»Natürlich. Soll ich Ihnen denn eine Kameradin schicken?«

»Ich möchte lieber allein sein.«

»Aber morgen rufen Sie mich an. Auch wenn Sonntag ist.«

Sonja bedankte sich. »Und ich will niemandem das Fest verderben. Sagen Sie bitte, dass es mir nicht gut ging und ich gern nach Hause wollte.«

Elvira Knuth versprach es.

Im Warteraum trat Sonja weinend ans Fenster. Es war erst sieben Monate her, da hatten sie und Oma Babs ihre Köpfe kichernd hinter den Topfpflanzen versteckt. Und jetzt? Bei alten Menschen endete ein Schlaganfall meist tödlich, das wusste Sonja. Eugen fuhr vor, sie hastete in den Flur. Aus dem Festsaal schallte ein Wiener Walzer. Ihr fielen die Schritte ein: eins links rück, zwei rechts seit, drei rechts vor. Jetzt war ihr die heitere Musik zuwider. So schnell sie konnte, lief sie nach draußen und riss die Wagentür auf.

»Ich bin sofort los, Marjellchen, aber schneller ging's nicht.«

Sonja schluckte gegen ihre Tränen an, Eugen berichtete: Eine Nachbarin hatte Oma Babs bewusstlos neben dem Plattenweg im Garten gefunden. Lange konnte sie da nicht gelegen haben, zumindest war sie nicht ausgetrocknet, hatte der Notarzt gesagt.

Er sah Sonjas fragenden Blick. »Keine Ahnung, wie es ihr jetzt geht. Deine Eltern sind sofort los ins Krankenhaus. Und ich habe rumtelefoniert und den Kunden abgesagt. Dann habe ich hier angerufen und bin losgefahren. Wir haben probiert, deinen Onkel zu erreichen, aber bei seiner Brigade geht keiner dran. Vorm Krankenhaus gibt es eine Telefonzelle, da wollen es deine Eltern noch mal versuchen.«

Sie schwiegen. Sonja starrte hinaus auf die Lichter, die immer mehr wurden, je näher sie der Innenstadt kamen. Der Verkehr nahm zu, Eugen musste oft an Ampeln halten, doch das störte Sonja nicht. Sie wäre gern weitergefahren. Irgendwohin, wo Oma Babs noch gesund war und die Nachricht vom Schlaganfall nur ein böser Traum.

Eugen bog in die Turmstraße ein und hielt vor dem Städtischen Krankenhaus. Auf dem Parkplatz stand der schwarze Käfer.

»Zu Frau Barbara Brevitz?« Der Mann an der Pforte schaute in eine Liste. »Die liegt in der Medizinischen Klinik. Hinten links, das Gebäude mit den Türmchen.«

Sie machten sich auf den Weg.

»Ich bringe dich rein und fahre dann zurück.«

»Du kommst nicht mit, Eugen?«

»Nein, und das meine ich nicht böse. So was ist für die ganz enge Familie.«

»Aber du willst doch auch wissen, wie es ihr geht?«

»Na sicher, Marjellchen«, er drückte sie an sich. »Nachher erzählt ihr mir alles ganz genau. Und wenn die gute Babs jetzt wach ist, grüß sie schön von mir. Ich komme sie besuchen, ganz bald. Aber jetzt muss ich zurück. Helmut ruft ja vielleicht an, oder es kommen noch Aufträge rein.«

Sonja verabschiedete ihn und ging ein paar Stufen hoch. Dort am Empfang erklärte ihr eine Krankenschwester den Weg zur Aufnahmestation. »Und dann die Tür ganz hinten rechts, kurz vorm Fenster.«

Es war ein altes Gebäude mit hohen Decken, die Wände weiß gekachelt. Sonjas Schritte hallten auf dem Steinboden, aus den Zimmern drang lautes Husten, manchmal auch Stöhnen. Am Ende des Flurs saßen ihre Eltern auf einer Bank, die Mutter weinte.

»Wir konnten uns nicht verabschieden«, flüsterte Sonjas Vater. »Oma Babs ist nicht mehr aufgewacht.«

Kurz darauf kam die Nachtschwester aus dem Sterbezimmer. »Sie können jetzt rein.«

»Du auch, Sonja?«, fragte ihr Vater leise. »Du musst nicht. Du kannst sie auch in Erinnerung behalten, wie du sie zuletzt gesehen hast.«

Sonjas Großeltern aus Goslar waren kurz nach dem Krieg gestorben, sie hatte am Totenbett gestanden und den Anblick nicht schlimm gefunden. »Ich komme mit rein«, entschied sie jetzt. »Ich habe keine Angst.«

Zu dritt betraten sie den Raum. Oma Babs war erst seit ein paar Minuten tot. Noch sah es aus, als ob sie schliefe, friedlich und mit fülligen Wangen. In einem weißen Hemd lag sie unter einem weißen Laken in einem weiß getünchten Raum. Rings um ihr Gesicht war eine weiße Binde gewickelt, und auf den Wimpern unter den geschlossenen Lidern klebte eine dicke Schicht Vaseline.

»Wozu ist das?«, fragte Sonja leise.

»In Krankenhäusern macht man das so«, erklärte ihr Vater. »Falls jemand im offenen Sarg aufgebahrt wird.«

Sonja verstand diese Antwort nicht, doch sie fragte nicht weiter. Sie streichelte Babs' Unterarm. Morgen hätte Sonja sie wieder besucht. Morgen schon.

»Mein Schwager lebt in Pankow«, erklärte Sonjas Vater der Nachtschwester, »bis jetzt konnten wir ihn telefonisch nicht erreichen. Bestimmt würde er gern noch herkommen.«

»Das ist leider nicht möglich. Wir benötigen den Raum«, den Satz führte die Pflegerin nicht aus, doch es war klar: Sie brauchte das Sterbezimmer für den nächsten Patienten. »Ihr Verwandter kann sich ans Beerdigungsinstitut wenden und da seine Mutter noch mal sehen. So leid es mir tut, ich muss Sie hinausbitten.«

*

Am frühen Samstagmorgen erreichten sie die Sekretärin im Brigadebüro, ein paar Minuten später rief Helmut zurück. Sonjas Mutter drückte den Lautsprecherknopf.

»Es ist furchtbar traurig«, Helmut klang matt. »Aber ich gehe jetzt zur Schicht, ich darf die Brigade nicht hängen lassen, wir müssen unser Plansoll erfüllen. Gib mir bitte einfach die Nummer vom Bestatter.«

Sonjas Mutter konnte ihren Bruder nicht umstimmen.

Abends schellte es an der Haustür, Helmut kam aus dem Beerdigungsinstitut.

»Entschuldigung. Glaubt nicht, mir würde das nicht nahegehen. Aber die Brigade ...«, er schluchzte auf. »Ich durfte Mutter eben noch mal sehen. Die haben den Sarg aufgemacht, und sie sah ganz friedlich aus.«

Die Geschwister lagen sich weinend in den Armen.

Sonja folgte ihrem Vater ins Wohnzimmer. »Konnte Onkel Helmut wirklich nicht weg heute Morgen? Muss man in der DDR arbeiten, auch wenn die eigene Mutter gerade gestorben ist?«

»Keine Ahnung. Wahrscheinlich hätte er freibekommen können, vielleicht wollte er nicht«, der Vater seufzte. »Ich verstehe diesen Staat nicht. Diese Arbeitsvorgaben von der Partei und das Plansoll. Was man erfüllt oder übererfüllt und irgendwelche Ehrungen, die man dann bekommt.«

»Aber jeder kann doch mal krank werden. Wenn Eltern sterben, ist das ein seelischer Schock. Und ein Schock ist eine Krankheit.«

»Natürlich. Und viele Menschen in der DDR sehen das sicher ganz genauso. Aber Helmut nimmt es sehr genau mit dem Sozialismus. Der erlaubt sich keine Schwäche. Die Partei und der Aufbau gehen vor. Oder die Brigade hat tatsächlich heftigen Arbeitsdruck. Die SED hat die Arbeitsnorm erhöht, damit es mit der Wirtschaft nicht noch weiter bergab geht. Aber sprich Helmut nicht drauf an. Ich will heute keine politischen Diskussionen. Deine Oma ist noch nicht mal unter der Erde.«

Sonja nickte.

Ein paar Minuten später steckte Helmut den Kopf in den Türspalt. »Es gibt Abendbrot.«

Beim Essen sagten sie einander immer dasselbe: *Oma Babs ist in ihrem Garten gestorben, an ihrem Lieblingsplatz. Und sie ist genau so gestorben, wie sie es sich gewünscht hat, um-*

gefallen und nicht mehr wach geworden. Und sie ist fast zweiundsiebzig geworden, das ist doch ein schönes Alter. Doch die Sätze konnten den Schmerz nicht lindern. Trauer braucht Zeit.

*

Am Sonntag mussten Eugen und Sonjas Vater zeitig los. Am Tag der Beerdigung wollten sie nicht arbeiten, ansonsten nahmen sie alle Aufträge an – es ging nicht anders.

Sonja bereitete für sich und die Mutter das Frühstück, dann rief sie im Internat an.

»Mein aufrichtiges Beileid«, versicherte Elvira Knuth. Gemeinsam mit den Eltern möge Sonja entscheiden, wann sie wiederkommen wolle, aber länger als drei Wochen sollte die Unterbrechung nicht dauern, sonst würde Sonja zu viel Lernstoff verpassen. Außerdem tue ihr die Gemeinschaft im Internat vielleicht auch gut – trotz der Trauer. Sonja versprach, sich nach der Beerdigung wieder zu melden.

In der Küche saß ihre Mutter noch immer weinend am Tisch. »Danke fürs Frühstück, Kind. Jetzt geh ruhig ein bisschen in dein Zimmer. Oder nach draußen, es ist gar nicht so kalt.«

Ihre Mutter wollte allein sein, das verstand Sonja. Sie zog einen Pullover über und ging hinunter in die Garage. Um sich abzulenken, schaltete sie das Radio an. Heinz Erhardt und Renée Franke sangen *Baby, es regnet doch,* danach kam Lale Andersen mit *Blaue Nacht am Hafen.* Sonja hätte gern einen Sender gesucht, der modernere Musik spielte. Al Martino vielleicht oder natürlich Nat King Cole. Aber das Radio gehörte Eugen. Er hatte eine Antenne aufs Garagendach geschraubt und seinen Lieblingssender präzise eingestellt, daran sollte Sonja besser nichts verändern.

Sie schaute in den Korb mit den gebrauchten Putzlappen. Bei einigen würde auch hundert Grad heißes Sodawasser nichts mehr nützen – die taugten nur noch als Zunder für das nächste Osterfeuer. Andere würden sich gut wiederverwenden lassen, die packte sie in einen alten Kopfkissenbezug, sie würde sie nachher in die Waschküche mitnehmen. Im Radio war jetzt Peter Alexander an der Reihe: »Ich küsse Ihre Hand, Madame, und träum', es wär Ihr Mund ...« Ausgerechnet! Walter Godewind fiel ihr ein. Sein Handkuss bei der Aallieferung. Hatte er sich da gewünscht, stattdessen Sonjas Mund zu küssen? Sie hatte oft über das Treffen im Strandbad nachgedacht. War es wirklich Zufall gewesen, dass Godewind sie vor der Toilette entdeckt hatte? Nicht in der Gruppe, sondern Sonja ganz allein? Der Strand ist über einen Kilometer lang, so einfach läuft man sich da nicht über den Weg. Aber was, wenn er gewusst hatte, dass die Mädchen an diesem Nachmittag zum See wollten? Wenn er sich für Sonja mehr interessierte, als er nach außen zeigte? Wenn es neben dem fürsorglichen Familienvater noch eine andere Seite in ihm gab? Sie schob den Gedanken beiseite.

*

Oma Babs und der wesentlich jüngere Lionel Stern waren sieben Jahre lang gute Bekannte gewesen – vom Ende des Krieges bis zu Babs' Tod. Dass Stern die Judenverfolgung überlebt hatte, verdankte er einem unerschrockenen Ehepaar und seiner zierlichen Statur. Seine Wirtsleute hatten den Abiturienten bei sich aufgenommen, als Versteck hatte ein ausgehöhltes Sofa gedient. Eingeklemmt zwischen Sprungfedern und den Resten des Rosshaarpolsters, verbrachte er die Jahre bis zum Kriegsende, seine Eltern und zwei der Geschwister kamen in den Vernichtungslagern um. 1945 erfuhren die Alliierten von seinem Schicksal und stellten ihn ein, er musste die Räumarbeiten überwachen. So hatte er die Trümmerfrau Barbara Brevitz kennengelernt.

Inzwischen war Stern zum Amtmann bei der Senatsverwaltung aufgestiegen. An diesem Montag klingelte er bei den Falckes und überreichte Sonja drei langstielige Chrysanthemen. »Ich weiß wohl: Ihrer Großmutter haben Schnittblumen nicht viel bedeutet. Aber dennoch als Zeichen meiner Anteilnahme.«

Gern ließ sich Herr Stern zu einer Tasse Kaffee einladen, betonte aber, dass er vor allem dienstlich komme, und zog ein Dokument aus der Aktentasche.

»Hier die Abschrift der Sterbeurkunde. Das Original behält das Standesamt, ebenso wie die Todesbescheinigung. Damit sind die wichtigsten Formalitäten erledigt. Allerdings kann es gut sein, dass Sie noch zum Gericht müssen.«

Sonjas Mutter erschrak. »Gericht?!«

»Keine Angst, Frau Falcke. Ihre Frau Mutter hat sich nichts zuschulden kommen lassen. Es geht um den Nachlass.«

»Nachlass? Sie meinen: die Sachen in ihrer Wohnung?«

»Die auch«, Herr Stern sah in verständnislose Mienen. »Ach, das wissen Sie noch nicht? Frau Brevitz hat ein Testament hinterlassen, ich durfte es verwahren. Zu treuen Händen.«

Sonja war egal, ob sie etwas erbte. Außerdem hatte Oma Babs ihr ja gerade erst den Kleiderstoff geschenkt.

Margit dagegen wagte sich vor: »Was steht denn drin in diesem Testament?«

»Das hat mir Ihre Frau Mutter nicht mitgeteilt, und ich habe den Umschlag selbstverständlich noch nicht geöffnet.«

*

Die Beerdigung fand auf dem Friedhof in Alt-Moabit statt. Anschließend baten die Falckes in ihrer Wohnung zum Beerdigungskaffee.

Ein paar Tage später ließ Helmut sich für die Frühschicht eintragen. So konnte er dazukommen, als Amtman Stern die Falckes erneute besuchte. Nach der Beerdigung wurde der Verlust von Babs erst recht spürbar, die Trauer lastete schwer auf der Familie, niemand interessierte sich für das wenige, was Babs an Kleidung und Hausrat hinterlassen hatte. Doch Lionel Stern bestand auf einer baldigen Testamentseröffnung, möglicherweise galt es ja, Termine zu beachten.

Wieder nahm Sonja den Mantel des Amtmanns entgegen, und wieder fiel ihr auf, wie zierlich er war. Sie überragte ihn um einen halben Kopf und kam sich doppelt so breit vor. Ohne die Geheimratsecken und die Falten im Gesicht hätte man ihn leicht für einen Jugendlichen halten können. Dabei hatte er mit seinen einunddreißig Jahren schon ein recht reifes Alter erreicht.

Stern entnahm seiner Aktentasche einen verschlossenen Brief. Auf dem Umschlag stand: *Mein Letzter Wille*.

»Frau Falcke, Herr Brevitz. Ist dies die Handschrift Ihrer Frau Mutter?«

Beide bejahten.

Herr Stern öffnete den Brief, zog ein handbeschriebenes Blatt Papier heraus und las vor: »Im Vollbesitz meiner geistigen Kräfte verfüge ich, Barbara Brevitz, meinen Letzten Willen. Mein Vermögen befindet sich eingenäht in einer schwarzen Ledertasche in meinem kleinen Garten. Grabt zwischen den Minzesträuchern ...«

»Aaah!« Sonjas Ausruf kam heftig. »Ich weiß schon!«

Sie erzählte vom vorvorletzten Samstag: die Ledertasche im Garten und der Seidenstoff für ihr Ballkleid.

Herr Stern wunderte sich. »Ansonsten war die Tasche leer?«

»Ja. Jedenfalls habe ich nichts weiter gesehen. Aber meine Oma könnte ja später noch was reingetan haben.«

Er schaute ins Testament. »Hier steht ›eingenäht‹. Das bedeutet wohl: ins Futter eingenäht. Ist die Tasche denn gefüttert?«

Sonja überlegte, wie sie die Metallbügel aufgeklappt und das Päckchen herausgenommen hatte: die himmelblaue Seide im Pergamentpapier. »Tut mir leid. Auf das Innenfutter habe ich nicht geachtet.«

»Hat Ihre Großmutter die Tasche denn wieder eingegraben?«

»Ich war nicht dabei, aber ich denke schon.«

»Dann lese ich erst einmal zu Ende«, Herr Stern nahm Haltung an. »Das Erbe soll folgendermaßen aufgeteilt werden: Helmut Brevitz und Margit Falcke, geborene Brevitz, bekommen als Pflichtteil jeweils ein Viertel. Die zweite Hälfte geht an mein einziges Enkelkind, Sonja Falcke. Sie ist die Jüngste und hat hoffentlich noch das längste Leben vor sich, also braucht sie auch das meiste Geld. Es ist ausschließlich dafür bestimmt, dass sie eine Lehre in ihrem Wunschberuf macht. Bis zum einundzwanzigsten Geburtstag sollen ihre Eltern das Geld verwalten, aber sie dürfen ihr keine Steine in den Weg legen. Auch wenn Sonja noch nicht volljährig ist, weiß sie, was richtig für sie ist«, Herr Stern holte Luft, »Berlin-Moabit, den 31. Dezember 1949, gezeichnet Barbara Brevitz.«

Er blickte in die Runde. Sonja schloss die Augen, alle schwiegen.

»Also dann«, entschied der Amtmann. »Wir graben.«

*

Die Familie fuhr im schwarzen Käfer voran, Herr Stern folgte auf dem Fahrrad, er musste später noch Richtung Innenstadt.

Im Auto herrschte Stille. Wie seltsam, dachte Sonja. Niemandem wäre in den Sinn gekommen, dass Oma Babs außer ihrem bescheidenen Hausrat etwas zu vererben haben könnte. Dann war Herr Stern mit einem Testament aufgetaucht. Und nun wussten Sonja, ihre Mutter und Helmut immer noch nicht, was sie eigentlich geerbt hatten. Nur eins stand fest: Sonja als Babs' Enkelin wurde Haupterbin, die Tochter und der Sohn bekamen jeweils ein Viertel. Sonjas Mutter war damit sicher einverstanden. Und wie ging es Onkel Helmut mit seinem Viertel? Bisher hatte er wenig dazu gesagt. Aber was konnte überhaupt im Taschenfutter eingenäht sein? Geld? Schmuck? Wertvolle Papiere? Wie schwer war die Tasche noch gewesen, nachdem Sonja den Kleiderstoff herausgenommen hatte? Sie konnte sich nicht erinnern.

Sonjas Vater stellte den Wagen ab, sie gingen um das Haus herum, den Plattenweg entlang, die Mutter schloss auf. Vor zwei Tagen war sie schon hier gewesen, um verderbliche Lebensmittel aus der Wohnung zu holen, doch für Sonja war es der erste Besuch nach Babs' Tod. Nicht nur ihr, auch den anderen standen die Tränen in den Augen.

»Ich hol den Spaten«, Sonja atmete durch. Als sie vom Werkzeugschuppen zurückkam, stellte Herr Stern gerade sein Fahrrad an die Hauswand und zog die Klammern aus den Hosenbeinen.

»Wir können!«, rief sie den anderen zu.

Sie traten vor das Beet.

»Wo liegt diese Tasche denn nun ganz genau?«, fragte Herr Stern.

Sonja wies auf die Stelle zwischen den Sträuchern. »Man sieht das noch: Da ist die Erde festgetreten.«

Der Amtmann wollte zum Spaten greifen, doch Sonjas Vater schritt ein. »Verderben Sie sich nicht Ihren Anzug.«

Herr Stern nickte dankbar. Nach wenigen Spatenstichen stieß Sonjas Vater auf die grüne Gummiplane, nahm das Päckchen heraus und gab es an Herrn Stern weiter. Er wickelte die Tasche aus und öffnete den Metallverschluss.

»Leer und mit Stoff ausgeschlagen, wie wir schon vermutet haben. Und unterm Stoff ...? Ah ja. Fühlt sich an wie ein Papier. Wie kommen wir da am besten dran?«

»Ich hole uns was«, Sonjas Mutter eilte ins Haus.

»Papier?«, fragte Helmut. »Was denn für Papier? Eher Geldscheine oder eher größere Bögen?«

»Eher wie Schreibpapier, ein kleiner Stapel.«

Sonjas Mutter kam mit einer Nagelschere zurück. »Möchten Sie, oder soll ich?«

Der Amtmann lächelte. »Niemand misstraut Ihnen.«

Gebannt sahen sie zu, wie Margit den Stoff vom Leder löste. Als das Loch groß genug war, steckte sie zwei Finger hinein. »Ja, Papier.«

»Können Sie das rausholen?«

»Noch nicht«, sie trennte die Naht weiter auf und fuhr mit der Hand in die Öffnung. Sekunden später lag das Erbe auf dem Gartentisch.

»Aktien«, murmelte Sonja. »Siemens & Halske.«

»Was?« Margit blieb der Mund offen stehen, Sonja blickte in ungläubige Gesichter.

Herr Stern blätterte den Stapel durch und fand einen Brief. Sie gingen hinein und setzten sich an Babs' alten Küchentisch. Der Amtmann begann zu lesen:

»Liebe Margit, lieber Helmut, liebe Sonja! Mit dem Graben habe ich Euch ein wenig Mühe gemacht, aber ein Versteck in der Erde ist immer noch das Sicherste. Und bei Herrn Stern war mein Testament bestens aufgehoben, vielen Dank dafür. Bestimmt wundert Ihr Euch über die Aktien. Heinz und ich haben sie 1928 gekauft, als es uns wirtschaftlich relativ gut ging. Das Geld dafür hatte Heinz aus seinem Betrieb, eine Sonderzahlung wegen besonderer Arbeit. Die Aktien waren unsere eiserne Reserve. Aber auch in der Wirtschaftskrise und sogar im Krieg hatte Heinz reichlich zu tun. Wir brauchten das Geld nie dringend, gegen die Bomben hätte es sowieso nichts geholfen. Außerdem wollten wir ja nicht weg aus Berlin. Nach Heinz' Tod ging es mir gut in der kleinen Wohnung. Ihr musstet zum Glück auch nicht hungern, sonst hätte ich Euch die Aktien längst gegeben. Alles Weitere steht im Testament. Lebt wohl. Eure Mutter und Oma Babs.«

Herr Stern ließ den Brief sinken.

»Wir haben wirklich nichts davon gewusst«, Helmut wischte sich die Tränen von den Wangen. »Die Aktien sind von 1928. Da war ich erst zwei Jahre alt«, er sah seine Schwester an. »Und du kamst zu Salamander.«

Sonjas Mutter nickte. »Da stand ich den ganzen Tag im Schuhladen. Ich habe auch nichts von der Sonderzahlung mitgekriegt.«

»Ihr Vater war Galvaniseur, nicht wahr?«

»Bei Lawrentz. Ein kleiner Betrieb, nicht weit von hier.«

»Also war Ihr Vater gar nicht bei Siemens?«

»Nein, er hat bloß oft gesagt: Falls es mal Schwierigkeiten gibt bei Lawrentz, dann würde er zu Siemens wechseln. Aber es ging ja immer weiter bei seinem alten Chef, die beiden haben sich gut verstanden«, Sonjas Mutter seufzte. »Na ja, natürlich haben die auch Waffenteile hergestellt. Kann man sich ja vorstellen in einem Metallbetrieb. Aber das war nun mal so in der Zeit. Karl Lawrentz hätte diese Aufträge schlecht ablehnen können.«

Herr Stern räusperte sich. »Auch wenn es Ihnen in Ihrer Trauer nicht leichtfällt: Sorgen Sie möglichst bald für Klarheit.«

*

Ein wenig benommen verließ Sonjas Familie am nächsten Tag die Sparkasse Wedding-Mitte, zu ihrer Trauer gesellten sich nun Verwunderung und auch Freude.

»Unsere Mutter«, sagte Sonjas Mutter wieder und wieder. »Man glaubt es nicht: räumt jahrelang Schutt weg, lebt in einer winzigen Wohnung und hat im Garten ein Vermögen vergraben.«

»Passt doch zu ihr«, fand der Vater, als sie gemeinsam in den Wagen stiegen. »Sie war mit sich im Reinen. Wer glücklich ist, braucht keinen Luxus.«

»Was machst du eigentlich mit dem Erbe?«, wollte Sonja von ihrem Onkel wissen. »Dürft ihr so viel auf der Bank haben in der DDR?«

»Es geht immer um die innere Einstellung«, entgegnete Helmut ernst. »Ich weiß noch nicht, was ich mit dem Geld mache. Aber sicher etwas im Sinne der sozialistischen Gemeinschaft.«

Sonja schaute aus dem Autofenster. Mehr als siebentausend Mark hatte sie geerbt – nach heutigem Stand der Aktien. Und vermutlich würde der Wert noch steigen.

»Vati?«

Er drehte sich zu ihr um. »Ja, Kind?«

»Fährst du morgen mit mir ins Internat?«

Der Vater tat ihr den Gefallen, am nächsten Tag saßen sie bei Frau Direktor im Büro.

»Sie haben bei diesem tragischen Trauerfall viel Haltung bewiesen, Fräulein Sonja. Ein wirklich reifes Verhalten für Ihr Alter.«

Sonja bedankte sich, doch sie machte keine Umschweife. »Ich möchte hier nur noch meine Sachen holen.«

»Das ist sehr schade«, Elvira Knuth seufzte. »Kann ich Sie denn noch irgendwie umstimmen?«

»Sehr nett, aber ich sage endgültig ab. Meiner Mutter geht es nach dem Tod ihrer Mutter nicht gut, sie braucht meine Hilfe. Und mein Vater und ich haben auch schon mit den Herren von VW gesprochen. Alle können verstehen, dass ich mit dem Internat aufhören möchte.«

So rasch gab die Direktorin sich nicht geschlagen: »Was haben Sie denn jetzt beruflich vor?«

»Erst mal helfe ich meinen Eltern im Fahrdienst, und wenn mein Vater dann das Autohaus hat, möchte ich da eine kaufmännische Lehre machen.«

»Und wann würden Sie damit beginnen?«

»Im Frühjahr. Das Autohaus ist ja noch nicht eröffnet.«

»Vorher also nicht? Aber im Frühling würden Sie doch auch das Jahr bei uns abschließen. Insofern wäre es für Sie kein Zeitverlust.«

»Ich helfe lieber meinen Eltern.«

Sonjas Vater hob die Hand. »Nicht falsch verstehen, Frau Direktor. Das ist der Wunsch unserer Tochter. Meine Frau und ich verlangen nicht, dass sie uns im Betrieb hilft«, er wandte sich an Sonja. »Wir sagen ja: Überleg es dir noch mal. Wenn du im Internat bleibst, kannst du hier tanzen lernen.«

»Könnte ich. Aber den Kurs bietet jede Tanzschule an, zum Beispiel die von Herrn Bienefeld am Ku'damm.«

Die Direktorin nickte bedächtig. »Sie haben recht, Fräulein Sonja. Dennoch möchte ich Ihnen etwas zeigen«, sie zog ein Kuvert hervor – in allseits bekanntem Hellblau.

Sonja spürte ihr Herz schlagen. »Die Fotos aus Hamburg?«

»Genau. Für jede Schülerin zwei Porträtaufnahmen. Und ein freundliches Anschreiben der Familie van Halem. Fräulein Ninette ist ja Anfang der Woche nach Hamburg zurückgekehrt und macht ein Praktikum im elterlichen Betrieb. Doch sie möchte zu den Kameradinnen Kontakt halten. Wer mag, kann mit ihr in Verbindung treten. Schriftlich oder telefonisch über die Direktion von Graciosa.«

Elvira Knuth legte die Fotos auf den Schreibtisch: Sonja mit Make-up und aufgeföhntem Haar. Ein Porträt von vorn, eins von der Seite, beide in Farbe und wunderschön.

Besuche

Niemand in der Familie litt unter Babs' Tod so sehr wie Sonjas Mutter. Über Wochen verließ sie kaum das Haus, bereitete zwar die Mahlzeiten zu und hielt die Wohnung in Ordnung, doch Einkäufe und Telefondienst übernahm Sonja. Viele Kunden wussten, dass Dieter Falckes Schwiegermutter gestorben war, und wünschten Beileid.

Sonja grübelte. Mit dem Erbe standen ihr viele Wege offen: Wollte sie wirklich die kaufmännische Lehre im Autohaus? Sie könnte auch ein Jahr ins Ausland gehen, nach England oder Frankreich zum Beispiel. Und eine Ausbildung zur Fremdsprachenkorrespondentin anschließen. Oder wie wäre es mit einem Studium zur Berufsschullehrerin? Bei genügend praktischer Erfahrung ging das sogar ohne Abitur. Bis zum Frühjahr wollte sie sich entscheiden.

Doch erst einmal stand Ende Oktober das Richtfest an.

»Muss ich wirklich unbedingt mit dahin?«, fragte Sonjas Mutter am Vorabend. »Meine Mutter ist nicht mal vier Wochen tot. Da kann wohl jeder verstehen, wenn ich nicht komme.«

Doch ihr Mann, der sonst so viel Rücksicht nahm, reagierte ungewohnt streng: »Margit! Die ganze Leitung der Berliner Niederlassung kommt hin und sogar zwei Manager aus Wolfsburg. So kurzfristig kannst du doch unmöglich absagen. Wie stehe ich denn da ohne meine Frau? Nur mit meiner Tochter? Also gehst du mit! VW ist der Bauherr, und Herr Wenzel organisiert das Fest. Reiß dich zusammen, wenigstens die paar Stunden. Deine Mutter hätte kaum gewollt, dass wir ihretwegen Ärger kriegen.«

Sonjas Mutter nickte unter Tränen.

Sonja zog sich an diesem Abend früh auf ihr Zimmer zurück. Seltsam, dachte sie. Mit der eigenen Frau zu reden wie mit einem Kind. So kannte sie ihren Vater nicht. Der Grund war klar: Er hatte Respekt vor dem VW-Mann, vielleicht sogar Angst. Noch nie hatte er beruflich einen so großen Schritt gewagt. Und selbstverständlich erwartete VW gute Umsätze, sonst würde man Dieter Falcke zurückstufen – vom Geschäftsführer zum einfachen Autoverkäufer. Sonja überlegte. Wo würde sie mit vierzig Jahren stehen? Würde sie sich zutrauen, einen Betrieb mit zehn Mitarbeitern zu leiten? Oder lieber Angestellte bleiben? Sie musste an Fräulein Meier-Sebeck denken, die Lehrerin von der Mittelschule. Nein, einen Chef mit so einer Persönlichkeit könnte Sonja nicht ertragen. Dann lieber in einer kleinen Firma selbstständig sein. Schließlich schlief sie über ihren Grübeleien ein.

Die Mutter fügte sich am nächsten Tag. Sonja spürte, welche Überwindung es sie kostete, die strenge Trauerkleidung abzulegen und zum ersten Mal nach Oma Babs' Tod wieder das dunkelgraue Kostüm mit dem schwarzen Nerzkragen anzuziehen.

Der Vater nickte zufrieden. »Das ist doch sehr passend für den Anlass, Margit. Und Herr Wenzel weiß ja, dass deine Mutter gestorben ist. Du musst ja nicht den ganzen Nachmittag lachen. Denk einfach an unsere Zukunft, dann geht das schon.«

Sie hätten die paar Hundert Meter zu Fuß gehen können, aber wie hätte das ausgesehen beim Richtfest des eigenen Autohauses. Selbstverständlich fuhren sie im frisch polierten schwarzen Käfer vor.

Herr Wenzel persönlich half Sonjas Mutter beim Aussteigen. »Dass Sie uns mit Ihrer Anwesenheit beehren, freut mich besonders, Frau Falcke. Wo Sie doch den schweren Verlust verkraften mussten. Das habe ich auch schon meinen Kollegen und Mitarbeitern gesagt. Alle versichern Ihnen unser Mitgefühl.«

Die Worte wirkten Wunder. Sonjas Mutter bedankte sich erleichtert.

Nachdem der Zimmermann auf dem Dachstuhl sein Gedicht gesprochen und für das Haus Gottes Segen erbeten hatte, gab es für jeden Gast einen Schnaps, dann hielt Wenzel eine Lobrede auf die wirtschaftliche Unterstützung durch die Amerikaner und den Aufschwung in der jungen Bundesrepublik, wo die Menschen nun mit ganzer Kraft nach vorn sollten.

Bei der anschließenden Rohbauführung konnten die Falckes nur noch staunen: Alles war so großzügig und modern, im Autohaus wie in den Wohnungen. Das hätte auch Oma Babs gefallen, ganz bestimmt sogar, meinte Sonjas Mutter wieder und wieder. Zum ersten Mal nach Babs' Tod durfte sie sich guten Gewissens von Herzen freuen.

*

Der November machte seinem Ruf alle Ehre. Nebel, Nässe, Nieselregen und das Gefühl, dass es den ganzen Tag nicht hell wurde. Wenn wenigstens schon Advent wäre, dachte Sonja, dann würden die Stanniolsterne in den Schaufenstern hängen, und es gäbe endlich wieder Weihnachtsmänner aus Schokolade. Mehrmals die Woche begleitete sie ihre Mutter auf den Friedhof. Weil niemand in der Familie katholisch war, stellten sie keine Grabkerzen auf, sondern Schalen mit Astern und Heidekraut.

Ende des Monats kam der Anruf von Herrn Stern: So leid

es ihm auch tue, aber die Stadt brauche die Wohnung von Frau Brevitz zurück.

Sonjas Mutter fühlte sich seelisch nicht in der Lage, Oma Babs' Haushalt aufzulösen, Sonja und ihr Vater fuhren allein nach Moabit.

Vor dem Haus wartete Herr Stern mit einem jungen Ehepaar, kaum älter als zwanzig und ärmlich gekleidet. Sie strahlten vor Freude. Weil bald ihr erstes Kind auf die Welt kommen sollte, wies die Stadtverwaltung ihnen diese Wohnung zu: ein großes eigenes Zimmer mit Wasserklosett und Gärtchen. So ein Glück! Sonja konnte sich denken, warum Herr Stern die Nachmieter mitgebracht hatte. Sie zwinkerte ihrem Vater zu, auch er hatte verstanden.

»Und sehr nett, dass Sie die Kleidung spenden wollen«, Herr Stern überreichte einen sauberen Baumwollsack.

Sonja machte sich an die Arbeit: Babs' Kittelschürzen, ihr schwarzes Kleid, der passende Mantel samt Schal und Hut, eine Wollmütze, zwei Paar Handschuhe, zwei Paar Schuhe, etwas Leibwäsche. Viel gab der Kleiderschrank nicht her. Sonja wunderte sich einmal mehr, wie ihre Oma mit so wenig Besitz so zufrieden gewesen war und dass sie ihre Aktien nicht angerührt hatte.

Der Vater räumte die Teedosen aus dem Regal, steckte eine kleine Schmuckschatulle ein und holte den fast neuen Staubsauger aus der Besenkammer. »Herr Stern, Sie haben so viel für meine Schwiegermutter getan. Im Namen der ganzen Familie noch mal herzlichen Dank. Als Beamter dürfen Sie kein Geld annehmen, und als Privatperson würde ich Sie damit wohl kränken.« Er wandte sich lächelnd dem jungen Paar zu: »Darum möchten wir Ihnen die restliche Einrichtung überlassen. Meine Schwiegermutter hat hier nach dem Krieg zufriedene Jahre verbracht. Sie würde sich bestimmt sehr freuen, dass nun neues Leben einzieht. Alles Gute für Sie und Ihr Kind.«

Mit Babs' überschaubarer Habe im Gepäck liefen Sie ein letztes Mal den Plattenweg entlang zurück an die Straße.

Im Käfer atmeten sie durch.

»Jetzt darfst du zum Friseur. Hast du dir verdient, meine Süße«, der Vater fuhr zurück in den Wedding und setzte Sonja am Leopoldplatz ab.

Kaum stand sie in der Salontür, eilte Monika ihr entgegen. Im Personalraum tranken sie Himbeerwasser. Sonja erzählte von den Nachmietern für Oma Babs' Wohnung, dann fragte sie: »Was ist denn mit Tante Ilse? Geht es ihr besser?«

»Nicht wirklich. Gestern hatte sie wieder Kopfschmerzen und hat drei Tabletten auf einmal genommen.«

»So viel Aspirin ist doch gar nicht gesund.«

»Sie nimmt kein Aspirin«, Monika seufzte. »Davon bekommt sie Leibschmerzen. Ihr Arzt hat ihr was anderes aufgeschrieben: Phenacetin. Das geht nicht so auf den Magen.«

»Und es wirkt?«

»Sagt Tante Ilse jedenfalls. Der Schmerz ist schnell weg, dann hat sie auch gleich bessere Laune.«

»Und das Eheanbahnungsinstitut? Haben die wen gefunden?«

»Nein. Sie geben sich weiter Mühe.«

Sonja verzog das Gesicht. »Was soll das denn heißen?«

»Na ja. Letzte Woche hat Tante Ilse zwei Männer getroffen, einen am Montag und einen am Mittwoch. Der erste hat ihr Blumen mitgebracht, und sie hat sich gefreut.«

»Ist doch schön.«

»Ja. Aber dann hat er erzählt, wie er als Soldat mit seinen Kameraden in Frankreich die Rosen aus den Vorgärten gerissen hat. Sie haben auf den Blüten rumgekaut, weil sie sich so besser konzentrieren konnten. Vor allem beim Schießen. Er hat immer weiter vom Krieg geredet, über zwei Stunden lang.«

»Und Ilse hat sich das die ganze Zeit angehört?«

»Ja. Natürlich hat sie versucht, über was anderes zu reden, aber er ist immer wieder beim Krieg gelandet und hat auf großen Helden gemacht. Ganz furchtbar war das, den will sie auf keinen Fall wiedersehen.«

»Kann man ja verstehen. Und der zweite?«

»Der wiegt fast drei Zentner. Er hat gemeint: Seit es in Deutschland wieder was Anständiges zu essen gibt, holt er alles nach, was er im Krieg verpasst hat. In den letzten drei Jahren hat er über achtzig Kilo zugenommen.«

Sonja griente. »Und Tante Ilse ist aus dem Café gerannt?«

»Wäre sie gern. Sie hat ihn aus Höflichkeit eine Stunde ertragen, dabei hat er sich drei Stück Buttercremetorte reingeschaufelt. Ilse war völlig runter mit den Nerven, aber sie gibt die Hoffnung nicht auf. Und jetzt reden wir über was anderes. Hast du die Fotos?«

Beim Anblick der Porträtaufnahmen brach Monika in Entzücken aus: »Toll! Das machen wir dir ganz genauso. Föhnwelle. Absolut modern.«

Auch Ilse lobte Sonjas Frisur auf den Bildern, bestens gelaunt schnitt sie ihr die Haare – von Melancholie oder Kopfschmerz keine Spur.

Als Sonja an diesem Abend zu Bett ging, zog sie ein Haarnetz über, ihre neue Föhnwelle sollte so lange wie möglich halten. Sie sah sich noch einmal die Porträts an. War sie tatsächlich so hübsch? Oder lag das bloß an der Schminke? Ach, egal. Sie schlief zügig ein, doch mitten in der Nacht wachte sie auf, die Gedanken kreisten wieder. Es war zwanzig vor zwei, um diese Zeit lagen ihre Eltern und Eugen in tiefem Schlummer. Leise ging sie in den Flur und holte das Telefonbuch. V wie Vogt. Aber wie hieß der Inhaber mit Vornamen? Wenigstens wusste sie den Stadtteil: Charlottenburg. Im Schein der Nachttischlampe fuhr ihr Finger die Spalten entlang. Da! Waldemar Vogt, Bäckermeister, Spandauer Damm. Das musste der Onkel sein.

*

Den Mantel zog Sonja schon in ihrem Zimmer über, schloss die Knöpfe und drapierte einen Schal in den Ausschnitt. Ihre Mutter brauchte nicht zu wissen, dass Sonja die gute Bluse trug, sonst wären Fragen gekommen. Ein Blick in den Spiegel: Die Föhnwelle saß, als Schutz gegen den Fahrtwind band Sonja ein Kopftuch um.

Sie betrat die Küche. »Ich fahre zu Omas Grab und dann noch in die Bücherei. Bis Mittag bin ich zurück, versprochen.«

Die Mutter sah von einer Näharbeit auf und nickte. Es fiel ihr noch schwer, aus dem Haus zu gehen, doch den Telefondienst konnte sie wieder übernehmen.

Sonja holte das Rad aus der Garage, zum Glück war kein Regen angesagt. Je näher sie dem Spandauer Damm kam, umso heftiger schlug ihr Herz. Was, wenn Jürgen sich über den Besuch nicht freute? Weil er Sonja für plump und aufdringlich hielt? Oder wenn er sie für ihren Vorschlag auslachte? Oma Babs' Worte fielen ihr ein: *Überall im Leben kann man scheitern. Aber wer immer nur Angst vorm Scheitern hat, der kann nicht leben.*

Bis auf die Straße zog der Duft von frischem Brot. Sie stellte ihr Rad ab und blieb vor dem Schaufenster stehen: hellgelbe Schrippen, goldbraunes Weizenbrot und Plunderteilchen mit Pudding und Zierkirschen. Die wahre Pracht. Sonjas Blick glitt ins Ladeninnere. Hinter dem Tresen stand eine junge Frau mit Sommersprossen, die hellroten Haare seitlich zum Zopf gebunden. Sie arbeitete zügig, jeder Handgriff saß. Das musste Karin sein, Jürgens zwei Jahre ältere Schwester, im Tanzkurs hatte er von ihr erzählt.

Sonja wartete ab. Als nur noch ein einziger Kunde im Laden war, ging sie hinein. Der Mann zahlte und verabschiedete sich.

Die Verkäuferin nickte ihr zu. »Na, Fräulein? Sie haben ja lange ins Schaufenster gelinst. Was darf es denn sein?«

Ihre Worte kamen unverstellt und ein bisschen zu forsch. Auch das hatte Jürgen über seine Schwester gesagt: Karin wusste, was sie wollte. Immer schnurgerade und rundheraus.

»Danke«, entgegnete Sonja. »Sieht alles lecker aus. Aber ich möchte nichts kaufen, sondern was fragen.«

»Dann raus mit der Sprache.«

»Ich bin Sonja Falcke. Und wenn ich fragen darf: Sie sind bestimmt Karin, Jürgens Schwester?«

»Sieht man wohl. Na ja, so schöne Sommersprossen hat nicht jeder. Und woher kennen Sie Jürgen? Ihren werten Namen hat er nämlich nie erwähnt.«

»Aus dem Hauswirtschaftsinternat am Wannsee. Vom letzten Tanzkurs. Jürgen war der Übungspartner von Ninette van Halem, unserer Schulsprecherin.«

Eine Kundin betrat den Laden.

»Morgen, Frau Bolle. Momentchen bitte. Das junge Fräulein hier möchte was erklären«, Karin wandte sich Sonja zu: »Ninette van Halem, die Erbin von der Graciosa-Fabrik. Und die schickt Sie jetzt her?«

»Nicht direkt. Aber sie hat an die Internatsleitung geschrieben, dass sie mit den ehemaligen Kameradinnen in Verbindung bleiben möchte. Deshalb würde ich mit Jürgen gern etwas besprechen.«

»Ach so. Na sicher. Er steckt zwar bis über beide Ohren in Arbeit, aber wegen Fräulein von Halem hat er bestimmt kurz Zeit«, Karin kam hinter dem Tresen hervor. »Frau Bolle, ich bin sofort bei Ihnen, ich bringe nur schnell unseren Besuch in die Backstube. Sie haben ja gehört, was hier los ist.«

Karin hastete durch einen Korridor und eine halbe Treppe hinunter, Sonja folgte irritiert. Was, wenn sie sich nicht auf Ninette hätte berufen können? Sondern einfach bloß mit Jürgen sprechen wollte – ohne eine bekannte Millionärsfamilie zu erwähnen? Dann hätte Karin sie wohl längst abgewimmelt.

In der Tür zur Backstube blieben sie stehen, neben Jürgen arbeiteten drei weitere Männer an Öfen und Knetmaschinen.

»Jürgen, Besuch für dich.«

Er sah herüber, stutzte, lächelte. »Ich mach mal kurz Pause«, sagte er seinen Kollegen und ging zu den Frauen.

»Sonja! So eine Überraschung. Karin, das ist Fräulein Falcke, sie hat mir den Knopf angenäht. Habe ich dir doch erzählt. Den unteren am Mantel, der war doch lose.«

»Stimmt«, meinte seine Schwester verhalten. »Das war mir ja gleich aufgefallen. Die Farbe vom Garn ist nicht ganz wie bei den anderen Knöpfen. Aber ansonsten gut gemacht.«

Sollte Sonja sich über dieses Lob freuen? Sie rettete sich mit Humor: »Wäre seltsam, wenn ich das nicht könnte, das Internat ist ja eine Haushaltsschule. Bloß: Passenderes Garn hatten wir leider nicht.«

»Ist doch in Ordnung«, beruhigte Jürgen. »Wer achtet denn beim untersten Knopf so genau auf die Nähgarnfarbe?«

Seine Schwester straffte die Schultern. Auffallend freundlich meinte sie: »Ich habe schon erzählt, dass du nicht viel

Zeit hast. Vielleicht sehen wir uns ja gleich noch mal, Fräulein Falcke. Wenn Sie gehen. Aber Sie müssen nicht unbedingt durch den Laden. Es gibt im Hof ein Tor zur Straße. Darum sage ich schon mal Tschüss.«

Sie eilte zurück in den Laden.

»Lassen Sie uns rausgehen, Sonja. Ich darf hier nicht rauchen.« Er führte sie durch eine Glastür zu einem überdachten Platz im Innenhof. »Hier machen wir immer unsere Pausen. Schöne Abkühlung, wenn man so aus der Backstube kommt.«

»Frieren Sie denn nicht?«

»Ich stelle mich nah dran«, er wies auf eine Ziegelwand. »Die Rohre von den Backöfen gehen da durch. Fühlen Sie mal.«

Sonja legte eine Hand auf die Steine. »Stimmt. Ist ja praktisch.« Sie dachte an die sonnenbeschienene Mauer in Oma Babs' Garten. Die Steine hier wurden viel wärmer, kein Wunder bei den Öfen.

Jürgen zog eine Packung Overstolz hervor. »Für Sie auch?«

»Danke, ich rauche nicht.«

»Aber ich darf doch?«

»Na sicher«, sie wagte sich vor: »Und ich hoffe, Sie halten mich nicht für aufdringlich. Sie haben mir ja damals gesagt, Sie hätten hier so viel Arbeit und könnten nicht mehr zum Tanzen ins Internat kommen. Trotzdem schneie ich jetzt einfach so bei Ihnen rein.«

»Gar nicht schlimm. Ich wollte sowieso gerade Pause machen. Wie geht's Ihnen denn überhaupt?«

*

Es klingelte pünktlich um halb vier. Sonja wollte öffnen, doch ihr Vater ließ sich das nicht nehmen. Er begrüßte Jürgen zuvorkommend und sprach so laut, dass den Nachbarn klar sein musste: Hier handelte es sich um einen offiziellen Besuch aus seriösem Anlass. Das durfte jeder wissen.

Jürgen überreichte zwei Blumensträuße – den kleineren der Tochter, den größeren der Dame des Hauses – sowie einen Karton mit Marmorkuchen und Plunderteilchen. Sonja hatte den Tisch im Wohnzimmer gedeckt. Die erste Scheu legte sich, der Kuchen erntete Lob, und ihre Mutter entlockte dem Gast einige Backtipps.

»Das ganze Rezept kann ich leider nicht verraten, Frau Falcke. Dann würde mein Onkel böse.«

Sie lachten. Bei der zweiten Tasse Bohnenkaffee wagte Sonja sich vor. »Und jetzt hoffe ich, ihr erlaubt mir das: Ich habe Jürgen nämlich gebeten, mich nach Hamburg zu begleiten, mit dem Interzonenzug. Wir fahren morgens um fünf los und sind abends um neun zurück.«

»Und ich habe mich über Sonjas Vorschlag gefreut«, fügte Jürgen hinzu. »Dann kann ich auch Ninette wiedersehen. Wir fanden es beide schade, als unser Tanzkurs zu Ende war«, er wandte sich an Sonjas Mutter. »Ich passe bei der Reise bestimmt gut auf, keine Sorge. Bei meiner Schwester achte ich ja auch immer drauf, dass alles in Ordnung ist. Besonders seit unser Vater tot ist.«

Was wohl in Jürgen vorging? Wartete er auf Sonjas Angebot zum Du? Doch diesen Schritt wagte sie nicht. Sie wusste doch noch viel zu wenig. Was fühlte Jürgen für sie? Er freue sich auf den Tag in Hamburg, hatte er gesagt. Doch das konnte vieles bedeuten. Und dann war da ja noch Karin, seine Schwester. Sie mochte Sonja nicht besonders, so viel stand fest. Aber was steckte dahinter? War sie eifersüchtig auf Sonja? Wollte Karin ihren Bruder für sich allein? Hatte Jürgen schon eine Freundin? Oder gar eine Verlobte? Und Karin wollte sie bloß vor einer Enttäuschung bewahren? Fragen über Fragen.

*

Sonjas Vater brachte sie zum Bahnhof Zoologischer Garten, Jürgen stand wartend am Aufgang zum Gleis. War er so aufgeregt wie sie? Zumindest kam es Sonja so vor, sein Begrüßungslächeln wirkte verlegen, er sah sie nicht lange an, sondern wandte sich an ihren Vater.

»Sie brauchen sich wirklich keine Sorgen zu machen, Herr Falcke. Ich passe gut auf Sonja auf, und die Interzonenzüge sind fast immer pünktlich. Dafür sorgt die DDR ja schon.«

»Na sicher. Ich kann mich auf euch beide doch verlassen«, Sonjas Vater drückte ihr einen Kuss auf die Wange und klopfte Jürgen auf die Schulter. »Gute Reise, und unbekannterweise meine besten Grüße an Fräulein Ninette und ihre Eltern.«

»Richten wir gern aus, Herr Falcke.«

Sie verabschiedeten sich, Jürgen und Sonja gingen hoch auf den überfüllten Bahnsteig.

»Sie haben sich hoffentlich was zum Lesen eingepackt?«, neckte Sonja. »Oder wollen Sie sich etwa die ganze Zeit über mit mir unterhalten?«

Er schmunzelte. »Würde ich schon gern. Aber dann müssten wir flüstern. Es wird bestimmt voll im Abteil, und die anderen sollen ja nicht alles mitkriegen.«

Oh! Meinte er das tatsächlich so, wie es bei Sonja jetzt ankam? Flirtete er etwa mit ihr? Dabei betonte er doch immer, dass sie gute Kameraden waren.

Der einfahrende Zug ersparte Sonja die Antwort. Die

Nummern ihrer reservierten Plätze wusste sie längst auswendig, doch sie zog noch einmal ihre Fahrtkarte hervor, um sich zu vergewissern.

Als sie aufblickte, hatte Jürgen sich halb von ihr abgewandt. »Da ist unser Waggon.«

Im Abteil saßen sie sich gegenüber. Jürgen hatte ein Heft mit Kreuzworträtseln mitgebracht, und Sonja las in einem Frauenroman. Ab und zu trafen sich ihre Blicke, dann lächelten sie. In Sonjas Buch war viel von Liebe die Rede: erst heftiges Herzklopfen, dann furchtbarer Kummer und schließlich ein glückliches Ende. *Liebe* wäre auch ein schönes Wort in Jürgens Rätselheft, dachte Sonja. *Starkes Gefühl mit fünf Buchstaben.*

Kurz vor Hamburg stieg eine ältere Frau ein, einfach gekleidet und schon ein wenig tüdelig. Sie hatte einen Platz an der Abteiltür, immer wieder sah sie zwischen Jürgen und Sonja hin und her und meinte schließlich: »Sie sind aber ein schönes junges Paar. Wann heiraten Sie denn?«

»Wir heiraten gar nicht«, entgegnete Sonja ernst. »Wir sind gute Kameraden.«

Die alte Frau schien enttäuscht, doch sie wusste Rat: »Na, dann kaufen Sie sich doch einfach zwei Ringe. Damit klappt das schon mit dem Heiraten.«

Sonja und Jürgen schmunzelten, ihre Blicke trafen sich, wenn auch nur kurz.

*

Sieben Meter hohe Stahlbehälter! Sonja und Jürgen reckten die Hälse.

»Hier lagern die Grundstoffe für unsere berühmte Creme«, erklärte Ninette.

Sie führte die Gäste in eine Halle mit riesigen Becken. Elektrische Rührstäbe vermischten die Grundsubstanzen zur fertigen Hautcreme. Weiter ging es über die Abfüllstation bis zu den Verpackungsanlagen.

»Von hier aus gelangen unsere hellblauen Dosen in alle Welt. Viele Hundert Millionen pro Jahr, die genaue Zahl darf ich leider nicht nennen.«

»Und dein Praktikum, Ninette?«, wollte Sonja wissen. »Du gehst in alle Abteilungen?«

»Ja, immer für ein paar Wochen.«

»Wollen Sie die Firma denn irgendwann leiten?«, fragte Jürgen.

»Nein, aber ich sollte über alles Bescheid wissen. Wir sind ein Traditionsunternehmen. Um Chefin zu werden, müsste ich studieren.«

»Könntest du doch«, meinte Sonja. »Du hast doch Abitur.«

»Schon. Aber ich möchte lieber eine Familie gründen. Die Leitung übernimmt später mein Bruder. Der hat auch viel mehr kaufmännisches Talent als ich.«

Sie gingen weiter zum Entwicklungslabor. Hier wirkte alles ruhig und übersichtlich.

»Die Chemiker mischen die neuen Rezepturen in kleinen Tiegeln an, dann überprüfen unsere Hautärzte an Kaninchen die Verträglichkeit, danach kommt die Besprechung mit den Marktfachleuten«, Ninette sah auf die Uhr. »Und jetzt bittet die Firma Graciosa zu Tisch im Direktionsgebäude.«

»Das große Haus an der Einfahrt?«, fragte Jürgen. »Mit dem riesigen Rasen drumrum?«

»Genau. Mein Großvater hat es bauen lassen, als Familiensitz. Oben sind unsere Privaträume, und unten empfangen wir Gäste.«

Sie gingen hinüber zur Direktorenvilla. Äußerlich ähnelte das Gebäude dem Internat am Wannsee.

»Kein Wunder, dass du unsere Schulsprecherin warst«, ulkte Sonja. »Du konntest dich da ja gleich zu Hause fühlen.«

»Ach ja, es ist eben dieser protzige Gründerzeitstil. Oben in den Wohnräumen haben wir uns Mühe gegeben, damit es einigermaßen gemütlich wird. Aber unten haben wir alles belassen, schon allein aus Respekt vor meinem Großvater.«

Sie stiegen einige Stufen hinauf zum Portal, Ninette führte die Gäste in die Empfangshalle. Nein, eine aufwendige Eichenvertäfelung wie im Internat gab es hier nicht. Die Wände waren bis in Schulterhöhe mit hellem Marmor verkleidet, ein geschmackvoller Kontrast zum roten Marmor des Bodens.

Jürgen nickte anerkennend. »Habt ihr auch eine Ahnengalerie?«

»Nein, wir sind ja nicht adelig. Nur ein paar gemalte Porträts von meinen Urgroßeltern und Großeltern. Die waren alle eher praktisch veranlagt, auf Kunst haben die keinen großen Wert gelegt.«

In einem kleinen Speiseraum war ein Tisch für vier Personen gedeckt.

»Aha? Wir erwarten noch jemanden?«

»Meinen Vater. Sonja, du hast uns beim Abschlussball so freundlich bedient, und dann kam die schlimme Nachricht von deiner Oma. Deswegen möchte mein Vater sich noch mal bei dir bedanken.«

*

»Mutti, Vati, ihr habt wohl schon gemerkt, dass ich Ninette nicht bloß einfach so besuchen wollte. Ich hatte auch eine Idee. Aber ich wusste nicht, ob das klappt, darum habe ich euch nichts gesagt. Jürgen war natürlich eingeweiht. Nach der Werksführung habe ich Ninettes Vater von der Erbschaft erzählt, siebentausend Mark in Aktien. Und von unserem neuen Autohaus. Dass VW alles zur Verfügung stellt und du Geschäftsführer wirst, Vati. Herr van Halem kannte das Geschäftsmodell. Er konnte sich schon denken, worauf ich hinauswollte: ob so was auch mit einem Kosmetiksalon geht. Und er hat sofort Ja gesagt. Ab Januar mache ich die kaufmännischen Kurse, und im Sommer gehe ich dann auf eine Kosmetikschule, hier in Berlin, Herr van Halem kennt die Leiterin. Er sagt, die nimmt mich. Nicht wegen Beziehungen, sondern weil ich schon Erfahrung habe: der Telefondienst hier bei euch, das halbe Jahr Internat und dann noch die Kaufmannsschule. Die Kosmetikausbildung geht von September bis Juni und kostet zweitausend Mark. Mit achtzehn bin ich staatlich geprüfte Kosmetikerin. Die übrigen fünftausend Mark sind Startkapital für meinen Salon, und ansonsten hilft mir Graciosa. Dafür benutze ich ausschließlich diese Marke und verkaufe die Produkte auch an meine Kundinnen. Herr van Halem meint, ich würde damit bestimmt Erfolg haben. Kunden merken, ob man was kann oder nicht. Da ist das Alter nicht so wichtig. Denkt bitte an Oma Babs' Testament: Das Geld ist für meinen Beruf, und ihr sollt mir keine Steine in den Weg legen. Ich weiß am besten, was gut für mich ist.«

Herzklopfen

Sonja war mulmig zumute. Was, wenn nicht Jürgen, sondern Karin den Anruf entgegennähme und abweisend reagieren würde? Doch es machte wenig Sinn, darüber nachzudenken. Sonja wählte die Nummer.

»Schönen guten Tag, Fräulein Vogt. Hier ist Sonja Falcke.« Sie hörte, wie Karin tief atmete, und setzte gleich nach: »Jürgen und ich waren ja zur Fabrikbesichtigung bei Familie van Halem. Und nun hat sich daraus etwas ergeben, und das möchte ich Jürgen gern erzählen. Aber wenn es gerade nicht passt, rufe ich gern später noch mal an.«

Wie nicht anders zu erwarten, war Karins Neugier geweckt. »Keine Sorge, er ist da. Moment, ich stelle Sie rüber.«

Es knackte in der Leitung. Nach einigen Sekunden meldete sich Jürgen. »Sonja, wie schön!«

»Genau. Und ich störe Sie wirklich nicht?«

»Ach was, ich höre gerade eine Sportsendung im Radio, so wichtig ist das nicht. Bei den van Halems gibt es also Neuigkeiten? Wie geht es denen denn, vor allem Ninette?«

Sonja stutzte. Hatte sie sich Karin gegenüber so unklar ausgedrückt? Oder hatte Jürgen eben etwas missverstanden?

»Mit Ninette habe ich gar nicht gesprochen, sondern heute Vormittag mit ihrem Vater. Aber Ninette geht es gut, hat er gesagt.«

»Das ist ja ganz wunderbar. Und Ihnen geht es hoffentlich auch gut, Sonja?«

»Doch, doch, mir geht es prima. Heute Morgen war ich in der Kosmetikschule am Savignyplatz, und ab Herbst mache ich da die Ausbildung. Mein Vater hat den Vertrag schon unterschrieben.«

Jürgen freute sich mit ihr – zumindest hörte er sich so an. Wirklich schade, dass sie sich nicht öfter treffen könnten, meinte er sogar. In der Bäckerei sei im Advent reichlich zu tun, da habe er kaum frei, aber vor den Festtagen werde er sich in jedem Fall noch mal bei Familie Falcke melden. Er dankte für den Anruf.

Die beiden verabschiedeten sich. Sonja sah auf die Uhr und ließ sich ihre Enttäuschung nicht anmerken. Drei Minuten – länger hatten sie nicht gesprochen. Mehr gab es von seiner Seite offenbar nicht zu sagen. Aber warum nicht? Vielleicht hätte sie ihn um die Zeit doch nicht stören sollen. Vielleicht war er müde nach der Arbeit und wollte bloß in Ruhe seine Sportsendung hören. Aber vielleicht war es auch etwas ganz anderes.

Und so verbrachte Sonja die nächsten Wochen wartend. Die Adventszeit war mit Regen, Sturm und Hagel gekommen. Jürgen hatte sich nicht wieder gemeldet. Das Warten verdarb ihr die Freude auf das Weihnachtsfest, sie schlief schlecht und konnte sich tagsüber kaum konzentrieren. Als ihre Mutter fragte, was los sei, rettete sie sich in eine Notlüge: Das Wetter schlage ihr auf die Stimmung, und auf Weihnachten könne sie sich nicht freuen – nur ein paar Monate nach Babs' Tod.

Die Mutter tröstete. »Wir machen es uns richtig schön gemütlich, dann geht's dir gleich besser. Letztes Jahr sind wir kaum zum Backen gekommen, das holen wir jetzt nach.«

Dank der Erbschaft mussten die Falckes im Haushalt nicht mehr sparen. Sie kauften die Zutaten ein: keine billige Margarine, sondern gute Butter. Dazu feinstes Mehl, echtes Zitronat, Rosinen, reichlich Eier und sogar Safran.

Doch damit war Sonja nicht geholfen. Während sie Sterne und Tannenbäume aus dem Plätzchenteig ausstach, dachte sie an Jürgen. In der Adventszeit musste er bestimmt pro Stunde ein Dutzend Stollen und hundert Spekulatius backen. Er hatte ja versprochen, sich vor dem Fest noch mal zu melden, doch sie wartete vergebens. Eine Woche vor Weihnachten schrieb sie selbst einen Brief:

Lieber Jürgen!

Nun ist es schon fast einen Monat her, dass wir telefoniert haben und Sie so freundlich waren, dafür Ihre Radiosendung zu unterbrechen. Seitdem gibt es hier viel Neues. Zusammen mit meiner Mutter bin ich fast jeden Tag auf der Baustelle, wo unser Autohaus entsteht. Für April ist die Eröffnung geplant, das ist zwar noch lange hin, doch die Zeit rast, und die Handwerker für den Innenausbau müssen sich sputen. Mein Vater und unser Angestellter haben im Fahrdienst ebenfalls viel zu tun. Aber so ist das nun mal, wenn man selbstständig ist. Das kennt Ihr Onkel ja auch. Es freut mich sehr, dass es mit Ihren Bäckereifilialen so gut läuft und Sie Freude an der Arbeit haben.
Für mich war es die richtige Entscheidung, vom Internat abzugehen. So kann ich jeden Tag bei meiner Familie sein. Dies werden ja leider die ersten Festtage ohne unsere Oma Babs.
Ihnen und Ihren Lieben die allerbesten Wünsche zu Weihnachten und zum neuen Jahr.

Viele Grüße, natürlich auch von meinen Eltern

Ihre Sonja Falcke

Drei Tage später kam eine Karte mit einem Schwarz-Weiß-Bild von Kerzen und Tannenzweigen, darunter vorgedruckte Festtagswünsche. Auf der Rückseite bedankte Jürgen sich für Sonjas Brief und bat um Entschuldigung, weil er nur mit wenigen Zeilen antworte. Sein Onkel liege mit einer Lungenentzündung im Krankenhaus, und nun müsse er ihn in der Backstube vertreten. Trotz der vielen Arbeit wolle er den netten Kontakt zu Sonja und Ninette in jedem Fall aufrechterhalten.

Sonja fuhr umgehend zum Friseursalon. Einen neuen Schnitt brauchte sie diesmal nicht, wohl aber einen Rat. Tante Ilse erlaubte ihrem Lehrmädchen eine Viertelstunde Pause.

Monika besah sich die Postkarte. »Wahrscheinlich hat er wirklich viel zu tun und macht sich Sorgen um seinen Onkel. Aber etwas mehr hätte er trotzdem schreiben können. Vor allem nach deinem Brief.«

»Genau! Ninette ist ihm eben wichtiger. Er schreibt mir bloß so kurz und erwähnt sie dann auch noch.«

»Du denkst, er ist in sie verschossen?«

»Ja sicher.«

Monika seufzte. »Wenn er tatsächlich so bescheuert ist und sich verrennt. Das sollte ihm doch klar sein: Ninette fängt nichts mit einem Bäckergesellen an. Oder glaubst du, sie liebt ihn auch?«

Sonja schüttelte den Kopf.

»Und das hat er nicht kapiert?«, hakte Monika nach. »Oder hat er es kapiert, aber er kommt nicht gegen seine Gefühle an?«

»Weiß ich nicht. Vielleicht liegt es auch an dieser Karin. Weil die davon träumt, dass ihr Bruder in die Fabrik einheiratet. Und sie wird Schwägerin von Graciosa und kriegt jede Woche zwei Kilo Creme geschenkt und drei Pfund Schminke, und damit bezirzt sie die Männer in ihrem Bäckerladen. Aber natürlich nur die mit Geld.«

»Na also. Nimm's mit Humor.« Monika überlegte. »Jetzt mal andersrum gefragt: Was, wenn du ihm einfach sagst, wie gern du ihn hast?«

»Traue ich mich nicht.«

»Begreift er denn, was du für ihn fühlst?«

»Keine Ahnung. Er sagt immer, wir sind gute Freunde.«

»Also weiß er von deinen Gefühlen vielleicht gar nichts?«

»Dann wäre er blöd.«

»Oder auch nicht. Vielleicht sind seine Gefühle für Ninette im Weg. Er ist heftig in sie verknallt. Und deswegen hat er für dich keine freie Antenne.«

»Hm.«

»Denk drüber nach. Kann doch sein. Und du machst dir bloß unnötig Sorgen. Aber jetzt stoßen wir erst mal an«, Monika drückte der Freundin ein Glas Himbeerwasser in die Hand. »Auf unsere rosarote Zukunft!«

Sie lachten.

»Und was macht Tante Ilse?«, fragte Sonja. »Geht es vorwärts mit der Eheanbahnung?«

»Ha! Auch so ein Ding: Der nächste Kandidat hat sich ziemlich schnell als Betrüger rausgestellt.«

Sonja riss die Augen auf. »Ein Heiratsschwindler?«

»Sagt jedenfalls die Polizei. Er hat Ilse erzählt, er wolle sich selbstständig machen, aber dafür brauche er erst mal zehntausend Mark.«

»Aber so viel hat sie doch gar nicht, oder?«

»Natürlich nicht. Deswegen hat er was gefaselt von selbstständiger Friseurmeisterin und ist doch kreditwürdig und bei der Bank gar kein Problem. Sie ist zur Polizei gegangen.«

»Und?«

»Mit dem Namen von diesem Kerl konnten die nichts anfangen und mit der Personenbeschreibung auch nicht. Nur: Das heißt ja nichts. Solche Ganoven arbeiten mit allen Tricks. Aber die Polizisten haben sich für die Auskunft bedankt. Damit sie andere Frauen warnen können, weil man gar nicht vorsichtig genug sein kann als alleinstehende Frau. Es gibt eben viel zu viele davon, und alle träumen vom großen Glück. Jedenfalls hat Tante Ilse erst mal die Schnauze voll von Männern. Da bleibt sie lieber allein, sagt sie.«

*

Vor den Festtagen füllten wunderbarste Delikatessen die West-Berliner Schaufenster. Räucherlachs aus Norwegen, Zitronenlikör aus Sizilien, Edelschokolade aus Südamerika.

Als Weihnachtsessen bereiteten Sonja und ihre Mutter einen Entenbraten mit Apfelsinen vor.

Sonja rief im Brigadebüro an. Er werde zwar nicht am ersten oder zweiten Feiertag, wohl aber Heiligabend kommen, versprach Helmut. Und er wolle etwas besonders Gutes mitbringen, denn Spezialitäten gebe es auch in Ost-Berlin.

»Kann man ja gespannt sein«, bemerkte ihr Vater, nachdem Sonja aufgelegt hatte. »Die haben drüben doch nichts. Zucker und Butter immer noch auf Lebensmittelmarken und das fast acht Jahre nach Kriegsende.«

Der Blick seiner Frau brachte ihn zum Schweigen. »Unsere Mutter ist noch kein Vierteljahr unter der Erde. Da streiten wir bitte nicht über Politik.«

Helmut kam am Heiligabend pünktlich und drückte Sonja einen grauen Pappkarton in die Hand. »Nicht reingucken, sondern gleich in den Kühlschrank damit.«

Nach dem Essen durfte Sonjas Mutter den Karton öffnen: eine Flasche echter Krimsekt, noch dazu roter.

»Ein Geschenk der SED für unsere Brigade«, erklärte er stolz. »Wir haben unser Plansoll mehr als erfüllt.«

»Danke, Helmut. Und herzlichen Glückwunsch«, Sonjas Vater schüttelte seinem Schwager die Hand – eine Geste der Versöhnung.

Sonjas Mutter holte Sektschalen und schenkte ein. Die Farbe im Glas erinnerte Sonja an Himbeerwasser. Im ersten Moment schmeckte der Sekt sehr süß und dann ein wenig bitter nach Alkohol.

Helmut schmunzelte. »Der hat ganz schön Wumms. Das unterschätzt man, weil er so lecker schmeckt.«

Während die anderen tranken, spielte Eugen auf seinem Akkordeon einige Schlager aus der Vorkriegszeit: *Wochenend und Sonnenschein*, *Mein kleiner grüner Kaktus* und – trotz Weihnachtszeit – *Veronika, der Lenz ist da*. Oma Babs hatte die Comedian Harmonists geliebt.

*

Schwer hing der Winter über Berlin, das neue Jahr begann mit Nebel, Eis und Schnee. In der zweiten Januarwoche stellte sich das Ehepaar Meyer bei den Falckes vor, beide Mitte vierzig. Sie wollten den Fahrdienst pachten und unter demselben Namen weiterführen.

»Meine Frau ist im Krieg sogar Lkw gefahren«, erklärte Herr Meyer. »Und unsere Jungs sind siebzehn und zwanzig. Die schmeißen uns den Haushalt, das haben wir denen früh beigebracht.«

Alle freuten sich. Diese Meyers waren genau die richtigen Nachfolger.

Die Vorbereitungen für den Umzug liefen bei den Falckes und Eugen auf Hochtouren. Die Handwerker brachten auch Musterbücher, denn auf Kosten der Firma VW durften sie sich die Ausstattung für die neue Wohnung aussuchen. Bodenbeläge, Wandfliesen und Tapeten. Sonja wählte für ihr Zimmer eine Tapete mit blauen, roten und hellgelben Rechtecken, dazwischen Streifen und Kreise.

»Nicht lieber doch die mit den Röschen?«, fragte die Mutter. »Ist doch passender für ein junges Mädchen.«

»Nein danke, ich bin doch nicht so der romantische Typ.« Dabei musste Sonja ständig an Jürgen denken. Wie gern hätte sie ihm gezeigt, wie romantisch sie sein konnte, doch nach den knappen Weihnachtsgrüßen hatte er nichts mehr von sich hören lassen. Jeden Tag war Sonja die Erste am Briefkasten, und jeden Tag schloss sie sich morgens für zehn Minuten im Badezimmer ein und kämpfte gegen Tränen, weil Jürgen wieder nicht geschrieben hatte. Danach legte sie eine frische Schicht Schwefelpuder auf, ihre Eltern brauchten vom Liebeskummer nichts zu erfahren.

Ende Januar hielt Sonja die Ungewissheit nicht mehr aus. Wenn Jürgen sich nicht meldete, musste sie selbst etwas in die Wege leiten. Sie rief bei Graciosa an und erreichte Ninette in der Vertriebsabteilung.

»Schön, dass du dich meldest Sonja. Wie geht's dir denn? Und deinen Eltern?«

Sonja berichtete von den Vorbereitungen für das Autohaus.

»Einiges darüber weiß ich ja schon«, meinte Ninette. »Von Jürgen, aus seinen Briefen. Und ihr beide steht doch auch in Kontakt, nicht wahr?«

Aha! Sonja lag also richtig: Bei ihr hatte sich Jürgen seit der Weihnachtskarte nicht mehr gemeldet, aber an Ninette schrieb er Briefe.

Sonja ließ sich ihre Enttäuschung nicht anmerken. »Stimmt. Jürgen und ich schreiben uns ab und zu, wir sind gute Kameraden.«

»Das ist doch schön für euch beide.«

Ninette erzählte vom Praktikum im elterlichen Betrieb. Sonja achtete auf jede Schwingung in Ninettes Stimme. Nein, verliebt wirkte sie nicht. Es gab keine noch so leise Andeutung über einen jungen Mann in ihrem Leben. Sonja ließ Grüße an Ninettes Eltern ausrichten und verabschiedete sich.

Wie gut, dass sie an diesem Nachmittag die Wohnung für sich allein hatte. In der Zeitung studierte sie das Kinoprogramm. *Vati braucht eine Frau*, eine Komödie, doch leider ungeeignet – Jürgen hatte ja beide Eltern verloren. *Ferien vom Ich*. Hm. Das war wohl eher für ältere Leute. Gab es auch etwas für einen jungen Mann? Ah ja: *Die Spur führt nach Berlin*. Ein Kriminalfilm.

Sie wählte die Nummer der Bäckerei, Karin hob ab. Sonja wollte gerade Ninette erwähnen, um sicherzugehen, dass Karin sie nicht abwimmelte. Doch da sagte Karin schon: »Ach, Fräulein Falcke, ich habe den Laden voll Kundschaft. Moment, ich stelle Sie durch.«

Nach ein paar Sekunden meldete sich Jürgen. »Sonja, wie nett. Ich wollte Sie auch schon anrufen, aber wir haben heftig viel zu tun, Sie wissen ja, mein Onkel …«

»Natürlich. Wie geht es ihm denn eigentlich? Und Ihnen auch. Ich meine: Wie geht es Ihnen und Ihrem Onkel?«

Sonja spürte ihren Herzschlag bis in die Stirn. Kein Wunder, dass sie sich verhaspelte.

»Danke der Nachfrage. Es geht ihm besser, aber er kann noch nicht wieder arbeiten. Trotzdem hätte ich mich längst bei Ihnen melden sollen.«

Ahnte Jürgen, dass sie von seinen Briefen an Ninette wusste? Und wennschon. Im Moment war das nicht wichtig. »Die Gesundheit Ihres Onkels geht vor, Jürgen. Das kann ich doch verstehen. Aber ich dachte: Vielleicht könnten wir uns Sonntagnachmittag treffen? Im Kino am Kindl läuft um drei ein West-Berliner Kriminalfilm. Nur falls Sie mögen. Ich will nicht aufdringlich sein.«

Er lachte. »Sind Sie nicht, Sonja. Können wir gern machen. Ich hole Sie um zwei ab. Bei schlechtem Wetter gehen wir dann zur S-Bahn, und wenn es trocken ist, habe ich eine Überraschung.«

*

Am Sonntag nach dem Mittagessen erledigte Sonja den Abwasch und räumte die Küche auf. In ihrem Zimmer hatte sie sich die Kleidung zurechtgelegt: eine beige Flanellbluse zum braunen Faltenrock, nichts Übertriebenes.

Sollte sie auf Jürgens Klingeln warten? Ach nein, dafür war sie viel zu aufgeregt, er hatte doch von einer Überraschung gesprochen. Um fünf vor zwei zog sie Mantel, Mütze und Handschuhe über. Es war zwar trocken, aber noch empfindlich kühl.

Gerade trat sie aus der Haustür, da sah sie ein schwarzes Leichtkraftrad heranfahren, der Fahrer hatte eine helle Gesichtsfarbe und Sommersprossen. Ein Moped! Er hielt in der Einfahrt zum Hof und setzte seine Lederhaube ab, sie ging ihm entgegen.

»Ist ja wirklich eine Überraschung, Jürgen. Eine NSU Max.«

Er lachte. »Sie kennen sich aus. Nicht nur mit Autos, sondern auch mit Motorrädern.«

»Ja sicher. So gehört sich das. Mein Vater ist gelernter

Zweiradmechaniker. Und ich bin oft mitgefahren, vor allem, als meine Mutter und ich im Harz gelebt haben. Die beiden Brüder meines Vaters hatten ziemlich schwere Maschinen. Und nächstes Jahr beim Autoführerschein will ich den für Motorräder gleich mitmachen.«

»Ach so. Und den für kleinere Motoren haben Sie noch nicht?«

»Nein, bis jetzt hat mir mein Fahrrad gereicht«, Sonjas Blick schweifte über den polierten Lack. »Ganz schön rassig für einen Viertelliter-Hubraum. Und die gehört Ihnen?«

»Hat mir mein Onkel geschenkt. Erst ein Jahr alt und klasse gepflegt. NSU will demnächst ja auch noch ein Spezialmodell rausbringen, mit Vollnabenbremse und einem größeren Tank. Aber ich bin mit der hier ganz zufrieden.«

»Können Sie auch sein. Und damit fahren wir also gleich zum Kino?«

»Von mir aus gern«, er griff in seine Jacke und zog eine dunkelrote Lederkappe hervor. »Karin borgt die Ihnen heute gern. Da geht kein Fahrtwind durch. Setzen Sie sie mal auf. Zu klein ist die bestimmt nicht, meine Schwester ist ja ein ziemlicher Dickkopf.«

Beide lachten, Sonja zog sich die Kappe über den Kopf. Eine Leihgabe von Karin – ein gutes Zeichen also.

Jürgen half ihr, den richtigen Knopf für den Kinnriemen zu finden. »Und? Wie fühlt sich das an?«

Sie bewegte den Kopf in alle Richtungen. »Passt! Die führe ich gleich mal meinen Eltern vor. Die möchten Sie nämlich gern noch kurz begrüßen.«

Sie gingen noch rasch hinauf in die Wohnung. Kein Zweifel: Sonjas Eltern mochten Jürgen. Doch wie war es um seine Gefühle für Sonja bestellt? Sie seufzte innerlich. Vielleicht würde der Nachmittag ja Klarheit bringen.

Mit dem knielangen Mantel konnte Sonja schlecht aufs Moped, dann besser ihre hüftlange gefütterte Jacke. Sollte sie auch eine Hose anziehen? Ach nein, sonntags nachmittags im Kino war ein Rock viel passender. Es konnte losgehen. Er stieg auf und hielt die Maschine gerade, Sonja schwang sich mit gerafftem Rock auf den Rücksitz. Ach, Jürgen! Sie *durfte* ihn nicht nur umarmen, nein, hier *musste* sie es sogar tun. Sie schmiegte sich an seinen Rücken. Eine Schutzbrille hatte sie nicht. Gegen den Fahrtwind schloss sie die Augen – und stellte sich vor, wie es wäre, ihm immer so nah zu sein, ohne die vielen Schichten von Stoff und Leder zwischen ihnen, nur Haut an Haut.

Um die Zeit herrschte nicht viel Verkehr, sie kamen gut durch. Jürgen parkte das Motorrad am Straßenrand vor dem Kino.

»Und?«, fragte er herausfordernd. »Alles gut überstanden?«

Sonja setzte die Kappe ab: »Gucken Sie doch mal. Stehen mir die Haare zu Berge?«

»Nein, die liegen schön glatt.«

»Na klar, Sie sind nämlich ein prima Fahrer.«

»Danke, danke«, er machte eine einladende Bewegung. »Dann bitte schön.«

Am Kurfürstendamm/Ecke Meineckestraße war nach dem Krieg das Kino am Kindl entstanden, liebevoll KiKi genannt. Es lag neben einer Brauereigaststätte. Im letzten Jahr hatte man das Eckhaus neu gestaltet und den einfachen Kinosaal mit Holzstühlen zum luxuriösen Filmtheater umgebaut. Mit der breiten Fensterfront wirkte alles hell und modern, über dem Eingang prangte ein halbrundes Vordach aus Glas und Metall.

Sonja steuerte auf einen Schaukasten mit Filmfotos zu.

»Barbara Rütting, Kurt Meisel und Wolfgang Neuss. Und als Kriminalkommissar Heinz Engelmann. Den sehe ich ja besonders gern.«

»Und Sie schauen wirklich gern Kriminalfilme?«

»Ja sicher«, ihre Antwort kam prompt. Vermutlich ahnte Jürgen, dass sie den Film vor allem seinetwegen ausgesucht hatte, doch das wollte sie nicht zugeben. »Bei Krimis kann man meistens mitraten. Das ist doch interessanter als so eine Familiengeschichte. Übrigens: Mein Vater spendiert uns die Karten.«

»Ach so? Ich wollte Sie eigentlich …«

Sie lächelte. »Wir können ja nachher noch was trinken, und dann laden Sie mich ein.«

Er hielt ihr die Tür zum Foyer auf. Auch hier war mit Glas und Marmor alles aufs Schönste modernisiert. Wie in einem kleinen Palast, fand Sonja. Der Vater hatte ihr zwei Mark mitgegeben. Für Plätze im oberen Parkett hätte es gereicht, doch die waren ausverkauft.

»Bitte zweimal Balkon«, bestellte Sonja an der Kasse.

Jürgen zog sein Portemonnaie. »Dann gebe ich aber was dazu.«

»Ach was, das ist schon in Ordnung. Den Rest übernimmt meine Oma Babs.«

Jürgen, der von Sonjas Erbschaft wusste, schmunzelte. »Na dann.«

Seite an Seite erklommen sie die Treppe. Ein älterer Mann riss die Karten ab und führte sie zu den Plätzen. Balkon, zweite Reihe Mitte. Nie hatte Sonja in einem Kino derart bequem gesessen.

Gerade wollte sie sich zu Jürgen beugen und fragen, ob er auch so gut sitze, da stand er schon wieder auf. »Tut mir leid, nur ganz kurz. Besser jetzt als mitten im Film.«

Sie lächelte verständnisvoll, doch im Stillen ärgerte sie sich. Warum musste er ausgerechnet jetzt zur Toilette? Das hätte er doch eben schon erledigen können.

Sonja ließ sich tiefer in den Sessel sinken, ihr Blick glitt zur Saaldecke. Die Verkleidung mit den eingebauten Leuchten war gestaltet wie eine Muschel mit abgestuften Rändern, die sich ovalförmig zur Leinwand hin öffnete. Wirklich sehr geschmackvoll. Onkel Helmut fiel ihr ein. Die Amerikaner würden jede Menge Geld nach West-Berlin pumpen, sagte der immer. Die würden einen Vergnügungstempel nach dem anderen bauen. Die ganze glitzernde Konsumwelt – nichts als schöner Schein, um die Leute ruhig zu halten. Keiner solle an den drohenden Atomkrieg denken. Doch der Weg zum wahren Frieden liege einzig im Sozialismus.

Sonja war es egal, ob die Amerikaner geholfen hatten, das Luxuskino zu bauen. Heute wollte sie mit Jürgen den Film genießen und anschließend in Ruhe reden. Und vielleicht, vielleicht, vielleicht empfand er ja doch mehr für sie, als er bisher zugegeben hatte. Er kam von der Toilette zurück und nahm Platz, ohne Sonja zu berühren. Sie beugte sich zu ihm, um von ihrem letzten Kinobesuch zu erzählen, da wurde es dunkel, der Vorhang öffnete sich.

»Dann viel Spaß«, raunte er ihr zu.

»Danke, Ihnen auch«, sie hätte gern noch eine kurze Bemerkung gemacht, bloß eine kleine Freundlichkeit, doch Jürgen hatte schon den Blick geradeaus auf die Leinwand gerichtet. Er nutzte nicht mal die gemeinsame Armlehne – vermutlich, um jede Berührung zu vermeiden. Sie wunderte sich. War er wirklich so erpicht darauf, die Werbefilme zu sehen? Verhielt sich so ein junger Mann, der neben einem sympathischen Mädchen in einem bequemen Sessel saß?

Noch dazu im Dunkeln? Enttäuscht gab sich Sonja die Antwort selbst: Jürgen war nicht verliebt in sie. Er wollte nicht, dass irgendwelche Missverständnisse zwischen ihnen entstünden. Er betrachtete den Nachmittag als Kinobesuch mit einer Kameradin, aber nicht als Rendezvous.

Auf die Reklame für Linde's Kaffee und Echt Kölnisch Wasser folgte die *Wochenschau* mit einem Bericht über die Aufnahmelager in West-Berlin. Pro Tag kamen mehr als dreitausend Menschen aus der DDR, sie alle entflohen dem sozialistischen System, sie alle brauchten ein Dach über dem Kopf, Essen und Arbeit. Hunderte von Helfern waren für die Flüchtlinge im Einsatz. Der *Wochenschau*-Sprecher lobte die Spendenbereitschaft der West-Berliner. Sie brachten Geld, Decken, Kleidung und Spielzeug in die Notunterkünfte, um ihren deutschen Landsleuten das Leben in der neuen Heimat zu erleichtern. Wieder dachte Sonja an Helmut. Bestimmt hätte der jetzt gesagt: Auch die *Wochenschau*-Filme und die Aufnahmelager werden von den Westmächten finanziert. Die wollen doch nur, dass die DDR ausblutet, dass der Sozialismus versagt. Aber diese Klassenfeinde sollten noch ihr blaues Wunder erleben. Das überlegene antiimperialistische System wird sich nun mal durchsetzen.

Vor dem Hauptfilm schloss sich der Vorhang, es wurde wieder hell.

»Und?«, fragte Sonja leise. »Sitzen Sie gut?«

»Und wie! Sehr bequem hier. Danke noch mal für die schönen Plätze«, Jürgen beugte sich zu ihr hinüber. »Übrigens habe ich gleich noch eine schöne Nachricht von Ninette. Können wir gleich in Ruhe bereden.«

Was?! Was für eine schöne Nachricht? Warum erwähnte er das ausgerechnet jetzt? Sonja wollte nachhaken, doch da hatte er sich schon abgewandt und schaute kerzengerade nach vorn. Ein Gong ertönte, die Lichter erloschen, der Vorhang ging wieder auf, und Sonja biss sich unruhig auf die Unterlippe. *Eine schöne Nachricht von Ninette* – was könnte das sein? Etwas Harmloses? Oder ganz Schlimmes? Wollten die beiden sich etwa verloben?!

Der Film begann mit einer Kamerafahrt über die Trümmergrundstücke der westlichen Innenstadt, dazu rasante Musik und in reißerischer Schrift: *Die Spur führt nach Berlin.*

Es brodelte in Sonjas Seele. Ganz egal, was Jürgen ihr sagen wollte, so viel hatte sie begriffen: Sein Herz schlug für Ninette. Das war der Grund dafür, warum er sich so distanziert verhielt. Sonja versuchte, sich auf den Film zu konzentrieren. Bestimmt wollte Jürgen im Anschluss darüber sprechen, und es würde keinen guten Eindruck machen, wenn sie sich nicht an die Handlung erinnern könnte. Sie starrte auf die Leinwand: Ein Spezialagent bekam den Auftrag, einen Mann zu suchen, der ein großes Vermögen geerbt hatte. Zusammen mit der Tochter dieses Mannes hetzte der Agent durch West-Berlin. Es ging um den amerikanischen und den russischen Geheimdienst, um Falschgeld und um wilde Verfolgungsjagden quer durch die Stadt. Zu guter Letzt waren der Erbe gefunden, alle Gangster gefasst und die Liebenden glücklich vereint. Die Lichter im Saal gingen wieder an.

Jürgen nickte Sonja zu. »Sehr spannend gemacht. Vielen Dank noch mal für die Einladung.«

Im Pulk verließen sie das Kino. Die Gaststätte lag gleich nebenan, sie ergatterten einen Platz mit Blick auf den Boulevard. Der Kellner kam, sie bestellten Cola. Sonja hatte das amerikanische Erfrischungsgetränk einige Male probiert. Ärzte warnten, das enthaltene Koffein belaste den jugendlichen Organismus. Doch Sonja wurde bald siebzehn, da schadete eine kleine Flasche wohl kaum.

»Und, Sonja? Was hat Ihnen in dem Film am besten gefallen?«

Sie hatte sich die Antwort zurechtgelegt: »Dass er in West-Berlin spielt. Ist doch interessant zu sehen, wo keine Trümmergrundstücke mehr sind, sondern neue Häuser. Seit den Dreharbeiten hat sich ja so viel getan. Und Sie fanden am besten, wie die sich gegenseitig verfolgt haben, oder?«

»Das haben Sie gemerkt?«

»Ja klar. Da haben Sie besonders gespannt hingeguckt.«

Die Cola kam, sie prosteten sich zu, Sonja sah Jürgen in die Augen. Er wich dem Blick aus und trank.

Sie ließ ihn ihre Anspannung nicht merken. »Ist ja kein Wunder, dass Ihnen die Verfolgungsjagd gut gefallen hat. Männer interessieren sich eben für Autos. Aber jetzt bin ich neugierig. Sie haben also eine schöne Nachricht von Ninette?«

»Ja«, er lächelte. »Gestern kam ein Brief von ihr. Sie lädt uns beide im Frühling noch mal nach Hamburg ein. Dann können Sie auch wieder persönlich mit Herrn van Halem sprechen.«

Jürgen und Ninette verlobten sich also nicht – jedenfalls schien nichts in der Richtung geplant. Sonja fiel der sprichwörtliche Felsbrocken vom Herzen. »Das ist ja wirklich fabelhaft. Wann denn im Frühling?«

»Sobald es Ihnen passt. Wir wissen ja, dass Sie im Moment reichlich um die Ohren haben.«

»Ab Mai ginge es wieder bei mir, zumindest sonntags. Da könnte ich bestimmt mal einen Tag weg.«

»Das kann ich Ninette gern so bestellen. Und die Eröffnung vom Autohaus ist wann genau?«

»Am 25. April, einem Sonnabend. Von neun bis halb eins, Sie sind herzlich eingeladen.«

»Danke, da freue ich mich. Um die Zeit fahre ich zwar oft noch Torten aus, aber ich versuche zu kommen, ganz bestimmt.«

Sie blieben noch eine halbe Stunde, Jürgen erzählte von der Arbeit in der Backstube, Sonja hörte gern zu. Dann winkte er den Ober heran und zahlte, sie wollte pünktlich zum Abendbrot zu Hause sein. Der Abschied fiel kameradschaftlich aus, sie gab die dunkelrote Lederkappe zurück.

»Grüßen Sie Ihre Eltern, Sonja. Wir sehen uns bei der Autohauseröffnung. Falls ich wegen der Arbeit nicht kommen kann, rufe ich durch. Einen Tag vorher natürlich, damit Sie nicht auf mich warten.«

Sie blieb in der Tür stehen, bis das Moped hinter einer Kurve verschwand. Nun war er vorbei. Der Nachmittag, von dem sie sich so viel erhofft hatte.

In der Küche saßen Eugen und die Eltern am gedeckten Tisch.

»Du kommst genau richtig«, meinte die Mutter. »Wie war's denn?«

Sonja ließ sich die Enttäuschung nicht anmerken, sie erzählte von den bequemen Sesseln, dem interessanten Film und der Einladung nach Hamburg. »Wann wir fahren, steht noch nicht fest, im Moment haben wir hier ja so viel um die Ohren.«

Nach dem Essen räumte sie die Küche auf und zog sich in ihr Zimmer zurück. Die Eltern hörten im Radio ein Lustspiel, aus dem Wohnzimmer drang Lachen. Sonja schlich aus ihrem Zimmer in den Flur. Sie hätte das Telefon gern mit in ihr Bett genommen, doch dafür reichte die Schnur nicht.

»Ebeling«, meldete sich Monikas Vater.

Sekunden später war die Freundin am Apparat, Sonja erzählte von den Ereignissen.

»Und er würde bestimmt lieber allein nach Hamburg fahren«, meinte sie zum Schluss. »Mich nimmt er bloß mit, weil Ninette uns nun mal beide eingeladen hat. Sie ist seine große Flamme, und ich bin ein Glühwürmchen.«

Angebote

Anfang März fand der Umzug in die Etage über dem Autohaus statt. Hier durften Eugen und die Falckes günstig zur Miete wohnen, solange sie im Autohaus tätig blieben. Tapeten und Kunststoffböden für die Wohnungen sponserte die Firma Volkswagen, alles Weitere war aus eigener Tasche zu zahlen. Sonjas Mutter investierte zweitausend Mark – mehr als die Hälfte ihrer Erbschaft – in Vorhänge und neue Möbel. Fünfzehnhundert Mark flossen als eiserne Reserve in die Familienkasse.

Am Tag des Umzugs war aller Liebeskummer für ein paar Stunden vergessen. In ihrem neuen Zimmer breitete Sonja die Arme aus und drehte sich im Kreis. Wie wunderwunderwunderbar. Der kleine Balkon zur Straße hin, die Tapete mit den bunten Rechtecken und das helle, gut gewachste Linoleum, auf dem es sich so schön tanzen ließ. Sie ging zum Vater ins Wohnzimmer mit dem Hauptbalkon an der Hausrückseite. Über die Brüstung hinweg schaute man auf ein riesiges Glasdach, hier sollten die Gebrauchtwagen ihren Platz finden.

»Schnieke, schnieke«, lobte Sonja. »Was das Dach wohl gekostet hat?«

Der Vater schmunzelte. »VW lässt sich da nicht in die Karten gucken. So eine große Glasfläche hat ihren Preis, aber bestimmt lohnt sich die Investition. Die Autos stehen im Hof, sind aber trotzdem gut geschützt. So was überzeugt die Kunden.«

In der Woche darauf kamen sie zur Betriebsbegehung: der Kfz-Schlossermeister Herr Matthes, der Verkäufer Herr

Reitzenstein, die Buchhalterin Frau Kroll und die Sekretärin Fräulein Ehmke. Ja, lautete das Urteil, man verstehe sich gut und freue sich auf eine gedeihliche Zusammenarbeit.

*

Ende März erschienen Anzeigen in den großen Tageszeitungen: *Autohaus Falcke – Ihr VW-Partner im Wedding*. In den letzten Wochen vor der Eröffnung rollte Lieferwagen um Lieferwagen in die Einfahrt neben dem Haus. Ein halbes Dutzend Techniker richteten die Werkstatt ein. Sonja bestaunte die moderne Hydraulik. Fast lautlos ließen sich die Hebebühnen auf die gewünschte Höhe einstellen.

Kein Autohaus ohne Autos. Acht Neu- und zwanzig Gebrauchtwagen kamen an, die gesamte VW-Produktpalette. Der klassische Käfer 1100 in verschiedenen Farben sowie die beiden offenen Versionen: das Cabriolet Typ Hebmüller in zweifarbiger Lackierung und mit vollständig versenkbarem Verdeck oder – noch großzügiger – das Cabriolet Typ Karmann mit breiten Seitenfenstern und breiter Rückbank. Auch das erfolgreiche Modell T1 durfte nicht fehlen, der sogenannte Bulli.

VW schickte zwei Spezialisten für die Präsentation auf der Verkaufsfläche. Nach psychologischen Erkenntnissen fuhren sie die Wagen millimetergenau auf den richtigen Platz. Zwei Dekorateure versahen den Verkaufsraum mit Preisschildern und Informationstafeln. Das Autohaus Falcke bot neben erstklassiger Auswahl und Dienstleistung auch beste Sonderangebote sowie günstigen Ratenkauf. Zwischen die Wagen ließen die Männer spezielle Pflanzkästen aufstellen. Hydrokultur, das Neuste vom Neuen. Die Wurzeln steckten nicht in der Erde, sondern zwischen porösen Tonkügelchen, getränkt mit einer Düngerlösung.

Die Falckes staunten. Dass VW solchen Aufwand betreiben würde, hatten sie nicht geahnt. Herr Wenzel lächelte milde. So sei das eben mit einer professionellen Firma an der Seite. Je mehr Autofirmen auf den Markt drängten, umso wichtiger sei die richtige Werbung und Verkaufsstrategie. *Marketing* nenne man das in Amerika. Die Marke VW habe eine ganz bestimmte Aussage. Der Käfer sei ein Volks-Wagen im wahrsten Sinne des Wortes mit seinem genial einfach konstruierten Motor und dem hohen Radstand. Überall einsetzbar und dabei unverwüstlich.

Monika und Ilse riefen an. Am Sonnabend wollten sie im Salon schon um zehn Uhr Feierabend machen und zum Autohaus kommen. Auch Ninette meldete sich, wenn auch bloß per Briefkarte. Familie van Halem sandte für die Eröffnung und das erfolgreiche Bestehen der neuen Firma die allerbesten Wünsche.

»Wirklich sehr aufmerksam«, freute sich Sonjas Vater. »Wie gut, dass du im Internat warst. Solche Verbindungen sind Gold wert in der Geschäftswelt. Auch bei ganz unterschiedlichen Branchen.«

Am Eröffnungstag dann standen Sonja und ihre Mutter frühmorgens auf, um Schnittchen zu schmieren.

»Machen Sie erst mal zweihundert Stück«, hatte Herr Wenzel erklärt. »Wenn das nicht reicht, schmieren Sie einfach was nach.«

VW hatte die Zutaten liefern lassen: mehrere Laibe Brot, pfundweise Butter sowie Wurst, Schinken und Käse, Gürkchen und Silberzwiebeln, ein Fass mit Bier und eins mit Brause, dazu leihweise Servierplatten und Gläser. Zwischen Empfangsbereich und Verkaufsraum bauten sie das kleine Buffet auf.

Es blieb gerade noch Zeit, sich fein zu machen. Um Punkt

neun standen sie Spalier – Sonjas Vater, Eugen, Herr Wenzel und Herr Reitzenstein in dunklen Anzügen, Sonja und ihre Mutter im Sonntagskleid. Neugierig strömten die Menschen herein, darunter viele alte Kunden aus dem Fahrdienst, die überlegten, endlich einen eigenen Wagen zu kaufen. Jedes Kind bekam einen Luftballon überreicht, jede Dame eine rote Rose, jeder Herr einen Prospekt über die VW-Produktreihe.

Sonjas Vater strahlte über beide Backen. »Sehen Sie sich um, meine Herrschaften. Wir stehen für Ihre Fragen bereit. Und stärken Sie sich gern an unserem Buffet. Wer über die Anschaffung eines Wagens nachdenkt, sollte das nicht mit leerem Magen tun.«

Mit so viel Andrang hatte niemand gerechnet. Keine halbe Stunde später war der Verkaufsraum voller Menschen, die meisten machten sich zunächst ein Bild von den Neuwagen und gingen dann nach draußen zu den gebrauchten. Die Herren des Autohauses Falcke kamen mit der Beratung kaum nach. Am Buffet schenkte Sonja im Akkord die Getränke aus, auch die Platten mit den Schnittchen leerten sich rasch.

»Ich hole Nachschub«, Sonjas Mutter hastete mit zwei leeren Servierplatten zur Teeküche.

Sonja an den Zapfhähnen war so beschäftigt, dass sie Monika nicht bemerkte.

»Haben Sie etwa nur Bier und Brause, Fräulein? Zu dumm, meine Tante und ich hätten nämlich lieber eine Tasse Champagner.«

Sonja blickte auf und lachte. »Champagner gibt's bei Rolls-Royce, wir sind hier bei Volkswagen.«

»Trotzdem solltest du hier nicht am Buffet stehen«, meinte Ilse. »Nicht als Tochter des Hauses an so einem Tag. Wo ist denn überhaupt deine Mutter?«

»In der Küche, Schnittchen schmieren.«

»Das erlauben wir nicht«, entschied Monika. »Wir machen hier weiter, und ihr kümmert euch gefälligst um eure Kunden.«

Sie ließen sich die Zapfanlage erklären.

»Und was ist mit den leeren Gläsern?«, wollte Ilse wissen. »Müssen wir zwischendurch spülen?«

»Ich weiß nicht. Wir haben dreihundert. Das sollte ja reichen, aber wenn weiter so viele Leute kommen«, Sonjas Blick glitt zur Eingangstür. Ein Mann mittleren Alters betrat das Foyer. Das war doch …? Sie stutzte. War er es wirklich? Kein Zweifel! Im grauen Straßenanzug schritt Walter Godewind heran, unterm Arm zwei Blumensträuße, einen kleinen runden und einen großen länglichen, beide noch in Papier.

»'tschuldigung«, Sonja wandte sich an Ilse und Monika. »Macht bitte schon mal weiter. Ich muss kurz jemanden begrüßen.«

Sie wischte sich die Hände trocken, setzte ein Lächeln auf und ging auf Godewind zu. Keine zehn Meter lagen zwischen Getränkestand und Eingang, doch der Weg reichte, um Sonja ins Schwitzen zu bringen. Sie freute sich, den Schönen Walter wiederzusehen – sie freute sich sogar sehr. Und viel mehr, als sie vor sich selbst zugeben wollte. Er durfte nicht merken, wie heftig ihr Herz schlug. Die Worte von Frau Direktor fielen ihr ein. *Wenn eine Situation heikel wird, dann helfen drei Dinge: Haltung! Haltung! Haltung!* Verstecken konnte Sonja sich sowieso nicht, er hätte ja nach ihr gefragt. Sie gab sich geschäftsmäßig freundlich. »Guten Morgen, Herr Godewind, das ist ja eine Überraschung.«

»Fräulein Sonja. Ich wünsche einen wunderschönen guten Morgen«, er verbeugte sich. »Sie treffen mich eben da, wo Sie es am wenigsten erwarten.«

Er spielte offenbar auf die Begegnung im Strandbad an. Sie ging nicht darauf ein. »Wie haben Sie denn von unserer Eröffnung erfahren? Aus der Zeitung?«

»Genau. Als ich die Anzeige sah, dachte ich gleich an Sie. Und dass Sie mir letztes Jahr erzählt haben, dass Ihr Vater ein Autohaus eröffnet. Und nun möchte ich Ihrer Familie gratulieren«, er wickelte das Papier vom kleineren Strauß: ein Biedermeiergebinde in Weiß und Gelb. »Für die junge Dame des Hauses.«

Sonja nahm die Blumen entgegen. »Vielen Dank, sehr aufmerksam. Und Sie sind jetzt aus Tempelhof gekommen? Da wohnen Sie doch mit Ihrer Familie, oder?«

»Ja, aber ich hatte hier in der Gegend zu tun, das war also kein Umweg. Außerdem möchte ich mich bei Ihnen noch entschuldigen. Das war ja damals ein tragischer Abend im Internat. Als ich Ihnen noch den Fisch gebracht habe. Alle feiern, und dann verstirbt plötzlich Ihre liebe Großmutter. Leider habe ich versäumt, Ihnen eine Kondolenzkarte zu schicken. Es war bestimmt eine schwere Zeit für Sie und Ihre Familie.«

Was er sagte, klang aufrichtig. Sonja blickte auf den Strauß in ihrer Hand, die Freesien verströmten ihren süßlichen Duft. Sie nickte ernst. »Es war sehr schwer, besonders für meine Mutter. Wir vermissen meine Großmutter sehr. Aber wir schauen nach vorn. Meine Oma hätte das so gewollt.«

»Natürlich«, er schwieg einige Sekunden, dann wies er auf den zweiten Strauß. »Ich würde gern auch Ihre Frau Mutter begrüßen. Das macht hoffentlich keine Umstände.«

»Aber nein. Gerne«, Sonja sah sich um. »Ich weiß bloß nicht ... Ach da!«

Ihre Mutter war dabei, volle Schnittchenplatten aufs Buffet zu stellen, Sonja führte Godewind hin.

»Mutti, wir haben einen ganz besonderen Gast. Das ist Herr Godewind. Er hat die Anzeige gelesen und ist freundlicherweise gekommen. Wenn ich bekannt machen darf: Herr Godewind, der Lieferant aus dem Internat am Wannsee, und dies ist meine Mutter, Frau Falcke.«

Godewind verbeugte sich. »Sehr erfreut, gnädige Frau. Eine kleine Aufmerksamkeit zur Geschäftseröffnung. Und meine allerherzlichsten Glückwünsche«, er wickelte den zweiten Strauß aus und überreichte fünf langstielige zartrosa Nelken.

»Oh, wie herrlich. Recht vielen Dank.«

Auch andere Kunden hatten Sonjas Mutter Blumen mitgebracht, doch Sonja kam es vor, als ginge von Godewinds Strauß ein besonderer Zauber aus. Oder lag es gar nicht an den Nelken? Sondern am Schönen Walter selbst? Sie musste mit ansehen, wie ihre Mutter einen Knicks andeutete und errötete. Eine Frau von vierzig Jahren – noch dazu glücklich verheiratet.

»Wirklich sehr zuvorkommend, Herr Godewind«, ihre Stimme klang höher als sonst. »Und wie nett, Sie persönlich kennenzulernen. Sie bringen also immer frische Sachen ins Internat. Das ist schön. Die Mädchen sollen ja später ihre Männer gut bekochen.«

Er lächelte. »Für die Kochkünste sorgt Frau Häberle, die Lehrerin. Ich trage mit meiner Ware ja bloß dazu bei.«

»Ach ja. Unsere Tochter hat ja so viel Interessantes erzählt. Ich erinnere mich hoffentlich richtig: Sie haben doch diese nette kleine Familie? Wo Sonja keinen Aufsatz schreiben musste, weil sie Ihre Frau und den Kleinen ins Internat geholt hat? Für den Säuglingspflegekurs?«

»Das stimmt. Daran denken wir immer noch gern zurück. Sie können wirklich stolz sein auf Ihre Tochter, Frau Falcke.«

»Ah, das freut uns, vielen Dank!«

»Von mir natürlich auch vielen Dank«, sagte Sonja sofort.

»Sehr gern«, versicherte Godewind. »Ehre, wem Ehre gebührt.«

Die drei lachten.

»Verzeihung, kleinen Moment mal«, mit einem kurzen Blick stellte die Mutter fest, dass die Schnittchen nicht ausreichen würden. »Ich hole schnell noch welche.«

»Brauchst du nicht«, Sonja sah die Chance, der Situation auf diplomatische Art zu entkommen. »Das mache ich gern, Mutti«, sie wandte sich an Godewind. »Entschuldigen Sie bitte, aber Sie sehen ja: Unsere Kunden haben Appetit. Und Sie wollen doch bestimmt noch zu meinem Vater?«

Er zögerte. Offenbar fühlte er sich wohl bei Sonja und ihrer Mutter. »Selbstredend möchte ich auch den Inhaber kennenlernen.«

»Er ist bei den Neuwagen. Mutti, bring Herrn Godewind doch bitte hin. Und ich hole frische Schnittchen, dann komme ich zu euch rüber. Aber jetzt schauen Sie sich an, was das Autohaus Falcke zu bieten hat.«

Die Mutter berührte Godewinds Oberarm. »Kommen Sie, ich zeige Ihnen unsere Ausstellung.«

Sonja eilte in die Küche. Hier standen vier randvolle Servierplatten fürs Buffet, doch das hatte noch ein paar Minuten Zeit. Sonja ließ sich auf einen Stuhl sinken und sortierte die Gedanken. Weshalb war Godewind gekommen? Um Autos zu besichtigen? Um Sonja wiederzusehen? Um ihre Eltern kennenzulernen?

Monika klopfte an die geöffnete Küchentür. »Darf ich?« Sie grinste. »Ich muss jetzt nämlich unbedingt mal ein bisschen schmachten«, sie schloss die Tür von innen und presste sich beide Hände gegen die Brust. »Ist das ein toller Kerl! Du hast ja schon viel erzählt. Aber dass er sooo gut aussieht. Und dabei sooo charmant ist.«

»Du also auch«, Sonja grinste. Nein, sie würde sich nicht anmerken lassen, wie sehr Godewinds Auftritt sie selbst verwirrte. »Der Kerl verdreht allen weiblichen Wesen den Kopf. Meine Mutter ist auch schon hin und weg. Sie wollte eigentlich mit ihm zu meinem Vater.«

»Erst mal hat sie ihn Ilse und mir vorgestellt. Wir haben ihm ein Bier angeboten, aber er wollte lieber eine Brause.«

»Aha. Hat ihm die denn wenigstens geschmeckt?«

»Ich denke schon. Und dieses Lächeln! Da kann man doch nur schwärmen! Er hat wirklich was von Nat King Cole. Sanft und trotzdem männlich. Der weiß, was er will. Wenn der eine Frau liebt, dann trägt er die auf Händen. Das merkt man ihm gleich an.«

»Du musst es ja wissen«, feixte Sonja. »Bei deiner reichen Erfahrung mit Männern. Hast du auch mit ihm gesprochen? Oder ihn bloß angehimmelt?«

»Quatsch. Natürlich haben wir richtig geredet. Er hat von seiner Arbeit erzählt, und Ilse und ich vom Friseursalon. Aber nicht lange, deine Mutter wollte ihm doch die Autos zeigen.«

»Na dann«, Sonja nickte der Freundin zu. »Die Kunden warten.«

Gemeinsam brachten sie die Platten zum Buffet.

Ilse stand immer noch am Zapfhahn. »Da seid ihr ja. Sonja, du möchtest bitte zu deinem Vater kommen, das hast du eben versprochen.«

»Ich weiß, hat in der Küche nur leider etwas länger gedauert.«

»Ach so«, Ilse griente.

Monika half ihrer Tante bei den Getränken, Sonja ging zu den Neuwagen. Um einen beigefarbenen VW 1100 scharten sich die Menschen, Godewind saß mit zufriedener Miene auf dem Beifahrersitz.

»Der Käfer bleibt unser bewährtes Basismodell«, verkündete Sonjas Vater soeben. »Mit seinem hohen Radstand und dem unverwüstlichen Motor ist er Ihr treuer Begleiter in allen Lebenslagen. Natürlich geht die Entwicklung weiter. Im nächsten Jahr kommt unser Zwölfhunderter auf den Markt, sogar mit dreißig PS.«

Sonja stellte sich lächelnd neben ihren Vater und hörte zu.

»Und wer es noch schneller mag, für den eine spannende Neuigkeit: Unsere Tochterfirma Karmann plant gemeinsam mit einem italienischen Karosseriedesigner einen flotten kleinen Sportwagen. Natürlich als Cabriolet.«

»Dolle Sache«, meinte ein dicker Herr. »Aber was heißt das genau?«

Gern gab Sonjas Vater Auskunft.

Godewind stieg aus dem Käfer und kam auf Sonja zu, sie entfernten sich ein paar Meter von der Menschentraube.

»Ich muss schon sagen, Fräulein Sonja. Ganz wunderbar hier. Die Ausstellung, und wie Ihr Vater alles erklärt. Das wird bestimmt ein Erfolg.«

»Danke«, sie schmunzelte. »In welcher Farbe dürfen wir Ihnen Ihren Käfer denn liefern?«

»Ach so!«, er lachte. »Nein, bei allem Respekt: Ich möchte keinen VW kaufen. Ich habe ja meinen Hanomag.«

»Aber das ist doch ein reines Nutzfahrzeug. Damit können Sie mit Ihrer Familie doch keine Spritztour ins Grüne machen.«

»O doch, Fräulein Sonja. Das können wir. Ich muss auch sonntags oft Ware abholen, bei einem Großhändler oder Bauern. Da kommt der Hanomag mit zum Familienausflug. Und zu dritt können wir vorne ja auch bequem sitzen.«

»Tja. Dann kann die Familie Falcke heute wohl nichts für Sie tun.« Zu spät fiel ihr auf, wie leicht man die Bemerkung missverstehen konnte. Dachte Godewind jetzt, sie wolle ihn rauswerfen? »Entschuldigung«, setzte sie nach. »Trotzdem sind Sie hier selbstverständlich willkommen.«

Nein, irritiert wirkte er nicht. Er lachte. »Na, das ist ja tröstlich. Keine Sorge, Fräulein Sonja. Ich wollte mich sowieso gleich verabschieden, mein nächster Termin wartet. Es war sehr interessant. Noch mal meine besten Grüße an Ihre Eltern.«

»Bestelle ich. Sehr nett, dass Sie gekommen sind. Und danke noch mal für die Blumen.«

»Es war mir eine Ehre«, sagte er unerwartet ernst. Dabei suchte er ihren Blick, doch sie tat, als würde sie es nicht merken, und begleitete ihn zur Tür. »Leben Sie wohl, Fräulein Sonja«, wieder verbeugte er sich. »Und vielleicht hole ich mir hier ja doch noch einen Käfer.«

Sie lächelte. »Darüber würde mein Vater sich freuen. Unsere Modellreihe kennen Sie ja nun.«

Sonja schloss die Tür hinter dem Schönen Walter, und erst jetzt fiel es ihr auf: Sein letzter Satz war doppeldeutig. Sie musste grinsen.

Als kurz darauf die Mittagsglocken läuteten, war Jürgen noch nicht da. Langsam leerte sich das Autohaus, die Kunden zog es nach Hause. Auch die Damen Ebeling verabschiedeten sich, Monikas Mutter hatte gekocht und erwartete Pünktlichkeit.

Sonjas Mutter bedankte sich für die Hilfe. »Nur von unseren Autos habt ihr nicht so viel gesehen.«

Ilse lachte. »Die laufen uns ja nicht weg, und falls doch, kommen neue. Wir schauen gern mal wieder rein.«

Um Viertel nach zwölf zapfte Sonja die letzten Gläser und

schaute zum Eingang. Kein Jürgen. Aber er würde doch nichts versprechen und dann ... Endlich! Mit einem großen weißen Karton in beiden Händen betrat er das Foyer.

»Jürgen, wie schön!«

»Tut mir leid, Sonja. Ging nicht eher«, er stellte den Karton ab. »Zur Entschuldigung was Süßes.«

Die Mutter eilte durch den Verkaufsraum auf ihn zu. »Herr Vogt, das ist ja nett.«

»Herzlichen Glückwunsch zur Eröffnung«, er sah sich um. »Ganz toll. Hat denn alles gut geklappt?«

»Bestens. Reichlich Arbeit, hat sich aber gelohnt«, sie öffnete den Karton. In der Mitte prangte eine Sahnetorte, umlegt mit Nussecken und Hefeteilchen. »Ach, das ist doch viel zu viel!«

»Ist auch für Ihre Helfer.«

»Och, wie aufmerksam. Danke, Herr Vogt, so was Leckeres. Sonja, bringt ihr beide das doch in die Küche und macht Herrn Wenzel und Herrn Reitzenstein zwei Teller fertig? Für den Kaffee nachher zu Hause.«

Sonja sehnte sich danach, mit Jürgen allein zu sein, und nun kam die beste Idee dazu ausgerechnet von ihrer Mutter. Überhaupt wirkte die auffallend munter, geradezu beschwingt, wie in Sektlaune. Lag es an der geglückten Eröffnung? Oder hatte die Begegnung mit dem Schönen Walter sie so erheitert? Egal, Hauptsache, Sonja konnte ungestört mit Jürgen reden.

In der Teeküche holte sie zwei Teller aus dem Schrank und drückte ihm ein Messer in die Hand. »Sahnetorte ist heikel, und Sie sind der Fachmann. Bitte je drei Stücke und ein paar Teilchen.«

Gekonnt balancierte er die Torte auf die Teller, und je länger sie ihm zuschaute, umso heftiger klopfte ihr Herz. Sie wagte es. »Ich würde Sie gern was fragen, Jürgen. Besser gesagt, Ihnen etwas anbieten. Eigentlich stößt man dabei an, aber es geht auch so: Jürgen, wir kennen uns ein halbes Jahr, da können wir uns doch duzen.«

»Gern. Und unsere Vornamen kennen wir auch schon. Danke, Sonja.«

Sie hatte mit einem Kuss gerechnet, nur ganz zart, auf die Wange oder vielleicht auf den geschlossenen Mund. Doch er hielt ihr die Hand hin. Sie überspielte ihre Enttäuschung und schlug ein.

»Und dann können wir gleich was besprechen«, meinte er, während er noch ihre Hand schüttelte. »Wegen unserer Fahrt im Mai. Es kann gern dabei bleiben. Nur: Ich war Ende März schon für einen Tag in Hamburg, zusammen mit Karin, bei Ninette und ihrer Familie. Ich hatte Karin so viel erzählt, da wollte sie die van Halems unbedingt kennenlernen. Und weil du ja erst im Mai kannst, habe ich die Gelegenheit genutzt. Du bist hoffentlich nicht böse.«

Sonja ließ seine Hand los. Doch! Sie war ihm böse! Und wie! Aber sie wahrte Haltung. »Karin ist deine Schwester, warum sollte ich böse sein? Ich ärgere mich höchstens über mich selbst: Die viele Arbeit hier, und dass ich vor Mai nicht kann.«

»Mach dir keine Vorwürfe, Sonja. Ist doch prima, wie du deinen Eltern hilfst, und dann auch noch deine Kurse.«

»Danke. Dann erzähl doch mal. Hat es Karin denn gefallen in Hamburg?«

»Ganz wunderbar. Sie war begeistert, wie bodenständig die Familie ist. Vor allem Ninettes Vater.«

»Und Ninette geht es gut?«, fragte Sonja leichthin. »Wir Mädchen im Internat haben ja rumgerätselt, mit wem sie sich verlobt. Ein Chemiker wäre ganz passend. Oder eben ein Betriebswirt.«

Hatte Jürgen ihren Wink verstanden? Er blieb ernst. »Sie hat zumindest nichts erwähnt. Im Moment macht sie ja das Praktikum, ein paar Wochen in jeder Abteilung. Bei so einem Riesenbetrieb dauert das.«

»Stimmt. Und Ninette muss es mit einer Verlobung ja auch nicht überstürzen. Sie ist doch gerade erst zwanzig.«

Jürgen nickte. »Eben.«

Sie verabschiedeten sich in aller Freundschaft. Demnächst wollten sie Ninette besuchen – ohne Karin. Und Sonja würde mit Herrn van Halem noch mal über den Kosmetiksalon reden. Trotzdem: So richtig freuen konnte sie sich auf die Reise nicht mehr.

*

Von der VW-Regionaldirektion kam großes Lob für die Eröffnung: drei verkaufte Gebrauchtwagen und ein Vorvertrag für einen fabrikneuen Bulli. Die Falckes feierten abends bei Brathähnchen und gebackenen Kartoffeln, doch Sonja zog sich früh in ihr Zimmer zurück. Es sei sehr anstrengend gewesen, außerdem müsse sie morgen noch die Hausaufgaben für ihre Kurse machen, da wolle sie vorher ausreichend schlafen. Offenbar ahnten weder die Eltern noch Eugen etwas von Sonjas Liebeskummer. Sie wünschten ihr süße Träume.

Am nächsten Morgen fuhr Eugen zu seiner Änne. Er hatte den Falckes seine Freundin noch nicht vorgestellt – in den ersten Monaten nach Babs' Tod hatte er das für unpassend gehalten, und danach war so viel zu tun gewesen. Aber bald würde er Änne mitbringen.

Sonjas Eltern wollten das sonnige Wetter für einen Spaziergang im Grunewald nutzen. »Komm doch mit, Süße«, meinte Margit. »Frische Luft ist das Beste nach der Aufregung gestern.«

Doch Sonja lehnte dankend ab. Sie habe schlecht geschlafen, erklärte sie – ohne ihren Eltern die wahren Gründe zu verraten. Diese verdammte Karin! Sonja hatte es ja gleich geahnt. Schon als ihr Jürgens Schwester zum ersten Mal begegnet war, damals in der Bäckerei: Diese Frau hatte jede Menge Einfluss auf Jürgen. Die setzte alles daran, ihren Bruder in die richtige Richtung zu schubsen. Jetzt also der Besuch bei Ninettes Familie! Ohne Sonja vorher Bescheid zu geben!

Sollte sie Monika anrufen und von ihrer Wut auf Jürgen erzählen? Nein, sie brauchte noch Zeit, die Gefühle zu sortieren.

Mit Block, Bleistift und Lehrbuch setzte sie sich auf den Balkon. Seit zwei Wochen besuchte sie die Kurse: Stenografie, Maschineschreiben, kaufmännisches Rechnen und Grundlagen der Betriebswirtschaftslehre. Manchmal dachte sie darüber nach, den Stenokurs abzubrechen, denn sie wollte ja keine Sekretärin werden. Doch die Lehrerin meinte, nicht nur Bürokräfte sollten Kurzschrift beherrschen, auch für Chefs sei es wichtig.

Angefangen hatte der Kurs mit Verkehrsschrift, doch die galt nur als Grundlage. Für Geübte gab es eine Eilschrift und sogar eine Redeschrift. Damit ließen sich selbst ausführlichste Formulierungen auf wenige Zeichen bringen. Doch aller Anfang fiel schwer. Auf dem Stenoblock gab es die vorgezeichnete Grundlinie, doch dazu musste man sich auch noch eine Oberlinie vorstellen. Schwierig wurde es mit den vielen verschiedenen Kürzeln. Eine halbhohe Eins auf der Grundlinie stand für *ich*, ein kurzer, waagerechter Strich auf der Oberlinie hieß *und*. Sonja übte eine Stunde lang, da klingelte es an der Haustür.

Jürgen!, schoss es ihr durch den Kopf. Sie drückte den Türöffner und schaute in den Flur.

Nicht Jürgen kam die Treppe hinauf, sondern ein anderer Mann. Seit Weihnachten hatte Helmut seine West-Verwandten nicht mehr besucht, nun tauchte er unangekündigt auf – wie immer in Zimmermannshosen zum karierten Hemd. Zumindest war er beim Friseur gewesen, die Strähnen reichten nur noch bis zum Kragen.

»Sonjakind. Im Brigadebüro war gestern dauernd das Telefon blockiert. Aber ich habe gedacht: Ich muss mich nicht anmelden. Einen Tag nach der Eröffnung seid ihr bestimmt zu Hause.«

Sie erklärte die Situation.

»Aber du bist da, ist doch knorke«, er stutzte. »Du siehst müde aus.«

»Ich lerne grad für Steno.«

»Dann darf ich ja stören«, er schmunzelte. »Und jetzt will ich eure beiden Paläste bewundern. Den hier oben und erst recht den unten.«

Sie führte ihren Onkel durch die Wohnung und dachte daran, wie er hauste: in einem Schuppen ohne Strom und fließend Wasser, dafür mit Plumpsklo und Pumpbrunnen. Doch er zeigte keine Spur von Neid.

»Alles ganz schön«, meinte er zu Zentralheizung, Kachelbad und Eichenparkett. »Aber die wahren Werte liegen nicht in unnützem Luxus, sondern in Frieden und Gerechtigkeit. Der Sozialismus hat nun mal recht. Wir sind euch überlegen, das werdet ihr schon noch sehen.«

Sonja musste an ein DDR-Lied denken, das Eugen sang, wenn er mal wieder über die SED spottete: *Die Partei, die Partei, die hat immer recht.* Im Gegensatz zu Eugen glaubte Helmut das tatsächlich. Sosehr Sonja ihren Onkel auch mochte – sein ständiges Politisieren fand sie anstrengend.

»Willst du unsere Autos denn wirklich sehen? Sind ja doch alles nur imperialistische Produkte. Um die Menschen zu unterdrücken und daraus Kapital zu schlagen.«

Er nahm ihr die Ironie nicht übel. »Sicher guck ich mir die Wagen an. VW ist ja eher was für die kleinen Leute. Mercedes und BMW, die bauen echte Bonzenschleudern.«

Sie gingen hinunter zum Autohaus, Helmuts Blick glitt die Fensterfront entlang.

»Ganz schön gewieft. So breit, dass man sich schon von draußen sein Auto aussuchen kann.«

»Ist ja Sinn der Sache. Die Neuwagenausstellung bleibt jeden Tag bis zehn hell erleuchtet. Dadurch können sich die Kunden auch in ihrer Freizeit ein Bild vom Angebot machen. Und später kommen die dann rein und sagen: Das und das Auto habe ich im Schaufenster gesehen. Gibt's das noch in einer anderen Ausführung oder gebraucht? Und wie ist das mit den Kreditraten?«

»Sag ich ja. So funktioniert die kapitalistische Verkaufsstrategie. Die Leute merken nicht, wie sie dem Konsumterror auf den Leim gehen«, Helmut lachte hämisch. »Betreten wir also den Tempel des Klassenfeinds. Das Automobil als Götze. Die Amerikaner machen es uns vor.«

Sonja schloss auf.

Von der Wandverkleidung aus Kunstmarmor und der chromglänzenden Empfangstheke schien Helmut unbeeindruckt. Ohne nach rechts und links zu schauen, durchquerte er das Foyer. Vor den Neuwagen blieb er stehen, die Hände in die Hüften gestemmt. »Und welches Auto verkauft sich am besten? Wahrscheinlich der ganz normale Käfer?«

»Ja, als geschlossene Limousine.«

»Gut. Dann setzen wir uns in einen rein.«

»Wie der Herr wünschen«, Sonja imitierte den Ton eines eifrigen Verkäufers. »Die Ausführungen in Atlantikgrün, Saharabeige, Metallblau und Schwarz können wir Ihnen hier in der Ausstellung zeigen, doch wir führen unser Neuwagensortiment auch in den Lackfarben Mittelblau, Kastanienbraun, Pastellgrün und Jupitergrau.«

Helmut stöhnte auf. »Da siehst du es, Kind. Dass man Autos für den Privatmann baut, macht ja noch Sinn. Wenn es zwei oder drei Farben gäbe, na gut. Aber gleich acht? Das braucht doch keiner. Wie heißt es so schön: Wer die Wahl hat, hat die Qual. Das gaukelt den Menschen eine Freiheit vor, die in Wirklichkeit keine ist«, Helmut zeigte auf einen hellen Käfer. »Den nehmen wir. Wie heißt die Farbe?«

»Saharabeige.«

»Meinetwegen.«

»Bitte schön, der Herr«, mit tiefer Verbeugung hielt Sonja die Tür auf, ließ den Onkel hinters Steuer und schwang sich auf den Beifahrersitz. Hier hatte gestern der Schöne Walter gesessen. Sie schob den Gedanken beiseite.

Helmut kannte die früheren Modelle, als Kriegssanitäter hatte er ein paarmal im Prototyp des Käfers, dem VW 38, gesessen. Jetzt strich er über das Armaturenbrett und wippte im Sitz. »Hat sich ganz schön was getan, das muss man euch ja lassen. Richtig schnieke und bequem. Trotzdem frage ich dich: Wozu ist das nütze? Noch dazu in Berlin mit den vielen öffentlichen Verkehrsmitteln. Und wenn ich da partout nicht reinwill, kann ich immer noch Moped oder Drahtesel fahren. Aber ein Auto brauche ich nicht. Es sei denn, ich habe mal was Schweres zu transportieren, und dafür gibt's Lastentaxis.«

»Aber ein eigener Wagen bedeutet Freiheit.«

»Schon klar, und grundsätzlich sollen ja auch die Menschen im Sozialismus diese Freiheit bekommen. Wart's ab. In ein, zwei Jahren bauen wir im Osten mindestens so gute Autos wie VW. Neuste Technik, aber kein Schnickschnack. Wir reden den Leuten nichts ein, was sie nicht brauchen.«

Sonja kannte die Probleme der DDR mit dem Autobau. »In ein, zwei Jahren? Wie wollt ihr das denn machen? Euch fehlen die Anlagen und die Rohstoffe.«

»Kriegsfolgen. Die Russen haben das alles für sich abmontiert. Immerhin: Die Anlagen in Thüringen haben sie uns gelassen.«

Sie nickte. »Die alten BMW-Werke. Aber die schaffen doch wohl bloß ein paar Hundert Wagen im Jahr.«

»Das klappt schon. Immerhin sind die Werke in Erfurt und Zwickau jetzt Volkseigene Betriebe. Unsere Ingenieure arbeiten an einer ganz neuen Konstruktion.«

»Und woher nehmen die ihre Rohstoffe? Stahl kostet Geld, sagt mein Vater. Und zwar keine DDR-Mark, sondern Dollars oder D-Mark. Und die fehlen der DDR.«

»Ach, Sonja. Du redest schon wie der Westfunk. Dass wir zu wenig Devisen haben, ist nur die halbe Wahrheit. Die Amis haben ein Embargo gegen uns verhängt. Selbst wenn wir die mit harter Währung zuschmeißen könnten, würden die uns keinen Stahl liefern. Kalter Krieg eben.«

»Ja. Und deswegen könnt ihr kaum Autos bauen.«

»Können wir nicht?« Helmut drehte den Innenspiegel in seine Richtung und winkte sich selbst zu. »Na, dann wart's mal ab, Mädchen. Natürlich braucht man Metall für die Technik. Einen Ottomotor baut man nicht aus Sperrholz. Aber die Karosserie zum Beispiel: Dafür braucht man nicht unbedingt Stahlblech. Das geht auch mit anderen Materialien.«

»Mit welchen denn bitte schön?« Sonja grinste. »Pappkarton? Oder Bakelit?«

»Kein Bakelit, aber vielleicht was Ähnliches. Kunststoff kann nicht rosten, also beim Auto ein Riesenvorteil.«

»Nicht unbedingt, gutes Blech bietet Sicherheit. Und wann soll euer Wunderding aus Kunststoff auf den Markt kommen?«

Er tippte den Zeigefinger auf die Lippen. »Staatsgeheimnis, aber in der Partei erzählt man sich so einiges. Und wenn wir erst mal eine große Autoindustrie haben, dann geht es richtig aufwärts mit dem Sozialismus.«

»Ach, das behauptet ihr schon so lange. Aber ihr habt immer noch Lebensmittelkarten.«

»Alles mit der Ruhe, Kind. Vor sieben Wochen ist Stalin gestorben, das war ein herber Schlag für unsere gute Sache. Jetzt muss die russische KP erst mal den Nachfolger bestimmen.«

»Daran erkennt man doch das Problem. Stalin ist zwei Monate tot, und die Russen wissen immer noch nicht, wer jetzt die Führung übernimmt.«

»Weil es mehrere geeignete Köpfe gibt. Da muss man eben gründlich überlegen, wen man an die Spitze setzt«, Helmut übte den Schulterblick nach links und nach rechts. »Die neuen Heckfenster sind wirklich prima. Da sieht man ja richtig was, verglichen mit der geteilten Scheibe damals.«

»Ob du's glaubst oder nicht: Viele unserer Kunden vermissen das alte Brezelfenster. Aber übrigens: Ich habe neulich einen Artikel gelesen: In der russischen KP tobt ein Richtungsstreit darüber, wie es nun weitergehen soll mit dem Sozialismus. Nicht nur im eigenen Land, sondern auch in den Bruderländern. Und dass die DDR-Regierung versagt hat, sehen auch die Russen ein.«

»Ach, tun sie das?«, fragte Helmut sarkastisch. »Und du glaubst, was in euren Zeitungen steht?«

»Ja sicher. Das kann man ja nicht nur lesen, das erzählen sich die Leute doch auch: Ulbricht hat den Bauern extrem hohe Abgaben aufgedrückt. Den allergrößten Teil der Ernte sollten die an den Staat abgeben. Aber dann hätten sie selbst nichts mehr zu essen. Oder könnten ihre Felder nicht mehr bestellen. Und was macht Ulbricht? Er wirft die Bauern ins Gefängnis oder zwingt sie in so einen staatlichen Landwirtschaftsverein.«

»Du meinst LPG. Landwirtschaftliche Produktionsgenossenschaft. Was man in der Sowjetunion eine Kolchose nennt.«

»Genau. Viele Bauern hat die SED enteignet für diese LPGs. So richtet man die Landwirtschaft zugrunde. Nicht mal genug Viehfutter gibt es, und in manchen Gegenden hungern sogar die Menschen. Deswegen überlegen die Russen, ob sie diese SED-Regierung absetzen. Weil sie versagt hat.«

»Sonja, Kind«, Helmut öffnete das Handschuhfach und sah hinein. »Das ist aber nicht viel größer geworden seit damals. Naja«, er stutzte. »Wo waren wir? Ach, richtig: Die Kollektivierung der Landwirtschaft ist nicht nur nötig, sondern auch logisch. Der Grund und Boden eines Staates gehört ganz selbstverständlich den Menschen dieses Staates. Aber egal, was die Propaganda hier im Westen verbreitet, so viel steht fest: Die russische KP wird für Stalin einen fähigen Nachfolger finden, und der treibt den Sozialismus dann voran. Das nützt ja nicht nur den Menschen in der Sowjetunion, sondern auch dem deutschen Brudervolk. Komm mich doch Sonntag besuchen, dann ist Erster Mai, Tag der Arbeit.«

Helmut wollte sie also zu den Ost-Berliner Aufmärschen mitnehmen. Eugens Worte fielen ihr ein: Die Paraden von

Ulbricht sind wie die von Hitler, nur dass die roten Fahnen keine Hakenkreuze mehr haben und die Leute nicht den rechten Arm hochrecken müssen. »Nein«, entschied sie. »Da möchte ich nicht hin.«

»Aber du musst doch endlich ein richtiges Bild bekommen von unserer großen Idee. Dass die Regierung, die Partei und das Volk fest zusammenstehen. Als eine Einheit. Alle machen mit, alle bauen auf.«

»Das stimmt doch gar nicht. Eure Regierung hat viele kleine Unternehmer enteignet. Und dann die erhöhte Arbeitsnorm. Die Arbeiter sollen ein Drittel mehr leisten für das gleiche Geld. Das habe ich im Radio gehört.«

Helmut schnaubte. »Etwa beim RIAS?«

»Ja sicher.«

»Dachte ich mir. Die Amerikaner reden alles schlecht und lassen das Wichtigste weg. Kalter Krieg eben. Natürlich kriegen unsere Arbeiter für mehr Leistung auch mehr Lohn, aber eben nicht sofort. So ist das, wenn man einen Staat ganz neu aufbaut. Wir mussten den Kapitalismus und den Nationalsozialismus hinter uns lassen. Damit wir friedlich in einer gerechten Gesellschaft leben können.« Helmut hatte sich in Rage geredet, jetzt atmete er durch und meinte deutlich ruhiger: »Unser Staat steht noch am Anfang, darum die große Parade. Man muss den Menschen Ideale geben. Wenn die sozialistische Idee erst mal in allen Köpfen und Herzen verankert ist, brauchen wir keine Aufmärsche mehr.«

»Und dass die SED so viele Leute einsperrt? Wer nicht spurt, kommt in den Knast.«

»Das sind Staatsfeinde, Sonja. Vor denen muss sich eine Demokratie schützen. Die brauchen eine Läuterung, damit sie sich zu vollwertigen Mitgliedern der sozialistischen Gesellschaft entwickeln können.«

Und wenn sie das gar nicht wollen?, hätte sie gern erwidert. Doch sie liebte ihren Onkel und wollte sich nicht länger streiten. »Ich möchte trotzdem nicht zu den Paraden. Und das geht nicht gegen dich persönlich.«

»Weiß ich doch, Mädchen«, er strich ihr über die Wange. »Dann eben nicht am Ersten Mai, sondern ein andermal. Es gibt so viele wichtige Ereignisse in unserem jungen sozialistischen Staat. Die kriegen mal einen Ehrenplatz in den Geschichtsbüchern. Und du warst dabei.«

*

Während Helmut weiter an den Sozialismus glaubte, erlebte der Westen sein Wirtschaftswunder. Selbst im Arbeiterbezirk Wedding gönnten sich immer mehr Frauen eine gute Wasserwelle, Ilses Laden brummte. Sie stellte noch zwei Friseusen ein, doch damit wurde es eng im Salon. Um keine Kundin zu verlieren, verlängerte sie ihre Öffnungszeiten, besonders vor den Wochenenden.

Mitte Mai, an einem Freitagnachmittag zur Pausenzeit, erzählte Sonja endlich ausführlich vom Kinobesuch. Monika kam zu einem klaren Urteil: »Jürgen hat eben nichts begriffen. Der glaubt immer noch, er könne bei Ninette landen. Und zu allem Überfluss nimmt er auch noch seine Schwester mit.«

»Klar. Diese Karin baut sich bestimmt schon Traumschlösser. Ihr Bruder und Ninette auf dem Titelblatt der *Revue: Millionenerbin heiratet Bäcker! Es ist die wahre Liebe!*«

So humorvoll, wie Monika das von sich gab, musste Sonja einfach mitlachen.

»Und was ist mit Ninette?«, fragte Monika. »Was empfindet die denn nun eigentlich für Jürgen?«

»Das weiß ich ja leider immer noch nicht.«

»Also fahr hin und finde es raus. Und jetzt habe ich noch was anderes Spannendes.«

»Lass mich raten: Tante Ilse hat ihren Traummann gefunden und plant schon die Verlobung? Oder die Hochzeit? Und bekommt dann gleich Drillinge? Weil sie ja nicht mehr viel Zeit hat zum Kinderkriegen?«

Monika schmunzelte. »Ganz so schnell geht's nicht. Aber du kannst ja mal raten, wer der Mann eigentlich ist.«

»Du meinst: ein Millionär oder ein Tellerwäscher?«

»Nein, ich meine, dass du ihn kennst.«

»Ach so?« Sonja zögerte, ihr schwante nichts Gutes: »Doch nicht etwa …?«

»Jaaah!« Monika jauchzte. »Genau der! Walter Godewind höchstpersönlich! Ausgerechnet auf eurer Eröffnungsfeier haben sie sich kennengelernt. Und Tante Ilse fühlt sich wie im siebten Himmel. Dabei ist er ja noch verheiratet und …«, sie sah die Freundin an und erschrak. »Meine Güte, Sonja. Du bist ja blass. Geht dir das derart an die Nieren? Aber so ist es nun mal. Wenn man sich nur noch streitet, ist eine Scheidung eben oft das Beste.«

Tatsächlich fühlte Sonja sich nicht gut. Die Szenen im Autohaus gingen ihr durch den Kopf. Godewinds unerwarteter Besuch, der Biedermeierstrauß, ihr rascher Abschied, seine doppeldeutige Bemerkung vom Käfer, den er sich vielleicht noch holen wolle. Sachlich sagte sie: »Mir gegenüber hat er keine Scheidung erwähnt. Er hat gesagt, er wohnt immer noch in Tempelhof, mit seiner Frau und dem kleinen Frank. Und seinen Ehering hatte er auch an.«

»Kann ja alles sein. Auf eurer Eröffnung war eben viel los, da wollte er bestimmt keine so privaten Dinge rumerzählen. Und es stimmt auch: Die wohnen weiterhin zusammen, ansonsten existiert die Ehe bloß noch auf dem Papier.«

»Aber meine Mutter hat ihn doch auch noch auf das Internat angesprochen. Als ich seine Familie eingeladen hatte, damit wir endlich mal ein echtes Kind wickeln konnten und nicht immer bloß Puppen. Und er hat gesagt, dass seine Frau und er immer noch gerne daran zurückdenken.«

»Seine Ehe war ja auch mal schön. Aber jetzt eben nicht mehr«, Monika zog die Brauen hoch. »Du glaubst doch wohl nicht diesen Quatsch von der katholischen Kirche? Dass eine Scheidung eine ganz schlimme Sünde ist? Und man in jedem Fall zusammenbleiben muss, weil Gott das so will?«

»Nein, natürlich nicht. Klar kann es sein, dass eine Ehe kaputtgeht und eine Scheidung dann besser ist, als sich ewig zu streiten. Aber man muss doch auch Verantwortung übernehmen. Vor allem bei einem kleinen Kind.«

»Verantwortung übernimmt Godewind doch«, entgegnete Monika trotzig. »Er will sich jedenfalls weiter um den kleinen Frank kümmern.«

»Na, dann ist ja gut.«

»Eben. Und das war so romantisch mit Ilse und ihm«, Monikas Stimme wurde sanft. »Der Moment, als deine Mutter die beiden bekannt gemacht hat. Da war es schon um ihre Herzen geschehen. Aber Godewind hat trotzdem noch mal gründlich drüber nachgedacht, sagt er, und daran erkennt man doch auch, dass er Verantwortung übernimmt. Er hat erst Tage später hier angerufen, letzten Dienstag.«

»Hier? Hier im Salon?«

»Genau. Meistens gehe ich ja ran, aber ausnahmsweise hatte er gleich Tante Ilse an der Strippe. Sie konnte sich natürlich an ihn erinnern.«

»Und die Kundinnen? Haben die das etwa mitgekriegt?«

Monika kicherte. »Du bist ja süß. Hast du Angst, dass Ilse

unseren guten Ruf ruiniert? Nein, dazu ist sie doch viel zu clever. Sie hat so getan, als wäre er ein Vertreter. Er solle sich bitte um neunzehn Uhr noch mal melden, hat sie gesagt. Dann seien keine Kundinnen mehr da, und sie könne sich um den Einkauf von neuen Haarbürsten kümmern. Er hat den Wink verstanden und abends noch mal angerufen. Und dann hat er auch von der Scheidung erzählt.«

Sonjas Gefühle schlugen Purzelbaum. Was machte dieser Mann bloß mit den Frauen?! »Das ging dann wohl alles ganz schön schnell.«

»Ja, wegen seiner Offenheit. Wenn ein Mann so früh die Wahrheit sagt, dann ist das ein gutes Zeichen, meint Ilse. Gerade nach dieser schrecklichen Sache mit dem Heiratsschwindler. Aber Godewind ist ehrlich. Und darum haben sie sich gleich verabredet, natürlich erst mal in einem Café. Der könnte der Richtige sein, sagt sie. Und dass er dann geschieden wäre, stört sie nicht. Denn wahrscheinlich geben die Richter seiner Frau die gesamte Schuld.«

»Was? Warum das denn?« Sonja dachte an Greta, diese herzenswarme junge Frau. Wie sie den kleinen Sohn mit ins Internat gebracht und so rührend zu den Mädchen gesprochen hatte. Walter Godewind als stolzer Papa hatte dazu breit gelächelt.

»Na ja. Seine Frau bricht immer wieder Streit vom Zaun. Vor allem wegen seiner Arbeit. Er will den Lieferdienst erweitern und Leute anstellen. Aber diese Greta ist strikt dagegen. Weil die beiden sich jetzt schon kaum sehen, sagt sie. Und sie will keinen Mann, der sogar beim Familienausflug noch Geschäftstermine hat. Er hält natürlich dagegen: dass er alles doch für sie und das Kind tut. Andere Frauen würden sich freuen, wenn ihre Männer so fleißig wären.«

Sonja kam nicht mehr mit. Konnte das wirklich sein, was

Monika da von sich gab? »Und deswegen soll sie bei der Scheidung die Schuld kriegen?«

»Höchstwahrscheinlich, ja. Walter hat die Klage ja noch nicht eingereicht.«

»*Walter?!* Ihr duzt euch?«

»Ist doch einfacher. Und weil Ilse ihm schnell das Du angeboten hat, habe ich auch gleich mit ihm Brüderschaft getrunken. Mit echtem Portwein übrigens. Jedenfalls hat Walter sich einen Anwalt genommen, und der meint: Wenn eine Frau dem Familienoberhaupt seinen Beruf schlechtredet, dann ist das ein Zeichen von Streitsucht«, Monika senkte die Stimme. »Und da ist noch was. Seine Frau vernachlässigt ihre ehelichen Pflichten. Du verstehst …«

Sonja nickte. Ein heikles Thema. Sie hatte schon öfter von Frauen gehört, die ihren Männern die ehelichen Bedürfnisse nicht erfüllen wollten. Und das galt fast immer als Scheidungsgrund.

Die Mädchen schwiegen ein paar Sekunden, dann fragte Sonja: »Hat seine Frau denn keine Angst? Als Geschiedene und dann auch noch schuldig? Sie muss doch an den Jungen denken. Wie der in der Schule später dastehen wird, wenn Vater und Mutter getrennt sind. Vielleicht dürfen die anderen Kinder dann nicht mit ihm spielen.«

Monika legte den Finger an die Lippen. »Sie weiß das ja nicht. Walter muss erst noch mal mit dem Anwalt sprechen. Aber neulich hat sie sich sogar bei Walters Kunden über seine lange Arbeitszeit beschwert. Das ist geschäftsschädigendes Verhalten, sagt der Anwalt. Und dazu die unerfüllten Ehepflichten. Die Schuldfrage ist also klar. Tante Ilse schwebt jedenfalls auf Wolken. Und sie hat auch keine Kopfschmerzen mehr.«

Also hatte der Eindruck einer rundum glücklichen Familie

Sonja damals getäuscht? War die Harmonie bloß gespielt gewesen? Was Monika ihr unter dem Siegel der Verschwiegenheit anvertraut hatte, ließ Sonja grübeln. Der Schöne Walter wollte sich scheiden lassen, musste vor Gericht keine Schuld auf sich nehmen und hatte schon die nächste Frau gefunden. Sonja gönnte Ilse das Liebesglück von Herzen, doch ein schaler Beigeschmack blieb.

Und neulich im Autohaus? Weshalb war er da aufgekreuzt? Um zum neuen Geschäft zu gratulieren, wie er gesagt hatte? Um den Falckes sein Beileid auszusprechen – ein halbes Jahr nach Oma Babs' Tod? Oder war er auf Brautschau? Und hatte testen wollen, ob er bei Sonja landen könnte? Und sich dabei gleich ihren Eltern vorgestellt? Aber warum ausgerechnet Sonja mit ihren siebzehn Jahren? Oder gerade deswegen? Reizte ihn der unschuldige Backfisch? Aber sie hatte sich ja nicht gerade zuvorkommend verhalten. Und dann? In den paar Minuten, die Sonja in der Teeküche mit den kalten Platten zugebracht hatte? Da war dem Schönen Walter die noch schönere Ilse begegnet. Sonja haderte mit sich. Hätte sie selbst die Frau an seiner Seite werden können? Wenn sie sich mehr über seinen Besuch gefreut hätte? In Sonja stieg Groll hoch. Auf Jürgen mit seiner Ninette. Auf Godewind, diesen Schürzenjäger, und überhaupt ... Ach! Männer waren nicht das Wichtigste im Leben, lieber konzentrierte sie sich auf die Schule, besonders auf Stenografie. Das musste man üben, üben, üben, sagten die Lehrer. Sonja machte Fortschritte, doch ihr Lieblingsfach blieb kaufmännisches Rechnen. Da lernte sie was Brauchbares. Das könnte sie jeden Tag anwenden, wenn sie erst mal ihren Kosmetiksalon führte. Wie schön war es, ein klares Ziel zu haben.

*

In der letzten Maiwoche meldete sich Jürgen, das Telefonat verlief freundlich, jedoch nicht herzlich. Am Sonntag wollten sie mit dem Interzonenzug nach Hamburg. Frühmorgens hin, abends zurück, die Kosten wollte jeder für sich tragen. Sonja versprach, zwei Tage vorher die Fahrkarten zu besorgen.

Am Donnerstag darauf berichtete ihr Vater beim Abendbrot von den neusten Verkaufszahlen. Alles entwickelte sich prachtvoll. Inzwischen hatte auch die Werkstatt den vollen Betrieb aufgenommen, Eugen fühlte sich in seinem Element und bekam von Kfz-Schlossermeister Matthes viel Lob.

»Also bleibt es dabei?«, fragte die Mutter. »Im August kommen zwei Lehrjungen?«

»Ja. VW kümmert sich drum.«

Er biss in sein Wurstbrot, im Flur klingelte das Telefon. Sonja stand auf.

»Das ist bestimmt Herr Beerwald«, meinte der Vater kauend. »Wegen einem Cabrio. Ich spreche gleich mit ihm, halbe Minute.«

Doch am anderen Ende der Leitung meldete sich kein Mann, sondern Ninette. »Es ist etwas vorgefallen, Sonja. Keine Katastrophe, aber sehr unangenehm. Aber du hast nichts damit zu tun, besser gesagt: Es ist nichts gegen dich. Kannst du reden?«

»Moment«, Sonja legte den Hörer neben den Apparat. Die Tür zur Küche stand offen.

»Ist Ninette. 'tschuldigung, erkläre ich euch gleich«, flüsterte sie den verwunderten Eltern zu. Sie schloss die Tür und ging zurück zum Telefon. »Jetzt geht's.«

Ninette atmete tief ein. »Ich bin in Berlin. Mein Vater hatte hier heute einen Geschäftstermin, da bin ich mitgefahren.«

»Dann komm doch einfach vorbei. Meine Eltern und ich sind den ganzen Abend zu Hause.«

»Ach, Sonja«, Ninettes Stimme zitterte. »Ich würde dich so gern sehen, aber das geht leider nicht, unser Chauffeur bringt uns gleich nach Hamburg zurück. Und ... vorhin war ich bei Jürgen. Ich musste ihn persönlich sprechen, am Telefon wäre das nicht gut gewesen.«

Mit Ninettes Worten stieg in Sonja eine Ahnung auf, sogar eine leise Hoffnung. Doch sie wollte sich nicht zu früh freuen – schon gar nicht auf Kosten der Freundin.

»Ich erzähle das jetzt schnell«, fuhr Ninette fort. »Wir können uns dann ja noch schreiben. Ganz wichtig: Kauf bitte für Sonntag keine Fahrkarten. Und glaub mir, das alles ist nicht böse gemeint. Vorgestern kam nämlich ein Brief von Jürgen, und ich bin aus allen Wolken gefallen. Damit hätte ich wirklich nicht gerechnet. Stell dir vor: Er hat sich mir offenbart. Er empfindet sehr viel für mich, schreibt er. Und nun will er wissen, ob ich seine tiefen Gefühle erwidere.« Ninette sprach nicht weiter.

Sonja räusperte sich. »Und? Hast du denn solche Gefühle für ihn?«

»Nein, sicher nicht«, die Antwort kam leise, aber entschieden. »Und ich weiß auch gar nicht, woher er diese Idee hat. Ich habe doch keinen solchen Hinweis gegeben, jedenfalls nicht absichtlich. Vielleicht hat er etwas falsch gedeutet.«

Ja! Endlich! Die ersehnte Nachricht!! In diesem Moment hätte Sonja jubeln mögen, doch um nichts in der Welt wollte sie sich das anmerken lassen. »Bestimmt, Ninette«, sagte sie ernst. »Das kann ja nur ein Missverständnis sein. Wir drei sind gute Kameraden, danach haben wir uns doch auch immer verhalten.«

»Na gut, im Internat war Jürgen mein Tanzherr, natürlich mussten wir uns da anfassen. Aber doch immer streng nach Etikette.«

»Selbstverständlich, Ninette. Darauf hat Frau Direktor ja immer geachtet. Mach dir keine Vorwürfe. Du hast alles richtig gemacht. Jürgen hat sich da sicher bloß in was hineingesteigert.«

»So sehe ich das auch. Nur schade, dass ich ihm wehtun musste. Aber es ging nicht anders, ich musste aufrichtig sein, er darf sich ja keine falschen Hoffnungen machen.«

Genau!, hätte Sonja gern gerufen. Er hat sich da verrannt. Ich hab's ja immer gewusst! Seine Gefühle sind völlig einseitig. Stattdessen fragte sie sachlich: »Wie hat er denn reagiert?«

»Freundlich und besonnen. Er hat sich sogar bei mir entschuldigt, und ich habe sofort gesagt, dass ich ihm nichts übel nehme. Nur euren Besuch verschieben wir besser. Jürgen braucht jetzt Abstand, aber irgendwann später können wir uns bestimmt wieder treffen, ganz ohne Vorbehalte.«

»Also verstehe ich das richtig? Ich soll mich jetzt auch nicht bei Jürgen melden?«

»Besser nicht. Er möchte ein paar Wochen Ruhe, bis er das alles verdaut hat. Danach können wir alle drei gute Freunde bleiben.«

»So machen wir es, Ninette. Und danke für dein Vertrauen. Bis bald.«

Sonja legte auf und atmete durch. Sie hätte durch den Flur hüpfen mögen vor Freude und Erleichterung. Sie wusste zwar noch nicht, ob sie Jürgen für sich gewinnen könnte, doch das größte Hindernis war ausgeräumt: Endlich durfte sie ihm ihre Gefühle offenbaren. Bis dahin hieß es: Haltung bewahren! Im Bad ließ sie kaltes Wasser über ihre Handgelenke laufen, dann ging sie zurück in die Küche. Die Eltern blickten ihr besorgt entgegen.

»Hat nichts mit mir zu tun, jedenfalls nicht direkt.« In knappen Sätzen schilderte sie Ninettes Problem.

Ihr Vater lächelte mitfühlend. »So was kommt vor. Jeder verliebt sich mal unglücklich. Hauptsache, man kann das schnell klären.«

Die Mutter nickte. So, wie sie ihre Tochter ansah, schien sie etwas zu begreifen, doch sie schwieg. Mit ernster Miene setzte Sonja sich an den Tisch und aß weiter.

Am nächsten Tag telefonierte sie mit Monika und berichtete von Ninettes Anruf.

»Ach, Sonja. Einerseits ist das ja tragisch. Aber eben auch verrückt: Jürgen ist in Ninette verliebt, und sie ahnt nichts davon. Und du bist in ihn verliebt, aber das kriegt er nicht mit. Auch wenn er jetzt ein paar Wochen Ruhe möchte: Warte nicht zu lange. Sonst hat er die Nächste, und du musst dir einen anderen suchen. Übrigens, hier gibt es auch was Neues.«

Sonja horchte auf. »Mit Ilse und Godewind?«

»Genau. Vorgestern hat sie ihn zu sich nach Hause eingeladen. Und dann«, wie immer bei diesem Thema senkte sie die Stimme, »sind die beiden sich nahgekommen. Ganz nah sogar. Und Ilse sagt, das sei völlig selbstverständlich passiert, dass sie sich gar nicht überwinden musste und es wirklich wollte, nicht nur er. Übrigens: Seine Frau macht ihm immer schlimmere Vorwürfe, weil er angeblich zu viel arbeitet. Ilse sieht das ganz anders, die kann beruflichen Ehrgeiz verstehen, vor allem bei einem Mann. So ist das eben, wenn man was Eigenes hat.«

Wieder machte sich in Sonja Unbehagen breit. »Und die Scheidung?«

»Ach, das klappt schon.«

»Also hat er mit seiner Frau gesprochen?«

»Das wohl nicht, aber der Rechtsanwalt meint, sie kriegt ganz klar die Schuld. Das ist für Tante Ilse natürlich gut. Bis jetzt hat der Salon ja einen sehr guten Ruf. Wenn sie den Schönen Walter heiraten will, gibt es bestimmt viel Gerede. Und dann kann sie sagen: Mein Verlobter ist zwar geschieden, aber eben schuldlos.«

*

Am frühen Abend des 12. Juni ging Sonja von der Wohnung hinunter ins Autohaus. An der Empfangstheke sortierte ihr Vater ein paar Unterlagen.

»Und?«, fragte sie. »Wie ist es heute bei euch gelaufen?«
»Bestens«, er schmunzelte. »Hat Mutti noch nichts erzählt?«
»Nein …«
»Gut. Dann geh mal zu Eugen ins Büro.«
Sonja stutzte. »Ist er denn nicht in der Werkstatt?«
»Nö. Unsere beiden Damen haben Feierabend gemacht, und ich habe Eugen ins Büro geschickt.«
Sie schmunzelte. »Dann gucke ich mal, was er so treibt. Hoffentlich bringt er nichts durcheinander.«
»Im Gegenteil!«, rief der Vater ihr nach. »Ganz im Gegenteil!«

Das Büro lag im hinteren Teil des Autohauses neben der Werkstatt. Anklopfen musste Sonja nicht, sie kam nach ihren Kursen oft her, um Frau Kroll und Fräulein Ehmke zur Hand zu gehen. Sofort sah sie, was ihr Vater mit der Überraschung gemeint hatte: Auf einem Schrank prangte ein nagelneuer Rundfunkempfänger der Firma Telefunken. Eugen im frischen Blaumann drehte am Sendersuchlauf.

»'n Abend, Marjellchen. Ab morgen dürfen unsere Damen in der Pause Musik hören.«

»Ach? Und so was Schickes können wir uns leisten? Oder ist das wieder eine besondere Aufmerksamkeit von VW?«

»Nein, den hat dein Vater aus eigener Tasche spendiert. Heute Morgen sind die neuen Umsatzzahlen reingekommen, und da wollte er den Bürodamen mal was Gutes tun. Aber ist natürlich auch für ihn selbst, er sitzt hier ja auch oft genug.«

»Schnieke, schnieke«, Sonja strich mit der Hand über das glänzende Holzgehäuse. »Und nicht zu groß, passt prima ins Regal. So was würde sich auch ganz wunderbar in meinem Zimmer machen.«

Eugen lachte. »Das nächste Weihnachtsfest kommt bestimmt, sprich mal mit deinem Vater. Jedenfalls: Der Händler sagt, die neuen Apparate werden immer kleiner und der Empfang besser. Irgendwann gibt es Geräte, die sind winzig wie ein Daumen und klingen wie mitten aus dem Konzertsaal«, er grinste. »Ist wohl maßlos übertrieben. Aber jetzt hör mal.«

Er drückte auf einen UKW-Knopf, und ein wunderbarer Klang füllte den Raum. Kurt Reimann sang: »Du, du liegst mir im Herzen. Du, du, liegst mir im Sinn.«

Sonja knickste. »Darf ich bitten, der Herr?«

Lachend drehten sie ein paar Walzerrunden durchs Büro. Auf das Volkslied folgte der Wetterbericht.

Eugen stellte das Gerät aus. »Kenn ich schon, bleibt sonnig.« Unerwartet ernst fuhr er fort: »Weißt du denn, was diese SED-Idioten vom Zaun brechen? Der RIAS hat das gerade durchgegeben.«

»Gibt's endlich einen Nachfolger für Stalin?«

»Für Stalin?! Für den doch nicht, Marjellchen. Da traut sich im Moment keiner ran. Wenn da einer scheitert, der ist ganz schnell einen Kopf kürzer. Du hast doch die Bilder gesehen. Wie einen Gott haben sie ihren Stalin verehrt.«

Sonja kannte die Zeitungsreportagen. Kilometerlang waren die Menschen Schlange vor Stalins Sarg gestanden. Bäuerinnen in Pelzstiefeln und mit geblümten Kopftüchern waren beim Anblick des konservierten Leichnams schluchzend zusammengebrochen. Der auf ewig größte Held des russischen Volkes! Die Lichtgestalt! Der Heilsbringer! Der absolut unersetzbare gottgleiche Retter!

»Aber die Russen wollen den Sozialismus doch jetzt noch stärker aufbauen, oder?«, fragte Sonja.

»Und ob, Marjellchen. Und ob!« Eugen trommelte mit den Fingern auf der Schreibtischplatte. »Noch mehr Parolen und noch mehr Klassenkampf. Natürlich muss die DDR dummdoof mitziehen. Und jetzt haben die Ost-Berliner Hohlköpfe doch tatsächlich gemerkt, dass ihr Volk unzufrieden ist. Die Leute gehen zu Hunderttausenden rüber in den Westen. Also muss im Osten ein neues Programm her, Neuer Kurs heißt das. Die SED nimmt fast alles zurück, was sie erst letztes Jahr beschlossen hat.«

»Und die Lebensmittelmarken? Kann man da jetzt ganz normal ein Kilo Zucker kaufen?«

»Ach was. Die Rationierung bleibt. Bloß ein paar Sachen werden besser. Die kleinen Geschäftsleute dürfen ihre Läden wieder aufmachen, und ein paar Gefangene kommen raus aus dem Gesinnungsknast.«

»Ist doch schon mal gut.«

»Ja. Aber du weißt doch, was das Schlimmste ist? Wo die Leute an die Decke gehen vor Wut?«

»Die erhöhte Arbeitsnorm?«

»Genau. Ausgerechnet die wird nicht zurückgenommen. Fast das Doppelte sollen die Arbeiter für die SED reinschuften. Ohne einen Pfennig mehr.«

»Helmut sagt, die Arbeiter kriegen schon noch ihren gerechten Lohn. Nur eben nicht sofort, sondern später.«

»Marjell! Woher soll das Geld denn kommen? Die Russen

haben in der Ostzone ganze Fabriken abgebaut und zu sich rübergeschleppt. Das Vieh verreckt, die Bauern hungern, und in den Städten lässt man die Leute schuften, bis sie krank sind. Und so was schimpft sich Arbeiter-und-Bauern-Staat. Ich verstehe jeden, der in den Westen abhaut. Jeden!« Er seufzte. »Nimm's mir nicht übel, aber da kann einem schon der Kragen platzen. Und jetzt gehen wir hoch. Deine liebe Mutter macht Bratkartoffeln.«

Aufruhr

Sonjas Lehrer für Wirtschaftskunde vertrat eine klare Haltung: Die Planwirtschaft der DDR musste scheitern, denn sie widersprach den menschlichen Bedürfnissen und damit den Gesetzen des Marktes. Man konnte den Güterverbrauch und das Kaufverhalten eines Volkes nicht an etwas anpassen, das man Jahre zuvor beschlossen hatte. Menschen waren wandelbar, sie wollten immer das Neuste und das Schönste, und die technische Entwicklung schritt voran. Damit Wirtschaft funktionieren konnte, mussten die Märkte schnell reagieren.

Sonja konnte diese Meinung nachvollziehen. Und Onkel Helmut? Was würde der dazu sagen? Seit seinem Besuch vor sechs Wochen hatte sie nichts mehr von ihm gehört. Er stand ja fest zur SED, bestimmt verteidigte er immer noch die hohe Arbeitsnorm: Das Volk musste begreifen, wo die wahren Werte lagen, und vorübergehend auch harte Zeiten auf sich nehmen. Daran glaubte Helmut unbeirrt.

Am Wochenende ging Sonja einige Male hinunter ins Büro und schaltete das neue Radio ein. Zu Schlagermusik übte sie Stenografie: *Seemann, lass das Träumen ...* Dabei träumte sie so gern – von einem Bäckergesellen in Charlottenburg. Keine Stunde, keine Minute verging, ohne dass sie an Jürgen denken musste. Sie sehnte sich nach ihm und hatte doch Angst. Noch wusste sie nicht, was er für sie empfand. Ob er Sonja gegenüber nur deswegen so sachlich gewesen war, weil er auf Ninette gehofft hatte? Und ob er irgendwann Sonjas Gefühle erwidern würde? Er wünschte sich einen zeitlichen Abstand – aber wie lange genau? Reichten zweieinhalb Wochen? Vermutlich nicht. Wenn er sich von Sonja bedrängt fühlte, würde das womöglich alles zerstören. Lieber wartete sie noch.

Am Nachmittag des 16. Juni, einem Dienstag, standen auf Sonjas Stundenplan eine Doppelstunde Maschineschreiben und eine Doppelstunde Stenografie. Die Lehrer hielten den Unterricht wie gewohnt, doch als Sonja und ihre Klassenkameraden aus der Schule kamen, eilte ihnen ein Zeitungsjunge entgegen, überm Arm ein Stapel frisch gedruckter Seiten.

»Extrablatt! Arbeiterprotest in Ost-Berlin! Aufruhr an der Stalinallee! Extrablatt! Nur zehn Pfennige!«

Die Menschen rissen ihm die Blätter aus der Hand, auch Sonja warf einen Groschen in den Kassenbeutel und überflog die Zeilen. Die Menschen im Osten wehrten sich. Trotz drohender Gefängnisstrafe hatten sie es endlich gewagt. Sie dachte an Onkel Helmut, er arbeitete an der Stalinallee. Aber ob der demonstrierte? Wohl kaum.

Zu Hause musste Sonja sich ums Abendbrot kümmern, ihre Mutter war bei einem Kaffeeklatsch. Sie schenkte sich ein Glas Limonade ein und las in Ruhe den Artikel: Die Menschen protestieren offen und friedlich gegen ihren SED-Staat, schrieb der Reporter. Auch der jüngst verkündete Neue Kurs stille nicht die Sehnsucht des Volkes nach Freiheit und Gerechtigkeit, ganz zu schweigen von der schlechten Versorgungssituation.

Das Telefon klingelte.

»Hier ist Helmut«, kam es harsch aus dem Hörer. »Tach, Mädchen. Kann ich Margit sprechen?«

»Nein, Mutti trifft sich mit einer alten Freundin, und Vati ist noch im Geschäft.«

»Na, dann reden wir beide eben. Du bist ja eine kluge junge Frau, also hör zu: Die Westpresse verteilt bei euch ihre Schmierenblätter. Du weißt, was ich meine?«

»Ja, habe ich schon gelesen.«

Er stöhnte auf. »Glaub das nicht, Kind. Da steht nämlich nur die halbe Wahrheit drin, aber ist ja typisch. Natürlich vom amerikanischen Geheimdienst finanziert, genau wie der RIAS. Die jubeln doch über alles, was gegen unseren Staat geht. Für die sind die Proteste ein gefundenes Fressen.«

Sachlich fragte Sonja: »Stimmt das denn mit dem Streik an der Stalinallee? Zuerst achtzig Bauarbeiter und dann immer mehr andere Leute? Direkt von der Straße?«

Helmut schnaubte. »Bei so einer Riesenbaustelle sind achtzig ja nicht viele. Ich kenne keinen von den Kerlen, und aufrechte DDR-Arbeiter sind das sowieso nicht. Alles Aufwiegler. Vom Westen gelenkte Provokateure. Blöderweise fallen die Leute drauf rein und laufen jetzt mit.«

»Aber diese hohen Arbeitsnormen. Da kann man ja verstehen, dass die Leute unzufrieden sind.«

»Das ist ja gerade das Schlimme, Kind. Die Normerhöhung ist längst zurückgenommen. Industrieminister Fritz Selbmann hat das heute Mittag öffentlich verkündet. Trotzdem machen die Leute weiter mit den Protesten. Denen geht es einzig und allein um Klassenkampf. Aber unsere Partei wird bald handeln. So was lässt die SED nicht mit sich machen.«

»Und was tut sie dagegen?«

»Die Leute zur Vernunft bringen. Extrablätter druckt nicht nur der Westen, das können wir auch. Ulbricht und Grotewohl müssen noch mal den Neuen Kurs erklären. Und dass die hohen Arbeitsnormen längst wieder abgeschafft sind.«

Sonja mochte sich nicht mit ihrem Onkel streiten – eigentlich. Doch bei so einer großen Sache wollte sie nicht klein beigeben: »Morgen soll es doch noch mehr Proteste geben. Oder sind die alle abgesagt?«

»Nein, Kind, sind die nicht«, gab er scharf zurück. »Und darum ruf ich ja auch an. Dass ihr das bloß nicht alles glaubt, sondern die Hintergründe versteht. Ein vom Westen angestachelter Aufruhr ist das. Aber morgen bringt unsere Regierung alles wieder auf den richtigen Kurs. Da gibt es bestimmt öffentliche Reden von Ulbricht und Grotewohl. Und dann kehrt Frieden ein.«

Sonja übte sich in Geduld. »Das kannst du ja alles noch mit meiner Mutter besprechen. Sie ist in einer halben Stunde zurück.«

Helmut versprach, sich am selben Abend wieder zu melden – trotzdem rief er nicht mehr an. Einen privaten Anschluss hatte er nicht, Sonjas Mutter hätte ihn allenfalls im Brigadebüro erreichen können, doch auf so ein Telefonat verzichtete sie lieber. Am Abendbrottisch der Falckes herrschte eine klare Meinung: Man konnte die Menschen in der DDR verstehen. Die Rücknahme der hohen Arbeitsnorm kam viel zu spät, das hielt die Leute nicht mehr davon ab, auf die Straße zu gehen.

Spätabends lag Sonja wach. Waren westliche Provokateure schuld, so wie Helmut behauptete? Steckte hinter den Aufständen der amerikanische Geheimdienst? Und die Menschen fielen drauf rein? Am nächsten Tag sollte es in der DDR einen Generalstreik geben. Sonja dachte an Helmuts Besuch gleich nach der Autohauseröffnung. Das Gespräch im Käfer, als er mal wieder versucht hatte, sie vom Sozialismus zu überzeugen: In der DDR passiere gerade so viel, was in die Geschichtsbücher eingehen werde. Sonja solle unbedingt nach Ost-Berlin kommen, damit sie später sagen könne: Ich war dabei.

*

Am nächsten Morgen stand Sonja früh auf. Laut Wetterbericht würde der Tag regnerisch, sie zog eine dünne Wollstrumpfhose an.

Beim Frühstück blieb das Radio ausgeschaltet, doch Eugen hatte schon RIAS gehört. »Um sieben Uhr fängt drüben der Streik an. Große Kundgebung am Strausberger Platz und Aufmärsche überall in der Stadtmitte. Die Volkspolizei ist in Hab-Acht-Stellung. Angeblich will die DDR nichts darüber berichten. Die Regierung sagt, sie lässt sich nicht einschüchtern, das wird sich schon von allein totlaufen«, er lachte. »*Totlaufen.* Das sagt doch wohl schon alles. Dieses verlogene SED-Pack! Schimpfen sich demokratisch und nehmen das eigene Volk nicht ernst. Der Streik ist ja nicht nur in Ost-Berlin. Halle, Leipzig und Bitterfeld machen mit, und wahrscheinlich noch andere Städte.«

Sonjas Vater seufzte. »Bleibt zu hoffen, es läuft einigermaßen friedlich.«

Bei den Falckes war für diesen Morgen das Thema Politik beendet. Sie redeten über die neuen Lehrjungen. Herr Wenzel von VW hatte eine Vorauswahl getroffen und wollte die Kandidaten demnächst im Autohaus vorstellen.

Um Viertel nach sieben ging Sonja aus dem Haus, sie nahm den üblichen Weg. Etwa zwanzig Meter vor ihr bogen fünf Männer in die Müllerstraße ein, alle in dunkler Joppe samt Schiebermütze. Einfache Arbeiter, mutmaßte Sonja – oder wie Onkel Helmut sagen würde: Proletarier. Am S-Bahnhof Wedding hielten sie an und sahen sich um, vielleicht warteten sie auf Kameraden. Sonja ging im gewohnten Tempo weiter.

»Morgen, Fräulein. Wollen Sie auch zum Aufmarsch?«, rief ihr einer der Männer in breitem Berlinerisch zu. Sonja blieb stehen. Ab und zu blickten Männer ihr nach, manche pfiffen sogar, dann tat sie so, als würde sie es nicht bemerken.

Doch dieser Mann, offenbar der Jüngste in der Gruppe, wollte nicht mit ihr flirten. Seine Miene war ernst. »Die West-Gewerkschaft sagt, wir sollen alle mitmachen. Auch wer sonst nichts mit der Ostzone am Hut hat.«

»Aber ich muss zur Schule«, gab sie freundlich zurück. »Wir haben gleich Unterricht.«

Der Mann schob seine Mütze in den Nacken. »Wir müssen unseren Genossen drüben helfen. Mal so richtig die Klappe aufreißen gegen die SED-Schweine. Und Sie wollen wirklich nicht hin?«

Einer seiner Kameraden knuffte ihn in die Seite. »Nun lass, Kalle. Du hörst doch, das Fräulein muss zur Schule.«

»Schon gut«, Sonja lächelte. »Ich find's ja richtig, wenn die Leute sich wehren. Und wenn ich volljährig wäre, würde ich hingehen. Ganz bestimmt.«

»Ja dann«, Kalle hob die Hand. »Nix für ungut. Alles Gute Ihnen.«

»Ihnen auch«, Sonja nickte Kalles Kameraden zu und ging nachdenklich weiter. Stimmte, was sie da eben gesagt hatte? Würde sie beim Aufmarsch mitmachen, wenn sie volljährig wäre? Oder hatte sie das bloß behauptet, um ihre Ruhe zu haben? Sie dachte an das Gespräch gestern beim Abendbrot. Über die Einschätzung der politischen Lage war man sich einig gewesen, trotzdem beteiligten sich Sonjas Eltern nicht an den Protesten. Aber warum nicht? Weil Helmut als ihr einziger naher Verwandter in Ost-Berlin immer noch fest zu seiner SED stand? Nein, das war wohl kaum der Grund. Den Eltern und Eugen ging es wie vielen anderen Leuten im Westen: Sie waren froh, auf der richtigen Seite des Eisernen Vorhangs zu leben. Sie vertrauten in die Stärke der Schutzmächte und wollten mit dem Ost-Berliner Regime so wenig wie möglich zu tun haben.

Sonja setzte ihren Weg fort, ein paar Hundert Meter noch bis zur Kaufmannsschule an der Chausseestraße. Die Lehrer erwarteten sie zum Unterricht, nie hatte sie unentschuldigt gefehlt. Und heute? Bei so wichtigen Ereignissen? Ein paar Sekunden zögerte sie noch, dann bog sie nach links ab. Vom Humboldthain fuhr die S-Bahn direkt ins Ost-Berliner Zentrum. Und ihre Schule? Würde die Sekretärin bei Sonjas Mutter nachfragen? Besser, Sonja rief selbst an. Aber was sollte sie sagen? Sollte sie sich krankmelden? Eher nicht. In der Schönwalder Straße stand eine Telefonzelle, Sonja warf einen Groschen ein – und wunderte sich. Nicht die Sekretärin nahm den Anruf entgegen, sondern der Rektor persönlich. In aller Offenheit meldete sie sich vom Unterricht ab und rechnete mit einem Schwall empörter Worte. Doch er sagte: »Da sind Sie nicht die Einzige, Fräulein Falcke. Etliche Schüler nehmen an den Protestzügen teil. Gehen Sie hin, auf eigene Verantwortung. Ich habe eben noch RIAS gehört. Die Volkspolizei versucht, den Strausberger Platz zu räumen. Bis jetzt wohl vergeblich, die Demonstranten lassen sich nicht verjagen. Die Stimmung ist angeheizt, passen Sie gut auf sich auf.«

Sonja bedankte sich und legte auf. So politisch engagiert hätte sie ihn nicht eingeschätzt. Sie ging weiter. Viele Menschen waren zum Bahnhof unterwegs – Arbeiter im Drillich, Angestellte in Straßenanzügen, alte Frauen in grob gestrickten Röcken und Corps-Studenten mit farbigen Bändern an ihren Mützen. Im Vorbeigehen schnappte Sonja immer die gleichen Sätze auf: *Das muss ein Ende haben. Die SED zerstört das eigene Volk. Erst die Nazis, jetzt die Kommunisten. Nach einer Diktatur gleich die nächste.*

Ein Mann meinte: »Vielleicht geht der 17. Juni 1953 ja in die Geschichte ein. Als Tag der Befreiung.«

Im hinteren Teil des Bahnsteigs lehnte Sonja sich an einen Pfeiler und ließ ihre Gedanken schweifen. Was für ein seltsamer Staat die DDR doch war. Einerseits Bevormundung und Gewalt und andererseits höchst freizügige Gesetze. Helmut hatte vom Eherecht erzählt: Dass eine geschiedene Frau im Westen schief angesehen werde, sei ein Problem des Kapitalismus. Weil dort eine Frau nicht als eigenständiges Wesen gelte, sondern als Anhängsel des Mannes. Im Sozialismus gehe es bei einer Scheidung nicht um Schuld. Zerrüttete Ehen seien nun mal Realität. Und jede Frau werde als freier Mensch respektiert, ob geschieden oder nicht.

Sonja hätte gern gefragt: Wenn euch Freiheit so wichtig ist, warum habt ihr dann im Sozialismus keine freien Wahlen? Doch um Helmut nicht zu kränken, hatte sie sich die Bemerkung verkniffen.

Während sie auf die Bahngleise schaute, kam ihr der Schöne Walter in den Sinn. Er wollte sich scheiden lassen, weil seine Frau seine beruflichen Pläne kritisierte. Er betrog sie mit Ilse, dabei hatte er die Scheidung noch nicht eingereicht. Aber das galt nicht als Ehebruch, weil seine Frau mit ihrem Streit die Ehe zerstört hatte. Deswegen würde sie bei der Scheidung die alleinige Schuld bekommen – nach den Gesetzen der Bundesrepublik Deutschland. Das konnte nicht richtig sein, fand Sonja. Vielleicht war zumindest das Scheidungsrecht in der DDR tatsächlich besser.

Der einfahrende Zug riss sie aus den Gedanken, die Menschen stürmten zu den Türen. Damit Sonja noch Platz auf der Sitzbank fand, rückte eine junge Frau auf.

»Fahren Sie auch zu den Protesten, Fräulein? Ganz allein? Möchten Sie sich uns anschließen? Ist doch sicherer in der Gemeinschaft«, sie wies auf ihre Begleiter, drei Männer und eine weitere Frau, alle zwischen zwanzig und dreißig. Arbeiter waren das nicht, dachte Sonja, eher Angestellte, vielleicht Kollegen aus einem Büro.

Sonja wollte lieber unabhängig bleiben, sie nutzte eine Notlüge: »Vielen Dank, sehr nett. Aber ich bin mit meinen Kameradinnen verabredet, wir gehen zusammen.«

»Dann auf guten Erfolg. Und dass alles friedlich bleibt.«

Die fremde junge Frau klang optimistisch. Vielleicht wusste sie nicht, dass es am Strausberger Platz schon Tumulte gegeben hatte. Sonja nickte und schwieg.

Je näher sie dem Ziel kamen, umso mehr sprachen sich die Menschen Mut zu. Sie hatten Angst, doch ihr Wille zum Widerstand schien ungebrochen. Am Bahnhof im Ost-Berliner Teil der Friedrichstraße fuhren vier Züge gleichzeitig ein.

»Beim Aussteigen nicht schubsen!«, warnte eine ältere Frau. »So was wollen die SED-Bonzen ja bloß. Dass wir uns tottreten hier im Gedränge.«

Innerhalb von Sekunden war der Bahnsteig voller Menschen. Sonja folgte dem Strom. Einfach mitgehen, nur nicht die Richtung wechseln. Auf der Friedrichstraße schlossen sich die meisten einem Protestmarsch an, der in südlicher Richtung vorbeizog.

»Gehen Sie zum Haus der Ministerien?«, fragte Sonja einen Mann.

Er verzog das Gesicht. »Wohin denn sonst? Kommen Sie mit, Fräulein.« Als sie nicht gleich reagierte, meinte er unwirsch: »Na, dann eben nicht.«

Die meisten Protestler gingen schweigend, den Blick nach vorn gerichtet. Sonja blieb stehen und las die Plakate. *Gerechter Lohn! Keine Enteignung! Mehr Rente! Freie Wahlen! Befreiung der politischen Häftlinge! Für ein vereintes Deutschland!*

Unruhe entstand. Dutzende Volkspolizisten kamen aus

dem Bahnhof und nahmen Aufstellung am Straßenrand. Warteten sie auf ihren Einsatzbefehl? Wollten sie die Demonstranten angreifen? Sollte Sonja besser umkehren? Nein, entschied sie. Wennschon, dennschon. Sie hatte sich von der Schule abgemeldet und war hergefahren, jetzt würde sie sich von ein paar Polizisten nicht einschüchtern lassen. Eine Gruppe von Frauen in hellgrauen Kitteln kam vorbei. *Nieder mit den LPGs!* stand auf einem ihrer Plakate. Sonja reihte sich ein, eine der Frauen nickte ihr zu. Sonjas Angst schwand, sie war nicht allein, so viele Menschen marschierten für dieselben Ziele: Frieden, Freiheit, Gerechtigkeit.

Je näher sie der Leipziger Straße kamen, umso enger wurden die Reihen. Der öffentliche Verkehr war zum Erliegen gekommen. Auf der breiten Kreuzung vor dem Haus der Ministerien hatten sich Tausende Menschen versammelt. Sonja schaute am Gebäude hoch. Eine Trutzburg mit glatter Fassade und streng ausgerichteten Fensterreihen. Dies war Hitlers Reichsluftfahrtministerium gewesen, von hier aus hatte er die Kampfflieger befehligt. Mehr als zwanzig Jahre lag seine Machtergreifung zurück, und heute saßen wieder Diktatoren am Hebel der Macht. Das musste ein Ende haben. Dafür war Sonja hier.

Die Demonstranten richteten den Blick auf die oberen Etagen. Bewegte sich dort etwas? War jemand am Fenster? Sie riefen und pfiffen – nichts geschah.

»Gestern hat unser Industrieminister hier noch große Reden geschwungen«, meinte eine Frau. »Da könnte doch jetzt Ulbricht kommen. Oder Grotewohl.«

Doch weder der Generalsekretär des SED-Zentralkomitees noch der Ministerpräsident ließen sich blicken.

»Ulbricht, du Ganove!«, schrie ein Mann. »Zeig dich! Wir wollen deinen Rücktritt!«

Das war mutig. Die Menschen auf der Straße applaudierten, hinter den dunklen Scheiben regte sich nichts. Und nun? Sollte man warten? Oder weiterlaufen? Ein Teil der Menge setzte sich wieder in Bewegung, die Wilhelmstraße entlang nach Norden, Sonja ging mit. Auf dem Boulevard Unter den Linden verschmolzen sie mit einem Protestzug, der vom Alexanderplatz kam, und erreichten die Sektorengrenze am Brandenburger Tor. Zu beiden Seiten der Straße stand dicht an dicht russische Militärpolizei mit Maschinengewehren.

»Da oben!«, rief eine Frau.

Bis weit in den Krieg hinein hatte auf dem oberen Torsockel die Quadriga gestanden, der vierspännige Triumphwagen mit Siegesgöttin Victoria. Die Skulptur war den Luftangriffen zum Opfer gefallen und so stark beschädigt, dass man sie abgebaut hatte. Längst wehte über dem Tor die Rote Fahne der sowjetischen Siegermacht. Sonja schaute hoch: Zwei junge Männer hatten über die Treppen und Gänge im Mauerwerk das Tor erklommen und machten sich an der Fahne zu schaffen.

»Runter!«, skandierte die Menge. »Runter!«

Die beiden Männer zogen die Fahne am Seil herunter, der rote Stoff hing schlaff über dem Sockel.

»Abschneiden!«, rief eine Frau neben Sonja. »Weg damit!«

Ein dritter junger Mann kam mit einem Taschenmesser dazu, schnitt die Fahne vom Seil und warf sie auf der Westseite hinab in die Menge. Endlich! Die Menge jubelte. Das kommunistische Regime war entmachtet – wenn auch nur symbolisch.

Unten am Tor setzte sich ein Teil der Demonstranten wieder in Bewegung. Sonja wäre gern geblieben und hätte gesehen, was mit der Roten Fahne geschah. Doch sie stand in einem Pulk, der zurück nach Osten Richtung Unter den Linden drängte. Sie ließ sich mitziehen, ein kurzes Stück den Boulevard entlang, dann nach rechts in die Wilhelmstraße und noch einmal zum Haus der Ministerien. Die Begeisterung über die heruntergeschnittene Rote Fahne hielt nicht an, unter den Protestlern schlug die Stimmung um. Sie verloren den letzten Rest Geduld. Warum gab es keine Erklärung von Ulbricht oder Grotewohl? Interessierten sich die Politiker überhaupt für ihr Volk? Waren ihnen die Proteste egal? Immer zorniger klangen die Rufe nach freien und gerechten Wahlen in einem vereinten Deutschland.

Der Demonstrationszug kam voran, in wenigen Minuten würden sie erneut vor dem Haus der Ministerien stehen. Und falls dann immer noch kein Politiker zu den Leuten redete? Wollte die Menge das Gebäude stürmen? Würde offene Gewalt ausbrechen? Hinter ihr entstand ein Tumult. Durchdringendes Rattern war zu hören, dazu angsterfüllte Schreie: »Die Russen! Die Russen kommen!«

Von Panik ergriffen wich die Menge auseinander und drückte sich an die Hausmauern. Mit aufgerichteten Kanonen rollten russische Panzer auf Sonja und die umstehenden Menschen zu.

Sie hatte die Kriegsjahre im friedlichen Goslar verbracht, russische Schützenpanzer kannte sie nur von Paraden, in denen die Stahlkolosse der siegreichen sowjetischen Armee mit roten Nelken geschmückt über Ost-Berliner Boulevards zogen. Bei solchen Gelegenheiten stand das Volk jubelnd am Straßenrand – eine politische Inszenierung, nichts als sozialistische Propaganda. Doch was jetzt geschah, war bittere Wirklichkeit.

Im ersten Moment schrie Sonja auf, fasste sich dann aber rasch, denn sie sah: Längst nicht alle Protestler wichen zur

Seite. Einige zogen unbeirrt weiter, einzelne stellten sich sogar mitten auf die Straße, um die Panzer zu fotografieren.

»Richtig so!«, rief ein Mann. »Die wollen uns verjagen, sonst nichts! Lasst euch bloß nicht Bange machen!«

Offenbar hatte er recht: Die Panzer verringerten ihr Tempo. Sonja zögerte. Sollte sie weiterziehen zum Haus der Ministerien? Mit den Panzern im Rücken? Nein, entschied sie. Sie hatte genug Mut bewiesen, mehr Risiko wollte sie nicht eingehen. Nach links folgte sie der Menge in die Leipziger Straße und kam erstaunlich gut voran – ein kurzes Stück noch bis zur Kreuzung, von dort zum S-Bahnhof Friedrichstraße. Der Busverkehr war längst eingestellt, doch die Bahnen fuhren vermutlich noch. In einer Viertelstunde könnte sie zurück im Wedding sein.

Es knallte hinter ihr. Und gleich darauf wieder.

»Sie schießen!«, schrie ein Mann. »Die Panzer schießen!«

Sonja blieb stehen. Das Blut wich aus ihrem Kopf, sie presste die Handflächen gegen die Ohren. Ihr erster Impuls war wegzurennen, einfach stur nach vorn. Doch ihre Neugier siegte, sie drehte sich um und sah, wie eine Gruppe von Demonstranten auf sie zuraste. Sonja erstarrte, das Blut strömte in den Kopf zurück und pulsierte überlaut im Gehörgang, gleich darauf schien alles um sie zu verstummen, ihr wurde schwindelig. Wie lange hielt der Zustand an? Eine halbe Minute? Eine viertel? Wohl nur den Bruchteil einer Sekunde, dann fand sie ihre Sinne wieder. Die Menschen um sie herum stürmten los, Sonja rannte mit, sie floh, weg hier, einfach nur weg! Die Leute schubsten und rempelten, die riesige Menge kam voran, trotzdem verstärkte sich mit jedem Schritt die Panik. Die Worte des Mannes in der S-Bahn fielen ihr ein: *Das will die SED ja bloß, dass wir uns hier gegenseitig tottrampeln! Immer die Ruhe bewahren!* Doch mit Panzerschüssen im Rücken blieb niemand ruhig. In Sonja wuchs die Angst, ihr Blick verengte sich, zu spät erkannte sie, dass neben ihr ein kleiner gedrungener Mann zum Überholen ansetzte. Sie versuchte auszuweichen, da spürte sie seinen Ellbogen in ihren Rippen. Sie stolperte, sie schrie, sie schlug längs aufs Pflaster, vor ihren Augen wurde es schwarz.

»Aufstehen«, befahl eine helle Stimme mit Berliner Akzent. »Weiter!« Zwei Hände griffen in Sonjas Achseln und zerrten sie hoch.

Die kurze Ohnmacht war vorbei, Sonja blickte in das Gesicht einer Frau, schon älter und mit angegrautem Haar.

»Renn!« Die Retterin stieß sie sanft in den Rücken. »Ich bin bei dir!«

Sonja rannte weiter, nach wenigen Metern sah sie sich um. Die fremde Frau lief keinen Meter hinter ihr, sie trug einen grauen Rock und eine graue Jacke, mit beiden Händen presste sie eine Umhängetasche an ihren Leib. »Vorwärts, Mädchen! Wir haben's gleich!«

Weiter, immer weiter. Sonja vorneweg, dicht gefolgt von der grauen Frau. Endlich! Sonja erkannte die Baracken des Checkpoint Charlie, davor die große viersprachige Tafel: *Sie betreten den amerikanischen Sektor.* Vor den Wachgebäuden standen dicht an dicht US-Militärpolizisten, bewaffnet bis an die Zähne. Die Maschinenpistolen machten den fliehenden Menschen keine Angst, hierher konnte kein russischer Panzer kommen, sie waren in Freiheit. Vor Erleichterung kamen Sonja die Tränen.

Ein Arm schloss sich um die Taille, die fremde Frau drückte sie an sich. »Ist ja gut, Kind, wir haben's geschafft. Ulbricht, dieser Verbrecher! Panzer schießen lassen auf Zivilisten! Aufs eigene Volk!«

Sonja löste sich nickend aus der Umarmung und wollte

sich bedanken, da sagte die Frau: »Scheißkerl, der dich gestoßen hat. Dem würde ich gern die Meinung geigen. Aber jetzt kümmern wir uns um dein Knie. Komm.«

Irritiert schaute Sonja an sich herunter. Blut sickerte durch die dünne Wollstrumpfhose ihr rechtes Bein herunter.

»Tut's weh, Kind?«

Sonja schüttelte den Kopf.

»Hast du wohl gar nicht mitgekriegt, was? Kein Wunder bei der Aufregung. Kennt man vom Krieg. Da ist das halbe Bein weggeschossen, und der Soldat merkt nichts«, die Frau bugsierte Sonja auf die Stufen eines Hauseingangs und setzte sich neben sie. »Zeig her.«

Sonja streckte ihr rechtes Bein aus. Über dem Knie hatte die Strumpfhose ein großes Loch, darunter quoll Blut hervor.

»Da lohnt kein Stopfen mehr«, stellte die fremde Frau fest. Den Schatten unter ihren Augen und den Falten nach zu urteilen mochte sie Mitte fünfzig sein, doch mit ihrer hellen Stimme und den flinken Bewegungen wirkte sie jünger. »Schönen Gruß an deine Mutter, Mädchen, die Hose ist hin.« Aus ihrer Tasche zog sie eine Verbandschere und schnitt die Strumpfhose oberhalb des Knies ringsum ein. Behutsam löste sie den Stoff von der Haut. »Blutet ja kaum noch«, sie holte noch mehr aus der Tasche: ein Fläschchen Jodtinktur, ein Mullläppchen und ein langes Stück Wundpflaster.

»Sind Sie Krankenschwester?«, fragte Sonja so höflich wie verwundert.

Die Frau verzog das Gesicht. »Na, Kind! Wirst du wohl!«

Ihre Worte kamen so heftig, dass Sonja erschrak. Hatte sie mit der Frage etwas falsch gemacht?

Die Frau lachte »Mädchen! Glaub bloß nicht, ich lasse mich von dir siezen. Ich bin Ulla, und ja: Krankenschwester bin ich auch. Dass ich die Sachen immer bei mir habe, ist reine Berufskrankheit. Und wie heißt du?«

Sonja nannte ihren Namen.

»Sonja also. Bist ein prima Mädchen«, Ulla drückte den jodgetränkten Mull auf die offene Wunde. »Haben wir gleich. Sieht schlimmer aus, als es ist.«

Die Tinktur brannte, Sonja ließ sich nichts anmerken. Ihr fiel es nicht leicht, die viel ältere Frau zu duzen. Sie räusperte sich. »Arbeitest du in der Chirurgie?«

»Ja. Lange im Kriegslazarett. Kannst dir denken, was ich da für Verletzungen gesehen habe. Und danach in der Charité«, Ulla machte eine abwertende Geste. »Früher das beste Krankenhaus in Deutschland, aber längst nicht mehr, was es mal war. Ulbricht wirtschaftet ja alles runter. Warum habe ich denn heute demonstriert? Bestimmt nicht, weil mir die Politik von dem so gut gefällt«, seufzend schnitt sie das Pflaster zurecht. »Ich hab's nicht mehr ausgehalten. Nicht in der Charité und nicht in Ost-Berlin, so schade das auch ist. Ich bin nach Marienfelde gezogen und arbeite jetzt im Aufnahmelager.«

Sonja erinnerte sich an eine Reportage, die sie vor einigen Wochen gehört hatte. »Wo Bundespräsident Heuss zur Eröffnung war?«

»Genau. Zentrale West-Berliner Notaufnahme für politische Flüchtlinge. Die werden ja immer mehr, und nach dem Tag heute sowieso«, Ulla packte ihre Sachen zusammen. »Bein ist noch dran, Pflaster sitzt. Und jetzt muss ich zum Anhalter Bahnhof.«

»Da will ich auch hin.«

»Na, sieh an. So viele schöne Zufälle«, Ulla half Sonja aufzustehen. »Wenn's zu sehr wehtut, sag Bescheid. Dann treiben wir ein Auto für dich auf.«

Doch das Knie schmerzte kaum, die beiden gingen los und trafen Hunderte von Demonstranten, die ebenfalls zum Bahnhof unterwegs waren. Der Schrecken stand vielen ins Gesicht geschrieben. Wer sich vom Schock erholt hatte, konnte bloß noch schimpfen: Hätte man das von Ulbricht erwartet? Hatte er die Russen um Hilfe gebeten? Oder war der Panzereinsatz ein Befehl von Moskau? Die SED hatte jedenfalls bewiesen, dass sie Angst vor dem eigenen Volk hatte. Völlig hilflos, diese Regierung. Und feige. Zu einer Lösung mit demokratischen Mitteln waren die Hohlköpfe ja nicht fähig.

Sonja und Ulla war die Lust auf politische Diskussionen vergangen, sie sprachen lieber über ihr Privatleben. Ulla erzählte von der Arbeit im Aufnahmelager, Sonja von ihren Kaufmannskursen und dem geplanten Kosmetiksalon.

»Knorke. Wie du gestrickt bist, rennen dir die Frauen die Bude ein«, Ulla schmunzelte. »Ich konnte nie was anfangen mit Schminke, aber wer Spaß dran hat, ist bei dir richtig. Du kannst gut mit Menschen umgehen.«

Sonja bedankte sich für das Kompliment. Sie hätte gern noch gesagt, dass ein wenig Make-up nicht nur verschönerte, sondern auch die Stimmung hob, doch damit hätte sie Ulla womöglich gekränkt.

Vor dem Anhalter Bahnhof stand ein Schaffner in DDR-Uniform. Ulla fragte in neutralem Ton, ob die S-Bahnen nach Plan fuhren.

»Was denken Sie denn?!«, blaffte er. »Glauben Sie, bloß weil ein paar Verrückte mit ihrem Gebrüll über die Straße ziehen, bricht der Fahrplan zusammen? Selbstverständlich sind unsere Züge pünktlich. Bei der Reichsbahn herrscht Ruhe und Ordnung!«

Die beiden Frauen hasteten an ihm vorbei in den Bahnhof.

»Sieh mal einer an«, meinte Ulla, sobald sie außer Hörweite waren. »Ganz strammer Kommunist, wahrscheinlich extra von der SED hier hingestellt. Diese Sorte Leute sorgt dafür, dass Diktaturen weiterexistieren. Keine Eier in der Hose, aber in Uniform immer die große Klappe. Im Prinzip war das unter Hitler nicht anders.«

Sonja stimmte zu. Ullas direkte Art gefiel ihr, und bestimmt hätte auch Oma Babs an Sonjas Retterin ihre Freude gehabt.

An den Gleisaufgängen trennten sich die Wege.

»Aber du besuchst mich in Marienfelde. Unbedingt!« Ulla zog eine Visitenkarte hervor, kein edles Papier, sondern hellgraue Pappe: *Ursula Schmittke, staatlich geprüfte Krankenschwester,* darunter Adresse und Telefonnummer des Notaufnahmelagers. »Ich bin jeden Tag im Dienst, montags bis sonnabends. Und zwischen zwölf und eins habe ich immer Mittagspause, am besten kommst du um die Zeit«, sie strich Sonja über die Wange. »Schon bald, ja? Dann gucke ich mir auch noch mal dein Knie an.«

Sonja versprach es. »Und danke, dass du mir aufgeholfen hast. Ich weiß nicht, was passiert wäre …«, ihre Stimme stockte.

Wieder drückte Ulla sie an sich. »Ach, Mädchen. Wenn nicht ich, dann hätte dir wer anders geholfen. Schutzengel sind gar nicht so selten. Verlier bloß nicht den Glauben an die Menschheit.«

*

Ulla hatte das Bein ihrer Strumpfhose abgeschnitten und den unteren Teil bis zum Knöchel aufgerollt. Mit ihren ungleich bestrumpften Beinen und dem Pflaster am Knie bekam Sonja einen Sitzplatz in der überfüllten S-Bahn. Während sie aus dem Fenster schaute, dachte sie an Ullas Worte: Sie solle nicht den Glauben an die Menschheit verlieren. Aber vorhin, beim Sturz zwischen all den fliehenden Menschen, hätte ohne Ulla tatsächlich jemand anders geholfen? Oder wäre Sonja von der Masse totgetrampelt worden? Kein Zweifel: Ulla war ihre Lebensretterin.

Am Bahnhof Wedding stieg Sonja aus. Das Bein tat stärker weh als noch vor einer Viertelstunde. Doch solange sich die Wunde nicht entzünde, sei alles gut, hatte Ulla gesagt. Auch bei einem normalen Heilungsverlauf gebe es Wundschmerzen. Sonja humpelte die Stufen vom Bahnsteig zur Straße hinunter und sah auf die Uhr: Viertel nach zwei, im Autohaus war noch Mittagspause. Sollte sie anrufen und sich abholen lassen? Lieber nicht, entschied sie. Wer A sagte, musste auch B sagen. Sie hatte eigenmächtig am Protestzug teilgenommen, nun musste sie eben die Folgen ertragen.

Zehn Minuten später stand sie vor der breiten Glasfront. Im hinteren Teil des Ladens wischte ihre Mutter den Boden, der Vater saß vermutlich im Büro, um sich mit der Buchhalterin Frau Kroll zu besprechen, und Eugen hielt auf seinem Sofa einen kleinen Mittagsschlaf. Punkt drei würden sie wieder öffnen. Niemand merkte, dass Sonja schon zurück war – anderthalb Stunden vor der gewohnten Uhrzeit.

Oben in der Wohnung warf Sonja die Strumpfhose in den Wäschekorb. Den abgeschnittenen Teil mit dem Blut weichte sie in kaltem Salzwasser ein, der dünne Wollstoff eignete sich gut als Poliertuch. Sie wusch sich die Beine und zog Kniestrümpfe an. Es war kurz vor drei, jeden Moment käme die Mutter aus dem Autohaus zurück. Sonja setzte Teewasser auf. Sobald sie den Schlüssel hörte, eilte sie in den Flur.

»Nicht erschrecken, Mutti, ich bin schon da.«

Die Mutter ließ ihr keine Ruhe. Während der Tee zog, musste Sonja erzählen, was passiert war: Die Arbeiter morgens am S-Bahnhof. Die Frage, ob Sonja zu den Protestzügen wolle. Das Telefonat mit dem Rektor, der sie vom Unterricht freigestellt hatte. Der Protestzug, der zunächst friedlich verlaufen war. Dann die gewaltbereite Stimmung, die russischen Panzer mit ihren aufgerichteten Kanonen. Die Schüsse, die Flucht, der Sturz, das aufgeschlagene Knie und die wunderbare Krankenschwester Ulla: Sonjas grau gekleideter Schutzengel.

Die Mutter fiel von einem Schrecken in den nächsten und begann zu weinen, seit Oma Babs' Tod war sie dünnhäutig geworden. Sonja wollte sie trösten, doch da stemmte ihre Mutter die Hände in die Hüften und schimpfte: »Das war gefährlich! Das hast du dann ja wenigstens gemerkt. Vertrau bloß nicht darauf, dass du immer so viel Glück hast. Ach, Süße«, sie schloss ihre Tochter in die Arme. Bei Pfefferminztee und Keksen musste Sonja alles noch mal erzählen, aber jetzt ganz ausführlich.

Die Mutter seufzte. »Helmut hat übrigens immer noch nicht angerufen, und ich glaub auch nicht, dass der sich bald meldet. Ein Arbeiteraufstand im Arbeiterstaat. So was darf es doch gar nicht geben.«

Nachdem sie ihrer Mutter ausführlich berichtet hatte, legte sich Sonja erschöpft ins Bett. Zwei Stunden schlief sie, dann half sie, das Abendbrot vorzubereiten. Eugen und Sonjas Vater kamen um Viertel vor sieben aus dem Autohaus zurück, und sie erzählte von vorn. Zu ihrer Verwunderung schimpfte der Vater sie nicht aus, vielleicht war er sogar stolz auf sie, auch wenn er das nicht zugab.

Von Eugen gab es ein Lob: »Ganz schön mutig, Marjell. Alle Achtung.«

Nach dem Essen hörten sie im RIAS eine Reportage von der Westseite des Brandenburger Tors. Demonstranten hatten die Rote Fahne, das Symbol der kommunistischen Macht, in den Schmutz geworfen und zerfetzt. Den Nachmittag und Abend über hatten sich die gewaltsamen Auseinandersetzungen noch verschärft. Die Protestler stürmten im Haus der Ministerien etliche Büros. Im Columbushaus, einem Geschäfts- und Bürozentrum am Potsdamer Platz, legten sie Feuer, hier gab es sogar Tote zu beklagen. Insgesamt eine sehr ernste Bilanz, sagte der Reporter, wobei sich die Opferzahlen widersprachen. In einigen Quellen war von sieben Toten die Rede, in anderen von einigen Dutzend. Mindestens fünfzig Verletzte seien in West-Berliner Krankenhäuser eingeliefert worden. Und endlich lag auch eine Stellungnahme der SED-Regierung vor: Dort sah man in den Ereignissen einen faschistischen Putschversuch, gelenkt von Amerika und westlichen Geheimdiensten.

»Moskau und die SED deuten mal wieder alles um. Bloß nicht der Wirklichkeit ins Auge sehen. Es kann nicht sein, was nicht sein darf«, der Vater seufzte. »Du hast verdammt großes Glück gehabt, Mädchen. Und wenn du diese Ulla besuchst, bring ihr eine Riesenschachtel Pralinen mit.«

Zwischenfälle

Am nächsten Tag nach der Schule ging Sonja auf den großen Balkon, wo die Mutter welke Blütenblätter von den Geranien zupfte.

»Stell dir vor: Helmut hat vorhin angerufen. Er hat sich gestern die Protestzüge angeguckt. Angeblich bloß aus Interesse. Um das Verhalten der politischen Feinde zu studieren, sagt er. Ansonsten geht's ihm gut, jedenfalls körperlich. Aber geistig …«, die Mutter stöhnte auf, »absolut unbelehrbar. Richtig irre hört der sich schon an.«

»Mit seiner SED?«

»Na sicher. Er verteidigt die. Er redet Ulbricht nach dem Mund: Die Demonstrationen gestern gingen angeblich nicht von unzufriedenen Arbeitern aus. Im Gegenteil. Der faschistische Westen habe Spione eingeschleust, die das DDR-Volk aufgewiegelt hätten.«

»Nichts als sozialistische Propaganda. Das haben wir eben in der Schule auch schon besprochen.«

»Na klar ist das alles Quatsch«, die Mutter redete sich in Rage. »Aber Helmut bleibt dabei. Und die ganzen Verletzten sind angeblich gar keine Demonstranten.«

»Sondern?«

»Zum größten Teil unbeteiligte DDR-Bürger, die bei den Demonstrationen nur ein bisschen zugucken wollten. Leider seien sie in die Schusslinie geraten. Und dass die Gewalt so hochgekocht sei, liege natürlich nicht an den russischen Panzern, sondern an westlichen Aufwieglern. Und die Zahlen über die Verletzten seien auch falsch. Die kapitalistische Presse rechne das alles nur hoch. Damit es sich nach besonders vielen Opfern anhöre«, Sonjas Mutter schnaubte. »Solchen Blödsinn gibt Helmut von sich. Unsere Eltern würden sich im Grab umdrehen.«

Sonja nickte. Oma Babs und Opa Heinz waren überzeugte Demokraten gewesen, die alles darangesetzt hatten, ihre Kinder zu aufrechten Persönlichkeiten zu erziehen. Dass Helmut nun in so glühender Weise einer diktatorischen Regierung anhing, ließ sich schwer begreifen.

»Er hat sogar die russischen Panzer gelobt. Weil sie mit dem Einsatz angeblich den sozialistischen Frieden gesichert hätten«, angestrengt wischte sich die Mutter mit beiden Händen durchs Gesicht. »Er ist mein Bruder, und ich habe ihn lieb, aber ich weiß nicht, wie lange ich mir diese Lügen noch anhören kann.«

Weniger aus Überzeugung, mehr um ihre Mutter zu trösten, drückte Sonja ihr einen Kuss auf die Wange: »Wart's ab. Onkel Helmut kommt irgendwann auch noch zur Vernunft.«

Kaum hatte Sonja das ausgesprochen, begann die Mutter zu weinen.

»Mutti! Nimm dir das nicht so zu Herzen.«

»Tu ich ja nicht«, sie fasste Sonja am Handgelenk. »Lass uns mal reingehen, ich muss dir noch mehr sagen.«

»Was denn?«

Sie setzten sich aufs Sofa, die Mutter seufzte. »Monika hat vorhin angerufen: Ilse ist seit dem Morgen im Krankenhaus. Nierenversagen. Wohl wegen ihrer Kopfschmerztabletten.«

Sonja erschrak. »Das Phenacetin meinst du?«

»So heißt das wohl. Jedenfalls macht es die Nieren kaputt.«

»Aber in letzter Zeit ging es Ilse doch gut. Sie hatte kaum noch Schmerzen, weil …«, Sonja unterbrach sich. Fast hätte sie Ilse verraten, dabei durfte ja niemand von der Liebschaft mit Walter Godewind erfahren, nicht mal Monikas Eltern wussten davon. Sonja führte den Satz anders weiter: »Ilse war so zufrieden damit, dass der Salon so gut läuft und Monika die Lehre macht und die Kundinnen alles so loben. Da ging es ihr doch viel besser.«

»Stimmt. Aber die Tabletten hat sie weiter genommen. Damit kann man sich wohl auch besser konzentrieren und hat eine ruhigere Hand. Jedenfalls: Heute Morgen ist Ilse nicht in den Salon gekommen, darum ist Monika zu ihr in die Wohnung gefahren, und da lag sie dann bewusstlos.«

»Und wie geht's ihr jetzt?«

»Wohl ganz gut, die Ärzte sagen, sie ist fürs Erste überm Berg. Aber auch nur, weil die hier im Städtischen was ganz Neues aus Amerika haben. Künstliche Niere nennt sich das. Ilse wird den ganzen Tag daran angeschlossen, ohne diesen Apparat hätte man sie wohl nicht retten können. Monika ist bei ihr und bleibt den ganzen Abend.«

Sonja stand auf. »Ich fahre hin.«

»Brauchst du nicht. Monikas Eltern kümmern sich um Ilse.«

»Ich möchte aber zu Monika.«

»Nun iss doch wenigstens erst mal was.«

»Ich habe jetzt ganz bestimmt keinen Hunger, Mutti.«

»Dann packe ich dir schnell was ein. Der Hagebuttentee zieht schon.«

Sonja gehorchte. Gestern hatte sie ohne Erlaubnis am Protestzug teilgenommen, jetzt wollte sie die Geduld der Mutter nicht überstrapazieren.

»Und nimm den Bus!« Margit füllte Tee ab. »Es regnet gleich. Oder wenn du zu Fuß gehst, nimm den großen Schirm.«

»Nein, das Fahrrad!« Wenigstens in dem Punkt setzte Sonja sich durch. »Mein Knie tut nicht mehr weh, und Monika wartet bestimmt schon.«

Sonja zog ihr langes blaues Regencape über, ein Geschenk der Verwandten in Goslar. Es schützte die gesamte Kleidung, dummerweise wog der gummierte Stoff über drei Kilo. Mit Thermoskanne und Butterbrotdose verließ sie das Haus. Als sie ihr Rad aus der Garage schob, fielen die ersten Tropfen. Sie band die Kapuzenkordel fester und fuhr los, die Luxemburger Straße entlang zum Augustenburger Platz. Weshalb hatte die Mutter nicht sofort erzählt, dass Ilse im Krankenhaus lag? Warum hatte Sonja sich erst die Tirade über Helmuts politische Schwurbeleien anhören müssen? Wohl weil die Mutter oft Probleme hatte, ihre Gedanken zu ordnen. Den Tod von Oma Babs hatte sie längst nicht verkraftet, sie blieb unausgeglichen: manchmal streng und starrsinnig, dann wieder butterweich und verletzlich. Dabei nahm die Familie schon so viel Rücksicht, fand Sonja.

Auf den letzten hundert Metern wurde der Regen stärker, und ein heftiger Wind blies Sonja entgegen, die Kapuze rutschte nach hinten, sie trat noch schneller in die Pedale. Unter dem Vordach der Klinik schüttelte Sonja das Cape aus und wischte ihr Gesicht mit Taschentüchern ab. Das Haar am Vorderkopf war durchnässt.

»Armes Fräulein«, der Pförtner nickte ihr durch sein Logenfenster zu. *Städtisches Krankenhaus Berlin-Wedding* stand auf seiner Mütze. »Gießt wie aus Kübeln, aber Sie sind ja nicht aus Zucker. Wo möchten Sie denn überhaupt hin?«

Sonja nannte Ilses Namen. »Sie liegt an der künstlichen Niere.«

»Ach ja, die extrakorporale Hämodialyse. Da gehen Sie in den Keller, ist ausgeschildert«, er schmunzelte. »Erkälten können Sie sich nicht, ist schön warm da unten.«

»Im Keller? Und da muss Frau Ebeling jetzt stundenlang liegen?«

»Keine Sorge, Fräulein. Der Dialyseraum ist schön hell mit Tageslicht. So viele neue Apparate hier, wir platzen aus allen Nähten. Die Amis schicken uns ständig Erfindungen übern Großen Teich«, er wies durchs Foyer, »Stiegenhaus ist da drüben.«

Sonja bedankte sich und ging die Treppe hinunter. Der Pförtner hatte nicht übertrieben, hier herrschten mindestens fünfundzwanzig Grad. Über die gekalkten Wände verliefen kilometerweise warme Rohre. Musste die Klinik Mitte Juni so stark heizen?, fragte sich Sonja. Oder hatte das mit den vielen Apparaten zu tun? Sie fand das richtige Schild: *Hämodialyse (Künstliche Niere)*. Ein Pfeil unter der Schrift wies nach rechts und führte in einen langen, fensterlosen Gang. Blechlampen spendeten kaltes Licht, Sonjas feuchte Sohlen quietschten auf dem Steinboden. Heftiges Unbehagen überkam sie. Im letzten Herbst war sie durch das Krankenhaus in Moabit geirrt und hatte erfahren, dass Oma Babs gestorben war. Doch Ilse lebte noch. Sonja folgte dem nächsten Schild nach rechts, dann hörte sie eine vertraute Stimme.

»Da bist du ja«, Monika sprang von einer Holzbank auf und lief ihr entgegen. Ihr Blick fiel auf Sonjas nasses Haar. »Regnet es so stark? Kriegt man hier unten gar nicht mit.«

Sonja atmete aus. »Ist nicht wichtig. Hauptsache, Ilse geht es besser.«

»Zum Glück. Der Zustand ist stabil, sie fühlt sich noch schwach, aber sie kommt durch. Und sie wird wohl oft zur Behandlung müssen. Und übrigens: Ein Wartezimmer gibt's hier nicht«, erklärte Monika. »Eine Garderobe auch nicht, wird aber beides bald gebaut, sagen die Pfleger.«

An einem der Rohre entdeckte Sonja ein Drehventil und hängte das Cape daran auf. »Perfekt!«

Sie kicherten.

»Ist doch schön, dass es Ilse wieder besser geht. Jetzt dürfen wir wenigstens wieder lachen, heute Morgen war das ein Riesenschreck für uns. Setz dich«, Monika wies auf die lehnenlose Bank. »Besser als stehen.«

An der gegenüberliegenden Tür hing ein Schild: *Hämodialyse – Eintritt nur nach ausdrücklicher Genehmigung.*

»Und wie funktioniert das nun mit dieser künstlichen Niere?«, wollte Sonja wissen. »Hast du das kapiert?«

»So einigermaßen. Man bekommt eine Nadel in die Armvene, und das Blut fließt raus in einen dicken Schlauch, und der wird durch eine Flüssigkeit geleitet. Die Giftstoffe und überschüssigen Salze im Blut gehen durch die Schlauchwand in die Flüssigkeit. Und dann fließt das gereinigte Blut in den Körper zurück.«

Sonja verzog das Gesicht. »Klingt ungemütlich, aber ist ja wohl eine tolle Maschine«, sie begann zu flüstern. »Nur eins verstehe ich nicht. Ilse ging es gut in letzter Zeit, ich meine: mit Walter Godewind. Da hatte sie doch kaum noch Kopfschmerzen. Und die Tabletten muss man sich verschreiben lassen, oder?«

»Schon, aber der Arzt hat ihr ein Privatrezept ausgestellt und *Zur Wiederholung* draufgeschrieben. Damit hat sie sich in mehreren Apotheken das Phenacetin immer wieder geholt. Auch wenn sie keine Schmerzen hatte. Eben weil sie sich damit so wohlgefühlt hat«, Monika seufzte. »Noch was: Vorhin waren meine Eltern da. Nun bin ich die Einzige, die heute noch zu ihr darf.«

»Ach so?«

»Ja. Mehr Besuch ist nicht erlaubt.«

»Dann kann ich sie jetzt gar nicht sehen?«

»Leider nicht. Ich hätte dich noch angerufen und Bescheid gegeben, aber ich weiß es auch erst seit eben.«

Sonja ließ sich die Enttäuschung nicht anmerken. »Dann bestellst du ihr einfach ganz liebe Grüße. Und ist doch schön, dass wir beide uns sehen, du und ich. Übrigens«, sie deutete auf ihr Einkaufsnetz, »ich habe Hagenbuttentee und Leberwurststullen von meiner Mutter mit. Hat sie drauf bestanden. Möchtest du?«

»Danke, in diesem schrecklichen Keller kriege ich keinen Bissen runter. Aber was anderes könnten wir machen«, Monika wies auf Sonjas Vorderkopf. »So strubbelig, wie du bist, kann ich kaum hingucken.«

»Aha. Das Fräulein Friseurlehrling. Na, dann mach mich mal ordentlich«, Sonja nahm die Spange heraus und ließ sich das feuchte Haar kämmen. »Was ist eigentlich mit Walter Godewind? Weiß der Bescheid wegen Ilse?«

»Na sicher, ich habe ihn angerufen. Natürlich war er geschockt. Leider hat er mal wieder viel zu tun, darum kommt er wahrscheinlich erst morgen. Und natürlich auch nur, wenn meine Eltern nicht hier sind.«

»Und es bleibt dabei? Er lässt sich scheiden?«

»Ja klar. Er ist absolut ehrlich zu Ilse. Mit seiner Frau hat er inzwischen gesprochen. Sie ist strikt gegen die Scheidung, aber sein Anwalt sagt, so wie die Dinge stehen, kann sie nichts dagegen tun. Und die Schuld bekommt sie auch.«

»Weil sie nicht will, dass ihr Mann das Geschäft erweitert?«

»Ist doch Grund genug«, meinte Monika. »Außerdem: Mit dem Kleinen unternimmt er jede Menge, sagt Walter, trotz der vielen Arbeit. Aber seine Frau bricht ständig Streit vom Zaun. Das können Walters Kunden bezeugen. Denen hat sie am Telefon gesagt, ihr Mann solle nicht noch mehr expandieren. Das muss man sich mal vorstellen: So was erzählt sie seinen Geschäftspartnern.«

»Und sein Verhältnis mit Ilse? Weiß sie davon?«

»Keine Ahnung, ist aber auch egal. Es hat ja erst angefangen, als die Ehe schon kaputt war. Seine Frau hat eindeutig dem Betrieb geschadet. Völlig klar, dass sie bei der Scheidung die volle Schuld kriegt. Die Sache mit den ehelichen Pflichten kommt ja noch dazu.«

Sonja hätte gern weitergefragt, doch in dem Moment steckte ein Krankenpfleger den Kopf durch die Tür. »Fräulein Ebeling, Sie können jetzt zu Ihrer Tante.«

Monika stand auf.

»Ich warte«, versprach Sonja. »Bis gleich.«

Sie blieb allein im Flur zurück, in ihr rasten die Gedanken. Wie passte das zusammen? Angeblich hatte Ilse mit dem Schönen Walter auf Wolke sieben geschwebt und keine Kopfschmerzen mehr gehabt. Trotzdem hat sie die Tabletten weiter genommen? Und Godewinds geplante Scheidung: Monika erzählte davon immer so sorglos, so leichthin. Seine Frau bekommt die gesamte Schuld, alles kein Problem. Lebte Ilse in einer Scheinwelt und war tablettensüchtig geworden? Weil es in der Wirklichkeit eben komplizierter zuging? Eine Ehe ist kein Splitter im Fuß, den man einfach so rausziehen kann. Schon gar nicht, wenn ein kleines Kind seinen Vater braucht.

Sonja fühlte sich unwohl in diesem stickigen, überhitzten Krankenhauskeller. Weniger aus Hunger, eher um sich abzulenken, aß sie zwei Leberwurststullen und trank einen halben Liter Tee. Danach war sie übersatt und hundemüde. Sie döste vor sich hin, da hörte sie Schritte. Den Mann erkannte sie sofort, die letzte Begegnung lag nicht lange zurück. Walter Godewind kam, im beigen Leinenanzug und mit einem Riesenstrauß gelber Rosen.

Er lächelte breit. »Ach, Fräulein Sonja. Sie also auch hier.«

»Guten Tag, Herr Godewind«, aus Höflichkeit stand sie auf und ging ihm ein paar Schritte entgegen. Seine Worte waren ihr noch in Erinnerung, bei der Autohauseröffnung, als sie ihn verabschiedet hatte. Da hatte er die doppeldeutige Bemerkung mit dem Käfer gemacht. Und jetzt? Sollte sie ihn darauf ansprechen? Aber das wäre wohl geschmacklos angesichts der kranken Ilse.

»Dann bin ich ja wohl richtig?«, fragte er. »Das ist doch die Abteilung mit der künstlichen Niere?«

Sonja wies auf die Tür mit dem Schild. Damit er sie nicht für maulfaul hielt, fügte sie hinzu: »Ja, Frau Ebeling wird gerade behandelt. Monika ist bei ihr.«

Godewind nickte. Dass Sonja von seinem Verhältnis mit Ilse wusste, war ihm offensichtlich klar. »Ich habe ja erst gedacht, ich schaff's heute nicht mehr, aber dann hat es zum Glück noch geklappt«, er stutzte. »Und warum sitzen Sie hier vor der Tür?«

Sonja erklärte die Besuchsregelung.

Er seufzte. »Das ist schade, ich habe mich extra so beeilt.«

»Aber es geht Frau Ebeling schon recht gut. Bestimmt darf sie bald mehr Besuch bekommen.«

»Wie schön, Fräulein Sonja. Dann hoffen wir also weiter.«

Er ging noch einen Schritt auf sie zu, sie nahm sein Rasierwasser wahr. Hatte er das bei der Autohauseröffnung auch getragen? Wohl nicht, an diesen Duft hätte sie sich bestimmt erinnert, die ledrige Note unterstrich seine Männlichkeit. Mit Schrecken dachte sie daran, dass sie selbst nach Hagebuttentee und Leberwurst roch. In ihrer Verlegenheit wiederholte sie sich: »Ja, es geht Frau Ebeling ganz gut, sagen die Ärzte. Das heißt: Monika hat mir das so weitergegeben, ich selbst habe natürlich nicht mit denen gesprochen.«

»Natürlich nicht«, er nickte wieder. »Trotzdem schön.«

Sonja nickte mit.

Und jetzt? Würde er mit besten Grüßen die Blumen abgeben und dann wieder gehen? Oder wollte er sich länger mit Sonja unterhalten? War er ihr eigentlich böse? Weil sie bei der letzten Begegnung seine Avancen abgewiesen hatte?

Zu ihrem Erstaunen füllten sich seine Augen mit Tränen. »Entschuldigen Sie, Fräulein Sonja«, umständlich zog er ein Taschentuch hervor. »Mich nimmt das alles so mit. Ilse liegt todkrank in ihrer Wohnung, fast bewusstlos. Wegen dummer Tabletten. Und dass sie wohl nicht überlebt hätte ohne die Klinik hier und diesen neuen Apparat. Dabei waren wir doch glücklich. Wirklich so glücklich.«

Sonja schwieg. Zu Godewinds und Ilses Liebesglück wollte und konnte sie nichts sagen. Ausgerechnet diesem Mann, der sonst so sicher auftrat, immer klar und gerade und beherrscht, liefen jetzt die Tränen hinunter. Sie deutete auf die Bank. »Möchten Sie sich setzen?«

Godewind schüttelte den Kopf und wischte sich die Wangen, die Situation war ihm offenbar peinlich. »Vorn ist ein Waschraum«, er drückte Sonja die Blumen in die Hand. »Die sind für Ilse. Ich bin gleich wieder da.«

Mit dem Strauß im Arm sah sie Godewind hinterher, der Rosenduft stieg ihr in die Nase, und es überkam sie ein seltsames Gefühl. War es Mitleid? Ja natürlich, er tat ihr auch leid. Doch was sie in diesem Moment spürte, war mehr, sehr viel mehr. Empfindungen, die eigentlich nicht hierherpassten, aber trotzdem so stark in Sonja aufstiegen, dass sie sich kurz schüttelte. Ein heißes Verlangen war das, eine Begierde, Sonja verzehrte sich nach diesem Mann. Sie wünschte sich, er würde auf der Stelle zurückkommen und sie küssen. Richtig küssen, nicht bloß auf die Wange oder flüchtig auf den Mund, sondern wie Erwachsene sich küssen, wenn sie einander lieben und begehren. Noch nie hatte Sonja auf diese Weise einen Mann geküsst, und überhaupt: So etwas hatte sie noch nie für einen Mann gefühlt, nicht mal für Jürgen, nach dem sie sich doch sehnte.

Sie erschrak vor sich selbst. Das liegt an der Wärme hier, redete sie sich ein. Und an der schlechten Luft, an der Müdigkeit und dem Magendrücken. Sie setzte sich wieder und starrte auf die Tür. Drinnen lag Ilse, die diesen Mann liebte und heiraten wollte, wenn er erst mal geschieden wäre. Jetzt war sie krank, alle bangten um sie. In einer derartigen Situation stand es Sonja nicht zu, für Godewind solche Empfindungen zu haben. Sie fühlte sich schuldig. Doch alles Schämen nützte nichts: Sobald sie ihn durch den Flur zurückkommen sah, flammte das Gefühl noch stärker auf. Tief in ihrem Inneren brannte etwas, sie spürte ihren Puls bis in die Wangen. Wie gern hätte sie ihn umarmt und geküsst und … Ach, Walter!

Sie erhob sich und hielt ihm den Strauß entgegen. Sachlich sagte sie: »Die Blumen können Sie abgeben, der Pfleger bringt die dann zu Ilse.«

Sie sah Godewind an, nicht in die Augen, sondern auf einen gedachten Punkt über seinem Kopf. Dass er bis eben geweint hatte, war ihm nicht anzumerken. Vermutlich hatte er sich kaltes Wasser ins Gesicht gespritzt. Jetzt trat er auf wie gewohnt: der selbstsichere, charmante Geschäftsmann.

»Übernehmen Sie das doch bitte, Fräulein Sonja. Wenn ich schon nicht zu Ilse kann, dann würde ich jetzt gern noch einen Termin wahrnehmen. Aber sobald die Ärzte grünes Licht geben, komme ich, bestellen Sie ihr das bitte.«

Sonja räusperte sich, das heiße Gefühl war immer noch da.

Einen Handkuss! Wenigstens den Hauch seiner Lippen auf ihrem Handrücken wünschte sie sich von ihm. So wie damals im Internat, als sie beide abends in der Küche allein miteinander gewesen waren. Sie riss sich zusammen. »Das richte ich natürlich gern aus, Herr Godewind. Auf Wiedersehen.«

»Auf Wiedersehen, Fräulein Sonja«, er machte eine kleine Verbeugung, dann ging er.

Sonja, mit dem riesigen Rosenstrauß, stand einsam im Kellerflur und atmete schwer. Wie gut, dass Godewind nicht gemerkt hatte, was in ihr vorgegangen war. Sie klopfte an die Tür, der Krankenpfleger öffnete.

»Diese Blumen sind eben für Frau Ebeling abgegeben worden. Ich habe gesagt, dass sie heute keinen Besuch mehr bekommen darf.«

Der Pfleger nahm den Strauß entgegen. »Was soll ich denn sagen, von wem die sind?«

»Von Herrn Godewind. Das ist ein Lieferant. Frau Ebeling kennt ihn beruflich«, mit ihrer Antwort war Sonja zufrieden, sie hatte nicht zu viel verraten, aber auch nicht gelogen. »Wenn Sie bitte herzliche Grüße ausrichten und allerbeste Genesungswünsche.«

»Gebe ich gern weiter«, der Pfleger schloss von innen die Tür.

Sonja setzte sich wieder auf die Bank.

*

Am Sonnabend verwöhnte Frühsommersonne die Stadt. Sonja fühlte sich beschwingt. Am Freitagnachmittag, Sonja war gerade aus der Schule zurück gewesen, hatte Monika angerufen. Es gehe Ilse deutlich besser, sie müsse zwar noch jeden Tag zur künstlichen Blutwäsche, aber der Chefarzt habe die Hoffnung, dass die Nieren vielleicht doch nicht so stark geschädigt seien. Sonja hatte sich gefreut – nicht nur für Ilse, sondern auch für sich selbst. Das heiße Gefühl für Godewind war verschwunden.

Sonja machte sich fertig für einen Bummel auf dem Kurfürstendamm, dort wollte sie dem besten Konditor einen Besuch abstatten. Mochte Ulla lieber helle oder dunkle Schokolade, Marzipan oder Krokant? Sonja entschied sich für eine Mischung von hellen Nougatpralinen, das Päckchen für drei Mark achtzig – nicht zu teuer als Dankeschön für ihren Schutzengel. Auch für Ilse hätte sie gern ein Präsent gekauft, aber die musste leider Diät halten: nichts allzu Salziges, Scharfes, Fettiges oder Süßes. Die Verdauungsorgane brauchten Schonung, hatten die Ärzte erklärt.

Sonja ließ sich die Pralinen in blaues Stanniolpapier wickeln und fuhr mit der S-Bahn in den Süden der Stadt. Am Bahnhof Marienfelde wiesen Schilder den Weg zum Notaufnahmelager. Viele der alten Gebäude hier waren dem Bombenhagel zum Opfer gefallen. Nun förderte der Berliner Senat den sozialen Wohnungsbau, in dreieinhalbgeschossiger, schlichter Architektur entstand ein neues Stadtviertel und mittendrin Platz für die Notaufnahme von mehreren Tausend Menschen. Äußerlich unterschieden sich die Unterkünfte kaum von den Nachbargebäuden. Und falls man später kein Lager mehr bräuchte, könnten hier mehr als zweihundert Familien eine dauerhafte Bleibe finden.

Sonja erreichte den Häuserkomplex an der Marienfelder Allee. Die Einrichtung bestand erst seit zwei Monaten, platzte aber schon aus allen Nähten. Bei der Planung hatte niemand mit so vielen Flüchtlingen gerechnet. Heute reichte die Schlange der Wartenden vom Vorplatz bis weit auf den Gehweg. Kaum einer hatte einen Reisekoffer dabei, denn jeder Fluchtversuch aus der DDR war strafbar. Wer größeres Gepäck in den Berliner Westen mitnehmen wollte, musste mit scharfen Kontrollen und schlimmstenfalls mit Verhaftung rechnen. Um nicht aufzufallen, kamen manche Flüchtlinge nur mit dem, was sie am Leibe trugen.

Von Weitem hörte Sonja einen Mann rufen: »Die Reihen bitte aufschließen! Zügig nach vorne, Herrschaften. Und halten Sie Ihre Meldebögen bereit, dann geht's schneller!« Offenbar war hier ein energischer Ordner im Einsatz.

Sie kam näher. Die durchdringende Stimme gehörte einem alten Mann, der vermutlich im Krieg ein Bein verloren hatte, sein hochgeschlagenes linkes Hosenbein war am Gürtel befestigt. Mit beeindruckender Geschwindigkeit bewegte er sich neben der Warteschlange auf und ab, manchmal blieb er stehen, wies mit der linken Krücke auf die einzelnen Gebäude und erklärte die Raumaufteilung. Er kam auf Sonja zu.

»Tach, Fräulein«, das Schild an seiner Weste wies ihn aus als *Herr Kasulzke – VERWALTUNG,* er zeigte auf das Päckchen in Sonjas Tasche. »Normalerweise bringen unsere Flüchtlinge aus der sowjetischen Besatzungszone nur das Nötigste mit. Jedenfalls keine Geschenke in Glanzpapier. Glauben Sie, dass Sie hier richtig sind?«

Sonja schilderte ihr Anliegen.

»Schwester Ulla muss arbeiten«, entgegnete er unwirsch. »Störungen sind untersagt. Sie sehen ja, was hier los ist.«

Sonja zog Ullas Visitenkarte hervor. »Frau Schmittke hat von zwölf bis eins Mittagspause. Dann darf ich sie besuchen, hat sie gesagt.«

Wenig überzeugt gab Kasulzke nach. »Kommen Sie mit!« An den Wartenden vorbei lotste er Sonja ins Empfangsgebäude. Am Tresen waren zwei ältere Frauen damit beschäftigt, die Flüchtlinge einzuweisen. Sie teilten Informationsblätter aus und gaben Anweisungen, klar und deutlich, aber nicht so militärisch wie Kollege Kasulzke.

Er führte Sonja einen breiten Flur entlang, auch hier warteten Flüchtlinge. Kasulzke wies auf eine Tür mit der Aufschrift *Medizinabteilung,* darüber leuchtete eine rote Lampe. »Das heißt *Eintritt verboten,* aber wenn das Licht auf Grün springt, gehen Sie einfach. Schwester Ulla muss ja wissen, dass Sie da sind«, er hob die Stimme und verkündete: »Als Nächste darf das Fräulein hier rein. Nur kurz. Nichts Medizinisches, sondern Verwaltung.«

Die Wartenden nickten teilnahmslos, vermutlich waren sie solche Zwischenfälle gewohnt. Viele von ihnen hatten schlimme Leidensgeschichten hinter sich. Sie hielten sich sicher nicht gern im Notaufnahmelager auf, nicht mal in einem so modernen wie hier. Ein Mann mit einem gelben Formular in der Hand kam aus der Tür, das Licht wechselte auf Grün, Sonja ging hinein.

Ulla sprang vom Schreibtischstuhl auf. »Mädchen! Wie schön!« Sie drückte Sonja an sich. »Erst möchte ich die Wunde sehen, vorher reden wir nicht weiter.«

Sonja, die an diesem Tag Kniestrümpfe trug, präsentierte ihr rechtes Bein. »Pflaster brauche ich nicht mehr, heilt gut, keine Entzündung.«

»Dann haben wir ja alles richtig gemacht.«

»Haben wir. Und ganz besonders du. Danke noch mal«, Sonja holte das blau glänzende Präsent hervor.

Halb belustigt, halb empört las Ulla auf dem Geschenkband den Namen der Konditorei. »Kind! So ein edler Laden, du musst dich doch nicht in Unkosten stürzen«, sie öffnete das Päckchen und jauchzte. »Genau mein Geschmack, ganz lieben Dank. Und willkommen in meinem kleinen Reich.«

Der Anblick von Ulla im Schwesternkittel war ungewohnt.

Sie trug keine Haube, doch die hätte auch nicht zu ihr gepasst. Sonja sah sich um: zwei Medikamentenschränke, eine Personenwaage, eine Messlatte mit Zentimeterskala – alles wie in einer Arztpraxis.

Ulla deutete auf eine Tür. »Da geht's in den Flur mit den Untersuchungsräumen. Und jetzt probieren wir die Pralinen.«

Sonja wollte widersprechen, doch da hatte Ulla schon die Packung geöffnet. »So viel Zeit muss sein. Ansonsten geht's hier zu wie im Taubenschlag, hast du da draußen ja schon gemerkt.«

Ein knochiger älterer Mann kam herein, auf seinem Namensschild stand *Dr. von Grussow*. Am weißen Kittel blinkten Silberknöpfe, eine tiefe, gerade Narbe auf seiner Wange zeugte von einer schlagenden Studentenverbindung.

»Schwester Ursula, wo bleibt der nächste Patient?«

»Kommt gleich, Herr Doktor«, Ulla hielt ihm die Pralinenschachtel hin. »Hat das liebe Fräulein Falcke hier mitgebracht. Wir haben uns zufällig am Mittwoch bei den Demonstrationen kennengelernt. Fräulein Falcke ist leider gestürzt, und ich habe die Knieplatzwunde versorgt. Heute wollte ich mir das noch mal ansehen.«

»Ach so«, er schien beruhigt.

Ulla hielt ihm weiter die Schachtel hin.

»Später. Moment«, sein kritischer Blick fuhr an Sonja auf und ab. »Hm. Guter Allgemein- und Ernährungszustand. Wann können Sie anfangen?«

Sonja reagierte nicht gleich. Hatte sie sich verhört?

»Herr Doktor«, schaltete sich Ulla ein. »Fräulein Falcke ist nicht die neue Hilfsschwester. Die stellt sich erst am Montag vor.«

Sie hielt ihm immer noch die Schachtel hin. Er griff zu.

»Aha. Ja dann. Danke«, mit zwei goldumwickelten Pralinés verschwand er im Untersuchungsraum.

Die Frauen schmunzelten.

Vor zwölf Uhr durfte Ulla keine Pause machen, Sonja setzte sich in den Wartebereich und las eine Information über den politischen Status von DDR-Flüchtlingen in den Berliner Westsektoren. Zwar konnte man mit kleinem Gepäck die innerstädtische Zonengrenze immer noch unkontrolliert überqueren, doch das Notaufnahmegesetz der Bundesrepublik war streng. Nur wer als politischer Flüchtling oder Vertriebener anerkannt wurde, bekam Aufenthaltsgenehmigung und Eingliederungshilfen. Dies galt auch für Bürger der Deutschen Demokratischen Republik. Das Gesetz rief Unmut hervor. DDR-Bürger sind doch Deutsche, hieß es oft. Warum gibt man denen nicht einfach einen westdeutschen Pass, wenn sie nach West-Berlin flüchten? Warum müssen die in einem umständlichen Verfahren ihre persönlichen politischen Gründe benennen, wo doch jeder weiß, wie die DDR ihr Volk drangsaliert? Doch die Adenauer-Regierung hielt an den Regeln fest. Man wollte den Flüchtlingsstrom lenken und begrenzen. In der Bundesrepublik samt West-Berlin herrschte Wohnungsnot, und trotz des wirtschaftlichen Aufschwungs gab es viele Arbeitslose.

Um kurz nach zwölf ließ Sonja sich von Ulla abholen, sie gingen in die Mitarbeiterkantine, einen schlichten Raum mit wenigen Tischen und Stühlen. In einer Nische gab es einen freien Zweiertisch, hier konnten sie ungestört reden. Eine Küchenfrau servierte randvolle Teller mit Möhreneintopf.

»Was anderes haben wir nicht«, erklärte Ulla. »Dafür aber einen prima Koch. Demnächst kommen noch reichlich Verwaltungskollegen, dann kriegen wir mittags zwei, drei Essen zur Auswahl. Ist alles noch im Werden.«

Sonja probierte, das einfache Gericht war gut abgeschmeckt. »Aber eure medizinische Abteilung funktioniert doch schon, oder?«

»Ja sicher. Muss sie auch. Die Untersuchungen sind wichtig, schon wegen des Ungeziefers. Manche Flüchtlinge waren in der DDR ja politische Gefangene, die kommen direkt aus dem Knast. Da müssen wir aufpassen, dass die uns keine Läuse einschleppen. Ach, entschuldige, Kind, das ist nicht das richtige Thema beim Essen.«

»Aber die Einweihung des Lagers war doch schon im April?«, hakte Sonja nach. »Und der Bundespräsident hat doch eine Rede gehalten.«

»Stimmt. Die Einrichtung hier ist ja was Besonderes. Das zentrale Notaufnahmelager der Bundesrepublik Deutschland auf Berliner Boden. Die kleineren Lager im Stadtgebiet sollen damit entlastet werden, aber ob das überall klappt, wissen wir noch nicht.«

»Weil so viele Leute kommen?«

»Ja. Und seit dem Aufruhr von Mittwoch immer noch mehr, eine richtige Flut. Dabei ist unser letzter Bauabschnitt nicht mal fertig. Und dann der ganze Verwaltungsapparat mit den Anlauf- und Meldestellen. Hunderttausend Anträge im Jahr, dafür muss man ja auch die Büros haben. Im Moment sind die noch über die Westsektoren hinweg verteilt. Da sind die Flüchtlinge lange in der Stadt unterwegs, bevor die bei uns ihr Dach überm Kopf kriegen und medizinisch untersucht werden. Aber Anfang August soll hier auch die Verwaltung einziehen, und dann nimmt das Lager erst den regulären Betrieb auf.«

Sonja schmunzelte. »Also kriegt Herr Kasulzke jede Menge neue Kollegen.«

»Genau. Seinen Kasernenton kennst du ja schon. Wir haben ihm schon öfter gesagt, er soll ein bisschen netter mit den Flüchtlingen reden. Nützt nur nichts, die Berliner Schnauze gewöhnen wir dem nicht mehr ab. Dabei ist er tief im Innern ein ganz lieber Kerl. Stachlige Schale, weicher Kern.«

»Aber die Leute hören auf ihn.«

»Müssen sie ja, schließlich wollen sie hier unterkommen. Und gegen die Torturen in der DDR ist Kasulzkes Ton natürlich harmlos. Viele beschweren sich trotzdem. Die fragen, ob der unser Blockwart ist. Das war er im Krieg übrigens wirklich. Er hat die Leute in die Luftschutzkeller getrommelt, da kannte der kein Pardon. Aber Hitlerfreund war er auch. Das hat er sich erst an der Front abgewöhnt«, Ulla wies auf Sonjas Teller, der sich rasch leerte. »Möchtest du Nachschlag?«

»Gern.«

Ulla winkte, die Küchenfrau kam mit einem großen Topf und füllte auf.

»Und Kasulzkes Bein?«, fragte Sonja. »Das hat er im Krieg verloren?«

»Ja. 1944 im Volkssturm haben sie ihn noch eingezogen, mit fast sechzig. Das Bein war schon im ersten Gefecht weg, sagt er. Er ist im Lazarett gelandet und musste natürlich nicht mehr ran, wahrscheinlich hat ihm das sein Leben gerettet.«

»Und dieser Dr. von Grussow? Der wirkte ja eben ziemlich tüdelig.«

Ulla nickte. »Arterienverkalkung, also Altersdemenz. Wenn der sagt, an Hitler und die NS-Bonzen kann er sich nicht mehr erinnern, dann muss man ihm das sogar glauben. Dabei war er in der NSDAP. Aber diese Massenuntersuchungen hier sind ja keine beliebte Arbeit. Wir haben lauter alte Ärzte, wenn auch nicht so verkalkt wie Grussow. Wobei der immer noch ein guter Diagnostiker ist, eine Lungentuberkulose übersieht der nicht, das muss man ihm lassen.«

»Also ist er entnazifiziert?«

»Sonst dürfte er hier nicht arbeiten. Die Alliierten haben Grussow als Mitläufer eingestuft. Stimmt zwar nicht, aber die wussten, dass wir hier im Lager Ärzte brauchen. In West-Berlin gibt es fast dreihunderttausend Arbeitslose, gutes Medizinpersonal bleibt trotzdem knapp. Darum habe ich so schnell die Stelle hier bekommen.«

»Dann warst du auch ein politischer Flüchtling?«

»Klar, ich musste genauso durch die Verwaltungsmühle, fast vier Wochen hat das gedauert, aber ich wollte eben einen Westpass und die Eingliederungshilfe und den Platz im Personalheim hier«, Ulla legte ihren Löffel beiseite. »Nun mal zu dir, Kind. Wie ist es dir denn gegangen nach den Protesten? Hoffentlich nichts Schlimmes in deiner Familie? Oder bei deinen Klassenkameraden?«

Sonja berichtete von ihrem politisch verbohrten Onkel Helmut und von Ilses Behandlung an der künstlichen Niere.

»Schon tragisch, wenn eine junge Frau so krank ist«, Ulla seufzte. »Aber ganz ehrlich, Mädchen: Ich hatte jetzt gedacht, du erzählst mir was von deinem Herzallerliebsten? Du hast hoffentlich einen? Wäre doch schade, wenn nicht.«

»Na ja. Nicht so richtig.«

»Wieso? Was ist denn falsch dran?«

Sonja grinste, und weil Ulla ohnehin keine Ruhe gegeben hätte, erzählte Sonja von der Gefühlsverwirrung zwischen Jürgen und Ninette und den eigenen Empfindungen für Jürgen.

Ulla reagierte unerwartet ernst. »Passiert und tut weh, gehört aber nun mal zum Leben. Aber auch wenn er ein paar

Wochen Ruhe braucht, warte nicht zu lange. Denk immer dran: Du hast nichts zu verlieren.«

»Ein bisschen warte ich schon noch. In der Kaufmannsschule haben wir demnächst Abschlussprüfung.«

»Du glaubst doch wohl selbst nicht, dass du da durchfällst, Mädchen.«

»Trotzdem. Irgendwelche Verwicklungen kann ich jetzt nicht brauchen.«

»Na gut. Wann ist die Prüfung?«

»In dreieinhalb Wochen, Mitte Juli.«

»Das heißt: In vier Wochen bist du damit durch?«

»Ja. Am 16. ist letzter Prüfungstag.«

»Na knorke. Und dann willst du es deinem Jürgen sagen?«

»Wahrscheinlich schon.«

»Du weißt es also noch nicht. Lass es uns so machen, Mädchen: In vier Wochen ist der 18. Da kommst du mich wieder besuchen, und wir reden. Selber Wochentag, selbe Zeit, selber Ort. Versprich mir das!« Ulla streckte die Hand aus, Sonja schlug ein.

Neues Leben

Mit Bestnoten bestand Sonja die kaufmännische Prüfung, der Kosmetikunterricht sollte erst im September beginnen, bis dahin blieben ihr zwei Monate Sommerferien.

Sie hatte Ulla den nächsten Besuch versprochen. Wieder fuhr sie mit der S-Bahn nach Marienfelde, wieder warteten vor dem Lager lange Schlangen von Flüchtlingen, viele davon gut gekleidet. Die DDR blutete aus. Besonders die jungen und gut ausgebildeten Bürger verließen das Land, Facharbeiter und Akademiker. Sonja sah sich um. Wo war Herr Kasulzke, der Ordner mit dem rauen Ton?

»Fräulein Falcke!« Auf seinen Krücken eilte er auf sie zu, »Fräulein Falcke, wir warten schon auf Sie.«

Sonja schaute auf die Uhr. Zwanzig vor zwölf, sie war nicht zu spät.

»Sie können Ulla heute helfen«, erklärte Kasulzke. »Wenn das grüne Licht leuchtet, gehen Sie rein. Schwester Rotraud weiß Bescheid.«

Wobei sollte sie helfen? Und warum so dringend? Sonja wollte fragen, doch Kasulzke hatte sich schon abgewandt. Zwei junge Männer mit leichtem Gepäck reihten sich in die Schlange ein, er gab die üblichen Anweisungen. An den Wartenden vorbei ging Sonja zur Medizinischen Abteilung.

Schwester Rotraud, eine rundliche Mittvierzigerin mit weißblondem Dutt und dicken Brillengläsern, begrüßte sie freundlich. »Sie müssen nicht, aber Sie könnten was für uns tun, Fräulein Falcke. Wir brauchen jede Hand. Ich vertrete hier unsere gute Ulla, dafür fehle ich im Untersuchungsraum bei Dr. von Grussow. Und der kann ohne Krankenschwester nicht weitermachen.«

An den altersdementen Arzt konnte Sonja sich gut erinnern.

»Folgendes«, fuhr Schwester Rotraud fort. »Wir haben hier seit vorgestern eine Schwangere, einundzwanzig Jahre alt, die hat sich im neunten Monat auf die Flucht gemacht.«

»So spät?«

»Ach, das sehen wir gar nicht so selten, deswegen haben wir ja auch einen Kreißsaal. Die Menschen wollen ganz schnell weg aus der DDR, besonders wenn ein Kind unterwegs ist. Und dieser Fall ist besonders tragisch. Die arme junge Frau ist ganz allein gekommen, ihren Mann hat die SED festgesetzt, politischer Gefangener im Bautzener Knast.«

»Oh.«

»Ja, und nun müssen wir die Frau natürlich betreuen, und das bindet Personal.«

»Und dabei soll ich jetzt helfen? Und mich um die junge Frau kümmern.«

»Das wäre sehr lieb von Ihnen«, Schwester Rotraud schmunzelte. »Allerdings sollte ich Ihnen wohl sagen: Die Wehen haben heute Morgen eingesetzt, zwei Wochen vor dem Termin.«

Sonja erschrak. Eine Geburt?! »Zwei Wochen vorher schon? Muss die Frau dann nicht besser ins Krankenhaus?«

»Nein, Fräulein Falcke. Es ist alles in Ordnung, das können wir hier machen. Die Fruchtblase ist eben auch gesprungen.«

Unter einer gesprungenen Fruchtblase konnte Sonja sich wenig vorstellen, doch offenbar handelte es sich um etwas Normales. Aber trotzdem: Traute sie sich wirklich zu, bei einer Geburt zu helfen?

»Und die Hebamme? Ist die denn schon da?«

Schwester Rotraud lächelte milde. »Ulla ist auch Hebamme. Zuletzt hat sie mehr als Krankenschwester gearbeitet, aber die Geburtshilfe hat sie nicht verlernt. Und wir wollen Sie selbstverständlich nicht überfordern, Fräulein Falcke. Aber bis zur Geburt dauert es noch, darum wäre es schön, wenn Sie die Kreißende ein bisschen betüdeln könnten. Wir brauchen Ulla dringend hier vorne.«

Sonja atmete durch. »Ich war noch nie bei einer Geburt dabei, und ich kann nicht besonders gut Blut sehen.«

»Macht nichts. Normalerweise blutet's erst zum Schluss so richtig. Bei der Nachgeburt, also wenn der Mutterkuchen abgeht. Dann ist ein halber Liter Blut normal.«

Sonja traute ihren Ohren nicht. »So viel?!«

»Ja. Das hat die Natur so eingerichtet. Und die Wöchnerin braucht das Blut ja nicht mehr, sie ist dann ja nicht mehr zu zweit«, Schwester Rotraud verzog das Gesicht. »Hat Ihnen das bis jetzt noch keiner erklärt? Ein junges Mädchen in Ihrem Alter sollte sich ruhig schon auskennen mit den Dingen des Lebens.«

Sonja fand, es war ein bisschen viel verlangt, was Schwester Rotraud da von ihr erwartete, schließlich war sie erst siebzehn. »Und wenn ich es probiere und mir dann doch nicht zutraue?«

»Können Sie jederzeit Bescheid geben, wir sind ja bloß ein paar Meter weiter«, Schwester Rotrauds Blick war eindeutig: Sie brauchte eine Antwort, und zwar möglichst bald.

Sonja räusperte sich. »Gut. Ich versuch's.«

»Prima. Die Frau heißt übrigens Eva-Maria Lübbau«, Ullas Kollegin überreichte Sonja einen weißen Kittel, hinten offen und mit einem Taillenband zu schließen. »Einfach überziehen, aber erst, wenn Sie reingehen. Den Flur ganz durch, letzte Tür rechts. Steht auch dran.«

Sonja verließ das Medizinbüro durch den hinteren Eingang, vor dem Kreißsaal zog sie den Kittel über und klopfte an.

Ulla öffnete. »Mädchen! Auf dich ist Verlass. Komm rein.« Es roch nach Karbol, an der Wand war eine Art Küchenzeile aufgebaut mit Heißwassergerät, Kühlschrank und Waschbecken, daneben Arzneischränke, eine Wickelkommode, ein kleiner Schreibtisch mit Telefon. Auf einem Tisch am Fußende des Betts lagen Gummihandschuhe und ein paar medizinische Instrumente. Sonja schaute nicht so genau hin. Sie wusste, dass man auch schon mal das Kind am Kopf mit einer riesigen Zange aus dem Mutterleib ziehen musste, doch das kam zum Glück eher selten vor. Außerdem sollte Sonja hier ja bloß am Kopfende sitzen.

Im Bett lag eine schmalwangige junge Frau, ein paar feuchte Haarsträhnen hingen ihr in die Stirn. Sie blickte Sonja neugierig entgegen.

»So, Frau Lübbau, das ist unser liebes Fräulein Falcke. Die betreut Sie, und ich komme regelmäßig gucken.«

»Danke, Schwester Ulla«, die werdende Mutter wandte sich Sonja zu. »Sehr nett von Ihnen.«

»Mach ich gern«, Sonjas Stimme zitterte. Dabei schien es der Kreißenden ja gut zu gehen, sehr gut sogar. Nach einer Geburt sah das hier nicht aus. Jedenfalls nicht nach dem, was Sonja sich darunter vorstellte. Frau Lübbau war ein wenig blass, wirkte ansonsten aber ganz gesund. Bekam sie tatsächlich ein Kind? Schon in den nächsten Stunden? Die rundliche Wölbung unter dem Laken ließ an der Schwangerschaft keinen Zweifel, aber müsste der Bauch nicht viel dicker sein?

Offenbar erriet Ulla Sonjas Gedanken. »Wundere dich nicht, unsere gute Frau Lübbau ist ziemlich schlank, bei manchen Frauen bleibt das bis zum neunten Monat so. Aber das Kind ist normal groß, das können wir tasten. Sieht alles bestens aus bei ihr. Im Moment ist Wehenpause, und da kann sich Frau Lübbau gut entspannen. So einfach geht das, wenn eine Frau beim Kinderkriegen keine Angst hat.«

Ulla sagte das mit solcher Leichtigkeit. Dabei war eine Geburt ja gefährlich, wusste Sonja. Manche Frauen starben daran. Sie räusperte sich. »Wie lange dauert das denn, bis das Baby da ist?«

Ulla lachte. »Hast du's eilig?«

»Nein, ich kann den ganzen Nachmittag bleiben. Ich meine nur, so ungefähr?«

»Schätzungsweise zwei, drei Stunden. Bis eben war Frau Lübbau noch auf den Beinen, die Bewegung tut ja gut. Aber jetzt zieht es ihr dann doch zu stark im Rücken. Ist ein gutes Zeichen. Es geht voran«, Ulla wandte sich an die werdende Mutter. »Und? Kommt die nächste Wehe?«

»Ich glaub schon«, Frau Lübbau atmete tief aus.

»Na wunderbar. Sonjamädchen, guck einfach zu. Und keine Angst: Eine Wehe heißt Wehe, weil sie wehtut. Aber wenn das Baby erst mal da ist, vergisst die Mutter das ganz schnell. Sonst wäre die Menschheit längst ausgestorben.«

Die Wehe wurde stärker, mit geschlossenen Augen presste Frau Lübbau die Lippen aufeinander. Sonja erschrak. Auch wenn sie nicht viel über Geburtshilfe wusste – so viel verstand sie: Die junge Frau durchlebte einen höllischen Schmerz, und bis das Kind da wäre, würde es ja wohl noch dauern.

»Nicht verkrampfen«, sagte Ulla. »Ruhig atmen. Ihr Kind braucht den Sauerstoff. Das dauert jetzt ein, zwei Minuten, und dann ist wieder Pause. Möchten Sie noch einen Eislappen?«

Frau Lübbau nickte.

Ulla reichte einen mit Eiswürfeln befüllten Waschhandschuh, den sich die werdende Mutter gegen die Stirn drückte.

Ulla wandte sich an Sonja. »Meist weiß eine Frau bei einer Geburt selbst am besten, was ihr guttut. Ab und zu darf sie auch einen Eiswürfel lutschen, aber nicht zu viele. Der Magen sollte leer bleiben.«

»Ach so. Und warum?«

»Damit sie nichts erbrechen kann, falls sie doch noch operiert werden sollte und eine Narkose braucht. Hier sieht es zwar überhaupt nicht danach aus, aber trotzdem bitte nur wenig zu trinken geben.«

Die Wehe ließ nach, Frau Lübbau konnte wieder lächeln. »Im Moment habe ich keinen Durst, aber ich melde mich.«

Sonjas Schrecken schlug in Bewunderung um. »Sie machen das aber wirklich toll.«

»Och, danke.«

»Dann hören wir mal, wie es dem Kleinen geht«, Ulla schlug das Laken zurück, sodass die Schamhaare bedeckt blieben, und schob Frau Lübbaus Nachthemd hoch. Zum ersten Mal sah Sonja einen nackten, hochschwangeren Leib. Sie staunte. So groß und rund hatte sie sich das nicht vorgestellt. Dabei hatte Ulla ja eben gesagt, Frau Lübbau sei immer noch recht schlank.

Ulla drückte ein Holzstethoskop gegen den Bauch, das Adergeflecht unter der weißen Haut trat noch stärker hervor. Sollte Sonja fragen, ob sie auch mal hören durfte? Nein, das wäre wohl zu aufdringlich.

»Wunderbare Herztöne«, meinte Ulla. »Alles bestens. Frau Lübbau, dann bin ich jetzt im Medizinbüro. Sonja, wenn was ist, holst du mich, ansonsten komme ich in einer halben Stunde wieder. Ihr zwei Hübschen versteht euch, das merke ich schon.«

Ulla verließ den Raum.

»Eine Seele von Mensch«, meinte Frau Lübbau. »Wenn auch ein bisschen sehr resolut. Na ja, ich glaube, gute Hebammen sind eben so. Die Patientinnen müssen schließlich wissen, wo's langgeht.«

Sie lachten, Sonja wagte sich vor: »Ich bewundere Sie. Sie sind so ruhig. Dabei ist es Ihr erstes Kind, oder?«

»Ja, aber ich habe schon zugeguckt. Bei den Söhnen von meiner Schwester, die sind heute zwei und vier. Das waren einfache Geburten, dann wird das bei mir wohl auch so sein.«

»Ach ja«, meinte Sonja erleichtert. »Schön. Natürlich auch, dass Sie dabei waren. Und darf ich fragen: Ihr Mann sitzt in Bautzen? Als politisch Gefangener? Schwester Rotraud hat das eben erzählt.«

Die werdende Mutter wollte antworten, doch die nächste Wehe rollte an.

Sonja füllte den Handschuh mit Eiswürfeln. »Nicht verkrampfen. Ihr Kind braucht Sauerstoff«, sagte sie die frisch gelernten Sätze auf.

Die Wehe kam länger und heftiger als die davor. Frau Lübbau hielt ihre Augen geschlossen und versuchte, ruhig zu atmen. Es gelang nicht immer, manche Atemzüge kamen kurz und heftig, Sonja nahm ihre Hand und beobachtete, wie sich die Gesichtszüge der Kreißenden verzerrten. Die Schatten unter den Augen traten noch dunkler hervor, das Lippenrot verblasste. Sonja litt mit. Warum musste es so schwierig und anstrengend sein, ein Kind auf die Welt zu bringen? Was hatte die Natur sich dabei gedacht? Und das hier war ja eine ganz normale Geburt. Was musste eine werdende Mutter dann erst durchmachen, wenn es Komplikationen gab?

Die Wehe ebbte ab, Frau Lübbau erzählte ihre Geschichte: Sie und ihr Mann stammten aus Chemnitz, schon zu Schulzeiten hatten sie sich kennen und lieben gelernt. Viele ihrer Verwandten waren nach dem Krieg in den Westen gegangen, sie wollten nicht unter Stalins Vorherrschaft leben. Doch Erich Lübbau und seine Verlobte hofften auf eine neue, eine gerechte und friedliche Gesellschaft, bei der Gründung der DDR brachen sie in Jubel aus. Beide arbeiteten in der Landwirtschaft, die SED wandelte den Betrieb um in eine sozialistische Produktionsgenossenschaft, das junge Paar passte sich an. Sie ertrugen Misswirtschaft und Ernteausfälle. 1950 wurden beide achtzehn und heirateten, im Herbst 1952 kündigte sich ihr Wunschkind an.

»Soll euer Kind im Osten aufwachsen?«, fragten die Freunde. »Glaubt ihr wirklich, dass es den Leuten hier demnächst besser geht?«

Immer mehr Kollegen flüchteten nach Ost-Berlin und von dort in die Westsektoren der Stadt. Die Lübbaus blieben. Sie erkannten die politischen und wirtschaftlichen Mängel des Systems, doch sie bewahrten sich ihren Idealismus. Dies änderte sich im Frühjahr 1953, als die SED-Regierung verkündete: Chemnitz wird umbenannt in Karl-Marx-Stadt – im Gedenken an die Zerstörung der Stadt durch imperialistische Feinde und zur Ehrung des großen kommunistischen Philosophen und Vordenkers.

»Das kann Ulbricht also«, spotteten viele Chemnitzer, »Schilder auswechseln. Aber was nützt das? Wann kriegen wir endlich genug Zucker und Butter? Und Baumaterial, um die Häuser zu sanieren? Nicht nur für Ost-Berlin, sondern auch für die Provinz?«

Erich Lübbau unterschrieb eine Bittschrift an das Politbüro der SED. Man möge der Stadt Chemnitz doch ihren Namen lassen. Doch die höfliche Formulierung half nicht weiter: Wegen Teilnahme an einer staatsgefährdenden Aktion landete er einige Tage später hinter Gittern. Seine Frau hielt durch. Sie wollte die DDR – sosehr sie diesen Staat inzwischen auch verachtete – nicht ohne ihren Mann verlassen. Aber dann waren die Unruhen des Juni gekommen, hochschwanger hatte sie sich zur Flucht entschlossen, und nun war sie hier im Aufnahmelager.

»Und Ihr Mann?«, fragte Sonja ergriffen. »Wie lange muss der noch im Gefängnis bleiben?«

»Er hat einen Antrag auf Ausreise gestellt, und ich habe über die Adresse meiner Eltern einen Brief an Adenauer geschrieben. Vielleicht kauft die Bundesrepublik ihn frei, vielleicht auch nicht, dazu geben die in Bonn ja keine Auskunft. Aber wir müssen doch weiterhoffen. Schon für unser Kind.«

»Das stimmt«, sagte Sonja leise.

Sie schwiegen.

Ulla kam herein. »Na, ihr beide? Alles klar? Wann kommt die nächste Wehe?«

»Jetzt gleich«, Frau Lübbau schloss wieder die Augen.

»Gut, dann fühle ich mal nach, das geht in der Wehe am besten«, Ulla zog einen Gummihandschuh über, benetzte die Finger mit Wasser und schlug das Laken hoch. Sonja sah nicht hin. So genau wollte sie nicht wissen, was da unten geschah. Sie selbst war noch nie beim Frauenarzt gewesen, sie hatte ja keine Beschwerden.

»Nicht erschrecken, Frau Lübbau. Das könnte gleich wehtun.«

Trotz Warnung schrie die Kreißende auf.

»Ja, ist fies«, meinte Ulla. »Muss aber nun mal sein. Jedenfalls: Das Köpfchen könnte gar nicht besser stehen.«

Frau Lübbau nickte angestrengt, Sonja streichelte ihre Hand.

Die Wehe ließ nach.

»Ich lasse euch noch ein bisschen allein. Bis gleich dann«, Ulla verschwand wieder im Flur.

Während der nächsten halben Stunde ging es voran. Wehe folgte auf Wehe. Frau Lübbau konnte nicht mehr viel reden, der Schmerz nahm sie gefangen. »Der Teil ist am schlimmsten«, flüsterte sie erschöpft in einer Pause. »War bei meiner Schwester auch so. Gleich kommen die Presswehen, dann kann ich wenigstens mitarbeiten.«

Sonja lächelte ihr zu. Wie schön, dass die werdende Mutter sich so gut auskannte.

Ulla kam zurück. »Tut mir leid, Sie Arme, ich muss Sie noch mal ärgern«, erneut tastete sie den Muttermund ab. »Sind zwar noch keine Presswehen, aber bitte trotzdem mal vorsichtig drücken.«

Frau Lübbau arbeitete mit, so gut sie konnte.

»Alles bestens«, befand Ulla. »Sonja, Mädchen. Zieh bitte den Kittel aus und sag Dr. Kemberg Bescheid. Er wartet hinten auf der Wiese, da, wo die Campingstühle stehen.«

Sonja stutzte. »Nicht in der Medizinabteilung?«

»Nein, draußen. Ach, das weißt du noch gar nicht: Er ist keiner von unseren Ärzten hier, sondern auch Flüchtling.«

»Genau«, stieß Frau Lübbau unter Schmerzen hervor. »Er ist Frauenarzt.«

»Na ja, noch kein richtiger Facharzt«, meinte Ulla. »Kann er ja auch noch gar nicht sein mit seinen fünfundzwanzig. Aber er hat immerhin schon ein Jahr an der Uni-Frauenklinik Leipzig hinter sich.«

»Und jetzt arbeitet er hier?«, fragte Sonja.

»Nein, das darf er nicht, jedenfalls nicht offiziell. Seine Anerkennung als politischer Flüchtling ist noch nicht durch. Das heute ist bloß eine Ausnahme, Frau Lübbau hat ihn freundlich drum gebeten. Die beiden sind sich zufällig im Wohnblock über den Weg gelaufen.«

Sonja stutzte. »Aber die Ärzte vom Lager kennen sich doch auch mit Geburten aus, oder?«

»Klar, Mädchen. Müssen sie ja, Geburtshilfe sollte jeder Arzt können. Bloß: Das hier sind alles olle Haudegen, mit Frauensachen haben die es nicht so. Dr. Kemberg ist eben anders, mehr so ein Arzt der neuen Generation. Wenn der in ein, zwei Wochen seine Aufenthaltsgenehmigung hat, kriegt der bestimmt ganz schnell eine neue Stelle. Die Kliniken werden sich um den reißen. Und nun geh ihn mal schön suchen. Die Glastür hinten links und dann am Haus lang. Er ist schlank und dunkelblond«, Ulla musterte Sonjas Haar, »noch ein bisschen dunkler als du. Und er hat gesagt, er nimmt ein Fachbuch mit raus.«

»Und was soll ich ihm sagen?«

»Ach so, ja«, Ulla schmunzelte. »Dass er sich mal so langsam fertig machen soll. Die Presswehen gehen gleich los.«

Sonja machte sich auf den Weg. Ein ganz junger Arzt also, erst ein Jahr Berufserfahrung. Aber Ulla glich das sicher aus, sie hatte schon Hunderten Babys auf die Welt geholfen. Sonja ging zum hinteren Ausgang und dann die Häuserreihe entlang. Im Sommer erlaubte die Senatsverwaltung, die Rasenstücke zwischen den Gebäuden als Liegewiesen zu nutzen, das hatte Ulla Sonja erzählt. Wie überall auf dem Lagergelände drängten sich auch hier die Menschen, viele hatten es sich auf Badetüchern und Decken bequem gemacht, die wenigen Gartenmöbel reichten längst nicht aus.

Doch so heiter, wie es zunächst den Anschein hatte, war die Atmosphäre nicht. Nicht alle Flüchtlinge konnten sich über den Sonnenschein freuen, Sonja sah auch viele ernste Mienen. Die ungewisse Situation belastete die Stimmung.

Nicht überall in West-Berlin und der Bundesrepublik sah man die neuen Mitbürger gern. Es hieß zwar immer, überwiegend junge und gut ausgebildete Menschen verließen die DDR, also eine Bereicherung für Westdeutschland. Trotzdem musste manch ein Flüchtling gegen Vorbehalte kämpfen. Wohnungsnot und Arbeitsplatzmangel sind hier im Westen schon schlimm genug, lautete eine gängige Meinung. Da brauchen wir nicht noch zusätzliche Leute. In der DDR haben die doch nichts Anständiges gelernt, schließlich herrscht überall Materialmangel. Das sozialistische System erzieht dazu, die Dinge nicht mehr selbst in die Hand zu nehmen. Die Menschen werden faul, feige und gleichgültig, sonst hätten sie sich doch viel früher gegen die Politik erhoben und für bessere Verhältnisse gekämpft. Für Sonja waren das nichts als dumme Vorurteile: Wer seine Heimat und seinen Staat verließ, um sich ein neues Leben aufzubauen, der konnte weder faul noch feige sein.

Im Gewimmel der Menschen suchte sie nach einem gewissen Dr. Kemberg. Er ist Arzt, überlegte sie, vielleicht trägt er was Weißes. Doch den Gedanken fand sie dann selbst albern: Eugen trug beim Sonnenbad ja auch keinen Blaumann. Sie hätte sich laut nach Kemberg erkundigen können, irgendjemand hier kannte ihn bestimmt, und schließlich ging es um eine wichtige Sache, doch lieber verhielt sie sich diskret. Er war fünfundzwanzig, hatte Ulla gesagt. Zu dieser Altersgruppe gehörten allerdings die meisten Männer hier. Fast alle waren schlank, viele hatten dunkelblondes Haar, etliche von ihnen lasen. Blieb also nur noch ein Merkmal: das Fachbuch.

Ein wenig abseits in einem Liegestuhl unter einem Schirm sah sie einen jungen Mann mit kurzen Locken. Er trug eine graue Hose zum blau karierten Hemd und hatte die Augen geschlossen. Auf seinem Bauch lag ein aufgeschlagenes Buch, das er mit einer Hand festhielt. Vermutlich schlief er nicht, sondern döste bloß ein bisschen vor sich hin. Sie ging hin und beugte sich über das Buch. *Gynäkologische Dermatologie.* Das hatte irgendwas mit Frauenheilkunde zu tun, so viel wusste Sonja. Und der Mann selbst? Ihr Blick glitt vom Buch zum Kopf, dann zu den Füßen und zurück zum Buch auf dem Bauch. Er war schlank, das hatte Ulla schon erzählt. Und sonst? Wären die Mädchen im Internat seinetwegen ins Schwärmen geraten? Wohl nicht, zumindest nicht wegen seines Äußeren. Dafür war seine Stirn zu niedrig, die Nase zu groß und die Lippen zu schmal. Aber bestimmt war er nett und fähig, sonst hätte Frau Lübbau ihn sich nicht als Geburtshelfer ausgesucht.

Sonja räusperte sich. »Guten Tag. Entschuldigung, sind Sie Herr Dr. Kemberg?«

Er öffnete die Augen. »Ja, bin ich«, seine Stimme klang angenehm tief. Er lächelte Sonja zu.

Kein Vergleich mit dem Schönen Walter, fuhr es ihr durch den Kopf, aber sympathisch. Sie bestellte Ullas Nachricht.

Kemberg erhob sich aus dem Liegestuhl. »Dann sind Sie die Besucherin? Das hat mir Schwester Ulla nämlich vorhin schon erzählt. Und wir überfallen Sie mit so einer schwierigen Aufgabe. Hoffentlich haben wir Sie nicht überfordert.«

»Dann hätte ich das gesagt. Und ich freue mich, dass ich Frau Lübbau helfen kann«, Sonja machte eine kurze Pause. »Und außerdem: Schwester Ulla hat mir am 17. Juni auch geholfen.«

»Stimmt, der Sturz im Gedränge. Da haben Sie Glück gehabt. Fallen einer Krankenschwester direkt in die Arme.«

»Eben. Und sie war ja auch noch perfekt ausgerüstet. Jodtinktur und Pflaster und alles. Darum helfe ich jetzt auch gern.«

Er nickte. »Und bis jetzt läuft wohl alles gut bei der Geburt, sonst hätten Sie ja schon Bescheid gesagt.«

Sonja gab weiter, was sie wusste: »Das Köpfchen hat sich sehr gut auf den Beckenboden gestellt, und die Presswehen stehen kurz bevor.«

»Perfekt! So eine präzise Auskunft kann ich mir ja nur wünschen. Da haben Sie viel gelernt in der kurzen Zeit. Und Sie wollen weiter dabeibleiben? Und sehen, wie das Kind auf die Welt kommt?«

»Ich weiß nicht. Dann kommt ja auch die Nachgeburt, und dann blutet das so. Ich glaube, das ertrage ich nicht gut.«

Er wiegte den Kopf hin und her. »Na ja, Sie müssen selbst beurteilen, was Sie sich zumuten wollen. Und wir möchten ja auch nicht, dass Sie ohnmächtig werden und wir uns um Sie dann auch noch kümmern müssen. Aber grundsätzlich würde ich sagen: Schauen Sie zu, wie das Kind auf die Welt kommt. Es sei denn, Frau Lübbau hätte was dagegen.«

»Nein, hat sie bestimmt nicht. Wir verstehen uns gut.«

»Das ist doch prima. Dann sollten Sie diese Chance nutzen. Wann können Sie sonst schon mal eine Geburt miterleben?«, er lachte auf. »Frühestens bei Ihren eigenen Kindern. Glauben Sie mir: Es ist ein sehr, sehr schönes Erlebnis. Und oben am Kopfende bekommen Sie das gar nicht so mit, wenn es blutet.«

Sie fasste sich ein Herz. »Gut. Ich versuch's und bleibe dabei.«

»Na wunderbar. Dann bringe ich jetzt mein Buch aufs Zimmer und hole mir einen Kittel. Schwester Ursula möge mir bitte Handschuhe rauslegen, Größe neun. Bis gleich dann.«

Sonja ging zurück ins Gebäude. Ein netter Kerl, dieser Dr. Kemberg. Und bestimmt ein guter Arzt, das spürte sie, obwohl sie ihn noch nicht bei der Arbeit erlebt hatte. Seine grauen Augen waren ihr aufgefallen, die hatten etwas Mildes, Vertrauensvolles. Sie konnte die werdende Mutter gut verstehen. So einen Arzt wünschte sich wohl jede Frau für sich und ihr Kind.

Zurück im Kreißsaal, gab Sonja Bescheid, dass Kemberg in ein paar Minuten da sein würde. Frau Lübbau lag mit geschlossenen Augen im Bett und versuchte, sich zu entspannen.

»Sonjakind, du kommst genau richtig. Die Wehe ist gerade vorbei, dann können wir jetzt umbauen«, Ulla hatte zwei schwarze Kunststoffbretter aus einem Schrank geholt. »Die schrauben wir unten an, damit Frau Lübbau ihre Füße dagegenstemmen kann.«

Sonja half, das Fußteil vom Bett abzumontieren und die Stützen anzubringen. Dann stellte sie sich wieder ans Kopfende.

»Jetzt probieren wir bitte mal, ob das so geht«, Ulla suchte mit der Kreißenden nach der richtigen Position. Die nächste Wehe rollte heran, und Frau Lübbau durfte pressen. Wie anstrengend das war. Und wie ruhig doch alles ablief. Sonja wunderte sich. In Filmen und Büchern wuselten die Geburtshelfer aufgeregt durcheinander und riefen nach sauberen Tüchern und heißem Wasser. Aber der Kreißsaal war ja gut ausgestattet. Saubere Tücher gab es zur Genüge – nur der Bedarf an heißem Wasser schien geringer als erwartet.

Die Wehe ließ nach, Ulla kontrollierte wieder die Herztöne. Kemberg kam herein und begrüßte Frau Lübbau. Ein Strahlen ging über ihr Gesicht – trotz der Schmerzen.

Er ließ sich von Ulla auf den neusten Stand bringen und nickte. »Frau Lübbau, dem Kind geht es prima, es liegt sehr günstig im Geburtskanal. Wenn das schon Ihr zweites wäre, hätten wir es in ein paar Minuten. Beim ersten dauert es länger, aber Sie schaffen das schon«, er wandte sich an Sonja. »Und bei Ihnen ist alles in Ordnung? Sie wollen hierbleiben? Und werden nicht ohnmächtig?«

Sonja atmete durch. »Ich versuch's mal.«

»Tu das, Mädchen«, meinte Ulla trocken. »Bevor du ohnmächtig wirst, legst du dich einfach ins Bett hier. Die werdende Mutter schmeißen wir dann raus.«

Sogar Frau Lübbau lachte. Sonja fragte sich, ob Ulla bei allen Geburten so viel Humor hatte. Wahrscheinlich erlaubte sie sich solche Scherze nur, wenn eine Geburt so unkompliziert ablief wie diese hier.

Jetzt noch mal pressen. Sie machen das prima, Frau Lübbau. Ist zwar anstrengend, aber Sie packen das. Noch ein paar Wehen, und wir haben's geschafft. In der folgenden halben Stunde kamen diese Sätze von Ulla immer wieder.

»Und, Frau Lübbau?«, fragte Kemberg in einer Wehenpause.

»Wie fühlen Sie sich?«

»Als würde ich gleich durchreißen.«

Sonja sah schockiert zwischen Frau Lübbau und Kemberg hin und her, doch er meinte nur: »Keine Angst, Sie reißen nicht durch. Das fühlt sich bloß so an.«

Ulla schmunzelte. »Sollen wir denn hier weitermachen, Frau Lübbau? Oder wollen Sie lieber doch kein Kind? Sagen Sie Bescheid, dann schieben wir's zurück.«

Wie schön: Die werdende Mutter konnte immer noch mitlachen. Sonja kümmerte sich, so gut es ging, und achtete darauf, dass Frau Lübbau beim Pressen ihr Kinn an die Brust drückte, damit die Äderchen in den Augen nicht platzten. Viel mehr konnte Sonja nicht tun, der Waschhandschuh mit den Eiswürfeln brachte kaum noch Erleichterung.

Immer wenn Ulla »Und jetzt pressen! Weiter, weiter, weiter!« rief, ertappte Sonja sich dabei, dass auch sie die Bauchmuskeln anspannte – wenn auch nicht so stark wie die werdende Mutter. Sonja konnte gar nicht anders, die Situation nahm sie vollkommen gefangen. Etwas so Faszinierendes hatte sie noch nie erlebt – und gleichzeitig hatte sie Angst. Hoffentlich ging wirklich alles so gut, wie Ulla prophezeit hatte.

Dann kam der Moment.

»Nicht mehr pressen!«, befahl Ulla. »Hecheln wie ein Hund!«

Frau Lübbau gehorchte, alles ging schnell. Frau Lübbau schrie auf, und Sonja hätte beinah mitgeschrien vor Anspannung, doch sie hielt den Atem an. Vom Kopfende aus konnte sie nicht viel sehen, doch das war ihr ganz recht. *Ulla sitzt auf einem Hocker und zieht am Kopf des Kindes, Kemberg steht daneben und passt auf* – so ungefähr hätte Sonja diesen Moment beschrieben. Frau Lübbau schrie wieder. Kemberg warf einen Blick auf die Kreißende, schaute gleich darauf, was Ulla machte, und nickte. Offenbar war alles in Ordnung. Noch ein paar rasche Handgriffe – dann war es so weit. Ulla verkündete: »Ein Junge! Strammer Bursche!«

Sonja hatte geglaubt, Babys seien bei der Geburt blaurot und man müsse sie an den Füßen packen, kopfüber hängen und ihnen auf den Po klopfen, damit sie schrien. Doch Peter kam rosig und mit dichter dunkler Kopfbehaarung auf die Welt. Ulla legte ihn der Mutter auf den Bauch und breitete ein Handtuch über den kleinen Körper. »Vorsichtig rubbeln, das tut ihm gut. Und nicht wundern über den länglichen Kopf, der wird noch rund.«

Was für ein Moment! Nicht nur die frischgebackene Mama war überwältigt, auch Sonja traten Tränen in die Augen.

»Eine Bilderbuchgeburt«, meinte Dr. Kemberg beim Abnabeln. »Gratulieren tun wir aber erst, wenn die Nachgeburt da ist. Dauert nicht mehr lange.«

Für ein paar Minuten musste die Mutter sich vom Kleinen trennen, Ulla legte ihn zum Messen und Wiegen auf die Wickelkommode. »Einundfünfzig Zentimeter, sechseinviertel Pfund! Sieht rundum gut aus. Sie sind dran, Herr Doktor.«

Auch Kemberg untersuchte das Kind. »Alles gesund! Heute Abend schaue ich noch mal genauer.«

Eingehüllt in ein Moltontuch kam Peterchen zurück zur Mutter. Ulla half, ihn anzulegen. »Die richtige Milch schießt erst noch ein, aber er soll schon mal nuckeln.«

Noch so ein schöner Moment! Sonja sah ergriffen dabei zu, wie der Kleine an der Brustwarze saugte.

»Leider muss ich das Glück kurz stören«, Kemberg beugte sich lächelnd über Mutter und Kind. »Wenn ich gleich Bescheid sage, bitte noch mal kurz pressen, damit die Nachgeburt gut rauskommt.«

Am unteren Bettende legte Ulla jede Menge Zellstoff aus. Die Nachgeburt war gefährlich, das wusste Sonja. Vorhin hatte sie von Schwester Rotraud gelernt: Ein halber Liter Blutverlust war normal. Aber was, wenn es mehr würde? Schon viele Frauen waren daran verblutet. Ein unangenehmer Schauer ergriff Sonja: Da nuckelte ein gesundes Baby voller Wonne an der Brust seiner Mutter, ihr ging vor Glück das Herz über – und trotzdem schwebte sie noch in Lebensgefahr. Wie konnte die Natur so grausam sein?

»Jetzt bitte pressen, Frau Lübbau.«

Die junge Mutter strengte sich an, ihr Blick blieb auf den Kleinen gerichtet. Sonja schaute zum unteren Bettende, Ulla und Kemberg wirkten hochkonzentriert. Nein, so genau wollte Sonja das alles nicht wissen, lieber sah sie Peterchen beim Nuckeln zu.

»Der Mutterkuchen ist vollständig«, verkündete Kemberg. »Schon mal ein sehr gutes Zeichen.«

Süßlicher Blutgeruch füllte den Raum, doch daran störte Sonja sich nicht. Nach allem, was sie gesehen hatte, würde sie davon bestimmt nicht ohnmächtig. Wenn sie auch eins sicher wusste: Einen medizinischen Beruf wollte sie nicht ergreifen – da könnte Ulla ihr noch so gut zureden.

Ulla entfernte die durchtränkten Schichten von Laken und Zellstoff: »Alles in Ordnung, Frau Lübbau, ganz normale Blutmenge. Und jetzt gratulieren wir Ihnen auch endlich, und zwar von ganzem Herzen.«

Kemberg schloss sich den Glückwünschen an, auch wenn seine Arbeit noch nicht beendet war. Mit örtlicher Betäubung nähte er einen kleinen Dammriss. Frau Lübbau störte sich nicht daran. Sie hatte die Geburt gut überstanden und hielt einen gesunden Säugling in ihren Armen. Was wollte sie mehr?

»Ich komme nachher noch mal schauen. Jetzt genießen Sie erst mal Ihr Peterchen«, Kemberg verabschiedete sich, und Frau Lübbau begann zu weinen – vor Glück und Dankbarkeit.

Auch Sonja verdrückte ein paar Tränen.

Als der Arzt gegangen war, bereitete Ulla für Peterchen das erste Bad vor, Sonja reichte der frischgebackenen Mutter das Telefon ans Bett. Bei den Eltern in Lüneburg war die Freude riesig, wenn auch getrübt: Das Bonner Ministerium für gesamtdeutsche Fragen hatte bisher auf den Brief nicht geantwortet, auch aus dem Bautzener Gefängnis gab es keine Nachricht, niemand wusste, ob und wann ihr Mann freikäme.

»Mensch, Frau Lübbau, Mädchen«, tröstete Ulla. »Gleich

Montag rufen Sie in Bautzen an, dann sieht es vielleicht schon anders aus. Die DDR braucht Geld, und mit Leuten, die unbedingt in den Westen wollen, kann Ulbricht nichts anfangen. Die bringen nur Unruhe ins Volk. Warten Sie mal ab, ob Adenauer nicht ein paar harte Devisen lockermacht, dann ist Ihr Mann ganz schnell draußen und ein paar Stunden später hier bei Ihnen. Ist doch keine Entfernung, wenn er erst mal ausreisen darf.«

»Am Montag erst?«, fragte Sonja. »Vorher dürfen Sie Ihren Mann nicht anrufen?«

Frau Lübbau schüttelte den Kopf. »Das Gefängnis hat strenge Regeln, Telefonate nur zu Bürozeiten. Ich darf ihn nicht mal selbst sprechen.«

»Nicht mal, wenn er gerade Vater geworden ist?«

»Nein. Das geben die bloß an ihn weiter.«

»Abwarten«, meinte Ulla. »Manchmal geht die Haftentlassung ganz schnell, das erleben wir hier auch.«

Frisch gebadet und gewickelt kam Peter wieder zu seiner Mama. Sonja durfte noch bleiben und am großen Glück teilhaben, und als Ulla mit einem Rollstuhl kam, um Mutter und Kind aufs Zimmer zu bringen, überfiel Sonja eine leise Wehmut. Sosehr sie sich für Frau Lübbau freute – ein wenig Neid schwang mit. Und sie wusste: Etwas so Überwältigendes musste sie unbedingt selbst erleben. Sie wollte Mutter werden! Nicht in den nächsten Jahren, sie war ja erst siebzehn. Aber so mit Mitte zwanzig, nahm sie sich vor.

Ulla riss sie aus ihren Gedanken und begleitete sie zum Haupteingang. »Dann bis in ein paar Wochen, Mädchen. Vergiss nicht, was du vorhattest. Und wenn dein Jürgen dich abweist, ist er ein Idiot. Dann hast du einen Besseren verdient. Du hast nichts zu verlieren. Also mach's, versprich mir das.«

»Versprochen!«

Sie ließ sich an Ullas großes Herz drücken und ging den Vorplatz entlang. Vom Bürgersteig aus warf sie noch einen Blick über die Rasenfläche. Ob Kemberg wieder mit seinem Fachbuch im Liegestuhl saß? Sie hätte gern nachgeschaut und vielleicht noch ein wenig mit ihm geplaudert, doch sie entschied sich anders. Er sollte sie nicht für aufdringlich halten.

Auf dem Weg zur S-Bahn kreisten ihre Gedanken. Es stimmte ja: Wie lange wollte sie mit dem Gespräch mit Jürgen noch warten? Ein paar Tage? Oder bis nächstes Wochenende? Sollte sie ihm schreiben? Oder lieber anrufen? Vielleicht sollte sie das später entscheiden – die großen Gefühle, die die Geburt in ihr ausgelöst hatten, hallten noch in ihr nach. Oder *gerade* jetzt? Genau deswegen? Damit sie Jürgen direkt von diesem wunderbaren Erlebnis berichten konnte? Am Bahnhof Friedrichstraße stieg sie aus und betrat eine Telefonzelle. Ihre Eltern hatten nichts dagegen, dass sie heute später kam, es blieb ja lange hell.

Sonja fuhr nach Charlottenburg.

Swing

Sonnabend um siebzehn Uhr zwanzig – die Bäckerei war geschlossen. Sonja blieb vor dem Schaufenster stehen, der Verkaufsraum lag im Dunkeln. Sie musste an ihren ersten Besuch hier denken, im letzten Spätherbst. Damals hätte Karin sie um ein Haar abgewiesen. Nur weil sie sich auf Ninette hatte beziehen können, hatte Sonja zu Jürgen in die Backstube gedurft. Und heute? Wie würde Karin jetzt auf den Besuch reagieren?

Am liebsten hätte Sonja auf die Begegnung mit seiner Schwester ganz verzichtet, aber sie lebte ja nun mal mit Jürgen in einer gemeinsamen Wohnung, und der Onkel gleich nebenan. Die Vogts legten Wert auf starke Familienbande.

Sonja klingelte an der Haustür, Sekunden später näherten sich Schritte, die Tür ging auf.

»Fräulein Falcke, das ist ja ein unerwarteter Besuch. Sie möchten bestimmt zu Jürgen.«

Immerhin! Karin hatte sich Sonjas Namen gemerkt und begrüßte sie freundlich – kein schlechtes Zeichen also.

»Ist Jürgen denn da? Oder fährt er noch Torten aus? Ich möchte nicht stören.«

»Mit den Torten ist er schon durch. Und ich gehe gleich mit einer Freundin ins Kino, aber er hat heute nichts mehr vor, soweit ich weiß. Kommen Sie durch.«

Eine steile Treppe führte in die erste Etage, Karin ging voran, auf dem oberen Absatz drehte sie sich um. »Kommen Sie wieder wegen Ninette?«

Irritiert blieb Sonja auf den Stufen stehen. Karin fragte so unbefangen. War sie nicht informiert über das heikle Missverständnis zwischen Jürgen und Ninette? Oder wusste sie davon, wollte sich aber nichts anmerken lassen?

Sonja versuchte eine diplomatische Antwort: »Wegen Ninette? Nein, nicht direkt. Vor ein paar Wochen haben wir das letzte Mal telefoniert, wir bleiben jedenfalls in Verbindung.«

Karin strahlte. »Jürgen und ich waren doch im März zu Besuch. Wirklich ganz reizende Leute, diese van Halems. Und so bodenständig. Und dann wollte Jürgen mit Ihnen auch noch mal hin. Aber das hat ja leider nicht geklappt. Das musste Ninette kurzfristig absagen.«

Kein Zweifel! Karin kannte die Gründe nicht. Vermutlich hatte Jürgen seiner Schwester nicht erzählt, dass Ninette seine Gefühle nicht erwiderte.

Sonja gab sich unbefangen. »Ninette hat eben viel zu tun mit dem Praktikum. Deswegen musste sie das Treffen verschieben. Aber das holen wir bestimmt nach.«

»Unbedingt! Jürgen freut sich doch so drauf. Und ich freue mich für ihn, dass er diesen netten Kontakt hat.«

Karin warf ihr einen bedeutungsvollen Blick zu, Sonja versuchte zu lächeln. Hatte Karin deswegen so gute Laune? Weil sie weiterhin glaubte, ihr Bruder würde in eine Fabrikantenfamilie einheiraten? Sonja stand immer noch auf der Treppe – einen halben Meter unter Karin.

»Ach, nun kommen Sie doch durch, Fräulein Falcke.«

Karin führte sie in einen modern möblierten Flur, in der neuen Wohnung von Sonjas Eltern sah es ähnlich aus.

»Abzulegen haben Sie ja nichts bei der Wärme. Dann warten Sie doch bitte kurz in unserer Stube«, Karin öffnete eine breite Tür.

Fast wäre Sonja zurückgewichen: Dieses Wohnzimmer war ein Gründerzeitmuseum! Seit dem Tod ihrer Großeltern im Harz hatte Sonja solche Möbel nicht mehr gesehen –

schon gar nicht bei jungen Leuten. Und hier fühlte Jürgen sich wohl?

Karin schien Sonjas Gedanken zu ahnen. »Stammt alles noch von den Eltern unseres Vaters. Wir halten die Möbel in Ehren.«

»Das ist schön«, sagte Sonja so überzeugt wie möglich. Sollte sie jetzt auf die Tradition in ihrer eigenen Familie hinweisen? Lieber wechselte sie das Thema. »Übrigens, Fräulein Vogt: Danke für Ihre rote Motorradkappe, die Sie mir geliehen haben. Im Februar, als Jürgen mich zum Kino abgeholt hat.«

Karin antwortete nicht gleich, offenbar erinnerte sie sich nicht an Jürgens Kinobesuch mit Sonja. Und wenn er mit Ninette ausgegangen wäre?, überlegte Sonja. Dann hätte Karin ihn bestimmt ausgequetscht und sich jede Einzelheit gemerkt. Aber er hatte sich ja bloß mit Sonja getroffen, einer unwichtigen Bekanntschaft.

Jetzt lächelte Karin. »Stimmt ja, die Kappe. Die hat Ihnen hoffentlich gute Dienste geleistet.«

»Ja, ganz herzlichen Dank, meine Ohren sind jedenfalls warm geblieben.« Um nicht unhöflich zu wirken, setzte Sonja nach: »Und wenn ich fragen darf: Wie geht es denn Ihrem Onkel?«

»Ach, danke der Nachfrage, schon deutlich besser. Er ist wieder halbe Tage in der Backstube, aber er darf sich nicht überanstrengen.« Karin wies auf das wuchtige Sofa: »Setzen Sie sich doch, Fräulein Falcke. Ich gebe Jürgen Bescheid, der bewirtet Sie dann. Das will er sich bestimmt nicht nehmen lassen.«

»Sehr nett, danke«, Sonja sank in den dunkelgrünen Sofaplüsch.

Die großen goldbraunen Ornamente der Tapeten, die

schweren Eichenmöbel, der unechte Perserteppich – alles schluckte Licht. Auf einem Beistelltisch, einer Kommode, einem Eckschrank sowie an sämtlichen Wänden standen oder hingen Fotografien von sonntäglich gekleideten Menschen, die steif und ernst in die Kamera blickten. Bestimmt die vogtschen Vorfahren. Sonja überlegte: Jürgen hatte seiner Schwester also Ninettes Zurückweisung verschwiegen. Aber warum? Wollte er Karin nicht enttäuschen? Oder machte er sich doch noch Hoffnungen auf Ninette? Hatte die es sich womöglich anders überlegt und hegte jetzt doch Gefühle für Jürgen? Aber das hätte sie Sonja doch wohl längst erzählt, oder? Und vor allem: Sollte Sonja ihn darauf ansprechen? Aber dann würde sie ihn womöglich kränken.

Er kam herein. Mit seinem grau gestreiften Sommerhemd zu den Bluejeans bot er einen wohltuenden Kontrast zu den Bildern der Vorfahren. Seine Freude wirkte echt. »Sonja, so eine Überraschung. Wie schön!«

Sie stand auf. »Jürgen, ich weiß wohl: Du hast einen gewissen Abstand gebraucht. Ich hoffe, es ist dir recht. Sonst komme ich lieber später irgendwann.«

Damit war sie gleich an einem heiklen Punkt. Nahm er ihr den Besuch übel? Nein, zumindest sah es nicht danach aus.

»Du bist herzlich willkommen, Sonja. Und jetzt trinken wir erst mal was. Du magst doch Cola? Bei dem warmen Wetter bestimmt mit Eis?«

»Ja bitte.«

Er ging hinaus und ließ die Tür offen stehen. Sie hörte, wie er in der Küche mit Gläsern und Eiswürfeln hantierte. Wieder schweifte ihr Blick durch den Raum. Hier wollte sie nicht bleiben. Dies war nicht der Platz, um sich über Liebesdinge auszutauschen. Aber was dann? Sollte sie ihn fragen, ob es einen Balkon gab, auf den sie sich setzen könnten? Oder einen kleinen Garten? Er hatte sicher auch ein eigenes Zimmer, aber darauf wollte sie ihn nicht ansprechen, das wäre unschicklich gewesen.

Er kam mit der Cola zurück. »Hast du Hunger, Sonja? Karin und ich machen gleich noch ein kleines Abendbrot, bevor sie losmuss. Du kannst selbstverständlich mitessen.«

Nein, mit Karin wollte Sonja sich nicht an einen Tisch setzen, jedenfalls nicht heute. Andererseits: Wenn Karin nachher wegginge, wäre Sonja allein mit Jürgen, eine gute Gelegenheit zum Reden. Aber bis dahin würde es noch dauern, und vorher würde sie einem Essen mit seiner Schwester nicht entgehen können. Sonja legte sich eine Strategie zurecht.

»Bloß keine Umstände. Tut mir übrigens leid, dass ich nicht vorher angerufen habe. Aber ich habe mir den Besuch ganz spontan überlegt, in der S-Bahn. Ich komme nämlich gerade aus Marienfelde, aus dem Notaufnahmelager.«

Erwartungsgemäß fragte er: »Ach so? Und was hast du da gemacht?«

»Ist eine längere Geschichte«, sie prostete ihm zu und erzählte im Schnelldurchlauf von den Erlebnissen: Die Ost-Berliner Proteste, die russischen Panzer, die Flucht zum Checkpoint Charlie, der Sturz, Ullas rettende Arme, die schwere Erkrankung von Monikas Tante Ilse, Sonjas erster Besuch im Aufnahmelager, die kaufmännischen Prüfungen und schließlich ihr Einsatz bei der Geburt des kleinen Peter.

Jürgen staunte. »Das hast du alles erlebt? In so kurzer Zeit?«

»Na ja. Ist ja schon fast ein Vierteljahr her, dass wir uns das letzte Mal gesehen haben.«

»Auch wieder wahr.«

Es entstand eine Pause. Komm schon!, dachte Sonja. Jetzt

wäre ein guter Moment, um über Ninette zu reden. Und darüber, dass Karin offenbar nichts von dem Missverständnis zwischen ihrem Bruder und Ninette wusste. Doch Jürgen erwähnte Ninette nicht. Dann eben später, entschied Sonja und tastete sich vor. »Jürgen, ich würde gern ein bisschen spazieren gehen. Die Sonne scheint so wunderbar, und es ist nicht zu heiß. Das sollten wir doch ausnutzen.«

»Ach ja?«, er schaute zum Fenster, als müsste er sich erst noch vom Sonnenschein überzeugen. Vermutlich hatte er längst verstanden, worüber Sonja mit ihm sprechen wollte, und die Situation war ihm peinlich.

»Ich will dich natürlich nicht vom Abendbrot abhalten«, fuhr sie fort. »Nur leider habe ich gar keinen Hunger. Aber ich kann auch einfach bloß kurz bleiben, dann könnt ihr in Ruhe essen, Karin und du.«

Er schüttelte den Kopf. »Mach dir keine Gedanken, Karin und ich essen ja oft zusammen, und großen Hunger habe ich sowieso nicht. Deine Idee ist prima. Möchtest du gleich los?«

»Ja bitte, bei dem herrlichen Wetter.«

Sie tranken ihre Gläser aus, Jürgen ging kurz in sein Zimmer, um etwas zu holen, dann gab er Karin Bescheid.

Ihr Abschied von Sonja war genauso freundlich wie die Begrüßung. Dass die gemeinsame Mahlzeit ausfiel, schien sie nicht zu stören. »Dann vielleicht bis zum nächsten Mal, Fräulein Falcke.«

»Ja gern, Fräulein Vogt, und vielen Dank für die Cola.«

Sonja lächelte. Das wäre geschafft.

Kurz darauf überquerten die beiden den Spandauer Damm, von dort führte der Weg durch eine ausgedehnte Schreberkolonie. Sie wollten in den Ruhwaldpark, dort war Sonja zuvor noch nicht gewesen. An Sommerwochenenden herrschte hier lebhaftes Treiben, die Kleingärtner ernteten

Obst und Gemüse, zwischen den Parzellen liefen fröhlich lärmend die Kinder umher. Sonja hätte gern noch länger ihre Blicke über den einen oder anderen Gartenzaun schweifen lassen, andererseits wollte sie Jürgen, der öfter herkam, nicht langweilen. Ein längeres Gespräch war in diesem Trubel kaum möglich.

»Der Park liegt gleich dahinter«, meinte er. »Und ganz hinten gibt es einen kleinen See mit ein paar schönen Plätzen.«

So ein wunderbarer Spaziergang. Wäre da nicht dieses schwierige Thema gewesen, das vor ihr lag, hätte Sonja jubeln mögen.

Sie ließ sich von Jürgen durch den Park führen. Zweimal umrundeten sie den Teich, Sonja erzählte begeistert von ihren Besuchen im Notaufnahmelager, vor allem von Ullas Arbeit in der medizinischen Abteilung und natürlich von der Geburt des kleinen Peter. Beim Anblick einer Gruppe junger Enten meinte sie: »Die haben es gut. Brüten ihre Eier aus, und der Nachwuchs kann sofort laufen und schwimmen. Bei uns Menschen ist das ja viel komplizierter.«

Er schmunzelte. »Die Geburt vorhin lässt dich nicht los, was? Die schwirrt dir immer noch heftig im Kopf rum.«

»Und erst recht im Herzen! Es ist doch großartig, dass in so kurzer Zeit ein neuer Mensch heranwächst. In einem anderen Menschen.«

Jürgen nickte. »Ich kann das nicht beurteilen, ich war ja noch nie dabei. Aber du hast sicher recht. Und wie toll du durchgehalten hast. Wahrscheinlich ist es gut, dass die Väter nicht mit in den Kreißsaal kommen. Die würden ja reihenweise in Ohnmacht fallen.«

»Aber sie würden auch sehen, wie stark eine Frau sein kann: was sie alles erträgt, und wie schnell sie den Schmerz vergisst, wenn das Baby erst mal da ist. Vor lauter Mutterliebe. Und dass sie dann meist ja noch mehr Kinder haben will.«

»Das stimmt«, sagte Jürgen leise.

Sie sahen einander nicht an, doch Sonja hoffte, dass sie in diesem Moment das Gleiche dachten, wenn sie es auch nicht aussprachen.

Wie in allen öffentlichen Grünanlagen hatten die Berliner auch im Ruhwaldpark während der Hungerjahre die Bäume abgeholzt und als Brennholz verwendet. Inzwischen hatte die Stadt den Park neu bepflanzen lassen, die Vegetation erholte sich. Jürgen und Sonja entdeckten eine Bank, die ein wenig abseits lag. Der Platz zwischen den jungen Bäumen gab den Blick auf den Hauptweg frei. Das war praktisch, fand Sonja. Falls die Unterhaltung stockte, könnten sie sich über die anderen Parkbesucher unterhalten, und bei normaler Lautstärke würde niemand ihr Gespräch mithören können. Sie setzten sich. Ein Blatt Schreibmaschinenpapier hätte zwischen sie gepasst – längs gelegt – dreißig Zentimeter. War das viel oder wenig? Egal. Man konnte ja zusammenrutschen. Oder auseinander. Je nachdem. Denn eins stand für Sonja fest: Sie würde es heute herausfinden! Sie würde ihm so lange die passenden Fragen stellen, bis sie endlich wusste, wie es mit ihnen weitergehen konnte. Ob er in ihr bloß die Kameradin sah oder ob da mehr sein könnte. Und warum seine eigene Schwester anscheinend nichts von seiner Aussprache mit Ninette wusste. Und falls Jürgen nichts von sich preisgäbe, wäre das auch eine Art von Antwort. Dann hätte diese schreckliche Ungewissheit wenigstens ein Ende. Und Sonja würde die Konsequenzen ziehen.

Sie wollte vorsichtig auf Ninette zu sprechen kommen, da wandte er sich ihr zu: »Sonja, mir tut das so leid, was passiert ist und dass wir dich mit reingezogen haben. Du hattest dich so auf die Fahrt nach Hamburg gefreut, und wir holen das nach, ganz bestimmt. Ninette und ich haben das ja nun geklärt.«

Er sprach nicht weiter, Sonja sah ihn fragend an. Verstand er, worum es ihr ging? Nein, offenbar nicht.

»Ich habe bisher ja nur mit Ninette darüber gesprochen«, sagte sie sanft. »Deine Gefühle dazu kenne ich nicht, Jürgen, und die gehen mich auch gar nichts an. Aber vorhin hat Karin so eine Bemerkung gemacht, daraus bin ich nicht schlau geworden.«

»Ich weiß, was du meinst«, sagte er unbefangen. »Ich habe Karin noch nichts erzählt von dem Missverständnis zwischen Ninette und mir. Karin denkt, du und ich mussten unseren nächsten Hamburg-Besuch verschieben, weil Ninette so viel zu tun hat.«

»Und warum hast du Karin noch nichts gesagt?«

Er antwortete mit einer Gegenfrage. »Als Ninette dich an dem Abend angerufen hat, wegen der Absage. Hat sie da keine Andeutung gemacht? Dass da ein anderer Mann ist?«

»Ach so?« Sonja ließ sich den kleinen Freudenhüpfer in ihrem Herzen nicht anmerken. »Nein, von einem anderen Mann hat sie nicht gesprochen. Und dir hat sie das erzählt?«

»Nicht direkt, aber ich habe es schon geahnt. Bei unserem Treffen an dem Nachmittag, als sie mir gesagt hat, dass sie meine Gefühle nicht erwidert, da hatte ich das Gefühl, sie verschweigt mir was. Und das konnte ja nur ein anderer Mann sein.«

»Aber du hast sie nicht danach gefragt?«

»Nein, ich wollte das erst mal verdauen, ich war ja ziemlich vor den Kopf gestoßen. Und deswegen habe ich es Karin auch noch nicht erzählt. Die macht sich ja Hoffnung, es wird mehr aus Ninette und mir.«

»Karin wird dann schrecklich enttäuscht sein. Darum wartest du noch damit?«

»Ja. Wenn ich es Karin schon sagen muss, dann will ich auch gleich dazusagen: Ninette hat einen anderen. Dann wird Karin zwar immer noch schwer enttäuscht sein, aber sie steht dann vor vollendeten Tatsachen.«

Im Stillen ärgerte Sonja sich. Warum machte Jürgen es derartig kompliziert? Weshalb nahm er so viel Rücksicht auf seine Schwester?

Er suchte Sonjas Blick. »Und ich habe das jetzt richtig verstanden: Du hast noch keine Post von Ninette?«

Sie stutzte. »Nein.«

»Heute Morgen war nichts bei dir im Briefkasten?«

»Die Post kommt bei uns immer erst um elf, und da war ich heute schon unterwegs.«

»Ach so. Dann ist ja gut, dass ich den eben eingesteckt habe«, er holte einen Brief aus seiner Hosentasche, ein schmales Kuvert aus edlem Papier. »Ninettes Verlobungsanzeige.«

»Sie hat sich verlobt?« Sonja konnte bloß noch den Kopf schütteln. »Ohne uns vorher was zu sagen?«

»Ja. Reinhard Carus heißt der Glückliche. Sagt dir das was?«

»Nie gehört.«

»Ich auch nicht«, Jürgen zog die Briefkarte aus dem Umschlag. »Man verlobt sich nicht Knall auf Fall, diesen Reinhard kennt sie bestimmt schon lange. Wahrscheinlich mit Geld, eine standesgemäße Partie eben. Und sie hat nichts gesagt, weil sie mich wohl nicht kränken wollte.«

Sonja besah sich die Karte: elfenbeinweißes Bütten, darin kupferfarben die Namen und zwei verschlungene Ringe. Die Feier hatte bereits am vergangenen Sonntag stattgefunden.

»War noch irgendwas dabei? Ein paar persönliche Zeilen?«

»Nein, nur die Karte hier.«

»Aber das passt nicht zu Ninette. Sonst ist sie doch immer so aufmerksam.«

»Vielleicht kommt das noch. Jedenfalls kann ich Karin die Karte zeigen, und damit ist klar, dass aus Ninette und mir kein Paar wird. Es ist völlig sinnlos, sich da noch irgendwelche Hoffungen zu machen.«

»Wohl wahr«, Sonja räusperte sich. »Und dass Ninette deine Gefühle nicht erwidert, hat bestimmt nichts mit deinem Charakter zu tun, Jürgen. Das hat sie dir doch auch gesagt, oder?«

Er schaute auf den Brief. »Ja.«

»Eben!« Sie spürte den Kloß im Hals. Jürgen tat ihr leid – nicht nur wegen Ninettes Zurückweisung, auch weil er diese komplizierte Schwester hatte.

Sonja setzte sich aufrecht hin und schaute hinüber zum Weg. Eine junge Familie ging spazieren, die Mutter schob einen Kinderwagen mit hohem Verdeck, der Vater hatte einen Arm um ihre Schulter gelegt.

»Jürgen?«

»Ja, Sonja?«

Sollte sie es wagen? Ach natürlich! Wenn nicht jetzt, wann dann? »Jürgen, beim Tanzkurs im Internat letztes Jahr. Da habe ich Ninette immer beneidet, weil sie mit dir tanzen durfte.«

»Ach so?«, fragte er vorsichtig.

Sie suchte seinen Blick, er lächelte.

»Dann bin ich jetzt mal dran: Ich möchte mit dir tanzen.«

»Auf dem Ku'damm?«, fragte er neckend. »In der Tanzschule von Paul Bienefeld? Foxtrott und Langsamer Walzer?«

Sie zeigte sich schlagfertig. »Wozu? Du kannst doch tanzen, Jürgen. Du bringst mir das bei. Und am liebsten Swing.«

Er lachte. »Ja dann!«

Sie wurde ernst. »Und ich möchte dir gern noch was sagen.«

»Bitte«, seine Stimme klang sanft.

Sie atmete tief. »Ninettes Herz ist nicht mehr frei, das wissen wir also. Und was ist mit deinem? Wenn das nämlich frei wäre, dann ...«

»Pschscht ...«, er tippte seinen Zeigefinger auf ihre Lippen und rückte heran, die Außenseiten ihrer Schenkel berührten einander.

»Sonja«, sagte er leise. »Ich muss mich entschuldigen. Du hast dich bemüht, und ich habe es nicht verstanden. Meine dummen Gefühle für Ninette haben zwischen uns gestanden, und ich Idiot habe das nicht kapiert. Aber du warst geduldig, du hast dich nie aufgedrängt, dafür danke ich dir.«

Sie reichte ihm beide Hände. So blieben sie lange sitzen.

*

»Möchtest du was essen?«, fragte die Mutter, als Sonja an diesem Abend nach Hause kam.

»Danke, ich hab keinen Hunger mehr.«

Das war nicht gelogen. Sonja war so selig, so voll wonniger Gefühle, da blieb kein Platz mehr im Magen. Weil ihre Eltern ohnehin keine Ruhe gelassen hätten, erzählte sie vom Kreißsaaleinsatz und dem Parkbesuch mit Jürgen.

Sonjas Vater staunte. »Eine Geburt?! Und dir ist nicht schlecht geworden? Du hast alles gut überstanden?«

»Ja. Fast so gut wie die Mutter.«

Die drei lachten.

»Übrigens ist Post für dich gekommen«, die Mutter legte ein schmales Kuvert hin – das bekannte edle Papier.

»Das ist Ninettes Verlobungsanzeige. Die hat Jürgen heute auch gekriegt.«

»Ach so? Wie lange ist das jetzt her, als Ninette euren Besuch abgesagt hat? Weil Jürgen sich so unglücklich in sie verguckt hat.«

»Zwei Monate. Im Mai war das.« Sonja öffnete den Umschlag: auch hier bloß die gedruckte Karte, keine persönlichen Zeilen. »Diesen Reinhard hat Ninette nicht erwähnt und eine Verlobung schon gar nicht, vielleicht wollte sie Jürgen nicht noch mehr wehtun als ohnehin schon. Ich schreibe ihr die nächsten Tage, dann klären wir das in aller Freundschaft.«

»Tut das, Süße«, meinte der Vater. »Du machst das bestimmt sehr nett, schließlich willst du Ninette nicht vor den Kopf stoßen.«

»Natürlich nicht. Wie schon gesagt: in aller Freundschaft. Den Kontakt halten wir in jedem Fall, schon allein wegen meinem Kosmetiksalon.«

Der Vater nickte zufrieden.

»Und wie geht es Jürgen?«, fragte die Mutter. »Hat er diese Enttäuschung mit Ninette verkraftet?«

»Einigermaßen. Er leidet immer noch ein bisschen, vor allem wegen ihrer Verlobung. Das hat er ja erst durch die Anzeige heute erfahren.«

»Ach so? Das hatte sie ihm vorher nicht gesagt?«

»Nein. Sie wollte ihm wohl nicht noch mehr wehtun. Übrigens: Wir wollen nächsten Sonnabend tanzen gehen, in Charlottenburg in einem Eiscafé. Zusammen mit ein paar Freunden von Jürgen. Und er bringt mich dann nach Hause«, Sonja sah zwischen ihren Eltern hin und her. »Das erlaubt ihr mir doch? Ich bin bis elf zurück.«

Die Eltern nickten einträchtig.

»Ist doch ein netter junger Mann«, meinte die Mutter.
»Und wir wissen ja, dass wir dir vertrauen können.«

Später am Abend saß Sonja auf ihrem kleinen Balkon und betrachtete die Lichter der vorbeifahrenden Autos. Die Luft war lau. Jürgen in Charlottenburg und sie im Wedding. Jeder Meter, der zwischen ihnen lag, ließ Sonjas Sehnsucht wachsen. Wie sollte sie das bloß aushalten? Zwei Tage! Erst dann würde sie wieder Jürgens Stimme hören. Und bis zum nächsten Treffen würde es noch länger dauern. Was Jürgen wohl machte? Vielleicht war er ja zurückgegangen auf die Bank im Park und dachte an ihr Gespräch, den Moment ihres großen Versprechens. Vielleicht fühlte er jetzt das Gleiche wie Sonja, diese wahnsinnige Freude, diese unendliche Zärtlichkeit, die in ihrem Herzen wogte. Sie hob den Blick. Nein, einen überwältigenden Sternenhimmel konnte man in der Großstadt nicht erwarten, aber ein paar Sterne ließen sich doch erkennen – die besonders hellen. Plötzlich fühlte sie, wie sie selbst von Helligkeit durchströmt war, sie schloss die Augen und weinte vor Freude, als ob eine Welle von Seligkeit sie trüge. Zurück im Zimmer, machte sie sich bettfertig. Bevor sie das Licht löschte, küsste sie ihrer alten Lieblingspuppe die Wangen und strich ihr über das Flachshaar. Sonjas Kindertage lagen längst hinter ihr, und auch die Backfischzeit war vorüber. Von nun an hatte sie einen Menschen, mit dem sie ihr Leben verbringen wollte. Ach, Jürgen!

*

Am Sonntag unternahmen Sonjas Eltern einen Ausflug zu den Tegeler Seen, sie selbst blieb zu Hause und rief Monika an.

Die Freundin freute sich mit ihr. »Wenn Ninette sich jetzt

verlobt hat, dann ist Jürgens Herz doch für dich frei. Oder hat er schon eine andere?«

»Zumindest hat er nichts erwähnt. Und ob aus ihm und mir was wird, ist ja auch noch nicht klar.«

»Ist er denn verliebt in dich?«

»Ich weiß nicht. Ich glaub schon.«

Monika kicherte. »Ach komm, das weißt du doch. Oder bist du so vorsichtig geworden nach der Sache mit Ninette?«

»Vielleicht ist Jürgen ja vorsichtig geworden. Jedenfalls gehen wir Sonnabend tanzen, er will mir seinen Freundeskreis vorstellen.«

»Also sind auch andere Mädchen dabei?«

»Na sicher. Und ich würde mich riesig freuen, wenn du auch mitkommst.«

Sonja erzählte von den Swing-Abenden im Charlottenburger Eiscafé – ohne Kapelle, aber mit einer riesigen Musikbox.

»Wir können doch gar keinen Swing«, wandte Monika ein. »Oder hast du den im Internat gelernt?«

»Ach was!« Sonja lachte. »So was Wildes war da streng verboten. Aber das bringen er und seine Freunde uns schon bei, meint Jürgen. Wenn man Quickstepp und Cha-Cha-Cha kennt, dann lernt man Lindy Hop wohl auch ganz leicht. Man darf nur in den Hüften nicht steif sein, man muss ja immer schön federn.«

Sie lachten.

»Ich würde schon gern mitkommen«, meinte Monika. »Ich habe bloß keinen passenden Rock dafür. Reine Baumwolle schwingt ja nicht so schön.«

»Ach, wozu habe ich Ferien? Ich näh dir einen. Und mir gleich auch.«

Für den nächsten Tag verabredeten sie sich in einem Stoffgeschäft auf der Seestraße. Die Oberteile für den Tanzabend brachten sie mit: Sonja einen roséfarbenen Häkelpulli, Monika eine strahlend weiße ärmellose Bluse.

Kaum fiel das Wort Swing, erzählte die Verkäuferin von ihrer Jugend unter Hitler: »Swingtanzen in öffentlichen Lokalen war verboten. *Hottentottenmusik* nannte man das. Völlig undeutsch. Ein Verstoß gegen das gesunde Volksempfinden. Sogar in den eigenen vier Wänden musste man aufpassen, dass einen die Nachbarn nicht denunzierten. Meine Freundin hatte einen Onkel in Amerika, der hat ihr die Platten geschickt, in Paketen mit doppeltem Boden. Glenn Miller und Benny Goodman und all die wunderbaren Aufnahmen. Und wenn unsere Eltern nicht da waren, haben wir die gehört, leise natürlich. Und dazu auf dicken Socken getanzt.«

Sie zeigte Monika und Sonja ein paar Georgette-Stoffe.

»Hochwertige, dichte Ware. Schön fließend, damit die Röcke auch schwingen, und Sie brauchen keinen Futterstoff.«

Sonja entschied sich für schlichtes Schwarz, Monika für ein helles Türkis mit kleinen dunkelblauen Quadraten.

Die Verkäuferin hielt den Stoff neben Monikas Kopf. »Daraus machen Sie sich am besten auch ein kleines Halstuch, die Farbe passt so wunderschön zu Ihrem Haar.«

Sie rechneten die nötigen Meter aus. Bis zur Hüftmitte sollten die Röcke anliegen, dann weiter werden und zum Saum hin glockig fallen.

»In Amerika ist Swing ja schon aus der Mode«, meinte die Verkäuferin. »Da gibt es jetzt Rock 'n' Roll.«

Sonja hatte in der Kinowochenschau einen Bericht gesehen. »Das ist dieser ganz schnelle Tanz, mit den weiten Röcken und den Tüllunterröcken?«

»Ja, Petticoats. Und getanzt wird ganz wild«, die Verkäuferin seufzte wehmütig. »Ich bin bald vierzig, für mich ist das nichts mehr. Aber demnächst wird die Mode von Amerika zu uns rüberschwappen, dann kann man sich vorstellen, was die Zeitungen schreiben werden.«

Monika grinste: »Dass die Jugend völlig verrückt geworden ist?«

»Genau. Und dass sie jetzt wirklich tanzen wie die Neger. Dagegen war Swing ja noch richtig anständig.«

*

Die neuen Röcke saßen perfekt. Am Sonnabendnachmittag drehten sich die Mädchen vor dem Garderobenspiegel der Falckes. Sonjas Mutter stand daneben und summte *In the Mood*. Seit einigen Wochen ging es ihr besser, sie lebte auf, offenbar hatte sie Oma Babs' Tod überwunden.

»Dürfen wir uns ein bisschen schminken, Mutti? Nur einen kleinen Lidstrich und Wimperntusche und einen ganz leichten Lippenstift?«

Sie erlaubte es gern.

Sonja und Monika hätten mit der Bahn zum Luisenplatz fahren können, doch Sonjas Vater brachte sie mit seinem weißen Käfer und begleitete sie bis zur Tür.

Sie amüsierte sich. »Hast du Angst, Jürgen bestellt uns in eine dunkle Spelunke?«

»Sicher ist sicher, Kind. Ihr seid erst siebzehn, und Monikas Eltern möchten bestimmt auch wissen, wo ihre Tochter verkehrt.«

Das Eiscafé Venezia machte einen höchst zivilisierten Eindruck. Neben dem Verkaufstresen prangte eine riesige Musikbox, für den Tanzabend hatte man Stühle und Tische an den Rand gerückt.

»Und?«, neckte Sonja. »Bist du jetzt beruhigt?«

Der Vater nickte lächelnd.

Jürgen, der schon wartete, begrüßte ihn formvollendet. »Keine Sorge, Herr Falcke. Ich bringe die Mädchen pünktlich nach Hause, mein Onkel hat mir seinen Opel geliehen.«

»Mein Vater möchte den Opel besichtigen«, kicherte Sonja. »Sicher ist sicher! Monikas Eltern möchten bestimmt wissen, in welchem Auto ihre Tochter gefahren wird. Besonders, wenn es kein VW ist.«

Sie erklärte dem verdutzten Jürgen den Hintergrund für ihren Scherz. Dass ihr Vater vor lauter Sorge ganz exakt wissen wollte, wie der Abend abliefe. Alle vier lachten – und selbstverständlich nahmen sie die beige Limousine von Jürgens Onkel genau in Augenschein.

»Sehr gepflegt«, befand Sonjas Vater. »Dann übergebe ich unsere beiden jungen Damen gern in Ihre Obhut, Herr Vogt.«

Sonja frohlockte: Wie gut er und Jürgen sich doch verstanden!

Sie begleiteten den Vater zum Käfer und warteten, bis er abgefahren war, dann meinte Monika. »So, ihr Hübschen. Ihr wollt doch bestimmt gern ein paar Minuten für euch sein. Ich gehe schon mal rein.« Sie ging allein zurück zum Eiscafé.

Jürgen und Sonja suchten sich einen ruhigen Platz neben einer Litfaßsäule, Arm in Arm blieben sie stehen.

»Wirklich sehr nett, deine beste Freundin. Aber das hatte ich auch gar nicht anders erwartet.«

»Das stimmt, danke«, Sonja hätte gern noch mehr Freundliches über Monika erzählt, doch das konnte warten. Diese wenigen Augenblicke allein mit Jürgen wollte sie ganz ihm widmen. Sie schmiegte ihren Kopf an seine Schulter, er strich ihr übers Haar. Wie neulich auf der Parkbank schwiegen sie, kein Wort der Welt hätte ihre Gefühle noch vertiefen können. Nach langen Tagen der Sehnsucht durften sie einander endlich wieder nah sein, da galt es, jeden Moment so gut wie möglich zu genießen. Doch nach zehn Minuten gingen sie zurück. Auch wenn keine strengen Verwandten, sondern lauter liebe Freunde auf sie warteten: Unschöne Gerüchte sollten gar nicht erst aufkommen.

Im Eiscafé hatte sich Jürgens Freundeskreis versammelt. Mit vielen war er im Charlottenburger Kiez aufgewachsen. Alle – auch die jungen Frauen – begrüßten Sonja und Monika aufs Herzlichste. Denn darauf wollte Sonja genau achten: Wie ging Jürgen mit den Mädchen hier um? Gab es eine, die längst sein Herz erobert hatte? Und nun eifersüchtig auf Sonja war? Im ersten Moment jedenfalls deutete nichts darauf hin.

Jürgen wies auf einen leicht untersetzten jungen Mann mit kurzen blonden Locken. »Unser Rolf ist der großartigste Konditor Berlins – das glaubt man ihm natürlich sofort, wenn man ihn sieht. Aber er ist auch der beste Tänzer hier. Er hat uns allen den Swing beigebracht.«

Die anderen applaudierten. Unter großem Hallo gesellte sich Cafébetreiber Luigi dazu. Sein Großvater war zu Beginn des Jahrhunderts von Oberitalien nach Berlin gekommen und hatte hier eine der ersten Eisdielen eröffnet. Jetzt sammelte er die Musikwünsche seiner Gäste ein.

»Und ihr beide habt wirklich noch nie Swing getanzt?«, fragte Rolf. »Kann man sich ja kaum vorstellen.«

»Na ja«, Monika zog den Mund schief. »Ein paar Schritte schon. Die älteren Mädchen auf der Realschule haben uns das manchmal in der Pause gezeigt. Aber im Grunde konnten die das auch nicht richtig.«

Sonja nickte. »Und wenn die Lehrerinnen das gesehen haben, sind sie sofort dazwischengegangen.«

»Wieso das denn? Swingtanzen ist doch schon lange nicht mehr verboten.«

»Trotzdem. Es hieß immer: Swing ist nichts für Backfische. Wenn wir unbedingt so sittenlos tanzen wollen, dann sollen wir wenigstens warten, bis wir achtzehn sind«, Monika lachte. »Oder lieber einundzwanzig.«

»Typisch Lehrerinnen! Die gönnen einem den Spaß nicht. Weil sie neidisch sind auf die jungen Leute«, Rolf wandte sich an Luigi. »Wir fangen bitte mit *Chattanooga Choo Choo* an. Damit kann ich am besten das Bouncing erklären.«

»Bouncing?« Den Ausdruck kannte Sonja nicht.

»Ja. Das Wippen im Knie«, Luigi grinste. »Da muss alles schön locker sein, sonst kann es ja nicht swingen.«

Ehe Sonja und Monika fragen konnten, standen sie schon neben Rolf auf der Tanzfläche.

»Vergesst erst mal das, was ihr vom Standardtanz kennt. Im Swing ist alles viel lockerer, vor allem in Hüften und Knien. Und ihr müsst bis acht zählen, nämlich so: eins, zwei, dreiundvier, fünf, sechs siebenundacht. Schafft ihr das?«

Sonja und Monika amüsierten sich. Sie wollten sich Mühe geben, versprachen sie. Luigi drückte die Knöpfe der Musikbox, das Orchester von Glenn Miller erklang, und Rolf begann mit ein paar Übungen im Stand: das Wippen auf den Fußballen, das Federn in den Hüft- und Kniegelenken. Es folgten die ersten einfachen Schritte, Rolf tanzte mit Monika, Jürgen mit Sonja, und schon bald stellten die Herren fest: Ihre beiden Damen waren echte Naturtalente. Im Laufe des Abends lernten sie Wechselschritte, Promenaden und erste kleine Drehungen, und als Dean Martin schließlich sein *Sway* sang, kam es Sonja vor, als würde sie an Jürgens starken Armen durch den Raum schweben.

*

Um Viertel nach zehn brachte Jürgen die Mädchen zurück in den Wedding, es hatte angefangen zu regnen. Sie fuhren zuerst zum Leopoldplatz, die Ebelings wohnten nicht weit vom Friseursalon. Monika bedankte sich für den wunderbaren Abend, und in ihrem Blick ließ sich lesen: Sie wünschte den beiden Glück, die Freundin hatte mit Jürgen eine gute Wahl getroffen. Sonja lächelte zurück. Ja, finde ich auch!, sollte das heißen.

Jürgen bog auf die Müllerstraße ein, fünfzig Meter vor Sonjas Haus fand er eine Parklücke.

»Wir haben noch ein bisschen Zeit zum Reden. Ich hatte dir ja was versprochen.«

»Wegen Karin? Du hast ihr die Verlobungskarte gezeigt?«

»Ja«, er stellte den Motor ab und löschte die Scheinwerfer. »Und sie war heftig enttäuscht. Sie hat sogar geweint. Erst am nächsten Tag hat sie sich wieder eingekriegt.«

Sonja verschwieg ihre wahre Meinung: Eine Graciosa-Erbin heiratete keinen Bäcker aus Charlottenburg – nicht mal einen mit immer mehr Filialen. Ein Sprichwort sagte zwar: *Wo die Liebe hinfällt, sind alle gleich.* Aber die Auswahl an jungen Männern mit reichen Eltern war bestimmt groß genug, damit die Liebe auch dort hinfallen konnte, wo Geld zu Geld kam. So dachte Sonja – und ließ sich nichts anmerken. Jede Kritik an seiner Schwester hätte Jürgen sicher gekränkt.

Sonja gab sich einfühlsam. »Oje, die arme Karin. Ist sie denn drüber weg?«

»Einigermaßen, aber noch nicht so ganz. Und ich bin ja auch schuld dran.«

»Wie meinst du das?«

»Na ja, ich habe mich da reingesteigert. Dass Ninette etwas für mich empfindet, und Karin hat das auch gedacht, obwohl es ja gar nicht so war.«

»Bloß ein Missverständnis«, Sonja wiederholte die Sätze ihrer Eltern. »So was kommt vor im Leben. Und bei tiefen Gefühlen passiert das leicht. Das versteht Karin doch bestimmt.«

»Sie findet es zumindest gut, dass Ninette und ich die Sache so früh klären konnten. So bleiben wir eben Kameraden.«

»Ja sicher. Übrigens: Ich habe Ninette einen Brief geschickt.«

Jürgen fühlte sich ertappt. »Das muss ich auch noch machen. Was hast du denn geschrieben? Nur die Glückwünsche zur Verlobung oder mehr?«

»Noch ein paar Zeilen dazu. Dass du und ich letzte Woche im Park spazieren waren. Und von unserem Tanzabend heute. Aber alles ziemlich sachlich.«

Er schmunzelte. »Aha. Ein sachlicher Tanzabend also?«

»Genau. Weil du ihr ja bestimmt auch was über dich und mich schreiben willst. Und dann kannst du selbst überlegen, ob das sachlich werden soll oder nicht.«

»Sehr nett von dir«, über die Mittelkonsole hinweg hielt er ihre Hand. »Es regnet nicht mehr. Wir gucken mal, ob der Himmel noch da ist.« Er öffnete das Schiebedach, Wange an Wange schauten sie durch die Luke. Nicht der kleinste Stern war zu sehen.

Sonja seufzte. »Nur Wolken. Schade. Wir haben heute fast Vollmond.«

»Nur fast?«

»Ja. Eigentlich erst morgen.«

»Das weißt du so genau?«

»Klar. An meinem Zimmer habe ich einen kleinen Balkon. Da sitze ich oft abends und spreche mit dem Mond.«

»Aha?«, fragte Jürgen amüsiert. »Und was erzählt der dir so?«

»Na, dass es ganz schön anstrengend ist. Dieses ewige Abnehmen und Zunehmen. Und immer diese ganze Romantik, für die er herhalten muss.«

»Dann freut er sich ja bestimmt, dass er heute hinter den Wolken bleiben darf. Da kann er sich endlich mal ausruhen«, Jürgen schwieg einen Moment. »Und für die Romantik sind wir dann wohl selbst zuständig.«

Sie lachten und wurden gleich darauf ernst, denn endlich, endlich fragte Jürgen, wonach Sonja sich so gesehnt hatte: ob sie es miteinander versuchen wollten. Die nächsten Tage, Wochen, Monate und vielleicht das ganze Leben?

Zum Abschied berührten sich zart ihre Lippen, und auf dem Weg zur Haustür kam es Sonja zum zweiten Mal an diesem Abend vor, als würde sie schweben.

*

Sechs Wochen waren es noch bis zum Beginn der Kosmetikschule, so lange hatte Sonja Ferien. Sie durfte den Sommer genießen – und ihre Liebe. Es war ernst: Sie hatten sich einander versprochen, doch sie wünschten sich eine Zeit der Prüfung. Seine Arbeit forderte Jürgen voll und ganz, und auf Sonja kam die nächste Schulzeit zu. Passten sie wirklich zueinander? Konnten ihre Empfindungen dem Alltag standhalten? Das wollten sie in den kommenden Monaten herausfinden. Weihnachten oder Silvester wäre dann ein guter Zeitpunkt für die offizielle Verlobung mit Ringtausch.

So häufig wie möglich wollten sie telefonieren, doch das war gar nicht so einfach, wenn niemand von dem großen Glück wissen sollte. Der frühe Nachmittag erwies sich als günstig, dann waren Sonjas Eltern im Autohaus, und Jürgens Mitarbeiter hatten schon Feierabend, während er sich noch um die Verwaltung kümmerte. Am Montag um halb drei rief er an und klang so zärtlich wie vor zwei Tagen. In Sonja loderten die Gefühle, und ihm ging es wohl ähnlich. Überwältigt von ihren Empfindungen, fiel es beiden schwer, die richtigen Worte zu finden. Doch sie spielten sich aufeinander ein und beendeten das Gespräch schweren Herzens nach zwanzig Minuten. Dreiundzwanzigeinhalb Stunden mussten vergehen, bis Jürgen sich wieder melden würde. Sonja zählte die Minuten, und der Anruf am Dienstag war genauso wunderbar und vielleicht sogar noch schöner als der davor.

Nach dem Telefonat ging Sonja los. Das Geschenk zu Peters Geburt sollte hübsch und praktisch sein, am Bahnhof Wedding lag eine gut sortierte Drogerie. Sonja entschied sich für zwölf Windeln aus bester Baumwolle und eine hellblaue Rassel, deren Griff auch als Beißring diente.

Die Bahn kam pünktlich. In Marienfelde nahm Sonja den gewohnten Weg, von Weitem hörte sie Kasulzkes Organ, wieder füllten Hunderte von Flüchtlingen den Vorplatz. Sie ging grüßend an der Warteschlange vorbei.

»Lassen Sie mal die junge Dame durch!«, ordnete Kasulzke an. »Die muss was erledigen. Im Medizinbüro!«

Sonja bedankte sich.

Nachmittags stand Ulla nur eine kurze Pause zu – doch lang genug für ein Stück Blechkuchen und eine Tasse Muckefuck. Sie schmunzelte. »Glaub bloß nicht, dass ich nachfrage. Eben als du reinkamst, habe ich das schon an deinem Strahlen gesehen. Hat dann ja wohl geklappt mit deinem Jürgen?«

Sonja erzählte von Ninettes Verlobung mit einem gewissen Reinhard Carus, von den wunderbaren Stunden mit Jürgen im Park, vom Rock-'n'-Roll-Abend und von einem Versprechen, das noch geheim bleiben sollte.

»Na siehste«, Ulla hob die Tasse. »Alles gut gegangen. Herzlichen Glückwunsch.«

»Danke. Und darf ich dich jetzt auch was fragen? Was Persönliches?«

Ulla lachte. »Ob ich selbst einen Mann habe und Kinder? Weil du so anständig bist, hast du bis jetzt nicht gefragt. Aber nun willst du das wissen, oder?«

»Ja klar.«

»Ach, Mädchen. Das ist kein großes Geheimnis. Der Weltkrieg hat mir das verleidet, der Erste wohlgemerkt. Ich wollte Krankenschwester werden, um den jungen deutschen Soldaten zu helfen, mit achtzehn kam ich ins Frontlazarett. Was ich da gesehen habe, hat mir fast den Glauben an die Menschheit geraubt, deswegen bin ich auch noch Hebamme geworden. Ich wollte nicht nur dabei sein, wenn Menschen abtreten, sondern auch, wenn sie auf die Welt kommen. So was gibt Hoffnung, trotz allem. Bloß: Verheiratet war ich nie, und eigene Gören habe ich auch nicht. Aber die Babys, die ich hole, das sind alles meine«, Ulla legte die Kuchengabel beiseite. »Ich muss wieder. Geh du mal rüber zu Frau Lübbau, Zimmer acht, schräg gegenüber vom Kreißsaal.«

»Ach so? Sie liegt immer noch auf der Krankenstation?«

»Keine Angst, alles in Ordnung. Aber in den Wohnblocks drüben ist es so unruhig. Hier können wir ihr ein eigenes Zimmer geben. Ist doch besser für Mutter und Kind.«

Sonja nickte. »Und ihr Mann? Sitzt der immer noch in Bautzen?«

»Leider immer noch keine Nachricht, die Arme wartet weiter. Aber es gibt was Neues zu Dr. Kemberg: Seine Anerkennung ist durch, er verlässt uns morgen. Hat eine Stelle in Schöneberg, Auguste-Viktoria-Klinik. Und du kommst bitte nächste Woche wieder. Oder rufst wenigstens an.«

Sonja versprach es. Inzwischen kannte sie sich in diesem Teil des Lagers aus. Der Weg in den Krankentrakt führte nicht nur durchs Medizinbüro, es gab einen Seitenzugang. Sie klopfte an, die Tür ging auf, doch nicht Frau Lübbau blickte ihr entgegen, sondern Kemberg – ohne weißen Kittel. Oh, wie schön. Sonja hatte sich so sehr gewünscht, ihn noch einmal zu sehen, bevor er das Lager verließ. Und nun ergab sich die Gelegenheit ganz von allein. Sie ließ sich ihre Begeisterung nicht allzu sehr anmerken – schließlich wollte sie nicht aufdringlich wirken.

Seinem Lächeln nach zu urteilen freute er sich offenbar auch. Er tippte sich mit dem Zeigefinger auf die Lippen: »Peter schläft gerade ein.«

Sonjas Blick fiel auf das leere Krankenbett.

»Alles in Ordnung«, flüsterte Kemberg. »Frau Lübbau ist in einer Viertelstunde wieder da.«

Ach so? Und jetzt? Sollte Sonja draußen warten?

»Kommen Sie rein, Fräulein Falcke.«

Sonja schloss die Tür hinter sich und trat ans Babybett. Peter schlief, die kleinen Fäuste rechts und links neben dem Kopf, mit jedem Atemzug bewegten sich die Nasenflügel, der Mund machte zaghafte Saugbewegungen.

Sonja ging das Herz auf. »Wie der sich verändert hat in den elf Tagen. Und das Köpfchen: richtig schön rund.«

»Klar, jetzt können sich die Schädelknochen entfalten«, Kemberg schmunzelte. »Und Sie, Fräulein Falcke? Hatten Sie noch seelische Nachwehen? War ja schließlich Ihre erste Geburt.«

Sonja ging auf den Ton ein. »Danke, Herr Doktor. Ich habe mich bestens erholt.«

»Na, dann können wir ja alle zusammen stolz sein. Und unser Peter nuckelt wie ein Weltmeister, seine Mama braucht jeden Tag eine Extraportion Butter und Malzbier. Eben bin ich reingekommen, um mich zu verabschieden, da hat Frau Lübbau gefragt, ob ich ein Viertelstündchen beim Kleinen bleibe, damit sie in den Duschraum kann. Heute Morgen gab es kein warmes Wasser mehr, die Boiler sind überlastet. Und die Schwestern haben so viel um die Ohren, die freuen sich, wenn man ihnen das Kinderhüten abnimmt. Aber das tue ich gern, im Moment habe ich ja noch Zeit.«

»Das ist trotzdem sehr nett von Ihnen«, wieder fielen Sonja seine grauen Augen auf, sein milder Blick. Sachlich fügte sie hinzu: »Schwester Ulla hat das eben erzählt. Sie sind jetzt als politischer Flüchtling anerkannt, und eine Stelle haben Sie auch schon. Wieder in der Frauenheilkunde?«

»Ja. Und einen Platz im Personalwohnheim. Da teilen wir uns mit vier Kollegen ein Zimmer, ist aber nur für den Übergang, es wird ja viel gebaut.«

Zu gern hätte Sonja gewusst, was er angeführt hatte, um die Anerkennung als politischer Flüchtling zu bekommen, doch sie wollte nicht aufdringlich erscheinen. Außerdem brannte ihr etwas anderes unter den Nägeln – etwas, das nicht Kemberg, sondern sie betraf, oder besser: Jürgen und sie. Aber sollte sie dieses heikle Thema wirklich ansprechen? Andererseits: Wann hätte sie demnächst die Gelegenheit, in Ruhe mit einem Frauenarzt zu reden? Kemberg war bestimmt absolut verschwiegen, und flüstern mussten die beiden ja sowieso gerade. »Ich würde Sie gern was fragen, Herr Doktor. Wenn ich darf. Was Medizinisches.«

Wahrscheinlich ahnte er, worum es ging. »Ja sicher. Wollen wir uns setzen?« Er wies auf zwei Hocker neben dem Waschbecken. »Nicht besonders bequem, aber bei einer Beratung doch besser, als zu stehen.«

Sie nickte erleichtert. »Beratung« hatte er gesagt, das klang so erwachsen. So ernst und sachlich.

Das winzige Zimmer bot nicht viele Möglichkeiten, Kemberg stellte die Hocker zwischen Krankenbett und Babybett.

»Bitte schön.«

Erst nachdem sie Platz genommen hatte, setzte er sich selbst und drehte sich so, dass sie einander nicht ständig ansehen mussten. Sehr rücksichtsvoll, fand Sonja. »Es ist so, Herr Doktor: Ich möchte unbedingt Kinder. Nur eben erst in ein paar Jahren, wenn ich verheiratet bin.«

Kemberg nickte, er schien es gewohnt zu sein, über das heikle Thema offen zu reden. »Natürlich, Fräulein Falcke. Elternschaft ist eine große Verantwortung, und jeder Frau sollte die Funktion der Fortpflanzungsorgane vertraut sein, ob verheiratet oder nicht. Hat Ihnen denn eine ältere Vertrauensperson das Wichtigste erklärt?«

»Ja, meine Mutter, als zum ersten Mal meine …«, sie unterbrach sich, Kemberg wusste ja, was sie meinte. »Und im Hauswirtschaftsinternat gab es eine Art Unterricht, das nannte sich Unterweisung in die weibliche Biologie, also eine Art Gesundheitslehre. Wir haben etwas über die Schwangerschaft gelernt, aber nicht, wie man eine verhütet. Angeblich darf eine Frau das erst erfahren, wenn sie verheiratet ist. Ich weiß schon, dass man Präservative verwenden kann. Und das würde ich natürlich mit meinem Verlobten besprechen.«

»Sie sind also verlobt?«

»Selbstverständlich«, sagte sie mit Nachdruck, Kemberg sollte nichts Falsches von ihr halten. »Aber die Verlobung ist ganz frisch, deswegen tragen wir noch keine Ringe.«

Er lächelte. »Dann meine herzlichste Gratulation.«

»Vielen Dank«, Sonja lächelte zurück. »Also die Frage: Präservative soll man benutzen, aber so ganz sicher sind die auch nicht, oder?«

»Ja, das stimmt, die können unbemerkt reißen, das passiert gar nicht so selten. Haben Sie denn schon mal ein Präservativ gesehen?«

»Nein. Wäre das denn wichtig? Dass ich vorher mal eins sehe?«

»Nicht unbedingt. Am besten überlassen Sie das Ihrem Verlobten, der kann ja die Präservative kaufen. Männern ist das meist nicht so peinlich, und auf öffentlichen Männertoiletten gibt es auch Automaten. Ihre Präservative sollten vorn ein Reservoir haben, um den Samen aufzufangen. Und sie sollten feucht sein.«

»Es gibt also auch trockne?«

»Ja, aber die sind etwas für erfahrenere Paare. Benutzen Sie lieber feuchte.«

Sonja verstand den Zusammenhang nicht, doch sie nickte. Sie wollte bloß über Verhütung sprechen, nicht über geschlechtliche Erfahrung. Das wäre ihr dann doch zu peinlich gewesen.

»Und noch etwas«, fuhr Kemberg fort. »Sie dürfen beide keine Allergie gegen Latex haben.«

»Latex?«

»Ja, vulkanisiertes *Gummi arabicum,* daraus bestehen Präservative.«

Sonja dachte an ihren Regenponcho fürs Fahrrad, der hatte eine Gummibeschichtung, aber damit ließ sich ein Präservativ wohl kaum vergleichen. »Und das Gummi ist ganz dünn?«

»Ja. Gefühlsecht, wie man so schön sagt. Ihr Verlobter sollte vorher unbedingt den richtigen Gebrauch eines Präservativs lernen. Das geht auch ohne Partnerin, ich meine: allein.«

Sonja erschrak. »Allein?!«

»Ja sicher, Fräulein Falcke. Und das ist nicht anstößig. Er tut es ja für Sie beide. Wenn er sich vorher damit vertraut macht, ist das ein Zeichen seiner Verantwortung.«

»Ach so. Ja, stimmt natürlich. Dann sage ich ihm, dass er das bitte macht.«

»Genau. Dafür hat er dann sicher Verständnis. Und jetzt reden wir am besten noch über die Knaus-Ogino-Methode. Haben Sie davon schon mal was gehört.«

Sonja erinnerte sich an die Tuscheleien der älteren Mädchen auf dem Schulhof. »Hat das was mit den unfruchtbaren Tagen zu tun?«

»Richtig. Das ist ja schön, Sie wissen doch schon so einiges. Im Monatszyklus gibt es Tage, an denen eine Frau mit hoher Wahrscheinlichkeit schwanger wird. Und andere, da ist es eher unwahrscheinlich. Man kann ausrechnen, wann die fruchtbaren und unfruchtbaren Tage sind, aber diese Methode allein ist sehr unsicher. Grundsätzlich kann eine Frau an jedem Tag schwanger werden, sogar während der Blutung.«

»Sogar dann?! Aber da kann man doch gar nicht …«, Sonja stockte.

Kemberg beschwichtigte. »Ich meine das von einem grundsätzlichen Standpunkt aus: Im weiblichen Körper kann jederzeit innerhalb weniger Tage eine befruchtungsfähige Eizelle heranreifen. Da spielt die Gemütsverfassung eine große Rolle, Aufregung zum Beispiel oder große Freude. Aber wenn Sie Ihr intimes Zusammensein auf die üblicherweise unfruchtbaren Tage beschränken und dann Präservative benutzen, sind Sie vor einer Schwangerschaft recht gut geschützt.«

»Und wie berechnet man diese Tage?« Sonja holte einen Taschenkalender hervor. »Das mit dem Zyklus ist angekreuzt.«

»Dann schauen wir mal.«

Kemberg stellte noch ein paar Fragen und schrieb zwei Rechenschritte auf, an denen Sonja sich orientieren konnte. Die beiden beendeten das Gespräch im richtigen Moment, Frau Lübbau kam vom Duschen zurück.

Wandlungen

Sie wollten ihre Liebe in Ruhe prüfen. Noch konnte Sonja sich nicht vorstellen, mit Jürgen auch körperlich zu verschmelzen, dafür brauchte sie eine Zeit der inneren Vorbereitung. Kembergs Beratung hatte ihr geholfen. Mit welcher Selbstverständlichkeit er über die heiklen Dinge gesprochen hatte, sachlich und trotzdem sensibel. Er machte keine moralischen Vorhaltungen, sondern zeigte Verständnis für die Liebe unter jungen Menschen. Ganz anders als diese Bonner Politiker, die der katholischen Kirche nach dem Munde redeten und forderten, jede Frau solle unberührt in die Ehe gehen.

Je weiter die Woche voranschritt, umso stärker wuchs die Sehnsucht. Jeden Nachmittag telefonierten sie, und als der Wetterbericht ein stabiles Hoch ankündigte, verabredeten sie sich zu einem Ausflug ins Strandbad am Wannsee. Sonja badete schon jetzt – nämlich in Glückseligkeit.

Am Donnerstagabend – sie war dabei, Radieschen zu schneiden – klingelte das Telefon. »Kannst du bitte kommen?«, fragte Monika. »Möglichst schnell? Ich bin noch im Salon. Es ist was Schlimmes.«

Sonja erschrak. »Mit Tante Ilse?«

»Nein, der geht's unverändert. Aber ein Brief von der Handwerkskammer. Es war heute heftig was los hier, ich konnte eben erst nach der Post gucken«, Monika schluchzte auf. »Ist alles kompliziert. Komm am besten. Bitte!«

»Ja klar, bis gleich«, Sonja wusch sich die Hände, hastete hinunter ins Autohaus und gab Bescheid, dann schwang sie sich aufs Fahrrad. Um zwanzig vor sieben klingelte sie am

Salon. Monika, mit einer dicken Schicht Puder im Gesicht, schloss auf.

»Die anderen sind alle im Feierabend. Von dem Brief habe ich noch keinem was gesagt außer dir, Tante Ilse soll sich doch nicht aufregen, und meine Eltern haben keine Ahnung von Betriebswirtschaft.«

Sie gingen in den Personalraum und tranken Himbeerwasser, heute konnte das tiefe Rosarot die Stimmung nicht heben. Sonja nahm sich das Schreiben der Handwerkskammer vor: Der Friseursalon sei aufgrund der Erkrankung von Frau Ilse Ebeling seit einem Monat ohne Meister und könne so nicht weitergeführt werden. In besonderer Weise gefährdet sei dadurch die Lehre von Fräulein Monika Ebeling. Die im Salon tätigen Gesellinnen seien nicht befugt, den Betrieb oder die Ausbildung zu leiten. Sollte nicht binnen zwei Wochen dort wieder ein Meister tätig sein, werde die Kammer die Gewerbeaufsicht einschalten und den Salon schließen lassen. Zur Abhilfe sei die Kammer bereit, einen vertretenden Friseurmeister zu stellen. Hierfür entstünden durch Frau Ebeling zu tragende Kosten von viertausendzweihundert Mark für zunächst sechs Monate, zu entrichten im Voraus.

Sonja pustete Luft aus den Wangen. »Viertausendzweihundert Mark. Ganz schön happig.«

»Nicht bloß happig. Unverschämt ist das! Und unsozial! Sollen wir unsere Gesellinnen etwa rausschmeißen?« Mit einem Tuch wischte Monika sich den schmierigen Belag aus Tränen und Puder von den Wangen. »Ich mache meine Lehre nicht woanders weiter, auf keinen Fall. Außerdem: Wenn wir ein halbes Jahr dichtmachen, laufen uns die Kundinnen weg. Die kommen dann so schnell nicht wieder. Einige sind schon abgesprungen, weil Ilse fehlt.«

»Wissen die Ärzte denn jetzt, wann sie wieder arbeiten kann?«

»Wahrscheinlich erst in ein paar Monaten. Dann soll sie es langsam angehen lassen, und sie muss ja drei Tage die Woche an die künstliche Niere. Wahrscheinlich ihr Leben lang.«

»So oft? Das heißt, sie könnte sowieso nur jeden zweiten Tag arbeiten?«

»Ja, aber das ist kein Problem. Aus der Berufsschule kenne ich ein Mädchen, wo die Meisterin nur halbe Tage im Salon ist. Das erlaubt die Handwerkskammer.«

Sonja überlegte. »Wenn Tante Ilse in sechs Monaten wieder arbeiten kann, dann macht es doch Sinn, den Salon zu halten. Die viertausendzweihundert Mark müsstet ihr dann eben irgendwie auftreiben. Und das Geld ist ja nicht ganz weg. Wenn ein tüchtiger Meister kommt, wirtschaftet der ja auch was rein.«

»Aber nicht genug«, wandte Monika ein. »Wir kennen doch die Zahlen. Siebenhundert Mark pro Monat, das schafft auch ein guter Meister nicht. Und Ilse hat ja noch Schulden von der ganzen Einrichtung hier.«

»Und es ist fraglich, ob die Bank den Kredit weiter aufstockt. Was ist denn mit deinen Eltern? Oder anderen Verwandten? Würden die wenigstens die Zinsen übernehmen, wenn ihr den Kredit in der nächsten Zeit nicht weiter tilgen könnt?«

»Na ja. Du kennst ja unsere Familie. Wir kommen alle gerade so über die Runden, für die Zinsen reicht es vielleicht«, Monika seufzte. »Und du mit deiner Erbschaft? Du brauchst das Geld für die Kosmetikschule, oder? Und du willst dich ja auch selbstständig machen?«

»Genau. Es wäre was anderes, wenn ich wüsste, ich hätte das Geld in sechs Monaten sicher zurück. Aber bei den Umständen hier ist das ja noch nicht klar, das Risiko für mich bliebe ziemlich groß.«

»Und deine Mutter? Die hat doch auch was geerbt.«

»Ja, dreieinhalbtausend Mark. Über die Hälfte davon hat sie in unsere neue Wohnung gesteckt. Und den Rest der Aktien will sie behalten, als eiserne Reserve. Da geht sie nur im absoluten Notfall dran.«

Monika nickte. »Kann man verstehen, Ilse und ich gehören schließlich nicht zu eurer Familie.«

»Und was ist mit Godewind? Wenn der ständig arbeitet, dann müsste der doch auch gut verdienen?«

»Schon. Nur: Soweit ich weiß, investiert er alles wieder ins Geschäft. Außerdem braucht er Geld für die Scheidung. Auch wenn seine Frau Schuld kriegt, muss er wenigstens für Frank Unterhalt zahlen.«

»Er will seine Familie verlassen, um mit Ilse sein Leben zu verbringen. Da müsste er doch alles dransetzen, dass sie den Salon behalten kann. Sonst schneidet er sich ins eigene Fleisch.«

»Ich könnte ihn fragen«, meinte Monika wenig überzeugt. »Aber wahrscheinlich würde Tante Ilse sein Geld nicht gern annehmen.«

»Wieso das denn nicht? Er ist doch jetzt der Mann an ihrer Seite, oder nicht?«

»Jedenfalls kümmert er sich um sie. Aber sie macht sich schlimme Vorwürfe wegen ihrer Tablettensucht. Alles ihre eigene Schuld, sagt sie, und er muss das jetzt mit ausbaden.«

Sonja zog die Brauen hoch, zu dem heiklen Punkt sagte sie lieber nichts. »Die Handwerkskammer gibt euch zwei Wochen, ihr müsst also nichts überstürzen. Geh am besten erst mal nach Hause, deine Eltern warten bestimmt mit dem Abendbrot. Besprecht das in Ruhe, dann sehen wir weiter. Und ich habe auch Hunger.«

Auf der kurzen Rückfahrt dachte sie an Ulla. Die hatte sich an keinen Mann gebunden und keine Kinder bekommen, sondern immer nur anderen Menschen geholfen. Ob Ulla wirklich nie eine eigene Familie vermisste? Bei Gelegenheit würde Sonja sie danach fragen, ganz behutsam natürlich. Doch ganz egal, wie zufrieden Ulla auch sein mochte – diese Art von Leben wäre nichts für Sonja, das wusste sie sicher. Über einen anderen Punkt musste sie gründlich nachdenken.

*

Wenn Sonja an Jürgen dachte, durchliefen kleine Schauer ihren Körper. Sie hätte tanzen und jubilieren können, und ihr war, als ob die Welt sich rosa färbte und dann golden und dann wieder rosa.

In der Nacht zum Sonntag ließ sie die Vorhänge offen und wachte mit den ersten Sonnenstrahlen auf. Der Wetterbericht hatte einen prachtvollen Tag versprochen, sie wollte jede der hellen Stunden auskosten. Um fünf Uhr trat sie auf ihren kleinen Balkon. Beim Anblick der Morgenröte ergriff ein warmes Gefühl ihr Herz. Es war der Beginn eines neuen Lebens, erfüllt von Glück und Liebe.

Acht Tage ohneeinander – eine endlos lange Zeit. Heute wollten sie endlich zusammen ins Strandbad. Immer wenn sie den geplanten Ausflug erwähnt hatte, war von ihrer Mutter ein ahnungsvolles Lächeln gekommen. Sonja hatte sie nicht darauf angesprochen. Warum sollte sie sich beeilen, den Eltern ihre Gefühle zu erklären? Der richtige Moment würde schon noch kommen.

Wer an einem solchen Julisonntag einen schönen Platz am Sandstrand haben wollte, musste zeitig da sein. Um sieben Uhr betrat Sonja die Küche, ihre Eltern schliefen noch.

Eine Tasse Malzkaffee und ein Marmeladenbrot reichten als erstes Frühstück. Sie füllte eine Thermoskanne mit gesüßtem kaltem Pfefferminztee und packte auch ein paar Äpfel ein, für die belegten Brote hatte Jürgen sich zuständig erklärt. Er wollte am Westkreuz einsteigen, in den dritten Waggon hinter dem Triebwagen. Sonja würde am Fenster stehen und winken.

Zwanzig Minuten, so lange brauchte sie nicht zum S-Bahnhof Wedding, trotzdem ging sie schon los. Wie schön war es, auf diesen einen Zug zu warten.

Im Waggon stellte sie ihre Tasche neben sich auf die Bank.

»Sie erwarten bestimmt noch jemanden?«, fragte eine ältere Frau, die ihr gegenübersaß.

»Ja, mein Bekannter steigt gleich zu«, lieber hätte sie »mein Verlobter« gesagt, aber noch trugen sie keine Ringe.

Kurz vor dem Westkreuz bremste der Zug sanft ab, Sonja wies auf das Fenster. »Darf ich aufmachen?«

Die Frau lächelte. »Na sicher. Ihr Bekannter soll Sie ja finden.«

Mit Rucksack und gut verstautem Strandschirm stand Jürgen auf dem Bahnsteig und winkte ihr zu. Sie fing seinen Blick auf, und sofort durchströmte sie ein warmes Gefühl. Zitterte sie, oder kam es ihr nur so vor? Kurz hielt sie sich am Fensterrahmen fest, niemand sollte merken, was in ihr vorging. Keine Minute später kam er zu ihr in den Waggon, sie hauchte ihm einen Kuss auf die Wange, höflich grüßte er die Frau auf der Bank gegenüber. Die Bahn setzte sich wieder in Bewegung, sie schauten hinaus in den Berliner Sommer.

Als sie am Bahnhof Wannsee auf den Vorplatz traten, neckte er sie: »So, zum Internat geht's da drüben lang. Wir könnten im Gymnastikraum ein bisschen Tango tanzen.«

Lachend gingen sie hinüber zum Strandbadbus.

Es war richtig gewesen, so früh zu kommen. Die Schlange vor dem Kassenhäuschen war noch überschaubar, und sie fanden einen Platz direkt am Wasser. Jürgen breitete seine Decke aus, Sonja streifte ihr Baumwollkleid ab. Den schlichten blauen Badeanzug hatte sie letztes Jahr fürs Internat gekauft und wegen der züchtigen Ausschnitte zu bieder gefunden. Jetzt war sie froh darüber, so fühlte sie sich Jürgen gegenüber sicherer. Seine dunkelgraue Badehose reichte vom Nabel bis zur Oberschenkelmitte, ein altmodisches Modell also. Vermutlich hatten sie den gleichen Gedanken gehabt: beim ersten Schwimmbadbesuch lieber zu viel Stoff als zu wenig. Sonjas Blick streifte Jürgens Körper, was sie sah, gefiel ihr. Vor allem sein Oberkörper war muskulös – kein Wunder bei dem Beruf. Die Maschinen erledigten längst nicht alle schweren Arbeitsschritte, Brotbacken war immer noch anstrengend.

Sie wollten nicht gleich schwimmen, Seite an Seite saßen sie auf der Decke und schauten aufs Wasser. Wie eine große blaue Verheißung lag der See vor ihnen, beim Anblick der Boote geriet Sonja ins Schwärmen: Wenn sie in den nächsten paar Jahren nicht zu viel Geld ausgäbe, könnte sie sich einen preiswerten Verein leisten und den Segelschein machen.

»Das klappt schon«, er nahm ihre Hand. »Ich will nämlich auch Segeln lernen. Und wenn die Bäckerei weiter so gut läuft, suchen wir uns einen Verein mit richtig schicken Booten. Vielleicht haben wir irgendwann sogar ein eigenes.«

Sonja seufzte selig. Wie wunderschön waren die gemeinsamen Zukunftspläne. Fast kamen ihr vor Glück die Tränen. Sie sprang auf. »Dann mal rein! Wer zuerst an der Korkkette ist!«

Sie rannte los, er holte sie schon auf den ersten Metern ein. Der See war nicht kalt, Hand in Hand liefen sie weiter, sobald das Wasser tief genug war, ließen sie sich fallen. Als Kind hatte Sonja auch Kraulen gelernt, jetzt legte sie zügig ein paar Meter zurück, dann drehte sie sich auf den Rücken und sah zu Jürgen hinüber. Er machte ein paar ungelenke Bewegungen – Bruststil mit erhobenem Kinn.

Sie lachte. »Gib's ruhig zu! Du tust nur so!«

Er gab sich geschlagen: Sie hatte ihn durchschaut.

»Dann zeig mal, was du kannst!«

»Auf deine Verantwortung!« Mit kräftigen Armschlägen zog er vorbei, seine Technik war viel besser als ihre. An der Korkkette, die den Badebereich abgrenzte, trafen sie sich wieder.

»Hilfst du mir?«, fragte sie herausfordernd. »Damit meine Kraultechnik besser wird.«

»Ja sicher«, er stupste mit dem Zeigefinger auf ihre Nase. »Am besten nächsten Sommer. Da macht die Bäckerei Vogt zum ersten Mal Betriebsferien, so richtig schön drei Wochen am Stück. Ist zumindest geplant.«

»Na dann«, sie schwamm wieder los, er folgte. Nach einer halben Stunde landeten sie erschöpft und glücklich zurück am Strand.

Nein, heute würde Sonja nicht zur Umkleide gehen, um sofort die nassen Sachen loszuwerden – den üblichen Warnungen zum Trotz. Bei dieser Wärme konnte man es wagen, das Badezeug am Körper trocken zu lassen.

Sie lachten, weil sie aus ihren Taschen die gleichen Cremedosen zogen, gelb mit braunem Schriftzug, der gute Sonnenschutz von Delial – und somit nicht hergestellt von Ninettes Firma.

»Schmierst du mir den Rücken ein?«, fragte Jürgen. »Aber

nur, wenn es dir nichts ausmacht. Sonst kann ich auch einen Mann hier fragen.«

»Ach was, leg dich hin«, mit beiden Händen cremte sie ihn ein, dabei achtete sie auf ihre Bewegungen. Es sollte nicht zärtlich wirken, und schon gar nicht hingebungsvoll, aber doch so, dass er merkte: Sie tat es gern. Seine Haut war heller als ihre, und nicht nur sein Gesicht, auch seine Schultern waren übersät mit Sommersprossen.

»Und jetzt du bitte bei mir.«

»Stets zu Diensten, gnädiges Fräulein.«

Fürsorglich cremte Jürgen die Haut zwischen Sonjas Nacken und dem Rückenteil ihres Badeanzugs ein – inklusive einer kleinen Massage. Dann spannten sie den Strandschirm auf, dösten vor sich hin, erzählten von den Schwimmbadbesuchen ihrer Kindheit, gingen ab und zu ins Wasser, aßen belegte Stullen und Äpfel und ließen den traumschönen Tag vorbeiziehen. Sie berührten einander kaum, doch in ihren Blicken und Gesten lag alle Zärtlichkeit der Welt.

Nachmittags meinte Jürgen: »So, wertes Fräulein. Dann bitte ich Sie auf die Caféterrasse. Zu echter Bohne und dem besten Bienenstich der Stadt.«

Sie lachte. »Den besten Bienenstich backst du doch wohl. Also hast du den hierhin liefern lassen?«

»Leider nicht, der stammt von meinem alten Kumpel Kalli Eisert aus Steglitz. Er beliefert tatsächlich die Gastronomie hier. In der Berufsschule haben die Lehrer ihn schon immer gelobt für den Bienenstich.«

Der Weg zum Café führte vorbei am Toilettengebäude. Hier waren sich Sonja und Godewind im letzten Jahr begegnet – das harmlose Treffen und später das eifersüchtige Verhalten von Agnes, die Sonja unter Druck gesetzt hatte, ihr den Säuglingspflegeaufsatz zu schreiben. Sonja überlegte, ob sie Jürgen davon erzählen sollte, aber jetzt war kaum der richtige Zeitpunkt, über den Schönen Walter zu sprechen. Auch vom Verhältnis mit Ilse wusste Jürgen noch nichts.

Den Kiosk samt Tischen und Stühlen ließen sie links liegen, Jürgen führte Sonja zur eleganten Caféterrasse. Eine Serviererin brachte Kaffee und Kuchen.

Doch ja, diesen Bienenstich musste Sonja loben. »Aber du kriegst den genauso gut hin, oder?«

»Nicht ganz. Der gute Kalli tut einen besonderen Likör in die Puddingcreme, aber er verrät nicht, welchen.«

Sie lachten und wurden wieder ernst, denn Jürgen kam auf seinen Onkel zu sprechen. Die chronische Bronchitis hatte sich wieder verschlimmert, sogar jetzt im Hochsommer. Durch die Lungenkrankheit sei auch das Herz belastet, und vermutlich könne er bald gar nicht mehr arbeiten.

»Müsst ihr noch einen Gesellen einstellen?«

»Ja, und zum Glück kriegen wir das finanziell hin«, Jürgen ließ sich seufzend im Stuhl zurückfallen. »Mein Wunschtraum ist, dass ich in ein paar Jahren nicht mehr um halb vier rausmuss. Gerade wenn man Frau und Kinder hat, ist das blöd. Das frühe Aufstehen gehört ja zum Beruf, aber als Chef ginge das auch anders. Zumal nachmittags sowieso der Bürokram an mir hängen bleibt, und das wird ja noch mehr, wenn mein Onkel gar nicht mehr helfen kann. Da wäre es schön, wenn ich morgens später anfangen könnte.«

»Stimmt«, sie lächelte. »Für die eigene Familie ist das bestimmt besser.«

»Und dein Kosmetiksalon? Bis sieben, halb acht abends hättest du da auch zu tun, oder?«

»Mindestens. Und sonnabends bis zwölf oder eins.«

»Aber du möchtest schon noch Kosmetikerin werden?«, er legte den Kopf auf die Seite. »Ich meine: weil du jetzt so oft die Leute in dem Aufnahmelager besuchst. Und danach erzählst du immer ganz begeistert.«

Sie begriff, worauf er hinauswollte. »Du meinst, ich könnte da arbeiten? Nicht nur ehrenamtlich, sondern so richtig als Beruf?«

»Etwa nicht? Wenn wir zwei eigene Betriebe hätten, wäre das vielleicht gar nicht so einfach unter einen Hut zu kriegen mit uns beiden«, er sah sie an, zärtlich und liebevoll und ein wenig leidenschaftlich. »Sonja, ich bin glücklich, dass wir hier in Freiheit leben. Und ich kann verstehen, wenn du den Menschen hilfst, die es drüben bei Ulbricht nicht mehr aushalten.«

Sie nickte. Bisher war ein eigener Salon immer ihr großer Wunschtraum gewesen, aber sie gab Jürgen recht: Sie sollte bei all den neuen privaten Plänen noch einmal in sich gehen. Was wollte sie wirklich?

Sie schwammen eine letzte Runde für diesen Tag, dann machten sie sich auf den Heimweg. Am Westkreuz musste Jürgen aussteigen, Sonja begleitete ihn zur Zugtür. Sie schmiegten Wange an Wange, bloß eine kleine Liebkosung, doch Sonja kam es vor, als würden ihre Seelen ineinanderfließen.

*

Am Montagmorgen hatte Sonjas Mutter einen Kontrolltermin beim Zahnarzt, Sonjas Vater brachte sie hin. Anschließend stand eine Besprechung mit dem Werkstattleiter auf seinem Programm, dann würden die ersten Kunden kommen. Sosehr Sonja ihrem Vater einen ruhigeren Wochenbeginn gegönnt hätte – heute freute sie sich über seinen engen Zeitplan, sie hatte die Wohnung für sich.

Sollte sie Ulla anrufen und darum bitten, in der Personalabteilung ein gutes Wort für sie einzulegen? Nein, entschied Sonja. Diese Sache musste sie ganz allein in Angriff nehmen. Im Telefonbuch suchte sie die Nummer der Berliner Senatsverwaltung.

»Die Abteilung für Soziales?«, fragte die Telefonistin. »Worum geht es denn genau?«

Sonja schilderte ihr Anliegen und war kurz darauf mit dem Büro eines gewissen Herrn Pfefferkorn verbunden. Die Sekretärin stellte Sonja durch.

Er hörte ihr zu und meinte: »Also Mittlere Reife, dann ein halbes Jahr Hauswirtschaft und dann die Kurse an der Kaufmannsschule Wedding. Und überall gute Noten? Können Sie Ihre Zeugnisse direkt reinreichen? Möglichst bald? Am besten heute noch?«

Keine Stunde später stieg sie am Anhalter Bahnhof aus der S-Bahn und überlegte, den Bus nach Kreuzberg zu nehmen. Andererseits: Zwanzig Minuten zu Fuß würden ihr guttun bei dem schönen Wetter. Außerdem ließ sich beim Gehen so schön über die Liebe nachdenken. Oder besser: nachfühlen. Ach, Jürgen! Bester Jürgen! Eigentlich hätte sie den ganzen Weg hüpfen und springen mögen, doch das machte wohl nicht den besten Eindruck bei einer jungen Dame, die vorhatte, sich für den öffentlichen Dienst zu bewerben.

An der Oranienburger Straße, nicht weit vom Checkpoint Charlie, residierte in einem stattlichen Backsteinbau die Senatsverwaltung für Soziales. Sonja klopfte am Vorzimmer von Herrn Pfefferkorn, die Sekretärin ließ sie durch.

»Glauben Sie nicht, dass es bei uns immer so schnell geht«, Herr Oberamtsrat Pfefferkorn, ein schmächtiger Endfünfziger mit dunklen Augen und strengem Blick, stand vom Schreibtisch auf. »Das zentrale Notaufnahmelager nimmt in zwei Wochen den regulären Betrieb auf. Aus anderen Abteilungen der Senatsverwaltung versetzen wir viele bewährte Fachkräfte nach Marienfelde, aber an engagierten Kollegen sind wir immer interessiert. Besonders wenn die sich in der Einrichtung schon auskennen, und das ist bei Ihnen ja wohl der Fall«, er überflog Sonjas Unterlagen. »Gut, dann nehmen Sie bitte kurz draußen Platz.«

Sein Ton war sachlich. Weder seinem Blick noch seiner Stimme konnte Sonja entnehmen, wie er die Bewerbung einschätzte. Er begleitete sie in den Warteraum und ging ins Büro zurück. Seine Art gefiel ihr: klar, gerade, ohne Schnörkel. Nach nicht mal zehn Minuten öffnete sich wieder die Schallschutztür.

»Fräulein Falcke, da musste ich mir ja gerade was Schönes über Sie anhören«, Pfefferkorn schmunzelte. »Herr Kasulzke hält große Stücke auf Sie. Und das meine ich ernst.«

»Vielen Dank«, Sonja freute sich, doch etwas verwirrte sie: »Sie haben jetzt mit Herrn Kasulzke telefoniert? Mit Herrn Kasulzke aus Marienfelde? Dem Ordner, der sich draußen um die Flüchtlinge kümmert? In den Warteschlangen?«

»Mit selbigem«, Pfefferkorns Schmunzeln wurde zum Grinsen. »Und das mit den Warteschlangen macht Herr Kasulzke nur vorübergehend. Wie gesagt: Der reguläre Betrieb startet erst in den nächsten Tagen. Dann allerdings ist Herr Kasulzke in dieser Einrichtung der Verwaltungsleiter.«

»Oh!«

Pfefferkorn kostete den Moment aus. »Sie wirken irritiert, Fräulein Falcke. Wussten Sie nicht, welchen Aufgabenbereich er innehat?«

»Nein«, sie fand ihre Haltung wieder. »Entschuldigen Sie bitte. Das wusste ich wirklich nicht.«

»Alles in Ordnung, Fräulein Falcke. Und nichts für ungut,

ich hätte Ihnen das ja sofort sagen können. Also: Herr Kasulzke ist dort Chef der Verwaltung. Logischerweise wäre er Ihr Vorgesetzter. Denken Sie, Sie kämen miteinander aus?«

»Natürlich«, Sonja dachte daran, was Ulla über Kasulzke erzählt hatte: mächtige Berliner Schnauze und tief drinnen butterweich.

Pfefferkorn nickte, vielleicht ahnte er Sonjas Gedanken. »Unser guter Herr Kasulzke hat durchaus seine Qualitäten. Übrigens lässt er fragen, ob Sie Mitte des Monats anfangen können.«

So bald schon?! Damit wären ihre Sommerferien deutlich verkürzt. Sie entschied sich rasch. »Das richte ich gern ein.«

»Bestens. Den Vertrag schicken wir Ihnen bis Ende der Woche zu. Weil Sie noch nicht volljährig sind, brauchen wir dann möglichst bald die Unterschrift des Erziehungsberechtigten. Ihre Eltern wissen doch Bescheid über die Bewerbung?«

Die Lüge kam ihr leicht über die Lippen: »Selbstredend, Herr Oberamtsrat.«

*

Die Zeit drängte, Ende der Woche sollte der Vertrag in der Post sein. Sonja blieben drei Tage, um einige Telefonate zu erledigen. Am Donnerstagabend bat sie ihre Eltern zu einer Unterredung an den Küchentisch. Die beiden zwinkerten sich zu.

»Dazu fällt uns ja gar nichts ein«, meinte der Vater mit gespielter Ahnungslosigkeit. »Unsere Tochter will was mit uns besprechen. Was das wohl bloß sein könnte?«

Die Mutter stand auf und steuerte zum Kühlschrank. »Na, da brauchen wir doch gleich wohl was zum Anstoßen.«

Sonja brauchte ein paar Sekunden, bevor sie begriff: Die Eltern lagen falsch mit ihrer Vermutung – zumindest teilweise. »Moment! Anstoßen können wir gleich noch. Ich muss euch erst mal was sagen.«

»Doch nichts Schlimmes, Kind?! Bist du etwa ...?«

»Mutti! Das traust du mir doch hoffentlich nicht zu. Nein, nichts Schlimmes, sondern was Wichtiges. Setz dich ruhig.«

Die Mutter nahm wieder am Tisch Platz. »Na, da sind wir ja gespannt.«

Sonja holte Luft. »Es geht um meinen Beruf. Da gibt es nämlich eine Änderung: Ich werde nicht Kosmetikerin, sondern gehe in den öffentlichen Dienst. Ich kriege eine Stelle im Notaufnahmelager Marienfelde, also in der Senatsverwaltung. Der Vertrag ist schon fertig, ihr müsst nur noch unterschreiben.«

»Kind!«, die Mutter stöhnte. »Das hättest du uns doch vorher sagen müssen!«

Der Vater schlug mit der flachen Hand auf den Tisch. »Die Kosmetikschule fängt in sechs Wochen an, und du sagst ab? Und glaubst auch noch, dass wir dir das einfach so erlauben?«

Sonja blieb ruhig. Gegen eine sichere Stelle beim Berliner Senat ließ sich nichts einwenden, letztlich würden die Eltern nachgeben.

»Eben!«, verteidigte sie sich. »Gerade weil keine Zeit mehr ist, muss ich mich entscheiden. Die nächsten Monate bin ich da nur als angelernte Kraft, aber später kann ich eine Lehre machen und sogar Beamtin werden. Ich gehe erst mal in die Fürsorgestelle und kümmere mich drum, dass die Flüchtlinge gut eingegliedert werden. Dass sie finanzielle Hilfe bekommen und eine Wohnung und Arbeit finden. Mit Herrn van Halem habe ich schon gesprochen, der ist mir nicht böse.

Und in der Kosmetikschule ist das auch kein Problem, die haben eine Warteliste. Eine andere junge Frau kann sofort den Platz übernehmen und freut sich bestimmt, sagt die Leiterin.«

Aber so schnell ließen sich die Eltern nicht umstimmen.

»Du warst immer so begeistert, Kind. Deine eigene Chefin sein mit den tollen Sachen von Graciosa. Davon hast du doch immer geschwärmt.«

»Deine Mutter hat recht. Überleg mal: von der praktischen Kosmetik zur reinen Büroarbeit. Ist das denn das Richtige für dich?«

»Ach, Vati, so unterschiedlich ist das gar nicht. In beiden Berufen kümmere ich mich um Menschen, nur dass es im Lager um was richtig Grundsätzliches geht. Das ist überhaupt nicht trocken oder langweilig. Jeder Flüchtling bringt ein tragisches Schicksal mit, darum verlässt er ja die DDR. Und ich kann direkt helfen. Gute Kosmetik und ein gepflegtes Make-up sind natürlich auch was Schönes. Aber eine Übersiedlung von einem politischen System in ein anderes: Das ist doch eine richtig große Lebensentscheidung.«

Die Mutter stöhnte auf. »Dieses ganze Durcheinander bei uns! Mein Bruder strammer Sozialist und du genau auf der anderen Seite. Stell dir vor, nächstes Weihnachten. Da könnt ihr beide euch ja gar nicht mehr in die Augen gucken, dein Onkel Helmut und du.«

»Ach, Margit! Das ist doch gar nicht der Punkt«, der Vater nickte Sonja zu. »Du hast immer gesagt, du willst dich selbstständig machen, du hast deinen eigenen Kopf und willst dich nicht ständig unterordnen. Aber genau das musst du doch als Angestellte.«

»Dazu sage ich gleich noch was. Aber erst noch was anderes, wegen Ilse.«

»Hat die auch was damit zu tun? Mit deinem neuen Beruf?«

»Nein, Vati, aber sie hat ein heftiges Problem.«

Die Mutter erschrak. »Wird die Krankheit wieder schlimmer?«

»Der Zustand ist wohl unverändert, aber es könnte Ilse bald schlechter gehen, jedenfalls seelisch. Die Leute von der Handwerkskammer haben geschrieben, aber sie weiß nichts davon, Monika hat ihr den Brief noch nicht gezeigt«, Sonja erzählte von dem Friseurmeister, den Ilse als Vertretung anstellen sollte, und den Kosten von über viertausend Mark.

»So viel?« Die Mutter hielt den Atem an.

Der Vater begriff sofort: »Und weil du jetzt kein Geld mehr für die Kosmetiklehre brauchst, willst du Ilse die viertausend Mark leihen?«

»Genau. Ich habe mit Herrn Wegner telefoniert, unserem Wirtschaftslehrer von der Kaufmannsschule. Er hat immer gesagt, bei Problemen darf man ihn anrufen, auch noch lange nach den Kursen. Und jetzt hat er mir erklärt, worauf ich achten muss beim privaten Kreditvertrag, denn Ilse hat ja auch noch Bankschulden. Aber das kann man hinkriegen, meint Herr Wegner, damit mein Risiko nicht allzu hoch ist. Vor allem, wenn Monika in vier oder fünf Jahren ihren Meister macht und den Salon übernimmt. Vielleicht werde ich sogar stille Teilhaberin.«

Der Vater blies Luft aus den Wangen, Sonja merkte es ihm an: In seinem Kopf ratterten die Zahlen. Aber er wusste ja, dass der Salon wirtschaftlich auf gesunden Beinen stand, gerade als Geschäftsmann konnte er gegen Sonjas Plan nichts einwenden.

»Na dann. Was sollen wir machen, Margit? Unsere Tochter weiß eben, was sie will.«

Die Mutter nickte wenig überzeugt. »Und ich habe eben schon gedacht, du willst uns was ganz anderes sagen. Was richtig Schönes.«

Das war es also, warum ihre Eltern zu Beginn des Gesprächs mit ihr hatten anstoßen wollen. »Ach so? Was richtig Schönes ...« Mit gespielter Scheinheiligkeit fragte sie: »Wie kommt ihr denn darauf?«

»Na, wir waren ja auch mal jung«, der Vater drückte Sonja an sich, »herzlichen Glückwunsch euch beiden.«

Ihre Mutter schloss sich an. »Hatten wir also doch recht. Die ganze letzte Woche haben wir dir das schon angemerkt. Ninettes Brief über die Verlobung, da wussten wir, Jürgen ist jetzt frei für eine andere. Und damit du es weißt: Mit deiner Wahl sind wir sehr, sehr einverstanden. Überstürzt nichts, ihr zwei. Aber wenn es was werden sollte mit euch, freuen Vati und ich uns sehr«, sie gab Sonja einen dicken Schmatzer auf die Wange. »Meine Süße! Zum ersten Mal heftig verliebt. Und in so einen prima Kerl!«

»Aber glaub nicht, ich lasse das einfach so durchgehen«, wieder schlug der Vater die Hand auf den Tisch, diesmal jedoch lachend. »Ich bestehe drauf, dass Jürgen auf Knien vor mir rutscht und um deine Hand anhält. Und jetzt hol doch mal den Sekt, Margit.«

Sonja musste berichten. Woran hatten sie gemerkt, dass sie füreinander bestimmt waren? Wer hatte wem zuerst seine Liebe erklärt? Oder war das gleichzeitig gekommen? Und vor allem: Was sagte Jürgens Onkel dazu? Oder die Schwester?

»Weiß ich noch nicht. Er möchte es denen erst heute sagen, so wie ich euch. Aber was sollten die gegen mich haben? Die können meckern, soviel sie wollen, Jürgen würde trotzdem zu mir halten. Und was ich eben noch sagen wollte, von wegen eigene Chefin und so: Er übernimmt den Betrieb vom Onkel, also ist er dann selbstständig. Und natürlich helfe ich mit in der Bäckerei und den ganzen Filialen: Materialeinkauf und die Buchhaltung und noch viel mehr.« Sonja erzählte von der stillen Verlobung und – falls die Zeit der gegenseitigen Prüfung nichts anderes ergäbe – dem Fest zu Weihnachten oder Silvester.

Die Mutter schenkte ein, sie hoben die Gläser, und der Vater verkündete. »Es ist, wie es ist: Wir müssen stolz sein auf so eine Tochter.«

*

Am nächsten Tag in Marienfelde standen wieder lange Schlangen vor dem Empfang, doch Kasulzkes durchdringendes Organ war nicht zu hören. Ein Mann Mitte dreißig in weißem Hemd und grauen Knickerbockern wies in ruhigem Ton die Flüchtlinge ein. Sonja stellte sich ihm vor.

»Angenehm. Ich bin Willi Rögge, freut mich, freut mich«, er schüttelte ihre Hand. »Dann bis übernächste Woche.«

Sonja bedankte sich für die freundliche Begrüßung und ging hinüber zum Medizinbüro.

»Ach, Mädchen! Du bist mir ja eine! Sagst nix und bewirbst dich einfach so. Hinter meinem Rücken!« Ulla drückte Sonja an die Brust. »Herzlich willkommen, Kind. Ich bin ja ein bisschen traurig, dass du partout nicht Krankenschwester werden willst, aber Sozialfürsorge ist auch schön. Und es fließt kein Blut«, sie seufzte betont heftig. »Das hoffen wir jedenfalls. Und wenn du bei Kasulzke fertig bist, geh rüber zu Frau Lübbau. Die ist seit heute Morgen nämlich als politischer Flüchtling anerkannt.«

»Nach zwei Wochen schon? Das ging ja schnell.«

»Wohl wegen der Umstände. Da haben sich alle Stellen heftig beeilt.«

»Und ihr Mann?«

»Nichts Neues, sitzt immer noch im Bautzener Knast. Frau Lübbaus Vater hat in Bonn angerufen, beim Ministerium für gesamtdeutsche Fragen. Die sagen, es dauert noch. Aber Montag dürfen Frau Lübbau und Peterchen nach Hamburg rüberfliegen. Ihre Eltern holen sie da ab.«

Sonja nickte. Die Übersiedlung der politischen Flüchtlinge von West-Berlin in die Bundesrepublik Deutschland durfte nicht in Interzonenzügen erfolgen, weil die durch das Staatsgebiet der DDR gingen. Es blieb nur der Luftweg, die Westalliierten stellten zivile Maschinen bereit, die Bundesregierung übernahm die Kosten.

»Jetzt geh erst mal zu Kasulzke ins Büro«, meinte Ulla. »Der ist ganz gespannt auf dich. Na ja, ihr kennt euch ja schon. Aber so als Chef und künftige Angestellte, das ist noch mal was anderes.«

Sonja ließ sich den Weg zur Fürsorgestelle zeigen, der Verwaltungsleiter begrüßte Sonja in gewohntem Ton: rau, aber herzlich. Konnte sie ihn sich wirklich als Vorgesetzten vorstellen? Ach doch, sie würde ihn schon zu nehmen wissen, und notfalls würde Ulla ihr helfen.

»Das war ja eine Überraschung!« Er schlug mit der flachen Hand auf die Schreibtischplatte. »Dieser Anruf von Pfefferkorn. Ich hab gleich gesagt: Das Fräulein Falcke nehmen wir. Die können wir hier bestens brauchen.«

Nicht weniger resolut beschrieb er die Arbeitsabläufe. Anfangs wäre Sonja vor allem dafür zuständig, für jeden Flüchtling mit Berechtigungsnachweis eine Karteikarte anzulegen. »So was haben Sie ja wohl gelernt in der Kaufmannsschule? Und es bleibt dabei? Mitte August?«

Sonja bestätigte alles gern und ging hinüber zu Frau Lübbau. In den zehn Tagen seit Sonjas letztem Besuch hatte Peter sich zu einem Wonneproppen entwickelt.

»Er trinkt wie ein Weltmeister. Und wenn er auf dem Bauch liegt, kann er schon das Köpfchen heben«, die stolze Mutter legte ihn Sonja in die Arme. »Er muss sich doch ordentlich verabschieden von unserer tollen Helferin.«

Sonja wiegte ihn sanft, strich ihm übers Haar und schaute in seine blauen Augen. Als sie sein Kinn kraulte, verzog er den Mund, und es kam ihr vor, als würde er lächeln.

*

Dass Sonja der Kosmetikbranche den Rücken kehrte, nahm Herr van Halem ihr nicht übel. Für eine so lebenspraktische und kluge junge Frau sei eine soziale Tätigkeit doch ideal, hatte er am Telefon gemeint. In der Flüchtlingsfürsorge werde sie eine wichtige Aufgabe erfüllen, die der westdeutschen Gesellschaft zugutekomme. Ihre Entscheidung sei besonders lobenswert, weil sie mit der Erbschaft nun eine liebe Freundin und deren kranke Tante unterstütze.

Sonja schrieb einen Brief an Familie van Halem, bedankte sich nochmals für das Verständnis und überbrachte die große Neuigkeit: Sie und Jürgen seien jetzt einander versprochen. Wie Ninette wohl darauf reagieren würde? Vermutlich erleichtert. Damit war das Missverständnis zwischen ihr und Jürgen endgültig vom Tisch. Auf dem Weg zum Augustenburger Platz warf Sonja den Brief ein, dann ging sie weiter zum Krankenhaus. Monika wartete im Foyer.

»Und?«, wollte Sonja wissen. »Hast du deinen Eltern das Schreiben von der Handwerkskammer gezeigt?«

»Ja, und sie sagen das Gleiche wie du: Der Salon ist Ilses

und meine Zukunft, und wir sollten alles dransetzen, dass die Gewerbeaufsicht ihn nicht schließt. Irgendwie müssen wir diese viertausend Mark auftreiben, alles andere wäre dumm.«

»Genau. Und das bereden wir gleich alle zusammen.«

Sie nahmen den Fahrstuhl zur Krankenstation. Ilse hatte im Sechsbettzimmer noch immer ihren Platz am Fenster. Es ging ihr weiterhin schlecht, sie konnte längst nicht entlassen werden – geschweige denn wieder arbeiten. Sonja dachte oft daran, wie sie Tante Ilse kennengelernt hatte, vor drei Jahren direkt nach der Saloneröffnung. *In diesem schicken Kasack sieht sie aus wie ein Himbeersahnetörtchen* – so hatte Sonjas Mutter es damals treffend formuliert. Heute war Ilse immer noch eine schöne Frau, ihr kastanienbraunes Haar voll und trotz der fünfunddreißig Jahre ohne eine graue Strähne. Doch die Krankheit hatte Spuren hinterlassen, die Haut einen gelbgrauen Ton angenommen. Immerhin waren die Ärzte mit dem Erfolg der künstlichen Blutwäsche zufrieden, Ilse durfte stundenweise das Bett verlassen. Monika und Sonja führten sie zu einer Sitzecke am Ende des Stationsflurs, hier konnten sie in Ruhe reden.

»Tante Ilse«, begann Monika. »Es gibt Neuigkeiten. Und keine Angst, es ist nichts Schlimmes. Das heißt, so richtig angenehm ist es nicht, und Sonja erklärt dir das jetzt, die kann das viel besser als ich.«

Vermutlich war Monikas Einleitung ein wenig ungeschickt, denn Ilse wirkte keinesfalls beruhigt. Angespannt hörte sie Sonja zu, erfuhr von den neuen beruflichen Plänen und vom Geld, das Sonja jetzt übrig hatte.

»Und genau dieses Geld leiht Sonja uns. Nämlich hierfür«, Monika drückte ihrer erstaunten Tante den Brief in die Hand. »Nicht aufregen, das kriegen wir alles hin. Denk einfach nur an deine Gesundheit.«

Ilse las. Unter normalen Umständen hätte sie ihrem Ärger wohl Luft gemacht, doch so krank, wie sie war, schüttelte sie bloß fassungslos den Kopf.

»Und dass das klar ist«, sagte Sonja. »Meine Entscheidung hat nichts damit zu tun, dass ihr gerade so viel zahlen müsst.«

Ilse drückte sie an sich. »Du bist so ein guter Mensch. Ganz, ganz lieb von dir.«

»Ach was, klar«, mehr brachte Sonja vor Rührung nicht heraus.

Den drei Frauen standen Tränen in den Augen. Mit ein paar Zeitschriften fächelten sie sich Luft zu. Ein Pfleger kam und fragte, ob Frau Ebeling sich unwohl fühle und zurück in ihr Bett wolle.

Ilse konnte schon wieder lächeln. »Alles in Ordnung, vielen Dank.«

Sonja überlegte, ob sie in dieser Situation ihre Verlobung überhaupt erwähnen sollte. Aber welchen Sinn hatte es, damit zu warten? Also erzählte sie von den Begebenheiten der letzten Wochen. Wenn es zwischen ihr und Jürgen weiter gut liefe, sollte Weihnachten und Silvester die offizielle Feier stattfinden, zu der die Familie Ebeling herzlichst eingeladen war.

Monika fiel der Freundin laut jauchzend um den Hals, Ilses Glückwünsche kamen nicht ganz so lebhaft. Sie stand auf, umarmte Sonja, wünschte ihr und Jürgen alles Glück der Welt, setzte sich wieder und sagte so ruhig wie unbeirrt: »Übrigens, Walter Godewind und ich, wir sind kein Paar mehr. Ich werde das beenden.«

»Was?« Monika wich das Blut aus dem Gesicht. »Tante Ilse, das kannst du doch nicht machen! Ein derartig toller Mann. Der liebt dich. Der hält doch zu dir.«

»Trotzdem ist Schluss mit uns beiden. Ohne die künstliche Blutwäsche wäre ich längst tot. So krank kann ich mich keinem Mann zumuten, und Walter schon gar nicht, dafür ist der viel zu lebenshungrig. Wenn er sich unbedingt scheiden lassen will, dann soll er anschließend eine gesunde Frau heiraten, aber nicht mich. Ich bin ein körperliches Wrack.«

»Du bist doch kein Wrack! Sag so was nicht.«

»Finde ich auch, Ilse«, warf Sonja ein. »Du musst es nicht gleich übertreiben. Die Ärzte sagen doch, mit der Zeit wird's dir besser gehen.«

Sonja redete Ilse gut zu, dennoch wuchs in ihr das Unbehagen. Was machte der Schöne Walter bloß immer mit den Frauen, dass sie so heftig auf ihn reagierten – mal im positiven, mal im negativen Sinne?

»Und er meint es wirklich ernst mit dir«, setzte Monika nach. »Er kommt dich hier ständig besuchen, und er sagt, er will sein Leben mit dir verbringen, Blutwäsche hin oder her.«

Ilse ließ sich nicht umstimmen. »Ja, das sagt er, Kind. Und er meint es auch so, im Moment jedenfalls. Aber er begreift noch nicht, was auf ihn da zukommen würde. Auf diesen Apparat bin ich ab jetzt angewiesen. Wie viele künstliche Nieren gibt es in Deutschland? Zwei? Drei? Und auch nur in Großstädten. Er könnte nicht mal mit mir verreisen, oder höchstens für ein paar Tage. So eine Einschränkung ist nichts für Walter. Das verkraftet der auf Dauer schlecht, auch wenn er jetzt was anderes behauptet.«

Ein heikler Punkt. Offenbar war Monika über die Trennung viel trauriger als Ilse.

»Ich habe auch gar keine Zeit für einen Mann«, fuhr Ilse fort. »Überleg mal: Drei Tage die Woche muss ich hier ins Krankenhaus. Die anderen drei Werktage muss ich im Salon sein, jedenfalls bis du deinen Meister machst, Monika. Wann kann ich mich denn dann um eine Ehe kümmern? Bloß sonntags? Wie soll das denn funktionieren?«

»Weiß Godewind das schon?«

»Nein, das mache ich, wenn er das nächste Mal vorbeikommt, also morgen wahrscheinlich. Falls wir dann in Ruhe reden können. Aber ich sage es ihm bestimmt. Und dass er sich versöhnen soll mit seiner Greta. Schon für den kleinen Frank wäre das doch viel besser.«

»Und wenn er das gar nicht möchte?«, fragte Monika mit unterdrückter Wut.

»Dann soll er sich eine ganz neue Frau suchen. Ich bin es jedenfalls nicht, und damit basta!«

*

Ilses Entscheidung hatte Sonja tief bewegt. Wie unbeirrt diese Frau mit der Krankheit umging. Sie setzte ihrer Liebschaft mit Godewind ein Ende, bevor sie erleben musste, wie sie einander enttäuschten. Dabei liebte sie ihn ja. Und er? Erwiderte er Ilses Liebe, oder tat er nur so, um sich in ein gutes Licht zu rücken? Mit Entsetzen dachte Sonja an ihre seltsamen Gefühle zurück, als Godewind ihr vor ein paar Wochen im Krankenhaus begegnet war. Geradezu erschreckend, aber zum Glück nicht von Dauer. Wie wunderbar dagegen empfand sie ihre Sehnsucht nach Jürgen, an dessen Liebe sie keine Sekunde zu zweifeln brauchte. Sicher würden sie sich bald auch körperlich ganz nahe sein. In der Realschule hatte sie einiges aufgeschnappt von den Tuscheleien der älteren Mädchen. Zum Beispiel, dass es bei der ersten Vereinigung nicht unbedingt schmerzen oder bluten musste. Und dass viele Mädchen ihre ersten Erfahrungen in einem Auto machten. Doch im geliehenen Opel Kapitän von Jürgens Onkel wollte Sonja bestimmt nicht ihr erstes Mal erleben.

Eine Woche nach ihrem Strandbadbesuch trafen sie sich zu einem ausgedehnten Spaziergang im Botanischen Garten und fanden in einem der altehrwürdigen Gewächshäuser eine Bank: abseits der üblichen Besucherwege, umgeben von Pflanzen mit ausladenden Blättern. Hier waren sie ungestört.

»Es gibt etwas, das ich dir sagen möchte. Aber du darfst mich nicht missverstehen«, Jürgen sprach nicht gleich weiter. Erst als Sonja ihm zunickte, sagte er leise: »Karin ist Mitte August eine Woche nicht da. Eine Freundin fährt mit ihren Eltern an die Lübecker Bucht, und Karin darf mitkommen. Den Laden müssen wir übrigens nicht zumachen, da kommt eine Aushilfe«, er räusperte sich. »Das wollte ich dir bloß sagen.«

Sonja brauchte ein paar Sekunden, bis sie fragte: »Und wann genau ist Karin im Urlaub?«

»Zweiundzwanzigster bis neunundzwanzigster.«

Sie holte ihren Kalender heraus. Die Formeln von Dr. Kemberg kannte sie auswendig.

»Am Sonnabend, den dreiundzwanzigsten, könnte ich. Wenn du mich dann abends nach Hause bringst«, mehr brachte sie nicht heraus, Freude und Aufregung verschnürten ihre Kehle.

Jürgen zog sie zu sich, sie lehnte den Kopf an seine Schulter. Er sei noch nie mit einer Frau intim gewesen, vertraute er ihr an. Doch von einem guten Freund, der schon verheiratet sei, habe er sich Rat geholt. »Du brauchst keine Angst zu haben. Ich bin ganz vorsichtig und mache nichts, was du nicht willst. Und wenn ein Mädchen keine Angst hat, dann tut es kaum weh. Und dein Schmerz ist bestimmt schnell vergessen, weil wir ja glücklich sind.«

Sie sahen sich in die Augen, so durchdringend, als wollten ihre Seelen ineinandertauchen. Ihre Gesichter kamen sich näher, beide spürten den Atem des anderen. Die Münder verschmolzen, das Blut strömte in Sonjas Kopf. Ihr war, als ob der Kuss durch ihre Adern dringen würde bis tief ins Mark ihres Wesens – eine geheimnisvolle Ahnung, die bald schon ihre ganze Erfüllung finden sollte.

Zweiter Teil

Die Mauer

Vor dem Grenzübergang Rudolphstein / Hirschberg hatte sich am Mittag des 27. August 1961 ein Stau gebildet. Seit einer Stunde standen sie in der Schlange mit all den anderen West-Berlinern, die den letzten Sonntag der Schulferien für die Rückfahrt nutzten. Jürgen am Lenkrad des Camping-Bullis schwitzte.

»Soll ich übernehmen?«, fragte Sonja.

Er schüttelte den Kopf. »Wir sind ja gleich dran.«

Drei Wochen hatten sie an der Adria verbracht, seit zwei Wochen war Berlin durch eine dreiundvierzig Kilometer lange Betonwand geteilt, und am Checkpoint Charlie standen sich seit Tagen je ein Dutzend amerikanische und russische Panzer gegenüber. Falls ein Schießbefehl käme, egal, auf welcher Seite, würde der Dritte Weltkrieg ausbrechen – darin war man sich einig.

Sonja wandte den Kopf nach hinten. Andi und Silke störten sich nicht an der Hitze, nicht am Stau und nicht an der politischen Lage, sie schliefen auf der ausgeklappten Rückbank. Anderthalb Tage war die Familie schon unterwegs, die letzte Nacht hatten sie auf dem Parkplatz einer Raststätte bei München verbracht, am Spätnachmittag wollten sie zu Hause sein.

*

Im Herbst 1953 hatte Sonja sich aus der azurblauen Seide von Oma Babs ein Festkleid geschneidert. Weihnachten hatte im kleinen Kreis die Verlobungsfeier stattgefunden, auch Karin hatte die künftige Schwägerin aufs Herzlichste in der Familie Vogt willkommen geheißen: Die verstorbenen Eltern hätten sich über eine so patente Schwiegertochter bestimmt sehr gefreut.

Mit der Heirat eilte es nicht. Jürgen besuchte die Meisterschule und wollte sich in Ruhe auf die Prüfung vorbereiten, Sonja bekam ein Ausbildungsangebot als Kommunalbeamtin im mittleren Dienst. Doch Anfang 1954 planten sie um. Jürgens Onkel ging es schlechter, die Ärzte gaben ihm höchstens ein Jahr, und er wollte unbedingt noch die Hochzeit miterleben.

Sonja überlegte, ob eine Lehre in der Senatsverwaltung überhaupt noch sinnvoll war. Bisher arbeitete sie im Aufnahmelager als Aushilfe, es machte ihr Spaß – trotz der eintönigen Tätigkeit. Sie musste für jeden Flüchtling eine Karteikarte anlegen und dem Sachbearbeiter weiterreichen. Hätte sie eine Lehre gemacht, hätte sie interessantere Aufgaben bekommen, aber zum großen Bedauern ihrer Kollegen kündigte sie zum 1. Juli.

An ihrer Entscheidung zweifelte Sonja keine Sekunde. Onkel Waldemar würde den Winter höchstwahrscheinlich nicht überleben. Jürgen leitete den Betrieb schon allein und brauchte jede helfende Hand.

Die Hochzeit sollte dort stattfinden, wo Jürgen und Sonja sich ihr großes Versprechen gegeben hatten: im Park am Spandauer Damm. Nur zweihundert Meter entfernt vermieteten die Kleingärtner tageweise ihr Vereinsheim samt Terrasse. Das junge Paar reservierte einen Freitag im Juli und lud über hundert Gäste ein. Wie es sich gehörte, wollte der Brautvater die Feier übernehmen, doch das ließ Jürgens Onkel nicht zu. Sie teilten sich die Kosten, und Sonjas Vater überließ ihr das gesparte Geld für ein Brautkleid. Lang und weiß sollte es nicht sein, sie heirateten nur standesamtlich. In einem Schaufenster am Ku'damm fand Sonja ihren Traum: ein Cocktailkleid aus zartrosa Taft, am Dekolleté eine Reihe silberner Pailletten und unter dem weiten Rock ein Petticoat mit vielen Schichten Tüll. Der Wettergott schenkte strahlende Sonne, Jürgens Kollegen von der Bäckerinnung spendierten ein üppiges Buffet, und eine Vier-Mann-Kapelle spielte den Hochzeitsmarsch so gekonnt wie die neusten Rock-'n'-Roll-Hits. Angeführt von einem Akkordeon, zog die Polonaise aus Brautpaar und Gästen spätabends in den lampiongeschmückten Park. Neben »ihrer« Bank tanzten Sonja und Jürgen einen Langsamen Walzer.

Einige Sätze mussten sie sich an diesem Tag immer wieder anhören: *Mit dem Nachwuchs solltet ihr nicht warten. Kriegt eure Kinder jung, dann habt ihr lange was voneinander. Und Waldemar würde sich so freuen, wenn er das noch miterleben dürfte.* Das junge Paar verkniff sich jeden Kommentar – und lächelte.

Um drei Uhr morgens trug Jürgen seine Angetraute über die Schwelle zur Wohnung. »Und jetzt Augen zu! Es gibt noch eine Überraschung!«

Sie gehorchte, er trug sie weiter, und sie hörte, wie er eine Tür aufstieß. »Augen auf!«

Ein paar Tage zuvor war sie noch hier gewesen – in Jürgens altem Jugendzimmer. Doch wie sehr hatte sich der Raum verändert! Eine moderne Möbelgarnitur aus heller Eiche mit Kleiderschrank, Frisierkommode und einem Ehebett, auf den strahlend weißen Bezügen lagen rote Rosenblätter. Sanft setzte Jürgen seine Braut auf dem Bett ab, sie wollte ihn zu sich herabziehen, doch er kniete sich vor ihr hin und nahm ihre Hände in seine. »Sonja Vogt, du bist das größte Glück meines Lebens und nun auch endlich meine Ehefrau. Darum frage ich dich: Möchtest du die Mutter meiner Kinder werden? Nicht erst in ein paar Jahren, sondern schon bald?«

Die Antwort lag in Sonjas Kuss.

Das Schlafzimmer war Jürgens Geschenk – als Ausgleich für die fehlende Hochzeitsreise. Innerhalb weniger Tage hatte er mit der Hilfe von Freunden den Raum neu gestaltet, einschließlich Tapeten, Gardinen und Teppichen. Alles hell, modern und in warmen Tönen, er wusste ja, was Sonja mochte.

Sie akzeptierte gern, dass die Arbeit in den Flitterwochen nicht weniger wurde. Ganze Abende saßen sie über Büchern zur Bäckereibetriebswirtschaft. So arbeitete Sonja sich in die Büroarbeit ein, und Jürgen lernte für die Meisterschule. Im Herbst bestand er mit Bravour die Prüfung.

Sonjas Weihnachtsgeschenk hätte schöner nicht sein können: Die körperlichen Zeichen ließen kaum einen anderen Schluss zu, eine Untersuchung brachte Sicherheit. Sie war guter Hoffnung. Anfang September sollte es so weit sein, und alles sah wunderbar aus.

Onkel Waldemar konnte die Geburt nicht mehr erleben. Im Februar starb er friedlich und mit der Gewissheit, dass in seiner Familie alles zum Besten stand.

Sonjas Bauch wuchs, sie sprach mit ihrem Frauenarzt.

»Von einer Hausgeburt rate ich ab, Frau Vogt. Mit Ihren neunzehn Jahren sind Sie in einer Klinik besser aufgehoben. Ich gebe Ihnen eine Bescheinigung, damit die Krankenkasse das zahlt.«

Sonja freute sich. Wenn sie ins Krankenhaus sollte, gab ihr das die Möglichkeit, einen ganz besonders netten Arzt wiederzutreffen – und einen sehr fähigen Geburtshelfer. Sie rief in der Auguste-Viktoria-Klinik an.

»Herr Dr. Kemberg arbeitet leider nicht mehr hier«, erklärte eine freundliche Dame in der Telefonzentrale. »Einer unserer Oberärzte hat letztes Jahr einen Ruf nach Freiburg bekommen. Und da ist Dr. Kemberg mitgegangen.«

»Also ist er gar nicht mehr in Berlin?«

»Wie gesagt: Freiburg im Breisgau. Sie können sich dort an die Universitätsfrauenklinik wenden.«

»Dann vielen Dank für die Auskunft«, Sonja wollte schon auflegen, da fiel ihr etwas ein. »Wenn ich fragen darf, also, nicht dass ich aufdringlich sein möchte, aber wissen Sie vielleicht, wie lange Dr. Kemberg in Freiburg bleibt? Nur eine gewisse Zeit oder für länger?«

Die Dame lachte. »Viele unserer Patientinnen fragen das, Dr. Kemberg ist eben ein sehr guter Arzt. Er will einige Jahre in Freiburg forschen, und dann sieht er weiter. Und er hängt an Berlin, hat er gesagt. Mehr weiß ich leider nicht.«

Sonja bedankte sich und rief Ulla an.

»Sei nicht traurig, Mädchen. Es gibt außer Kemberg noch mehr gute Geburtshelfer. Und bei einer normalen Entbindung ist die Hebamme sowieso wichtiger als der Arzt, hast du ja mitgekriegt, als du hier warst. Bei euch in Charlottenburg, in der Rotkreuzklinik, da arbeitet meine gute alte Kollegin Rieke. Ich gebe Bescheid, die soll sich schön um dich kümmern. Ist doch auch besser, wenn du nicht so weit fahren musst.«

Als die Wehen einsetzten, machte sich das junge Paar auf den Weg: den Spandauer Damm entlang zum DRK-Krankenhaus. Söhnchen Andreas kam in einer unkomplizierten Geburt auf die Welt. Neunzehn Monate später, im Frühjahr 1957, folgte als zweites Wunschkind Töchterchen Silke. Für Sonja und Jürgen folgten die anstrengendsten Jahre ihres Lebens – und die bislang glücklichsten. In den ersten Jahren mit den Kindern verzichteten sie auf größere Reisen und fuhren an den Wannsee. Noch bevor Andi und Silke in den Kindergarten kamen, konnten die beiden schwimmen.

Sonjas fünfundzwanzigster Geburtstag am 19. März 1961 fiel auf einen Sonntag. Ein paar Tage vorher rief ihr Vater an: »Dieses Jahr können wir das Geschenk leider nicht bringen, bitte kommt vorbei. Ist elf Uhr in Ordnung?«

Sonja sagte zu.

»Ein Auto ist es jedenfalls nicht«, meinte Jürgen. »Damit könnten sie ja herkommen.«

Er täuschte sich – es war tatsächlich ein Auto. Im großen Schaufenster an der Müllerstraße prangte ein Campingbus, unten rot und oben hellbeige.

»Ganz neu auf dem Markt, der hier ist für die Ausstellung. Fährt sich wie ein normaler Bulli. Demnächst kriegen wir das gleiche Modell mit Hellgrün statt Rot, und das wird dann vermietet«, ihr Vater zwinkerte Sonja zu. »Wir haben für euch drei Wochen im August reserviert. Dann sind doch eure Betriebsferien, oder?«

Sonja fiel ihren Eltern um den Hals. So ein wunderbares Gefährt! Zusammen mit Wohnwagenbauer Westfalia hatte VW ein kleines Meisterwerk entwickelt: ein Aufstelldach, damit auch Erwachsene bequem darin stehen konnten, vier Schlafplätze, ein Wassertank, Schränke und Regale, eine Kochstelle und eine Kühlbox, die sich ihren Strom am Zigarettenanzünder holte.

»Nicht zu vergessen die Chemietoilette«, betonte Sonjas Vater, »wenn auch eher für Notfälle. Jedenfalls: Mit diesem Campingbus kommt ihr in zwei Tagen bequem und preiswert an die Adria, da habt ihr immer gutes Wetter.«

Die nächsten Monate verbrachten Sonja und Jürgen mit der Planung. So weit und so lange waren sie noch nie von zu Hause weg gewesen. Wer in Westdeutschland etwas auf sich hielt, fuhr nach Italien. Allein wegen der südlichen Sonne. Und alles so freundlich und ungezwungen, für Kinder ideal.

Jürgen freute sich am meisten. Von Zeit zu Zeit überkam ihn ein Inselkoller – da half auch kein Wannseestrandbad. Aber jetzt ging es endlich mal raus aus dem Trott und raus aus Berlin. In so einem bequemen Bulli seien doch selbst die langen Autofahrten ein Klacks, und die Mühe sei es allemal wert, verglichen mit dem Schönen, was die Familie in Italien erwarte, meinte Jürgen.

Das Jahr 1961 schritt voran, der Frühsommer kam, und die politische Stimmung begann zu brodeln. West-Berlin als Insel des Kapitalismus im sozialistischen Umland war die empfindlichste Schwachstelle der DDR, der Stachel im Fleisch der sowjetkommunistischen Macht. Parteivorsitzender Chruschtschow beanspruchte die gesamte Stadt, US-Präsident Kennedy hielt dagegen. Sollten die Gespräche scheitern, käme es zum Dritten Weltkrieg. Am 15. Juni gab Ulbricht eine Pressekonferenz, und obwohl man ihn nicht direkt danach fragte, behauptete er laut und vernehmlich: »Niemand hat die Absicht, eine Mauer zu errichten.«

Eine Fluchtbewegung setzte ein, wie Berlin sie noch nicht erlebt hatte. Seit Jahren schon war Sonja nicht mehr im Aufnahmelager tätig, trotzdem kam ein Anruf von Kasulzke.

»Guten Tag, Fräulein Falcke«, er korrigierte sich sofort. »Verzeihung: Frau Vogt. Wundern Sie sich nicht, ich telefoniere gerade alle ehemaligen Mitarbeiter durch. Hier herrscht Land unter. Wir kommen mit der Registrierung nicht nach, allein gestern hatten wir fast dreitausend Flüchtlinge. Zwischen den Blocks müssen wir schon Großzelte aufstellen. Könnten Sie kommen und helfen? Bloß ein paar Tage und nur ausnahmsweise?«

Sonja lehnte bedauernd ab: In der Bäckerei gab es jede

Menge zu tun, bevor kommende Woche die Betriebsferien beginnen konnten.

»Ach so«, meinte Kasulzke. »Dann nichts für ungut. Und schönen Urlaub Ihnen und Ihrer Familie.«

Sonja bedankte sich.

Ein paar Tage später holte sie beim Bezirksamt die Kinderausweise ab. Sie versuchte, Andi und Silke die Politik zu erklären. Dass Deutschland einen furchtbaren Krieg angezettelt und verloren hatte, weswegen es nun zur Strafe in zwei Länder aufgeteilt war. An den Grenzen kontrollierten die Zöllner besonders gründlich, doch sie würden im Campingbus bestimmt nichts Verbotenes finden. Deswegen seien die Kontrollen bloß ein bisschen umständlich und bestimmt nicht gefährlich.

»Ist gut, Mama«, beruhigte Silke. »Du brauchst keine Angst zu haben. Wir haben auch keine Angst.«

Sie erreichten das Urlaubsziel am 6. August. Ja, so hatten sie sich das vorgestellt: Ein breiter, flach abfallender Sandstrand und jeden Tag ein ungetrübter Himmel. Der Campingplatz war ganz auf deutsche Gäste ausgerichtet, eine saubere und gepflegte Anlage. Neben dem Campingbus der Vogts stand der Wohnwagen einer Familie aus Mannheim. Die Eltern fragten, ob sie beim Auspacken helfen könnten, und nutzten die Gelegenheit, den Bulli zu bestaunen. Mieten könne man den also auch? Zu welchem Preis denn? Sonja gab gern Auskunft.

Sie lebten sich schnell ein in der Urlaubswelt, doch so unbeschwert sich auch alle ihre Ferien wünschten, immer wieder ging es auch um Politik: Wohin steuerte die DDR? Konnten die Sowjets sich gegenüber Kennedy durchsetzen? Sollten alle West-Berliner demnächst nach Westdeutschland umziehen?

»Verdammt noch mal, wir sind im Urlaub«, stöhnte Jürgen, als er mit Sonja allein war. »Warum reden die hier ständig über diesen widerlichen Chruschtschow?«

»Lass dir deswegen doch nicht die Zeit hier verderben«, meinte Sonja. »Wir ändern sowieso nichts dran. Außerdem: Gute Bäcker braucht man überall. Ob nun in Berlin oder in Westdeutschland.«

Am Sonntag, den 13. August, breitete sich die Nachricht wie ein Lauffeuer aus: In den frühen Morgenstunden hatten in Berlin längs der Sektorengrenze die Absperrungen begonnen, Grenzsoldaten stellten Betonpfeiler auf und verlegten Stacheldraht. In den kommenden Tagen werde man die Lücken zwischen den Pfeilern mit festen Wänden schließen, es werde scharf patrouilliert, schon jetzt sei kein Durchkommen mehr.

Jürgen und Sonja schalteten im Autoradio einen deutschen Sender ein: Das monatelange Tauziehen habe ein vorläufiges Ende gefunden, erklärte der Reporter. Kennedy habe nicht nachgegeben und halte an West-Berlin fest, Chruschtschow und Ulbricht hätten im Grunde kapituliert und griffen nun zu einem drastischen Mittel, damit die DDR nicht noch mehr ausblute. Um die weitere Massenflucht des Volkes zu verhindern, wählten sie als offenbar letzte Möglichkeit die Verriegelung der Grenze mithilfe einer undurchdringlichen Wand.

Die Urlauber diskutierten. *Wenn Ulbricht meint, er muss sein Volk einsperren, soll er das tun. Die Leute hatten lange genug die Möglichkeit wegzugehen.* Diesen Satz hörte man oft.

»Aber der Westen muss sich doch wehren«, meinten andere. »Warum unternehmen die Alliierten denn nichts?«

»Weil das viel zu gefährlich wäre! Dann hätten wir den

Dritten Weltkrieg! Außerdem: Die Mauer steht auf Ost-Berliner Gebiet. Rein rechtlich kann der Westen nichts dagegen tun.«

Vor den wenigen Telefonzellen auf dem Campingplatz und im benachbarten Dorf bildeten sich Warteschlangen, Sonja reihte sich ein. Karin konnte man nicht erreichen, sie verbrachte die Woche mit einer alten Freundin und deren Familie in Schleswig-Holstein. Sonja wollte mit ihren Eltern sprechen, am späten Montagabend erwischte sie endlich eine freie Leitung.

Ihre Mutter konnte beruhigen: In West-Berlin herrschte normaler Alltag – zumindest nach außen hin. »Und Helmut meldet sich nicht. Aber der war ja immer stramm auf SED-Linie, bestimmt freut der sich über die Mauer.«

In den folgenden Tagen wurden immer mehr Einzelheiten bekannt: Die SED-Regierung sah keine Zusammenführung von Familien vor. Wer während der Nacht des Mauerbaus in Ost-Berlin gewesen war, musste dort bleiben. Wer dort wohnte, aber jeden Tag zum Arbeiten nach West-Berlin gefahren war, verlor seine Stelle. S-Bahn-Linien wurden an der Grenze getrennt. Eine U-Bahn-Linie, die West-Berliner Stadtteile verband und dabei Ost-Berliner Gebiet unterquerte, durchfuhr dort die Bahnhöfe, ohne zu halten. Und die SED verkündete: *Es gibt nur ein Berlin! Das ist die Hauptstadt der DDR!*

Unabhängig vom Gerede über politische Systeme: Jürgen litt heftig unter der Teilung seiner Heimatstadt. Im Gegensatz zu Sonja, die Krieg und Nachkrieg bei ihren Verwandten im Harz verbracht hatte, war Jürgen immer in Berlin geblieben. Hier hatte er als Kind die Bombenangriffe überlebt, hier wollte er bleiben. Wie viele andere hatte er geglaubt, die vier Siegermächte würden sich bald auf einen einheitlichen Status der Stadt einigen. Jetzt musste er seine Hoffnung begraben.

»Für uns ändert sich doch nichts«, beschwichtigte Sonja. »Wir wohnen weit genug weg von der Mauer. Na gut, West-Berlin ist eine politische Insel, aber das war doch vorher auch schon so. Egal, ob das nun Sektorengrenze heißt oder Mauer.«

Doch für Jürgen war der Urlaub verdorben. Er stöhnte: Die Erholung futsch und dann übernächste Woche wieder die viele Arbeit.

Sonja nahm ihn in den Arm und sprach an, was ihr schon lange auf der Seele lag. »Und wenn wir weniger arbeiten? Wenn wir vielleicht zwei Filialen verpachten? Und dann mehr Zeit für uns haben?«

Ihr gut gemeinter Versuch, ihn zu trösten, ging nach hinten los. »Das geht nicht, Sonja! Wir wissen nicht, wie sich das entwickelt. Ob die Leute noch Geld für Backwaren haben werden. Vielleicht ziehen die ja auch alle nach Westdeutschland. Und stell dich nicht dümmer, als du bist: Wir haben die Backstube erweitert, jetzt müssen wir sie auslasten, und der Kredit ist längst nicht abbezahlt, die Bank will Geld sehen. Also behalten wir die Filialen, alles andere ist unwirtschaftlich!«

Sie hätte gern etwas erwidert, doch sie wollte die Sache nicht noch schlimmer machen.

Als die Ferien sich dem Ende neigten, meinte Jürgen: »Hat auch sein Gutes, dass wir zurückmüssen. Falls schnell was zu regeln ist, sind wir wenigstens vor Ort.«

Er war verbittert. Sie nickte und schwieg.

Sonnabendmorgens fuhren sie los.

*

Die Wagenkolonne vor dem Grenzübergang kam langsam voran. »Die Zeitschriften sind bestimmt alle weg?«, fragte Jürgen. »Nicht dass wir wegen irgendwelcher Kinkerlitzchen Ärger kriegen.«

Sonja beruhigte. »Ist alles draußen.«

Von anderen Kindern hatten Andi und Silke ein paar Micky-Maus-Hefte geschenkt bekommen. Die beiden konnten noch nicht lesen, schauten sich aber gern die Bilder an. Wie alle westlichen Presseerzeugnisse waren Micky und seine Freunde auf der Transitstrecke durch die DDR verboten. Es blieb schwer zu verstehen. Warum galt eine gezeichnete Maus als Ausdruck von Klassenkampf? Als Propagandamaterial des feindlichen monokapitalistischen US-Imperialismus? Sonja hatte die Hefte weggeworfen, so wie ihre Modezeitschriften und die *Bild*-Zeitung.

»Wetten, dass die uns filzen?«, meinte Jürgen. »Schon allein, weil die auf den Wagen neidisch sind.«

»Sollen sie, wir haben nichts zu verbergen«, Sonja kletterte nach hinten und weckte die Kinder.

Die Grenzposten in der DDR waren Soldaten. Ihre Uniformen, die an Zollbeamte erinnerten, täuschten darüber hinweg.

Ein Kontrolleur winkte den Bulli auf einen separaten Platz neben der Abfertigungsbaracke. Jürgen kurbelte das Fenster herunter und reichte die Pässe hinaus.

»Bitte alle aussteigen. Da rüberstellen ans Gebäude. Vorher Kofferraum öffnen und sämtliche Türen, das Handschuhfach, die Innenschränke und die Kühlbox. Und auch das Dach hochklappen.« Der VW-Campingbus war ein halbes Jahr auf dem Markt, aber die DDR-Grenzer wussten über das Modell offenbar bestens Bescheid.

Zwei Soldaten, einer von ihnen mit einem Schäferhund, stiegen in den Bulli, ein dritter übernahm die Passkontrolle.

»Der Grund Ihrer Reise?«

»Urlaub in Italien«, Sonja hätte mit weiteren Fragen gerechnet, doch er nickte bloß.

Die Männer stiegen aus dem Bulli, mit Stangenspiegeln überprüften sie den Fahrzeugboden. Und der Kofferraum?, überlegte Sonja. Würde sie jetzt jede Tasche auspacken müssen? Doch die Kontrolle war abgeschlossen. Sie bekamen ihre Pässe zurück, dazu Passierscheine mit Datum und Uhrzeit. An der DDR-Grenze zu West-Berlin würde man ihnen die Scheine wieder abnehmen und ihre Transitdauer für die dreihundert Kilometer Autobahn überprüfen. Die Vogts fuhren weiter.

An der Raststätte Rodaborn in Thüringen machten sie Pause. Auf dem Parkplatz standen nur vereinzelt Wagen mit ostdeutschem Nummernschild, die meisten hatten West-Berliner Kennzeichen. Sonja kam mit den Kindern von der Toilette, da entdeckten Andi und Silke den Softeisstand vor dem Restaurant. Doch sosehr die beiden auch bettelten, ihre Mutter ließ sich nicht erweichen. Fast ein Jahr hatte Sonja im Notaufnahmelager gearbeitet, und mit jeder Flüchtlingsgeschichte, die sie sich angehört hatte, war ihre Abneigung gegen die DDR gewachsen. Bei Frauenrechten und Gesundheitsfürsorge mochte das sozialistische System dem westlichen überlegen sein, trotzdem hätte sie um nichts in der Welt hier leben mögen. Und eins wusste sie sicher: Hier am Rasthof wimmelte es von Polizisten und Stasi-Spitzeln – getarnt als Touristen. Nun gut, Sonja würde sicher keine Schwierigkeiten bekommen, wenn sie ihren Kindern ein Eis kaufte, doch allein die Atmosphäre hier ließ sie nicht mehr ruhig atmen.

»In der Kühlbox sind noch die kleinen Windbeutel mit Schokolade«, tröstete sie. »Und Tante Karin hat in der Gefriertruhe bestimmt ein Eis für euch.«

»Aber kein Softeis«, maulte Silke.

»Nein, ein schönes Eis am Stiel. Das mögt ihr doch gern.«

Zurück im Bulli, verteilte Sonja Schokoladenprofiteroles und Getränke. Sie fuhren weiter und erreichten um sechzehn Uhr den Grenzübergang Drewitz-Dreilinden. West-Berlin hatte sie wieder.

»Und?«, fragte Jürgen. »Erst mal zur Mauer? Willst du dir das angucken?«

»Nein, vielleicht morgen«, Sonja seufzte. »Aber am liebsten überhaupt nicht.«

Es war wenig los auf den Straßen, eine halbe Stunde später bogen sie in den Hof hinter der Bäckerei. Karin kam gut gelaunt aus dem Haus geschossen, Sonja ließ sich umarmen. Hatte sie die Schwägerin vermisst? Nein. Seit sieben Jahren lebten sie Tür an Tür, doch ein herzliches Verhältnis war nicht entstanden. Die Frauen respektierten einander und berieten sich bei allem, was die Bäckerei betraf – mehr aber nicht. Sonja vermied es, sich mit Karin zu streiten, unter keinen Umständen sollte Jürgen zwischen die Fronten geraten. Dass Karin freundlich zu Sonja war, war wohl vor allem der Vernunft geschuldet: Karin konnte Jürgen nicht für sich behalten, er hätte in jedem Fall geheiratet. Wenn schon nicht Ninette, dann eine andere Frau, und da hatte er mit Sonja keine schlechte Wahl getroffen. Sie kam ebenfalls aus einer Unternehmerfamilie, kannte sich mit Buchhaltung und Hauswirtschaft aus, war recht hübsch und geübt im Umgang mit Kunden. Karin sollte also zufrieden sein mit ihrer Schwägerin.

Silke schmiegte sich an die Hüfte ihrer Tante. »Dürfen wir ein Eis haben? Nur ein ganz kleines?«

»Na sicher, ihr Schätze, wir gehen gleich zur Kühltruhe«, Karin wandte sich an die Erwachsenen. »Wann wollen wir essen? Halb sieben?«

»Bestens«, meinte Jürgen. »Wir machen hier noch ein bisschen klar Schiff, dann kommen wir zu dir hoch.«

»Wir haben Tante Karin doch auch was mitgebracht«, fiel Andi ein. »Was ganz Schönes.«

»Klar, das suchen wir gleich raus.«

Jürgen räumte das Kinderzelt und die Campingstühle weg, Sonja brachte die Schmutzwäsche in den Keller. Seit letztem Weihnachten stand hier ein Waschvollautomat, Jürgens Geschenk für Ehefrau und Schwester, der Traum jeder Hausfrau. Einweichen, waschen, spülen, schleudern – ohne dass man zwischendurch nur einen einzigen Knopf drücken musste. Sonja füllte die Trommel mit zehn Pfund Buntwäsche.

Um halb sieben trafen sie sich in Karins Küche zu Currywurst und Bratkartoffeln. »Ich hab gedacht: Ich mache was typisch Berlinerisches. Nach drei Wochen Italien sehnt ihr euch doch sicher danach, oder?«

Jürgen strahlte. »Danke, genau richtig.«

»Und das Essen da unten?«, hakte Karin nach. »Die kochen doch alles mit Olivenöl. Ist euch das denn bekommen? Liegt das nicht furchtbar schwer im Magen?«

»Ach, man gewöhnt sich dran. Und die Nudeln sind lecker«, Jürgen nahm einen großen Schluck Bier und erzählte von den Erlebnissen im Campingplatzrestaurant. Wie es ihnen nach langen Mühen gelungen war, Spaghetti ohne Messer zu essen.

»Mama kann das gut. Sogar ohne Löffel, nur mit Gabel«, Andi kicherte. »Nur einmal ist ihr was weggeflutscht. Mitten auf den Rock.«

Alle lachten.

Nach dem Essen packte Karin ihr Geschenk aus: eine weiße Handtasche aus feinem Leder. Sie freute sich. »Ganz schnieke. Fast schon ein bisschen zu elegant für mich.«

Stimmt!, dachte Sonja. Die Tasche hatte Jürgen ausgesucht. Auch er fand, dass Karin wenig aus sich machte. Von früh bis spät sah man sie in den hellgrünen Kittelkleidern mit dem Schriftzug *Bäckerei W. Vogt*. Andere Frauen hätten jede Gelegenheit genutzt, sich abends und am Wochenende schick zu machen, doch Karin reichten einfache Röcke und Pullover. Selbst zu den Treffen mit ihren Freundinnen zog sie nichts anderes an, richtig in Schale warf sie sich nur bei besonderen Anlässen. Wie damals, als Sonja sie kennengelernt hatte, trug Karin das rotblonde Haar als seitlichen Zopf. In letzter Zeit hatte sie ein paar Kilo zugelegt, doch das stand ihr gut. Wer sie fragte, warum sie nicht heirate, bekam eine klare Ansage: »Kein Kerl, kein Kummer!« Sie schien zufrieden mit ihrem Leben, Männer interessierten sie wenig. Sonja fand, Karin hatte für Liebe oder Ehe keine Antenne und ließ sich ungern auf Kompromisse ein. Doch die Kunden mochten Karins direkte Art, viele kamen vor allem ihretwegen.

Die Kinder hatten auf der Fahrt durch Bayern und Thüringen lange geschlafen, an diesem Abend durften sie noch im Garten spielen. Die Erwachsenen setzten sich in Karins Wohnzimmer. Kurz vor der Hochzeit von Sonja und Jürgen war Karin zum Onkel in die Nachbarwohnung gezogen. Die schweren Möbel der Großeltern gehörten nun ihr, über dem Plüschsofa hingen dicht gedrängt die Fotos der Vorfahren. Sonja ertrug das Wohnzimmer der Schwägerin nie länger als ein paar Stunden.

Karin erzählte von der letzten Woche. Mit einer alten Freundin und deren Familie hatte sie einen kurzen Urlaub an der Lübecker Bucht verbracht, auch sie hatten über die Transitstrecke gemusst. »Ihr könnt euch nicht vorstellen, wie die Zöllner das Auto gefilzt haben. Wir hatten ja nichts zu verbergen, trotzdem haben wir regelrecht Angst bekommen.«

Jürgen seufzte. »Alles Schikane, und ich fürchte, das wird mit der Zeit noch schlimmer. Auf morgen bin ich gespannt. Ob unsere Leute im Betrieb dann alle wieder da sind. Trotz der Mauer.«

»Bei den Bewerbungen haben wir doch immer darauf geachtet. Alle müssen ihren festen Wohnsitz hier im Westen haben, andere Leute hast du doch gar nicht eingestellt.«

»Heißt ja nichts. Du hast das doch wahrscheinlich auch mitgekriegt: Wer in der Nacht vom Zwölften auf den Dreizehnten, also von Samstag auf Sonntag, im Osten übernachtet hatte, war morgens nicht mehr rübergekommen. Der Mauerbau war doch genau geplant: Sonntagmorgens ganz früh, dann ist kaum einer unterwegs, und am Wochenende übernachten in Ost-Berlin viele Leute. Das hat Ulbricht selbstverständlich einkalkuliert. So hat dieser Mistkerl wenigstens noch ein paar Tausend Leute gekapert. Vorher sind ihm ja drei Millionen aus der DDR abgehauen.«

»Hast ja recht«, beruhigte Karin. »Aber wegen unseren Angestellten mach dir trotzdem nicht so viel Sorgen. Wenn einer drüben geblieben wäre, hätte der bestimmt schon irgendwie Bescheid gesagt. Übrigens«, sie wandte sich an Sonja, »vorgestern hat dein alter Chef angerufen. Aus Marienfelde.«

»Du meinst Kasulzke?«

»Ja. Er wollte dich unbedingt persönlich sprechen, und ich habe gefragt, ob du ihn zurückrufen sollst. Aber er will sich morgen lieber selbst wieder melden, am frühen Nachmittag.«

»Und sonst? Hat er nicht gesagt, worum es geht?«

»Nein, ich habe zweimal nachgefragt. Es schien was sehr Wichtiges zu sein und wohl auch dringend.«

Jürgen runzelte die Stirn. »Es geht ja wohl nicht drum, dass du da wieder aushelfen sollst. Nach dem Mauerbau kommen doch kaum noch Flüchtlinge rüber, Personal haben die jetzt also reichlich«, er lachte zynisch. »Soll keiner sagen, Ulbrichts Schutzwall hätte nicht auch was Gutes. Na ja, erfahren wir ja morgen, was Kasulzke will.«

»Wobei die Sache kaum ganz harmlos ist«, meinte Karin. »Sonst hätte er mir ja wohl was dazu sagen können.«

Sonja wiegelte ab. »Ach, er ist kein ganz einfacher Mensch. Wenn es um seine Lagerverwaltung geht, wird auch schon mal aus einer Mücke ein Elefant. Da müssen wir uns nicht schon vorher Sorgen machen.«

Ihre Schwägerin nickte. »Noch was, Sonja: Für morgen habe ich Erbsensuppe eingefroren. Damit du nicht am ersten Tag schon wieder kochen musst.«

Sonja bedankte sich. Vor Andis Geburt hatte sie jeden Mittag für sich, Jürgen und Karin eine warme Mahlzeit zubereitet. Inzwischen blieb manchmal nicht die Zeit dazu, und zum Glück hatte Jürgen eine Tiefkühltruhe angeschafft – eigentlich für die Bäckerei, aber auch für den Haushalt.

Die Kinder kamen vom Spielen hoch, so müde, dass sie sofort ins Bett gebracht werden wollten. Von Tante Karin und mit einem gaaanz langen Vorlesemärchen.

»Na sicher, meine Schätze. Wo ihr so lieb wart auf der langen Fahrt«, Karin nahm die Kinder an die Hand. »Habt ihr denn schon eure Zahnbürsten ausgepackt? Gehen wir doch mal gucken.«

Den weiteren Abend verbrachte Jürgen damit, den Bulli auszuräumen, Sonja kümmerte sich um die Wäsche. Bevor sie zu Bett ging, setzte sie mit höchster Sorgfalt ihr Pessar mit der samenabtötenden Creme ein. Präservative benutzten sie schon lange nicht mehr, es störte zu sehr den Ablauf ihres Zusammenseins. Seit ein paar Monaten gab es Anovlar zu kaufen, ein Verhütungsmittel zum Einnehmen, das als sehr sicher galt. Die katholische Kirche spuckte Gift und Galle, doch die konservativen Kräfte in der Bonner Regierung konnten das Medikament nicht verbieten. Um der Unzucht keinen Vorschub zu leisten, verschrieben es viele Ärzte nur verheirateten Frauen. Insgeheim kursierten die Adressen von Praxen, wo auch Ledige und selbst junge Mädchen ein Rezept bekommen konnten. Sonja hatte überlegt, Anovlar zu nehmen, doch ihre Bedenken überwogen. Die Pille enthielt in hoher Dosis künstliche Hormone, Wissenschaftler warnten vor Nebenwirkungen und Spätfolgen. Vielleicht machte das Mittel unfruchtbar, vielleicht verursachte es sogar Krebs.

Auch Jürgen war dagegen, dass Sonja die Pille nahm – dabei wollte er auch an ihren fruchtbaren Tagen nicht auf die höchste Intimität verzichten. Er hielt das Pessar mit der samenabtötenden Creme für ausreichend und meinte: In einer glücklichen Ehe müsse Verhütung nicht absolut sicher sein. Falls noch ein Kind käme, würden sie es doch gern annehmen. Sonja dachte anders. Für ein drittes Kind fühlte sie sich noch nicht bereit. Trotzdem widersprach sie Jürgen nicht. Er sollte nicht glauben, sie weise ihn zurück.

Sie legte sich hin und versuchte einzuschlafen, die lange Fahrt hatte sie erschöpft, doch ihre Gedanken kreisten. Was Kasulzke wohl von ihr wollte?

Eine Viertelstunde später kam Jürgen ins Bett und kuschelte sich an sie. »Schön haben wir's hier. Und so dicke Wände.«

Im Urlaub waren sie regelmäßig intim miteinander gewesen, doch da hatten sie immer leise sein müssen. Die Kinder hatten im Zelt direkt neben dem Campingbus geschlafen.

Sonja fühlte sich nicht recht in Stimmung, doch sie erwiderte seinen Kuss. Manchmal stellte sich ihr Verlangen nur langsam ein, vermutlich würde es auch jetzt so sein. Er wusste sie an den richtigen Stellen zu berühren, seine Bewegungen waren sicher, und es lag wohl an der Gewohnheit, dass sein Begehren auf sie überging und sie sich ihm mit ganzer Lust hingeben konnte. Anschließend lagen sie beieinander und schöpften Atem, sie verbarg ihr Gesicht an seiner Brust, er streichelte ihr Haar. Waren sie glücklich miteinander? Sie hatte sich alle Mühe gegeben, ihm einen schönen Urlaub zu bereiten, doch der Mauerbau hatte ihm die Erholung geraubt, und Sonja hätte besser nicht gefragt, ob er den Betrieb verkleinern wolle. Sie hatte ihn gekränkt, auch wenn er es sich nicht anmerken ließ. Wie so oft schlief er rasch ein, und sie blieb wach neben ihm liegen.

*

Jürgen musste morgens nicht mehr um halb vier aufstehen – das überließ er den Angestellten. 1955 hatten er und Karin vom Onkel das Mehrfamilienhaus geerbt. Sie hatten eine Hypothek aufgenommen, zur Erweiterung der Bäckerei zweihundert Quadratmeter im Nachbargebäude gepachtet, die Wände durchbrochen und modernste Maschinen gekauft. Auf dem eigenen Grundstück war ein Fahrzeughof entstanden sowie ein kleiner Garten mit Sandkasten und Schaukel. Jürgen beschäftigte fünfzig Mitarbeiter – Aushilfen und Halbtagskräfte eingerechnet. Für die Backstube hatte er einen Meister angestellt und kümmerte sich selbst um die Verwaltung. Hilfe bekam er von zwei Sekretärinnen und von Sonja, die das Rechnungswesen übernahm. Sie führte die Bücher und bereitete alle Unterlagen so vor, dass der Steuerberater später wenig Arbeit damit hatte. Jede freie Minute verbrachte sie im Büro.

Die Werktage folgten einem festen Ablauf. Karin öffnete

um halb sechs den Laden, die anderen Mitglieder der Familie Vogt durften bis sieben Uhr schlafen. Nach dem Frühstück schaute Jürgen in der Backstube vorbei und begann mit der Büroarbeit, Sonja brachte Andi und Silke zum Kindergarten. Anfangs hatte Jürgen gegen die pädagogische Einrichtung gewettert: Das sei etwas für Proleten, wo der Lohn des Mannes nicht reiche und die Frau mitarbeiten müsse. In einer gutbürgerlichen Familie bräuchten Kinder keine fremde Betreuung. Seine Mutter sei auch immer da gewesen für ihn und Karin, und Sonja arbeite schließlich nicht auswärts. Haushalt, Kinder und Büroarbeit werde sie doch wohl unter einen Hut bringen.

Sonja erinnerte sich mit Grauen an die Diskussion. Nach sechs Jahren inniger Liebe der erste heftige Streit, und sie war nicht bereit gewesen nachzugeben. Jürgen hatte mit fünfzehn Jahren seine Mutter verloren, seine Kinder sollten so viel wie möglich von ihrer Mutter haben. Sonja hatte ihm vorgerechnet, dass sie alles in allem mehr als fünfzehn Stunden pro Woche für den Betrieb arbeitete. »Außerdem ist es doch gut, wenn unsere zwei mit vielen anderen Kindern spielen. Später in der Schule haben sie es dann leichter.« Er gab nach, jedoch weniger wegen der sozialen Förderung seiner Kinder, sondern um Kosten zu sparen. Es wäre teurer, Sonja von der Buchhaltung zu entlasten und eine zusätzliche Fachkraft anzustellen. »Aber nur bis mittags!«, forderte er. »Wir sind nicht in der DDR, wo man seine Kinder den ganzen Tag in die Krippe gibt. Oder sogar durchgehend montags bis sonnabends. Das ist doch wirklich asozial.«

Sonja hatte genickt. »Selbstverständlich nur bis mittags, ich bin doch keine Rabenmutter.«

Zum letzten Mal in diesem Sommer durften Andi und Silke im Campingbus mitfahren, Sonja ließ sie neben sich sitzen. Nach ein paar Hundert Metern bog sie in eine Einfahrt, der Kindergarten lag in einem hellen Hofgebäude.

»Alle aussteigen bitte, dieser Wagen endet hier!« Sonja half den Kindern bei der hohen Stufe.

»Tschüss, Bulli«, Andi strich über die Stoßstange, Silke klopfte gegen die Scheinwerfer. Lächelnd sah Sonja zu, wie ihre Kinder sich vom Campingbus verabschiedeten. Meistens gingen die beiden allein ins Gebäude, doch heute, am ersten Tag nach den Ferien, kam Sonja mit und begrüßte die Kindergärtnerin, dann fuhr sie weiter.

Auch wenn sie den Bus in diesem Sommer nicht mehr brauchte, war es schade, ihn zurückzugeben. Ein wunderbares Gefährt. Sogar an den Alpenpässen war Sonja mit der Lenkung gut klargekommen. Auf der Seestraße Richtung Wedding schaltete sie das Radio ein, Elvis Presley sang einen Schmuse-Blues. Seine schnellen Stücke mochte Sonja lieber. Kurz nach der Heirat hatte sie mit Jürgen sogar einen Rock-'n'-Roll-Kurs besucht und mächtig viel Spaß gehabt. Dann war der Onkel gestorben, Jürgen hatte jeden Tag Überstunden gemacht, und Sonja war mit Andi schwanger geworden. Seitdem gingen sie nur selten aus, doch bei Gelegenheit legten sie noch immer eine kesse Sohle aufs Parkett.

Sonja summte mit. »Are you lonesome tonight …?« Sie dachte an die vergangene Nacht. War sie eigentlich einsam? Natürlich nicht. Jürgen war schließlich noch immer der Mann, der sie von Herzen liebte, so wie umgekehrt ja auch. Der treue Gefährte an ihrer Seite – nur dass ihnen die Arbeit manchmal über den Kopf wuchs. Im Radio beendete Elvis seinen Song, es folgte Trude Herr: »Ich will keine Schokolade, ich will lieber einen Mann!« Sonja schmunzelte: Mit Jürgen hatte sie beides. Seit letztem Jahr ließ er zwei Konditoren für sich arbeiten, die Bäckerei Vogt führte nun auch edelste Torten und feinste Pralinen.

Sie stellte den Bulli im Hof des Autohauses ab, Eugen eilte ihr aus der Werkstatt entgegen.

»Morgen, Marjellchen! Viel Zeit ist nicht, aber ich will dich doch ordentlich begrüßen.«

Lachend fielen sie sich um den Hals. Eugen hatte die sechzig überschritten und marschierte stramm auf den grauen Greis zu, wie er oft betonte. Bei aller Koketterie über sein Alter konnte er nicht verhehlen, wie glücklich er seit ein paar Jahren war. Herr Wenzel hatte ihm und seiner Änne eine große Wohnung überlassen. Nach geltendem Recht machte sich ein Vermieter strafbar, wenn er ein Paar unverheiratet zusammenleben ließ. Doch für einen bewährten Mitarbeiter wie Eugen Kurbjuweit genehmigte die Firma VW als Hauseigentümerin eine Ausnahme. Man verlangte keinen Trauschein, und Änne durfte ihre Witwenrente behalten. Hätte sie Eugen geheiratet, wäre das Geld weggefallen. Die Kirche wetterte gegen die Unmoral der »wilden Ehe«, trotzdem gab es Hunderttausende dieser »Bratkartoffelverhältnisse«. Solange keine Strafanzeige vorlag, drückte der Staat ein Auge zu.

»Und, Marjell, alles heil überstanden? Wie war's denn? Jetzt mal abgesehen von dieser verdammten Mauer: Habt ihr euch gut erholt? Im Bus wohnt man doch bestimmt besser als im Zelt?«

Sie wollte antworten, da betrat ihr Vater den Hof. »Süße, das passt ja, ist noch kein Kunde im Laden. Mutti weiß auch schon Bescheid. Und? Alles klar?« Er musterte Sonja liebevoll. »Schön braun bist du geworden.«

Jetzt kam auch die Mutter durch den Laden zur Hoftür geeilt.

»Ich muss wieder«, meinte Eugen. »Ich hab gerade ein Cabrio aufgebockt, das soll ich bis elf Uhr zum Laufen kriegen. Aber du bist ja noch ein bisschen da, Marjell.«

Er ging zurück in die Werkstatt.

Sonja ließ sich von ihren Eltern umarmen und erzählte vom Urlaub. Dass Jürgen sich Sorgen um den Betrieb machte, verschwieg sie lieber.

»Und?«, fragte die Mutter. »Wollt ihr den Campingbus nächsten Sommer wieder haben? Das müssten wir nämlich vormerken. Wieder zweite Hälfte Schulferien?«

»Ja bitte. Also habt ihr schon so viele Nachfragen?«

»Und wie!« Der Vater hob beide Daumen. »Die Leute sind ganz verrückt drauf. Da haben VW und Westfalia einen Volltreffer gelandet. Wir kriegen demnächst noch zwei zum Vermieten, und verkauft haben wir diesen Monat schon vier.«

»Och, wie schön.«

»Kann man wohl sagen. Das Wirtschaftswunder blüht und blüht. Na ja. Das betrifft natürlich nicht alle. Wer sich hier ein Auto bestellt, gehört zu den Erfolgreichen. Aber jetzt sieht man ja, wie gut wir es hier im Westen haben. Dass Ulbricht im Juni gelogen hat, war doch sonnenklar. Na sicher wollte der da schon eine Mauer bauen, und wer ihm das noch geglaubt hat, war dumm oder naiv oder eben auch so ein vernagelter Sozialist. Darüber kann man diskutieren, aber das ändert jetzt auch nichts mehr. Die Mauer steht. Und ich muss wieder in den Laden. Wir sehen uns gleich noch.«

Sonjas Mutter stemmte die Arme in die Hüften. »Was brauchen wir? Lappen, ein paar Eimer und Spiritus? Sonst noch was?«

»Einen Fliegenschwamm.«

»Gut. Und was du nicht schaffst, mach ich später allein. Du sollst ja pünktlich zurück zu deinen Schätzen.«

Sonja stieg in den Bulli und klappte das Dach hoch, damit sie aufrecht stehen konnte.

Die Mutter kam mit den Utensilien zurück, die beiden machten sich an den Innenseiten der Fenster zu schaffen.

»Und, Süße? Wart ihr schon an der Mauer?«

»Nein. Gestern wollten wir einfach bloß noch nach Hause, aber heute Abend gucken wir uns das an. Oder morgen.«

»Dann erschreckt euch nicht. Ich fand's noch viel schlimmer, als ich gedacht hatte. Ganz grauenvoll. Das versteht man erst so richtig, wenn man davorsteht. Die Stadt zu zerreißen. Die Familien, Freunde, Arbeitskollegen, alles. Richtig grausam!«

Sonja nickte. »Und Onkel Helmut? Hat der was von sich hören lassen?«

»Ach was. Nichts mehr seit seiner üblichen Weihnachtskarte. Und jetzt meldet der sich doch erst recht nicht. Und vermissen tut der uns sowieso nicht.«

»Du meinst, mit uns will er nichts mehr zu tun haben?«

»Natürlich nicht. Wir würden ja kritische Fragen stellen. Ulbricht hat schließlich vor aller Welt bewiesen, wie er sein Volk belügt. Aber Helmut betet den Dreckskerl bestimmt immer noch an. *Antifaschistischer Schutzwall!* Schlimmer kann man doch gar nicht mehr heucheln. Menschenverachtend ist das!«

Sonjas Mutter hatte immer versucht, guten Kontakt zu ihrem Bruder zu halten – Sozialismus hin oder her, die Familie sollte wichtiger sein. Doch jetzt war offenbar auch das letzte Verständnis für ihn verflogen.

»Also willst du dich nicht bei Onkel Helmut melden?«

»Nein, Kind. Was zu viel ist, ist zu viel. Das hätte deine Oma auch so gesehen.«

Sie putzten weiter, eine halbe Stunde später kam Eugen mit

Butterbrotdose und Thermoskanne in den Wagen. »Na, meine Holden? Kann ich euch ein bisschen Gesellschaft leisten?«

Die Mutter wies auf die Sitzecke. »Guten Appetit, und du darfst ruhig krümeln. Gesaugt wird erst zum Schluss.«

»Danke, danke«, er packte sein Frühstück aus.

»Wie geht es denn Änne?«, fragte Sonja. »Sie hat doch auch Verwandte in Ost-Berlin, oder?«

»Ja«, Eugen schraubte seine Thermoskanne auf und seufzte. »Zwei Schwestern, beide mit großem Anhang. All die Jahre hat Änne auf sie eingeredet, dass sie endlich zu uns rüberkommen sollen. Aber nein: Sie haben doch schon immer in Köpenick gelebt, und ist doch auch schön da, alles grün, und mit der Bahn schnell am Alexanderplatz, und ist gar nicht schlecht in der DDR, der Staat sorgt für einen, billige Wohnung und billiges Brot. Kennt man ja, diese Sprüche. So denken eben Tausende. Und nun hoffen sie, dass Ulbricht mit allem nicht so ernst macht. Dass sie noch rüberdürfen nach West-Berlin, wenigstens einmal im Monat oder so«, Eugen stöhnte auf. »Ulbricht baut dreiundvierzig Kilometer Mauer. Warum wohl? Doch nicht, weil er gleich danach anderthalb Millionen Passierscheine verteilen will. Wer ist denn so dumm und glaubt solchen Blödsinn?«

Gisela

Der Kindergarten öffnete seine Pforte, siebenunddreißig Vormittagskinder ließen sich von Mamas, Omas und Opas in Empfang nehmen.

Sonja schloss ihre Schätze in die Arme. »Und? Wie war der erste Tag nach den Ferien?«

»Och, ganz gut«, Silke wirkte erschöpft, aber zufrieden.

»Hat Spaß gemacht«, fand Andi.

Hand in Hand, Sonja in der Mitte, kauften sie Mettenden. Wie immer bekamen die Kinder als Dreingabe eine Scheibe Wurst, und wie immer sagte die Fleischerfrau: »Aber schön mittagessen, damit die Mutti nicht schimpft.«

In der Wohnung führte der erste Weg zum Händewaschen, bis zum Essen durften die Kinder spielen. Sonja schnitt die Würstchen klein, gab die aufgetaute Suppe in einen Topf und ließ alles ziehen. Vor dem Servieren würde sie die Flamme hochdrehen und kräftig durchrühren. Um zwanzig vor eins kam Karin aus dem Laden und Jürgen aus der Backstube. Ihre Mienen sprachen Bände. Gustav Uhde, einer ihrer besten Gesellen, hatte sich krankgemeldet, angeblich wegen Sommergrippe, doch Jürgens Verdacht ging in eine andere Richtung. Gustavs gesamte Familie lebte in Ost-Berlin, auch seine Verlobte. Demnächst wollten sie heiraten und in Spandau ihre Wohnung einrichten.

»Wahrscheinlich rennt der jetzt durch sämtliche Behörden«, meinte Jürgen. »Dass seine Braut doch noch irgendwie in den Westen rüberkommt.«

»Und das kann klappen?«, fragte Sonja.

»Natürlich nicht, die hatten doch noch nicht mal ihr Aufgebot bestellt«, Jürgen schlug sich mit der Hand gegen die Stirn. »Wie kann man nur so blöd sein? Das ging doch Monate. Spätestens seit dieser strunzdummen Rede im Juni. Da war doch klar, was Ulbricht vorhat. Warum hat Gustav seine Braut nicht rübergeholt? Das wäre überhaupt kein Problem gewesen. Aber jetzt? Wahrscheinlich sind die für immer und ewig getrennt. Pustekuchen mit der Hochzeit! Und kein Mensch weiß, wie das weitergeht. Was diesen SED-Verbrechern sonst noch alles einfällt.«

Andi und Silke sahen ihren Vater erstaunt an, derartig barsch erlebten sie ihn selten.

Karin versuchte zu trösten. »Ist alles gut. Freut euch, dass ihr noch so klein seid.«

Nicht immer traf Karin den richtigen Ton. Mit so einem Satz machte sie den Kindern vor dem Erwachsenwerden doch regelrecht Angst. Sonja schluckte ihren Ärger hinunter und füllte die Teller. Alle lobten Karins Erbsensuppe, danach herrschte Schweigen. Vor Anspannung wollten Andi und Silke nicht mal mehr ihre Puddingcreme essen, die Jürgen aus der Backstube mitgebracht hatte.

Sonja strich ihnen übers Haar. »Jetzt schlaft ihr schön, den Pudding stelle ich euch kalt.«

Die Zeit nach dem Essen folgte montags bis freitags einem festen Plan. Karin döste in ihrer Wohnung auf dem Plüschsofa, bevor sie um Viertel vor drei den Laden kurz auf Vordermann brachte und dann wieder öffnete. Sonja brachte die Kinder ins Bett, und Jürgen goss in der Küche zwei Tassen echte Bohne auf. Das Kaffeekochen am Mittag gehörte zum wenigen, was er im Haushalt übernahm. Manche Männer halfen ihren Frauen öfter, doch Sonja machte ihm keine Vorwürfe. Sie sah ja, wie viel er um die Ohren hatte.

Gerade kam Sonja aus dem Kinderzimmer zurück in die Küche, da rief Kasulzke an.

»Guten Tag, Frau Vogt. Sie sind zurück aus Italien, das ist schön. Ich komme gleich zur Sache, es ist heikel, und ich bin leider in Eile«, gemessen am üblichen Ton wirkte der Verwaltungsleiter ausgesprochen höflich.

»Ja bitte, Herr Kasulzke«, sie gab Jürgen ein Zeichen und drückte die Lautsprechertaste.

»Also: Kennen Sie aus Ost-Berlin eine Gisela Tröve, achtzehn Jahre alt? Die ist jetzt hier im Lager und wartet auf die Anerkennung als politischer Flüchtling.«

»Gisela Tröve?«

»Genau, das schreibt sich mit V wie Viktor, wohnhaft zuletzt im Stadtteil Friedrichshain.«

»Nein«, sagte Sonja. »Den Namen kann ich nicht einordnen.«

»Aha, das passt ja. Fräulein Tröve behauptet auch nicht, dass Sie beide sich kennen. Trotzdem hat sie Ihnen was Wichtiges zu sagen, aber das gehört nicht ans Telefon. Also, wann können Sie kommen? Möglichst bald bitte.«

Sonja wusste: Kasulzke vermied politisch heikle Themen am Telefon, vor allem, wenn Namen fielen. Die Geheimdienste der Alliierten unterhielten im Notaufnahmelager ein eigenes Büro. Alle Flüchtlinge befragte man nach den Erfahrungen mit dem SED-Regime, einige antworteten ausführlich, andere fassten sich kurz oder wichen der Vernehmung so gut wie möglich aus. Die Mitarbeiter des Lagers vermuteten stark, dass die Geheimdienstler dort auch sämtliche Telefone abhörten – obwohl sie das bestritten. Einmal während ihrer Dienstzeit hatte Sonja mitbekommen, wie Kasulzke sein eigenes Büro nach Spionagewanzen durchsucht hatte – er hatte keine gefunden.

»Selbstverständlich komme ich«, sagte sie in den Hörer. »Aber könnten Sie mir bitte schon sagen, worum es geht? Ganz grob wenigstens?«

»Ihre Familie, Frau Vogt. Mütterlicherseits. Wann also? Morgen um zehn wäre gut, dann hätte ich nämlich auch Zeit. Selbstverständlich lasse ich Sie mit dieser Frau Tröve nicht allein.«

Sonja sah Jürgen fragend an. Wenn sie morgen Vormittag nach Marienfelde führe, könnte sie wieder nicht frisch kochen.

Jürgen nickte ihr zu.

»Gern, Herr Kasulzke«, sagte sie ins Telefon. »Dann bin ich morgen um zehn bei Ihnen. Auf Wiederhören.«

Sie atmete durch.

»Mütterlicherseits?« Jürgen hob die Brauen. »Also dein Onkel? Dieser sozialistische Hetzer?«

»Vermutlich.«

Sonja erinnerte sich mit Unbehagen an ihre Verlobungsfeier. Mit der ersten Begegnung zwischen Jürgen und Onkel Helmut war klar gewesen: Sie mochten einander nicht, und sie hatten ihre Abneigung auch im Laufe des Abends nicht überwinden können. Anderthalb Jahre später zu ihrer Hochzeit war Helmut wiedergekommen und hatte eher höflich als herzlich gratuliert. Für sein Geschenk, drei Flaschen Krimsekt, hatte Sonja sich überschwänglich bedankt, und sie hatte ihrem Onkel auf der Feier viel Aufmerksamkeit gewidmet, trotzdem hatte er sich früh verabschiedet.

»Er kann mich nicht ausstehen«, hatte Jürgen das Verhalten kommentiert. »Mit meinen Läden bin ich für deinen Onkel ein Hetzer des monoimperialistischen Großkapitalismus.«

Damals hatten sie sich amüsiert – heute war ihnen nicht nach Lachen zumute.

»Dein Onkel hat sich seit Jahren kaum mehr gemeldet«, meinte Jürgen aufgebracht. »Bloß immer die blöde Weihnachtskarte. Aber jetzt muss er dir plötzlich was ganz Wichtiges mitteilen?«

Sonja versuchte zu beschwichtigen. »Nun warten wir doch erst mal ...«

Ihr Ehemann ließ sie nicht ausreden. »Und er meldet sich nicht mal selbst, sondern über ein Flüchtlingsmädchen. Du kennst die überhaupt nicht. Das stinkt zum Himmel! Ist doch wohl klar, dass es um was Unerlaubtes geht. Warum ruft Kasulzke hier sonst persönlich an? Ich sag dir was: Nachher gucken wir uns diese gottverdammte Mauer an. Und morgen redest du mit dieser Gisela. Und wenn die was Krummes von dir will, lässt du dich nicht drauf ein. Du meldest das sofort. Beim amerikanischen Geheimdienst oder bei der Polizei. Versprich mir das!«

Sonja versprach es, nach dem Abendbrot wollten sie los. Karin wohnte direkt nebenan und würde regelmäßig nach den Kindern sehen.

»Und jetzt schlaft schön. Papa und ich sind in zwei Stunden wieder da«, Sonja löschte das Licht und ließ die Tür einen Spaltbreit offen.

Jürgen kam aus dem Wohnzimmer, bis eben hatte er Nachrichten gehört. »Die Panzer stehen weiter am Checkpoint Charlie. Auf beiden Seiten, genau wie vorgestern.«

»Und sonst? Irgendwas Neues?«

»Wohl nicht. Die Verhandlungsfronten sind verhärtet, aber dass geschossen wird, ist jetzt nach zwei Tagen eher unwahrscheinlich. Wir könnten mal hinfahren und uns das anschauen.«

»Sähe man denn da überhaupt was?« Sonja zog die Wohnungstür zu. »Da ist doch bestimmt alles abgesperrt?«

»Von der Kochstraße kann man rübergucken. Da sieht man zumindest die amerikanischen Panzer. Die russischen auf der anderen Seite natürlich nicht.«

Obwohl der Aufstand vom 17. Juni acht Jahre zurücklag, steckte Sonja die Flucht vor den russischen Schützenpanzern noch in den Knochen. »Ich muss keine Panzer mehr sehen, auch keine amerikanischen.«

Jürgen schien enttäuscht. »Wohin möchtest du denn dann?«

Am liebsten wäre sie nach Neukölln gefahren, wo die Mauer an der Grenze zu Treptow verlief. Im Sommer 1952, bei der Begegnung im Strandbad, hatte Walter Godewind eine Bemerkung über zwei Häuser in der Heidelberger Straße gemacht. Seit dem Mauerbau ging ihr dieser Satz nicht aus dem Kopf, doch darüber mochte sie mit niemandem sprechen – nicht mal mit Jürgen, jedenfalls noch nicht. Wenn sie sich die Mauer jetzt ausgerechnet im weit entfernten Neukölln ansehen wollte, hätte er bestimmt nachgehakt.

»Lass uns zur Bernauer Straße fahren. Da ist es wohl besonders schlimm.«

Jürgen nickte. »Hätte ich auch vorgeschlagen.«

Im Hof stand ihre Familienkutsche, ein hellgrauer VW 1300. Jürgens Onkel hatte ihnen nach seinem Tod den Opel Kapitän vererbt. Ein paar Jahre hatten sie ihn noch fahren können, dann war der Motor nicht mehr zu retten gewesen, und Sonjas Vater hatte ihnen günstig den VW vermittelt. Jürgen empfand den Wechsel vom Kapitän auf den Käfer als Rückschritt, doch der niedrige Preis überzeugte. Außerdem wollte er niemanden vor den Kopf stoßen. Als Schwiegersohn eines VW-Händlers sollte er auch diese Marke fahren, vor allem bei dem günstigen Angebot. Sonjas Vater verriet,

VW wolle 1962 einen neuen Typ von Familienauto auf den Markt bringen: ein Grundmodell mit Variationen, entweder in klassischer Form oder als Kombination von Limousine und Kleintransporter. Für seine Familie werde er selbstredend einen Sonderpreis aushandeln. Sonja und Jürgen hatten begeistert zugestimmt.

»Welche Strecke nehmen wir denn jetzt?«, fragte sie beim Einsteigen.

»Das fragst du? In der Ecke bist du doch zur Realschule gegangen«, er lachte bitter. »Wir fahren jetzt einfach mal den kürzesten Weg, und wenn wir vor der Mauer stehen, merken wir das schon.«

Auf dem Spandauer Damm fuhren sie Richtung Gesundbrunnen und näherten sich der Bernauer Straße von Norden. Ein paar Hundert Meter vor der Sektorengrenze wurde der Verkehr dichter.

Jürgen wunderte sich. »Was wollen die alle?«

»Wohl das Gleiche wie wir. Heute ist der erste Tag nach den Ferien, die West-Berliner sind zurück, und jetzt gucken die sich die Mauer an.«

»Ach so«, er wurde zynisch. »Dann hat Berlin jetzt also eine neue Attraktion. Na, dann hoffen wir doch mal, dass der West-Berliner Tourismus für die nächsten hundert Jahre gesichert ist. Da sollten wir Ulbricht ja richtig dankbar sein.«

Auf der Brunnenstraße fanden sie einen Parkplatz und gingen zu Fuß weiter – vor, neben und hinter sich Dutzende von Menschen.

»Kannst du mal sehen«, flüsterte Sonja. »Ein Ehrenmarsch für Chruschtschow und Ulbricht. Alle pilgern zum antifaschistischen Schutzwall.«

Galgenhumor durfte sein bei all dem Leid. Den meisten Menschen war die Anspannung ins Gesicht geschrieben, je näher sie der Sektorengrenze kamen, umso bedrückter wurde die Stimmung.

Die Bernauer Straße war voller Menschen. Jürgen wies auf die Häuser mit den zugemauerten Fenstern. »Da gehen wir mal näher ran.«

In der Menge kamen sie nur langsam voran, schließlich standen sie direkt vor der Häuserzeile. Sonja packte das Grauen. Vor gut zwei Wochen waren das gewöhnliche Berliner Miethäuser gewesen: mit Fenstern, die Licht hereinließen und durch die man auf die Straße schauen konnte, auch wenn diese Straße in einem anderen Staat lag. Und mit Bewohnern, die einer Arbeit nachgingen, viele von ihnen vermutlich in West-Berlin. Jetzt hatten sich die Häuser in seelenlose Gemäuer verwandelt, die stummen Zeugen des Kalten Krieges und einer Regierung, die ihr Volk verachtete.

Die meisten der Menschen hier starrten wie Sonja und Jürgen stumm am Gemäuer hoch, andere schimpften laut: *Wie ist so was möglich? Das Haus im Osten und der Gehweg im Westen? Typisch Ulbricht. Wie krank muss der sein, dass dem so was einfällt? Und warum lässt Kennedy sich das gefallen? Bräche denn wirklich ein Atomkrieg aus, wenn sich die westlichen Siegermächte gegen die Mauer wehren würden?*

»Waren Sie vorletzte Woche auch schon hier?«, fragte ein fremder Mann neben Jürgen. »Als die Bewohner sich mit Betttüchern abgeseilt haben? Kurz bevor die Stasi sie rausholen wollte?«

»Nein, wir sind heute zum ersten Mal da. Und die Häuser hier werden dann wohl demnächst abgerissen?«

»Ja sicher. Eine durchgehende Mauer kommt da hin, mit Wachttürmen. Den ersten Toten gab's hier übrigens auch schon.«

Sonja erschrak. »Etwa erschossen? Von den Wachsoldaten?«

»Ach was, noch schlimmer. Eine Frau wollte in letzter Sekunde in den Westen rüber«, der Mann zeigte auf eins der zugemauerten Fenster im obersten Stockwerk. »Die ist da oben rausgesprungen, hier auf den Gehweg. Sie war so schwer verletzt, da kam jede Hilfe zu spät, trotz Krankenwagen«, ihm traten Tränen in die Augen. »Ich kannte die nicht, aber trotzdem.«

Sonja nickte einfühlsam. »Das ist wirklich tragisch.«

Sie warf Jürgen einen hilflosen Blick zu. Auch er hielt es hier offenbar nicht länger aus.

»Das tut uns sehr leid«, sagte er zu dem fremden Mann. »Aber entschuldigen Sie uns bitte. Wir haben nicht viel Zeit, unsere Kinder warten zu Hause.«

Der Mann nickte. »Dann alles Gute.«

»Ihnen auch«, sagte Sonja.

Sie gingen weiter. Nach gut fünfzig Metern endete die Häuserzeile auf der östlichen Seite. Ein Wall aus Betonpfeilern und gefüllten Hohlsteinen zog sich den Gehweg entlang. Selbst Laien erkannten, wie hastig die Maurer hier gearbeitet hatten. Um die Höhenunterschiede der großen Bauteile auszugleichen, lagen darauf Reihen kleinerer Steine. An der oberen Abschlusskante verlief Stacheldraht.

»Auf der anderen Seite patrouillieren die Wachtposten mit Hunden«, erklärte eine Frau. »Schwer bewaffnet natürlich, die haben Schießbefehl. Und abgerichtete Hunde. Manchmal hört man das Gekläffe.«

Sonja hatte genug erfahren. »Ich möchte nach Hause, Jürgen.«

Sie gingen zum Auto zurück.

»Und du willst nicht mehr zum Checkpoint Charlie?«,

fragte er beim Einsteigen. »Zu den amerikanischen Panzern? Man kann das ja sowieso nur von Weitem sehen. Da kann nichts passieren, nicht mal, wenn die schießen würden.«

»Wenn die schießen, bricht der Dritte Weltkrieg aus.«

»Na ja. Ob es dann wirklich so schlimm werden würde, wissen wir nicht, aber die Sache ist jedenfalls sehr ernst. Genau darum schießen die Amis ja nicht. Und die Russen auch nicht.«

»Ich möchte trotzdem nach Hause.«

»Natürlich.«

Auf direktem Weg fuhr er zurück nach Charlottenburg, Sonja spürte, wie sehr sie ihn enttäuscht hatte.

*

Am Dienstagmorgen brauchte Jürgen den Käfer, um in den Filialen nach dem Rechten zu schauen, und Sonja fuhr S-Bahn – wie damals, als sie in Marienfelde gearbeitet hatte. Im Mai war sie das letzte Mal dort gewesen, beim jährlichen Frühlingsfest für die Mitarbeiter, zu dem auch alle Ehemaligen hatten kommen dürfen. Zehn Monate hatte sie hier gearbeitet und erinnerte sich gern an die Zeit. Zu Ulla verband sie eine verlässliche Freundschaft, auch wenn die beiden nur alle paar Wochen telefonierten und sich noch seltener sahen.

Vom S-Bahnhof nahm Sonja den gewohnten Fußweg durch die Wohnsiedlung. Ulbrichts Abschottung erfüllte ihren Zweck: Je näher Sonja dem Lager kam, umso weniger Leute begegneten ihr. Keine Warteschlangen bis zum Gehweg, kein Ordner mit lautstarken Anweisungen. Der Platz vor dem Eingang an der Marienfelder Allee war so menschenleer wie das Foyer hinter dem Glasvorbau. Auf dem Tresen stand einsam eine Klingel. Bei dem geringen Aufkommen von Flüchtlingen lohnte es sich offenbar nicht, den Platz am Empfang durchgehend zu besetzen.

Sie klopfte an Kasulzkes Bürotür.

Wie nicht anders zu erwarten, ließ er sofort nach der Begrüßung seinen rauen Charme spielen. »Um die Anerkennung als politischer Flüchtling muss sich keiner mehr sorgen machen«, er grinste. »Wer jetzt noch durchkommt, wird automatisch anerkannt, der Mauer sei Dank.«

Kasulzke galt als Unikum. Auch im hohen Alter blieb sein Verstand so messerscharf wie sein Mundwerk schnell. Ein besserer Lagerleiter ließe sich nicht so leicht finden, das wussten auch seine Vorgesetzten in der Senatsverwaltung. Erst Ende nächsten Jahres wollte man ihn in Rente schicken.

»Frau Vogt, kommen wir gleich zur Sache. Bitte schön«, er wies mit einer seiner Krücken auf den Besucherstuhl am Schreibtisch. »Also. Gisela Tröve, achtzehn Jahre alt, aus dem Bezirk Friedrichshain, ist seit vorletzter Woche bei uns und hat eine Nachricht für Sie von Ihrem Onkel Helmut Brevitz«, er sah Sonja eindringlich an. »Das ist doch Ihr Onkel, oder?«

»Ja, der jüngere Bruder meiner Mutter. Aber ich muss gleich mal fragen: Fräulein Tröve ist seit vorletzter Woche hier? Wie ist sie denn aus Ost-Berlin rübergekommen? Da stand die Mauer doch schon.«

Er schmunzelte. »Das Frollein ist von der leichteren Sorte, um nicht zu sagen: von der ganz leichten.«

Während ihrer Zeit in der Lagerverwaltung hatte Sonja manchmal mitbekommen, wie sich Frauen in der DDR Vorteile verschafften, indem sie Männern zu Willen waren, besonders SED-Funktionären. Offiziell gab es im Sozialismus keine Prostitution – wie so oft sah die Realität anders aus.

»Sie macht aus ihrem Lebenswandel nicht mal einen Hehl«, fuhr Kasulzke fort. »Sie sagt: Grenzsoldaten sind eben auch nur Männer.«

»Aber die Wachen sind doch zu zweit, oder? Immer zwei Soldaten, die sich kaum kennen, damit keine Kameraderie entsteht.«

»Ach, ob nun bloß ein Mann oder gleich zwei«, Kasulzke grinste. »Fräulein Tröve hat mit ihrem Charme eine Zweierwache bezirzt. Na ja. Wohl nicht nur mit Charme. Sie war ein bisschen nett, und dabei ist den Soldaten eingefallen, wo es in der Mauer noch eine klitzekleine Lücke gibt. Und nun wartet sie auf die Anerkennung als politischer Flüchtling.«

»Die sie bekommt?«

»Ja sicher. Durch die Mauer kann man keinem Menschen mehr zumuten, in der DDR zu bleiben. So sieht Adenauer das. Eine individuelle Begründung ist nicht mehr nötig.«

»Und sie ist erst achtzehn?«, hakte Sonja nach. »Also in der DDR schon volljährig, aber bei uns noch nicht?«

»Genau. Wir mussten das Jugendamt einschalten, aber die haben natürlich gar nicht die Zeit, sich groß zu kümmern. Fräulein Tröve ist körperlich und geistig gesund, also kein Problemfall. Sobald die ihren bundesdeutschen Pass hat, taucht die bestimmt ab. Kennt man ja, die Sorte Frauen. Die ändern sich nicht. Ich wette, dieses Frollein macht weiter mit dem halbseidenen Lebenswandel.«

Manchmal urteilte Kasulzke zu hart über Menschen, fand Sonja, doch sie mochte ihm nicht widersprechen. Vielleicht würde sie heute noch seinen Rat brauchen. »Und was hat Fräulein Tröve zuletzt in Ost-Berlin gemacht? Hatte sie einen richtigen Beruf?«

»Sekretärin an einer polytechnischen Oberschule. Das haben wir überprüft, und es stimmt. Übrigens kann sie sich sehr gut ausdrücken. Dumm ist die nicht«, Kasulzke legte einen Finger auf seine Lippen, machte mit der anderen Hand eine kreisende Bewegung in der Luft und deutete zur Tür. Sonja verstand: Vielleicht hatten die Wände Ohren. In der Zusammenarbeit mit den alliierten Geheimdiensten hatte Kasulzke eine klare Haltung. Er kooperierte, doch er nahm ihnen nicht ihre Aufgaben ab. Informationen, die er von Flüchtlingen bekam, gab er nicht automatisch weiter. Bei Landesverrat oder einem geplanten Attentat hätte er sofort sämtliche Behörden eingeschaltet, aber solche Fälle waren im Lager zum Glück noch nicht vorgekommen – zumindest wusste Sonja nichts davon.

Als sie an Kasulzkes Seite das Büro verließ, fiel ihr ein strenger Geruch auf. Kein Wunder: Er trug ein Hemd aus Trevira – zwar pflegeleicht, aber kaum luftdurchlässig und ein idealer Nährboden für schweißzersetzende Keime. Im Gegensatz zu Kasulzke lehnte Jürgen diese Kunstfasern ab, er meinte: Da solle eine Hausfrau besser nicht so bequem sein, sondern weiterhin die Baumwollhemden bügeln. Sonja tat ihrem Mann den Gefallen.

Trotz seiner vierundsiebzig Jahre kam Kasulzke mit dem verbliebenen Bein und den Krücken zügig voran. Sonja hatte erwartet, sie würden zu den Unterkünften gehen, doch er führte sie den Plattenweg am Rasen entlang. Der Nachmittag im Juli 1953 fiel ihr ein, ihr Besuch im Aufnahmelager. Da hatte sie hier auf der Liegewiese nach Dr. Kemberg gesucht, um ihn in den Kreißsaal zu bitten. Vom kleinen Peter Lübbau und seiner Mutter hatte sie seitdem nichts mehr gehört, und über Kemberg gab es bloß die Nachricht, dass er nun an der Uni Freiburg forsche.

»Da drüben«, Kasulzke wies zum hinteren Teil der Wiese. »Immerhin hält sie sich an die Vereinbarung.«

Sonja beschloss, Fräulein Tröve ohne Vorbehalte zu begegnen. Auch wenn sie mit moralisch fragwürdigen Mitteln durch die Mauer gekommen war, sagte das nicht alles über ihren Charakter aus. Vielleicht hatte Fräulein Tröve ja aus reiner Not gehandelt.

An einem Campingtisch saß eine junge Frau, schon von Weitem sah man den dunklen Ansatz im stark blondierten Haar. Kasulzke warf Sonja einen Blick zu. Na, sollte das wohl heißen. Habe ich zu viel versprochen?

Zur Begrüßung stand Gisela Tröve auf, sie war zierlich, auf den ersten Blick erinnerte ihr Körper an den eines Kindes, doch ihr spitz zulaufender Blusenausschnitt gab ihren Busenansatz frei. Im Wannsee-Internat hätte man sie getadelt. Wer so herumläuft, den hält man für eine Schlampe – oder schlimmer noch: ein Flittchen. So wie sie aussah, war es kaum ein Wunder, dass sie sich durch Prostitution die Flucht erschlichen hatte. Sonja hielt dennoch an ihrem Vorhaben fest, ihr keine Vorurteile entgegenzubringen.

»Darf ich bekannt machen«, sagte Kasulzke betont sachlich, »Frau Vogt – Fräulein Tröve.«

Die junge Frau streckte Sonja die Hand entgegen. »Ich bin Gisela. Wir können uns duzen, ich bin ja eine Freundin von deinem Onkel Helmut und seiner Familie.«

Sonja fand die Art reichlich forsch, sie selbst war ja sieben Jahre älter als Gisela Tröve. Die Sitten änderten sich, heutzutage pflegten die jungen Leute einen eher lockeren Umgang. Weil sie nicht spießig erscheinen wollte, meinte sie: »Angenehm, wir können uns gern duzen, ich bin Sonja.«

»Setzen Sie sich, meine Damen«, sagte Kasulzke. Offenbar fand auch er den Auftritt seiner Lagerinsassin zu leger. »Und, Fräulein Tröve: Bei allem, was Sie vorbringen, respektieren Sie bitte die Gesetze der Bundesrepublik Deutschland, ansonsten müsste ich einschreiten. Sofern Sie sich an die Regeln halten, bleibe ich stiller Zuhörer.«

»Selbstverständlich, Herr Kasulzke«, gab Gisela ohne Unterton zurück. Die Frauen setzten sich gegenüber. Giselas Gesicht hatte feine, gleichmäßige Züge, fast wie bei einer Puppe. Doch die großen blauen Augen wirkten müde, so als hätten sie viel Schlimmes gesehen. »Also, Sonja: Ich habe Helmut durch Uwe kennengelernt, seinen Stiefsohn. Helmut hat Lisbeth vor drei Jahren geheiratet, kurz nachdem Uwe achtzehn geworden ist. Die wollten mit der Hochzeit warten, bis er volljährig war. Und Uwe kenne ich über Bobby. Der ist mein guter Bekannter.«

Man konnte sich vorstellen, was Gisela unter einem guten Bekannten verstand. Doch war das ein Grund, sie zu verurteilen? Nein. Dieses Mädchen hatte eine so frische, unverstellte Art, Sonja hörte ihr gern zu.

»Wir drei haben uns in einer Milchbar getroffen«, fuhr Gisela fort. »Das mit Uwe und mir ist rein freundschaftlich. Er ist übrigens ein feiner Kerl. Den hat Lisbeth gut hingekriegt – auch ohne Vater.«

Sonja nickte. »Ich habe meinen Onkel Helmut zuletzt vor sieben Jahren gesehen, seitdem haben wir keinen Kontakt mehr, bis auf seine Weihnachtskarte jedes Jahr. Meine Mutter hat immer einen langen Brief zurückgeschrieben, aber von ihm kam dann nichts mehr, erst wieder die Karte am nächsten Weihnachten. Dass er verheiratet ist, wussten wir auch nicht.«

Gisela legte ihre Hand auf Sonjas Unterarm. Eine kleine Hand mit abgeblättertem rotem Nagellack. Sie fühlte sich warm an.

»Sonja, glaub mir: Das tut ihm inzwischen schrecklich leid, lässt er ausrichten, und Lisbeth sagt, es ist ihre Schuld.

Sie wollte Helmuts Verwandte nicht kennenlernen. Sie hat damals noch auf alle West-Berliner geschimpft. Kurz gesagt: Helmut, Lisbeth und Uwe haben Probleme mit der Partei. Die sitzen heftig in der Klemme.«

»Aber Helmut hat die SED doch immer vergöttert.«

»Jetzt nicht mehr. Darum bittet er euch ja um Hilfe.«

So leichtlebig Gisela sonst auch sein mochte, diese Sache nahm sie offenbar ernst. Sonja ahnte etwas. »Welche Hilfe denn?«

»Das erzähle ich am besten von vorne: Uwe hat ganz normal mit achtzehn Abitur gemacht und zwei Jahre Wehrdienst bei der Nationalen Volksarmee geleistet. Und dann hat er angefangen zu studieren, Maschinenbau. Aber da gab es Schwierigkeiten. Zum Maschinenbauen braucht man Stahl, und davon gab es an der Universität nicht genug. Die sind sparsam damit umgegangen, die haben nichts verschwendet und alles, was sie nicht mehr brauchten, immer wieder eingeschmolzen, aber trotzdem hat der Stahl vorne und hinten nicht gereicht. Die Professoren sind an die Regierung rangetreten, hat bloß nichts genützt. Es gibt für jede technische Universität nur eine bestimmt Menge Stahl, hieß es. Wenn die aufgebraucht ist, müssen die Studenten mit anderen Werkstoffen arbeiten. Holz oder Plaste oder so.«

Sonja nickte. »Deswegen auch die Plastikautos in der DDR. Also, wo die Karosserie aus Kunststoff ist.«

»Genau. Jedenfalls war Uwe sehr unzufrieden, weil ständig die Metall-Praktika ausfielen, das hat er laut geäußert. Und ein Professor hat das in den falschen Hals gekriegt, so ein ganz strammer Parteibückling. Uwe musste zum Universitätsrektor, der hat auf ihn eingeredet. Uwe sollte aufhören, sich zu beschweren. Daraufhin meinte Uwe, dass er überzeugtes SED-Mitglied ist, wie seine Mutter und sein Stiefvater ja auch. Aber dass er nicht versteht, warum die DDR ihre Studenten nicht mit Stahl versorgt. Wo gute Ingenieure doch gerade im Ostblock wichtig sind. Damit sie in der Maschinenentwicklung wettbewerbsfähig bleiben.«

»Was ja stimmt«, warf Sonja ein.

»Klar stimmt das. Bloß: Die Uni sieht das als Kritik am sozialistischen System. Der Rektor hat dann auch Lisbeth und Helmut einbestellt.«

»Warum? Uwe ist doch volljährig.«

»Trotzdem. Uwe hatte ja so betont, dass seine Mutter und sein Stiefvater treue Sozialisten sind. Also sollten die Uwe überzeugen, dass er sich zurückhalten muss mit seiner Kritik. Bei dem Gespräch in der Uni waren auch hohe Parteivertreter dabei. Um Druck zu machen, natürlich. Uwe, Helmut und Lisbeth haben versucht, die Sache zu klären. Dass Uwe doch ein guter Student ist und nur im Interesse des Sozialismus auf eine sinnvolle Verbesserung hinweisen wollte. Aber das wollten die Partei-Affen so nicht glauben, und danach ist alles noch schlimmer geworden.«

»Darf Uwe denn weiterstudieren?«

»Im Moment nicht. Er muss ein Jahr in die Produktion, in einen volkseigenen Betrieb für Glaskonserven. Als Strafe, damit er über seine Fehler nachdenkt und ein vollwertiges Mitglied der sozialistischen Gesellschaft wird. Und Lisbeth ist in dem Konsum-Laden, wo sie arbeitet, runtergestuft worden. Die darf nicht mehr an die Kasse, sondern nur noch einräumen oder putzen. Und Helmut hat das in seiner Brigade auch zu spüren bekommen. Der kriegt jetzt immer die unbeliebtesten Schichten, vor allem spätabends.«

Was Gisela sagte, klang glaubhaft. Trotzdem kam Sonja nicht mit. Wie passte das alles zusammen?

»Helmut hat sich doch immer engagiert in der Partei«,

meinte sie. »Der ist doch ständig zu den Veranstaltungen gelaufen.«

»Ja, und Lisbeth und Uwe auch. Aber das ist eben Ulbrichts Willkür, der befolgt ganz klar die Anweisungen aus Moskau. Jedenfalls: Lisbeth und Helmut wollen sich auf der Arbeit nicht länger schikanieren lassen, aber wehren können sie sich auch nicht, weil Uwe dann wohl gar nicht mehr weiterstudieren dürfte. Darum wollen alle drei jetzt rüber in den Westen.«

»Und warum jetzt erst? Bis vor drei Wochen war die Berliner Grenze noch offen.«

»Sicher. Bloß: Diese Schikanen in Helmuts Brigade und Lisbeths Laden sind erst nach dem Mauerbau richtig schlimm geworden. So, als wollte die Partei sie jetzt erst recht drangsalieren.«

»Ach so«, in Sonja wuchs das Unbehagen. Was verlangte ihr Onkel da? »Und wie wollen die drei rüberkommen?«

»Mit Schleusern natürlich. Nur können die drei sich selbst nicht drum kümmern, weil die Partei sie ja auf dem Kieker hat. Es ist einfacher und sicherer, wenn man das vom Westen aus organisiert.«

Sonja verzog das Gesicht. »Weil es auch reichlich Geld kostet und Helmut keins hat?«

»Doch, er hat noch was vom Erbe seiner Mutter, Babs hieß die wohl. Er hat noch Siemens-Aktien, heutiger Wert etwa dreitausend D-Mark, die bringt er bei der Flucht mit. Aber das wird garantiert nicht reichen. Und die Schleuser hier wollen selbstverständlich Bares sehen. Komplett und im Voraus.«

»Das hieße, wir müssten Helmut, Lisbeth und Uwe erst mal die kompletten Kosten vorstrecken?«

»Das wäre wohl so. Die drei zahlen euch das aber schnell

zurück, haben sie versprochen. Sie wollen fleißig arbeiten«, Gisela zog einen Zettel aus ihrer Bluejeans. »Helmuts Adresse in Pankow. Er wohnt noch in derselben Straße, aber nicht mehr im Schuppen, sondern in einer richtigen Wohnung, zusammen mit Lisbeth und Uwe. Du musst die Flucht nicht von heute auf morgen organisieren, aber allzu viel Zeit lässt du dir besser nicht. Wer weiß, womit man die drei sonst noch piesackt. Du selbst rufst Helmut lieber nicht an, in Ost-Berlin weiß man nie, wen die Stasi so alles abhört. Wenn du die passenden Kontakte gefunden hast, nennst du denen nur die Namen der Fluchtwilligen und die Adresse, um alles andere kümmern sich die Schleuser selbst, die haben da ihre Methoden.«

Sonja nahm den Zettel entgegen. »Und was nehmen die für drei Erwachsene?«

»Weiß ich nicht genau, aber bestimmt mehr als dreitausend D-Mark. Und mehr kann ich nicht dazu sagen. Das war's dann von meiner Seite.«

»Danke. Und wie geht's jetzt bei dir weiter? Was hast du in West-Berlin so vor?«

»Bis zur Anerkennung als politischer Flüchtling bleibe ich natürlich im Lager. Dann wartet Bobby auf mich. Der ist am 12. August noch ganz bequem am Bahnhof Friedrichstraße in den Westen marschiert. Ohne Aufnahmelager, direkt zu einem Freund. Bobby sagt, er braucht keine Eingliederungshilfe.«

»Und dieser Bobby?«, hakte Sonja nach, »oder sein Freund, haben die keine Kontakte?«

»Kontakte schon, aber nicht zu Schleusern. Wie gesagt: Ich kann euch da leider nicht helfen. Von meiner Seite war's das«, Gisela wandte sich an den grimmig dreinblickenden Kasulzke. »Ich denke mal, im Moment brauchen Sie mich nicht mehr?«

»So ist es, Fräulein Tröve!«

»In Ordnung«, sie nickte Sonja zu. »Du schaffst das schon, und wir sehen uns wahrscheinlich nicht mehr. Mach's gut, Sonja. Ich wünsche euch was. Guten Tag, Herr Kasulzke.«

Schnell und leichtfüßig lief sie über den Rasen, Sonja und Kasulzke sahen ihr schweigend hinterher, bis sie im Gebäude verschwunden war. Er wischte sich mit einem Taschentuch über das Gesicht. Ob das am anstrengenden Gespräch lag oder am warmen Wetter? Vermutlich beides, dachte Sonja.

»Darf ich Sie etwas fragen, Herr Kasulzke? Auch wenn es heikel ist?«

»Ob Gisela Tröve eine SED-Spionin sein könnte? Das habe ich auch schon überlegt. Ich denke, unser leichtes Mädchen hier nimmt sich selbst zu wichtig. Und die Kontakte zu diesem Bobby ...«, Kasulzke machte eine abwertende Handbewegung. »Aber ich denke, die Geschichte mit der Familie Ihres Onkels stimmt so. An der Stelle lügt Fräulein Tröve nicht. Und sie will Ihnen oder Ihrer Familie nichts Böses.«

»Und sie war hier in der Sichtungsstelle? Der Geheimdienst hat ihren Hintergrund kontrolliert?«

»Na sicher. Aber was sie den Alliierten erzählt hat, weiß ich nicht, und ich werde auch nicht nachfragen, Frau Vogt. Sie müssen selbst wissen, was Sie jetzt machen. Und falls Sie einen Fluchthelfer suchen«, Kasulzke hob seine Hände. »Ich will damit nichts zu tun haben. Ich habe strengste Vorschriften.«

Sonja nickte. »Damit man Ihnen als Verwaltungsleiter hier nichts unterstellen kann.«

»Genau! Vorm Mauerbau hatten wir diese extreme Fluchtwelle, ein paar Tausend Menschen pro Tag, und gleich danach sind die Zahlen drastisch runtergegangen. Aber einige schaffen es eben immer noch, und daran kann auch die Mauer nichts ändern.«

»Und die jetzt noch kommen? Die haben alle organisierte Helfer?«

»Nicht alle, aber viele«, er deutete auf die Blocks mit den Unterkünften. »Sie müssten da jetzt einfach bloß rübergehen und sich erkundigen, wo Sie die passenden Fluchthelfer finden. Aber natürlich tun Sie das nicht, unser Lager ist für solche Erkundigungen tabu.«

»Selbstverständlich, Herr Kasulzke.«

Sonja wusste, was für den Büroleiter auf dem Spiel stand. Das Aufnahmelager war eine Einrichtung des Berliner Senats. Zu gewerbsmäßigen Fluchthelfern durften die Mitarbeiter keinen Kontakt aufnehmen, damit hätten sie sich dem Verdacht der Bestechlichkeit ausgesetzt.

»Gut«, sagte Kasulzke. »Ich kann mich also auf Sie verlassen, Frau Vogt. Behandeln Sie bitte alles streng vertraulich und gehen Sie bald. Das richtet sich nicht gegen Sie persönlich.«

»Darf ich denn noch kurz mit Ulla Schmittke sprechen?«

»Ja sicher«, er stand auf. »Bleiben Sie einfach hier sitzen, ich sage Bescheid, dass sie zu Ihnen rauskommt. Im Moment ist da drinnen sowieso nicht viel zu tun. Und ich verabschiede mich schon mal.«

Sonja bedankte sich, Kasulzke griff zu den Krücken und schwang sich zurück in sein Büro.

Ein paar Minuten später kam Ulla in Schwesterntracht über den Rasen geeilt.

»Morgen, Mädchen. Ich weiß ja erst seit vorhin, dass du heute kommst. Und eben gerade meinte Kasulzke, du sollst mir lieber selbst sagen, worum es geht.«

Sonja erzählte.

Ulla stieß Luft aus den Wangen. »Heftiger Tobak! Das kannst du doch gar nicht allein entscheiden. Was sagen denn wohl deine Eltern dazu?«

»Die wundern sich bestimmt erst mal, weil Helmut immer ein strammer Sozialist war. Das passt nicht zusammen.«

»Doch, Kind. Leider. In letzter Zeit hat sich im Ostblock viel verändert. Allein die Revolte in Ungarn vor fünf Jahren. Danach hat auch die DDR-Regierung noch mal die Zügel angezogen, verglichen mit 56 in Budapest war es 53 in Ost-Berlin regelrecht gemütlich«, Ulla hob entschuldigend die Hände. »Ich will bestimmt nicht gehässig sein, aber du weißt, wie ich das meine.«

»Ja sicher. Aber das ist doch gerade der Punkt: Helmut hat den kommunistischen Führern immer nach dem Mund geredet, der hat nie was kritisiert. Und jetzt macht ihm die SED einen Riesenärger? Wegen dieser blöden Kleinigkeit: Sein Stiefsohn braucht ein bisschen Stahl und schreibt einen Brief an die Uni.«

»Ach, Mädchen. Darum geht's gar nicht. Natürlich ist das Kinderkram, und die SED könnte das ganz schnell vergessen. In Wirklichkeit geht es um Macht. Die DDR muss ihre Bürger einmauern, damit sie nicht abhauen. Die Parteibonzen allein können das aber nicht durchsetzen und kontrollieren, die brauchen überall ihre verschwiegenen Helfer. Das war im Prinzip bei den Nazis nicht anders. Was bei denen die Gestapo war, ist in der DDR die Staatssicherheit. Da sind viele inoffizielle Mitarbeiter unterwegs. Spitzel, die ihre Nachbarn verpfeifen, weil sie sich dann selbst wichtig fühlen.«

Sonja brauchte einen Moment, um zu begreifen. »Die Stasi will also, dass Helmut bei denen mitmacht?«

»Vermutlich. Du sagst ja selbst, er war immer strammer Sozialist. Und jetzt so was Dummes. Eine Beschwerde vom

Stiefsohn bei der Universität, also einem Staatsorgan. Für die Stasi ist das ein gefundenes Fressen. Ich stelle mir das so vor: Die haben deinen Onkel gefragt, ob er helfen will, die DDR zu schützen. Nicht militärisch, sondern als Arbeiter. Und natürlich auch privat.«

»Du meinst, die wollten ihn als Spitzel anwerben?«

»Ja. Wahrscheinlich haben sie ihm gesagt: Wenn er mitmacht, ist die Beschwerde von seinem Stiefsohn ganz schnell vom Tisch. Dann darf Uwe sofort weiterstudieren. Aber Helmut hat abgelehnt. Wohl weil er endlich kapiert, was für ein Unrechtsstaat das ist. Und jetzt drangsalieren sie ihn, um ihn doch noch rumzukriegen«, offenbar erkannte Ulla den Schrecken in Sonjas Augen. »Kind! Ich will dir keine Angst einjagen, du sollst nur verstehen, was die für Methoden haben.«

»Also wird das noch schlimmer? Die machen Helmut immer mehr Druck?«

»Kann gut sein, vielleicht drohen die demnächst mit Knast. Gibt ja jede Menge politische Gefangene da.«

»Und warum hat Gisela mir das nicht gesagt? Dass die Stasi ihn wahrscheinlich als Spitzel haben will?«

»Bestimmt glaubt Gisela, sie hat genug gesagt. Sie muss sich ja auch selbst schützen. Und dass du dir selbst zusammenreimen kannst, was los ist. Bei solchen Geschichten steckt fast immer die Stasi dahinter«, Ulla seufzte. »Und? Werden deine Eltern Helmut samt Anhang rüberholen?«

»Bestimmt«, Sonjas Stimme zitterte. »Vor allem meine Mutter, Helmut ist ja ihr Bruder.«

»Dann beredet das in Ruhe. Bloß: Falls ihr Schleuser sucht, kann ich nicht helfen. Ich halte mich an die Bestimmungen hier. Aber dein Vater ist Geschäftsmann. Wenn der sich umhört, findet der schon wen.«

Sonja nickte. Sie hatte eine Idee, doch es war noch zu früh, um darüber zu sprechen. Außerdem musste sie die Kinder abholen. Sie versprach, Ulla bald anzurufen – unter ihrer Privatnummer.

In der S-Bahn hing Sonja ihren Gedanken nach. Neun Jahre lag die Begegnung zurück: sie und der Schöne Walter im Wannsee-Strandbad. Dann ein Jahr später das Treffen im Krankenhausflur, da hatte sie ihn zum letzten Mal gesehen, Ilse und er waren kein Paar mehr, doch zu ihr hielt er lockeren Kontakt. Was Sonja in letzter Zeit über Godewind erfahren hatte, wusste sie von Ilse und Monika. Und jetzt? Sollte sie ihn um Hilfe bitten? Bloß weil er damals im Strandbad einen bestimmten Kunden erwähnt hatte? War er verlässlich und diskret? Sonja beschloss abzuwarten.

Um zwölf Uhr holte sie die Kinder ab, heute hatten sie ein neues Geburtstagslied gelernt.

»Ich bin der Erste, der es gesungen kriegt«, erklärte Andi stolz. »Nächste Woche, wenn ich sechs werde. Das ist ja mein letzter Geburtstag im Kindergarten. Ostern bin ich ein Schulkind.«

Silke nickte heftig. »Und ich dann das nächste Ostern. Aber ich möchte eine rote Zuckertüte!«

»Und ich eine grüne!«

Sonja strich den beiden übers Haar. »Ja, meine Großen, bekommt ihr. Das wird ganz schön.«

Zurück in der Wohnung, machte sie die Schnippelbohnen heiß. Zweimal hintereinander Eintopf – normalerweise gab es das nicht in der Familie Vogt. Ab morgen würde sie wieder jeden Tag frisch kochen.

Karin und Jürgen kamen zum Essen und brachten schlechte Nachrichten. Bäckergeselle Gustav hatte zum 1. Oktober gekündigt. Weil seine Verlobte aus Ost-Berlin nicht mehr in den Westen konnte, wollte er nun zu ihr übersiedeln. Einen Antrag bei den DDR-Behörden hatte er schon gestellt.

Jürgen seufzte. »Wenn es nicht so traurig wäre, könnte man sich drüber freuen. Er lebt lieber unter Ulbricht, als seine Braut allein zu lassen.«

»Nehmen die Gustav denn überhaupt?«, fragte Sonja. »Da muss er doch eine Gewissensprüfung machen, ob er ein überzeugter Sozialist ist ...«

»Das ist er bestimmt nicht. Aber stramme Sozialisten sind viele nicht, und trotzdem sind die drüben geblieben, auch noch bei der letzten Fluchtwelle. Natürlich fragt die Stasi nach Gustavs Gründen. Er muss irgendwas erzählen, was denen in ihren Kram passt, dann lassen die ihn schon rüberkommen. Die brauchen dringend gute Handwerker.«

»Mama?«, fragte Andi. »Du warst doch heute da, wo du früher gearbeitet hast? Wegen dem Onkel?«

Ihren Großonkel kannten Silke und Andi nicht persönlich. Seit Jürgens und Sonjas Hochzeit war Helmut nicht mehr in West-Berlin gewesen. Den Kindern hatte Sonja die Wahrheit erzählt: dass es durch den Krieg zwei Deutschlands gab und Onkel Helmut das Ostdeutschland ganz doll lieb hatte, aber das Westdeutschland mochte er gar nicht, und deswegen besuchte er seine Verwandten nicht, sondern schickte bloß jedes Jahr eine Weihnachtskarte.

»Was ist denn jetzt mit deinem Onkel, Mama? Was haben die Leute da von ihm erzählt?«

»Dass er jetzt verheiratet ist«, Sonja lächelte ihrem Sohn zu, gleich darauf sah sie die Erwachsenen an. Da ist noch mehr, aber nicht vor den Kindern, hieß dieser Blick. »Onkel Helmut hat seine Lisbeth geheiratet. Und die beiden leben in einer schönen Wohnung zusammen mit Uwe, Lisbeths Sohn.

Sie hatte früher schon mal einen Mann, aber der ist nicht mehr da.«

»Dann ist Onkel Helmut jetzt der neue Papa von Uwe?«

»Du bist ganz schön schlau«, Sonja stupste ihren Sohn auf die Nase. »Wollen wir nachher euer Planschbecken rausstellen?«

Sie brauchte nicht zweimal zu fragen. Während die Kinder ihren Mittagsschlaf hielten, goss Jürgen zwei Tassen echte Bohne auf. Sonja setzte sich zu ihm.

»Hast du eigentlich schon die Annonce gesehen? Oder hat Ulla dir was erzählt?« Er suchte die Anzeigenseite in der Tageszeitung. »Hier: Dr. Clemens Kemberg, Facharzt für Frauenkrankheiten und Geburtshilfe. Praxiseröffnung am 1. September, also jetzt Freitag.«

Tief im Inneren spürte Sonja einen kleinen bittersüßen Schmerz, doch sie ließ sich nichts anmerken. »Och wie nett. Dann ist Kemberg jetzt wieder in Berlin. Das hatte er damals ja schon überlegt.« Sonja las. »Zehlendorf. Schnieke, schnieke. Aber keine reine Privatpraxis, hier steht *alle Kassen*.«

»Und warum in so einer teuren Gegend? Hat er Geld?«

»Nicht dass ich wüsste. Aber da in der Gegend sind doch die neuen Kliniken von der Freien Universität. Das Klinikum Steglitz. Wahrscheinlich deswegen. Er war vorher ja auch an Unikliniken, erst an der Charité und danach in Freiburg.«

»Dann passt das ja. Und? Willst du zu ihm wechseln?«

Sie zögerte. »Ich habe im Juni gerade das neue Pessar bekommen. Wenn nichts Besonderes ist, muss ich erst übernächstes Jahr wieder zum Frauenarzt. Bis dahin überlege ich mal.«

Jürgen nickte. »Und dass Kemberg sich ausgerechnet jetzt in Berlin niederlässt? Direkt nach dem Mauerbau?«

»Das hat er wahrscheinlich schon länger geplant. Und er mag die Stadt eben sehr.«

»Na, wenn das so ist«, Jürgen legte die Zeitung beiseite. »Und? Was hat dir diese Gisela Tröve denn nun ausgerichtet? Doch nicht bloß, dass Helmut jetzt verheiratet ist?«

»Natürlich nicht.«

»Aha. Ich höre.«

Das klang wie eine Drohung. Bestimmt ahnte Jürgen, worum es ging. Doch über Helmuts Fluchthilfe mussten allein Sonjas Eltern entscheiden. Das betonte sie immer wieder, als sie vom Besuch in Marienfelde erzählte.

Er hörte zu, er ließ sie ausreden – und sie sah, wie die Wut in ihm aufstieg. Seine Reaktion fiel heftiger aus als erwartet. »Verdammt noch mal, Sonja. Was ist dein Onkel bloß für ein Mistkerl: Erst der edle Weltverbesserer, lebt jahrelang in einer Bruchbude und predigt sozialistischen Frieden. Aber dann kriegt er am eigenen Leib zu spüren, wie verlogen dieses System ist. Dass das nur mit Unterdrückung funktionieren kann, wenn überhaupt. Weil die Menschen nun mal nicht so sind, wie Marx und Stalin es gern hätten. Und jetzt sollen wir ihn aus der Scheiße ziehen. Fluchthilfe!« Jürgen lachte zynisch. »Mit harter Währung natürlich. Dafür nimmt er gern das Geld von seiner kapitalistischen Familie. Mit der er seit Jahren nichts zu tun haben wollte!«

Sonja schloss für einen Moment die Augen. Als Sanitäter im Frontlazarett hatte Helmut Tausende Leben gerettet. Doch sie schwieg. Im Moment machte es keinen Sinn, ihren Onkel in Schutz zu nehmen. Sie versuchte, ihren Mann zu beruhigen: »Jürgen, das ist wirklich nicht unsere Sache. Helmut hat sich an mich gewendet, aber doch bloß, weil ich Kontakt zum Aufnahmelager habe. Er ist Muttis Bruder, also müssen meine Eltern entscheiden.«

»Ach so! Na wunderbar. Dann sage ich deinen Eltern das genau so. Und zwar sofort!« Er stürmte ins Wohnzimmer zum Telefon.

Sonja hätte ihn von dem Anruf nicht abhalten können. »Aber lass mich bitte auch mit denen reden.«

Er nickte, Sekunden später hatte er seine Schwiegermutter in der Leitung. »Margit! Sonja steht neben mir und erzählt dir gleich alles. Ich sag nur: Überlegt euch das gut. Mal abgesehen vom Geld. Die Sache ist gefährlich! Wir wissen nicht, wer dieses Fräulein im Lager überhaupt ist oder wer dahintersteckt. Ob was an dieser Nachricht dran ist, vielleicht ist das ja alles nur erstunken und erlogen. Um euch abzuzocken oder sonst was«, er drückte Sonja den Hörer in die Hand. »Ich muss ins Büro. Bis nachher.«

Am Abend hörte Jürgen im Wohnzimmer seine Sportsendung, in der Küche kümmerte sich Sonja um die Bügelwäsche. Was für ein Tag! Sie hatte lange gebraucht, um ihre Mutter am Telefon zu beschwichtigen. Sonja hatte haarklein erzählen müssen, was sie über Helmut erfahren hatte. Nein, er befand sich nicht in unmittelbarer Gefahr. Nein, die Stasi würde ihn nicht von heute auf morgen ins Gefängnis werfen. Ihre Mutter beruhigte sich. Grundsätzlich wollte sie ihrem Bruder gern helfen, aber erst mal musste sie die Meinung von Sonjas Vater hören. Übermorgen würde Sonja sich mit ihren Eltern zusammensetzen – so waren sie beim Anruf verblieben. Vorher sollte keine Entscheidung fallen, trotzdem grübelte Sonja. Jürgen steigert sich in seine Angst hinein, fand sie. Er hatte früh seine Eltern verloren, das machte ihn überempfindlich, er witterte Gefahr, wo keine war.

Dabei hatte Kasulzke über Gisela ja eine klare Meinung geäußert: Er hielt Gisela Tröve für aufrichtig – jedenfalls in dem, was sie über Helmut erzählte. Auch die alliierten Geheimdienste hatten sie befragt, und diese Leute machten ihre Sache gründlich: Gäbe es nur den geringsten Verdacht auf DDR-Spionage, säße Gisela längst in Untersuchungshaft. Sonja hielt Jürgens Angst für übertrieben. Das würde er hoffentlich auch bald selbst einsehen.

Um halb elf ging sie zu Bett, bald darauf kam er zu ihr. Er kuschelte sich von hinten an und streichelte ihr Haar, sie vergrub eine Hand unter seiner Hüfte. Beide schwiegen. Nach ein paar Minuten küsste er sie auf die Wange, drehte sich um und schlief ein.

Kontakte

Am nächsten Morgen, auf dem Rückweg vom Kindergarten, kaufte Sonja einen Rotkohlkopf und drei Pfund Fleisch, halb Rind, halb Schwein. Kartoffeln für die Klöße lagerten reichlich im Keller. So ein Essen gab es bei den Vogts normalerweise nur sonntags, aber nach zwei Tagen Eintopf aus der Tiefkühltruhe hatte Jürgen sicher nichts gegen Gulasch an einem Mittwoch. Um Haushaltsgeld hatten die beiden sich zum Glück noch nie gestritten.

Viele Leute in der Gegend kannten Sonja: die Kunden aus der Bäckerei, die anderen Mütter vom Kindergarten, die Nachbarn. Und alle wussten, die Vogts hatten einen eigenen Anschluss. Wenn Sonja ein öffentliches Telefon benutzte, würde das also Fragen aufwerfen. Doch wenn sie diesen Anruf von zu Hause aus machen würde und Jürgen später die Nummer auf der Fernmelderechnung sähe, könnte das bedeutend mehr Ärger bringen. Die Telefonzelle an der Straßenecke war leer. Sonja sah sich um. Nein, von den Passanten hier kannte sie niemanden.

Sie zog die Glastür hinter sich zu, die Nummer hatte sie schon am Abend nachgeschlagen und auswendig gelernt. *Walter Godewind – Lebensmittel, Feinkost, Delikatessen* residierte unter der alten Adresse in Tempelhof. Während sie den Groschen einwarf, zweifelte sie. Sollte sie nicht besser das Gespräch mit ihren Eltern abwarten? Aber warum? Bestimmt war es denen recht, dass Sonja sich schon umhörte. Außerdem kannten sie Godewind von der Autohauseröffnung.

Er hob nach dem zweiten Klingeln ab, sie nannte ihren Namen.

»Frau Vogt! Ihnen geht's hoffentlich gut? Ilse und Monika erzählen mir ja ab und zu was. Sie haben Glück, dass Sie mich noch erreichen, ich wollte gleich los zu einem Kunden.«

»Ach so«, Sonjas Zunge klebte am Gaumen. »Ich kann auch gern später anrufen. Oder morgen.«

»Nein, alles in Ordnung. Was darf ich denn für Sie tun?«

Charmant wie eh und je!, dachte Sonja und blieb sachlich. »Es ist so, Herr Godewind: Erinnern Sie sich noch an unser Treffen im Wannsee-Bad? 1952 war das, da haben Sie mir von einem Kunden erzählt. Mit zwei Häusern.«

Mehr sagte sie nicht – und er antwortete nicht gleich. Dann hörte sie, wie er einatmete.

»Ja genau, diese besondere Immobilie. Und Sie erinnern sich also an die Verbindung.« Sein Plauderton und wie er das Wort *Verbindung* aussprach. Kein Zweifel. Er hatte verstanden. »Aber darüber reden wir am besten persönlich. Wann und wo treffen wir uns denn? Schlagen Sie was vor. Wir sollten nicht lange warten.«

Wie gut, dass sie sich dazu schon Gedanken gemacht hatte: »Ginge morgen früh? Viertel nach acht? Auf dem Parkplatz vom Rotkreuzkrankenhaus am Spandauer Damm?«

»Richte ich ein, Frau Vogt. Grüner Bulli, ich sitze drin.«

*

Den Nachmittag verbrachte Sonja mit Silke und Andi im Garten hinterm Haus. Es war der dritte Tag nach den Betriebsferien, im Büro der Bäckerei gab es nicht viel zu tun. Sie hatte ihren Nähkasten mitgebracht. Während die Kinder im Planschbecken und Sandkasten spielten, stopfte sie Strümpfe und ließ ihre Gedanken schweifen.

Seit 1953 war sie Walter Godewind nicht mehr begegnet,

doch vorhin am Telefon hatte er ihren neuen Nachnamen auf Anhieb richtig zugeordnet. Ilse und Monika sorgten dafür, dass Neuigkeiten im Bekanntenkreis weiterhin die Runde machten. Monika hatte schon vor Jahren ihre Meisterprüfung gemacht und leitete seitdem den Salon. Das Geld für den Friseurmeister, der Ilse sechs Monate lang vertreten hatte, war längst zurückgezahlt. Immer dann, wenn Ilse nicht an die künstliche Niere musste, half sie im Laden mit. Sie trug ihre Krankheit mit bewundernswerter Stärke und gehörte zu den wenigen Menschen, die nach acht Jahren Hämodialyse noch lebten – und das sogar gut. »Die Arbeit hält mich gesund«, sagte sie oft, »und noch was tut mir gut: Ich habe keinen Mann an der Backe. Also auch keinen Ärger.« Den letzten Satz meinte sie nicht ernst. Sie wollte sich keinem Mann mehr zumuten. »Nicht nur wegen der Krankheit, auch weil ich viel lieber mein eigener Herr bin.«

Und wie war es Godewind nach dem Liebesende mit Ilse ergangen? Er fand zu seiner Frau zurück. Greta verzieh ihm, er schraubte sein Arbeitspensum zurück, und sie zeigte mehr Verständnis. 1955 bekamen die beiden einen zweiten Sohn, und die Ehe blieb glücklich. Das jedenfalls erzählte der Schöne Walter, wenn er Ilse und Monika besuchte. Und so hatte Monika es an Sonja weitergegeben.

*

Am Donnerstagmorgen brachte sie Andi und Silke in den Kindergarten und ging weiter den Spandauer Damm entlang zum Rotkreuzkrankenhaus.

Der Parkplatz kam in Sicht, ihr Herz klopfte schneller. Sie hatte den Treffpunkt selbst vorgeschlagen, doch jetzt nagten die Zweifel an ihr. Was, wenn ein Nachbar sähe, wie sie zu einem Mann in den Lieferwagen stieg? Dann müsste sie das eben erklären: Herr Godewind war Lieferant im angesehenen Wannsee-Internat und außerdem ein Bekannter ihrer Eltern.

Godewind hatte seinen Transporter vorwärts eingeparkt, die Wagenfront wies zu einer Reihe von weiß blühenden Sträuchern. Sie klopfte an die Fahrertür, er stieg aus. In all der Zeit hatte er sich kaum verändert, abgesehen von grau melierten Schläfen und ein paar markanten Falten mehr.

Wunderte sie sich darüber, dass er einen seiner grauen Arbeitskittel trug? Nein, vermutlich musste er nach diesem Treffen ja wieder Lebensmittel ausfahren.

»Frau Vogt, schönen guten Morgen. Am besten reden wir im Wagen.«

Er öffnete die Beifahrertür, aus der Kabine schlug ihr der Duft seines Rasierwassers entgegen – das gleiche wie damals im Krankenhausflur. Ihre Aufregung stieg.

Godewind setzte sich neben sie, seine Augen suchten ihren Blick. »Wir haben uns acht Jahre nicht gesehen, Frau Vogt, aber Sie sind immer noch so wunderbar jung. Dabei sind Sie schon Ehefrau und zweifache Mutter.«

Er sagte das nicht anzüglich, offenbar wollte er bloß freundlich sein, trotzdem fand Sonja den Satz unpassend. Sie bedankte sich knapp und wechselte das Thema. »Und Sie sind jetzt also VW-Kunde?«

Er schmunzelte. »Ich entschuldige mich, dass ich den Bulli nicht bei Ihrem Vater gekauft habe. Ein Bekannter hat mir den Wagen günstig vermittelt.«

»Ist doch schön. Und wie gefällt er Ihnen? In der neuen Modellreihe ist die Lenkung übrigens noch mal verbessert.«

»Gut zu wissen, aber mit dem hier bin ich im Moment sehr zufrieden. Und meinen alten Hanomag habe ich auch noch, den fährt meistens mein Angestellter.«

Godewind warf einen kurzen Blick in die Rückspiegel. Hatte er Angst, man würde sie beobachten? Sonja fragte lieber nicht.

»Und jetzt höre ich Ihnen zu, Frau Vogt. Ohne Grund hätten Sie mich kaum angerufen. Und so viel kann ich Ihnen sagen: Wir müssen uns beeilen.«

»Ach so?«

»Ja. Ulbricht ist schon dabei, Gruppen von Baufachleuten zusammenzustellen. Tunnelzüge nennt man die.«

»Das wissen Sie?«, staunte Sonja. »Was Ulbricht vorhat?«

»Ja, Frau Vogt. Gute Informationsquellen sind eben alles. Diese Tunnelzüge sollen entlang der Mauer in sämtlichen Häusern die Keller untersuchen. Ob da irgendwo ein Tunnel sein könnte.«

»Und dann würden die den Tunnel an der Heidelberger Straße entdecken?«

»Könnte zumindest sein. Und nun brauche ich ein paar Informationen von Ihnen.«

Sonja erzählte von Onkel Helmut in Ost-Berlin, seiner Frau Lisbeth und Sohn Uwe.

Godewind nickte. »Hört sich ganz so an, als würde die Stasi dahinterstecken. In letzter Zeit versuchen die immer öfter, inoffizielle Spitzel anzuwerben. Die bauschen irgendeine Kleinigkeit auf, in dem Fall die Beschwerde an der Universität. Dann kommt eine freundliche Anfrage, ob man nicht das eine oder andere rausfinden kann. Über Nachbarn zum Beispiel oder Arbeitskollegen. Die Stasi ist an allem interessiert. Und wer bei denen nicht mitspielt, der kriegt Druck.«

»Also könnten die Uwe nicht weiterstudieren lassen?«

»Schlimmstenfalls ja. Es sei denn, er oder seine Eltern machen mit bei den Bespitzelungen. Aber das wollen die ja wohl nicht?«

»Nein. Genau deswegen wollen sie fliehen. Und diese beiden Häuser an der Heidelberger Straße, gibt es den Tunnel noch?«

Godewind schaute nach vorn durch die Scheibe. »Frau Vogt«, sagte er langsam. »Neun Jahre. So lange ist es her, dass ich Ihnen von den Häusern erzählt habe. Und jetzt verraten Sie mir mal, wem Sie das weitergegeben haben.«

»Überhaupt niemandem. Ehrlich nicht. Ich hatte das lange vergessen. Mir ist das erst wieder eingefallen, als die Nachricht von der Mauer im Radio kam.«

»Wirklich keinem? Nicht mal Ihren Eltern?«

»Nein, ich wollte erst mal unser Gespräch heute abwarten.«

»Und Ihr Mann? Was weiß der?«

»Noch gar nichts.«

»Was?!«

»Erst mal muss ich mit meinen Eltern drüber sprechen. Und das heißt nicht, dass meine Ehe schlecht ist.«

»Selbstverständlich nicht«, erwiderte Godewind ernst.

Sonja erkannte seinen fragenden Blick.

»Mein Mann hat früh seine Eltern verloren. Er hat oft Angst, und nun macht er sich Sorgen wegen der geplanten Flucht. Dass hier DDR-Spione rumlaufen, die irgendwas gegen uns unternehmen. Vor allem, dass unseren Kindern was passieren könnte.«

»Sehr unwahrscheinlich. Der Stasi geht es ja darum, Fluchten zu verhindern. Also die Flüchtlinge festzusetzen und natürlich die Schleuser aufzuspüren. Aber jetzt frage ich mal andersrum: Wenn Sie Ihrem Mann erklären, worum es hier geht, können wir uns denn auf ihn verlassen? Dass er sich absolut diskret verhält?«

»Ja sicher. Sonst würde er sich ja ins eigene Fleisch schneiden.«

Godewind nickte, und es kam Sonja so vor, als müsste er ein Grinsen unterdrücken.

»Gut, Frau Vogt. Nehmen Sie es mir bitte nicht übel: Ich will nur wissen, ob ich mich auf Sie verlassen kann.«

»Können Sie, Herr Godewind.«

»Glaube ich Ihnen. Also: Nach diesen beiden Häusern werden wir oft gefragt, meine Kollegen und ich.«

»Ihre Kollegen?«, wunderte sich Sonja. »Also andere Lebensmittelhändler?«

»Nein, ich meine uns Kollegen von der Fluchthilfe. Unsere Gruppe eben. Das kann keiner allein organisieren. Aber mein Hauptgeschäft sind immer noch die Lebensmittel. Das andere ist ein Nebenerwerb, weil ich nun mal den Hausbesitzer kenne. Entlang den vierzig Kilometern Mauer gibt es kaum eine Stelle, wo sich die Häuser derartig nah gegenüberstehen. Und der Tunnel ist natürlich ein Glücksfall. Stabil gemauert, man muss sich bloß ein bisschen bücken. Da stürzt nichts ein oder läuft mit Wasser voll. Das Schwierige ist, die Leute unbemerkt in den Tunnel zu kriegen. Da patrouillieren jede Menge Wachen, auch mit Hunden.«

»Und wie machen Sie das dann?«

»Erkläre ich später. Erst mal wüsste ich gern, ob Sie ernsthaft interessiert sind.«

»Ja sicher«, sie zögerte. »Was würde das denn kosten?«

Godewind griente. »Überlegen Sie doch mal: Wenn Ihnen der Preis nicht passt, bleibt Ihr Onkel dann drüben? Lassen Sie ihn dann samt Anhang von der Stasi hopsnehmen?«

»Nein, natürlich nicht …«

»Ich verstehe schon, Frau Vogt. Ihre Eltern wollen sich nicht über beide Ohren verschulden. Aber unsere Leistung kostet. Wir orientieren uns am durchschnittlichen Jahreseinkommen eines westdeutschen Arbeiters. Dreitausend D-

Mark. Pro Person selbstredend, in Ihrem Fall also neuntausend.«

Sonja erschrak. Von Gisela hatte sie schon gewusst, dass Helmuts Aktien über dreitausend Mark nicht reichen würden. Aber nun das Dreifache!

Godewind schien solche Reaktionen zu kennen. »Frau Vogt, das ist angemessen bei dem, was alles dranhängt. Wir müssen unseren Informanten gut schmieren, die wollen Geld sehen für so viel Verrat. Und unsere Schleuser setzen ihre eigene Freiheit aufs Spiel. Wer auffliegt, landet im Knast. Und an der Ostseite der Heidelberger Straße wohnen jede Menge Parteibonzen, natürlich schon lange, weit vorm Mauerbau. Die Stasi achtet seit Jahren drauf, wer in die Wohnungen an der Sektorengrenze zieht. Das sind stramme Gefolgsleute. Und viele Häuser da sind längst zugemauert oder abgerissen.«

»Und von diesem Tunnel weiß die Stasi nichts?«

»Das erkläre ich beim nächsten Mal. Falls Sie zusagen und mir neuntausend Mark mitbringen.«

»Wann müssen Sie das wissen?«

»Sagen wir, bis übermorgen. Sonnabendmittag. Rufen Sie mich an. Wenn ich nicht da bin, läuft ein Tonband. Ein Anrufbeantworter. Kennen Sie so was?«

»Haben wir im Büro auch.«

»Schön. Bitte einfach draufsprechen, Ihr Name reicht. Dann rufe ich zurück, und wir treffen uns wieder. Falls Sie kein Interesse haben, müssen Sie sich nicht melden. Aber ich denke, wir kommen ins Geschäft.«

Sonja überlegte. »Entscheiden tun das meine Eltern. Aber was ist eigentlich, wenn ich mit denen telefoniere? Müssen wir dann vorsichtig sein? Ich meine, weil wir abgehört werden könnten?«

»Sie denken mit, Frau Vogt«, Godewind nickte anerkennend. »Man merkt, dass Sie im Aufnahmelager gearbeitet haben. Nennen Sie am Telefon niemals Namen, Orte oder Uhrzeiten. Sprechen Sie lieber von *Ware* oder *Lieferung* oder *Paketbote*. Es ist eher unwahrscheinlich, dass die Stasi Ihre Privatleitung abhört, dafür sorgen schon die Westalliierten. Aber auch da gibt es Ost-Spitzel. Sicher ist also sicher. Und telefonieren Sie bitte nie, nie, nie mit Ihrem Onkel. Das ist ganz wichtig.«

»Ja klar. Und das sage ich auch meinen Eltern so. Sie können sich drauf verlassen.«

Er lächelte. Sein Lächeln, mit dem er die Mädchen zum Schwärmen brachte. Der Schöne Walter ging auf die fünfzig zu und hatte nichts verlernt. Sonja blieb ernst. Nach einer kurzen Verabschiedung stieg sie aus und ging den Spandauer Damm entlang nach Hause, ohne sich umzudrehen. Offenbar nahm Godewind die andere Richtung, sein grüner Bulli fuhr nicht an ihr vorbei.

*

Nach dem Mittagessen saßen sie beim Kaffee. Sonja verschwieg Jürgen das Treffen mit Godewind. So musste sie die neuntausend Mark nicht erwähnen. Stattdessen sprach sie über den nächsten Besuch bei ihren Eltern.

»Haben die denn schon Kontakt zu Schleusern aufgenommen?«, fragte Jürgen.

Sonja log: »Weiß ich noch nicht, aber mein Vater kümmert sich drum. Vielleicht kann er mir nachher schon was dazu sagen.«

Jürgen seufzte. Das Thema behagte ihm offensichtlich ganz und gar nicht.

»Übrigens ist Karin ganz meiner Meinung, wir haben vorhin noch mal drüber geredet.«

Sonja nickte. Was hätte sie dagegen tun sollen, dass Jürgen sich mit seiner Schwester besprach? Sonja konnte nur hoffen, dass die Angelegenheit nicht allzu viel Unfrieden in die Familie bringen würde. Vor allem die Kinder sollten nicht leiden.

»Die Sache ist gefährlich«, fuhr Jürgen fort, »nicht nur für Helmut, auch für uns hier im Westen. Was ist, wenn deine Eltern glauben, sie hätten den richtigen Schleuser gefunden, aber in Wirklichkeit ist es ein Spitzel? Und die Stasi setzt dann deinen Onkel an der Mauer fest? Oder schon zu Hause? Und dann landet der samt Frau und Stiefsohn im Knast.«

Sonja hielt dagegen. »Und jetzt denk mal andersrum: Wenn wir Helmut, Lisbeth und Uwe *nicht* helfen. Die Stasi macht immer mehr Druck, dann müssen die drei doch noch als Spitzel arbeiten oder sich weiter drangsalieren lassen. So was kann auch mit Knast enden, nur dass sie in dem Fall nicht mal versucht hätten zu fliehen.«

Die Sache setzte Jürgen zu, das gab er Sonja deutlich zu verstehen. Aber was hätte sie tun sollen? Die Freiheit von drei Menschen stand nun mal auf dem Spiel.

Die beiden sprachen kurz über Andis Geburtstagsgeschenk, einen echten Lederfußball, dann musste Jürgen zurück ins Büro. Sonja räumte die Küche auf, eine halbe Stunde später lauschte sie an der Kinderzimmertür. Ja, da regte sich etwas, sie ging hinein.

*

Sonja bog mit dem grauen Käfer in den Hof ein. Eugen kam aus der Werkstatt und öffnete die Beifahrertür, sein Blick fiel auf zwei Kuchenpakete, die Sonja sicher im Fußraum verstaut hatte. »Donnerwetter! Das gibt ja eine lustige Tortenschlacht!«

»Das große Paket ist für dich und die ganzen Männer«, meldete sich Andi von der Rückbank. »Und das kleine für Mama und Oma und Opa. Die müssen was bereden.«

»Ach so? Na, dann wollen wir mal«, Eugen stellte den Kuchen aufs Käferdach und half den Kindern beim Aussteigen.

Eugens Frau und alle vier Kinder waren auf der Flucht aus Ostpreußen bei einem Fliegerangriff ums Leben gekommen. Doch durch Änne, mit der er glücklich in wilder Ehe lebte, hatte er nun sieben Stiefenkelchen, das achte war unterwegs.

Sie gingen in die Werkstatt. Außer Kfz-Schlossermeister Matthes und Eugen arbeiteten hier ein Geselle und drei Lehrjungen. Wie immer, wenn die Kinder kamen, gab es ein großes Hallo.

»Endlich kommt Hilfe«, meinte Herr Matthes. »Wir hatten schon Angst, wir müssten heute alle Autos allein reparieren.«

Silke lachte. »Kriegen wir unsere Hocker?«

»Na sicher, Marjellchen«, Eugen holte zwei Kinderhocker.

Wo etwas Spannendes passierte und sie nicht störten, durften sie sitzen und zuschauen. Selbstverständlich wollten die beiden später auch Autoschlosser werden. Eugen sagte, wenn Silke sich dafür interessiere und sich geschickt anstelle, könne sie eine gute Mechanikerin werden. Manchmal seien Mädchen darin sogar besser als Jungs, das habe er schon erlebt.

Sonjas Eltern kamen und brachten den Kindern Dauerlutscher.

»Ihr könnt ruhig lange mit Mama reden«, meinte Silke.

Die Erwachsenen bedankten sich schmunzelnd.

In der Wohnung stand Kaffee bereit, Sonja packte den Kuchen aus und berichtete von dem Treffen mit Gisela im Aufnahmelager samt Kommentaren von Kasulzke und Ulla.

»Also wird Helmut von der Stasi überwacht?«, fragte Sonjas Vater.

»Höchstwahrscheinlich, ja. Und wenn die rausfindet, dass er Kontakte zum Westen hält, setzt man ihn noch mehr unter Druck. Übrigens: Ich habe mich schon erkundigt, wie wir Helmut helfen können. Bei Walter Godewind, den kennt ihr noch von unserer Eröffnung hier. Der Lebensmittellieferant aus dem Internat.«

»Ach, der Nette? Der uns die schönen Blumen mitgebracht hat?«

»Genau, Mutti«, Sonja erzählte von den Häusern an der Heidelberger Straße. »Er könnte die Flucht organisieren, aber erschreckt nicht: Für drei Personen kostet das neuntausend Mark.«

Die Vorwarnung nützte nicht – Sonja blickte in fassungslose Gesichter. Sie kannte die finanzielle Situation ihrer Eltern. Das Autohaus warf jedes Jahr höhere Gewinne ab, doch VW forderte nach und nach die investierten Gelder zurück.

»Ich habe das durchgerechnet. Könntet ihr denn viertausend Mark auftreiben? In bar?«

Die Eltern tauschten fragende Blicke.

»Das wären unsere letzten Reserven«, meinte der Vater.

»Und, Vati? Würdet ihr die denn für Onkel Helmut auslegen?«

Er zögerte. »Na ja. Im absoluten Notfall könnten wir bei VW die Tilgungen aussetzen. Zumindest für ein paar Monate.«

»Gut. Wenn ihr also viertausend Mark zahlt, gebe ich fünftausend aus meiner Erbschaft. Nur hätte ich dann gern sofort die Aktien von Helmut. Bei der Flucht will er die ja mitbringen.«

»Und wenn er beklaut wird?«

»Es geht nun mal nicht ohne Risiko, Mutti. Herr Godewind sagt, was die körperliche Anstrengung betrifft, ist die Flucht ein Klacks. Nur die Stasi darf eben keinen Wind bekommen.«

Sonjas Vater zog die Stirn in Falten. »Du vertraust ihm?«

»Im Internat war er jedenfalls immer absolut zuverlässig. Auch was die Qualität der Waren betraf.«

»Eine Mauerflucht ist was anderes als eine Lieferung Kopfsalat.«

»Natürlich. Aber Godewind will uns bestimmt nicht übers Ohr hauen. Bloß, da ist noch was. Das ist ein bisschen kompliziert.«

Sonjas Mutter erschrak. »Ja?«

»Nichts Schlimmes. Es ist nur so: Wir sagen Jürgen besser, dass *ihr* diese Verbindung hergestellt habt und nicht ich. Er ist nämlich gegen die ganze Sache.« Sonja erzählte von Jürgens Nöten: mitten im Urlaub die Nachricht vom Mauerbau, deswegen die Kündigung von einem seiner besten Gesellen, die viele Arbeit in der Backstube und jetzt auch noch Helmuts geplante Flucht.

»Ach, Süße, das ist ja auch schrecklich«, ihre Mutter drückte sie an sich. »Aber wir sind ja da. Kümmer du dich um Jürgen und die Kinder, alles Weitere machen Papa und ich.«

»Genau. Schreib uns Godewinds Nummer auf, und wir sagen Jürgen, wir hätten den Kontakt selbst geknüpft. Der Name Godewind muss ja gar nicht fallen«, der Vater stutzte. »Kennen die beiden sich überhaupt?«

»Nicht persönlich. Aber Jürgen hat ja die Tanzkurse im

Internat mitgemacht, und die Mädchen haben ihm von Godewind erzählt, also vom Lebensmittelhändler. Und er weiß auch, wie ich Godewind zufällig im Strandbad getroffen habe.«

Die Mutter erinnerte sich. »Und dann ist später die ganze Familie ins Internat gekommen. In euren Babypflegekurs, und ihr habt den Kleinen gewickelt.«

»Genau, das habe ich Jürgen auch erzählt.« Sonja verschwieg die Liebschaft von Godewind und Ilse. Selbst Jürgen wusste nichts von dieser Verbindung. Als er und Sonja sich verlobt hatten, war es zwischen Ilse und Godewind schon aus gewesen. Die Sache lag lange zurück, heute war Ilse schwer nierenkrank, warum also sollte man ihr Privatleben breittreten?

»Wie ist das eigentlich bei den Fluchthelfern?«, fragte Sonjas Vater. »Die benutzen wahrscheinlich Decknamen?«

»Keine Ahnung. Über seine Kollegen hat Godewind bis jetzt nichts erzählt. Nur dass wir äußerst diskret sein sollen, was ja selbstverständlich ist. Und den Namen Godewind erwähnen wir wie gesagt erst gar nicht.«

»Eben. Ab jetzt halten wir dich da raus, Süße. Mama und ich kümmern uns um alles.«

Nein! Das ja nun auch nicht! Sonjas Vater meinte es sicher gut mit dem Vorschlag, und sie hätte sich freuen können, doch so leicht wollte sie das Heft nicht aus der Hand geben. »Lieb von euch, nur: Wenn ich mich aus der Sache ganz raushalten würde, wäre das Jürgen wahrscheinlich auch nicht recht.«

»Ach so?«

»Ja. Er sagt immer, ich hätte ein gutes Gespür für Menschen und für Situationen. Und er macht sich eben Sorgen, dass wir auf Betrüger reinfallen.«

Der Vater wunderte sich. »Du hast doch gerade gesagt, dieser Godewind sei seriös.«

»Ist er auch. Er will noch näher erklären, wie die Flucht abläuft. Aber falls uns dabei trotzdem irgendwas seltsam vorkommen sollte, dann sind wir doch besser zu dritt. Sechs Augen sehen mehr als vier.«

»Stimmt. Also erklären wir das Jürgen so: Deine Mutter und ich haben entschieden, dass wir Helmut, Lisbeth und Uwe rüberholen. Und du hast mit uns ein Auge auf die ganze Sache.«

Die Mutter nickte. »Dann ist Jürgen doch wohl beruhigt. Und was müssen wir als Nächstes tun?«

»Godewind bis Sonnabend anrufen und zusagen. Danach gebe ich ihm das Geld und bekomme mehr Informationen.«

»Also könnten wir auch jetzt schon Bescheid sagen?«

»Sicher.«

»Dann warten wir nicht länger. Helmut ist mein Bruder, und wir holen ihn rüber. Genau so hätte unsere Mutter das auch gewollt.«

Die Entscheidung stand. Sonja trank ihre Tasse leer und ging in den Flur. Um diese Uhrzeit hätte sie das Tonband erwartet, doch Godewind persönlich nahm den Anruf entgegen.

»Danke für den Auftrag«, meinte er. »Alles Weitere bereden wir vor Ort. Passt Ihnen Dienstag? Selber Treffpunkt, selbe Zeit? Aber diesmal länger. Können Sie sich den ganzen Morgen einrichten?«

»Den ganzen Morgen? Wie lange genau?«

»Wie lange könnten Sie denn?«

»Um zwölf ist der Kindergarten aus, und kochen muss ich auch noch.«

»Gut. Um halb zwölf sind Sie zurück. Versprochen.«

Nach dem Telefonat ging Sonja zurück in die Autowerkstatt, wo Andi und Silke einen spannenden Nachmittag verbracht hatten. Sie wären gern noch geblieben, aber ihr Papa wartete ja auf das gemeinsame Abendessen.

Zurück in der Wohnung, schickte Sonja die Kinder ins Bad und ging zu Jürgen in die Küche.

»Mein Vater ruft dich nachher an und erklärt alles in Ruhe. Er hat schon Kontakte gefunden, ganz diskret über einen Kunden. Und bitte reg dich nicht auf: Ich strecke fünftausend Mark vor, und Helmut bringt Siemens-Aktien über dreitausend Mark mit, die kriege ich sofort nach der Flucht. Und die restlichen zweitausend zahlt er nach und nach zurück.«

Der Unmut stand Jürgen ins Gesicht geschrieben, doch er nickte. Sonja hatte ein Drittel ihres Erbes in die Bäckerei gesteckt. Über den Rest konnte sie frei verfügen, so hatten sie es vereinbart.

Silke und Andi kamen herein und präsentierten ihre sauberen Hände. »Es war so toll in der Werkstatt!«

Lachend zog Jürgen die beiden auf den Schoß und ließ sie erzählen.

Nach dem Abendbrot brachte Sonja die Kinder ins Bett, eine halbe Stunde später klingelte das Telefon, Jürgen nahm den Anruf entgegen und drückte die Lautsprechertaste. Sonja saß in der Küche und lauschte. Ihr Vater brachte alles so vor, wie sie es am Nachmittag besprochen hatten.

»Ihr seid meine Schwiegereltern, und Helmut ist Margits Bruder«, erwiderte Jürgen. »Das respektiere ich, aber ich bin gegen die ganze Sache, und ich verlasse mich drauf, dass ihr mich und die Kinder nicht mit reinzieht. Falls was schiefläuft oder ihr mich unter Druck setzt, wehre ich mich, notfalls mit Polizei. Das verspreche ich euch.«

Diesen Ton kannte Sonja nicht von ihrem Mann. Sie erschrak, und dem Vater am anderen Ende der Leitung ging es offenbar auch so. Immerhin: Die Männer verabschiedeten sich versöhnlich.

Jürgen legte den Hörer auf. »Wir reden morgen«, rief er Sonja zu, dann ging er ins Wohnzimmer und stellte das Radio wieder an.

In Sonja wuchs die Wut. Warum stand Jürgen nicht einfach auf der Seite ihrer Familie? Auch wenn er Helmut nicht mochte: Bei einer so wichtigen Entscheidung sollte das doch nebensächlich sein. Sie putzte die Küche und bügelte ein paar Unterhemden. Um halb zehn ging sie zu Bett, der Tag hatte ihr viel abverlangt.

Sie schlief rasch ein und merkte nicht, wie Jürgen zu ihr kam. Erst als er wieder und wieder ihre Wange küsste, wachte sie auf. Sie hatte geträumt, einen angenehmen Traum, das wusste sie noch, auch wenn sie sich an Einzelheiten nicht erinnern konnte.

Er streichelte ihre Schulter. »Ich will mich nicht streiten. Wir lieben uns doch.«

»Ja«, flüsterte sie.

Im Halbschlaf gab sie sich ihm hin. Wie sicher er sie einzustimmen wusste, wie zärtlich er ihr Begehren vorantrieb, wie leicht es ihm gelang, sie in der richtigen Weise zu berühren.

Als er eingeschlafen war, lag sie wach und dachte nach. Vor dem Zubettgehen hatte sie das Pessar eingesetzt – wie jeden Abend, sie wollte nie unvorbereitet sein. Bisher funktionierte die Methode, doch man sollte sich nicht zu sehr darauf verlassen, auch bei sorgfältigster Anwendung konnte Sonja schwanger werden. Aber wollten sie ein drittes Kind? Andis sechster Geburtstag stand bevor, Ostern würde er eingeschult, und Silke sollte im Jahr darauf folgen. Die beiden waren aus dem Gröbsten raus. Und wenn Sonja trotz Pessar schwanger würde? Das wollte sie sich lieber nicht vorstellen. Morgen ist der erste September, überlegte sie, da eröffnet Kemberg seine Praxis.

Frauensache

Die Zeitungsanzeige hatte sie aufbewahrt. Am Freitagmorgen schloss Sonja sich mit einem Stadtplan im Badezimmer ein. In Zehlendorf war sie selten gewesen, sie kannte nur den Botanischen Garten und von dort den Weg zur S- oder U-Bahn. Das Viertel mit seinen Gründerzeitvillen lag weit außerhalb des Stadtkerns. Wegen der kaum vorhandenen Industrie hatten die Fliegerbomben diesen Teil Berlins verschont.

Bei Jürgen drängten sich an diesem Tag die Termine, erst Kontrollbesuche in einigen Filialen, dann ein Gespräch mit zwei Mehlgroßhändlern. Er ging früh aus dem Haus, bis zum Mittagessen um zwanzig vor eins würde er hoffentlich alles schaffen. Als die Kinder im Bad ihre Zähne putzten, öffnete Sonja im Wohnzimmer eine Schublade. Die Vogts waren bei einer Ersatzkasse versichert, und wie zu jedem Quartal hatten sie am ersten Juli neue Krankenscheine bekommen. Sonja steckte ihren Schein in die Handtasche. Erst vorgestern hatte sie mit Jürgen darüber geredet: Sie sei ja gerade beim Frauenarzt gewesen und müsse erst in zwei Jahren wieder hin, es sei denn, sie werde zwischendurch krank. Nein, krank war sie zum Glück nicht, doch in den letzten Tagen hatte sich viel ereignet. Noch nie hatte sie sich von Jürgen so unverstanden gefühlt, daran änderte auch das schöne Erlebnis der letzten Nacht nichts. Und sie kannte seine Meinung: *Du brauchst diese Pille nicht. Ich will nicht, dass meine Frau künstliche Hormone nimmt. Und wenn du zufällig schwanger wirst, freuen wir uns doch auf das Kind.* Eine Diskussion darüber wollte Sonja nicht führen. Nicht jetzt. Nicht in dieser Situation.

Und wenn Jürgen merkte, dass ihr Krankenschein nicht mehr im Umschlag lag? Ach, das war unwahrscheinlich. Falls doch, würde sie sich etwas einfallen lassen. Außerdem: Schon in einem Monat würde es neue Scheine geben, und sie könnte die alten zerreißen.

Nachdem sie Silke und Andi zum Kindergarten gebracht hatte, ging sie zum S-Bahnhof. Im Seitenfach ihrer Tasche steckte der Stadtplan, den Weg zur Augustastraße hatte sie sich zwar eingeprägt, aber sicher ist sicher.

Auf dem Bahnsteig in Zehlendorf fragte sie den Aufseher nach einem Blumenladen. Er gab freundlich Auskunft, und sie freute sich: Dort musste sie sowieso entlang. War sie aufgeregt? Sehr sogar! Merkte man es ihr an? Hoffentlich nicht! Sie machte sich auf den Weg.

»Bitte einen kleinen Strauß für einen Herrn zur Betriebseröffnung.«

Die Verkäuferin nickte. »Wie wäre eine Sonnenblume mit ein paar Gräsern drumrum? Das passt auch für einen geschäftlichen Anlass.«

Sonja ließ sich die Blume in Papier einschlagen, zahlte und ging weiter. Das Viertel mit den alten Villen gefiel ihr. Vielleicht könnten Jürgen und sie sich eines Tages auch so eine Wohngegend leisten. Ihr Haus am Spandauer Damm mit der Backstube und dem Laden war im Moment zwar ideal, doch im Alter wollte sie ruhiger wohnen. Dafür konnte sie sich Dahlem oder Zehlendorf gut vorstellen.

Sie erreichte die Augustastraße. Wie schade! Die Praxis lag nicht in einer Villa, sondern in einem Mehrfamilienhaus aus den Dreißigerjahren, eher zweckmäßig als elegant. Das strahlend weiße Arztschild wirkte wie ein Fremdkörper auf der Ziegelfassade. Sie las sämtliche Namen auf dem Klingelbrett, vielleicht wohnte er ja über der Praxis, doch der Name Kemberg tauchte nur einmal auf. Sonja schellte, keine Sekunde später ertönte der Summer. Im Treppenhaus roch es nach Tapetenleim und Farbe, die Eichenvertäfelung erinnerte an das Internat am Wannsee. Sonja schmunzelte. Wie gut, dass sie hier nicht zu putzen brauchte. Neun Stufen führten ins Hochparterre, ein kleiner eingehängter Ledersack hielt die Tür offen. Sie wickelte die Blume aus, legte das Papier um den Stiel und betrat die Praxis. Einen Vorflur gab es hier nicht, nach ein paar Schritten stand sie an der Rezeption.

Eine ältere Frau im weißen Kittelkleid lächelte ihr entgegen. »Schönen guten Morgen! Sogar mit Sonnenblume. Na, das ist ja nett.«

Mit der Blume überreichte Sonja den Krankenschein.

»Herzlich willkommen, Frau Vogt. Ich bin Frau Hopf, und jetzt schaue ich erst mal nach einer Vase«, die Arzthelferin ging zu einem Schrank.

Sonja sah sich um: Weiß lackierte Stahlmöbel, eigentlich nichts Besonderes, doch hier im Raum wirkten sie leicht und modern. Die gläserne Thekenabdeckung war an einigen Stellen gesprungen, auch der beige Linoleumboden hatte ein paar Risse, nur die Tapeten und Gardinen schienen neu zu sein.

Offenbar ahnte Frau Hopf Sonjas Gedanken. »Bis Mitte August war das die Praxis von Dr. Zumnorde. Er hat sich zur Ruhe gesetzt und Herrn Dr. Kemberg die Einrichtung überlassen. Und das Personal«, sie schmunzelte. »Meine Kollegin und ich sind ganz glücklich, dass wir unsere Arbeit hier behalten, noch dazu mit so einem netten jungen Chef.«

»War das denn vorher schon eine Frauenarztpraxis?«

»Nein, Dr. Zumnorde ist praktischer Arzt. Den kennen Sie wahrscheinlich nicht, Sie kommen ja aus Charlottenburg.« Frau Hopf stellte die Blume ins Wasser und füllte eine

Patientenkarte aus. »Und wenn ich fragen darf: Warum nehmen Sie den weiten Weg auf sich? Kennen Sie Herrn Dr. Kemberg von früher?«

Sonja erzählte von der Geburt im Notaufnahmelager.

»Sehr gut!«, lobte Frau Hopf. »Und schön, dass Sie heute so früh sind. Die Patientin vor Ihnen ist beim Herrn Doktor drin, dauert wohl nicht mehr lange. Und nachher kommen ein paar Termine rein, wir hatten schon um acht die ersten Anrufe.«

»Ach so. Hätte ich das auch machen sollen? Mit Termin?«

»Im Moment geht es ohne. Aber in ein paar Wochen haben wir bestimmt jede Menge zu tun. Viele kennen Herrn Doktor ja aus der Auguste-Viktoria-Klinik.«

Die Patientin kam aus dem Flur und verabschiedete sich.

»Dann wollen wir mal«, Frau Hopf nahm Karteikarte und Vase.

Sonja folgte zum Untersuchungsraum.

»Gleich zwei Überraschungen, Herr Doktor«, kündigte Frau Hopf an. »Eine schöne Sonnenblume und eine nette Patientin. Sie kennen sich von früher. Raten Sie doch mal.«

Kemberg brauchte zwei Sekunden, dann breitete sich ein Lächeln über das ganze Gesicht aus. »Herzlich willkommen! Wir kennen uns jedenfalls von etwas Erfreulichem, das weiß ich schon mal«, er zögerte. »Ach ja, in Marienfelde. Die Geburt.«

Sonja strahlte. »Stimmt.«

»Genau! Wo die Hebamme Sie einfach überfallen hat und Sie dann so toll geholfen haben. Nur Ihren Namen habe ich leider nicht mehr parat.«

»Sonja Falcke, jetzt Vogt. Wir sind seit über sieben Jahren verheiratet, einen Jungen und ein Mädchen haben wir auch, beides Wunschkinder.«

»Meinen Glückwunsch. Zweifache Mutter schon. Das müssen Sie mir gleich alles erzählen«, er wies auf seine Helferinnen. »Frau Hopf von der Rezeption kennen Sie schon, und Frau Felten unterstützt mich bei den Untersuchungen.«

Sonja begrüßte die zweite Sprechstundenhilfe. Wie ihre Kollegin trug Frau Felten eine kurze graue Dauerwelle, war aber größer und stattlicher als Frau Hopf. Sonja schätzte beide auf Anfang, Mitte fünfzig. Patente Damen mit Reife und Erfahrung – für einen jungen Arzt die ideale Ergänzung.

»Frau Felten, die nächsten zehn Minuten brauche ich Sie hier nicht. Frau Vogt und ich unterhalten uns ein bisschen, und dann bitten wir Sie wieder zu uns.«

»Natürlich, Herr Doktor.«

Die Helferinnen verließen den Raum, Kemberg nahm mit Sonja am Schreibtisch Platz. Acht Jahre lag die Begegnung im Notaufnahmelager zurück, jetzt fielen ihr immer mehr Details ein: wie sie ihn zwischen den Häuserblocks gesucht und schließlich gefunden hatte – dösend in einem Liegestuhl, mit einem Fachbuch auf dem Bauch. Mit welcher Selbstverständlichkeit und Ruhe er bei der Geburt geholfen hatte – ohne Honorar.

Die Zeit hatte ihre Spuren hinterlassen. Kemberg wirkte längst nicht mehr so jugendlich wie damals, er war ja auch schon dreiunddreißig. Er kam Sonja noch schlanker vor, geradezu hager. Ob er keine Frau hatte, die für ihn sorgte? Einen Verlobungs- oder Ehering trug er nicht, doch das musste nichts heißen. Vielleicht mochte er keine Ringe, weil er sich in dem Beruf so oft die Hände waschen musste. Über seiner Stirn zeigten sich Ansätze von Geheimratsecken, doch etwas war geblieben: sein milder, vertrauensvoller Blick aus den großen grauen Augen.

Diskret schaute Sonja sich um. Nein, keine privaten Fotos, kein Clemens Kemberg zusammen mit einer strahlenden Ehefrau oder prachtvollen Kindern.

»Bevor wir uns Ihnen widmen, Frau Vogt: Was ist denn eigentlich aus dieser jungen Familie geworden?«

»Sie meinen die Lübbaus?«

»Ach ja. Der Vater saß doch damals in Bautzen ein, wegen so einer lächerlichen Sache, nicht wahr?«

»Wegen einer Bittschrift. Dass Chemnitz weiter Chemnitz heißen soll und nicht Karl-Marx-Stadt. Darum ist er im Gefängnis gelandet, und seine Frau hat es in der DDR nicht mehr ausgehalten und ist geflüchtet, trotz der Schwangerschaft.«

Kemberg nickte. »Wir beide haben uns dann doch noch zufällig in dem Zimmer getroffen? Als ich ein paar Minuten auf den Kleinen aufgepasst habe?«

»Genau. Und Sie waren so nett, mich zu beraten. Damals war ich ja ganz frisch verlobt.«

»Richtig«, offenbar erinnerte er sich an Sonjas Fragen zur Empfängnisverhütung. »Das war an meinem letzten Tag im Lager. Am nächsten Morgen bin ich ins Personalwohnheim gezogen.«

»Ja, und Frau Lübbau hat dann auch schnell die Anerkennung als politischer Flüchtling bekommen. Sie ist mit Peter nach Hamburg geflogen, ihre Eltern lebten ja schon in Lüneburg. Sie hat einen Brief an Schwester Ulla geschrieben und sich bedankt. Peters Vater ist aus dem Gefängnis gekommen und musste raus aus der DDR. Wahrscheinlich ein Freikauf, also mit Geld von Adenauer, aber das war nicht ganz klar. Es ging ihnen jedenfalls gut, und danach haben wir nichts mehr gehört.«

»Immerhin ein erfreulicher Verlauf. Und was ist mit Ihnen, Frau Vogt? Konnte Schwester Ulla Sie denn noch überreden? Zu einem medizinischen Beruf?«

»Nein«, Sonja lachte. »Und das ist wohl auch gut so.«

Sie erzählte von ihrem halben Jahr in der Lagerverwaltung, wie sie fast die Beamtenlaufbahn eingeschlagen hätte und dass wegen der Krankheit von Jürgens Onkel alles anders gekommen war: die Übernahme des Betriebs und die frühe Heirat mit Familiengründung.

»Da haben Ihr Mann und Sie ja richtig viel auf die Beine gestellt. Gratulation noch mal!«

»Vielen Dank«, Sonja lächelte. »Und Sie waren also an der Uni Freiburg.«

»Ja, das war ein interessantes Angebot für einen Oberarzt, darum bin ich mitgegangen, wir haben Operationsmethoden bei Unterleibskrebs entwickelt. Nach ein paar Jahren war mir dann klar, ich werde mit der Gegend nicht richtig warm, trotz der schönen Landschaft. Kollegen haben mir hier an der Freien Universität einen Lehrauftrag vermittelt: gynäkologische Propädeutik, also die Grundlagen unseres Fachgebiets. Allerdings nur vier Stunden die Woche, damit wäre ich ja nicht ausgelastet, und zum Glück konnte ich diese Räume übernehmen. Frau Hopf und Frau Felten hatten wunderbare Vorschläge zur Renovierung.«

»Sehr gut gelungen. Ihre Patientinnen fühlen sich hier bestimmt wohl.« Sonja hätte gern gefragt, ob Kemberg in diesem gediegenen Viertel auch wohnte, doch das wäre wohl zu indiskret gewesen.

»Vielen Dank«, er schaute auf die Karteikarte. »Dann machen wir uns mal an die Arbeit. Was führt Sie denn her?«

Es fiel Sonja leicht, ihr Anliegen zu schildern. Damals im Aufnahmelager hatten sie ja auch schon über Verhütung gesprochen. »Mein Mann und ich, wir möchten vielleicht noch ein drittes Kind. Aber eben nicht zu diesem Zeitpunkt. Und darum hätte ich gern die neuen Hormontabletten.«

»Das Anovlar meinen Sie?«

»Ja. Das verschreiben Sie doch, oder? Falls medizinisch nichts dagegenspricht.«

»Natürlich, Frau Vogt. Auch in einer glücklichen Ehe sollte eine Schwangerschaft gut überlegt sein. Und so jung, wie Sie sind, können Sie noch zwanzig Jahre lang Kinder bekommen.«

Er machte sich Notizen zur medizinischen Vorgeschichte, dann holte er Frau Felten herein. Hinter einem Paravent zog Sonja den Schlüpfer und die Sandalen aus, alles Weitere konnte sie anbehalten. Einen Hüfthalter trug sie bei dieser Wärme nicht, nur einen schmalen Strapsgürtel für ihre nahtlosen Nylonstrümpfe. Beim Besteigen des Stuhls ließ sich der Rock ihres Sommerkleids leicht hochziehen. Frau Felten half ihr, die Beine in die Kunststoffschalen zu legen. Die Untersuchung machte Sonja nichts aus. Sie wusste: Um die Lage der Organe zu beurteilen, musste der Arzt den Unterbauch fest mit der Hand abtasten, anders ging es nun mal nicht. Nach ein paar Minuten war alles erledigt.

»Alles bestens«, Kemberg bat sie an den Schreibtisch. »Ich schreibe Ihnen ein Kassenrezept. Laut Beipackzettel ist das Medikament gegen Menstruationsbeschwerden und Akne, also zahlt das die Krankenkasse.« Sonja wollte etwas erwidern, er hob die Hand. »Ich weiß, Frau Vogt. Sie sind gesund und möchten die Tabletten zur Familienplanung, wie die meisten Frauen. Aber Adenauer will ja allen seine katholische Moral aufzwingen. Also: Die Hormone verhindern eine Empfängnis, indem sie den Eisprung unterdrücken. Das steht auch im Beipackzettel, allerdings weiter hinten. Dabei sollten wir froh sein über das Medikament. Wenn ich dran denke, was wir jeden Tag im Krankenhaus sehen. Verzweifelte Frauen, die in ihrer Not zu elenden Pfuschern gehen und bei Komplikationen viel zu spät in die Klinik kommen. Natürlich aus Angst, wir könnten sie anzeigen. Und dann sterben die uns unter den Händen weg. Die verbluten oder krepieren an Bauchfellentzündung«, Kemberg seufzte. »Ach, mit solchen Geschichten verschone ich Sie besser.«

Sonja verstand, worüber er sprach. Sie räusperte sich.

»Und die Nebenwirkungen von dem Anovlar? Glauben Sie, ich vertrage das?«

»Höchstwahrscheinlich, ja. Sie sind jung, Sie sind schlank, und rauchen tun Sie auch nicht. Achten Sie darauf, ob Sie an Gewicht zunehmen. Mit dem Medikament gab es große Forschungsreihen in Mittelamerika, und die USA haben es jetzt ein Jahr lang auf dem Markt mit sehr gutem Resultat. Für die allermeisten Frauen ist es ungefährlich. Sie erwarten demnächst Ihre Blutung, am ersten Tag nehmen Sie die erste Pille, steht auch alles im Zettel«, er drückte ihr das Rezept in die Hand. »Hat mich sehr gefreut. Wenn Sie es gut vertragen, sehen wir uns Ende Januar wieder. Und sonst jederzeit.«

Sonja machte sich auf den Rückweg. Wie wunderwunderbar! Für das Wiedersehen hatte sich die Fahrt nach Zehlendorf jedenfalls gelohnt, jetzt konnte sie nur noch hoffen, dass sie auch die Tabletten vertrug. Was für ein hervorragender Arzt Kemberg war, so umsichtig und verständnisvoll. Kein Halbgott in Weiß, sondern ein herzlicher Mensch, mit dem man sich gut unterhalten konnte. Und er hatte sich wie sie über das Wiedersehen gefreut – da war sie sich sicher. Ihr Herz tat einen kleinen Sprung, wenn sie an ihn dachte. Obwohl es bei der Untersuchung ja um etwas Ernstes gegangen war.

Sie wollte Jürgen nichts davon erzählen und das Anovlar

heimlich nehmen. Falls sie es nicht vertrüge, müsste sie es sowieso absetzen. Wenn sie es weiternähme, würde sie in ein, zwei Monaten mit Jürgen darüber reden. Im Moment war die Situation viel zu angespannt, sie wollte ihn nicht zusätzlich belasten. Erst mal sollten Helmut, Lisbeth und Uwe heil über die Mauer kommen – oder besser: darunter her. Und dann würde die ganze Familie hoffentlich wieder zur Ruhe kommen.

Auf dem Weg zur S-Bahn lag eine Apotheke. Sonja wollte das Rezept lieber hier in Zehlendorf einlösen statt in Charlottenburg, wo Karin, Jürgen und Sonja als Erben und Inhaber der alteingesessenen Bäckerei Vogt bekannt waren.

Der Apotheker betrachtete den Stempel auf dem Rezept. »Ach, der neue Frauenarzt hier. Ich habe die Annonce gelesen.«

Sonja hätte gern eine Lobeshymne losgelassen, doch der Apotheker sollte keinen falschen Eindruck bekommen. Also sagte sie ernst: »Herr Dr. Kemberg ist sehr freundlich und verantwortungsvoll. Und er hat sogar einen Lehrauftrag an der Freien Universität.«

»Interessant, meine Kundinnen fragen manchmal nach einem guten Frauenarzt«, der Apotheker steckte die Pillenpackung in eine kleine weiße Tüte. »Dann wissen Sie über die Einnahme oder mögliche Nebenwirkungen Bescheid? Oder haben Sie noch Fragen?«

Sonja lächelte. »Nein, vielen Dank. Herr Dr. Kemberg hat mir alles erklärt.«

»Das ist erfreulich«, meinte der Apotheker.

Sonja nickte voller Überzeugung. »Herr Dr. Kemberg nimmt die Sache sehr ernst. Ich kann ihn wirklich nur empfehlen. Und mein Ehemann ist natürlich auch einverstanden mit dem Medikament.«

Sie verabschiedete sich und ging weiter zur Bahn. Warum hatte sie eben in der Apotheke ihren Ehemann erwähnt? Das wäre doch gar nicht nötig gewesen, oder? Aber es fühlte sich richtig an, dachte Sonja. Und dass Jürgen von dem Anovlar nichts wusste, brauchte sie dem Apotheker ja nicht auf die Nase zu binden.

Zurück am Spandauer Damm, blieb nicht mehr viel Zeit, sie kaufte Bratwürstchen und einen Salatkopf. Von gestern hatte sie gekochte Kartoffeln übrig, die musste sie nur mit ein paar Zwiebeln in die Pfanne werfen. Vom Fleischer hastete sie zum Kindergarten und kam gerade noch rechtzeitig, um Silke und Andi abzuholen.

Zurück in der Wohnung, spielten die Kinder in ihrem Zimmer. Sonja zog die weiße Apothekentüte hervor und legte sie ins Nachtschränkchen, gut versteckt unter Stapeln von Büchern und Taschentüchern. Dann rührte sie Zitronen-Sahne-Soße an, zupfte den Salatkopf und schnitt die Kartoffeln. Als Jürgen und Karin kamen, war alles fertig.

*

In der Diskussion um Helmuts geplante Republikflucht stand Karin felsenfest auf Jürgens Seite. Wenn Sonja ihren Eltern unbedingt helfen wollte, bitte sehr! Solange die Falckes alle anderen gefälligst raushielten.

Karin kam nach wie vor jeden Mittag zum Essen, und immer saßen die Kinder dabei. Doch auch wenn die beiden Frauen allein waren, mieden sie das heikle Thema. Wenigstens in einem Punkt herrschte Einigkeit: Die Kinder sollten von Helmuts Flucht erst im Nachhinein erfahren.

Das Hochdruckwetter hielt an, für den kommenden Sonntag wünschten sich Andi und Silke einen Ausflug zum Wannsee mit Mama, Papa und Tante Karin. Die Erwachsenen stimmten zu. Nach dem Frühstück ging Karin zur Gefriertruhe und füllte eine Kühlbox bis zur Hälfte mit Eiswürfeln. Sonja packte Butterstullen und Kuchen in Blechdosen. Unten im Hof tobten die Kinder um den grauen Käfer herum und schauten zu, wie Jürgen den Ölstand kontrollierte. Alles knorke! Es konnte losgehen. Tante Karin durfte vorn sitzen, ihr wurde beim Autofahren oft schlecht.

Ein Tag mit Sonne, Wasser, Sand – das ideale Rezept für innere und äußere Harmonie. Dabei lag die hoch gesicherte Grenze zur DDR nur ein paar Kilometer entfernt und verlief mitten durch die Seenlandschaft, doch wer wollte beim Blick aufs glitzernde Wasser schon an Politik denken. Oder daran, wie Politik den Familienfrieden stören konnte. Während die Kinder Sandburgen bauten und Jürgen im tiefen Wasser ein paar Bahnen zog, lagen Sonja und Karin auf einer Decke und lasen Zeitschriften. *Constanze* und *Brigitte* informierten über die neueste Mode – nicht nur bei der Kleidung, auch in der Küche. Das Wirtschaftswunder hinterließ Spuren auf der Waage. Viele Bundesbürger hatten sich Doppelkinn und Wampe angefuttert – nach den Entbehrungen des Krieges zwar verständlich, aber ungesund. Die Mediziner schlugen Alarm und warnten vor Wohlstandskrankheiten. Man solle sich fettärmer ernähren, mehr bewegen, weniger Süßes naschen, seltener Alkohol trinken und aufs Rauchen möglichst ganz verzichten. Dass vor allem junge Frauen immer öfter zur Zigarette griffen und es als Zeichen von Gleichberechtigung sahen, galt als höchst bedenklich.

Sonja blätterte die Seite um, eine Überschrift fiel ihr ins Auge. »Hier steht was über gesundes Mehl. Und man soll beim Einkaufen den Bäcker ruhig danach fragen, weil dunkle

Sorten besser sind als helle. Die dunklen enthalten mehr Vitamine und Ballaststoffe.«

»Habe ich auch gelesen«, Karin blickte von ihrer Zeitschrift auf. »Im Laden sprechen mich immer mehr Frauen drauf an. Manche wollen schon gar keine Schrippen mehr, die kaufen bloß noch Vollkornbrot. Und eine Kundin hat gefragt, ob sie von Pumpernickel abnehmen kann. Die kommt sich mit Kleidergröße 42 schon zu dick vor. Völlig verrückt so was! Das kommt davon, wenn man diesen Schlankheitspäpsten alles nachbetet.«

»Wobei man gegen ein anständiges Vollkornbrot ja nichts sagen kann.«

»Natürlich nicht. Aber stell dir vor, die Leute wollen demnächst überhaupt kein Weißbrot mehr. Oder nicht mal Roggenmischbrot. Es kann doch nicht sein, dass überall nur Körner drin sind. In jedem Brötchen oder sogar im Kuchen. Wir sind schließlich keine Kanarienvögel.«

Sonja lachte. »So weit kommt's schon nicht. Die Kunden kaufen bestimmt auch weiter unsere schönen Schrippen, auch wenn Weißmehl drin ist.«

Sonja hatte keine Lust, sich mit der Schwägerin noch länger über Mehlsorten zu unterhalten. Karin hatte weiß Gott keinen Grund, sich über Menschen lustig zu machen, die auf ihre Linie achteten. Die Kittelkleider für den Laden brauchte sie neuerdings in Größe 46 – und das mit gerade mal dreißig. Die kritischen Jahre einer Frau lagen ja noch vor ihr. Wie Karin wohl in den Wechseljahren aussähe, wenn sie weiterhin so zulegte? Vermutlich würde sie kaum noch hinter den Tresen passen. Für Sonja bestand kein Zweifel: Karin aß deswegen so viel, weil sie im Grunde ihres Herzens unglücklich war. Und sie beneidete Sonja. Nicht nur wegen ihrer schlanken Figur, die sich nach zwei Schwangerschaften kaum verändert hatte, sondern vor allem um die Ehe mit Jürgen und die beiden Kinder. Dabei stand es Karin frei, selbst noch eine Familie zu gründen. Sie würde bestimmt einen Mann finden, trotz des fortgeschrittenen Alters. Hier im Strandbad trug sie einen schwarzen Badeanzug, der ihre weiblichen Rundungen vorteilhaft betonte. Sie war ja nicht unförmig, sondern bloß vollschlank, und einige Männer warfen ihr bewundernde Blicke zu. Doch Karin schien das nicht zu merken.

Auf all das sprach Sonja die Schwägerin nicht an. Sie war froh, diesen harmonischen Tag mit Karin zu verbringen, und wollte keinen Streit. Sie legte die Zeitschrift beiseite. »Sollen wir noch eine Runde schwimmen? Mit den Kindern?«

»Gute Idee«, Karin rappelte sich von der Decke auf. »Dann tun wir gleich auch noch was für unsere gute Figur. Und zwar ganz ohne Körner.«

Beide lachten.

*

Auf der Rückfahrt spürte Sonja ein Ziehen im Unterleib. Zu Hause führte ihr erster Weg ins Badezimmer. Auch in diesem Monat hatte das Pessar seinen Dienst getan – Sonja wollte sich trotzdem nicht länger darauf verlassen.

Als die Kinder schon schliefen, kamen Sonjas Eltern und brachten die neuntausend Mark. Jürgen machte keinen Hehl aus seinem Unmut, doch immerhin: Sie stritten sich nicht.

Später am Abend hörte Jürgen im Wohnzimmer eine Sportsendung, Sonja räumte die Küche auf und machte sich bettfertig. Tief unten aus dem Nachtschrank zog sie die grün-weiße Packung hervor. Die Tabletten waren einzeln in Stanniol eingeschweißt, sie riss die Folie auf. Ihre erste Pille, winzig klein und himmelblau. Wie schön war es damals gewesen, als Jürgen und sie sich die Kinder gewünscht und keine Verhütung gebraucht hatten. Nun konnte sie die Liebe wieder ohne Angst vor unerwünschten Folgen erleben, schon in ein paar Wochen würde sie wissen, ob sie das Anovlar vertrüge. Falls ja, ließe sich bestimmt auch Jürgen überzeugen. Sonja schob die Packung zurück ins Versteck.

*

Den Dienstagmorgen wollte Sonja sich frei halten – das hatte sie Godewind versprochen. Am Montag kaufte sie frische Lebensmittel für zwei Tage und betrat mit vollem Einkaufsnetz die Sparkasse am Spandauer Damm. Die Vogts waren hier seit Langem Kunden. Außer Jürgen hatten auch Karin und Sonja eine Vollmacht für das Geschäftskonto der Bäckerei – darauf hatte Jürgen bestanden. Falls er ausfiele, könnten die Frauen den Betrieb zusammen mit dem angestellten Bäckermeister weiterführen. Doch darum ging es heute zum Glück nicht, Sonja legte am Kassenschalter ihr Sparbuch vor.

»Fünftausend Mark bitte, möglichst große Scheine.«

Den jungen Mann hinter der Panzerglasscheibe kannte Sonja nicht. Er musterte sie kritisch, schlug die Seiten auf und studierte die Zahlen.

»Frau Sonja Vogt?«

»Ja bitte?«

»Sie sind ein geborenes Fräulein Falcke?«

Sonja blieb freundlich. »Das steht da doch eingetragen.«

»Richtig«, er blätterte zurück. »Im Juli 54 haben Sie also geheiratet?«

»Ja, da haben wir unsere Heiratsurkunde hier vorgezeigt.«

Der Angestellte schien nicht überzeugt. »Ihren Personalausweis bitte.«

Sonja legte das kleine graue Heft vor.

Er verglich die Einträge mit dem Sparbuch und verzog die Miene. »Weiß Ihr Ehemann, dass Sie so viel Geld abheben wollen? Fünftausend Mark?«

Sonja atmete durch. Selbstredend sollte die Sparkasse so hohe Abhebungen prüfen, aber wenn eine Kundin den Ausweis vorlegte, sollte die Sache wohl klar sein.

»Ja, mein Mann weiß das«, entgegnete sie an der Grenze ihrer Geduld. »Und wenn er es nicht wüsste? Dürfte ich mein Geld dann nicht haben?«

Der Angestellte wurde harsch. »So klar ist das nicht, Frau Vogt. 1954 waren Sie erst achtzehn, also längst nicht volljährig. Ich muss kontrollieren, ob Ihr Mann Ihnen überhaupt die Erlaubnis für diese Kontoeröffnung gegeben hat.«

»Hat er nicht.«

»Was?!«

»Hat er nicht«, wiederholte Sonja sachlich. »Bei der Kontoeröffnung war ich sechzehn. Mein Vater hat mit unterschrieben. Er heißt übrigens Dieter Falcke, Inhaber vom gleichnamigen Autohaus in der Müllerstraße im Wedding. Und mein Ehemann ist Jürgen Vogt, Inhaber der Bäckerei Vogt, Hauptsitz hier, Spandauer Damm, mit neun Läden in ganz Charlottenburg.«

Der junge Mann hob zu einer Antwort an, schwieg dann aber. Mit verkniffener Miene blätterte er fünf Tausend-Mark-Scheine hin.

Sonja lächelte betont breit. »Sie geben mir also mein eigenes Geld. Sehr liebenswürdig.«

Versuchung

Am Dienstagmorgen stand sie vor dem Kleiderschrank. Es sollte warm und sonnig bleiben, der ideale Tag für ein duftiges Sommerkleid. Aber noch wusste Sonja nicht, was Godewind für diesen Vormittag plante. Vielleicht fuhren sie in die Heidelberger Straße und schauten sich den Tunnel an. Oder gingen sogar hindurch. Unter Ulbrichts Mauer her in den Keller auf der Ostseite, das hätte Sonja spannend gefunden. Für so ein Abenteuer eignete sich kein Kleid, zum Glück hatten sich Damenhosen im Alltag durchgesetzt, anders als noch zu Sonjas Backfischzeit. Sie entschied sich für eine schmale dunkelblaue Baumwollhose, die sie im Urlaub gekauft hatte. *Slacks* nannte man die in Amerika, gepflegter als eine Bluejeans, dennoch unempfindlich und bequem. Dazu wählte sie eine weite hellgraue Bluse mit halblangen Ärmeln. Vor der Italienreise hatte sie einen Brustbeutel gekauft, heute sollte er wieder zum Einsatz kommen. Während die Kinder ihre Zähne putzten, drehte Sonja sich vor dem Spiegel hin und her. Fiel der Beutel unter der Bluse auf? Nein, alles in Ordnung.

Sie brachte Andi und Silke in den Kindergarten und ging weiter zum Krankenhausparkplatz. Der Bulli stand an der gleichen Stelle wie letzte Woche. Diesmal stieg Godewind nicht aus, sondern öffnete ihr von innen die Tür.

»Das soll nicht unhöflich sein, Frau Falcke. Sie verstehen schon.«

Sie kletterte auf den Beifahrersitz. Der Schöne Walter trug heute keinen Arbeitskittel, sondern eine hellbraune Hose mit passendem Hemd. Der Duft seines Rasierwassers stieg ihr in die Nase – das gleiche wie damals im Krankenhausflur. Sie schob die Erinnerung beiseite.

Godewind wies auf eine Kühlbox im Fußraum, das Kabel führte zum Zigarettenanzünder. »Ich hoffe, die Box stört Sie nicht. Die brauchen wir gleich. Hoffe ich zumindest.«

Auf seinen vertraulichen Ton ging sie nicht ein. »Stört nicht. Und wofür brauchen wir die?«

»Erkläre ich gleich. Sie haben das Geld mitgebracht?«

»Natürlich«, sie vermied es, auf den Brustbeutel zu zeigen, »alles wie abgesprochen.«

»Gut. Wir haben zwei Möglichkeiten, und Sie entscheiden bitte.«

»Aha?«

»Ja. Eine Möglichkeit: Wir erledigen das Geschäftliche einfach hier, dann sind wir in zwei Minuten fertig, und Sie können zu Hause in Ruhe kochen. Und die zweite Möglichkeit: Wir machen einen kleinen Ausflug. Und damit meine ich selbstverständlich nicht die Heidelberger Straße.«

»Och. Also fahren wir nicht zum Tunnel?«

»Wie kommen Sie denn da drauf, Frau Vogt?«

»Na ja. Ich hatte mir das so gedacht. Ich sollte mir ja den ganzen Morgen frei halten.«

»Sie haben sich das gedacht?« Er lachte auf. »Ich glaube eher, Sie haben das gehofft. Jedenfalls habe ich nie etwas davon gesagt.«

Er hatte recht. Sonja ärgerte sich über sich selbst. »Können Sie mir wenigstens noch mehr dazu erklären? Damit ich verstehe, wie die Flucht abläuft?«

»Kann ich später gern machen, aber zum Tunnel fahren wir auf gar keinen Fall. Das wäre im Moment viel zu gefährlich. Je seltener wir uns an der Mauer blicken lassen, desto sicherer für uns alle. Besonders für Ihre Verwandten im Osten«, Godewind atmete hörbar ein. »Kennen Sie im Grunewald den Parkplatz am Schloss?«

Sonja stutzte. »Wir wollen ins Jagdmuseum?«

»Bloß auf den Parkplatz, schön im Grünen. Da würde ich Sie gern zum Picknick einladen. Tisch und Stühle habe ich mit, Sie müssen nicht im Gras sitzen. Ein kleines Gabelfrühstück mit Lachs und Champagner. Echtem französischem natürlich. Haben Sie den schon mal getrunken?«

»Nein«, sagte Sonja knapp.

»Denken Sie nichts Falsches«, er klang ernst. »Ich will Sie nicht in den Wald locken, wir bleiben auf dem Parkplatz, da sind also auch noch andere Leute. Nur eben nicht so viele wie hier. Und es wird wirklich nur ein Picknick. Weil ich endlich mal in Ruhe mit Ihnen reden will. Ganz allgemein, über Gott und die Welt sozusagen, wie damals im Strandbad. Da hatten wir ja leider viel zu wenig Zeit.«

Sie überlegte nicht länger. »Ich komme mit. Aber spätestens Viertel vor zwölf muss ich zurück sein.«

»Na sicher, das hatten wir ja vereinbart. Dann bitte jetzt das Finanzielle.«

»Moment«, Sonja wandte sich von ihm ab und zog den Brustbeutel aus der Bluse, eine Büroklammer hielt das Geld zusammen.

Godewind zählte die Scheine. »Bestens. Und Sie verstehen, dass ich Ihnen keine Quittung gebe. Ist nun mal so in der Branche: Vertrauen gegen Vertrauen«, er zog sein Hosenbein hoch und stopfte das Geld tief in seinen Strumpf. »So nah am Körper ist es doch immer noch am sichersten. Wollen wir dann?«

Sie nickte, er ließ den Motor an. Eine halbe Stunde später erreichten sie den Grunewald.

Sonja durfte nicht helfen, um das Picknick kümmerte Godewind sich allein. Sie blieb im Bulli sitzen und hörte Musik. Diesen Parkplatz am südlichen Grunewaldsee kannte sie gut. Anfang der Fünfzigerjahre, als ihre Eltern den Fahrdienst hatten, waren sie hier oft spazieren gegangen, und die Tradition setzte sich fort. Der Grunewaldsee mit dem Jagdschloss gehörte zu Andis und Silkes Lieblingszielen. Besonders im Herbst, wenn an den Sträuchern die Knallerbsen reiften, kamen die Kinder gern her.

Und heute? Heute war Sonja mit einem Mann hier, einem notorischen Frauenschwarm, einundzwanzig Jahre älter als sie und verheiratet. Auch Sonja trug einen Ehering – das vergaß sie nicht. Doch warum hätte sie Godewinds Einladung ablehnen sollen? Sie kannte ihn aus dem angesehenen Wannsee-Internat, bei der Autohauseröffnung hatte er sich ihren Eltern vorgestellt, und durch die Fluchtpläne ihrer Ost-Berliner Familie waren Sonja und er Partner geworden: Geschäftspartner auf Vertrauensbasis.

Er hatte den Transporter auf einem Eckplatz abgestellt, die Ladetür in einem Abstand von drei Metern zu einer Reihe von zartrosa blühenden Schneebeerensträuchern. Auf der gegenüberliegenden Seite begann der Spazierweg zum Schloss, dort standen noch ein paar Wagen, ansonsten war der Parkplatz leer. Sonja überlegte, ob Godewind oft hierherkam. Mit seiner Familie? Oder mit anderen Frauen, die er zum Frühstück einlud? Vielleicht sollte sie Ilse irgendwann danach fragen. Ob ihre Liebschaft so begonnen hatte: mit einem Gabelfrühstück auf dem Grunewaldparkplatz?

Aus dem Laderaum drangen Geräusche, Godewind baute das Picknick auf. Im rechten Außenspiegel konnte Sonja beobachten, wie er weiße Stoffservietten auf die Teller legte. Sie lehnte sich im Sitz zurück und schloss die Augen. Aus dem Radio drang Caterina Valentes helle Stimme: »Ein Schiff wird kommen, und das bringt mir den einen, den ich so lieb wie keinen ...«, Sonja gefiel die Fassung von Lale Andersen zwar besser, doch sie summte mit.

Er öffnete die Beifahrertür. »Bitte schön, Frau Vogt, alles fertig.«

Sie stellte das Radio ab und ließ sich von Godewind galant zum Tisch führen. Er hatte sich Mühe gegeben: Kristallgläser, schweres Besteck, Geschirr aus echtem Porzellan, drei gelbe Teerosen in einer Vase, daneben eine kleine Flasche Champagner im silbernen Kübel.

»Drei Achtelliter für uns beide«, erklärte er. »Es ist ja noch früh am Tage. Mineralwasser mit einem Schuss Zitrone gibt es auch. Selbstverständlich ohne Kohlensäure, das Prickeln überlassen wir dem Champagner.«

Sonjas Blick glitt über Lachs, Meerrettichcreme, Butter und zwei Sorten Brot. Eine kleine Festtafel hatte er da gezaubert. »Das sieht alles ganz wunderbar aus, Herr Godewind. Fast zu schade zum Essen.«

Er lachte. »Bei den Lieferungen im Internat kriege ich ja einiges mit über die feine Tischkultur. Und wenn ich Sie schon weglocke von Ihrem Haushalt, dann soll es sich doch lohnen. Bitte schön!« Er rückte ihr den Stuhl zurecht.

Die Gedecke lagen an den Schmalseiten des Tischs – mit einem Meter Abstand dazwischen. Sie nahm Platz. Welch wunderbare Delikatessen! Wann hatte sie zum letzten Mal echten Räucherlachs gegessen? Vermutlich bei ihrer Hochzeit. Danach hatte es für sie immer bloß Lachsersatz gegeben: dünne, rotorange eingefärbte Scheiben vom Seelachsfilet, die stark salzig schmeckten.

Godewind öffnete lautlos den Champagner und schenkte ein. »Nun möchte ich erst mal wissen, ob der Ihnen wirklich schmeckt. Sonst sagen Sie mir noch, Sie verstehen gar nicht, was die Leute für ein Theater machen um dieses Gesöff.«

Sonja probierte. Besser als Sekt, fand sie. Angenehm herb und leicht nussig. »Lecker.«

»Na bestens, dann guten Appetit. Die Butter ist übrigens aus Rohmilch mit richtig viel Aroma. Nicht dieses Zeug, was uns die Fabriken verkaufen«, er hob die Hand. »Ich weiß, viele Leute sind schon froh, wenn sie sich überhaupt gute Butter leisten können und nicht bloß Margarine. Und das Brot ist auch gut, finde ich. Obwohl es nicht vom Bäcker Vogt stammt.«

Sonja lachte. »Wäre ja schlimm, wenn mein Mann nicht ein paar gute Kollegen hätte. Wir können ja nicht die ganze Stadt bebacken.«

»Wohl wahr«, Godewind hob das Glas. »Aber Sie und Ihr Mann können stolz sein: in dem Alter schon einen großen Betrieb. Darauf sollten wir trinken. Auf das Wohl Ihrer ganzen Familie.«

Sonja reagierte prompt. »Auf Ihre Familie natürlich auch, Herr Godewind. Ihre liebe Frau und die beiden Jungs.«

Beim Anstoßen sahen sie einander in die Augen, auffallend rasch senkte er den Blick und hielt ihr den Brotkorb hin. »Nun lassen Sie es sich bitte schmecken.«

Sie griff zu, belegte eine gebutterte Brotscheibe mit dem Lachs, biss ab, nahm dazu einen Schluck Champagner – und musste ein lustvolles Stöhnen unterdrücken bei dieser Köstlichkeit.

Godewind sah ihr lächelnd zu. Spürte er, was in ihr vorging? Legte er es genau darauf an?

»Ich möchte Ihnen noch etwas sagen«, meinte er in ruhigem Ton. »Damit keine Missverständnisse entstehen.«

Sie sah ihn an, er hielt dem Blick stand. Seine Miene wurde

ernst, offenbar ging es jetzt um etwas Sachliches. Vermutlich einige Details zum Tunnel, er hatte ja versprochen, ihr noch Einzelheiten zu nennen – wenn sie schon nicht hinfahren konnten.

»Ach ja?«, fragte sie herausfordernd. »Sie wollen mir endlich erklären, wie die Fluchthilfe für meinen Onkel funktioniert?«

»Sicher. Wobei ich Ihnen keine Namen nennen darf.«

»Das erwarte ich gar nicht. Aber etwas mehr darf ich wohl wissen? Jetzt, wo ich bezahlt habe.«

»Natürlich«, er blieb ernst. »Damals habe ich Ihnen ja von dem Eigentümer erzählt, der die beiden Häuser hatte. Das Haus auf der Ostseite gehört ihm nicht mehr.«

»Weil er enteignet wurde?«

»Genau. Das hat sich schon Jahre vorher abgezeichnet«, Godewind nickte bedeutungsvoll. »Darum hat er rechtzeitig Vorsorge getroffen und den Tunneleingang auf der Ostseite zugemauert.«

»Ach so? Aber dann …«

»Keine Sorge. Der Tunnel ist durchgängig, aber auf der Ostseite hat er keinen Kellerzugang mehr. Im Keller würde die Stasi ja zuerst suchen. Deshalb hat mein Kunde den Tunnel verlegt. Also im Keller die Mauer gesetzt, aber dann den Tunnel weitergeführt in einen Gartenschuppen. Da ist jetzt der Eingang.«

»Also müssen die Flüchtlinge nicht ins Haus, sondern in den Schuppen?«

»Richtig. Da steht ein riesiger alter Waschbottich, so einer, den man von unten befeuern kann. Und darunter ist die Einstiegsluke zum Tunnel.«

»So ein Kessel ist doch enorm schwer.«

»Den hebeln wir hoch, rein mechanisch, Motorwerkzeug

können wir nicht einsetzen, das macht zu viel Lärm. Und weil alles so aufwendig ist, findet die Flucht in Gruppen statt, immer wenn zehn, zwölf Leute zusammen sind. Die müssen wir nach und nach in den Schuppen schleusen. Dort gibt es einen Geheimraum, wo man sich ein paar Stunden aufhalten kann, notfalls auch ein paar Tage. Bis alle aus der Gruppe da sind. Der Tunnel endet dann im Westen in einem Keller, wie früher auch.«

»Und dieser Schuppen? Davon weiß die Stasi nichts?«

»Sagen wir mal so: Auch Wachsoldaten sind bestechlich, manche jedenfalls, nur sind die nicht immer im Dienst. Wir brauchen also Geduld.«

Im Stillen begann Sonja zu rechen: Zehn, zwölf Flüchtlinge pro Gruppe, dreitausend Mark pro Flüchtling. Eine enorme Summe, die da zusammenkam.

Offenbar ahnte Godewind ihre Gedanken. »Wie gesagt: Unsere Leute gehen ein enorm hohes Risiko ein, selbstverständlich erwarten die eine angemessene Entschädigung. Dazu kommt noch das Bestechungsgeld für die Wachsoldaten.«

»Und dieses Haus an der Heidelberger Straße …«, hakte sie nach. »Ich würde so gern mal da rein. Damit ich weiß, wo meine Verwandten aus dem Tunnel kommen.«

Sie hatte nicht mehr damit gerechnet – nun gab er doch nach: »Vielleicht kriegen wir das hin. Ich verspreche nichts, aber ich erkundige mich. Übernächste Woche gebe ich Bescheid«, Godewind schenkte Champagner nach. »Und ich habe auch noch eine Bitte an Sie.«

»Ja?«

»Wenn Sie meiner Frau bitte nicht erzählen, dass wir uns hier treffen. Das braucht sie nicht unbedingt zu wissen.«

Sonja stutzte. Warum dachte der Schöne Walter, sie könnte hinter seinem Rücken seine Frau anrufen? Weshalb sollte

Sonja das tun? Und wieso veranstaltete er für sie dieses Picknick, wenn er dabei ein schlechtes Gewissen hatte?

Bevor sie fragen konnte, fuhr Godewind fort: »Von Monika und Ilse wissen Sie bestimmt, dass es in meiner Ehe nicht immer zum Besten stand.«

»Ja, das haben die beiden erzählt«, sagte sie sachlich.

»Auch, dass meine Frau bei einer Scheidung wohl die Schuld bekommen hätte? Wegen ehewidrigem Verhalten, weil sie gegen meine Betriebserweiterung war?«

»Das weiß ich auch.«

Er nickte. »Ist schon in Ordnung, wenn Ilse Ihnen das erzählt hat. Sie hat sich dann ja von mir zurückgezogen, und meine Frau und ich haben es noch mal miteinander versucht. Das läuft wieder ganz gut, bloß: Unsere Ehe ist immer noch belastet.«

Sonja wunderte sich immer mehr. Worauf wollte er hinaus?

»Aber auf die Söhne sind Sie und Ihre Frau doch bestimmt stolz«, wandte sie ein. »Wie alt sind die beiden jetzt?«

»Zehn und sechs. Ja, wir lieben Frank und Matthias sehr. Aber Kinder allein garantieren keine glückliche Ehe.«

Sie nickte. »Das ist wohl so.«

Das Thema war ihr unangenehm. Sie wollte noch etwas zur geplanten Flucht fragen und formulierte im Kopf schon die passende Überleitung, da beugte Godewind sich vor und griff zum Brotkorb, der auf ihrer Tischseite stand. Eine Wolke Rasierwasser streifte ihre Nase.

Er hielt den Blick auf seinen Teller gerichtet. »Es geht mich zwar nichts an, Frau Vogt, aber ich erlaube mir trotzdem eine Frage: Ihre Eltern wissen also, dass ich es bin, der den Kontakt zu den Schleusern vermittelt? Aber Ihr Mann weiß das nicht?«

Was sollte die Frage? Godewind und sie hatten doch schon darüber gesprochen. Wollte er sie verunsichern? Machte er sich über sie lustig? Aber er hatte ganz ernst gefragt, keine Spur von Unterton.

Eine unangenehme Wärme überkam Sonja – vielleicht vom Champagner, vielleicht vom Geruch des Rasierwassers. Sie räusperte sich. »Das habe ich Ihnen neulich erzählt: Mein Mann mischt sich bei der Sache mit meinem Onkel nicht ein. Er weiß, dass ich mich heute mit einem Kontaktmann treffe, und nach Ihrem Namen hat er nicht gefragt. Weil er eben die ganze Sache meinen Eltern und mir überlässt.«

»Ach so«, sagte er knapp.

Es kam ihr so vor, als müsste er ein Grinsen unterdrücken. Kein Zweifel: Er wollte sie verunsichern.

»Im Internat habe ich Sie ja als Fräulein Sonja gekannt. Aber nun sind Sie Frau Vogt, eine gestandene Ehefrau und Mutter«, er griff zum Champagnerglas.

Sonja erschrak. Nein! Sie wollte nicht Brüderschaft mit ihm trinken! Auf keinen Fall! Doch ihre Sorge war unbegründet.

»Selbstverständlich wollen wir uns weiterhin siezen«, fuhr er fort. »Aber es wäre doch schön, wenn wir uns beim Vornamen nennen könnten. Also gestatten Sie mir das bitte?«, er hob das Glas. »Sonja?«

Hatte er ihre Anspannung gespürt? Merkte er jetzt ihre Erleichterung? Sie prostete ihm zu. »Natürlich, Walter. Gern.«

»Danke.«

Er lächelte. Sein wunderbares Lächeln. Dieses Lächeln, bei dem alle Mädchen nur noch dahinschmelzen wollten. Sonja richtete ihr Besteck parallel auf dem Teller aus, sie hätte keinen Bissen mehr essen können.

Godewind lächelte nicht mehr. »Sonja, eine Sache ist mir sehr wichtig, darum sage ich Ihnen das jetzt.«

Sie zögerte. »Ja ...?«

»Ja. Sie sollen nämlich wissen, dass ich Geschäftliches und Privates nicht miteinander vermische. Das ist eine eiserne Regel bei mir.« »Ihre Eltern und Sie haben das Fluchtgeld bezahlt, und ich werde dafür sorgen, dass Ihre Verwandten rüberkommen. In jedem Fall, ganz egal, wie unser Gespräch jetzt weiterläuft.«

Sie riss die Augen auf. Wie ihr Gespräch lief? Worauf wollte er hinaus?

»Ganz egal, wie Sie sich entscheiden«, setzte er nach. »Selbstredend bringe ich Sie gleich nach Hause. Pünktlich und absolut ehrenhaft.«

»Selbstredend«, wiederholte Sonja – und verstand nicht, was er meinte.

Er lehnte sich im Stuhl zurück und sah sie an, offen und unverstellt. »Sonja, ich bin jetzt sehr direkt. Das ist nicht abschätzig gemeint, ich respektiere Sie. Aber ich möchte nicht drum herumreden, wir sind schließlich erwachsen.«

Eine Ahnung stieg in ihr auf, zusammen mit einer heißen Empfindung. Sie spürte, wie sie errötete. Er schien es nicht zu beachten.

»Als wir uns zum ersten Mal begegnet sind, in der Küche bei Frau Häberle, da war es schon um mich geschehen. Das habe ich mir nicht anmerken lassen, schließlich ist das Internat ein sehr guter Kunde. Aber ich habe jede Sekunde mit Ihnen in der Küche genossen. Und dann im Strandbad, da habe ich mich so gefreut, Sie zu treffen. Sie sind eine äußerst charmante Frau, nicht nur äußerlich, Sie haben vor allem einen guten Charakter.«

Seit sie morgens zu ihm in den Bulli gestiegen war, hatte Godewind nicht geraucht. Jetzt zog er eine Packung Ernte 23 hervor – dieselbe Marke wie damals im Strandbad.

»Aber was Sie über Ihre Ehe sagen, macht doch keinen Sinn,

Sonja«, sein Ton blieb unverändert ruhig. »Wieso belastet es Ihren Mann weniger, wenn er *nicht* weiß, wie wir Ihren Onkel rausholen wollen? Normalerweise macht man sich doch dann weniger Sorgen, wenn man die Einzelheiten kennt«, er zündete sich eine Zigarette an und inhalierte. »Für mich hört sich das so an, als würde etwas nicht stimmen in Ihrer Ehe.«

Sonja starrte auf ihren Teller. Ganz gleich, was sie jetzt antwortete: Godewind würde es ihr sowieso nicht glauben.

»Wann haben Sie geheiratet?«, setzte er nach. »Mit achtzehn, oder? Weil Ihr Schwiegeronkel todkrank war und Ihr Mann die Bäckerei übernehmen musste. Ach, Sonja. Sie brauchen Entspannung. Mal raus aus dem Alltagstrott, bloß ein paar Stunden, ganz diskret, Ihr Mann würde davon gar nichts merken. Ein wenig Abwechslung würde bestimmt auch Ihrer Ehe guttun.«

Was für eine Unverschämtheit! Was nahm dieser Kerl sich raus? Sonja rang nach Worten, da fuhr er schon fort: »Sonja, ich möchte gern ein paar Stunden mit Ihnen allein sein. Ganz allein. Ein guter Freund von mir betreibt hier in der Nähe eine Pension. Absolut seriös. Normalerweise vergibt er keine Tageszimmer, aber wie gesagt: ein guter Freund. Wie wäre jetzt Montag? Am besten morgens, das ist doch schön diskret. Ich hole Sie ab, um zehn Uhr am gewohnten Ort. Wenn Sie das nicht möchten, brauchen Sie nichts zu tun. Dann kümmere ich mich um die Flucht Ihres Onkels, genau wie besprochen, und danach verschwinde ich aus Ihrem Leben. Aber falls Sie doch mögen, melden Sie sich bis Sonntagmittag, mein Anrufautomat ist eingeschaltet«, er lächelte. »Bestätigen Sie einfach den Termin.«

Sie schwieg. Er ging zu weit. Viel zu weit! Und am liebsten hätte sie ihm ihre Wut entgegengeschleudert. Doch sie wollte ihm nichts bieten, worüber er sich lustig machen könnte. Die

Worte von Frau Direktor fielen ihr ein. *Wenn es peinlich wird: Höflich bleiben, Haltung wahren!*

Mit starrer Miene legte Sonja die Serviette auf den Teller. »Ich will nach Hause!«

Er nickte ernst. »Natürlich.«

Ein paar Minuten später begann er, das Picknick abzubauen. Geschickt klappte er Tisch und Stühle zusammen, offenbar hatte er Übung. Sonja saß auf dem Beifahrersitz und schaute zu. Sie war bestimmt nicht die Erste, die er einlud. Sei es zum Picknick oder wozu auch immer. Bis eben hatte der Champagner sie beschwipst, inzwischen konnte sie wieder klar denken. Und ärgerte sich über sich selbst. Warum hatte sie sein Angebot nicht abgelehnt? Schon in der ersten Sekunde? Ihm klar gesagt, wie unverschämt und beleidigend sie ihn fand? Und dass sie ihn auf gar keinen Fall anrufen würde? Warum war sie nicht deutlicher geworden? Oder sogar laut? Sie verstand sich selbst nicht – und wollte nur noch weg von hier, so schnell wie möglich. Ein paar Hundert Meter weiter gab es eine Bushaltestelle, doch dann müsste sie zweimal umsteigen und käme zu spät zum Kindergarten. Und eine Taxifahrt vom Grunewald bis in den Wedding kostete ein Vermögen. Deswegen also hatte Godewind diesen Ort gewählt: Sonja konnte ihm nicht so schnell entkommen. Sie musste warten, ihr blieb keine Wahl.

Der Zündschlüssel steckte. Er wolle sich beeilen, hatte Godewind versprochen. Und sie könne doch ein bisschen Musik hören.

Sie stellte das Radio an. »Die Liebe ist ein seltsames Spiel«, sang Connie Francis, »sie kommt und geht von einem zum andern.« Sonja schaltete das Radio wieder aus.

Ein paar Minuten später hatte Godewind alles verstaut und stieg zu ihr in die Fahrerkabine. Sollte sie ihrem Ärger

Luft machen? Dem Schönen Walter seine Unverschämtheit vor den Latz knallen? Nein, dafür hatte sie den richtigen Zeitpunkt verpasst. Wenn sie ihm jetzt Vorhaltungen machte, hätte das lächerlich ausgesehen. Dann wäre die Situation noch peinlicher geworden. Und es reichte ja, wenn sie ihn einfach nicht anrief.

Sie wich seinem Blick aus. Als er das Radio anstellen wollte, sagte sie: »Ich möchte keine Musik.«

Er lächelte. »Ihr Wunsch ist mir Befehl, Sonja, Sie haben hier das Sagen.«

Sie bemerkte die Anspielung und ging nicht darauf ein. Er fuhr los, die gleiche Strecke wie bei der Hinfahrt. Sie schaute aus dem Fenster und schwieg. Manchmal sah er zu ihr hinüber, sie reagierte nicht. Ein Glück nur, dass um diese Zeit nicht viel Verkehr herrschte. Um zwanzig nach elf erreichten sie den Rotkreuzparkplatz am Spandauer Damm.

Sonja öffnete die Wagentür.

»Wir haben ja alles besprochen«, sagte er sanft. »Ich würde mich sehr freuen, Sonja.«

Heute wollte sie ihn keines Blickes mehr würdigen. Er sollte merken, wofür sie ihn hielt, diesen Hallodri! Dieser Schlawiner! Dieser Schürzenjäger! Doch als sie die Tür aufstieß, drehte sie sich zu ihm um. Er lächelte – nicht anzüglich, sondern einfach bloß nett, als würde er eine alte Bekannte verabschieden.

Ein heißes Gefühl stieg in ihr auf. Wurde sie rot? »Auf Wiedersehen dann«, sagte sie rasch. »Ich möchte auf jeden Fall den Tunnel sehen.«

Er nickte. »Ich frage nach.«

Sie warf die Tür zu und hastete über den Platz. Der grüne Bulli fuhr nicht an ihr vorbei. Mit jedem Schritt nahm der Sturm in ihrer Seele zu, die Gefühle tobten. Sie dachte an die

Begegnung vor acht Jahren, Godewind und sie im überheizten Krankenhauskeller, vor der Tür zur künstlichen Blutwäsche. Hinter der Tür hatte Tante Ilse gelegen – und um ihr Leben gekämpft. Von Godewinds Geschmacklosigkeiten war das ja die schlimmste: Ilse hatte die Liebschaft mit ihm beendet – jetzt wollte er Sonja erobern. Ausgerechnet die beste Freundin von Ilses Nichte. So ein Mistkerl!

Zurück in der Wohnung, nahm sie den Möhreneintopf aus dem Kühlschrank und sortierte ihre Gedanken. Am Kindergarten musste sie erst in einer halben Stunde sein, so viel Zeit würde sie nicht brauchen. Trotzdem ging sie schon los, sie musste sich ablenken. Unterwegs kaufte sie ein, Butter und Eier hatte sie zwar noch im Haus, doch es schadete nicht, den Vorrat aufzustocken. Im Laden traf sie eine andere Mutter aus Andis und Silkes Gruppe. Sonja fand die Frau nicht gerade sympathisch und eher langweilig, doch heute hörte Sonja sich gern an, was sie über ihren Schwiegervater, die Schildkröten ihres Sohnes und einen lärmempfindlichen Nachbarn zu erzählen hatte. Die Frauen plauderten, bis der Kindergarten seine Pforte öffnete.

»Ach, meine Schätze!«

Jeden Mittag freute Sonja sich, ihre Kinder wieder in die Arme zu schließen – an diesem Mittag war Sonjas Freude besonders groß. Hüpfend und singend machten sie sich auf den Heimweg.

*

Um kurz nach halb eins war Karin noch im Laden, die Kinder spielten in ihrem Zimmer.

Jürgen kam aus dem Büro. »Und das Treffen vorhin? Habt ihr den Tunnel besichtigt?«

Eine vertrackte Lage: Sonja war den ganzen Vormittag weg gewesen, aber nicht an der Heidelberger Straße. Einen Tunnelbesuch hatte Godewind auch gar nicht angekündigt – Sonja selbst hatte sich in den Wunsch verstiegen. Und hatte die Zeit nicht an Ulbrichts Mauer verbracht, sondern mit Godewind beim Picknick – samt delikatem Angebot.

Sie musste lügen. »Das mit dem Tunnel hat heute nicht geklappt. Wir wollen das nachholen, also, falls es nicht zu riskant ist.«

»Sieh an!« Jürgen zog die Brauen hoch, sein Ton wurde scharf. »Aber es war doch abgesprochen, dass du den Tunnel sehen kannst. Und angeblich sind diese Leute so zuverlässig. Behauptest du doch immer.«

»Ja, aber es ging nun mal nicht. Das Risiko war zu groß. Wegen der Stasi-Spitzel an der Mauer, also auch auf der Westseite.«

»Ach? Und das fällt den Schleusern erst jetzt ein? Locken euch mit einem absolut sicheren Tunnel, und dann kannst du dir den nicht mal angucken. Aber die neuntausend Mark haben die genommen! Oder etwa nicht?«

Jürgen bremste seine Wut, Karin war aus dem Laden gekommen und gab den Kindern Bescheid, die Familie nahm am Tisch Platz.

Als die Kinder danach schliefen und Karin gegangen war, sprachen sie weiter. Sonja versuchte, Jürgen zu beschwichtigen: Die Fluchthelfer seien zuverlässig, aber eben auch vorsichtig. Es sei doch ein gutes Zeichen, wenn sie nicht jedes Risiko eingingen, und der Kontaktmann wolle fragen, ob Sonja den Tunnel nicht doch noch besichtigen könne.

Jürgen seufzte. »Dann war das Treffen wohl nur kurz, oder? Wenn ihr nicht im Tunnel wart?«

Ahnte er etwas? Merkte er Sonja an, dass ein anderer Mann

in ihrem Kopf herumspukte? Nein, Jürgen ärgerte sich offenbar bloß über die Fluchthelfer.

»Stimmt, das ging nicht lang. Und den Eintopf hatte ich ja schon vorgekocht. Darum war ich noch spazieren bei dem schönen Wetter. Am Schloss Charlottenburg«, Sonja spürte den Knoten im Bauch.

Offenbar glaubte er ihr den Spaziergang, doch sein Ärger hielt an. »Ich hatte von vornherein kein gutes Gefühl bei dieser ganzen Sache. Aber deine Eltern wissen es ja nun mal besser, und Helmut ist dein Onkel. Meinetwegen. Nur eins sage ich euch: Wenn diese Kontaktleute mit dem gesamten Geld durchbrennen und Helmut in Bautzen im Knast landet, dann wundert mich das keine Sekunde. Keine Sekunde! Dass das klar ist.« Er stand vom Tisch auf und ging ins Büro zurück.

Sonja atmete durch. Und nun? Ihre Eltern glaubten ja auch, sie sei heute in der Heidelberger Straße gewesen. Beim anschließenden Telefonat mit ihrem Vater nutzte sie Codewörter: »Dass unser Lieferant mir nicht mehr dazu zeigen konnte, ist kein schlechtes Zeichen. Da muss einfach noch viel organisiert werden.«

Ihr Vater verstand und schien beruhigt. Er fragte nicht, wie Jürgen auf die Nachricht reagiert hatte. Ist auch besser so!, dachte Sonja.

Aus dem Kinderzimmer drang kein Laut, offenbar schliefen die beiden noch. Sonja legte sich aufs Sofa und schloss die Augen. Die letzten zwei Stunden hatte sie sich ablenken können, aber besser ging es ihr damit nicht. Sie musste sich dringend jemandem anvertrauen. Monika wusste Bescheid über Helmuts geplante Flucht und kannte Godewind persönlich. Bloß: Was Sonja heute erlebt hatte, gehörte nicht ans Telefon. Am Sonnabend hatte Andi ja Geburtstag, auch Monika und

Ilse würden kommen. Aber jetzt wollte Sonja wenigstens Monikas Stimme hören, sie wählte die Nummer vom Salon.

»Fräulein Ebeling junior fixiert gerade eine Dauerwelle«, sagte das Lehrmädchen. »Aber gleich hat sie Pause.«

Keine Viertelstunde später kam der Rückruf.

»Danke, Monika. Ich wollte nur sagen: Wir müssen Sonnabend unbedingt reden. Jetzt noch nicht, das ist so viel, ich muss das in Ruhe erzählen. Ein paar Minuten zwischendurch haben wir bestimmt für uns allein. Nur dass du schon mal Bescheid weißt.«

Doch Monikas Neugier war geweckt. »So schlimm? Habt ihr wieder gestritten, Jürgen und du?«

»Ist kompliziert. Darüber reden wir dann auch.«

»Tun wir. Aber eins würde ich dir gern jetzt schon sagen. Wegen Jürgen und dir. Falls ich ganz offen sein darf.«

Sonja zögerte. »Na sicher. Wenn es so dringend ist.«

»Ist es. Ich glaube nämlich, ihr verrennt euch da. Und du begreifst nicht, was mit Jürgen los ist. Der erträgt es eben nicht, wenn du etwas allein machst. Über seinen Kopf hinweg. Wie du alles zusammen mit deinen Eltern entschieden hast und nun auch dein Geld in diese Sache steckst. Das passt ihm nicht. Er möchte lieber, dass du auf seiner Seite stehst. Er will der Herr im Haus sein. So sehe ich das. Das ist das Problem in eurer Ehe.«

Sonja schluckte. Mit so offenen Worten hatte sie nicht gerechnet. »Können wir darüber Sonnabend weiterreden? Ganz in Ruhe?«

»Natürlich«, meinte Monika sanft.

»Und noch was: Bitte sag Ilse nichts. Auch nicht, dass ich dir Sonnabend noch mehr erzählen muss.«

Monika versprach es.

Die beiden legten auf, Sonja beschlich ein merkwürdiges

Gefühl. Hatte Monika recht? Lag dort das eigentliche Problem? Jürgen fühlte sich nicht mehr als der Herr im Haus? Deswegen machte er aus einer Mücke einen Elefanten? Und suchte geradezu nach Fehlern – wie jetzt wegen der Tunnelbesichtigung. Sonja würde zwar gern den Tunnel sehen, doch es war nicht wirklich wichtig. Es kam ja nur darauf an, dass die Schleuser ihre Arbeit ordentlich machten und Helmut samt Anhang sicher in den Westen holten. Trotzdem kamen von Jürgen ständig Vorwürfe – wegen irgendwelcher Nebensächlichkeiten. Sollte sie ihn darauf ansprechen? Aber sie wollte ihn nicht noch mehr verärgern. Gewissensbisse quälten sie. Sie hatte Jürgen belogen. Zwar aus einem triftigen Grund, nämlich um ihre Ehe zu schützen, trotzdem blieb das schlechte Gewissen. Falls Monika richtiglag mit ihrer Vermutung, gab es nur einen Weg, ihn zu besänftigen. Sonja musste sich anpassen, freundlich und häuslich sein und ihm das Gefühl geben: Er hatte in allen Entscheidungen das Sagen, und sie hielt ihm den Rücken frei. Wie gut, dass sie in dieser Woche zwei Feiern vorbereiten musste. Da konnte sie beweisen, wie viel Mühe sie sich für die Familie gab – und Jürgen wäre hoffentlich zufrieden.

*

Am Donnerstagmorgen war jeder Familienzwist vergessen. Andi strahlte mit seinen sechs Kerzen um die Wette. Mama, Papa, Silke und Tante Karin sangen »Viel Glück und viel Segen auf all deinen Wegen«. Dann durfte er die Geschenke auspacken, den heiß ersehnten Fußball und die kurze Lederhose mit einem Hirsch auf dem Latz und gestickten Eichenblättern auf den Taschenklappen.

Nach dem Frühstück fuhren sie im Käfer: Sonja, Silke,

Andi – und dreißig Puddingteilchen für die Kindergartengruppe. Zurück in der Wohnung, räumte Sonja die Küche auf, für das Abendessen mit seinen Freunden wünschte Andi sich Kartoffelsalat. Ab und zu hielt sie Ausschau nach dem Paketwagen, Ninette hatte ein Geschenk angekündigt. Sie hieß nun Frau Carus und war Mutter von drei kleinen Töchtern. Ihr Mann Reinhard stammte aus einer alten Reedereifamilie, hatte Betriebswirtschaft studiert und leitete gemeinsam mit Ninettes Bruder die Kosmetikfirma. Mit den Vogts hielten sie einen lockeren und durchweg guten Kontakt. Die beiden Männer verstanden sich wunderbar, das Missverständnis zwischen Jürgen und Ninette spielte längst keine Rolle mehr.

Ach, Ninette. Wie sie wohl reagieren würde, wenn sie von Godewinds delikatem Angebot erführe. Ob sie es ihm überhaupt zutrauen würde? Im Internat war er ja immer so seriös aufgetreten – obwohl er wusste, wie die Mädchen von ihm schwärmten. Vielleicht war es falsch gewesen, ihn wegen Helmuts Flucht ins Vertrauen zu ziehen. Vielleicht hätte Sonja besser auf anderem Weg nach Schleusern gesucht und nicht über Godewind. Aber er hatte ihr nun mal von diesem Tunnel erzählt. Und jetzt? Jetzt liefen ihr jedes Mal kleine Schauer über den Rücken, wenn sie an ihn dachte. Und sie konnte nichts dagegen tun.

Das Klingeln der Paketpost riss Sonja aus den Gedanken, sie legte den dicken Umschlag auf den Geburtstagstisch und holte eine Stunde später die Kinder ab. Ein Geschenk aus Hamburg! Andi und Silke erledigten den Rückweg in Rekordzeit, Sonja lief lachend hinterher. Das Päckchen enthielt für Andi ein Paar Torwarthandschuhe und für Silkes Lieblingspuppe ein Kleid. Alles passte.

»Mama? Hast du das Tante Ninette gesagt? Wie groß meine Puppe ist? Und Andis Hände auch?«

Sonja drückte ihr Töchterchen an sich. »Na sicher, wäre ja dumm, wenn ihr die Sachen nicht gebrauchen könntet. Wollt ihr Tante Ninette denn ein Bild malen? Als Dankeschön? Bis zum Mittagessen ist noch Zeit.«

Begeistert malten die beiden ein Familienporträt: alle fünf Vogts bei lachender Sonne im Garten.

Am Nachmittag kamen vier Jungen aus der Kindergartengruppe. Für Mädchen interessierte Andi sich nicht – seine Schwester ließ er trotzdem mitspielen. Sonja verköstigte die kleine Bande mit Kakao und Kuchen, es folgten die üblichen Spiele: Blinde Kuh und Eierlaufen, Sackhüpfen und Topfschlagen. Die Gewinner – und das waren selbstverständlich alle Kinder – bekamen kleine Zellophantüten mit Keksen oder Pralinen aus der Bäckerei. Zum Abendessen gab es Frankfurter Würstchen mit Brot oder Kartoffelsalat, anschließend brachte Jürgen die kleinen Gäste nach Hause.

Beim Gute-Nacht-Sagen drückte Andi seine Mutter fest an sich. »Das war ein toller Geburtstag, Mama. Und übermorgen wird bestimmt auch schön. Mit den vielen Verwandten.«

»Ja sicher, mein Schatz. Das wird noch mal ganz prima. Alle freuen sich schon.«

Für Andi gab sie sich optimistisch – trotz gemischter Gefühle. Hoffentlich gab es keinen Streit zwischen ihrem Vater und Jürgen. Bei Feiern in der Wohnung hatte sie oft erlebt, dass die Frauen in der Küche klönten und die Männer sich im Wohnzimmer die Köpfe heißredeten. Sonja hörte den Wetterbericht. Das Sonnenhoch sollte übers Wochenende halten, die Kinder würde im Garten spielen können und die Erwachsenen es sich an Tischen und Bänken bequem machen. Beste Bedingungen für ein harmonisches Fest.

*

Am frühen Sonnabendnachmittag, Andi und Silke schliefen noch, fuhr ein weißer Bulli mit der Aufschrift *Autohaus Falcke* auf den Hof hinter der Bäckerei. Sonjas Eltern, Eugen mit seiner Änne, Monikas Eltern mit Monika und Ilse waren zusammen aus dem Wedding gekommen. Für den Geburtstag hatten sie zusammengelegt und ein ganz besonderes Geschenk angekündigt.

Sonja und Jürgen standen am Fenster und sahen gespannt zu, wie ihre Gäste einen in Plastik eingeschweißten, langen Gegenstand aus dem Bulli zogen.

»Ein Indianerzelt! Und was für eins! Das ist ja an die zwei Meter hoch.«

»Es gibt eben auch große Indianer«, Sonja schlang den Arm um Jürgens Taille. »Ach, mein Häuptling. Dann kannst du wenigstens bequem drin stehen.«

Jürgen küsste sie auf die Stirn. »Dann gehe ich mal runter und helfe.«

Wegen der Kinder blieb Sonja in der Wohnung und schaute amüsiert dabei zu, was sich im Garten tat. Im eingepackten Zustand wollte man Andi das Zelt nicht überreichen. Dann also auspacken, entrollen, aufstellen! Als Meister des Zeltaufbaus erwies sich Eugen, der in seiner Jugend viele Sommer an ostpreußischen Stränden verbracht hatte. Nach nicht mal zehn Minuten prangte zwischen Schaukel und Sandkasten ein bunt bedrucktes Tipi. Sonjas Vater ging zum Bulli zurück und holte das Zubehör: ein Dutzend Packungen mit Friedenspfeifen, Tomahawks, Amuletten und Federschmuck für den Indianerstamm. Sieben gestandene Erwachsene, einige davon schon Großeltern, setzten sich Stirnbänder mit bunten Federn auf und stürmten die Treppe hoch ins Kinderzimmer, versammelten sich um Andis Bett, erklärten ihn zu ihrem Häuptling und krönten ihn mit einer prachtvollen Federhaube. Monika meinte, Andis Schlafanzug sehe fast aus wie eine Indianertracht – also besonders passend. Dann erklang vielstimmiges indianisches Freudengeheul.

Weitere Gäste trafen ein. Zwei Cousins von Jürgen, die ebenfalls in West-Berlin lebten, kamen mit ihren Familien. Die fünf Kinder waren deutlich älter als Andi und Silke, manchmal hatten sie sich beim Spielen nicht gut vertragen, doch heute zog das Indianerzelt alle in den Bann. Sonja atmete durch. Zwischen so vielen glücklichen Kindern würden sich die Erwachsenen sicher nicht streiten – schon gar nicht über Mauerflucht.

Im Garten waren Tische und Bänke aufgebaut, Sonja holte Geschirr und Besteck aus der Küche, dann Kuchen und Torten aus dem Kühlraum neben der Backstube. Die anderen Frauen packten mit an.

Nach dem Kaffeetrinken räumte Sonja die Teller ab. »Die brauchen wir gleich zum Abendbrot. Monika und ich spülen kurz ab, das schaffen wir gut zu zweit.«

Sie brachten zwei Tabletts hinauf in die Küche und hatten endlich ein paar Minuten für sich.

»Ich weiß ja nicht, ob du und Jürgen das bloß spielt. Diese schöne Ehe-Eintracht. Keine Spur von Streit. Oder habt ihr schon was geklärt?«

»Sagen wir mal so: Ich gebe mir die letzten Tage reichlich Mühe, damit Jürgen sich nicht ärgert. Andis Geburtstag passt da natürlich gut«, Sonja hob mit gespielter Strenge den Zeigefinger. »Ich bin die gute Hausfrau, und mein Göttergatte ist zufrieden.«

»Dann hatte ich also recht«, bemerkte Monika. »Ich bin zwar nicht verheiratet, aber so viel verstehe ich eben doch von Männern.«

Monikas Erfahrung in Liebesdingen war zwiespältig. Mit

achtzehn hatte sie ihren ersten festen Freund gehabt und sich ihm hingegeben. Die beiden hatten schon von Verlobung gesprochen, da meinte er plötzlich, Monika solle mit der Heirat ihre Arbeit im Frisiersalon aufgeben. Er könne seine Familie allein ernähren, seine Frau müsse kein Geld verdienen. Zu der Zeit hatte Ilse sich nach dem Nierenversagen so weit erholt, dass sie wieder halbe Tage arbeiten konnte. Den teuren Vertretungsmeister von der Handwerkskammer brauchte der Salon nicht mehr, trotzdem konnte Monika sich nicht vorstellen, die Arbeit aufzugeben. Falls ein Kind käme, würde sie natürlich fünf oder zehn Jahre aussetzen, aber bis dahin bliebe doch reichlich Zeit, und sie wolle ja selbst noch die Meisterprüfung machen. Doch ihr Freund beharrte auf seinem Standpunkt, die geplante Verlobung platzte. Der nächste Mann war in Monikas Leben getreten – und der übernächste. Doch beide hatten nicht das erhoffte Glück gebracht. Ab und zu hatte sie kürzere Liebschaften, doch sie war kein *leichtes Mädchen*, sondern überlegte gut, auf wen sie sich einließ. Um verheiratete Männer machte sie einen Bogen, denn an Scheidungsversprechungen glaubte sie nicht. Zurzeit hatte Monika die Suche nach einem Mann eingestellt. Der Richtige werde schon noch kommen, meinte sie. Sie sei zwar schon fünfundzwanzig, aber es gebe ja nicht nur Frauen, sondern auch Männer, die erst spät den Bund fürs Leben schließen wollten. Außerdem müsse sie sich um Tante Ilse kümmern.

»Dann erzähl mal«, Monika stellte die schmutzigen Teller ab. »Du hast am Telefon so betont, dass Ilse das nicht wissen darf. Daraus schließe ich haarscharf: Es geht um Godewind.«

Sonja griente. »Erraten!«

»Und was ist mit ihm? Überschüttet er dich mit Komplimenten?«

Sonja ließ heißes Wasser in die Spüle laufen. »Schlimmer.« Sie erzählte von ihrem Irrtum wegen der Tunnelbesichtigung, dem Picknick im Grunewald und schließlich dem eindeutigen Angebot.

Monika riss Mund und Augen auf. »Und du hast ihn natürlich anständig zusammengestaucht?«

»Muss ich gar nicht. Es reicht ja, wenn ich ihn bis morgen Mittag nicht anrufe.«

»Das heißt: Du meldest dich nicht, und damit ist die Sache klar?«

»Ich weiß nicht. Manchmal denke ich …«, Sonja seufzte bedeutungsvoll.

»Auweiaweiaweia!« Monika zog Luft durch die Zahnreihen. »Mensch, Mädchen. Du doch nicht.«

»Und wenn doch? Wie fändest du das?«

»Meine Güte, ich mach dir bestimmt keine Vorwürfe. Bloß, wie gesagt: Das passt nicht zu dir. Als er die Sache mit Ilse hatte und sich scheiden lassen wollte, da hast du doch so seine Frau in Schutz genommen.«

»Das ist neun Jahre her.«

»Und damals im Autohaus«, setzte Monika nach. »Wie er mit den Blumensträußen ankam für deine Mutter und dich. Da haben Ilse und ich ja sofort für ihn geschwärmt. Weil er so charmant ist und so gut aussieht. Aber du hast dich lustig darüber gemacht.«

»Ich weiß«, Sonja starrte ins Abwaschwasser, ihre Stimmung schlug um. »Aber jetzt denke ich ständig an ihn. Und sehne mich nach ihm. Ich versuche, mir das auszureden, aber es geht nicht. Und es hört nicht auf«, ihre Stimme brach, sie schluchzte auf.

Monika erschrak. »Mensch, Sonja. So schlimm? Das ahnt ja keiner«, sie nahm Sonja in den Arm. »Wenn es dir damit so mies geht, dann quäl dich doch nicht rum. Dann lass dich lieber drauf ein.«

Mit dieser Antwort hatte Sonja gerechnet, trotzdem hielt sie dagegen. »Aber ich bin verheiratet, ich habe Familie, ich liebe meine Kinder und Jürgen. Auch wenn ...«, sie schüttelte den Kopf, ihre Tränen liefen.

Monika legte das Trockentuch beiseite. »Jetzt setz dich erst mal hin«, sanft bugsierte sie Sonja auf einen Stuhl. »Du liebst deine Familie, ja klar. Nur was Jürgen angeht: Da mach dir besser nichts vor. Wenn er nicht will, dass du bei dieser Fluchtsache hilfst, ist das kein gutes Zeichen.«

»Über die Flucht selbst regt er sich ja gar nicht so auf. Aber über das Geld, die neuntausend Mark. Also, die fünftausend von mir.«

»Eben! Es ist *dein* Geld. Du hast es von deiner Oma geerbt. Vor ein paar Jahren hast du Ilse und mir was davon geliehen und jetzt eben deinem Onkel für die Flucht.«

»Aber ich will mich doch nicht an ihm rächen. Also, ich meine, ihn nicht betrügen. Mit Godewind.«

»Musst du nicht. Könntest du aber«, energisch wusch Monika die restlichen Teller ab. »Und es wäre ja auch keine Rache.«

»Was denn dann?«

»Na, sagen wir mal: eine heimliche Gegenwehr. Er behandelt dich nicht gut. Trotzdem verkrachst du dich nicht mit ihm, sondern lässt es dir einfach gut gehen. Ohne dass er was davon erfährt.«

»Aber ausgerechnet Godewind. Er ist verheiratet, und ich bin ja bestimmt nicht die Einzige ...«, sie sprach nicht weiter.

»Nein, die Einzige bist du nicht«, entgegnete Monika ernst. »Und die Erste sowieso nicht. Seine Ehe ist schwierig, aber doch nicht so schlecht, dass er sich scheiden lassen will. Auch wegen der Kinder. Also geht er fremd. Seine Frau bleibt bei ihm, obwohl sie bestimmt was ahnt.«

»Denke ich auch. Weil sie weiß, was sie an ihm hat.«

»Eben. Er ist ein kleiner Casanova, aber kein schlechter Kerl. Hast du ja gemerkt: Er wollte bei Ilse bleiben, trotz der künstlichen Niere. Sie selber musste die Geschichte beenden. Außerdem willst du dich ja nicht von Jürgen trennen, oder?«

»Nein«, Sonja wischte sich die Wangen. »Natürlich nicht.«

»Siehst du. Und bei Godewind wärst du auf der sicheren Seite. Der ist absolut diskret. Jürgen kriegt garantiert nichts mit. Und außerdem: Der Schöne Walter hat so seine Qualitäten.«

Sonja erschrak. »Hat er bei dir auch …?«

»Ach was! Mich hat er nicht gefragt. Wäre ja auch heftig geschmacklos: erst die Tante und dann die Nichte. Aber Tante Ilse hat was angedeutet. Er ist wohl sehr geschickt. Das würde bestimmt schön für dich. Wenn Männer unter sich sind, prahlen sie, was sie schon alles erlebt haben. Und wir Frauen sollen immer schön zufrieden sein, ganz egal, wie idiotisch sich der Göttergatte anstellt.«

»Aber Jürgen ist ein guter Liebhaber. Ein sehr guter sogar.«

»Ja sicher. Ach, Sonja. Ich will dir nicht deinen Mann schlechtreden. Aber du hast doch eben selbst gesagt, dass du so oft an Godewind denkst. Und man kann sich im Leben doch nicht immer alles verbieten.«

»Ich weiß nicht.«

»Musst du nicht sofort entscheiden, morgen Mittag ist früh genug. Aber mal andersrum gefragt: Wie würdest du das rein praktisch machen? Mit den Kindern?«

»Keine Ahnung. Darüber wollte ich gar nicht erst nachdenken.«

»Dann eben jetzt«, Monika überlegte. »Montag passt prima, da habe ich frei. Und ich brauche einen neuen Wintermantel. Wir könnten sagen, wir wollen den zusammen kaufen. Dann hättest du ein Alibi.«

»Und die Kinder? Bis zwölf Uhr wäre das zu knapp.«

»Dann fragen wir eben deine Mutter. Montags ist in eurem Autohaus doch sowieso nicht so viel zu tun. Da kümmert sie sich bestimmt gern um die zwei.«

»Wir behaupten also, du brauchst einen Mantel und ich soll den mit aussuchen. Meine Mutter holt um zwölf die Kinder ab, bringt sie in unsere Wohnung und kocht für die beiden. Und für Jürgen und Karin natürlich auch. Und gegen halb zwei bin ich wieder da.«

»Genau. Dann kann deine Mutter zurück zum Autohaus, wenn sie möchte.«

»Gut. Das wäre dann also mein Alibi. Aber in Wirklichkeit treffe ich mich mit Godewind. Und was machst du? Du gehst allein einkaufen?«

»Natürlich nicht«, Monika trocknete den letzten Teller ab und setzte sich zu Sonja an den Tisch.

»Nicht?«

»Nein, ich muss schließlich für dich erreichbar sein.«

»Weswegen?«

»Na, falls irgendwas ist. Stell dir vor, du brichst dir den Knöchel oder so was. Doofes Beispiel, aber egal. Dann kannst du mich anrufen, und ich fahre hin und kümmere mich drum. Und für die anderen denken wir uns dann eine Erklärung aus.«

Sonja begriff. »Warum wir beide ausgerechnet dort waren. Vor dieser Pension zum Beispiel.«

»Genau. Gleich fragen wir deine Mutter, ob sie Montag die Kinder abholt. Falls nicht, müssen wir die Sache sowieso vergessen. Aber jetzt gehen wir erst mal ins Bad und kämmen dich ein bisschen. Frischen Puder brauchst du auch.«

*

Für Groß und Klein ein rundum gelungenes Fest – darin waren sich alle einig. In trauter Harmonie verabschiedeten Sonja und Jürgen ihre Gäste.

»Bedankt euch nicht bei mir«, er legte seinen Arm um Sonja. »Mein Goldstück hat fast alles allein gemacht.«

Sonja nahm das Lob entgegen – freuen konnte sie sich nicht. Sie brachte die Kinder ins Bett, Jürgen stellte im Garten die Tische und Bänke zusammen, es gab viel aufzuräumen. Als im Radio seine Sportsendung begann, löste sie ihn ab.

»Aber mach nicht mehr so lange«, meinte er. »Wir können die Sachen auch stehen lassen, es bleibt trocken heute Nacht.«

Eine halbe Stunde nach ihm ging sie wieder hoch und machte in der Küche weiter, um zehn Uhr zog sie sich ins Schlafzimmer zurück.

Seit einer Woche nahm sie das Anovlar. Ihr war weder morgens übel, noch litt sie unter Wassereinlagerungen in Händen oder Füßen. Noch zwei Wochen, dann wäre die erste Packung aufgebraucht, und sie wüsste, ob sie das Medikament wirklich vertrug. Dann wollte sie mit Jürgen darüber reden, vorher nicht. Womöglich würde er ihr sonst die angebrochene Packung wegnehmen, und das wäre ganz ungesund für ihren Körper. Im Laufe des Abends hatte Jürgen sie einige Male zärtlich angesehen, bestimmt wollte er heute zu ihr kommen.

Würde er merken, dass sie kein Pessar trug? Vermutlich

nicht. Sie hatten einige Male darüber gesprochen, und er hatte ihr gesagt, dass er die Scheidenkappe nicht spüre.

Wie sie schon den ganzen Abend vermutet hatte, wollte er ein intimes Zusammensein, als er zu ihr ins Bett kam. Von hinten schmiegte er sich an sie und begann, sie zu streicheln. Sie dachte daran, dass sie bald in den Armen eines anderen Mannes liegen würde, eines Mannes, den sie in diesem Moment viel mehr begehrte als ihren Ehemann. Eine Lust packte sie, eine Leidenschaft, die sie so nicht von sich kannte. Aber wem galt dieses Gefühl? Wem gab sie sich hin? Und war das überhaupt wichtig? Egal. Sie ließ sich mitreißen.

Seitenwege

Mit dem ersten Tageslicht erwachte sie. Jürgen schlief noch fest, er hatte ihr den Rücken zugewandt. Sie schloss leise die Schlafzimmertür hinter sich und ging ins Bad. Waschen konnte sie sich später, erst einmal wollte sie anrufen – von einer Zelle aus, damit die Nummer nicht auf Jürgens Fernmelderechnung erschien. Auf dem Hocker lagen noch ihre Sachen von gestern. Sie streifte Schlüpfer und Kleid über, um diese Zeit würde ihr kaum jemand begegnen. Dann schlüpfte sie in Sandalen mit Gummisohlen, fischte ein paar Groschen aus dem Portemonnaie und nahm aus der Küche ein Tablett mit. Die Flurtür ließ sie einen Spaltbreit offen, lange würde es nicht dauern. An Karins Wohnung vorbei huschte sie aus dem Haus.

Vor ihr lag der menschenleere Spandauer Damm. Sie stellte das Tablett an der Hofeinfahrt ab und ging hundert Meter weiter zur Telefonzelle. Nach dem dritten Klingeln sprang das Tonbandgerät an. Walter Godewind – Lebensmittel, Feinkost, Delikatessen – bat um eine Nachricht.

Sonja räusperte sich. »Hier ist Vogt. Ich bestätige den Termin morgen früh um neun Uhr.«

Ja, ihre Nachricht klang sachlich. Zufrieden hängte sie den Hörer ein. Das war's. Sie hatte es getan. Jetzt fühlte sie sich erleichtert und auch ein bisschen stolz. Sie ging zurück, schnappte sich das Tablett und sammelte im Garten die letzten Gläser von der Feier ein.

Im Wohnungsflur kam Jürgen ihr entgegen.

»Die waren noch im Garten«, erklärte sie mit einem Blick aufs Tablett. »Ich spüle schnell ab.«

Er nickte schlaftrunken, von ihrem Ausflug zur Telefonzelle hatte er offenbar nichts mitbekommen.

»Möchtest du schon Kaffee?«, fragte sie. »Oder lieber später?«

»Ach, so in einer Viertelstunde«, er beugte sich zu ihr und legte seinen Mund an ihr Ohr. »War übrigens sehr schön gestern Abend mit uns beiden.«

»Fand ich auch«, flüsterte sie und küsste ihn auf die Wange.

Beide lächelten, doch ihre Blicke trafen sich nicht. Jürgen verschwand im Bad. Sonja seufzte leise. Plagten sie Gewissensbisse? Kaum. Sie dachte an Monikas Worte: keine Rache, sondern eine Art Gegenwehr. Eine heimliche Genugtuung. So ließ sich ihr Ärger auf Jürgen besser verkraften. Es fiel ihr leicht, ihn nett zu behandeln.

Nach dem Frühstück wollten die Kinder in den Garten und Indianer spielen, diesmal mit Papa als Häuptling.

»Geht ruhig schon runter«, meinte Sonja. »Ich räume hier auf, dann komme ich nach.«

Sobald sie allein war, rief sie im Wedding an.

»Habt ihr euch also entschlossen?«, fragte ihre Mutter. »Das ist schön. Wir können alles so machen, wie wir gestern besprochen haben. Und ihr beide sucht für Monika einen schönen Mantel aus.«

Sonja fühlte sich nicht wohl dabei, ihre Mutter zu belügen, noch dazu aus diesem Grund. Aber anders ließ es sich eben nicht einrichten.

»Danke, Mutti, ganz lieb. Und um halb zwei bin ich bestimmt zurück.«

Sonja bestellte noch Grüße an ihren Vater, dann legte sie auf und rief Monika an.

»Dachte ich's mir doch«, die Freundin klang amüsiert. »Und? Wie fühlst du dich damit?«

»Gut, sonst hätte ich ja nicht zugesagt.«

»Stimmt natürlich«, Monikas Ton wurde ernst. »Und von neun bis zwei bin ich hier erreichbar. Wie versprochen.«

*

Was sollte Sonja anziehen zu diesem Rendezvous? Wollte sie Godewind gefallen? Selbstverständlich. Hübsch und weiblich wollte sie aussehen, aber eben auch ganz normal. Sie wählte ein luftiges hellblaues Sommerkleid, darunter weiße Wäsche und, wie meistens im Sommer, keinen Hüfthalter, sondern einen Taillengurt mit Strapsen und nahtlose Nylonstrümpfe. Dazu flache Sandalen. So hätte sie auch an jedem anderen Tag aus dem Haus gehen können.

Aufgeregt war sie nicht – nicht mal, als sie Andi und Silke vor dem Kindergarten verabschiedete. Heute Nachmittag würde ja alles wieder normal sein: Sie bliebe die fürsorgliche und einfühlsame Mutter, ihrer Familie konnte Godewind nichts anhaben, er war ja selbst drauf angewiesen, dass nichts nach außen drang.

Bis zum Treffen blieb noch Zeit. Sonja ging in die Wohnung zurück und legte Parfüm auf, ein unaufdringlicher Duft von Rosen und Vanille. Und wenn seine Frau den fremden Geruch an ihm wahrnähme? Ach was! Godewind würde sich bestimmt gründlich waschen, bevor er nach Hause fuhr. Als sie die Wohnungstür hinter sich zuzog, bemerkte sie ihren Ehering. Sollte sie ihn aufbehalten? Oder in der Pension kurzfristig ablegen? Nein, entschied sie. Bei diesem Stelldichein wollte sie lieber ohne Ring erscheinen und ihn auch nicht zu Hause lassen. Sie legte ihn ins Portemonnaie. Heute Mittag würde sie ihn wieder aufziehen.

Auf dem Krankenhausparkplatz stand an gewohnter Stelle der Bulli, Godewind öffnete die Beifahrertür von innen.

»Schönen guten Morgen, Sonja.«

Wie gewohnt trug er seinen Ehering. Würde er den noch abziehen? Und wenn ja, in welchem Moment? Oder ließ er ihn einfach an, weil Sonja ohnehin von seiner Ehe wusste? Und womöglich auch seine Greta wusste, was er mit anderen Frauen tat?

»Guten Morgen, Walter«, Sonja stieg ein.

Nein, aufgeregt war sie noch immer nicht – bis jetzt. Kaum schlug ihr eine Wolke seines Rasierwassers entgegen, beschleunigte sich ihr Herzschlag, bis in die Stirn spürte sie das Pochen. Sie begehrte diesen Mann mit Haut und Haaren und konnte es kaum abwarten, ihm nahzukommen. Wenn er ihr in diesem Moment erzählt hätte, dass im Transportraum hinter ihnen eine Matratze liege und sie gleich hier an Ort und Stelle miteinander allein sein könnten – sie wäre ihm in die Arme gefallen.

Godewind lächelte – nicht wie ein Eroberer, sondern einfach bloß freundlich, fast schüchtern.

»Ich freue mich wirklich sehr, Sonja. Sie gestatten?« Er nahm ihre rechte Hand und hauchte einen Kuss auf den Handrücken, ganz zart, fast ohne Berührung. »Ich danke Ihnen sehr, dass sie gekommen sind.«

Sie wunderte sich über seine Zurückhaltung, ein wenig war sie sogar enttäuscht, aber was hatte sie sich vorgestellt? Dass er sie schon mit Blicken verschlingen würde? Oder anzügliche Bemerkungen machen? Wohl kaum.

»Ja, bitte schön«, so gut wie möglich überspielte sie ihr Verlangen. »Ich habe auch lange drüber nachgedacht, ob ich wirklich herkommen soll.«

Er nickte. »Sicher, Sonja. Anders hätte ich das auch gar

nicht von Ihnen erwartet, schließlich sind Sie eine sehr gewissenhafte junge Frau. Und jetzt noch was anderes: Sie wollen ja gern zum Tunnel. Gucken Sie in den nächsten Tagen öfters in Ihren Briefkasten. Falls es nicht zu riskant ist, schreiben meine Leute Ihnen einen Termin auf. Könnten Sie auch kurzfristig? Mit zwölf, fünfzehn Stunden Vorlaufzeit?«

»Selbstverständlich. Und was ist, wenn das Risiko zu groß ist? Und ich mir den Tunnel nicht ansehen kann? Wie erfahre ich dann, wann die Flucht stattfindet?«

»Sie werden es erfahren, Sonja, verlassen Sie sich drauf. Mehr sage ich jetzt nicht dazu, Geschäft und Privatleben trenne ich wie gesagt immer.«

Er ließ den Motor an und fuhr den Spandauer Damm Richtung Westen entlang. Sie schaute mal durch die Windschutzscheibe, mal durch das Seitenfester, beide schwiegen.

Nach einer Weile fragte er: »Möchten Sie Radio hören?«

»Nicht unbedingt«, ihr war nicht nach Schlagern voller Liebesglück und Herzschmerz und Sehnsucht und Abschied. »Wenn Sie wollen, machen Sie ruhig an.«

Godewind lächelte ihr zu. »Und wenn nicht, dann nicht. Manchmal ist es ja auch schön, wenn man sich nicht ablenkt. Dann kann man die Vorfreude besser fühlen.«

Auch das sagte er ohne erotischen Unterton. Wenn sie gemeinsam unterwegs gewesen wären, um ein paar Kisten Feinkost auszuliefern, hätte er kaum anders geklungen: verbindlich und seriös. Und sein Handkuss eben war sehr stilvoll gewesen, fand Sonja. Wie es sich gehörte für einen wahren Gentleman.

Sie fuhren den gleichen Weg wie letzte Woche zum Parkplatz am Jagdschloss, doch dann bog Godewind rechts ab in ein Wohnviertel. Hier kannte Sonja sich nicht aus, doch das spielte keine Rolle. Im Moment begab sie sich sowieso in seine Hände – gern sogar. Merkte er eigentlich, wie sehr sie sich beherrschen musste, ihn nicht unentwegt anzusehen, zu küssen und zu streicheln?

»Und Sie brauchen wirklich keine Angst zu haben. Ich bringe Sie heile zurück. Und ich tue alles, damit es Ihnen gut geht.«

»Das weiß ich doch, Walter, danke«, mehr brachte sie nicht heraus.

Offenbar verstand er nicht, dass nicht Angst hinter ihrer Anspannung steckte, sondern geschlechtliche Erregung. Doch in dem Punkt sollte er sie ruhig falsch einschätzen. Ein Mann wollte ja glauben, dass die Lust einer Frau erst durch ihn geweckt wurde. Erst durch seinen einfühlsamen Kuss, seine geschickte Berührung.

An einer Kreuzung stand hinter halbhohen Hecken ein großes Haus, dem Stil nach zwischen den Kriegen erbaut und mit heller, gepflegter Fassade. Neben der Pforte zum Vorgarten hing ein Schaukasten. *Pension Schumann.* Die Fotos darunter zeigten die Einrichtung, vom Wagen aus konnte Sonja keine Einzelheiten erkennen, aber alles machte einen gediegenen Eindruck.

»Wie gesagt: Der Inhaber ist ein alter Freund von mir. Albert Schumann, ganz feiner Kerl«, Godewind stellte den Motor ab. »Und nach dem Krieg alles neu gemacht, sogar jedes Zimmer mit eigener Dusche und Toilette. Ich gehe jetzt erst mal rein und spreche mit Albert. Und keine Sorge, Sonja. Hier ist alles seriös und verschwiegen. Es kennt Sie niemand hier, und niemand erfährt Ihren Namen.«

Sie sah Godewind hinterher, wie er durch den Vorgarten ging und das Haus betrat. Er bewegte sich so sicher, als wäre er schon oft hier gewesen. Ein Tageszimmer gab es ja wohl nur für gute Freunde, der Ruf des Hauses sollte keinen Schaden nehmen. So weit Godewinds Erklärung. Aber wie viele gute Freunde hatte dieser Albert Schumann? Wie oft mieteten sie diese Zimmer? Und was zahlten sie dafür? Sonja schob den Gedanken beiseite und schaute hinüber zur Haustür. Walter kam zurück. Der Mann, den sie so sehr begehrte, holte sie ab. Nicht wie der Prinz die Angebetete aus einem gläsernen Sarg, aber immerhin vom Beifahrersitz seines Wagens.

»Ist alles vorbereitet. Dann darf ich dich bitten, Sonja.«

Er duzte sie. Natürlich. Ein *Sie* wäre jetzt lächerlich.

Sie stieg aus und folgte ihm durch die Pforte.

»Wir machen das ganz diskret, Albert sitzt im Moment nicht an der Rezeption. Geh einfach hinter mir her.«

Godewind schloss die Haustür auf, sie traten in einen hell tapezierten Flur, an den Wänden hingen Zeichnungen vom alten Berlin, niemand war zu sehen.

»Zimmer dreiundzwanzig«, raunte er ihr zu. »Zweite Etage.«

Sie folgte ihm die Treppe hoch, über einen breiten Gang und zur nächsten Treppe. Kein Zweifel, er kannte sich aus, den Weg war er schon oft gegangen. Doch in dem Moment war Sonja bereit, ihm alles zu verzeihen.

Sie standen vor dem Zimmer. Endlich! Er schloss auf. Einen Meter hinter ihm betrat sie den Raum – und hätte erwartet, er würde sie augenblicklich mit seinen starken Armen packen und zum Bett ziehen. Dann hätte sie einfach die Augen geschlossen und wäre daraufgesunken, immer tiefer mit jeder seiner Bewegungen.

Doch er ließ es langsam angehen, sanft nahm er ihre Hände in seine. »Sonja! Ich hoffe das Zimmer gefällt dir. Ich möchte doch, dass du dich wohlfühlst. Sollen wir die Vorhänge zuziehen? Halb oder ganz?«

Sie sah sich um. Sie sah das Bett. Ein Doppelbett, helle Eiche, das Kopfteil einen halben Meter hoch, zwischen den Matratzen eine schmale Besucherritze, Kopfkissen und Plumeaus bezogen mit weißem Damast. Sie erstarrte. Genau das gleiche Bett stand bei ihr zu Hause, genau so bezogen. Wenige Wochen vor der Heirat hatte Jürgen als Geschenk für sie das Schlafzimmer eingerichtet und sie in der Hochzeitsnacht hineingetragen.

»Sonja?« Sein Blick fiel auf die vier Hände. »Oh, entschuldige. Den hatte ich vergessen«, er zog seinen Ehering ab und legte ihn auf die schmale Marmorplatte über dem Heizkörper. Gleich darauf fasste er wieder ihre Hände. Sie folgte mit ihrem Blick seinen Bewegungen, so rasch und geschickt, als hätte er schon Hunderte Male in diesem Raum gestanden und seinen Ring abgezogen und genau auf diesen Marmor gelegt.

Er spürte ihre Verwirrung. »Möchtest du dich frisch machen?« Er wies auf eine schmale Tür. »Wir haben unser eigenes Bad.«

Sie sah ihn an, er lächelte immer noch. Vielleicht wollte er zeigen, wie geduldig er war, wie verständnisvoll.

»Ich kann nicht!«, stieß sie hervor. »Es geht nicht. Und es ist meine Schuld!«

»Sonja!«

Er hielt ihre Hände fest, sie entwand sich seinem Griff und riss die Tür auf. Die Tränen schossen ihr in die Augen. »Fahren Sie nicht hinter mir her! Bitte!«

Sie sah die Fassungslosigkeit in seiner Miene, dann hastete sie den Flur entlang, die Treppen hinunter. Noch immer saß niemand an der Rezeption. Sonja eilte vorbei. Auf dem Gehweg drehte sie sich um. Nein, er kam ihr nicht nach.

Die Gegend kannte sie nicht, verschwommen erinnerte sie

sich an eine Bushaltestelle. An der nächsten Kreuzung oder der übernächsten? Im Gehen trocknete sie sich die Wangen. Eine alte Frau kam ihr entgegen, Sonja fragte nach dem Bus.

»Och, Fräulein. Haben Sie Liebeskummer?«

Sonja nickte, es stimmte ja. Die Frau erklärte den Weg zur Haltestelle. Sonja lief weiter und hatte Glück: Ein paar Minuten später fuhr der Bus zum Westkreuz ab, von dort wusste sie den Weg. Sie fand einen Sitzplatz und starrte aus dem Fenster. Nein, kein grüner Bulli von Godewind. Umso besser. Und jetzt? Denk nach!, befahl sie sich. Denk nach!

Am Westkreuz fand Sonja eine freie Telefonzelle, Monika hob nach dem ersten Klingeln ab. In knappen Worten schilderte Sonja, was passiert war.

»Oje«, die Freundin fühlte mit ihr. »Und nun willst du nach Hause?«

»So schnell wie möglich.«

»Aber die anderen denken doch, du kommst erst um halb zwei.«

Sonja erklärte, was sie sich als Ausrede überlegt hatte.

»Ist gut«, meinte Monika. »So sagen wir das. Und gegen elf rufe ich an.«

Bevor Sonja weiterging, streifte sie ihren Ehering wieder über. Dann stieg sie in die S-Bahn.

Zurück in Charlottenburg, schloss Sonja die Wohnung auf, am Küchentisch saß ihre Mutter und schälte Kartoffeln.

»Nicht wundern, Mutti. Ich bin schon da. Monika und ich haben uns so dumm gestritten, da hatten wir beide keine Lust mehr zum Einkaufen.«

»Ihr beide? So dicke Freundinnen? Da streitet man sich doch nicht einfach.«

»Na ja, da hat ein Wort das andere gegeben, richtig blöd eben. Aber wir vertragen uns bestimmt wieder. Nur schade, weil du dir extra freigenommen hast. Aber jetzt können wir klönen, und die Kinder freuen sich nachher ja auch auf dich. Möchtest du Tee? Pfefferminz?«

»Och ja, bitte.«

»Mache ich gleich.«

Sonja ging zur Toilette. Beim Händewaschen schaute sie in den Spiegel und seufzte leise. Die pure Freude stand ihr nicht gerade ins Gesicht geschrieben. Sie hasste es, schon wieder zu lügen. Aber so angespannt, wie sie war, würde ihr die Mutter den Streit mit Monika wenigstens glauben.

Sonja ging zurück in die Küche und drehte den Zulauf für das Heißwassergerät über der Spüle auf.

Erwartungsgemäß fragte die Mutter: »Und worüber habt ihr euch nun gestritten?«

»Über einen Mantel. Ich sollte Monika ja beraten. Aber blöderweise hatte sie sich völlig verschossen. Den wollte sie unbedingt kaufen, und ich habe ihr abgeraten, weil der eben teuer war und empfindlich. Aus Kamelhaar und ziemlich hell. Also eher was fürs Frühjahr.«

»Und das hast du ihr gesagt?«

»Ich habe gemeint, sie soll doch vernünftig sein, wenn es kalt ist, braucht sie doch einen richtigen Wintermantel, und dann hat sie gesagt: Es ist *ihr* Geld, und wenn sie es dafür ausgeben will, ist das *ihre* Sache, ich soll mich nicht derartig einmischen, deswegen hat sie mich nicht mitgenommen.«

Die Mutter schüttelte den Kopf. »Zwei erwachsene Frauen – und dann so was. Aber ihr vertragt euch wieder?«

»Ja sicher, wir telefonieren heute bestimmt noch.«

»Und dieser Kamelhaarmantel? Hat sie den gekauft?«

»Weiß ich nicht. Ich bin aus dem Geschäft gegangen, und sie ist geblieben«, Sonja hängte zwei Teebeutel in die Kanne. »Noch was anderes, Mutti. Wegen des Tunnels.«

»Ach? Na, dann erzähl mal.«

Sonja atmete durch. Wie gut, dass Godewind das Private und das Geschäftliche immer trennte. »Ich kann mir doch noch den Tunnel ansehen. Höchstwahrscheinlich jedenfalls. Godewinds Leute melden sich schriftlich.«

»Schriftlich?«

»Ja, mit einem Zettel. Ich soll öfters in den Briefkasten gucken, und falls es nicht zu riskant ist, kriege ich einen Termin.«

»Dann ist ja wohl Verlass auf diesen Godewind.«

»Na sicher«, Sonja goss Wasser über die Beutel. »Daran haben wir doch nie gezweifelt.«

Das Telefon klingelte.

»Ist bestimmt Monika«, Sonja ging in den Flur, die Tür ließ sie offen.

»Vertragt euch schön, ihr seid Freundinnen«, rief die Mutter ihr nach.

Sonja und Monika brachten alles wieder in Ordnung. Sie hatten wohl beide einen schlechten Tag erwischt, das sahen sie ein. Monika wollte den Kamelhaarmantel dann doch nicht mehr, weil sie Sonja recht geben musste. Demnächst würden sie noch einmal losziehen, dann würden sie bestimmt den richtigen Mantel finden – ohne zu streiten.

Sonja kam in die Küche zurück.

»Na also«, Sonjas Mutter nickte. »Funktioniert doch.«

Ja, es funktionierte. Sie nahm den beiden die Geschichte ab.

*

Auch wenn Sonja sich wenig anmerken ließ: Das Erlebnis mit Godewind saß ihr in den Knochen. Während die Kinder nachmittags im Garten spielten, gab sie sich im Schlafzimmer ihren Gedanken hin. Was, wenn es heute Morgen in der Pension anders gekommen wäre? Wenn dort nicht zufällig die gleichen Möbel gestanden hätten wie bei ihr zu Hause? Wenn sie mit dem Schönen Walter im Bett gelandet wäre, wie sie es ja vorgehabt hatte? Wie würde sie sich dann jetzt wohl fühlen?

Zum Glück kam nichts nach. Godewind rief nicht an und klingelte nicht an ihrer Haustür. Sie wertete das als gutes Zeichen. Offenbar hielt er sein Versprechen, Geschäft und Privatleben gut voneinander zu trennen. Das Erlebnis in der Pension saß ihr immer noch wie ein Knoten im Bauch, doch mit der Zeit würde das ungute Gefühl sicher nachlassen, schließlich war nichts Schlimmes passiert.

Am Mittwoch brachte sie wie gewohnt Andi und Silke in den Kindergarten, kaufte ein und putzte die Wohnung. Gegen elf ging sie hinüber in Jürgens Büro. Seit drei Wochen waren die Vogts aus dem Urlaub zurück, für die Umsätze in der Bäckerei lagen neue Zahlen vor. Jürgen war mit dem Käfer zum Mehlgroßhändler gefahren, bis zum Mittagessen wollte er zurück sein. Sonja setzte sich an den Schreibtisch, ging die Zahlen durch und füllte in sauberer Handschrift die Tabellen aus. Anschließend holte sie die Kinder ab. Gerade kehrten die drei in die Wohnung zurück, da klingelte das Telefon.

»Sonja, Liebling«, Jürgen klang angespannt, »keine Sorge. Ich bin hier bei deinem Frauenarzt, und du musst bitte auch kommen.«

Hatte sie sich verhört? »Wo bist du?«

»Bei deinem Arzt, Dr. Kemberg in Zehlendorf. Hier warst du doch vorletzte Woche zur Untersuchung.«

Sie erschrak. Jürgen hatte es also herausgefunden.

Bevor sie antworten konnte, setzte er nach. »Aber deswegen mache ich dir gar keine Vorwürfe. Es gibt hier nur leider ein Missverständnis, aber wir klären das.«

Sonja sammelte ihre Gedanken. So sachlich wie möglich fragte sie: »Und das geht nicht am Telefon? Die Kinder sind zurück, wir wollen doch essen.«

»Karin soll sich bitte kümmern, sie hat ja gleich Mittagspause. Und wir müssen das persönlich bereden, hier in der Praxis. Möglichst bis zwei Uhr. Bitte!«

»Ist gut. Ich beeile mich.«

Sie zwang sich zur Ruhe. Woher wusste Jürgen von ihrem Arztbesuch bei Kemberg? Und was zum Teufel war das für ein Missverständnis? Eine Ahnung stieg in ihr auf. Im Schlafzimmer öffnete sie ihr Nachtschränkchen und erschrak. Erst heute Morgen hatte sie frisch gebügelte Taschentücher hineingelegt, jetzt lag alles durcheinander. Könnte Jürgen diese Unordnung angerichtet haben? Traute sie ihm das zu? Einem erwachsenen Mann, der sonst immer so großen Wert auf Vernunft legte? Aber wer sonst sollte es getan haben? Silke und Andi waren den ganzen Vormittag im Kindergarten gewesen, außerdem wussten sie, dass sie die Nachtschränke ihrer Eltern nicht öffnen durften. Hektisch suchte Sonja zwischen Büchern und Taschentüchern. Die kleine weiße Apothekentüte war nicht mehr da.

*

Es war zwanzig vor zwei, sie hastete die Straße entlang, und mit jedem Schritt wuchs ihre Angst. Jürgen hatte das Medikament gefunden, so viel stand fest. Aber wie war er überhaupt darauf gekommen? Warum hatte er ihren Schrank durchwühlt, statt sie einfach darauf anzusprechen?

Vor dem Haus in der Augustastraße stand der graue Käfer,

Jürgen war also noch da. Sie klingelte und erwartete eine der Sprechstundenhilfen, doch Kemberg selbst öffnete die Tür – in beiger Hose und weißem Hemd, ohne Arztkittel. Sein Lächeln wirkte verkrampft, offenbar war er eher erleichtert als erfreut darüber, Sonja zu sehen.

»Frau Vogt. Kommen Sie rein, mit der Sprechstunde bin ich durch für heute, und meine Helferinnen habe ich gerade nach Hause geschickt. Wir drei sind also ungestört.«

Er führte Sonja in den Rezeptionsraum.

»Dann hätten Sie jetzt eigentlich Feierabend?«, fragte sie entschuldigend.

»Das Missverständnis ist passiert, und jetzt räumen wir es möglichst schnell aus. Deswegen hatte ich Sie ja gebeten, sofort zu kommen.«

»Sie? Ich dachte, mein Mann wollte das.«

»Nein«, sein Ton wurde eine Spur strenger. »Ihr Mann hat Ihnen nur meine Bitte ausgerichtet. Oder besser gesagt: meine Forderung. Er selber wollte lieber nach Hause fahren und Ihnen da alles erklären. Aber das wollte ich nicht. Ich möchte nämlich dabei sein, wenn Sie das erfahren«, er zog die Brauen hoch. »Oder wissen Sie schon, was los ist?«

»Nein«, sie zögerte. »Ich weiß nur, dass mein Anovlar nicht mehr in meinem Schrank ist.«

»Liegt auf meinem Schreibtisch. Sie können sich gern schon setzen«, er führte sie ins Sprechzimmer. »Ihr Mann ist im Warteraum, Moment.«

Mit mulmigem Gefühl nahm sie auf einem Besucherstuhl Platz. Kemberg gab ihr und Jürgen nicht die Gelegenheit, erst mal unter vier Augen zu reden. Kein gutes Zeichen, fand Sonja. Auf dem Schreibtisch lag ihre angebrochene Packung Anovlar, *3. September* hatte sie mit blauem Kugelschreiber daraufgeschrieben, der erste Tag ihrer Einnahme.

Die Männer kamen herein. Als er sich neben sie setzte, nickte Jürgen ihr zu, dann wandte er seinen Blick von ihr ab. Sie nahm einen leichten Schweißgeruch an ihm wahr.

»Also dieses Medikament«, Kemberg beugte sich im Schreibtischstuhl vor. »Herr Vogt, Sie sind vorhin damit gekommen und wollten wissen, warum ich es Ihrer Frau verschrieben habe. Und Frau Vogt: Dabei habe ich erfahren, dass Ihr Mann bis heute Morgen gar nichts von Ihrer Einnahme wusste.«

Sonja wollte antworten, doch das übernahm Jürgen. »Sonja«, er sah sie Hilfe suchend an. »Ich weiß wohl, ich hatte immer gesagt, du sollst das nicht nehmen. Wegen der künstlichen Hormone, das ist doch noch gar nicht richtig erforscht. Ich hatte einfach Angst um dich. Aber wenn du das gern möchtest und gut verträgst, dann mach das ruhig. Du musst das schließlich selbst wissen.«

Ach? So einfach war das plötzlich? Erst durchsuchte er ihren Schrank, und dann war er einverstanden? Da kommt noch was!, dachte Sonja. Sie schaute Jürgen an, dann Kemberg, dann wieder Jürgen. Beide warteten auf Sonjas Reaktion.

Sie versuchte ruhig zu bleiben – wenigstens nach außen.

»Jürgen? Was ist eigentlich los?«

Er starrte auf die Tischplatte. »Es tut mir schrecklich leid. Und ich schäme mich auch.«

»Wofür? Dafür, dass du heute Morgen meinen Schrank durchwühlt hast?«

»Dafür auch«, er sprach nicht gleich weiter.

Wofür denn noch um Himmels willen? Sonja lief ein Schauer über den Rücken.

»Sonja«, er holte tief Luft. »Du hast dich in letzter Zeit so verändert. Mir kam das jedenfalls so vor. Montag dein Streit mit Monika wegen irgendwelcher Kinkerlitzchen, dabei ist sie doch deine beste Freundin. Und du hast die Gasflamme angelassen, wo du sonst immer so genau drauf achtest. Und dann Sonnabend nach der Feier«, er zögerte, »ich darf das hier doch sagen? Ich meine: Dr. Kemberg ist doch dein Arzt. Da können wir doch auch über unser Liebesleben reden.«

Ihr Liebesleben! Darum ging es hier? Hatte Jürgen also doch etwas mitbekommen von ihren Treffen mit Godewind. Aber warum machte er ihr dann keine Vorwürfe? Das alles passte nicht zusammen. »Ja sicher«, ihre Antwort kam wenig überzeugt, mit Nachdruck fügte sie hinzu: »Darüber können wir sprechen, also, wenn Herr Dr. Kemberg nichts dagegen hat.«

»Ganz bestimmt nicht«, Kemberg klang nun deutlich freundlicher. »Zum Reden sind wir schließlich hier.«

Jürgen nickte und setzte neu an. »Sonnabend warst du anders als sonst. Mit mehr Leidenschaft, also, mit noch mehr Leidenschaft, meine ich. Und dann eben noch die Herdflamme und der Streit mit Monika. Da dachte ich: Mit meiner Frau stimmt was nicht, die verschweigt mir was. Darum habe ich in deinen Schrank geguckt und die Tüte hier von der Apotheke mit der Pille darin gefunden. Und dein Krankenschein war auch nicht mehr da. Wir hatten ja zusammen die Anzeige gelesen von Dr. Kembergs neuer Praxis. Du hattest immer gesagt, was für ein wunderbarer Arzt er ist und schade, dass du bei den Geburten woandershin musstest, und schön, dass er jetzt wieder in Berlin ist«, er starrte auf die Tischplatte. »Und da dachte ich, ihr hättet ein Verhältnis, Dr. Kemberg und du.«

»Jürgen!« Sonja schloss die Augen. Es kam ihr vor, als würde ein Eisbach durch sie hindurchstürzen. Gleich darauf spürte sie, wie sie feuerrot anlief.

»Wir haben das ja geklärt, Sonja. Ich habe mich tausendmal bei ihm entschuldigt.«

Kemberg räusperte sich. »Ja, das haben Sie, Herr Vogt. Und ich nehme Ihre Entschuldigung an.«

Sonja rang nach Worten. »Wie kommst du denn überhaupt auf so was? Und dann auch ausgerechnet mein Arzt. Der so korrekt ist und dem ich doch vertraue ...«

»Sonja! Deswegen tut es mir doch auch so besonders leid. Bitte glaub mir das.«

»Ich war dir immer treu, Jürgen, immer. Ich hatte nie ein Verhältnis. Jetzt nicht und auch vorher nicht. Nie.«

»Das glaube ich dir jetzt doch auch. Es war wirklich dumm von mir.«

»Und überhaupt«, sie rieb sich die Schläfe. »Du und ich, wir sind fast Tag und Nacht zusammen, wir wohnen direkt neben der Backstube. Und neben deiner Schwester. Unter uns liegt der Laden. Du weißt immer, wo ich bin oder mit wem ich mich treffe. Es ist doch völlig klar, dass ich nichts mit jemand anderem haben *kann*.«

»Ich weiß doch«, über die Stuhllehne hinweg legte Jürgen einen Arm um sie. »Es ist mir sehr, sehr peinlich. Ich habe mich da einfach in was reingesteigert.«

»Kann man wohl sagen. Und ich weiß auch, warum. Es geht dir seelisch nämlich gar nicht gut. Jedenfalls nicht so gut, wie du immer tust«, sie wandte den Kopf. »Herr Dr. Kemberg. Ich weiß nicht, ob mein Mann Ihnen von meinem Onkel erzählt hat.«

»Bis jetzt nicht.«

»Also: Mein Onkel will mit seiner Frau und seinem Stiefsohn aus Ost-Berlin fliehen. Und deswegen sind wir in meiner Familie alle sehr angespannt. Wir mussten den Schleusern sehr viel zahlen, im Voraus natürlich, ohne Garantie. Aber das Geld ist ja nur die eine Seite, schlimmer ist die Angst. Und jetzt können wir nur hoffen, dass es klappt. Im schlimmsten Fall landen die drei im Stasi-Gefängnis. Das belastet uns natürlich sehr. Auch meinen Mann, obwohl er und mein Onkel sich nicht besonders gut verstehen. Aber bei so einer wichtigen Sache spielt das ja keine Rolle«, sie suchte Jürgens Blick. »Deswegen hast du dich da wohl so reingesteigert.«

»Trotzdem muss ich mich bei Dr. Kemberg entschuldigen.«

»Das tun Sie ja auch, Herr Vogt. Es ist alles geklärt, und wir vergessen den Vorfall.«

»Also schreiben Sie das auch nicht bei meiner Frau in die Akte?«

»Natürlich nicht. Das gehört schließlich nicht zum medizinischen Befund. Außerdem können wir es ja so sehen: Sie haben es zwar reichlich übertrieben mit Ihrer Eifersucht, Herr Vogt. Aber er zeigt doch auch, wie sehr Sie Ihre Frau lieben.«

Sonja hätte den Arzt umarmen mögen – doch das wäre jetzt absolut unpassend gewesen. Vor sich selbst musste sie zugeben: Eine solche Besonnenheit und Menschlichkeit hätte sie sich auch bei Jürgen gewünscht. Wenn der sich bloß eine Scheibe von Kembergs Wesen abschneiden könnte!

»Danke, Herr Doktor«, sagte Jürgen sachlich. »Und meine Frau darf auch weiter zu Ihnen kommen? Sie haben nichts dagegen?«

»Natürlich nicht«, Kemberg lächelte Sonja zu und lehnte sich im Stuhl zurück. »Frau Vogt, Sie sind hier auch weiterhin als Patientin herzlich willkommen. Aber eine Sache würde ich gerne noch mit Ihnen besprechen. Wenn ich Sie hier schon als Ehepaar sitzen habe. Nämlich die Leidenschaft. Falls ich mich offen dazu äußern darf.«

»Selbstredend, Herr Doktor«, Jürgen sah Sonja an. »Das möchtest du doch auch, oder?«

Nein, eigentlich wollte Sonja das nicht. An ihre Leidenschaft für Godewind sollte sie nichts mehr erinnern. Die Sache war aus und vorbei, und es würde bestimmt keine zweite Gelegenheit mehr geben. »Ja«, meinte sie verhalten. »Wir können darüber sprechen. Es sind ja natürliche Vorgänge.«

»Genau, Frau Vogt. Darum sollten erwachsene Menschen darüber Bescheid wissen, und Eheleute ganz besonders. Herr Vogt, dass sich die Leidenschaftlichkeit Ihrer Frau steigert, ist normal. Und keineswegs ein Zeichen für ein Verhältnis mit einem anderen Mann. Im Gegenteil: Sie sollten sich darüber freuen. Frauen finden ihre volle Fähigkeit zur geschlechtlichen Leidenschaft mit zunehmender Erfahrung, also oft erst mit dreißig oder vierzig Jahren. Und keine Frau sollte Angst vor einer ungewollten Schwangerschaft haben«, er reichte Sonja das Anovlar zurück. »Sichere Verhütung spielt eine wichtige Rolle.«

»Vielen Dank, Herr Doktor.«

Sonja lächelte, Kemberg lächelte zurück, und da war wieder sein milder Blick aus den großen grauen Augen.

*

Jürgen setzte sich ans Steuer, sie fuhren nach Hause. Eben in der Praxis hatte Sonja sich zusammengerissen, sie hatte Jürgen in Kembergs Gegenwart keine Szene machen wollen, die Sache war schon unangenehm genug, und wenn sie ihren Mann noch weiter in Verlegenheit brächte, fiele das auch auf sie selbst zurück.

Im Käfer hatte sich die warme Luft gestaut, sie kurbelten die Seitenfenster herunter und atmeten durch. Auf den ersten paar Hundert Metern fuhren sie durch ein gediegenes Wohngebiet, Jürgen schwieg betreten, Sonja stierte vor sich hin. Kurz darauf, auf dem belebten Hindenburgdamm, hielt sie sich nicht länger zurück, und es war ihr egal, ob die vorbeifahrenden Fahrzeuge etwas mitbekamen oder nicht. Sonja brüllte. Zum ersten Mal in ihrem Leben schrie sie ihren Mann an. Dass er gegen ihre Pilleneinnahme gewesen war, ihren Nachtschrank durchwühlt hatte, ohne ihr Wissen zu ihrem Arzt gefahren war, aber am schlimmsten, am allerallerschlimmsten sein Verdacht gegen Kemberg! Diese abgrundtief peinliche Situation, in die er sich selbst und Sonja gebracht hatte.

Jürgen wehrte sich nicht. Er ließ das Gebrüll über sich ergehen, blickte stur nach vorn und fuhr weiter. Sonja wusste nicht, wie lange sie ihn anschrie. Eine Minute vielleicht, vielleicht auch nur eine halbe. Dann schwiegen sie wieder.

Zu Hause tischten sie Karin die halbe Wahrheit auf: Jürgen hatte gewusst, dass Sonja die Pille einnahm, sich aber Sorgen gemacht. Deswegen hatte er sich bei ihrem Arzt Rat holen wollen – eigentlich ohne ihr Wissen, doch der Arzt hatte vorgeschlagen, Sonja möge doch spontan dazukommen. Dafür hatte er sogar eine Stunde seiner Mittagspause geopfert.

Karin hörte sich die Geschichte an und nickte. Vermutlich glaubte sie nicht alles, doch sie fragte nicht nach. Für das Eheleben von Bruder und Schwägerin interessierte sie sich nicht – oder tat zumindest so.

Gegenüber den Kindern verhielten sie sich so normal wie möglich, Sonja ging mit den beiden in den Garten, Jürgen musste ins Büro zurück. Beim Abendbrot ließen sie sich von Silke und Andi erzählen, was die beiden im Kindergarten und in der Mittagspause mit Tante Karin erlebt hatten.

Den späteren Abend verbrachten Sonja und Jürgen getrennt in Küche und Wohnzimmer.

»Du möchtest wahrscheinlich nicht, dass ich heute Nacht bei dir schlafe?«, fragte er.

Ihre Antwort kam prompt: »Wag es erst gar nicht!«

Er schlief auf dem Sofa und packte frühmorgens sein Bettzeug ins Schlafzimmer zurück. Andi und Silke sollten nichts merken.

*

Bei aller Wut litt Sonja auch unter Gewissensbissen: Jürgen hatte ja nicht so falschgelegen mit seiner Vermutung, sie könne ein Verhältnis haben. Aber sollte sie ihm jetzt ihre Treffen mit Godewind gestehen? Und ihm sagen, dass sie sich dem Schönen Walter fast hingegeben hätte? Dass ihre Treue letztlich nur einem Zufall zu verdanken war? Genauer gesagt: einem Bettgestell? Nein, diese Genugtuung gönnte sie Jürgen nicht. Nicht nach seinem schrecklichen Auftritt bei Kemberg. Wo er sie beide bis auf die Knochen blamiert hatte.

Mehrmals täglich schaute sie in den Briefkasten, der Termin für die Tunnelbesichtigung ließ auf sich warten. Vielleicht würde es auch gar nicht klappen, das hatte Godewind ja erklärt, seine Leute müssten das Risiko gründlich abwägen.

Am frühen Freitagnachmittag saßen Sonja und Jürgen beim Kaffee. Diese Gewohnheit behielten sie bei, der Betrieb durfte nicht unter ihrem Streit leiden. Jürgen erzählte von den Verhandlungen mit seinem Mehlgroßhändler, da klingelte es an der Haustür.

»Aha! Meine Überraschung kommt.«

»Was für die Kinder?«, fragte Sonja erstaunt.

»Für dich auch. Und ich freue mich schon auf heute Abend.«

Er küsste Sonja auf die Stirn – ihre erste Zärtlichkeit seit zwei Tagen. Ehe sie reagieren konnte, eilte er zur Tür.

Eine Überraschung, die angeliefert werden musste und für die ganze Familie gedacht war? Sonja ging in den Flur und sah dabei zu, wie zwei Männer ein paar Kartons mit einer Sackkarre die Treppe heraufhievten. Auf einer der Pappen stand *Nordmende*. Aha. Das war also Jürgens Versöhnungsgeschenk. Seit Jahren überlegten sie, ein Fernsehgerät anzuschaffen. Doch sie wollten nicht so viel Geld ausgeben, und eigentlich reichte ihnen das Radio mit den vielen schönen Sendungen.

Sonja kannte die beiden Techniker, sie hatten sich im Haus schon öfter um die Antennen gekümmert.

»Und, Frau Vogt? Wo soll das gute Stück denn hin?«

Sie rang sich ein Lächeln ab. »Das müssen Sie meinen Mann fragen.«

»Ins Wohnzimmer neben das Radio«, verkündete Jürgen. »Auf die Kommode. Die ist stabil genug.«

Er begleitete einen der Techniker auf den Dachboden, der andere installierte im Wohnzimmer die passende Buchse.

»Sehr gute Technik, was Ihr Mann ausgesucht hat. Ganz klares Bild. Der Ton zwar kein Stereo, aber trotzdem knorke. Und das Gehäuse passt genau zu den Möbeln. Nussbaum gemasert. Furnier natürlich. Massivholz wäre ja zu schwer.«

»Wunderbar«, Sonja gab sich erfreut und dachte an den Preis. Das Tischgerät kostete bestimmt tausend Mark, aber Jürgen war dann ja wohl der Ansicht, dass sie sich das leisten konnten. Nein, sie hatte nicht das Recht, ihn dafür zu kritisieren. Die Umsatzkurve der Bäckerei wies weiter nach oben, und mit der Anschaffung wollte Jürgen ein Zeichen setzen, so viel verstand Sonja: Er bereute den Auftritt bei Kemberg aus tiefstem Herzen.

Die Kinder kamen aus ihrem Zimmer geschlichen, an Mittagsschlaf war nicht mehr zu denken. Mit leuchtenden Augen sahen sie zu, wie der Techniker das Gerät aus dem Karton holte.

»Dann können wir jetzt immer hier gucken?«, fragte Andi. »Wir müssen dafür nicht mehr zu Oma und Opa?«

»Genau. Aber ferngesehen wird nicht im Schlafanzug.«

Sonja begleitete die beiden zurück ins Kinderzimmer. Zehn Minuten später saßen sie fertig anzogen auf dem Sofa.

»Dann passt mal gut auf«, meinte der Techniker. »Dass wir nichts falsch machen. Sonst sehen wir nämlich nur Schnee. Kennt ihr das?«

Andi nickte. »Ist bei meinem Opa auch manchmal. Wenn das so grießelt, wenn die Antenne nicht geht.«

»Kluger Junge!«, lobte der Techniker.

Jürgen kehrte vom Dachboden zurück. »Die Antenne steht, wir können anstellen.«

Um diese Uhrzeit gab es noch kein Programm, dafür aber Testbild und Testton. Die Techniker – einer im Wohnzimmer am Gerät, der andere noch auf dem Dachboden an der Antenne – verständigten sich per Zuruf. Schließlich waren beide Programme eingestellt. Sie verabschiedeten sich, Jürgen drückte jedem eine Mark in die Hand.

Bevor er wieder arbeiten ging, schlug er in der Tageszeitung das Programm nach. »Um kurz nach drei gibt's *Lassie*, das dürft ihr gucken.«

»Ich auch?«, fragte Sonja herausfordernd.

»Ausnahmsweise«, er stupste sie auf die Nase.

Sie konnten wieder zusammen lachen.

Silke und Andi kannten die Serie, auch diesmal erlebte die kluge Colliehündin mit ihrem Menschenfreund Timmy ein spannendes Abenteuer.

Als der Abspann lief, schaltete Sonja den Apparat aus. »Und jetzt geht's nach draußen. Bei dem schönen Wetter sollte man eigentlich gar nicht fernsehen.«

Die Kinder gehorchten.

Abends schauten Jürgen und Sonja die *Tagesschau* und schalteten dann um. Im Zweiten Programm lief ein Unterhaltungsfilm: Bill Haley und Caterina Valente sangen *Vive le Rock 'n' Roll*.

Bei den flotten Rhythmen hielt Jürgen nichts mehr auf dem Sofa. »Darf ich bitten, Frau Vogt? Mal sehen, was wir noch können.«

Sonja ließ sich darauf ein. Und tatsächlich: Mühelos gelangen ihnen ein paar Schritte und Drehungen.

»In diesem Herbst führe ich dich öfter aus, meine Liebe. Das habe ich so beschlossen.«

»Ach, hast du das?« Sie schmunzelte. »Hinter meinem Rücken?«

Jürgen verstand die Anspielung. »Ja, einfach so. Aber vielleicht bist du ja einverstanden.«

In dieser Nacht schliefen sie wieder gemeinsam im Ehebett. Noch blieb jeder auf seiner Hälfte, doch ein neuer Anfang war gemacht.

Der Tunnel

Sie schrieben Kemberg einen Brief und bedankten sich noch einmal für sein besonnenes und großherziges Verhalten.

»Er ist ein feiner Mensch«, meinte Jürgen. »Wenn ich mir vorstelle, das wäre mir passiert: Kommt so ein Kerl, den ich überhaupt nicht kenne, zu mir auf die Arbeit und behauptet, ich hätte ein Verhältnis mit seiner Frau. Den würde ich doch wohl achtkantig rausschmeißen. Wenn nicht Schlimmeres.«

»Glaube ich nicht. Jedenfalls nicht, wenn das von vornherein so absurd wäre wie in unserem Fall. Das konnte ja nur ein Missverständnis sein. Und du hast auch nicht so gewirkt, als wolltest du sofort losschlagen.«

Jürgen gab es zu. »Und du erzählst wirklich keinem was drüber? Also auch nicht Monika? Ganz bestimmt nicht?«

Sonja stöhnte auf. »Das traust du mir doch wohl hoffentlich nicht zu.«

»Nein, Entschuldigung. Übrigens: Falls das klappt mit der Tunnelbesichtigung, würde ich gern mitkommen.«

Oh! Mit dieser Wende hatte Sonja nicht gerechnet.

»Du wolltest damit doch nichts zu tun haben.«

»Jetzt schon. Weil nichts mehr zwischen uns stehen soll, auch nicht die Flucht von deinem Onkel. Ich will ab jetzt auf deiner Seite sein. Oder wenigstens gründlich mit dir reden. Die Sache mit Kemberg wäre wohl nicht passiert, wenn ich gemerkt hätte, wie wichtig dir diese Pille ist. Und ich möchte nicht, dass wir noch mehr Streit wegen dieser Flucht kriegen. Du gehst da mit irgendwelchen Kontaktleuten in irgendeinen Keller. Da ist es doch wohl besser, wenn ich dabei bin.«

Was sollte Sonja dagegenhalten? Jürgen lag ja richtig. Sie hatte sich lange gewünscht, er würde mit ihr an einem Strang ziehen. Ein Problem gab es allerdings noch: Bis jetzt hatten weder sie noch ihre Eltern den Namen Godewind erwähnt. Wenn Jürgen nun aber zum Tunnel mitkäme, würde der Name bestimmt fallen.

»Natürlich fühle ich mich sicherer, wenn du dabei bist. Aber mit den Kontaktleuten ist abgesprochen, dass ich allein komme. Die müssten wir dann also fragen.«

»Machen wir. Und wenn sie mich partout nicht mitnehmen wollen, bleibe ich eben hier«, Jürgen überlegte. »Oder du rufst vorher diesen einen Mann an. Dem du auch das Geld gegeben hast.«

»Nein, lieber nicht. Ich soll mich nur bei ihm melden, wenn es unbedingt nötig ist. Dann fragen wir lieber, wenn die mich abholen.«

Jürgen war einverstanden – Sonja nutzte die Gelegenheit.

»Jetzt, wo du mir hilfst, verrate ich dir auch was: Unser Kontaktmann ist Walter Godewind, der Lieferant aus dem Internat.«

Jürgen staunte nicht schlecht. »Den du mal in die Schule eingeladen hast? Mit seinem Kind?«

»Ja. Und seiner Frau. Zum Unterricht in Säuglingspflege.«

»Stimmt! Hattet ihr für den nicht einen Spitznamen?«

»Der Schöne Walter.«

»Und alle Mädchen haben den angehimmelt, oder? Weil er angeblich so hinreißend lächeln konnte«, Jürgen grinste. »Und du hast da nicht mitgemacht, bei der Schwärmerei?«

»Nein. Er hat sich immer sehr korrekt verhalten, und ich

wusste ja auch, dass er Familie hat.« Sonja log nicht: Sie hatte sich ja erst später in ihn verguckt. Sehr viel später sogar.

»Und Godewind ist jetzt Fluchthelfer?«

»Ja. Er wusste von dem Tunnel in der Heidelberger Straße. Der Hauseigentümer ist sein Kunde, wohl heute noch. Und davon hat Godewind mir damals erzählt, deswegen die Verbindung.«

»Alle Achtung!« Jürgen lachte auf. »So diskret seid ihr also, du und deine Eltern. Dass ihr mir das verschwiegen habt.«

»Du hast gesagt, wir sollen dich da rauslassen, also haben wir uns daran gehalten.«

»Ist ja in Ordnung«, er zog sie zu sich und küsste sie auf beide Wangen. »Darüber will ich doch auch gar nicht streiten. Hauptsache, du kannst dir diesen Tunnel angucken. Und ich ja vielleicht auch.«

*

Am Sonntagabend, fünf Tage nach dem letzten Gespräch mit Godewind, kam die ersehnte Nachricht: *Montag, 16 Uhr, Teegesellschaft.*

Sonja zeigte Jürgen den maschinebeschriebenen Zettel, den sie aus dem Briefkasten gefischt hatte.

»Und warum Teegesellschaft?«, fragte er. »Ist das zur Tarnung?«

»Damit ist wohl gemeint, wir sollen uns anziehen wie zu einem Fünfuhrtee. Dieses Haus gehört einem vornehmen Herrn. Mehr weiß ich auch nicht.«

Mit Karin redete Jürgen allein.

»Sie hat es gut aufgenommen«, gab er danach an Sonja weiter. »Sie meint auch, es ist das Beste, wenn ich auf der Seite von dir und deinen Eltern bin. Morgen Nachmittag übernimmt sie die Kinder, und für den Laden bestellen wir eine Aushilfe.«

Sonja nickte dankbar. Wie Jürgen hatte auch Karin mit Helmuts Flucht nichts zu tun haben wollen. Und nun hatte Jürgen sie von seinem Sinneswandel überzeugt? So schnell? Sonja mochte nicht darüber nachdenken. Der Familienfrieden war immerhin gerettet.

*

Pünktlich standen sie am nächsten Tag vor dem Haus: Sonja im grünen Rock und hellgelben Twin-Set, dazu eine Perlenkette aus dem Nachlass ihrer Schwiegermutter. Karin, die sich an diesem Tag auch um die Kinder kümmerte, lieh der Schwägerin das Schmuckstück gern aus. Jürgen trug seinen hellgrauen Straßenanzug mit weißem Hemd und schmaler dunkler Krawatte.

Ihre Anspannung wuchs.

»Wir wissen überhaupt nicht, wer jetzt kommt? Oder hat Godewind dazu was angedeutet?«

»Nein, nichts«, sagte Sonja wahrheitsgemäß. Beim Gedanken, dass Godewind womöglich selbst käme, noch dazu mit dem grünen Bulli, und sie dann zu dritt in der Fahrerkabine sitzen müssten, fühlte sie sich höchst unbehaglich. Aber auch diese Situation würden sie meistern.

»Ich komme mir ein bisschen vor wie in einem Agentenfilm«, ulkte Jürgen. »Jetzt muss nur noch ein schwarzer amerikanischer Straßenkreuzer um die Ecke biegen. Mit getönten Scheiben natürlich.«

Sonja ging auf den Spaß ein. »Und die beiden Männer da drin tragen auch nachts Sonnenbrillen.«

Sie irrten sich. Ein weißer Ford Taunus 17M fuhr heran, die viertürige Ausführung der sogenannten *Badewanne*. Am Steuer saß ein Mann mit schlohweißem Haar. Wie alt mochte er sein? Siebzig? Fünfundsiebzig?

Durch die Windschutzscheibe nickte er Jürgen und Sonja zu, sie grüßten zurück. Er brauchte auffallend lange, um die Tür zu öffnen und sich aus dem Sitz zu erheben. Zu weißem Hemd und schwarzer Hose trug er eine dunkelrote Fliege. Der Kleidungsstil ließ sich schlecht einordnen. War das ein Chauffeur, der wegen des warmen Wetters auf einen Teil seiner Uniform verzichtet hatte? Oder handelte es sich um den Neuköllner Hausbesitzer persönlich?

Mit gebeugtem Gang kam er auf Sonja und Jürgen zu. »Schönen guten Tag, ich bin hier hoffentlich richtig. Mir kommt die edle Aufgabe zu, eine junge Dame zum Tee abzuholen.«

Sie nannte ihren Namen. »Und das ist mein Mann Jürgen. Er würde gern mitkommen, wenn das geht.«

»Enchanté, die Herrschaften. Mein Name ist Neissenau, Günther Graf von Neissenau. Fühlen auch Sie sich herzlich willkommen, Herr Vogt. Nehmen Sie Platz in meiner Kutsche. Sie im Fond, werte Dame, und Ihr Mann gern neben mir. Und keine Angst: Ich habe zwar steife Knochen, aber Augen und Ohren funktionieren noch. Wir werden wohl ankommen.«

Neissenau ließ sie einsteigen und nahm umständlich hinterm Steuer Platz.

Jürgen bedankte sich. »Aber Sie hätten uns nicht abholen müssen, wir haben ja einen Wagen, meine Frau fährt auch selbst.«

Neissenau hob die Hand. »Selbstredend werden Sie abgeholt. Das geplante Unterfangen ist heikel. Da kann man nicht bloß die Adresse nennen und Sie losschicken, Sie sollen das

Haus nicht erst suchen müssen. Nur für den Rückweg nehmen Sie bitte öffentliche Verkehrsmittel. Das macht Ihnen hoffentlich nichts aus.«

»Natürlich nicht«, versicherte Jürgen.

»Gut. Das sind Vorsichtsmaßnahmen. Es ist nicht so, dass bei mir den ganzen Tag Stasi-Spitzel vor der Tür stehen, aber sicher ist sicher. Und Ulbrichts antiimperialistischen Schutzwall haben Sie schon von Nahem bewundert? An welcher Stelle genau?«

»An der Bernauer Straße«, sagte Sonja. »Da sind die Fenster zugemauert, und der Gehweg gehört schon zum Westen.«

Neissenau nickte. »Grauenvoll. Vor meinem Haus ist es nicht ganz so schlimm, die Grenze verläuft auf der Straßenmitte, aber die Straße ist schmal, alles wirkt sehr düster, auch im wörtlichen Sinne: Die Mauer raubt Licht. Wenn wir gleich aussteigen, äußern Sie sich bitte in normaler Lautstärke, also nicht rufen oder flüstern, und sehen Sie sich nur wenig um. Ich hole des Öfteren Gäste ab, tun Sie am besten so, als würden Sie das schon kennen. Und nun bitte ich Sie, wenig zu reden. Das widerspricht zwar den Regeln der Höflichkeit, aber ich muss mich beim Fahren stark konzentrieren.«

Er ließ den Motor an.

Nein, wie in einem amerikanischen Agentenfilm fühlte Sonja sich nicht. Der Graf lenkte den Ford über vertraute Hauptstraßen im Berliner Süden und nicht durch Chicagos Verbrecherviertel. Für sein Alter fuhr er gut, reihte sich flüssig in den Feierabendverkehr und übersah keine Ampel.

Im Internat hatte Sonja viel über gesellschaftliche Etikette gelernt. Sie wusste, wie die korrekte Anrede lautete, nämlich keinesfalls Herr Graf, und dass es in Deutschland seit dem Ersten Weltkrieg offiziell keinen Adelsstand mehr gab. Und sie fragte sich, warum Neissenau in einem Arbeiterbezirk wohnte. Am fehlenden Geld lag es kaum, Neissenau lebte offenbar komfortabel.

Der Stadtteil Neukölln lag im Südwesten des amerikanischen Sektors.

»So«, verkündete Neissenau. »Hier kenne ich mich aus, jetzt können wir uns wieder unterhalten. Ich hoffe, es gibt einen Parkplatz vor der Haustür. Falls nicht und wir ein Stück gehen müssen, unterhalten wir uns über völlig unpolitische Themen. Am besten über das Wetter und die Vegetation im Wandel der Jahreszeiten.«

Sonja unterdrückte ein Schmunzeln. Der Graf bewies trocknen Humor. Und einen wachen Verstand.

Von der Heidelberger Straße war hier nur ein schmaler Streifen übrig geblieben. Ein von schneller Hand aus Hohlsteinen und Fertigteilen vermörtelter Wall teilte den Asphalt in Längsrichtung. Sonja und Jürgen starrten entsetzt aus den Autofenstern. Bei offenen Scheiben hätten sie mit den Händen am Beton entlangstreichen können.

»Ich weiß wohl, man möchte gar nicht erst anhalten. Viele Nachbarn ziehen jetzt weg. Falls sie einen Umzugswagen finden, der schmal genug ist«, vor einem gelb verklinkerten Wohnhaus fand Neissenau einen Parkplatz. »Perfekt. Damit sind Sie aus dem Bann meiner Fahrkünste entlassen. Und alles Gewichtige besprechen wir bitte drinnen.«

Sie stiegen aus. Auf den wenigen Metern zwischen Parkplatz und Haustür wagte Sonja einen kurzen Blick nach rechts und links. Nein, hier schien niemand zu sein, der sie beobachtete.

Sie betraten einen hellgrau verputzten Flur mit dunklem

Linoleum, der Geruch von Schmierseife lag in der Luft. Ein Treppenhaus wie in zigtausend anderen Berliner Mietshäusern, und hier wohnte ein ehemaliger und immer noch wohlhabender Graf? Er schloss eine grau lackierte Tür auf – und Sonja staunte. Das war also sein Geheimnis: außen bescheiden, innen wie in einem Herrenhaus. Sie standen in einem marmorvertäfelten Foyer, zu drei Seiten gingen kassettierte dunkle Holztüren ab, offenbar Mahagoni.

»Nun ja. Das Gebäude birgt so manche Überraschung. Meine Wohnräume sehen Sie bitte als Reminiszenz an unser altes Geschlecht derer von Neissenau. Westpommern also. Aber halten Sie mich bloß nicht für revanchistisch. Ich will keineswegs die ehemals deutschen Ostgebiete zurückerobern«, Neissenau öffnete die Tür zu einem Speisezimmer. »Wenn Sie schon Platz nehmen möchten. Ich hole ein drittes Gedeck und den Tee. Ein paar Minuten bitte.«

Der Graf verschwand im Flur, seine Gäste pusteten Luft aus den Wangen.

»Ein echtes Original«, fand Jürgen. »Wenn auch von der reichen Sorte.«

»Ich finde ihn ganz angenehm. Ein bisschen verschroben, aber noch schön klar im Kopf. Und man kann ihm vertrauen, der will uns bestimmt nichts Böses.«

Jürgen griente. »Zumindest wird er uns nicht ausrauben. Das hat der gar nicht nötig. Guck dir allein diese Möbel an. Und ein Riesenzimmer, einfach bloß zum Drin-Essen.«

Sonja erkannte das Biedermeier: Vitrinenschränke und eine Anrichte aus Kirschholz, ein Tisch und sechs Stühle, ein halbes Dutzend Ölgemälde mit Szenen vom Landleben.

»Bestimmt echt antik«, meinte Jürgen. »Kann man sich ja schlecht vorstellen, dass der Graf was Nachgemachtes kauft.«

Sie traten ans Fenster. An eine großzügige Marmorterrasse grenzte ein heckenumsäumter, äußerst gepflegter Garten mit Blumenrabatten und altem Baumbestand. Erst staunten sie – dann mussten sie lachen. Schon seltsam, diese Mischung aus Mietskaserne und Adelsschloss.

Die Tür ging auf, Neissenau brachte ein Tablett.

»Sie bewundern also meinen Garten«, er schmunzelte. »Ja, ich gebe mir damit Mühe.«

»Sie machen das alles selbst?«, fragte Sonja.

»Ach wo, das geht ja nicht mehr mit meinen alten Knochen. Sagen wir mal so: Ich suche mir heraus, was ich noch kann und was mir Freude macht, alles Weitere überlasse ich einer kundigen Firma.«

Jürgen nickte. »Und die Mauer kann man von hier aus nicht sehen, oder?«

»Zum Glück nicht, aber vom Bad und von der Küche muss ich leider draufschauen. Diesen Anblick erspare ich Ihnen besser.«

»Aber das Haus hat vier oder fünf Etagen. Also kann man von oben über die Mauer sehen?«

»Kann man. Vom Dachboden hat man einen sehr guten Blick. Unsere Leute nutzen das selbstverständlich, aber Einzelheiten darf ich Ihnen dazu nicht nennen. Schauen Sie doch lieber mal hier, Herr Vogt«, Neissenau wies auf eine Schale mit goldgelbem Gebäck. »Sie sind doch Bäckermeister. Dann kennen Sie das bestimmt.«

»Ja. Schottisches Shortbread. Wunderbar. Bekommt man in Deutschland nicht so leicht.«

»Ach, unser guter Herr Godewind hat da seine Quellen. Ich finde, es passt exzellent zum Darjeeling. Setzen Sie sich doch.«

Sie nahmen Platz, Neissenau füllte die Tassen. »Dass ich

lieber über Teegebäck statt über unsere Schleusergruppe rede, nehmen Sie mir bitte nicht übel. Verschwiegenheit ist unsere oberste Maxime. Aber wenn Sie mögen, erzähle ich Ihnen etwas über mich und dieses Haus.«

»Gerne«, Sonja nahm sich ein Stück Shortbread. »Das Haus gegenüber gehörte Ihnen früher doch auch?«

»Ja, meine Frau und ich haben beide gleichzeitig bauen lassen, Ende der Zwanzigerjahre, nach der Währungsreform. Unsere Tochter war damals vier, und wir wollten bleibende Werte schaffen. Meine Frau hatte von ihren Großeltern die beiden Grundstücke geerbt, direkt gegenüber voneinander. Ich habe gut verdient als Geschäftsmann, überwiegend Edelmetallhandel und einiges andere, immer seriös. Doch damit will ich Sie nicht langweilen. Meine Frau und ich haben uns also gesagt: Wir brauchen kein Nobelviertel, wir machen es uns hier schön. Also haben wir zwei Mietshäuser gebaut und das Erdgeschoss hier für uns geplant. Und ins Erdgeschoss gegenüber ist mein Schwager mit seiner Familie gezogen.«

»Und den Tunnel haben Sie direkt mitgebaut?«

»Ja. Man spürte, wohin das Land steuerte: die Schmach des Krieges, die hohen Reparationsforderungen der Sieger. Das konnte nicht lange gut gehen, es würde den Zweiten Weltkrieg geben, und zwar mit viel mehr Luftwaffe als im Ersten. Wir dachten: Sicher ist sicher, und wenn wir schon ausschachten, dann sollten wir die Häuser auch gleich verbinden. Schwarz natürlich, die Behörden hätten das nicht genehmigt. Im Krieg hatten wir dann einen Luftschutzkeller mit zwei Ausgängen. Und danach, im Viermächtestatus, gehörte dieses Haus zum amerikanischen Sektor und das gegenüber zum russischen.«

»Aber dann haben bestimmt noch mehr Leute von dem Tunnel gewusst? Nicht nur Ihre Familie?«

»Selbstverständlich, Herr Vogt. Nach dem Mauerbau haben wir viele Anfragen bekommen. Ein paar Leute wollten ihre Verwandten durchschicken, und andere haben uns erpresst: Geld her oder Verrat an die Stasi. Diese Leute mussten wir abfinden. Was blieb uns anderes übrig?«

»Und darum ist die Fluchthilfe so teuer?«

»Das ist nur einer der Gründe. Über meine Kollegen erteile ich keine Auskunft, aber was mich betrifft: Ich stelle den Tunnel zur Verfügung, und ich brauche eine Entschädigung. Mit der Mauer hat das Haus hier erheblich an Wert verloren. Wer will noch in dieser Gegend wohnen, mit Ulbrichts Schutzwall vor der Nase? Und das Haus auf der Ostseite habe ich längst verloren. Die DDR hat mich enteignet. Immobilien an der Sektorengrenze sind Staatsinteresse. Will heißen: Staatseigentum. So einfach geht das.«

»Und wer wohnt da jetzt?«

»Niemand mehr. Türen und Fenster sind zubetoniert, abgesehen von den Gucklöchern für die Stasi natürlich. Zwischen Haustür und antiimperialistischem Schutzwall liegen nur ein paar Meter«, der Graf lachte bitter. »Gerade noch breit genug für zwei Soldaten mit ihrem Schäferhund.«

»Und Ihr Schwager mit seiner Familie?«

»Die sind alle längst im Westen. Nach der Enteignung durften nur noch stramme SED-Bonzen in dem Haus wohnen, dafür hat Ulbricht gleich gesorgt. Und wie gesagt: Seit dem Mauerbau steht es leer.«

»Aber Sie haben den Tunnel vorher umgebaut? Mit dem neuen Eingang unter diesem Schuppen?«

»Vor zehn Jahren schon, wir ahnten ja, was kommen würde. Den alten Ost-Eingang kann ich Ihnen gleich zeigen der ist selbstverständlich zugemauert.«

Sie tranken den Tee aus und gingen in den Flur. Hinter einer Mahagonitür lag ein Wirtschaftsraum mit Schränken und Vorratsregalen, Vollwaschautomat und Wäscheständer.

»Hier schaltet und waltet meine Haushälterin, mit solchen Dingen kenne ich mich nicht aus«, Neissenau wies auf einen Treppenschacht. »Wir müssen da runter, fünf Meter tief, dreißig Stufen«, offenbar sah er das Erstaunen in den Mienen seiner Gäste. »Ach, wundern Sie sich nicht. Meine Fluchthelferkollegen waren auch irritiert, als sie zum ersten Mal hier standen: vom aufgeräumten Wäscheraum eine ordentliche Betontreppe runter in den Mauertunnel. Gruselig ist das höchstens im politischen Sinne. Mit knarrenden Türen und Fledermäusen kann ich Ihnen jedenfalls nicht dienen, das Haus ist ja erst fünfunddreißig Jahre alt. Und der Tunnel ist übrigens sehr stabil, Ulbrichts Mauer läuft quer darüber, aber das Gewölbe hat tadellos gehalten. Deutsche Wertarbeit eben.«

Jürgen nickte. »Und wie tief liegt der Tunnel unter der Straße?«

»Zwischen dem höchsten Punkt und dem Asphalt dreieinhalb Meter, ein guter Schallschutz also. Wir müssen unten trotzdem flüstern, vermutlich stehen in den Kellern drüben Stasi-Mikrofone. Und nutzen Sie den Handlauf, die Treppe ist steil«, aus einem Schrank holte Neissenau eine große Taschenlampe. »Die nehmen Sie bitte, Herr Vogt, dann kann ich mich besser auf die Stufen konzentrieren bei meinen morschen Knochen. Und keine Angst, im Keller gibt es elektrisches Licht. Die Taschenlampe brauchen wir bloß für den Tunnel.«

Langsam ging es voran, Stufe für Stufe. Unten angekommen, drehte der Graf sich um. »Ab jetzt bitte flüstern.«

Sonja und Jürgen nickten.

Neissenau führte sie in einen Flur mit grau verputzten

Wänden, zu beiden Seiten gingen Holztüren ab, es roch schwach nach feuchter Erde. Er hatte recht: Gespenstisch war hier allenfalls der Gedanke an den Kalten Krieg und den Mauerbau. Sonja musste insgeheim zugeben, dass sie sich mehr Abenteuer gewünscht hätte. Am Ende des Flurs stand ein Holzregal, gut einen Meter breit, zwei Meter hoch, vollgestellt mit Pappkartons.

»Hier«, Neissenau nahm Jürgen die Taschenlampe ab und trat ein paar Meter zurück. Der Lichtkegel fiel auf den Spalt zwischen dem Steinboden und dem untersten Brett. »Das Regal steht auf Rollen, beste Kugellager, das lässt sich mit zwei Fingern beiseiteschieben«, in Schulterhöhe nahm er zwei Kartons aus dem Regal. »Die sind natürlich alle leer, und jetzt schauen Sie mal.«

Ihre Augen folgten dem Lichtkegel: ein aus Backstein gemauerter Gang, der sich nach einem gerade verlaufenden Abschnitt schräg nach links fortsetzte.

»Die helleren Steine dort, das war der alte Zugang. Bis dahin sind es bloß zwanzig Meter. Aber dann mussten wir bis zum Schuppen noch mal fünfundzwanzig dransetzen. Wir haben umgebaut, als die DDR mit den Enteignungen anfing. Mit war klar, dass die mir mein Haus direkt an der Sektorengrenze nicht lassen würden, aber ich wollte wenigstens den Tunnel unter der Straße erhalten.«

»Das haben Sie alles von dieser Seite aus gemacht?«

»Ja sicher, Herr Vogt. Den Erdaushub haben wir im Garten gelagert und nach und nach abtransportiert.«

Von der Ostseite klang dumpfes Gebell.

»Die Hundewachen. Ja, der Sozialismus muss sein Volk zum Glück zwingen. Dabei sollte ich mich nicht beschweren. Die Mauer bringt mir Geld, oder besser gesagt: der Tunnel. Wie Sie sehen, bloß eine simple Steinröhre, keine fünfzig

Meter lang. Ganz unspektakulär. Und trotzdem spielt sich hier Weltgeschichte ab. Aber so ist das nun mal: Im Detail betrachtet, erscheint selbst das Bedeutsamste bloß noch banal. Und Sie verstehen sicher, dass wir nicht hineingehen, ich möchte nicht extra das Regal verschieben«, Neissenau stellte die Kartons zurück. »Dann darf ich Sie bitten.«

Er ging wieder voran, Sonja und Jürgen folgten ihm die Treppe hoch und verständigten sich mit Blicken. Nein, besonders spannend war der Ausflug in den Keller nicht gewesen.

Zurück im Wirtschaftsraum, fragte Jürgen: »Und der Termin für die Flucht? Wissen Sie schon Genaueres?«

»Leider nicht, und das ist den Umständen geschuldet. Unsere Leute entscheiden je nach Risikolage, vermutlich aber Anfang nächster Woche. Sie bekommen auf dem üblichen Weg Bescheid.«

»Und wann sollen wir dann hier sein? Ich meine, wenn die Flüchtlinge kommen.«

Neissenau seufzte. »Meine Männer und ich haben uns schon gedacht, dass Sie dabei sein wollen.«

»Ja sicher. Wir möchten die Verwandten meiner Frau in Empfang nehmen und direkt ins Notaufnahmelager fahren.«

»So einfach ist das aber nicht, Herr Vogt. Normalerweise lassen wir keine Angehörigen zu. Und den Transport der Flüchtlinge ins Aufnahmelager organisieren wir selbst. Überlegen Sie mal, welches Risiko das bedeutet: Es reicht ja nicht, die Flüchtlingsgruppe durch den Tunnel hier in den Keller zu bringen. Irgendwie müssen die ja auch aus dem Haus raus, und zwar möglichst unbemerkt. Draußen wimmelt es von DDR-Spionen. Wir haben heute für Sie schon eine Ausnahme gemacht, üblicherweise darf sich hier kein Angehöriger den Tunnel ansehen.«

»Dann dürfen wir also nicht dabei sein, wenn mein Onkel mit seiner Frau und seinem Stiefsohn kommt?«

»Doch, Frau Vogt, dürfen Sie. Bedanken Sie sich bei Herrn Godewind. Der hat sich sehr für Sie eingesetzt, weil es Ihnen eben so wichtig ist. Die anderen Fluchthelfer waren dagegen, haben aber eingelenkt, weil Godewind uns davon überzeugt hat, dass Sie absolut verlässlich sind. Und weil die nächste Aktion wohl unsere letzte sein wird.«

Sonja verstand nicht. »Das heißt, die letzte in der nächsten Woche, oder was?«

»Nein. Das heißt: die letzte durch genau diesen Tunnel. Insgesamt die fünfte, aber eben auch die letzte.«

Auch Jürgen kam nicht mehr mit. »Sie hören damit auf? Bei so einem tollen Tunnel?«

»Wir können das Risiko nicht länger tragen. In den letzten Wochen sind unter der Mauer etliche Tunnel gegraben worden, hier in der Heidelberger Straße, aber auch an anderen geografisch günstigen Stellen. Das wissen wir aus verlässlichen Quellen. Demnächst wird Ulbricht sogenannte Tunnelzüge einsetzen. Gruppen von Grenzsoldaten, die längs der Mauer sämtliche Gebäude überprüfen. Wir haben zwar unsere Vertrauensleute drüben, aber gegen Kontrollkommandos kommen wir nicht an.«

»Also würde der Eingang im Schuppen auffliegen?«

»Ja sicher. Darum machen wir das jetzt ein letztes Mal, danach gehe ich endgültig in Ruhestand. Meine Frau ist vor Jahren gestorben, ich bin nur noch wegen des Tunnels hier. Um ein paar Dutzend Menschen zu helfen und einen gewissen finanziellen Ausgleich zu schaffen für die Enteignung des Hauses drüben und den Wertverlust von diesem Haus. Wenn die letzte Aktion hier vorbei ist, wandere ich aus in die USA. Unsere Tochter hat damals einen amerikanischen Soldaten geheiratet, die Familie lebt in Maine. Aber keine Angst: Wir holen nächste Woche noch insgesamt vierzehn Flüchtlinge, und Ihre Verwandten sind dabei.«

»Vierzehn? Ich dachte, Sie nehmen immer nur zehn oder zwölf mit?«

»Diesmal ein paar mehr, weil es das letzte Mal ist. Dann schließen wir den Zugang, möglichst unauffällig natürlich, und schieben den Waschkessel wieder drüber.«

»Und der Eingang hier im Haus? Wo das Regal steht?«

»Wird auch zugemauert, Herr Vogt. Der Tunnel hat dann seinen Dienst getan. Vielleicht kommt eine Zeit, in der wir ihn wieder öffnen, aber vorerst ist es vorbei damit.«

Sonja nickte verhalten. »Und jetzt nur mal angenommen: Wenn das nicht klappt. Wenn mein Onkel und seine Frau und sein Stiefsohn aus irgendwelchen Gründen nicht dabei sein können, dann gäbe es keine Möglichkeit mehr?«

»Jedenfalls nicht hier. Dann müssten wir nach einer anderen Gelegenheit suchen. Unser schöner gemauerter Tunnel hier ist natürlich ein besonderer Glücksfall. Aber alles im Leben hat seine Zeit. Das gilt auch für Glücksfälle.«

*

Godewind hatte sich nicht mehr bei Sonja gemeldet, aber er hatte dafür gesorgt, dass sie den Tunnel hatte sehen dürfen. Doch völlig überzeugt war Sonja nicht. Am Donnerstagmorgen auf dem Rückweg vom Kindergarten rief sie von der Telefonzelle aus in Godewinds Büro an und hinterließ eine Nachricht: »Hier ist Frau Sonja Vogt. Wenn Sie mich bitte kurz zurückrufen, heute oder morgen zwischen elf und elf Uhr fünfundvierzig.«

Er meldete sich am nächsten Tag, so sachlich und verbindlich, wie sie es von ihm als Geschäftsmann gewohnt war. Sonja erwähnte kein Detail, sondern bedankte sich bloß.

»Schon in Ordnung, Frau Vogt. Jetzt erst mal alles Gute, Ihnen und Ihrer Familie.«

»Danke gleichfalls, Herr Godewind.«

Sie verabschiedeten sich, Sonja legte auf. Das wäre also geklärt.

Die weitere Woche brachte nichts Neues. Tagsüber schaute Sonja alle zwei Stunden in den Briefkasten – der Zettel ließ auf sich warten.

Am Sonnabend stand ein Besuch bei Sonjas Eltern auf dem Programm.

»Und? Willst du denen das erzählen? Dass es wohl die letzte Flucht durch diesen Tunnel sein wird? Und Helmut irgendwie anders rüberkommen muss, falls es jetzt nicht klappt?«

Sonja schüttelte den Kopf. »Dann machen die sich bloß unnötig Sorgen, vor allem meine Mutter. Wir erzählen lieber, wie stabil der Tunnel ist und dass man wirklich gut durchgehen kann.«

Sie fuhren in den Wedding. Nach Kaffee, Kakao und Kuchen fragte Eugen, ob die Kinder mit ihm und Änne zu den Gebrauchtwagen gehen wollten. Unter dem großen Glasdach warteten ein paar Käfer dringend auf eine neue Politur. Eine Menge Arbeit also, Silke und Andi könnten gern helfen.

»Habt ihr denn genug Lappen für uns alle?«, wollte Silke wissen.

»Ach, die finden wir schon«, meinte Änne. »Notfalls zerschneiden wir Eugens neuen Sonntagsanzug.«

Lachend zogen sie die Treppe hinunter.

Oben im Wohnzimmer rollte Sonjas Mutter den Barwagen

an den Tisch: einen Klaren für die Herren, ein Likörchen für die Damen.

Der Vater hob sein Glas. »Vor allem auf dich, Jürgen. Dass wir uns jetzt einig sind und du mitgegangen bist zu dem Tunnel. Dann schießt mal los.«

Sie erzählten vom Besuch beim Grafen.

»Und vom Dachfenster aus kann man das Haus auf der Ostseite sehen?«, hakte Sonjas Mutter nach. »Aber nicht den Schuppen, in den die Flüchtlinge müssen?«

»Weil die Häuserreihe geschlossen ist«, erklärte Jürgen. »Sonst wäre es einfacher. Dann könnte man die Nachbargärten überwachen. Aber man sieht eben nur, was direkt hinter der Mauer los ist. Also für die Leute drüben: vor der Mauer. Der Abschnitt wird extrem stark kontrolliert.«

»Und warum ist das mit dem Termin so kompliziert? Bei vierzehn Leuten kann man schließlich nicht erst was vorbereiten und dann von der einen auf die andere Sekunde alles umschmeißen.«

»Doch sicher. Das Risiko kann sich jede Sekunde ändern. Vielleicht merken die Schleuser plötzlich, dass sie beobachtet werden, dann müssen sie umplanen.«

Sonjas Mutter seufzte. »Was ich am schlimmsten finde: dass wir überhaupt nicht wissen, wie es Helmut geht. Ob die drei noch zu Hause sind oder in diesem Schuppen oder ganz woanders. Am liebsten würde ich ihn ja anrufen.«

»Was aber ganz klar nicht geht.«

»Natürlich nicht. Aber welches Gefühl habt ihr denn? Schaffen die Fluchthelfer das?«

»Hoffen wir. Mehr können wir nicht sagen, die Leute lassen sich nicht in die Karten gucken.«

*

Auch am Montag gab es keine neue Nachricht.

»Vielleicht hat die Stasi ja Wind bekommen. Und es wird deswegen verschoben.«

Jürgen reagierte unerwartet heftig. »Sonja, hör mal zu! Du steigerst dich da jetzt gefälligst nicht rein! Was da los ist, wissen wir nicht. Und ändern können wir sowieso nichts. Also mach dich nicht verrückt.«

Das war deutlich. Sie nickte.

Dienstagmittag gab es immer noch nichts Neues, Sonja telefonierte mit ihren Eltern. Sie nannte weder Namen, Ort noch Uhrzeit, bloß Chiffrewörter. Die Lieferung sei immer noch nicht angekündigt, man habe auch keinen neuen Termin von der Spedition.

»Wenn bis morgen nichts da ist, fragst du bei Godewind nach«, forderte Jürgen. »Ganz egal, was der erzählt hat, ob du da anrufen sollst oder nicht.«

Sonja versprach es, wenn auch mit Unbehagen. Doch das Telefonat blieb ihr erspart. Am Mittwochmittag lag der ersehnte Zettel im Kasten: *Heute, 21 Uhr.*

Sonjas Bedenken blieben. »Um die Zeit ist es schon dunkel. Das ist vielleicht auch ein schlechtes Zeichen.«

»Wann waren denn die anderen Aktionen? Doch auch abends, oder?«

»Ja, aber am frühen Abend. Da war es noch hell.«

»Das muss aber nichts heißen. Also hör auf zu grübeln, wir fahren heute Abend hin, und damit gut.«

Einen Vorteil hatte die späte Uhrzeit: Sie konnten noch in Ruhe mit Andi und Silke zu Abend essen. Anschließend wollten sie einen alten Bekannten besuchen – so lautete die Erklärung gegenüber den Kindern. Immerhin mussten sie nicht lügen.

Die Nervosität stieg, Sonja versuchte sich abzulenken. Sie

schnitt Radieschen in Scheiben, da stürmte Jürgen mit einem Zettel herein. *Neuer Termin: Freitag, 21 Uhr.*

Das hieß also: Zwei Tage länger warten – mehr mussten sie nicht tun, mehr konnten sie nicht tun. Es blieb ihnen nichts übrig, als sich auf die Schleuser zu verlassen.

In den folgenden achtundvierzig Stunden kam kein Zettel mehr nach, am Freitagabend fuhren sie los. Neissenau hatte ihnen aufgetragen, eine halbe Stunde vor dem genannten Termin da zu sein. Sie lagen gut in der Zeit.

Er öffnete die Haustür und legte den Finger auf die Lippen. Erst in seiner Wohnung wünschten sie einander einen guten Abend.

»Warum musste der Termin noch mal verschoben werden?«, wollte Sonja wissen.

Der Graf lächelte. »Das weiß ich zwar, aber ich werde es Ihnen nicht sagen. Im Moment sieht es gut aus.«

»Und die Flüchtlinge?«, hakte Sonja nach. »Müssen die allein durch den Tunnel?«

»Nein, zwei von unseren Leuten gehen mit Stirnlampen voran. Die helfen auch mit dem Gepäck, vor allem, wenn kleine Kinder dabei sind.«

Neissenau ging voran, hinter ihm Sonja, am Schluss Jürgen mit der großen Taschenlampe. Auf den ersten Blick der gleiche Ablauf wie vor elf Tagen, und doch ganz anders.

In Sonja wuchs die Anspannung. Auf der Mitte der Treppe drehte sie sich um und warf Jürgen einen Blick zu. Er nickte. Wird schon werden, sollte das wohl heißen, doch so gelassen wie beim letzten Mal schien er längst nicht.

Sie erreichten das Regal im hinteren Kellerflur.

Neissenau nahm Jürgen die Taschenlampe ab und drückte sie Sonja in die Hand. »Nur halten, noch nicht einschalten. Und Sie fassen bitte mit an, Herr Vogt. Wir schieben nach links an die Wand, ganz langsam, dass die Kartons nicht rausfallen.«

Fast lautlos ließ sich das Regal verschieben. Der dunkle Tunnel lag vor ihnen, sie lauschten. Von der anderen Seite drang Hundegebell.

»Das muss nichts bedeuten«, flüsterte Neissenau. »Drüben wird ständig kontrolliert.«

»Können Sie sich mit Ihren Leuten denn jetzt absprechen? Mit Walkie-Talkie oder so?«

»Wir stehen in ständiger Verbindung, mehr darf ich nicht sagen.«

Neissenau nahm die Lampe, der Lichtkegel glitt über die Tunnelwände. Alles sah aus wie in der Woche zuvor, doch sie hörten ein knarrendes Geräusch, gleich darauf ein Klopfen.

»Sie beide bleiben hier!« Der Graf drückte Jürgen die Lampe in die Hand. »Und Sie leuchten für mich.«

Mit gebeugtem Rücken hastete er zum alten Eingang und horchte, nach einer halben Minute kam er zurück. »Da passiert irgendwas. Ich versuche, meine Leute zu erreichen. Sie bleiben bitte hier. Wenn die Stasi anfängt, die Wand einzuschlagen, kommen Sie rauf«, er eilte zur Treppe.

Sonja starrte ihm hinterher. Sollte sie hochgehen und sich in Sicherheit bringen? Aber sie wollte Jürgen nicht allein lassen, und er hatte offenbar nicht vor, den Posten zu räumen.

»Und wenn die Stasi zu uns rüberschießt?«, gab sie zu bedenken.

»Wir sind westdeutsche Staatsbürger auf West-Berliner Gebiet. Warum sollten die uns angreifen? Wenn die da rauskommen, gehen die höchstens in die andere Richtung.«

»Du meinst, es ist hier nicht gefährlich?«

»Für uns nicht. Aber wenn die Stasi die Flüchtlinge im

Schuppen entdeckt, dann ...«, er sprach nicht weiter, sie lauschten.

Aus dem Tunnel drang lautes Poltern. Jürgen richtete das Licht auf den alten Eingang, nichts war zu sehen. Von dort schien das Geräusch nicht zu kommen, eher von weiter hinten.

Sie lauschten. Stimmen waren zu hören, kurze, aufgeregte Rufe, dann Schritte, viele Schritte. Zwei Lichter tauchten im Tunnel auf, die Umrisse von zwei Männern. Die Schleuser mit ihren Stirnlampen. Und gleich dahinter die Flüchtlinge.

Sekunden später stürmten sie in den Keller: die beiden Schleuser, eine Familie mit drei Kindern im Schulalter, ein älteres Paar, vermutlich die Großeltern, eine junge Familie mit zwei Kleinkindern, eine Frau um die vierzig, ein junger Mann und dann endlich Helmut.

Er schloss Sonja in die Arme. »Mädchen! Die Stasi war schon vorm Schuppen«, stolz klopfte er sich auf die Brust. »Auf die Haut geklebt! Die Aktien.«

»Später!«, rief Jürgen. »Rechts die Treppe hoch!«

Lisbeth, Uwe und Helmut liefen weiter, Sonja und Jürgen hinterher.

Sie gelangten an die Treppe, dreißig Stufen, so schnell wie möglich. Sonja war fast oben, da kam von hinten ein Knall, das Gebäude erzitterte, eine Druckwelle schleuderte sie nach vorn, dann riss eine Wucht sie nach hinten. Für den Bruchteil einer Sekunde ließ sie den Handlauf los, doch sie bekam das Metall wieder zu fassen und klammerte sich mit beiden Händen fest. Eine Wolke aus Sand und kleinen Steinbrocken wurde aus dem Kellereingang hochgeschleudert, meterweit bis ins Erdgeschoss. Sie hörte den Aufschrei der Menschen vor ihr. Der Staub setzte sich in Mund, Nase,

Augen, sie bekam keine Luft mehr, sie hustete. Sie drehte sich um, streckte ihren linken Arm aus, ihre Hand griff ins Leere. Jürgen!, wollte sie schreien, doch der Staub raubte ihr den Atem.

Ein fremder Arm packte sie und riss sie nach oben.

»Mädchen!«, schrie Helmut. »Komm rauf!«

Ende und Anfang

Die Sprengung erfolgte auf Veranlassung des Ministeriums für Staatssicherheit der DDR, das gilt als zweifelsfrei erwiesen. Mit der Explosion wollte man die Flucht von vierzehn DDR-Bürgern verhindern, darunter fünf kleine Kinder. Doch das Sprengkommando musste gezielt vorgehen: Ulbrichts Mauer durfte nicht zu Schaden kommen. Hätten die Sprengsätze in den überirdisch verbauten Beton eine Lücke gerissen, wäre das Tor buchstäbliche offen gewesen für viele weitere fluchtwillige Menschen. Zerstört wurde nur ein Teilstück zwischen dem Tunneleinstieg unter einem Gartenschuppen und dem Anschluss an einen älteren Tunnel, der bereits seit dem Jahr 1928 bestand. Die Flüchtlinge erreichten unversehrt den Tunnelausgang in West-Berlin. Bedauerlicherweise kam dort durch die Druckwelle der Explosion ein 29-jähriger Mann ums Leben, der seine drei aus Ost-Berlin fliehenden Familienangehörigen begrüßen wollte.

So und ähnlich stand es in allen westdeutschen Zeitungen.

Die Rechtsmediziner der Freien Universität obduzierten Jürgens Leiche. Er war bei der Explosion nicht am Steinstaub erstickt, wie zunächst vermutet, sondern hatte beim Sturz von der Treppe einen Genickbruch erlitten. Der Tod war rasch eingetreten.

*

Zwei Tage verbrachte Sonja zur Beobachtung im Krankenhaus, sie konnte längst wieder frei atmen, trotzdem kam es ihr vor, als lastete der Staub noch immer auf ihren Lippen und Augenlidern, als schwebte sie in einer schweren schwarzen Wolke aus Angst und Trauer. Die Berliner Senatsverwaltung übernahm den Zuschlag für ein Einbettzimmer, sogar mit Telefon. Ihre Eltern und Monika riefen an und fragten, ob sie kommen sollten, doch Sonja lehnte ab. Sie wollte allein sein, wenigstens diese beiden Tage. Der Alltag käme sowieso. Dann musste sie wieder funktionieren, allein schon für die Kinder.

Zwei Schutzpolizisten holten sie aus der Klinik ab und brachten sie ins Präsidium. Die Kriminalpolizei, der Verfassungsschutz der Bundesrepublik Deutschland sowie die Geheimdienste der Westalliierten baten sie um eine Aussage. Ob sie sich dazu gesundheitlich in der Lage fühle? Sie nickte. Sie tat es für Jürgen.

Was war geschehen, in den wenigen Minuten, die sie unten vor dem Tunneleingang verbracht hatte? Wie hatte Jürgen sich verhalten? Sie beantwortete die Fragen so detailliert wie möglich. Dann legte man ihr Fotos vor, aufgenommen aus dem Dachfenster von Neissenaus Haus. Auf dem östlichen Grundstück an der Heidelberger Straße klaffte ein riesiges Loch, vom Schuppen waren nur noch Überreste zu sehen, die Hälfte des einstigen Wohnhauses lag in Schutt und Asche. Ein paar Meter weiter stand unbeschadet Ulbrichts Mauer.

»Ob außer Ihrem Mann weitere Menschen zu Schaden gekommen sind, wissen wir nicht«, meinte ein leitender Hauptkommissar. »Darüber wird uns die DDR sicher keine Auskunft geben, aber das Haus war ja schon lange unbewohnt. Auch wenn es reichlich zynisch klingt: Die Sprengmeister haben Millimeterarbeit geleistet. Den Tunnel in die Luft zu jagen, ohne die Berliner Mauer zu beschädigen, das war bestimmt nicht einfach. Ulbrichts Leute waren eben nur zu spät: Zwanzig Sekunden früher, und es hätte die vierzehn Flüchtlinge und die beiden Helfer voll getroffen. Die Stasi stand schon vorm Schuppen, aber die Schleuser haben es trotzdem gewagt. Sehr mutig. Und im Grunde erstaunlich, dass es nur ein einziges Todesopfer gab. Wobei wir den Tod Ihres Mannes selbstredend tief bedauern.«

Sonja unterdrückte ihre Tränen, seit Tagen beschäftigte sie ein Gedanke: »Warum hat die Stasi nicht einfach den Tunnel aufgeschlagen und die Flüchtlinge abgefangen? Warum hat die gleich die Tunnel gesprengt?«

»Eine kluge Frage«, der leitende Hauptkommissar lehnte sich im Stuhl zurück. »Wir gehen davon aus, dass der Stasi in diesem Fall eine Gefangennahme der Flüchtlinge nicht gereicht hätte. Vermutlich wollte die DDR mit der Sprengung ein Zeichen setzen, ein scharfes Warnsignal. Dafür hat man den Tod der Flüchtlinge billigend in Kauf genommen. Oder man hat es sogar darauf angelegt.«

Sonja nickte.

»Und, Frau Vogt: Bedanken Sie sich bei Ihrem Onkel, der Sie die Treppe hochgezogen hat. Er hat Ihnen das Leben gerettet.«

*

Die Tunnelsprengung war politisch bedeutsam, die Berliner Regierung lud zu einer offiziellen Trauerfeier ins Schöneberger Rathaus. Franz Amrehn, der stellvertretende Bürgermeister, prangerte das menschenverachtende System der DDR an und hoffte auf eine baldige Beendigung des Kalten Krieges. Sonja saß mit ihrer Familie in der ersten Reihe, sie hätte den Rummel um Jürgens Person nicht gebraucht, trotzdem spendete die Ehrung ihr Trost.

Nach der Trauerfeier kam Graf Neissenau auf sie zu und kondolierte. Sein Haus müsse abgerissen werden, erzählte er, durch die Druckwelle seien im Fundament so schwere Risse entstanden, dass es nicht mehr zu retten sei. Die Senatsverwaltung werde ihn entschädigen; sobald sein Visum da sei, werde er zu seiner Tochter in die USA ziehen.

Sonja wünschte ihm alles Gute.

Auf dem Waldfriedhof Heerstraße fand drei Tage später die Beisetzung im engen Verwandten- und Freundeskreis statt. Weil Jürgen keiner Kirche angehörte, übernahm ein Kollege aus der Bäckerinnung die Trauerrede.

Ninette hatte einen Kranz mit weißen Beileidsschleifen in Auftrag gegeben. Leider konnten sie nicht kommen, alle drei Töchter waren an Ziegenpeter erkrankt. Sie rief an und lud Sonja und die Kinder für die Herbstferien nach Hamburg ein. Von Godewind kam ein Blumengesteck mit Karte. Er habe Jürgen Vogt leider nicht persönlich gekannt, bedauere aber zutiefst den Verlust. Der Familie versichere er seine aufrichtige Anteilnahme. Kemberg schickte keinen Grabschmuck, dafür einen Kondolenzbrief. Er habe Jürgen Vogt als aufrechten Ehemann und Vater kennengelernt, der Fehler habe eingestehen können und nie Zweifel daran gelassen habe, wie sehr er seine Familie liebe. Sonja antwortete mit gedruckten Dankesschreiben. Außer bei Freunden und engen Verwandten fehlte ihr für eine persönlichere Antwort die Kraft.

*

Die Kinder wollten bei Mama schlafen, in Papas Bett, ganz eng angekuschelt.

»Ist Papa jetzt beim lieben Gott?«, fragte Silke. »Ist er ein Engel?«

Sonja hätte gern etwas Tröstlicheres gesagt, doch sie konnte sich nicht verstellen. »Ich weiß es nicht, Süße. Niemand weiß das.«

»Aber der Pastor vom Kindergarten sagt, das ist wahr mit den Engeln. Das weiß er ganz bestimmt.«

Sonja seufzte. »Er weiß das nicht, sondern er glaubt bloß daran. Niemand kann das wissen. Auch kein Pastor.«

Das Leben musste weitergehen. Im Oktober erhielt Helmut wie all die anderen aus der Gruppe die Anerkennung als politischer Flüchtling. Mit Lisbeth und Uwe kam er vorübergehend bei Sonjas Eltern unter. Der Vater ließ seine Kontakte spielen und fand für die drei eine Wohnung im Westend, schon im Januar sollten sie einziehen. Der Universitätswechsel vom Osten in den Westen der Stadt verlief problemlos, Uwe setzte sein Studium im Maschinenbau fort. Seine Mutter und sein Stiefvater fanden Arbeit, das Fluchtgeld wollten sie so rasch wie möglich zurückzahlen.

Am Heiligen Abend saßen sie zusammen: Sonja mit Kindern und Eltern, Karin, Eugen und Änne, Helmut mit Lisbeth und Uwe, Monika und ihre Eltern und Ilse. Eugen holte sein Akkordeon hervor, und Sonja hatte Textbücher besorgt mit sämtlichen Strophen der schönsten Weihnachtslieder. Das Singen half bei der Trauer.

Im Frühjahr kam Andi in die Schule – mit einer grünen Zuckertüte, genau wie gewünscht. Er lernte fleißig und gab sich mit den Hausaufgaben besondere Mühe.

»Papa hätte das doch auch gewollt«, meinte er. »Dass ich ein guter Schüler werde.«

Sie strich ihm über den Kopf. »Ganz bestimmt sogar, aber er hätte auch gewollt, dass du ein fröhliches Kind bleibst und viel mit den anderen spielst. Lade ruhig deine Schulfreunde zu uns ein.«

»Wie oft denn? Jeden Nachmittag?«

»Natürlich. Wenn ihr das möchtet.«

Andi nickte. »Klar. Die anderen Kinder sagen, Papa ist berühmt. Weil doch alle Leute im Rathaus waren und der Bürgermeister eine Rede für Papa gehalten hat. Manche sagen sogar, Papa ist ein Held.«

Sonja lächelte. »Ja, das ist er wohl. Und wenn er dich jetzt sehen könnte, wäre er bestimmt sehr stolz auf dich. Und auf Silke natürlich auch.«

*

Von allen Seiten bekam Sonja Trost und Unterstützung.

In besonderer Weise halfen ihr Ullas Worte. Es lag wohl daran, dass sie als Krankenschwester in zwei Weltkriegen so viel Elend und Entsetzen mit angesehen hatte, aber ihre Liebe zu den Menschen hatte sie noch immer nicht verloren. Wenn Sonja abends keine Ruhe fand, weil die schrecklichen Ereignisse in ihrer Seele nachhallten, telefonierten die beiden.

»Das geht nie ganz vorbei, Mädchen. Die schlimmen Bilder bleiben in dir, aber mit der Zeit verblassen sie, weil es eben auch jede Menge gute Erinnerungen gibt.«

»Und wie lange dauert es bis dahin?«

Ulla lächelte durchs Telefon. »Gib deiner Seele die Zeit. Jürgen und du, ihr wart acht Jahre zusammen, da lässt sich die Trauer nicht so rasch überwinden.«

Jeden Tag versuchte Sonja, neuen Mut zu finden, und nach ein paar Monaten stellte sie fest, dass Ulla recht hatte. Die Erinnerungen an die Tunnelsprengung wichen zurück hinter all dem Schönen, was sie mit Jürgen erlebt hatte.

An einem Dezemberabend, fünfzehn Monate nach seinem Tod, rief Ulla an und erzählte, dass sie Kemberg wiedergetroffen habe. Aha!, dachte Sonja. Ein Wink mit dem Zaunpfahl also.

Ulla hatte ja längst verstanden, was Sonja schon seit der ersten Begegnung für Kemberg empfand. Doch darauf ging sie jetzt nicht ein. Sachlich fragte sie: »Bist du jetzt seine Patientin? Warst du in seiner Praxis?«

»Zum Glück nicht, Mädchen, ich bin doch ganz gesund, da brauch ich in meinem Alter keinen Frauenarzt mehr. Nein, ich habe mich einfach zu ihm durchstellen lassen und gefragt, ob er mit mir auf den Weihnachtsmarkt geht. Glühwein trinken, nur einen ganz kleinen natürlich. Und dabei haben wir richtig schön geklönt.«

»Ach ja? Worüber denn?«

»Zum Beispiel darüber, dass er in Freiburg lange eine feste Freundin hatte. Er hätte sich fast verlobt, aber wegen der Mauer wollte sie partout nicht nach Berlin ziehen, und dann haben die beiden sich heftig gestritten und konnten sich nicht einig werden, und die Verlobung ist geplatzt.«

»Ach so?«

»Ja. Aber hier fühlt er sich jetzt sehr wohl, und die Praxis läuft knorke. Ich soll dich übrigens ganz herzlich grüßen.«

»Vielen Dank«, sagte Sonja verhalten. »Grüß zurück.«

»Mach ich gern. Wir haben uns so gut verstanden, dass wir uns jetzt öfters sehen wollen. Als gute Bekannte eben.«

Sonja irrte sich bestimmt nicht: Es war ganz sicher kein Zufall, dass Ulla sich ausgerechnet mit Kemberg getroffen hatte und ihn jetzt erwähnte. Für Menschen, die ihr am Herzen lagen, hatte sie eine besonders feine Antenne. Sonja vernahm den Unterton. Das Leben geht weiter, wollte Ulla ihr sagen. Schau nach vorn. So jung, wie du bist, kannst du doch nicht allein bleiben. Und deine Kinder brauchen einen Vater. Solche Sätze hörte sie immer öfter, auch von ihren Eltern und besonders von Monika. Aber Sonja brauchte noch Zeit, wenigstens ein paar Monate.

Kurz nach Ostern kam Silke in die Schule, stolz trug sie ihre rote Zuckertüte.

Ein paar Wochen später rief Ulla wieder an. »Sonjamädchen, ich habe gerade meinen Arbeitsplan gesehen, nächstes Wochenende habe ich geteilten Dienst mit drei Stunden Pause zwischendurch. Da könntest du doch mal wieder kommen, du warst schon so lange nicht mehr hier. Sagen wir, so um zwei?«

Am Sonnabendmittag machte Sonja sich auf den Weg. Wie jedes Mal, wenn sie herkam, dachte sie an ihren ersten Besuch. Wie Kasulzke in ihrem Korb die edel verpackten Pralinen entdeckt und Sonja angeblafft hatte: ob sie hier denn wohl richtig sei? Wie sie ihm Ullas Visitenkarte unter die Nase gehalten und er Sonja dann an den Warteschlangen vorbei ins Medizinbüro geschleust hatte. Weil er es eben doch gut meinte mit den Menschen und besonders mit seinen Kollegen, auch wenn er viel dafür tat, sich das nicht anmerken zu lassen. Bis weit ins Rentenalter hatte er die Lagerverwaltung geleitet. Inzwischen verbrachte er seinen Ruhestand auf dem Bauernhof eines Neffen im Allgäu und schrieb seinen ehemaligen Mitarbeitern des Öfteren Postkarten, in denen er sich über die unerträgliche Stille der Voralpen beklagte. Davon abgesehen schien es ihm gut zu gehen.

Seit dem Bau der Mauer gab es keine Warteschlangen mehr, aber immer noch so viele Flüchtlinge, dass sich der Erhalt des Lagers lohnte. Sonja ging durch die Empfangshalle in den Medizintrakt.

Nach einer herzlichen Begrüßung meinte Ulla: »Dann will ich mal die Bohnen mahlen. Soll ja anständigen Kaffee geben heute.«

»Ach so? Dann gehen wir heute nicht in die Kantine? An unseren schönen Tisch in der Nische?«

»Ich habe woanders für uns gedeckt. Aber jetzt kochen wir erst mal Kaffee«, sie führte Sonja in einen Aktenraum und zog eine gut gefüllte Einkaufstasche unter einem Tisch hervor. Ulla packte aus: beste Bohnen, frisch geröstet, dazu eine Handmühle, ein Tauchsieder im Metallbecher, ein Porzellanfilter mit Papiereinsatz und eine Kaffeekanne samt blau geblümter Warmhaltehaube.

Sonja amüsierte sich. »Gibt's nicht eine Dienstanweisung? Dass privates Kaffeekochen in den Diensträumen streng verboten ist?«

»Ach, wem will man denn diese Kantinenplörre zumuten? Und hier ins Aktenzimmer kommen keine Patienten, das ist doch schon mal gut«, Ulla befüllte die Mühle. »Und, Mädchen? Wie isses euch?«

Sonja erzählte vom letzten Besuch im Autohaus. Ihre Eltern wollten mit den Kindern im Sommer wieder mit dem Camping-Bulli nach Nordfriesland.

»Ist doch knorke. Dann kennen die sich da schon aus und wissen sofort, wo sie Kinder zum Spielen finden. Mach mal weiter, ich hole Wasser«, Ulla drückte Sonja die Mühle in die Hand und verschwand mit dem Becher im Waschraum.

Sonja kurbelte. Das Aroma der Arabica-Bohnen stieg ihr in die Nase. Warum betrieb Ulla heute einen solchen Aufwand? Sonst hatte ihnen immer der Kaffee aus der Kantine genügt. Offenbar ging es um eine Überraschung – Sonja fragte besser nicht.

Zehn Minuten später durchströmte Kaffeeduft den Aktenraum.

Sonja lachte. »Da werden die Kollegen ja neidisch.«

»Ach Quatsch, die wissen ja alle Bescheid.«

»Soso. Nur ich weiß es nicht?«

»Aus gutem Grund«, Ulla stülpte die Haube über die Kanne. »Alles andere ist schon drüben. Komm mit.«

Sonja wusste nicht, was sie sich unter »drüben« vorzustellen hatte, sie folgte Ulla – bis zur Kreißsaaltür.

»Im Moment haben wir keine Hochschwangeren hier, da können wir das wohl wagen.«

Ulla stieß die Tür auf. Das Bett war leer, der kleine Tisch neben dem Fenster umso voller: drei Gedecke, Milch, Zucker und ein prachtvoller Käsekuchen.

»Habe ich gestern noch schnell gebacken. Nun setz dich mal, Sonjamädchen.«

»Wer kommt denn noch?«

»Och, Kind. Als wenn das hier so schwer zu erraten wäre«, Ulla sah auf die Uhr. »Ich hatte ja eigentlich gedacht, er wäre …«, es klopfte. »Na bitte!«

Ulla riss die Tür auf, und da stand Clemens Kemberg, im Arm zwei Sträuße weißer Rosen.

Sonja spürte, wie ihr das Blut ins Gesicht schoss.

Offenbar bemerkte das auch Ulla. Sie lächelte. »Och, Mädchen. Alles in Ordnung. Und dass das klar ist: Clemens und ich sind gute Freunde. Also ist er ein Freund von deiner Freundin. Darum duzt ihr euch gefälligst.«

Kemberg lachte, Sonja stimmte ein. Die Verlegenheit der ersten Sekunden verflog. Er überreichte die Blumen, die Damen bedankten sich.

Ullas Kaffee verdiente höchstes Lob, genau wie ihr Käsekuchen. Und überhaupt: Diese Idee, sich im Kreißsaal zusammenzusetzen, fast zehn Jahre nach der Geburt des kleinen Peter … Von Familie Lübbau hatten sie zwar nichts mehr gehört, aber auch so gab es viel zu erzählen. Sie verbrachten eine anregende Stunde. Sonja bemerkte, wie Clemens immer wieder ihren Blick suchte, dann sah sie zwischen ihm und Ulla hin und her, erntete von ihm ein Lächeln und von ihr ein Nicken – doch niemand wagte, deutlicher zu werden.

Um zwanzig nach drei stand Ulla vom Tisch auf. »So, dann will ich mal wieder, der Dienst ruft. Ihr habt Zeit, euch vertreibt hier keiner. Und falls eine von unseren Frauen eine Sturzgeburt kriegt, ist das Fachpersonal schon vor Ort. Wirklich praktisch.«

Sie ging hinüber ins Medizinbüro, Sonja und Clemens blieben sitzen.

Und jetzt? Hatte Sonja sich diesen Moment herbeigesehnt? Ja. Sehr sogar. Und ohne Ulla hätte sie sich nicht getraut, Clemens zu treffen – zumindest jetzt noch nicht.

Er sah sie an. Sollte sie etwas sagen? Sie lächelte, kurz lächelte er zurück, dann wurde er ernst. »Du sollst etwas wissen, Sonja.«

»Ja?«

Er nickte. »Wie ich hier zwischen den Häusern im Liegestuhl lag und du nach meinem Namen gefragt hast. Als ich die Augen aufgemacht habe und du vor mir standest, da habe ich schon so viel für dich gefühlt, nur dass ich es dir nicht zeigen konnte. Weil es ja um die Geburt ging, und ein paar Tage später hast du deinen Verlobten erwähnt. Und als du vor zwei Jahren zu mir in die Praxis kamst, habe ich mich so gefreut, dich wiederzusehen, und ich hatte mir fast Hoffnungen gemacht. Aber dann hast du so wunderbar erzählt von deinem Mann und euren Kindern und wie glücklich ihr seid, und ich habe dir das von ganzem Herzen gegönnt, auch wenn ich wusste, dass ich dich nicht für mich gewinnen konnte. Und als dein Mann mir die Pillenpackung auf den Tisch geknallt hat, da habe ich mich im ersten Moment furchtbar erschreckt. Weil ich dachte, du verträgst das nicht, du hast vielleicht eine Thrombose oder noch schlimmer«, er lachte auf und schüttelte gleich darauf den Kopf. »So verrückt. Ich war richtig erleichtert, weil es bloß um dieses blöde Missverständnis ging. Dass er glaubte, wir hätten ein Verhältnis. Natürlich musste ich das sofort geraderücken, aber im Grunde fand ich es unwichtig, Hauptsache, du warst gesund. Und nun«, er atmete tief ein, »nach deinem schrecklichen Verlust. Da habe ich nicht gewagt, dich anzurufen. Und heute bin ich nur gekommen, weil Ulla mir Mut gemacht hat. Und weil ich wusste: Wenn du mich abweist, könnte ich das irgendwie ertragen. Es würde mir wehtun, aber ich käme darüber hinweg. Aber es gibt etwas, das ich mir nie, nie verzeihen könnte. Nämlich wenn ich es dir gar nicht erst sagen würde. Also sage ich es dir jetzt, und …«, seine Stimme zitterte, er sprach nicht weiter. Er sah sie an, und sie spürte seine Angst. Eine Angst aus Liebe.

*

Heute machten Sonja die weiten Wege nichts aus, im Auto konnte sie nachdenken. Fast eine Stunde brauchte sie von Marienfelde bis in den Wedding.

Bei ihren Eltern deckte sie den Abendbrottisch. Die Kinder erzählten, wie sie Eugen geholfen hatten, vor dem Wochenende die Werkstatt aufzuräumen.

Nach dem Essen fuhren sie zurück nach Charlottenburg.

Andi und Silke schliefen nicht mehr bei Sonja im Ehebett, sondern ganz normal im Kinderzimmer, so wie vor Jürgens Tod. Die beiden hatten selbst darum gebeten, Sonja wertete es als gutes Zeichen.

An diesem Abend saß sie lange in der Küche und hing ihren Gefühlen nach. War sie wirklich schon bereit für Clemens? Oder würde die Trauer sie einholen und die neue Liebe überschatten? Aber wie sollte sie das herausfinden, wenn sie es nicht wenigstens versuchte? Schon mit der ersten Begegnung hatte Clemens sich also in sie verliebt, und ihr war es wohl nicht anders gegangen: Sie hatte auch von Anfang an diese Gefühle für ihn gehabt, auch wenn sie es sich nicht hatte eingestehen wollen. Denn damals hatte es ja schon Jürgen in ihrem Leben gegeben, und es hatte doch auch alles so gut gepasst. Ihre Ehe war ganz sicher kein Fehler gewesen.

Sie schaltete die Küchenlampe aus und öffnete das Fenster. Sie hätte sich gewünscht, die Sterne zu sehen, doch der Himmel war wolkenverhangen.

»Jürgen«, sagte sie leise. »Ich liebe dich, und das wird immer so bleiben. Aber es darf auch etwas Neues geben in meinem Leben.«

Sie blieb am Fenster stehen, leichter Regen setzte ein, aus dem Garten drang der Duft von weißem Flieder.

*

Sonja wollte alles in Ruhe angehen lassen, das hatte sie sich von Clemens gewünscht, doch was sich in ihr abspielte, hatte mit Ruhe wenig zu tun. Mit jedem Gedanken an ihn bebte in ihr ein Vulkan, mit jedem Atemzug ließ ihre Seele Wolkenherzchen in den Himmel steigen. Sie rief ihn an, um ihm zu sagen, was sie für ihn empfand, wie sehr sie ihm dankte, weil er den Mut gefunden hatte, den sie wohl noch lange nicht in sich hätte aufbringen können.

Er stieß kleine Freudenschreie aus. »Weißt du, was ich jetzt am liebsten tun würde? Dich durch die Leitung rüberziehen und dann von oben bis unten …«, er sprach nicht weiter.

»Was denn?«, neckte sie. »Nach Flöhen absuchen?«

»Das natürlich auch. Aber vor allem würde ich dich ...«

»Halt! Das geht nicht so einfach. Du stellst dich erst bei meinen Kindern vor.«

»Ich muss zum Antrittsbesuch?«

»Na sicher. Mit geradem Scheitel und frisch geputzten Schuhen.«

Dann wurde das Gespräch wieder ernst, sehr ernst sogar. Ihr kamen die Tränen. Sie trauerte noch immer, doch nun wuchs in ihr die Hoffnung auf etwas Neues, das seinen Platz in ihrer Seele einnehmen durfte – neben den Erinnerungen an Jürgen.

Karin war von Anfang an dagegen gewesen, dass Jürgen bei der Fluchtsache mitmachte. Er hätte auf sie hören sollen. Das sprach Karin nicht aus, doch Sonja spürte den stillen Vorwurf. Jetzt bat sie die Schwägerin um eine Unterredung. Karin musste schließlich Bescheid wissen, wenn Sonja zum ersten Mal nach Jürgens Tod einen anderen Mann zu sich einlud.

»Dein Frauenarzt aus Zehlendorf?«, fragte Karin auffallend sachlich. »Wo du mal so plötzlich hinmusstest, weil Jürgen mit ihm und dir was besprechen wollte? Wegen deiner Pille, nicht wahr?«

Von Jürgens Verdacht, Sonja könnte ein Verhältnis mit Kemberg haben, hatte Sonja niemandem erzählt, auch nicht Ulla oder Monika. Und Karin sollte es ganz sicher nicht erfahren.

»Genau. Er möchte am Mittwoch zum Kaffee kommen, zu mir und den Kindern.«

Was hatte sie erwartet? Dass die Schwägerin ihr um den Hals fallen und sie beglückwünschen würde? Karins Miene ließ wenig Zweifel: Am liebsten hätte sie den Besuch verhindert, doch weil sie das ohnehin nicht konnte, gab sie sich betont vernünftig. »Natürlich, Sonja. Das Leben muss für dich und die Kinder ja weitergehen, Jürgen hätte das sicher auch so gewollt.«

»Ja, Karin. Und es steht wirklich noch ganz am Anfang zwischen Clemens und mir, wir wollen nichts überstürzen, schon aus Respekt vor Jürgen. Aber falls es ernst wird mit Clemens und mir, möchte ich nicht mit ihm in dieser Wohnung leben. Es ist das Haus eurer Familie, dabei soll es auch bleiben.«

Karin nickte dankbar.

*

»Ist Clemens denn nett?«, wollte Silke wissen.

Sonja konnte beruhigen. »Ihr kennt doch Ulla? Und ihr mögt sie doch? Clemens ist ein guter Freund von Ulla, und die würde sich ganz bestimmt keinen Freund aussuchen, der nicht nett ist.«

»Und spielt der auch mit uns Indianer?«, fragte Andi. »Im Zelt?«

»Bestimmt, aber wir müssen abwarten, ob der Regen aufhört. Sonst spielen wir eben drinnen.«

Der Indianer-Wettergott erwies sich gnädig. Mittags riss die Wolkendecke auf, und das angekündigte Hoch sandte Sonnenstrahlen über die Stadt. Die Kinder stürmten hinunter und banden den Zelteingang auf, Sonja holte die Gartenmöbel aus dem Schuppen.

Und da kam er. Pünktlich um halb vier und bepackt mit Geschenken. Für Sonja einen Strauß zartrosa Nelken, für die Kinder zwei Tafeln Schokolade und ein Päckchen in buntem Papier.

»Da ist bestimmt ein Buch drin«, meinte Andi. »Aber ein ganz schön dickes.«

»Richtig geraten!« Clemens lachte.

Die Kinder packten aus und betrachteten den Einband: Ein dicker Mann und ein Junge schauten um die Ecke, beide mit einer blauen Mütze auf dem Kopf und einer Pfeife im Mund.

Andi versuchte den Titel zu lesen, Clemens half: *Jim Knopf und Lukas der Lokomotivführer* von Michael Ende.

»Kennt ihr das schon?«

»Nein«, Silke schlug das Buch auf und sah sich die Bilder an. »Liest du uns denn was daraus vor, Onkel Clemens? Nach dem Kuchenessen?«

»Ja klar. Wenn ihr das möchtet.«

»Aber vorher kommt ihr noch zu uns ins Zelt«, bat Andi. »Nur ganz kurz.«

Kichernd liefen die Kinder vor, die Erwachsenen folgten.

Häuptling Weiser Puma erklärte Clemens feierlich zum Stammesmitglied, Squaw Große Bärin setzte ihm ein Band mit einer gelben Feder auf, ab sofort hieß er Kluger Wolf.

Untersquaw Flinke Taube nickte glücklich.

Am Kaffeetisch erzählten die Kinder von ihren Freunden und der Schule, und Clemens berichtete von seiner Praxis. Anders als die meisten ihrer Altersgenossen wussten Silke und Andi schon, dass Babys in einer Art Tasche im Bauch der Mutter wuchsen und durch eine Art Röhre auf die Welt kamen. So ein Arzt war Clemens also. Er half den Frauen, damit sie gesund blieben und gesunde Babys bekamen. Ein toller Beruf, fanden Silke und Andi.

Anschließend musste er vorlesen: von der Insel Lummerland, vom Lokomotivführer Lukas und seiner Lok Emma, von König Alfons dem Viertel-vor-Zwölften, Herrn Ärmel und Frau Waas und einem geheimnisvollen Paket. Sonja schloss die Augen und wollte versinken in der Wärme seiner Stimme.

»Na, was sagen meine Stammesfreunde?«, fragte Kluger Wolf nach zwanzig Minuten Lesen. »Die Seite noch zu Ende? Und dann wieder spielen?«

Eine gute Idee, fanden die anderen. Kaum war das Buch zugeklappt, verschwanden Häuptling und Squaw im Zelt und holten ihr Gefangenenseil.

»Ihr werdet jetzt gemartert!«, befahl Weiser Puma.

Flinke Taube erschrak. »Warum? Was haben wir denn getan?«

Der Häuptling baute sich vor ihr auf und verschränkte die Arme vor der Brust. »Als ihr vorhin in mein Zelt gekommen seid. Da habt ihr nicht angeklopft, und jetzt werdet ihr bestraft. Howgh, ich habe gesprochen.«

Gemeinsam mit seiner Squaw band er Flinke Taube und Kluger Wolf an den Marterpfahl.

Große Bärin ließ Gnade walten. »Wir ziehen nicht ganz fest. Ein bisschen atmen dürft ihr noch.«

»Vielen Dank auch«, sagte Kluger Wolf. »Und jetzt? Was passiert mit uns?«

»Ihr müsst Brause trinken. Die holen wir euch. Damit ihr nicht verdurstet«, Weiser Puma und Große Bärin liefen mit Indianergeheul ins Haus.

Flinke Taube rief ihnen nach: »Macht den Kühlschrank bitte richtig zu!«

Sie standen an der Teppichstange, Rücken an Rücken, zusammengewickelt mit einer Wäscheleine. Doch ihre Hände waren frei und fanden leicht zueinander.

»Ach, Sonja. Schade, dass wir angebunden sind.«

»Wirklich schade. Zum Glück dürfen wir gleich Brause trinken.«

»Ja, das ist schön. Aber ich würde gern noch was anderes mit dir machen. Falls du einverstanden wärst.«

»Aha? Was denn?«

»Wenn wir nicht angebunden wären, würde ich dich jetzt küssen.«

»Ach so«, sagte sie, und nach einer Pause »Hm, ich wäre wohl einverstanden.«

Er lachte. »Bestimmt?«

»Na sicher«, sie schmiegte ihren Kopf an seinen Hals und schaute in den Himmel. »Angebunden ist man im Leben ja immer irgendwie. Aber küssen muss man sich trotzdem.«

Ende

Marienfelde –
Die Erinnerungsstätte

Für alle, die mehr über die Flucht im geteilten Deutschland erfahren möchten:

Im südwestlichen Berlin, nur zwanzig S-Bahn-Minuten von der Friedrichstraße entfernt, beherbergt ein Teil des ehemaligen Notaufnahmelagers heute eine Erinnerungsstätte.

Näheres dazu findet sich auch unter: *www.notaufnahmelager-berlin.de*

Die Erinnerungsstätte Notaufnahmelager Marienfelde e.V. gibt interessante Informationsschriften heraus, zwei davon habe ich als Quellen für mein Buch genutzt:

Gerd Wendt/Roland Curth: Fluchtziel Berlin, Berlin 2000

Bettina Effner/Helge Heidemeyer: Flucht im geteilten Deutschland, Berlin 2008

Berlin im Sommer 2018 *Corinna Mell*

*Die atemberaubende Geschichte und der Zerfall einer
Adelsfamilie Anfang des 20. Jahrhunderts*

SOPHIE VON DAHLWITZ

Das Licht zwischen den Zeiten

ROMAN

Westpreußen 1918. Nach dem verlorenen Ersten Weltkrieg erschüttern politische Kämpfe das Deutsche Reich. Auf Gut Frommberg, dem Stammsitz der Familie von Dahlwitz, scheint die Welt dagegen noch in Ordnung zu sein. Nur langsam entgleitet den Eltern Donata und Heinrich der sorgsam gehütete Frieden. Ihre Tochter Helen verliebt sich auf skandalträchtige Weise in ihren Adoptivbruder Georg, und Helens Schwester Rudela wählt mit ihrem Cousin Justus zwar standesgemäß, doch niemand ahnt, welche Gesinnung der junge Leutnant tatsächlich vertritt.

Der psychologisch vielschichtige Roman basiert auf der Familiengeschichte der Autorin.